데이먼 러니언

05 세계문학 단편선

데이먼 러니언

권영주 옮김

현대문학

차례

광란의 40번대 구역에 꽃핀 로맨스 · 7

아주 정직한 사내 · 25

마담 절뚝발이 · 45

릴리언 · 63

혈압 · 81

부치, 아기를 보다 · 99

세상에서 최고로 인기 많은 사내 · 117

생피에르의 백합 · 131

브로드웨이의 블러드하운드 · 147

"국왕 폐하를 위해 건배!" · 163

달려라, 예일! · 181

친구를 위해서 · 197

브로드웨이의 금융업자 · 213

꼬마 숙녀 차용증 · 231

드림 스트리트 로즈 · 251

공포의 토비어스 · 269

춤추는 댄의 크리스마스 · 283

세라 브라운 양 이야기 · 297

땅이 질면 · 315

제동수의 딸 · 335

브로드웨이 콤플렉스 · 351

세 명의 현자 · 369

레몬 사탕 키드 · 387

유머 감각 · 403

약속 불이행 · 415

옮긴이의 말 웃음과 페이소스의 브로드웨이 · 431

데이먼 러니언 연보 · 435

광란의 40번대 구역에 꽃핀 로맨스
Romance in the Roaring Forties

정말 어쩔 수 없는 얼간이가 아니라면 멋쟁이 데이브의 여자한테 두 번 눈길 줄 맘을 먹지 않을 것이다. 처음 한 번은 데이브도 실수로 생각하고 봐줄지 몰라도 두 번째는 울컥할 게 틀림없기 때문이다. 데이브는 성질을 건드리고도 무사할 수 있는 사내가 아니다.

그러나 이 월도 윈체스터란 사내는 순도 백 퍼센트의 얼간이라, 데이브의 여자한테 아주 여러 번 눈길을 주었다. 게다가 여자도 그에게 아주 여러 번 눈길을 주었다. 결과는 뻔했다. 여자와 남자가 눈길을 주고받기 시작했으니 당연히 결과는 빤하다.

월도 윈체스터는 《모닝 아이템》지에 브로드웨이에 관해 쓰는 젊고 잘생긴 친구다. 나이트클럽에서 벌어지는 온갖 일들(예컨대 싸움이라든지), 또 누가 누구랑 어울린다는 것도 쓴다. 물론 여자와 남자가 사귀는 것도 포함된다.

이게 가끔은 결혼했으면서 결혼 안 한 상대와 사귀는 사람들을 아주 난처하게 만들 때가 있지만, 물론 월도 윈체스터더러 기사를 쓰기 전에 일일이 먼저 혼인 증명서를 확인하라고 할 수는 없는 노릇이다.

빌리 페리 양이 멋쟁이 데이브의 여자라는 걸 월도 윈체스터가 알았다면 어쩌면 한 번만 눈길을 주고 말았을지 모르지만, 두 번 세 번 반복되도록 아무도 월도 윈체스터한테 귀띔해 주지 않았거니와, 그때는 이미 빌리 페리 양이 월도 윈체스터한테 눈길을 주기 시작해 그가 걸려든 뒤였다.

그는 실제로 그녀에게 푹 빠져 그녀가 누구의 여자건 상관하지 않았다. 아까도 말한 것처럼 그가 얼간이라 그렇다. 사실 개인적으로 그를 탓할 수만은 없는 게, 빌리 페리 양은 아닌 게 아니라 몇 번 눈길을 줄 만한 여자이기 때문이다. 특히 미주리 마틴 양의 식스틴 헌드레드 클럽 플로어로 나와 탭댄스를 출 때는 더 그렇다. 그래도 나 같으면 설령 세상에서 제일가는 탭댄서라 해도 멋쟁이 데이브의 여자라는 걸 알면 두 번 눈길을 주지 않을 것이다. 데이브는 자기 여자를 무지 소중히 여기는 사람이기 때문이다.

그중에서도 특히 빌리 페리 양을 아껴서 모피 코트며 다이아몬드 반지 등을 선물하곤 했는데, 그녀는 받는 족족 돌려보냈다. 그녀는 사내들한테 선물을 받지 않는 모양이었다. 여기에는 다들 놀라 무슨 다른 속셈이 있나 보다고 생각했다.

어쨌든 그래도 멋쟁이 데이브가 그녀를 좋아하는 데는 변함이 없었던지라, 모두가 그녀를 멋쟁이 데이브의 여자로 여기며 경의를 표했다. 그런데 이 월도 윈체스터란 작자가 나타난 것이다.

하필이면 그때 멋쟁이 데이브는 스카치며 샴페인 등 사업상 필요한 물품을 사들이러 연안 경비정을 타고 바하마 제도에 가고 없었다. 그리고 데이브가 돌아왔을 즈음 빌리 페리 양과 월도 윈체스터는 이미 그녀의 휴식 시간마다 손을 맞잡고 구석에 앉아 있는 단계에 이르렀다.

물론 아무도 멋쟁이 데이브에게 이 이야기를 하지 않았다. 그를 열 받게 하고 싶은 사람은 아무도 없기 때문이다. 심지어 미주리 마틴 양조차 입을 다물었는데, 이건 매우 흔치 않은 일이었다. 미주리 마틴 양, 줄여서 '미주'는 뭘 알면 그게 뭐든 즉시 떠들어 대야 직성이 풀리는 사람이다. 심지어 일이 벌어지기도 전에 떠들 때가 많다.

그러니까 그게, 멋쟁이 데이브가 열 받으면 누군가의 대갈통을 날려 버릴 수도 있기 때문이다. 십중팔구 월도 윈체스터의 대갈통이겠지만, 간혹 월도 윈체스터는 대갈통이 없는 골 빈 녀석이라고 주장하는 사람도 있었다. 안 그러면 멋쟁이 데이브의 여자를 집적거리겠느냐는 것이다.

나는 데이브가 빌리 페리 양을 아주아주 좋아한다는 걸 알고 있었다. 두 사람이 이야기하는 장면을 여러 번 봤는데, 그녀를 무척이나 정중하게 대했을 뿐 아니라 그녀 앞에서는 지저분한 말도 쓰지 않고 행동을 조심했다. 한번은 이런 일이 있었다. 어느 날 밤 애꾸눈 솔리 에이브러햄스가 술김에 빌리 페리 양을 '년'이라 했다. 별 뜻은 없었다. 여자를 말할 때 그 말을 쓰는 사내들은 많다.

그렇건만 멋쟁이 데이브는 바로 테이블 너머로 몸을 뻗어 애꾸눈 솔리의 입에 주먹을 날렸다. 그 순간 데이브가 빌리 페리 양한테 마음이 있다는 걸 모두 알았다. 물론 데이브는 늘 어느 여자한테 마음이 있었지만 그 때문에 주먹을 날리는 일은 거의 없었다.

그러던 어느 날 밤 멋쟁이 데이브가 식스틴 헌드레드 클럽에 들어왔다. 입구에서 그는 글쎄, 이 월도 윈체스터란 작자와 빌리 페리 양이 사이좋게 키스를 주거니 받거니 하는 모습을 보고 말았다. 데이브는 곧바로 월도 윈체스터를 쏘려고 개다리에 손을 뻗었으나, 하필이면 그날 저녁 딱히 누구를 쏠 예정이 없었던 터라 개다리를 갖고 있지 않았다.

그래서 멋쟁이 데이브는 그들에게 다가가서는, 빌리 페리 양의 입을 틀어막다 말고 그 소리를 듣고 풀어 준 월도 윈체스터의 턱을 오른손으로 후려갈겼다. 멋쟁이 데이브를 위해 내 한마디 하자면, 그는 왼손은 그저 그래도 오른손은 상당히 세다. 월도 윈체스터는 바닥에 늘씬하게 뻗고 말았다.

빌리 페리 양은 배터리 공원에서도 똑똑히 들릴 만한 소리로 비명을 지르고는 월도에게 달려가 요란하게 울부짖으며 그에게 몸을 던졌다. 알아들을 수 있는 말이라곤 멋쟁이 데이브가 덩치 큰 깡패며(사실 데이브는 그리 크지 않다) 자기는 월도 윈체스터를 사랑한다는 것뿐이었다.

데이브는 다가가 이런 경우 으레 그러하듯 월도 윈체스터를 걷어차려 했다. 그러나 마음이 바뀌었는지, 월도를 공 차듯 발길질하는 대신 몸을 돌려 흉악한 표정으로 나갔다. 그다음 들린 소식은 그가 치킨 클럽에서 술을 퍼마시고 있다는 것이었다.

이건 정말 아주 좋지 못한 신호였다. 다들 주인인 토니 베르타졸라와 게임 한판 하러 가끔 치킨 클럽에 가긴 해도, 거기서 술을 마시려는 사람은 아무도 없다. 토니의 술은 손님이나 마셔야지, 아니면 마실 게 못 된다.

어쨌든 빌리 페리 양은 월도 윈체스터를 일으켜 세우고 손수건으로 턱을 닦아 주었다. 보아하니 월도는 턱에 큼직하게 혹이 난 걸 제외하면 멀쩡한 듯했다. 그녀는 그러는 내내 멋쟁이 데이브는 정말 덩치 큰 깡패라며 화를 냈다. 나중에 미주리 마틴 양은 빌리 페리 양을 잡아다 놓고 멋쟁이 데이브처럼 훌륭한 고객을 내쫓았다며 길길이 날뛰었다.

"하여간 넌 진짜 돌대가리라니까. 신문쟁이 놈한테 건질 게 뭐가 있다고. 멋쟁이 데이브가 돈을 얼마나 물 쓰듯 쓰는지는 누구나 다 아는 사실인데."

미주리 마틴 양의 말에 빌리 페리 양이 대꾸했다.

"그렇지만 전 윈체스터 씨를 사랑하는걸요. 그이는 정말 낭만적이에요. 멋쟁이 데이브 같은 총잡이 밀수꾼이랑은 달라요. 그이는 신문에 저에 대한 멋진 글을 실어 주는 데다 늘 신사란 말이에요."

물론 미주리 마틴 양은 신사를 논할 처지가 아니었다. 식스틴 헌드레드 클럽에서 신사를 만나기란 쉽지 않기 때문이다. 게다가 월도 윈체스터를 수틀리게 했다가는 클럽에 불리한 기사를 쓸지 모른다. 그녀는 그 이상 뭐라 하지 않았다.

빌리 페리 양과 월도 윈체스터는 그 뒤로도 휴식 시간마다 손을 맞잡고 앉아, 젊은 사람들이 으레 그러하듯 가끔씩 키스도 주고받았다. 멋쟁이 데이브는 식스틴 헌드레드 클럽에 발을 끊었고, 모든 게 잘 풀린 듯 보였다. 당연히 우리 모두 그 이상 말썽이 일어나지 않은 걸 환영했다. 데이브라고 신문쟁이와 문제를 일으켜 좋을 게 없기 때문이다.

개인적으로 나는 데이브가 금세 다른 여자를 발견해 빌리 페리 양을 잊을 줄 알았다. 다시금 보니 그녀는 빨간 머리라는 것만 빼고 다른 탭댄서들이랑 다를 바 없었다. 이유는 모르겠지만 탭댄서 중엔 검은 머리가 많다.

식스틴 헌드레드 클럽의 도어맨 무시한테 듣기로, 미주리 마틴 양은 그래도 여전히 포기하지 않고 멋쟁이 데이브를 미는 모양이었다. 미주리 마틴 양이 어느 날 밤 빌리 페리 양한테 이렇게 말했다는 것이다.

"네 오락가락에 아몬드도 없잖니."

이건 빌리 페리 양의 손가락에 다이아몬드가 없다는 미주리 마틴 양식 표현이다. 이 바닥에서 잔뼈가 굵은 미주리 마틴 양은, 남자는 여자에게 다이아몬드로 사랑을 입증하는 법이라고 생각했다. 그러는 미주리 마틴 양도 다이아몬드가 아주 많다. 대체 어떤 남자가 다이아몬드를 선물할 만큼 미주리 마틴 양한테 몸이 달아오를 수 있는지 도무지 모르겠다.

나는 별로 놀러 다니는 인간이 아닌지라 그 뒤로 두어 주 멋쟁이 데이브를 못 봤는데, 어느 일요일 오후 늦게 데이브의 부하 조니 맥가우언이 와서 이렇게 말했다.

"데이브가 좀 전에 기자 녀석을 붙들어다 드라이브를 나갔는데 어떻게 생각해?"

흥분한 조니를 달래 뭔 말인지 알아듣게 설명하게 하느라 한참 걸렸다. 보아하니 멋쟁이 데이브가 차고에서 제일 큰 차를 꺼내 월도 윈체스터가 일하는 〈아이템〉 신문사로 자기 운전사인 이탈리아 놈 조를 보낸 모양이었다. 빌리 페리 양이 59번로 미주리 마틴 양의 아파트에서 지금 당장 만나자고 한다는 전갈을 들려서.

당연히 거짓부렁이었지만 월도는 감쪽같이 속아 이탈리아 놈 조가 모는 차에 올라탔다. 그런데 미주리 마틴 양의 아파트 앞에 차가 서자 글쎄, 멋쟁이 데이브가 올라탄 것이다. 차는 두 사람을 태우고 다시 출발했다.

이건 아주 좋지 못한 소식이었다. 멋쟁이 데이브가 드라이브에 사내를 데리고 나가면 녀석은 영영 못 돌아올 때가 많았다. 녀석이 어떻게 됐는지 물어본 적은 없다. 여기 사내들의 거리에서 질문해 봤자 코뼈만 부러지고 말면 그나마 다행이다.

그렇지만 나는 멋쟁이 데이브를 좋아하는 데다, 월도 윈체스터 같은 신문쟁이 친구를 드라이브에 데리고 나가면 소문이 나리란 걸 알기 때문에 걱정하지 않을 수 없었다. 특히 그놈이 안 돌아오기라도 했다간 더더욱 큰일 날 것이다. 멋쟁이 데이브가 드라이브에 데리고 나가는 다른 녀석들은 아무래도 상관없지만, 이놈은 비록 얼간이긴 해도 신문사와 연관이 있는 이상 말썽이 생길 소지가 있었다.

나도 신문사에 대해 웬만큼은 아는 사람이라, 조만간 월도 윈체스터가 쓴 브로드웨이 기사를 찾으러 편집장이 나타나리란 것쯤은 알고 있었다. 그런데 만약 월도 윈체스터가 쓴 브로드웨이 기사가 없으면 이유를 알고 싶어 할 것이다. 그러다 다른 사람들도 궁금해할 테고, 이윽고 여러 사람들이 "월도 윈체스터 어디 갔어?" 하며 여기저기 들쑤시고 다닐 것이다.

이 도시에서 아무개 어디 있느냐고 여러 사람이 여기저기 들쑤시고 다니다 보면 그 일은 대단한 수수께끼 사건이 된다. 그럼 신문들이 경찰을 들볶을 것이고, 경찰은 사람들을 들볶을 것이다. 이윽고 벌집 쑤셔 놓은 꼴이 돼 맘 편히 못 있게 될 것이다.

하지만 이 상황에 뭘 하면 좋을지 알 수 없었다. 아무래도 상황이 아주 안 좋다 싶어서, 조니가 전화를 걸러 간 사이 어디로 가면 사람들이 나를 목격해 줄지 열심히 궁리했다.

그런데 조니가 돌아와 흥분한 목소리로 말했다.

"이봐, 멋쟁이가 펠럼 파크웨이에 있는 우드콕 호텔에 있다고 다들 당장 그리로 오라는데. 굿타임 찰리 번스타인이 방금 전보를 받았대. 뭔 일이 벌어지고 있는 게 틀림없어. 다른 녀석들도 출발했다니까 우리도 가자고."

그러나 나는 이 초대가 별로 마음에 들지 않았다. 내 생각에 멋쟁이 데이브는 이런 때 같이 있고 싶은 사람이 아니다. 어쩌면 월도 윈체스터한테 이미 뭔 짓을 했거나 이제부터 할 생각인지 모르는데, 나는 거기에 얽히고 싶은 마음이 조금도 없었다.

개인적으로는 신문쟁이 친구들한테 아무 불만이 없다. 설사 브로드웨이에 관해 쓰는 친구라 해도 그렇다. 멋쟁이 데이브가 월도 윈체스터한테 뭔 짓을 하겠다면 구태여 반대할 생각은 없지만, 상관없는 사람들은 뭐 하러 끌어들인다는 말인가? 그런데도 정신이 들어 보니 나는 조니 맥가우언의 2인용 로드스터를 타고 달려가고 있었다. 조니는 신호등이고 뭐고 죄 무시하고 씽씽 내달렸다.

차가 콩코스를 내달리는 가운데 나는 상황을 생각해 보았다. 보아하니 멋쟁이 데이브는 빌리 페리 양을 못 잊고 치킨 클럽에서 파는 술을 퍼마시다가 드디어 돌아 버린 모양이었다. 내 보기에 여자 때문에 신문쟁이 친구를 드라이브에 데리고 나갈 생각을 하는 인간은 미친 게 틀림없다. 여기 사내들의 거리에 발에 차일 만큼 흔해 빠진 게 여자인데 말이다.

그렇지만 상식을 갖춘 멀쩡한 사내들이 여자랑 얽힌 순간, 그래서 어쩌면 사랑에 빠진 순간, 창밖으로 뛰어내리거나 총으로 자기 또는 남을 쐈다는 이야기를 신문에서 하도 많이 본 터라, 멋쟁이 데이브 같은 사내라도 여자 때문에 맛이 갈 순 있겠다 싶었다.

조니 맥가우언도 걱정스러운 표정으로 입을 다물고 있었다. 우리는 눈 깜짝 할 새 우드콕 호텔에 도착해 차를 세웠다. 이미 차가 많이 서 있었는데, 내가 아는 사람들 차도 여러 대 보였다.

우드콕 호텔은 외곽에 위치한 도로변의 호텔로, 주인 빅 니그 스콜스키가 이게 아주 멋진 사람인 데다 친구도 아주 많다. 펠럼 파크웨이에서 좀 들어간 곳에 있는데, 밴드도 훌륭하고 쇼에 나오는 아가씨들도 생김새가 반반해 근사한 시간을 보내는 데 필요한 건 죄다 갖추었다. 술은 그저 그렇지만 괜찮은 사람들하고 괜찮게 한판 즐길 수 있다.

나 자신은 그런 곳을 안 좋아해서 잘 안 가지만, 멋쟁이 데이브는 파티를 열 때나 혼자 술 마실 때면 애용한다. 안에서 떠들썩한 소리가 들려오는 가운데, 데이브 본인이 나와 우리를 열렬히 반겼다. 얼굴이 시뻘겋게 달아오른 게 무척 흥분한 듯했지만, 남한테, 그것도 신문쟁이 친구한테 해를 가할 작정인 사람처럼 보이지는 않았다.

"어이, 친구들, 얼른들 들어오라고!"

멋쟁이 데이브가 소리쳤다.

안으로 들어가니 테이블마다 사람이 꽉 찼고 플로어에서 춤추는 사람도 많았다. 다이아몬드를 여기저기 주렁주렁 단 미주리 마틴 양에, 굿타임 찰리 번스타인, 피트 새뮤얼스, 토니 베르타졸라, 스키츠 볼리바, 그리스 인 닉, 로체스터 레드, 또 사방에서 모여든 여러 사내들과 여자들이 보였다.

브로드웨이에 있는 모든 클럽에서 사람들이 모여든 것 같았다. 그중엔 온통 흰옷으로 차려입고 거대한 양란 꽃다발을 든 빌리 페리 양도 있었다. 그녀는 키들키들 웃고 미소 지으며 이 사람 저 사람과 악수를 주고받고 있었다. 그리고 플로어가 내다보이는 테이블에 신문기자 친구 월도 윈체스터가 혼자 앉아 있었는데, 일단 사지는 멀쩡해 보였다. 그러니까 내 말은, 최소한 아직은 붙을 거 다 붙어 있고 무사해 보였다는 뜻이다.

나는 멋쟁이 데이브에게 목소리를 낮추고 말했다.

"데이브, 여기서 지금 뭔 일이 벌어지고 있는 거지? 이 거리에선 조심해서 행동할수록 좋다는 것쯤은 자네도 알 텐데. 설마 뭔 일을 벌이는 건 아니겠지?"

"지금 뭔 소리를 하는 거야? 딴 게 아니라 결혼식이라고. 브로드웨이 사상 최고의 결혼식이 될 거야. 이제 목사만 오면 돼."

데이브가 말했다. 나는 내가 뭔 말을 들었는지 이해되지 않았다.

"결혼식? 누가 결혼한단 말이야?"

"그야 당연하지. 결혼식이 그럼 뭘 하는 건데?"

데이브가 말했다.

"누가 결혼하는데?"

나는 물었다.

"그야 빌리랑 그 기자 녀석이지. 내 평생 이렇게 멋진 일을 한 건 처음인 것 같아. 얼마 전에 빌리하고 마주쳤는데 질질 짜고 있지 뭐야. 기자 녀석을 사랑해서 그놈이랑 결혼하고 싶은데 그놈이 돈이 없다나. 그래서 나한테 맡기라고 했어. 자네도 알다시피 난 빌리를 사랑하고 빌리가 늘 행복한 표정이길 원하거든. 그러려면 딴 놈이랑 결혼해야 한다 해도 말이지.

그래서 내가 이 결혼 피로연을 계획한 거야. 신혼 생활을 여유 있게 시작할 수 있도록 몇 천 줄 생각이고. 그렇지만 기자 녀석 놀래주려고 그놈한텐 말 안 했고 빌리한테도 말하지 말라고 시켰거든. 그리고 아까 오후에 납치해다가 이리로 데려왔는데, 내가 자길 죽일 줄 알고 잔뜩 졸더군.

하여간 저렇게 졸아 든 놈은 처음 보는데, 뭘 어떻게 해도 기운 낼 생각을 안 하니까 가서 정신 차리라고 좀 해봐. 행복한 일이 있을 거라고."

데이브가 월도 윈체스터를 결혼시키는 것 이상으로 심한 일을 할 생각이 없다는 걸 알고 나는 정말이지 너무나 마음이 놓였다. 월도가 앉은 곳으로 다가가니, 아닌 게 아니라 눈빛이 멍해선 혼자 안절부절못하는 게 겁에 질린 듯 보였다. 진짜로 겁먹었다는 걸 알겠길래 등짝을 탁 치며 말했다.

"축하해, 친구! 최악의 상황은 아직 안 닥쳤으니까 기운 내라고."

"그렇겠지."

월도 윈체스터가 말했다. 뜻밖에 엄숙한 목소리였다.

"새신랑 표정이 왜 그래? 꼭 결혼식이 아니라 장례식에 온 사람 같군. 큰 소리로 하하하 웃지그래? 그러곤 한두 잔 걸치고 가서 수다라도 떨어 봐."

"내가 빌리 페리 양이랑 결혼하면 내 아내가 퍽도 좋아할걸."

월도 윈체스터가 말했다. 나는 경악했다.

"아내라니 그게 뭔 소리야? 빌리 페리 양 말고 뭔 아내가 있을 수 있다는 거지? 바보 같은 소리 마."

그러자 월도 윈체스터가 슬픈 표정으로 말했다.

"그래, 나도 알아. 그래도 나한테 아내가 있다는 건 사실이야. 이 이야기를 들으면 아내가 괴로워할 거야. 아내는 나한테 아주 엄격해서 내가 다른 여자들이랑 결혼하고 다니는 꼴을 못 봐주거든. 빙글빙글 사폴라 곡마단의 롤라 사폴라가 결혼한 지 5년 된 내 아내야. 네 명을 공중에 던져 저글링 묘기를 부리는 여자 천하장사인데, 지난 1년간 인터스테이트 타임 극장을 돌며 투어를 하다 막 돌아와서 지금 막스 호텔에 있다고. 대체 이 일을 어쩌면 좋을지 모르겠어."

"아내가 있다는 걸 빌리 페리 양도 알고?"

나는 물었다.

"아니, 내가 독신인 줄 알아."

"그럼 멋쟁이 데이브가 빌리 페리 양이랑 결혼하라고 여기로 데려왔을 때 왜 이미 결혼했단 말을 안 한 거지? 기자라면 여러 여자랑 결혼하는 게 불법인 것쯤은 알아야 하는 거 아닌가? 터키 사람이라면 또 모를까."

"멋쟁이 데이브한테 여자를 뺏어 놓고 실은 결혼했다고 말하면 데이브가 펄펄 뛸 게 뻔하잖아. 어쩌면 내 건강에 아주 해로운 일을 할지 모르는 일이야."

월도가 말했다.

일리 있는 말이었다. 내가 생각해도 데이브가 상황을 알면 마음이 아주 안 편할 것 같았다. 특히 빌리 페리 양이 그 때문에 속상해한다면 더욱 그럴 것이다. 그렇지만 뭔 방법이 있을지 도무지 알 수 없었다. 그래도 일단 결혼하고 나서 데이브의 손이 미치지 않는 곳으로 달아나, 정신 이상을 이유로 결혼이 무효라고 주장하는 수밖에 없지 않을까. 좌우지간 월도한테 이미 아내가 있다는 말을 멋쟁이 데이브가 들을 때 근처에 있고 싶지 않다는 것 하나만은 확실했다.

당장 여기서 내빼는 게 좋을지 모르겠다고 생각하는데, 문간이 시끌시끌하더니 목사가 왔다고 멋쟁이 데이브가 고함쳤다. 꽤 괜찮아 보이는 사람이었는데, 어째 사태를 파악하지 못하는 듯했다. 특히 미주리 마틴 양이 다가와 그를 떠맡았을 때는 더욱 어리벙벙해 보였다. 미주리 마틴 양이 그에게 말하길, 자기는 목사들을 좋아하는 데다 목사 앞에서 두

18

번, 판사 앞에서 두 번, 선상에서 선장 앞에서 한 번 결혼한 터라 목사들을 잘 안다고 했다.

그즈음엔 아마 나와 월도 윈체스터, 그리고 목사, 그리고 빌리 페리 양을 빼고는 그 자리에 있던 모든 사람이 알딸딸하게 취한 상태였을 것이다. 월도는 여전히 슬픈 표정으로 테이블에 앉아, 빌리 페리 양이 통통 튀는 발걸음으로 지나칠 때마다 "응", "아니"라고만 했다. 빌리 페리 양은 행복에 겨운 나머지 한곳에 오래 머물지 못했다.

멋쟁이 데이브는 남보다 이틀이나 사흘 먼저 시작한 셈이다 보니 누구보다 더 취해 있었다. 내 의견을 말하자면, 멋쟁이 데이브가 술에 취했을 때는 예측이 불가능한 사람이라 언제 폭발할지 모른다. 그런데 지금은 아주 신이 난 것처럼 보였다.

어쨌든 이내 닉 스콜스키가 댄스 플로어를 정리하더니 꽃으로 아주 아름답게 꾸민 아치 비스름한 것을 내왔다. 빌리 페리 양과 월도 윈체스터가 이 아치 밑에서 결혼하게 될 모양이었다. 멋쟁이 데이브가 며칠 전부터 이 모든 걸 계획했으리라는 게 명백했다. 동그라미도 꽤 많이 들었을 것이다. 미주리 마틴 양한테 크기가 목사탕만 한 다이아몬드 반지를 보여 주는 것도 봤다.

"신부 줄 거야. 그 가난뱅이 멍청이는 죽어도 이런 반짝이를 사 줄 쩐이 없을 텐데, 빌리는 늘 큰 걸 갖고 싶어 하거든. 로스앤젤레스에서 들여왔다는 친구한테서 샀지. 내가 직접 신부를 데리고 들어갈 건데 뭘 어째야 할지 좀 가르쳐 달라고, 미주. 빌리를 위해 모든 걸 제대로 해주고 싶어."

미주리 마틴 양이 자기 결혼식이 어땠는지 돌이키려 애쓰는 동안, 나는 월도 윈체스터에게 다시 눈길을 주었다. 예전에 싱싱 교도소에서 뜨끈뜨끈한 의자에 앉으러 가는 친구를 두 명 봤는데, 지금 이 순간의 월도 윈체스터에 비하면 둘 다 유쾌하게 웃고 있었던 편이라는 게 내 의견이다.

빌리 페리 양이 그 옆에 앉아 있고 단원들이 〈오, 약속해 줘요〉가 어떻게 되는지 아무도 모른다고 오케스트라 단장이 욕설을 퍼붓는데, 멋쟁이 데이브가 소리쳤다.

"자, 이제 준비 다 됐으니 행복한 커플은 앞으로 나오라고!"

빌리 페리 양이 펄쩍 일어나 월도 윈체스터의 팔을 움켜잡고 일으켜 세웠다. 얼굴을 흘깃 보니 그가 아치까지 못 간다는 데 6 대 5로 걸어도 될 듯했다. 그러나 결국은 모든 사람이 웃고 손뼉을 치는 가운데 아치에 이르렀다. 목사가 앞으로 나오고 모두가 꽃으로 꾸민 아치 밑에 모였다. 멋쟁이 데이브가 그렇게 행복해 보이는 건 평생 처음이었다.

그런데 갑자기 현관 쪽에서 무시무시하게 소란스러운 소리가 들렸다. 웬 여자가 사내처럼 걸쭉한 목소리로 고함치고 있었다. 당연히 모두가 그쪽을 돌아보았다. 우드콕 호텔의 도어맨은 슬럭시 색스라는 아주 험악한 사내인데, 누가 들어오려는 걸 막는 듯했다. 그러나 곧 쿵 소리와 함께 슬럭시 색스가 나가떨어지고, 키 120센티미터에 너비가 150센티미터쯤 돼 보이는 여자가 들어왔다.

내 평생 그런 널찍한 여자는 처음 봤다. 꼭 망치로 두들겨 늘린 것처럼 보였고, 어깨 너비와 별 차이가 없는 얼굴은 거대한 보름달 같았다. 여자는 왠지 몰라도 흥분해서 공 튀듯 뛰어들었다. 그때 꼬르륵 소리가 들려 돌아보자, 월도 윈체스터가 바닥에 맥없이 주저앉은 참이었다. 그 바람에 빌리 페리 양까지 쓰러질 뻔했다.

널찍한 여자가 아치 밑에 모여 선 사람들한테 다가가 굵은 베이스로 말했다.

"멋쟁이 데이브란 게 어느 놈이야?"

멋쟁이 데이브가 앞으로 나섰다.

"내가 멋쟁이 데이브다. 도대체 뭔 생각으로 바다코끼리처럼 쳐들어와서 우리 결혼식을 망쳐 놓는 거지?"

"그럼 내 사랑해 마지않는 남편을 납치해다가 여기 이 빨간 머리 계집이랑 결혼시키려고 한 게 네놈이군?"

시선은 멋쟁이 데이브를 향한 채 빌리 페리 양을 가리키며 널찍한 여자가 말했다.

멋쟁이 데이브 앞에서 빌리 페리 양을 계집이라고 불렀으니 사태가 아주 심각했다. 멋쟁이 데이브는 화가 머리끝까지 치밀었다. 그는 평소 여자들을 나름 정중하게 대하는 편이지만, 이 널찍한 여자의 태도가 마음에 안 드는 눈치가 역력했다.

"이거 봐, 취한 거 같은데 한 방 먹기 전에 가서 산책이라도 좀 하지? 아니면 머리가 돌기라도 한 건가? 대체 뭔 소리를 하는 거야?"

멋쟁이 데이브가 말했다. 널찍한 여자가 악을 썼다.

"뭔 소리냐고? 그럼 가르쳐 주지. 거기 바닥에 주저앉은 게 법이 인정하는 내 남편이다, 어쩔래? 가엾은 사람 같으니, 십중팔구 네놈이 찍 소리도 못하게 을렀겠지. 네놈이 내 남편을 납치해다가 여기 이 빨간 머리랑 결혼하게 강요했다고 이 롤라 사폴라가 경찰에 고발할 테니까 그리 알라고, 이 거지 같은 얼간이야!"

여자가 멋쟁이 데이브에게 그런 말씨를 쓰는 걸 보고 우리 모두 충격을 받았다. 데이브는 그보다 못한 일로도 눈 하나 깜짝 않고 상대방을 쏴 죽이곤 했기 때문이다. 그러나 데이브는 널찍한 여자를 바로 어쩌지 않고 대신 팔을 붙들었다.

"그게 뭔 소리지? 누가 누구랑 결혼했다고? 당장 여기서 못 나가?"

그러자 그녀가 왼손으로 데이브의 따귀를 때리려는 시늉을 했다. 데이브는 당연히 얼굴을 뒤로 뺐는데, 롤라 사폴라가 글쎄, 왼손은 그냥 두고 갑자기 오른손 주먹을 데이브의 배에 정통으로 먹였다. 얼굴이 뒤로 가면 배는 자연히 앞으로 나오게 마련이다.

지금까지 살면서 보디블로를 여러 번 봤지만 이보다 더 근사한 보디블로는 본 적이 없다는 말을 꼭 하고 싶다. 게다가 롤라 사폴라가 주먹을 날리는 동시에 앞으로 다가섰으니 펀치에 힘이 잔뜩 실렸다.

멋쟁이 데이브처럼 먹고 마시는 사내는 배를 얻어맞으면 약하게 마련이라, "욱" 하고 신음하더니 댄스 플로어에 쿵 주저앉았다. 그가 앉은 채로 개다리를 꺼내려 바지 주머니에 손을 넣는 걸 보고 주위에 있던 모든 사람이 당장 몸을 피했다. 롤라 사폴라와 빌리 페리 양 그리고 월도 원체스터만이 예외였다.

그러나 권총을 꺼내기도 전에 롤라 사폴라가 몸을 굽혀 데이브의 목덜미를 잡고 일으켜 세웠다. 그녀가 손을 놓자 데이브는 다소 휘청거리기는 해도 자기 발로 섰다. 그런 그의 배에 그녀는 두 번째 주먹을 날렸다.

또다시 쓰러진 데이브에게 롤라가 걷어찰 것 같은 기세로 다가들었다. 그러나 그러지는 않고 월도 원체스터를 그러모아 귀리 자루처럼 어깨에 둘러메더니 문간으로 향했다. 멋쟁이 데이브가 일어나 앉았다. 손에 개다리를 들고 있었다.

"내가 신사라 다행인 줄 알라고, 안 그랬으면 네 몸뚱이에 바람구멍 숭숭 뚫렸을 거다."

그가 고함쳤다.

롤라 사폴라는 월도 윈체스터의 머리를 쓰다듬으며 소중한 자기 남편한테 이런 몹쓸 짓을 하다니 멋쟁이 데이브는 정말 악독한 놈이라고 어르느라 돌아보지도 않았다. 내 보기에 롤라 사폴라는 월도 윈체스터를 아주 좋게 생각하는 듯했다.

그녀가 사라진 뒤 멋쟁이 데이브는 일어나 울기 대회 신기록을 세우기로 작정한 듯한 빌리 페리 양을 바라보았다. 목사를 포함해, 우리는 숨어 있던 곳에서 나왔다. 결혼식을 망쳤다고 얼마나 길길이 날뛸까 싶었는데, 멋쟁이 데이브는 그저 슬프고 낙담한 표정이었다.

그는 빌리 페리 양한테 말했다.

"빌리, 결혼을 못하게 돼서 정말 유감이야. 내가 바라는 건 그저 당신 행복뿐인데, 이 기자 놈한테 사자 조련사가 붙어 있는 한 그놈하곤 행복해질 수 없을 것 같아. 난 큐피드로선 완전 빵점이군. 난생처음 좋은 일 좀 해보겠다고 한 건데 실패로 돌아가고 말았어. 당신이 기다려 주면 그 여자를 물에 빠뜨리거나 해서……"

빌리 페리 양은 폭포수처럼 쏟아지는 눈물에 휩쓸리듯 데이브의 품으로 흘러들었다.

"데이브, 난 월도 윈체스터 같은 남자랑은 절대 행복해질 수 없을 거야. 이젠 알겠어. 내 남자는 당신뿐이라는 걸."

그러자 데이브의 표정이 금세 환해졌다.

"어이구, 이런. 목사 어디 갔어? 당장 목사 데려와. 결혼식을 올리자고."

얼마 전에 멋쟁이 데이브네 부부를 봤는데 아주 행복해 보였다. 하지만 부부의 속사정은 모르는 법이니, 막스 호텔에 있는 롤라 사폴라한테 전화한 사람이 나란 말을 멋쟁이 데이브에게 할 생각은 눈곱만큼도 없다. 데이브한테 별로 잘된 일이 아닐지도 모르니까.

아주 정직한 사내
A Very Honorable Guy

브로드웨이 안팎에서 피트 새뮤얼스를 알고 지냈다 말았다 한 지 8년인지 10년쯤 됐지만 가까이 지낸 적은 없다. 별 볼일 있는 작자라 생각하지 않기 때문이다. 아니, 땡전 한 푼의 값어치도 없다.

첫째, 피트 새뮤얼스는 늘 빈털터리인데, 빈털터리 주위를 맴돌아 봤자 소용없다. 내 생각에 아무것도 안 가진 작자한테서는 아무것도 얻어낼 수 없다. 그러니 빈털터리들은 참 안됐다고 생각하기는 해도 그 주위에 있고 싶진 않다. 예전에 어느 경험 많고 똑똑한 영감이 이런 말을 했다.

"젊은이, 항상 돈 곁에 붙어 있으라고. 그러다 보면 언젠가 자네 앞에 떨어지는 것도 있을 테니까."

그래서 이 거리에서 지내 오는 동안, 나는 늘 큰손들이라든지 큼직하고 거칠거칠한 지폐를 갖고 다니는 인간들과 친하게 지냈고 작게 노는 도박꾼과 잔꾀밖에 못 쓰는 놈, 무일푼인 놈들은 멀리했다. 피트 새뮤얼스는 이 거리에서 가장 심각하게 무일푼인 놈들 중 하나로, 내가 아는 한 안 그런 적이 없다.

그는 덩치가 크고 턱이 몇 겹인 데다 발이 참 유별나다. 그를 '피트'라 부르는 건 그 때문이다. 아무리 덩치가 크다지만 발이 해도 너무할 정도로 크다. 멋쟁이 데이브 말로는, 피트는 신발 대신 바이올린 케이스를 신는다고 한다. 물론 이 말은 사실이 아니다. 첼로처럼 아주 큰 바이올린을 넣는 케이스면 또 몰라도, 피트의 발이 바이올린 케이스에 들어갈 리 없다.

어느 날 밤 핫 박스라는 나이트클럽에서 피트가 오르탕스 해서웨이와 춤추는 걸 봤다. 조지 화이트의 〈스캔들스〉에 출연하는 여자인데, 글쎄 꼭 썰매라도 탄 것처럼 피트의 발 위에 올라서 있는데도 피트는 알아차리지도 못하는 게 아닌가. 그저 오늘 밤은 곤돌라가 딴 때보다 좀 더 무겁다고 생각하는 듯했다. 오르탕스는 병약하고 가녀린 여자가 아니었기 때문이다. 사실 제법 튼실한 웰터급이었다.

그녀는 금발에 말수가 많으며, 진짜 이름은 오르탕스 해서웨이와는 전혀 딴판인 애니 오브라이언이다. 뿐만 아니라 뉴어크, 그러니까 뉴저지 주 출신인 데다, 아빠는 스커시 오브라이언이란 이름의 택시 운전사로 아주 난폭한 사내다. 그렇지만 몸매만 합격이면 택시 운전사의 딸이든 뭐든 조지 화이트의 〈스캔들스〉에는 문제될 게 없고, 그 때문에 오르탕스에 대해 손님들이 항의했다는 말도 들어 본 적이 없다.

그녀는 소위 쇼걸로, 조지 화이트 씨의 무대에서 그녀가 하는 일이라 곤 그저 리본 몇 개 두르고 걸어 다니는 것뿐이었다. 딴 사람들은 다들 그녀가 아주 미인이고 특히 목 아래가 훌륭하다고 생각했지만, 나 개인적으로는 너무 까지고 건방진 것 같아서 그저 그랬다. 나이트클럽에서 종종 마주치곤 했는데, 대개 다이아몬드 팔찌를 주렁주렁 끼고 모피 숄을 두른 걸로 봐서 뉴저지 주 뉴어크 출신의 여자치곤 제법 성공한 편이었을 것이다.

물론 피트 새뮤얼스는 오르탕스 말고도 많은 여자들이 왜 자기와 춤추고 싶어 하는지 그 이유를 몰랐다. 자기한테 섹스어필이 있나 보다고 생각하던 터라, 그는 핫 박스의 수석 웨이터 앙리한테 열 곡 중 한 곡만 춤을 춰달란 말을 듣고 무척 뿔이 났다. 플로어는 작은데 피트의 발이 하도 커서 그가 플로어로 나오면 두 명밖에 더 춤을 못 춘다는 게 이유였다.

피트의 발에 대한 이야기를 좀 더 해야겠다. 그도 그럴 게 워낙 특이한 발이기 때문이다. 두 발이 정반대되는 방향을 향하고 있어서, 길모퉁이에 서 있을 때면 이쪽 발하고 저쪽 발이 각각 딴 방향을 보고 있는 바람에 그가 어느 쪽으로 갈 건지 알 수 없다. 민디네 레스토랑에선 피트가 가만히 서 있을 때 그가 어느 쪽으로 갈 건지를 두고 종종 내기를 하곤 했다.

이 거리의 다른 많은 사내들이 그러하듯 피트 새뮤얼스가 가장 잘하는 일이 곧 그의 직업이다. 그는 경마장과 크랩스 게임과 권투장을 들락거리며 마권업자 대신 수금을 해서 몇 푼 벌고, 여기저기 조금씩 걸고, 멍청한 손님들을 끄는 삐끼 노릇도 하는데, 그런데도 평생 돈이란 걸 가져 본 적이 없다. 1년 365일 빚을 지고 갚고 하는 중이라, 언제 봐도 늘 돈이 없어 쩔쩔매고 있었다.

피트 새뮤얼스에 대해 할 수 있는 유일하게 좋은 말이라곤, 그가 빚에 대해 매우 정직하며 수중에 돈이 생기는 대로 꼬박꼬박 갚는다는 것뿐이다. 그를 아는 모든 사람이 똑같은 말을 할 것이다. 물론 피트 같은 도박꾼이 신용을 잃지 않고 계속해서 해나가고 싶으면 당연히 그래야 하긴 하지만, 빚 갚는 걸 깜박하는 인간이 얼마나 많은지 알면 놀랄 것이다.

피트의 약속은 항상 믿을 만하다고 여겨졌기 때문에 그가 약간의 돈을 변통 못하는 일은 거의 없다. 심지어 결코 돈 빌리기 쉬운 상대라고 할 수 없는 브레인한테서도 빌릴 수 있었다. 쉽기는커녕 브레인은 돈 빌리기가 아주 까다로운 사람이다.

누가 돈을 빌리면 브레인은 그 자리에서 바로 언제 소정의 이자를 붙여 갚을 것인지 확인한다. 화요일 새벽 5시 30분까지 갚겠다고 했으면, 화요일 새벽 5시 31분에 갚아도 브레인은 그가 아주 믿을 수 없는 인간이라고 생각하고 두 번 다시 돈을 빌려 주지 않는다. 브레인한테 한 번 신용을 잃으면 이 거리에서 아주 힘들어질 수 있다. 여기서 늘 돈이 있는 사람이라곤 브레인뿐이기 때문이다.

게다가 브레인한테 돈을 빌렸다가 약속한 기한 내에 갚지 않는 인간들은 종종, 예컨대 코뼈가 부러진다든지 발목을 삐는 등 아주 묘한 일을 당하곤 했다. 브레인의 주변에 그에게 돈을 빌려 놓고 안 갚는 인간들한테 원한이 있는 듯한 사내들이 있기 때문이다. 그렇기는 해도 브레인은 자기가 사람 보는 눈이 있으며 절대 잘못 보는 법이 없다고 자부하는 터라, 이따금 전혀 생각지도 못한 인간들에게 돈을 빌려 주곤 했다. 그렇지만 브레인에게 돈 빌리는 인간들 중 가장 뜻밖인 사람은 역시 피트 새뮤얼스라고 해야 할 것이다.

브레인의 원래 이름은 아르망 로젠탈인데, 워낙 똑똑해서 브레인이라 불리는 것이다. 도박판 등등을 크게 벌이는 사람으로 그 명성을 모르는 인간은 이 거리에 아무도 없을 것이다. 브레인의 돈이 얼마나 되는지는 아무도 모르지만 아주 많은 것만은 분명하다. 돈이 얼마가 풀리든 간에 결국엔 브레인이 죄다 쓸어 가기 때문이다. 브레인에 대해서는 언젠가 다시 이야기하기로 하고 지금은 피트 새뮤얼스 이야기를 하련다.

뉴욕에 혹독한 겨울 추위가 닥치자, 주머니에 여유가 있는 사람들은 거의 모두 마이애미나 아바나, 뉴올리언스로 가버리고 빈털터리들만 남았다. 큰손들이 없으니 온 거리가 그저 죽은 듯이 잠잠했다. 어느 날 밤 민디네 레스토랑에서 피트 새뮤얼스와 마주쳤는데, 그는 아주 슬픈 얼굴로 혹시 5달러 있느냐고 물었다. 그렇지만 나는 당연히 피트 새뮤얼스 같은 인간한테 5달러를 줄 생각이 없었다. 결국 그는 2달러로 타협해 주겠다고 제안했다. 피트가 5달러에서 2달러로 깎다니 상황이 아주 심각한 게 틀림없었다.

"방세가 한참 밀렸는데 집주인 여자가 워낙 인정머리가 없어서 내 말을 들어 주질 않아. 당장 얼마라도 안 내면 거리로 내쫓겠다는군. 이렇게 힘들고 절박한 건 처음인데, 그래서 아주 극단적인 짓을 할까 생각 중이야."

피트가 말했다.

일하는 거 말고 피트 새뮤얼스가 어떤 아주 극단적인 짓을 할 수 있다는 건지 알 수 없었다. 게다가 나는 뭔 일이 있든 그가 그런 짓을 할 리 없다는 걸 알고 있었다. 브로드웨이에서 지금까지 지내면서, 일을 할 만큼 절박한 빈털터리는 한 명도 본 적이 없다.

전에 멋쟁이 데이브가 피트 새뮤얼스한테 여기서 필리*까지 럼주를 운반해 주면 보수를 꽤 짭짤하게 주겠다고 했는데, 피트는 자기는 야외가 질색인 데다 럼주 운반은 불법이라 빵에 갈 수도 있다고 들었다면서 거절했다. 그러니 뭐가 됐든 피트는 절대 어려운 일은 안 하리라는 걸 알 수 있었다.

"브레인은 아직 여기 있는데 돈 좀 꿔보지그래? 사이 나쁘지 않잖아."

나는 피트에게 말했다.

"그게 문제가 있어서 말이야. 벌써 백 빌려서 월요일 새벽 4시까지 갚기로 돼 있는데, 100달러가 대체 어디서 날지 알 수 없는 데다 이자 10달러도 있다고."

피트가 말했다.

"어쩌려고?"

나는 물었다. 오늘이 벌써 목요일이니 그런 큰돈을 마련할 시간이 없을 듯했다.

피트가 무척 슬픈 표정으로 대답했다.

"가서 죽을까 해. 내가 있어서 누구한테 보탬이 되는 것도 아니잖아? 난 가족도 없고 친구도 없고 나 같은 거 없어도 세상은 벌써 꽉 찼다고. 그래, 역시 그냥 가서 죽는 게 좋겠어."

"여기 사내들의 거리에서 자살하는 건 불법이야. 자살한 인간한테 법이 뭘 할 수 있다는 건지는 나도 도통 모르겠지만."

나는 말했다.

"상관없어. 이젠 죄다 지긋지긋하고 신물이 나. 특히 빈털터리라는 게 지긋지긋하고 신물이 난다고. 난 바지 주머니 속에서 25센트 동전 몇 개 이상이 짤랑거려 본 적이 없어. 하는 일마다 족족 잘못되고 말이야.

---

*필라델피아.

브레인한테 빌린 백만 아니면 당장 가서 죽겠는데, 브레인이 나 죽고 나서 내가 별 볼일 없는 놈이었다고 말하고 다니면 싫잖아. 게다가 제일 힘든 게 뭐냐 하면, 내가 사랑에 빠졌다는 거야. 난 오르탕스를 사랑해."

피트가 말했다. 나는 놀랐다.

"오르탕스? 맙소사, 오르탕스는 그저 거대한……"

"그만! 그 이상은 말하지 마. 오르탕스를 거대한 소시지든 거대한 머시기든 좌우지간 그렇게 부르는 건 내가 용서하지 않겠어. 난 오르탕스를 사랑한다고. 오르탕스가 없으면 살 수 없어. 아니, 오르탕스 없인 살고 싶지 않아."

피트가 말했다.

"그래, 오르탕스는 자네가 자길 사랑하는 걸 어떻게 생각하는데?"

나는 물었다.

"오르탕스는 몰라. 창피해서 말할 수 있어야지. 사랑한다고 말하면 오르탕스는 당연히 내가 다이아몬드 팔찌를 사줄 거라고 생각할 텐데, 난 그럴 수 없잖아. 그렇지만 날 쳐다보는 눈초리를 보면 나한테 그런대로 마음이 있긴 한 것 같거든. 하지만 나 말고 오르탕스를 좋아하는 인간이 또 하나 있는데, 그 작자는 다이아몬드 팔찌랑 이것저것 사주니 그게 문제란 말이지. 난 그 작자가 누군지 모르고 내 생각에 오르탕스는 그 친구를 별로 안 좋아하는 것 같긴 한데, 어떤 여자가 자기한테 다이아몬드 팔찌를 사줄 수 있는 작자를 무시하겠느냐고. 그러니 역시 난 가서 죽는 수밖에 없을 것 같아."

당연히 나는 피트 새뮤얼스의 말을 진지하게 받아들이지 않았고 어차피 뭔 수를 찾아내겠거니 싶어 금세 잊어버렸다. 그런데 그다음 날 밤 그가 아주 기분이 좋아선 민디네로 들어왔다. 꼭 수중에 65달러쯤 있는 사내처럼 걷는 폼이, 어디서 돈 좀 번 모양이었다.

그런데 알고 보니 피트가 가진 건 돈이 아니라 아이디어였다. 65달러의 값어치가 있는 아이디어란 좀처럼 없다.

"내가 아까 오후에 침대에 누워 있다가, 어떻게 하면 브레인한테, 그리고 잘하면 다른 몇 명이랑 집주인한테도 돈을 갚고, 나 죽고 장례도 치를 수 있을지 좋은 방법을 생각해 냈거든. 내 시체를 팔 거야."

당연히 나는 그게 뭔 말인지 이해할 수 없었으므로 피트한테 설명해 보라고 했다. 그의 말인즉슨 이런 것이었다. 시체를 원하는 의사를 찾아 되도록 비싼 값에 자기 시체를 팔겠다는 것이다. 약속한 기간 내에 피트가 가서 죽으면 곧바로 의사에게 시체를 전달하는 방식이다.

"내가 알기로 그 작자들은 늘 시체를 찾는다던데. 요샌 괜찮은 시체를 찾기 쉽지 않다더라고."

피트가 말했다.

"자네 시체 값을 얼마나 받을 것 같은데?"

나는 물었다.

"글쎄. 나처럼 덩치가 크면 최소한 천은 쳐주지 않을까."

"피트, 별 끔찍한 이야기를 다 듣는군. 난 그런 일은 잘 모르긴 하지만, 혹시 의사들이 진짜로 시체를 산다고 해도 무게로 달아 사진 않을 거야. 게다가 시체를 천 달러에 팔 수 있을 것 같지도 않고. 특히 자네가 아직 살아 있다면 말이지. 시체를 정말 줄지 의사가 어떻게 안단 말이야?"

"맙소사, 내가 빚진 건 꼭 갚는다는 건 모르는 사람이 없다고. 보증인으로 브레인을 세울 수도 있어. 내가 약속을 꼭 지키는 인간이라고 브레인이 말해 줄 거야."

피트가 성나서 말했다.

내가 보기엔 좌우지간 말 안 되는 소리 같았고, 빈털터리들이 종종 그러하듯 맛이 갔나 보다고 생각해서 그 이상 신경 쓰지 않았다. 그런데 월요일 새벽 민디네에 있는데 4시 직전에 글쎄 피트가 아주 우쭐한 표정으로 돈을 한 움큼 쥐고 들어오는 게 아닌가.

브레인도 늘 앉는 테이블에 문을 보고 앉아 있었다. 누가 들어오면 자기가 먼저 보기 위해서다. 브레인은 자기가 있는 곳에 누가 들어올 때, 자기가 먼저 보고 싶은 상대방이 이 거리에 많았다. 피트는 테이블로 다가가 브레인 앞에 100달러 지폐 하나, 10달러 지폐 하나를 놓았다. 브레인이 시계를 올려다보더니 미소를 지었다.

"좋아, 피트. 시간을 맞췄군."

뭔 일이 됐건 브레인이 미소를 짓는 경우는 흔치 않은데, 나중에 듣기로 피트가 제시간에 돈을 갚을 거라고 매니 만델바움과 내기를 해서 100달러 지폐 두 장을 챙겼다니, 그야 미소를 지을 만도 했다.

"그런데 피트, 아까 웬 의사가 전화해서 자네가 믿을 만하냐고 묻던데. 기뻐하라고, 자네는 백 퍼센트 틀림없다고 내가 말해 줬으니까. 자네는 약속을 반드시 지킨다는 걸 아니까 보증해 준 거야. 뭐야, 어디 아프기라도 한 건가?"

브레인이 말했다.

"아니, 아프진 않아. 그냥 그 친구랑 작은 거래를 할 게 있어서. 보증해 준 거 고마워."

피트가 말했다.

그러고는 내가 앉은 테이블로 다가왔는데, 손에 아직 돈을 든 게 보였다. 당연히 어디서 돈이 난 건지 궁금해하자 그가 설명했다.

"저번에 이야기했던 그거 말이야. 파크 애비뉴의 보디커란 의사한테 내 시체를 팔았는데, 기대했던 거하곤 달리 천은 안 주더라고. 요샌 시장에 워낙 시체가 많이 나와 있어서 값을 전처럼 쳐줄 수 없다나 봐. 그래도 삼십 일 내로 전달하는 조건으로 사백 받았지.

시체를 파는 게 그렇게 힘든 일일 줄 몰랐어. 처음 갔던 의사 셋은, 말을 꺼냈더니 내가 미친 줄 알고 경찰을 부르지 뭐야. 그렇지만 보디커 선생은 괜찮은 영감이더군. 나랑 기꺼이 거래하겠다고 하던걸. 보증인으로 브레인을 말했더니 더 좋아하더라고. 보디커 선생은 두개골 전문가인지, 벌써 몇 년째 나 같은 두개골을 찾아다녔다나. 그렇지만 이젠 원래 계획대로 창밖으로 뛰어내리는 거 말고 다른 방법을 찾아야 하게 생겼어. 보디커 선생은 내 머리가 곤죽이 되는 걸 바라지 않아서 말이야."

피트가 말했다.

"맙소사, 별 해괴한 일이 다 있군. 그거 불법 아냐? 브레인도 자네가 시체를 팔았다는 거 알아?"

나는 말했다.

"몰라. 보디커 선생은 전화로 내 말이 믿을 만하느냐고만 물었지, 왜 그걸 알고 싶어 하는지 이유는 말 안 했거든. 브레인한테 보증 받고 그걸로 만족했지. 난 이만 가서 집주인한테 밀린 방세 내고 여기저기 돈도 갚고, 그러곤 이 몹쓸 세상을 떠날 때가 될 때까지 맛있는 거나 좀 먹어야겠어."

피트가 말했다.

그런데 말은 그래 놓고 곧장 집주인한테 방세를 내러 가지 않은 모양이다. 대신 다운타운에서 조니 크래코가 벌이는 크랩스 게임에 갔다. 상한이 500달러라 큰손들은 잘 안 하지만, 작게 노는 도박꾼들한테는 늘

34

여지가 있는 곳이다. 그런데 피트가 들어섰을 때, 빅 니그가 주사위로 4를 던지려 하는 듯했다. 빅 니그 아니고 누가 던져도 4가 나오기 쉽지 않다는 건 누구나 아는 사실이다.

그래서 빅 니그가 4를 던지려고 하는 걸 피트 새뮤얼스가 구경하는데, 화이티란 작자가 빅 니그가 4를 던질 거라는 데 2 대 1로 100달러를 걸겠다고 나섰다. 나 같으면 절대 빅 니그를 그 정도로 신뢰하지 않을 것 같다. 당연히 피트는 주머니에 100달러 지폐 두 장이 있는 사람이라면 누구나 그랬을 것처럼 100달러 지폐 두 장을 꺼내 들고는, 화이티에게 빅 니그가 4를 못 던진다는 데 200 대 100으로 걸겠다고 했다. 말 떨어지자마자 빅 니그가 7을 던져서 피트가 내기에 이겼다.

자세한 이야기는 생략하고 요점만 말하자면, 피트는 얼마 동안 그곳에 서서 사내들이 4든 뭐든 던지고 싶은 숫자를 못 던진다는 데 돈을 건 끝에 어느새 6천이나 따 판을 싹쓸이하고 쑥대밭으로 만들고 말았다. 그다음 날 밤 핫 박스에선 오르탕스가 덩치 큰 1루수처럼 피트의 발에 올라타 이리저리 슬라이딩하고 있었는데, 눈먼 장님도 그녀의 다이아몬드 팔찌가 최소한 세 개는 늘었다는 걸 알 수 있었다.

한 이틀 뒤, 피트가 이번에는 로스앤젤레스의 큰손 롱 조지 매코맥한테 로볼이란 카드 게임에서 1만 8천이나 땄다는 이야기를 들었다. 피트 새뮤얼스가 로볼에서 롱 조지 같은 사내한테 이기다니, 내가 잭 뎀프시를 때리는 것만큼이나 터무니없는 일이었다. 그렇지만 도박에서 한번 운이 터진 사람을 막을 수 있는 건 아무것도 없게 마련이라, 그로부터 한동안 그가 여기저기서 잔뜩 땄다는 이야기가 매일같이 들려왔다.

어느 날 아침, 피트가 민디네로 들어왔다. 그는 이젠 돈이 있는 데다 누구나 거리낌 없이 지낼 수 있는 친구인지라 당연히 곧바로 그의 테이블로 다가갔다. 잘돼 가는 줄 뻔히 알아도 잘돼 가느냐고 물으려는데 웬 사납게 생긴 영감이 들어왔다. 희끗희끗한 수염이 사방으로 뻗치며 얼굴을 뒤덮었고, 수염 속에 이글이글한 눈이 엿보였다. 그를 보고 피트가 얼굴이 창백해져 고개를 끄덕이자 남자도 고개를 끄덕이곤 나갔다.

"저 수염 영감, 얼마 전에도 아침에 와서 둘러보던데 누구야? 누군지, 뭐 하는 놈인지 아는 사람이 아무도 없어서 다들 아주 불안했다고."

나는 피트에게 말했다.

"보디커 선생이야. 내가 어디 안 도망갔는지 확인하는 거지. 여러모로 아주 곤란한 상태야."

피트가 말했다.

"뭘 걱정이야? 돈도 잔뜩 있겠다, 그 보디커 선생이란 작자가 자네를 담보물로 처리할 때까지 아직 2주나 남았으니 그때까지 즐기면 되잖아."

그러자 피트가 슬픈 표정으로 말했다.

"알아. 그렇지만 돈이 생기니까 상황이 전만큼 그렇게 빡빡하지 않단 말이지. 의사 선생이랑 괜히 그런 거래를 맺었다 싶어. 특히 오르탕스를 생각하면."

"오르탕스가 왜?"

나는 물었다.

"내가 딴 친구보다 다이아몬드 팔찌를 더 많이 사줄 수 있게 됐더니 이젠 나를 좋아하기 시작한 것 같아. 이것만 아니면 결혼하자고 하겠는데 말이야. 게다가 어쩌면 그러겠다고 할 것 같거든."

피트가 말했다.

"그럼 수염 영감한테 가서 돈 돌려주고 마음이 바뀌었다고 그러지그래? 물론 자네가 지금 돈이 있는 건 수염 영감이 자네 시체를 사준 덕분이지만"

나는 말했다. 피트의 눈에 닭똥 같은 눈물이 맺혔다.

"물론 갔어. 그렇지만 거래를 물러 줄 수 없고, 돈도 돌려받지 않겠대. 자기가 원하는 건 내 시체뿐이라면서. 내 머리통이 워낙 희한하게 생겨서 그런다나. 빌린 돈의 네 배를 갚겠다고 했는데도 싫다지 뭐야. 정확히 3월 1일에 내 시체를 받아야겠다는군."

"오르탕스도 알아?"

나는 물었다.

"맙소사, 아냐, 몰라. 말할 생각도 없어. 이 이야기를 들으면 내가 미쳤다고 생각할 텐데, 오르탕스는 미친 인간들을 안 좋아한다고. 실제로 자기한테 다이아몬드 팔찌를 사주는 그 또 한 놈이 약간 미쳤다면서 맨날 투덜대거든. 나도 다를 거 없다고 생각했다간 날 차버릴지도 몰라."

난처한 상황이긴 한데 어쩌면 좋을지는 나도 알 수 없었다. 다음 날 친한 변호사한테 물어봤더니 법정에선 거래가 효력이 없을 거라고 했지만, 물론 난 피트 새뮤얼스가 법정까지 가길 원하지 않으리란 걸 알고 있었다. 지난번 법정에 섰을 때 피트는 중요 참고인으로 열흘간 '무덤 Tombs'에 갇혀 있었다.

변호사 말로는 피트가 달아나는 것도 가능하다고 했지만, 나 개인적으로는 브레인이 보디커 선생에게 피트를 보증해 줬는데 그러는 건 매우 불명예스러운 일이란 생각이 들었다. 게다가 오르탕스가 있는데 피트가 그런 짓을 할 리 없었다. 피트 새뮤얼스에겐 그녀의 머리카락 한 올이 대서양 횡단 전선보다도 더 튼튼할 게 분명했다.

일주일이 흘렀다. 그사이 피트를 별로 못 만났지만, 그가 크랩스와 카드 게임 판을 박살내고 있으며 또 오르탕스와 함께 나이트클럽을 누비고 다닌다고 들었다. 오르탕스는 다이아몬드 팔찌가 늘다 못해 드디어 팔에 낄 자리가 없어서 발목에도 몇 개 걸었다고 했다. 사실 팔찌가 있건 없건 보기 그렇게 나쁜 발목은 아니었다.

그러고 또 일주일이 지나, 어느 날 새벽 4시 반쯤 내가 민디네 앞에 서서 슬슬 때가 됐을 텐데 피트가 보디커 선생을 어쩔 건가 생각하고 있으려니, 느닷없이 철퍼덕철퍼덕 요란한 발소리가 브로드웨이를 달려왔다. 그쪽을 보니 글쎄, 피트가 아닌가. 어찌나 빨리 뛰는지 시속 55킬로미터로 달리는 택시들이 마치 멈춰 서 있는 것처럼 보였다.

아침 그 시간대엔 신호등도 없고 다니는 차도 별로 없다. 피트가 눈 깜짝할 새 내 앞을 지난 뒤, 대략 20미터쯤 떨어져 희끗희끗한 수염을 기른 영감이 쫓아왔다. 자세히 보니 글쎄, 보디커 선생 본인이었다. 게다가 손에 길고 커다란 칼을 들고는 당장에라도 피트에게 덤벼들어 칼을 휘두르려는 것처럼 보였다.

나는 생각지도 못한 광경에 놀라 어떻게 될지 보려고 그들을 따라가기 시작했다. 보디커 선생이 피트의 시체를 자기 손으로 직접 회수할 작정이라는 걸 바로 알아차렸기 때문이다. 하지만 내 달리기 실력이 워낙 신통치 못한 탓에 둘 다 순식간에 놓쳐 버리고, 그 뒤로는 오직 철퍼덕철퍼덕 피트의 발소리만으로 그들을 쫓아가야 했다.

그들은 브로드웨이에서 동쪽, 54번로로 꺾어졌다. 모퉁이에 이르자 블록의 중간쯤, 핫 박스 앞에 사람들이 모여 있는 게 보였는데, 멀리서도 피트와 보디커 선생 때문이란 걸 알 수 있었다. 피트는 안으로 들어가고 의사 영감은 도어맨인 솔저 스위니와 싸우고 있었는데, 피트가 솔저한테 자기를 쫓아온 작자를 들여보내지 말라고 했기 때문이다. 솔저는 피트의 친구로서 의사를 막고 있었다.

보아하니 오르탕스가 핫 박스에서 피트를 기다리고 있었던 모양이다. 그녀는 당연히 피트가 가쁜 숨을 몰아쉬며 들어온 걸 보고 놀랐고 그곳에 있던 다른 사람들도 그랬다. 그중 한 사람이었던 수석 웨이터 앙리가 나중에 뭔 일이 있었는지 가르쳐 주었다. 난 그때 바깥, 가게 앞에 있었으니 말이다.

"웬 미치광이가 고기 써는 칼을 들고 날 쫓아오지 뭐야. 그놈이 안으로 들어오면 난 죽은 목숨이야. 지금 문간에서 들어오려고 하는 중이야."

피트가 오르탕스에게 말했다.

오르탕스를 위해 한마디 하자면, 그녀는 배짱이 아주 두둑하다. 하긴 스커시 오브라이언의 딸이 배짱이 안 두둑할 리 없긴 하다. 뱃심 있는 걸로 스커시를 따라올 인간은 세상에 아무도 없으니 말이다. 수석 웨이터 앙리의 말에 따르면, 오르탕스는 흥분하거나 하지 않고 그냥 침착하게, 피트를 쫓아오는 작자를 살짝 내다보겠다고 했다.

핫 박스는 차고 위에 있어서 주방 창문으로 54번로가 내려다보인다. 보디커 선생과 솔저 스위니가 싸우는데, 창문 열리는 소리가 나더니 글쎄 오르탕스가 내다보는 게 아닌가. 그녀는 흘깃 보더니 금세 머리를 쏙 뺐는데, 나중에 앙리한테 듣기로 이렇게 악을 썼다고 한다.

"세상에, 피트! 저게 바로 나한테 그 많은 팔찌를 보내면서 결혼해 달라고 한 그 미치광이 영감이야!"

"그리고 내가 내 시체를 판 사람이기도 해."

피트는 그렇게 말하고는 오르탕스에게 보디커 선생과 맺은 거래를 이야기했다.

"전부 자기를 위해서 그런 거야."

피트는 그렇게 말을 이었는데, 물론 이건 새빨간 거짓말이었다. 원래 전부 브레인 때문이었으니 말이다.

"난 당신을 사랑해. 그래서 죽기 전에 당신을 기쁘게 해주려고 돈이 좀 필요했던 거야. 이 거래만 아니었으면 당신한테 내 사랑해 마지않는 아내가 돼달라고 했을 텐데."

그러자 글쎄, 오르탕스가 피트의 품에 뛰어들어 못생긴 입에 열렬하게 입을 맞추더니 이런 말을 했다는 게 아닌가.

"나도 당신을 사랑해, 피트. 날 위해 자기 시체를 담보로 잡히다니 지금까지 아무도 그런 희생을 한 사람이 없었는걸. 거래는 신경 쓰지 말고 우리 당장 결혼하자. 그렇지만 그 전에 먼저 아래층에 있는 저 미치광이 영감을 해치워야지."

그러더니 오르탕스는 다시 창밖을 내다보고는 보디커 선생에게 이렇게 소리쳤다.

"내 눈앞에서 사라져, 이 바보 같은 늙은이야! 안 그러면 당신 그 수염 속에 좀벌레를 던져 넣을 거야!"

그러나 보디커 선생은 오르탕스를 보더니 한층 흥분해선 사납게 날뛰기 시작했다. 솔저 스위니는 다치는 사람이 생길까 봐 의사한테서 칼을 빼앗아 멀리 던졌다.

들자 하니 오르탕스는 창문 너머 보디커 선생한테 던질 것을 찾아 주방을 둘러본 모양이다. 그런데 보이는 것이라곤 주방장이 햄 샌드위치를 만들려고 방금 테이블에 꺼내 놓은 근사한 새 햄뿐이었다. 이게 아주 큰 햄 덩어리라 핫 박스 같으면 한 달은 먹을 수 있었을 것이다. 핫 박스에선 햄 샌드위치에 넣을 햄을 아주아주 얇게 썰기 때문이다. 어쨌든 오르탕스는 대뜸 햄을 집더니 창가로 달려가 조준이고 뭐고 냅다 던졌다.

이 햄이 가엾은 보디커 선생의 머리통을 정통으로 때렸다. 의사 영감은 쓰러지진 않았지만 술 취한 사람처럼 다리가 꺾여 휘청거렸다.

의사 영감의 처지가 하도 딱해 보여서 도와주고 싶다는 마음이 들었다. 게다가 오르탕스 같은 아가씨가 누구한테 햄을 던지는 건 내 생각에 비열한 짓이다.

나는 의사 영감을 부축해서 민디네로 데려와 앉혀 놓고 정신이 들게 커피랑 비스마르크 풍 절인 청어를 시켜 주었다. 그사이 사람들이 주위에 모여 들어 그를 동정했다.

의사 영감이 주위를 둘러보며 말했다.

"댁들은 지금 실연당한 사내를 보고 있는 거요. 친척들 말은 다를지 몰라도 난 미치광이가 아니오. 난 오르탕스를 사랑하오. 오르탕스가 〈스캔들스〉에 해바라기로 나온 걸 봤을 때부터 사랑했지. 홀아비 된 지 오래라 결혼하고 싶은데, 내 아들딸은 내가 누구랑 결혼하는 게 마음에 안 드는 모양이오."

의사가 목소리를 낮추어 소곤소곤 말했다.

"심지어 어떤 땐 결혼 말을 꺼내면 날 가둬 놓을 작당까지 한단 말이지. 그러니 오르탕스 이야기를 하면 또 막으려 들까 봐 말을 안 했소. 그렇지만 난 오르탕스를 사랑하고, 그래서 비록 친척들 때문에 자주 만날 순 없어도 멋진 선물을 수두룩이 보냈소. 그러다 오르탕스가 이 피트 새뮤얼스란 작자랑 사귄다는 걸 알게 된 거요.

난 질투가 나 미칠 것 같았지만 어떻게 하면 좋을지 알 수 없었소. 그러던 차에 운명의 여신이 이 피트란 작자를 나한테 보낸 거요. 자기 시체를 팔겠다고 하더군. 진료를 안 한 지는 물론 이미 오래됐지만 옛 생각을 해서 파크 애비뉴에 사무실을 두고 있는데, 그 친구가 그리로 찾아온 거요. 처음엔 웬 미친 소리를 하나 생각했는데, 이 친구가 보증인으로 거물 도박사인 아르망 로젠탈 씨를 거론하지 뭐요. 실제로 로젠탈 씨는 피트 새뮤얼스가 괜찮을 거라고 했고 말이오.

그쪽 제안대로 시체를 사겠다고 하면, 계약을 이행할 때가 될 때까지 기다렸다가 달아날 거란 생각이 들었소. 그럼 두 번 다시 오르탕스의 애정을 두고 그 작자랑 경쟁하지 않아도 될 테지. 그런데 그 작자가 떠나지 않은 거요. 사랑의 힘을 고려하지 못한 탓이오.

결국 난 질투에 사로잡혀 그 작자가 떠나게 하려고 칼을 들고 뒤쫓았소. 그렇지만 너무 늦었나 보오. 오르탕스도 그 작자를 사랑한다는 걸 알겠소. 안 그러면 그 작자를 지키겠다고 석탄 통을 내 머리 위에 떨어뜨리지 않을 테니까.

그렇소, 여러분. 난 실연당해 가슴이 찢어질 것 같고 머리에 커다란 혹도 난 것 같소. 게다가 오르탕스는 내가 보낸 선물들을, 피트 새뮤얼스는 내 돈을 가졌으니 손해 본 사람은 나뿐이오. 그저 이 이야기가 시드니 시먼스 브래그던하고 결혼한 내 딸 엘로이즈의 귀에 들어가지만 않으면 좋겠군. 지미 켈리네에 있던 그 예쁜 담배 판매원 아가씨랑 결혼하겠다고 했을 때처럼 그 애가 또 미쳐 날뛸지 모르는 일이야."

그러더니 보디커 선생은 감정이 북받치는지 눈물을 뚝뚝 흘리기 시작했다. 모두가 딱한 마음에 사로잡혀 있으려니 상황을 파악한 브레인이 나섰다.

"선물하고 돈은 내가 싹 갚아 줄 테니 걱정 말라고. 댁한테 피트 새뮤얼스를 보증해 준 사람이 나야. 태어나서 처음으로 사람을 잘못 봤으니 나도 책임을 져야지. 그렇지만 피트 새뮤얼스는 앞으로 내 눈에 띄면 크게 후회할 거야. 물론 난 여자가 있을 거란 생각을 못했어. 이런 일에 여자가 끼면 얘기가 한참 달라지게 마련이거든. 그러니 사실은 그 친구를 완전히 잘못 본 건 아니긴 해."

브레인은 모든 사람이 들을 수 있도록 큰 소리로 말을 이었다.

"그렇지만 맥한테 약속대로 시체를 갖다 주지 않은 이상 피트 새뮤얼스는 돈을 떼어먹은 더러운 놈이야. 그러니 이젠 죽는 날까지 나나 내가 아는 사람들한테 한 푼도 더 못 빌릴 거고 보증도 못 받을 줄 알라고 해. 브로드웨이에서 그 친구의 신용은 완전히 땅에 떨어진 거야."

그렇지만 내 보기에 피트와 오르탕스는 상관하지 않을 것 같다. 마지막으로 들은 소식에 따르면 두 사람은 뉴저지에 사는 모양이다. 브레인의 부하들도 그곳에선 스커시 오브라이언 때문에 감히 그들을 괴롭힐 수 없다. 두 사람은 닭도 기르고 애들도 기르고 있으며, 오르탕스의 팔찌는 전부 뉴어크 지방채에 들어가 있다고 한다. 뿐만 아니라 제법 나쁘지 않은 채권이라고 들었다.

마담 절뚝발이
Madame La Gimp

어느 날 밤 50번로와 브로드웨이가 만나는 모퉁이를 지나가는데 글 쎄, 멋쟁이 데이브가 어느 집 문간에서 마담 절뚝발이란 이름의 늙고 망 가진 스페인 여자와 이야기하고 있는 게 아닌가. 엄밀히 말하자면 마담 절뚝발이가 멋쟁이 데이브에게 이야기하고, 심지어 데이브는 그 말을 듣 고 있었다. 그녀의 말에 일일이 "그래, 그래" 하고 맞장구를 치는 걸 보면 알 수 있었다. 데이브는 다른 사람의 말을 정말 주의 깊게 들을 때 그러 는데, 그건 정말이지 좀처럼 없는 일이다.

나는 그 광경을 보고 무척 놀랐다. 마담 절뚝발이는 누가 그 말을 경 청하고 싶어 할 늙다리가 아니기 때문이며, 하물며 멋쟁이 데이브는 말 할 것도 없다. 실제로 그녀는 그냥 늙은 부랑자에 대개 진에 절어 지낸 다. 마담 절뚝발이가 신문도 팔고 가끔은 꽃도 팔면서 브로드웨이를 오르락내리락하거나 40번대 구역을 슬금슬금 지나다니기 시작한 지 15년인가 16년 됐는데, 진을 마시고 거나하게 취하지 않은 꼴을 본 적이 별로 없다.

물론 아무도 그녀가 파는 신문을, 심지어 사고도 가지려 들지 않는다. 왜냐하면 대개 전날 신문이고, 심지어 가끔은 지난주 신문일 때도 있기 때문이다. 꽃도 비록 돈 주고 사긴 해도 가져가진 않는다. 10번가의 장의사한테서 가져온 꽃이라 아주 시들어 빠졌다.

나 개인적으로 마담 절뚝발이는 늙은 골칫거리일 뿐이지만, 멋쟁이 데이브처럼 인정 많은 사내들은 그녀가 자기 불운을 징징거리며 절뚝절뚝 다가오면 몇 푼 주곤 한다. 한쪽 발을 절기 때문에 마담 절뚝발이라 불리는 것이다. 아주 오래전에 누가 말하는 걸 듣기로 전엔 브로드웨이에서 잘나가는 스페인 댄서였다는데, 사고를 당해 실업자가 되고, 로맨스가 깨지면서 주정뱅이가 됐다고 한다.

한창때는 꽤나 미인이었다느니 하인도 있었다느니 그런 이야기도 듣긴 했는데, 남자고 여자고 브로드웨이에 떠도는 인간들 중 그런 소문 하나 없는 사람이 없는 데다 그중엔 솔직히 시작부터 건달이었던 놈들도 있는 터라 그런 말은 무시했다.

그래도 마담 절뚝발이가 한때는 꽤 미인이었을 수도 있다는 것, 어쩌면 꽤 잘 빠진 몸매였을 수도 있다는 걸 인정할 마음은 있다. 안 취하고 멀쩡할 때 머리를 빗는 모습을 볼 기회가 한두 번 있었는데 그렇게 나쁘진 않았다. 솔직히 시장에 내놓는다고 누가 사 갈 위험이 있을 것 같진 않았지만.

그녀의 옷은 대개 너덜너덜하고 신발은 뜯어졌다. 희끗희끗한 머리는 얼굴 위로 늘어져 있다. 쉰 살쯤 됐을 거라고 말한다면 그건 아주 잘 봐

준 것이다. 스페인 사람이지만 영어를 잘한다. 멋쟁이 데이브를 제외하면 내가 아는 누구보다도 더 유창하게 영어로 욕할 수 있다.

어쨌든 마담 절뚝발이의 이야기를 듣던 멋쟁이 데이브가 날 보더니 기다리란 신호를 보내길래, 그녀가 마침내 수다를 마치고 절뚝절뚝 가 버릴 때까지 기다렸다. 멋쟁이 데이브가 매우 근심 어린 표정으로 내게 다가왔다.

"이거 큰일인데. 저 아줌마가 곤경에 처한 모양이야. 듣자 하니 예전에 유랄리란 딸을 낳아서 브로드웨이에선 애를 제대로 못 기를 거라고 스페인의 한 작은 도시에 있는 언니한테 보냈다는데, 그 애가 지금 이리 오는 길이라는 거야. 이번 토요일에 배가 들어올 거라는데 오늘이 벌써 수요일이라고."

데이브가 말했다.

"애 아빠는 어디 있고?"

나는 데이브에게 물었다.

"그건 안 물었어. 그런 걸 묻는 건 공평하지 않잖아. 이 거리에서 애 아빠가 어디 있느냐, 심지어 누구냐고 묻고 다녔다간 참견꾼이란 오명을 얻을 뿐이야. 어쨌거나 지금 상황하고 상관도 없고. 문제는 마담 절뚝발이의 딸내미 유랄리가 여기 온다는 거라고.

마담 절뚝발이의 딸내미가 올해 열여덟 살인데, 스페인의 그 작은 도시에 사는 아주 콧대 높은 스페인 귀족의 아들하고 약혼했다는 거야. 이 아주 콧대 높은 스페인 귀족하고 그의 사랑해 마지않는 아내, 그 아들 그리고 마담 절뚝발이의 언니도 딸내미랑 같이 오나 봐. 다 같이 세계 일주 중에 마담 절뚝발이를 만나려고 여기 하루 이틀 들른다는군."

"얘기가 점점 심야 상영 영화 같아지는데."

내가 말했다. 그러자 데이브가 짜증스레 대답했다.

"내 말 아직 안 끝났으니까 좀 기다려 봐. 왜 이렇게 말이 많아? 문제는 이 콧대 높은 스페인 귀족이, 자기 아들이 얼뜨기랑 결혼하는 걸 반대하는 모양이야. 여기 오는 것도 마담 절뚝발이를 보는 게 목적이라나. 딸내미 아버지는 죽고 없고 마담 절뚝발이가 지금은 미국에서 가장 돈 많고 혈통 좋은 작자랑 결혼했다고 생각한다는 거야."

"콧대 높은 스페인 귀족은 어쩌다 그런 생각을 한 거지? 마담 절뚝발이를 본 적이 없는 게 틀림없군. 요새 사진도 못 봤나 보지."

나는 물었다.

"그건 이렇게 된 거야. 마담 절뚝발이가 딸내미한테 보내는 편지에 그런 식으로 썼나 봐. 마담 절뚝발이가 파크 애비뉴에 있는 마베리란 작은 호텔식 아파트에서 청소 일을 하는 모양인데, 거기 편지지를 슬쩍해선 자기가 거기 산다고 스페인에 있는 딸내미한테 편지를 썼다는 거야. 돈 많고 혈통 좋은 남편 이야기도 하고. 게다가 딸내미가 쓰는 편지도 호텔 주소로 보내게 해서 직원들 우편물 중에서 빼돌리곤 했다는군."

"어이구야, 그런 식으로 남들을 속이다니 그건 완전 사기꾼이잖아. 특히 콧대 높은 스페인 귀족을 속이다니 말이야. 콧대 높은 스페인 귀족은 세상에 돈 많은 엄마가 있을 수 있다고 생각하다니 얼간이가 틀림없고. 물론 콧대 높은 스페인 귀족이 얼마만큼 똑똑할 수 있을지는 나도 알 길이 없지만."

"마담 절뚝발이 말로는, 콧대 높은 스페인 귀족 마음에 제일 쏙 든 게, 딸내미가 철들어서 시계를 읽을 수 있을 때까지 참된 스페인 아기로서 지금껏 스페인에 살게 한 거라던데. 그렇긴 해도 콧대 높은 스페인 귀족이 그렇게 똑똑해 죽겠을 것 같진 않아. 욕실에 수돗물도 안 나오는 작은 도시에서 한평생 살았다고 하니까.

어쨌든 내가 말하고 싶은 건 이거야. 딸내미가 도착하기 전에 마담 절뚝발이한테 마베리에 근사한 아파트랑 돈 많고 혈통 좋은 남편을 구해줘야겠어. 마담 절뚝발이가 부랑자란 걸 알면, 콧대 높은 스페인 귀족이 아들을 파혼시키고 여러 사람 가슴에 못을 박을 테니까. 자기 아들을 포함해서.

마담 절뚝발이가 그러는데, 딸내미가 젊은이한테 푹 빠지고 젊은이도 딸내미한테 푹 빠졌다는 거야. 안 그래도 이 거리에 가슴에 못 박힌 사람들이 차고 넘치는데 말이지. 난 아파트를 구할 테니까, 자넨 가서 돈 많고 혈통 좋은 남편으로 헨리 G. 블레이크 판사를 데려오라고. 그냥 남편이라도 되니까."

멋쟁이 데이브가 정신 나간 짓을 하는 건 여러 번 봤지만 이 정도로 정신 나간 짓을 하는 건 처음이었다. 그렇지만 나는 그가 계획을 세우면 말려 봤자 소용없다는 걸 알고 있었다. 멋쟁이 데이브를 잘못 말렸다간 그가 코에 주먹밥을 날릴 것이고, 코에 주먹밥을 얻어맞아 가면서까지 말릴 가치가 있는 일은 세상에 아무것도 없다. 하물며 상대가 멋쟁이 데이브라면 더 말할 것도 없다.

그래서 나는 마담 절뚝발이의 남편으로 헨리 G. 블레이크 판사를 찾으러 나갔다. 다만 헨리 G. 블레이크 판사가 과연 누군가의, 그것도 마담 절뚝발이의 남편이 될 마음이 있을지는 알 수 없었다. 헨리 G. 블레이크 판사는 뭐랄까, 세련되고 까다로운 영감이었기 때문이다.

희끗희끗한 머리에, 코안경에, 배까지 헨리 G. 블레이크 판사는 아주 중요한 인물처럼 보인다. 물론 헨리 G. 블레이크 판사는 판사가 아니고 판사였던 적도 없었지만, 판사처럼 보이는 데다 판사라고 불린다. 말투가

느리고, 알아듣는 사람이 별로 없는 긴 단어를 많이 쓰기 때문이기도 하다.

소문을 듣기로 블레이크 판사는 전엔 월가에서 날리던 부자였고 브로드웨이의 큰손이었는데, 시장 예측을 몇 번 그르치는 바람에, 시장 예측을 몇 번 그르치는 작자들이 으레 그러하듯 돈을 대부분 잃었다고 한다. 헨리 G. 블레이크 판사가 요새 뭔 일을 하는지는 아무도 알지 못한다. 별로 이렇다 하게 하는 일이 없어 보이는데, 그래도 늘 자잘하게 버는 것 같긴 하다.

그는 이따금 배를 타고 대서양을 건너며 리틀 마누엘이나 다른 배 탄 친구들이 그를 필요로 할 때 함께 브리지 같은 게임을 하곤 한다. 리틀 마누엘은 속임수가 안 통하는 상대를 배에서 만날 때가 아주 많은지라, 그때마다 헨리 G. 블레이크 판사를 불러와 공명정대하게 이기게 해야 한다. 물론 리틀 마누엘은 공명정대하게 이기는 것보다 속임수로 돈 따는 걸 더 좋아하긴 한다. 이유는 모르겠지만 리틀 마누엘은 그런 사내다.

아무튼 헨리 G. 블레이크 판사를 건달이라 할 순 없었으며, 특히 윙칼라가 달린 좋은 옷을 입고 중산모를 쓰는 마당에 그럴 순 없다. 그리고 대개의 사람들은 그를 좋은 영감이라고 생각한다. 나도 개인적으로 판사가 도가 지나친 행동을 하는 걸 본 적이 없고, 그는 날 보면 늘 유쾌하게 인사한다.

몇 시간 걸려 가까스로 딜리의 당구장에서 로드아일랜드 프로비던스에서 온 사내와 내기 당구를 치고 있는 헨리 G. 블레이크 판사를 찾아냈다. 구당 5센트로 내기를 하는 듯했는데, 내가 들어섰을 때 판사가 13구쯤 뒤지고 있었다. 프로비던스에서 온 사내가 구당 5센트로 이겨야 한 25센트로 올려 치도록 유인할 수 있으니 당연한 일이다. 판사는 그런 면에서 머리가 아주 잘 돌아가는 친구다.

내가 들어섰을 때 판사는 누구든 심지어 눈가리개를 하고도 넣을 수 있는 공을 빗맞혔지만, 내가 할 말이 있다는 신호를 보내기 무섭게 당구대에 있는 공을 모조리 댕그랑 댕 집어넣었다. 마지막은 알 데 오로도 울고 갈 뱅크샷으로 장식했다. 판사는 당구에 관해선 꼬불꼬불한 늑대였다.

나중에 그는 자기를 그런 식으로 서두르게 했다고 날 탓했다. 그 마지막 샷이 있고 나선, 프로비던스에서 온 사내가 당연히 그와는 두 번 다시 재미로라도 당구를 안 치려고 들 것이기 때문이다. 게다가 꽤 유망해 보이는 상대였다고 했다.

멋쟁이 데이브의 용건을 들은 헨리 G. 블레이크 판사는 별로 내켜 하지 않았다. 그렇지만 그는 데이브를 위해서라면 무슨 일이든 마다하지 않는 사람이었다. 마다하는 사람들한테 불행이 찾아든다는 걸 알기 때문이다. 그는 남편 노릇은 자기도 몇 번 시도해 봤지만 그때마다 실패작이었던 터라 그럴싸하게 할 수 있을지 모르겠으나, 심각한 문제로 발전될 것만 아니면 해보겠다고 했다. 그러고는 어쨌든 혈통 좋은 건 자연스럽게 우러나올 것이라고 했다.

멋쟁이 데이브가 뭔 일을 시작하면 얼마나 빠른 속도로 하는지 놀랄 지경이다. 그는 우선 마담 절뚝발이를 빌리 페리 양에게 넘겼다. 미주리 마틴 양의 식스틴 헌드레드 클럽에서 탭댄스를 추다가 데이브의 사랑해 마지않는 부인이 된 빌리 페리 양은 미주리 마틴 양을 끌어들였다.

종류를 막론하고 남 일에 참견하는 걸 밥 먹기보다 좋아하는 미주리 마틴 양은 물 만난 고기 같았을 뿐 아니라 꽤 큰 도움이 됐다. 물론 처음엔 신문기자 월도 윈체스터한테 이 연극에 대해 몽땅 털어놓으려 하는 바람에 막느라 땀깨나 빼야 했다. 《모닝 아이템》에 자기 이름이 들어간 기사가 실리길 바란 것이었다. 미주리 마틴 양은 자신을 알릴 기회를 절대 그냥 놓치는 사람이 아니다.

어쨌든 빌리 페리 양과 미주리 마틴 양이 힘을 합쳐 새 옷을 잔뜩 사입히고 미용실로 끌고 가자, 마담 절뚝발이는 몰라보게 달라졌다. 나중에 듣기로 그 과정에서 빌리 페리 양과 미주리 마틴 양이 싸운 모양이다. 미주리 마틴 양이 마담 절뚝발이의 머리를 자기랑 똑같이 짙은 노랑으로 물들이고 자기가 입는 것 같은 옷을 사주기를 원하자, 빌리 페리 양이 안 된다면서 마담 절뚝발이가 숙녀처럼 보여야 한다고 반대한 게 이유라고 했다.

그런 말을 듣고 미주리 마틴 양은 하마터면 빌리 페리 양에게 주먹을 날릴 뻔했으나, 다행히 더 늦기 전에 빌리 페리 양이 이제는 멋쟁이 데이브의 사랑해 마지않는 부인이라는 사실을 생각해 냈다. 멋쟁이 데이브의 사랑해 마지않는 부인에게 주먹을 날릴 수 있는 사람은 이 거리에 아무도 없을 것이다. 데이브 본인이면 또 모를까.

그 뒤 그들은 마담 절뚝발이를 마베리의 방이 여덟 개인지 아홉 개 있는 근사한 아파트로 데려갔다. 이게 어떻게 가능했느냐 하면 이렇게 된 일이다. 멋쟁이 데이브한테 샴페인을 사는 가장 큰 고객들 중에 로드니 B. 에머슨이란 사내가 있는데, 이 아파트가 바로 그의 것이었다. 그는 마침 그때 가족들인지 사랑해 마지않는 부인인지와 함께 뉴포트의 피서지 별장에 가 있었다.

로드니 B. 에머슨이란 사내는 돈 잘 쓰고 재미를 추구하는 사람으로 브로드웨이에서 꽤나 이름을 날리는 데다 사람들한테 인기도 좋았다. 게다가 그는 데이브에게 고마운 마음을 갖고 있었다. 그건 딴 작자들은 짝퉁을 떠넘기려 하는데 멋쟁이 데이브만은 늘 제대로 된 샴페인을 팔기 때문이다. 당연히 로드니 B. 에머슨은 그런 친절을 고맙게 여긴다.

땅딸막한 몸집에 둥근 얼굴은 불그레하며 큰 소리로 웃는 그는, 멋쟁이 데이브가 뉴포트에 있는 집으로 전화를 걸고 상황을 설명한 다음 아파트를 빌려 달라고 부탁하는 게 가능한 사람이었다. 그래서 데이브는 그렇게 했다.

계획이 몹시 마음에 든 로드니 B. 에머슨은 멋쟁이 데이브한테 이렇게 말했다고 한다.

"데이브, 아파트는 물론 빌려 주고, 뿐만 아니라 내가 직접 가서 도와주겠네. 내가 있으면 마베리 쪽에 이것저것 설명하는 수고를 덜 수 있을 거야."

그래서 그는 뉴포트에서 바로 날아와 멋쟁이 데이브와 합류했다. 우리 모두 로드니 B. 에머슨의 협조를 오래도록 기억할 것이며, 이젠 멋쟁이 데이브가 아니라도 아무도 그에게 짝퉁을 팔려고 들지 않을 것이다.

어쨌든 토요일이 다가와 스페인에서 배가 들어올 때가 됐다. 멋쟁이 데이브는 커다란 고급 차를 빌리고, 운전기사가 낯선 사람이면 빌린 차란 걸 들통 낼까 봐 자기 운전사인 이탈리아 놈 셈을 딸려 보냈다. 미주리 마틴 양은 식스틴 헌드레드 클럽에서 자기 재즈 밴드, 하이하이 보이스를 데리고 자기도 같이 마중 나가 열렬히 환영하겠다고 우겼지만, 그에 찬성하는 사람은 아무도 없었다. 실은 판사도 얼마 동안 리틀 마누엘도 같이 가야 한다고 고집을 부렸는데, 이유는 누가 스페인 말로 자기를 흉보면 귀띔해 줄 사람이 필요하기 때문이라고 했다. 리틀 마누엘은 그야말로 스페인 사람이었기 때문이다. 그렇지만 결국 마담 절뚝발이와 그녀의 남편 헨리 G. 블레이크 판사 그리고 빌리 페리 양만 가기로 했다.

배를 마중 나가는 당일 아침, 헨리 G. 블레이크 판사는 처음으로 그의 사랑해 마지않는 아내 마담 절뚝발이를 만났다. 그때는 빌리 페리 양과 미주리 마틴 양 덕분에 마담 절뚝발이는 결코 세상에서 제일 외모가 떨어지는 여자라 할 수 없었다. 아니, 오히려 일류급이었다. 특히 진을 끊고 나니 더욱 돋보였다. 그녀는 아예 끊었다고 했다.

지금껏 마담 절뚝발이가 못생겼을 거라고 생각했던 헨리 G. 블레이크 판사는 그녀를 보고 상당히 놀랐다. 실은 블레이크 판사는 시련을 앞두고 용기를 내려고 출발 전에 위스키를 두어 잔 마셨다. 위스키와 멋진 옷 그리고 빌리 페리 양과 미주리 마틴 양이 때 빼고 광 내준 데 힘입어 마담 절뚝발이는 정말 근사해 보였다.

나중에 듣기로 마담 절뚝발이와 딸내미가 항구에서 만났을 때 참 애틋한 광경이 펼쳐졌다고 한다. 거기에 콧대 높은 스페인 귀족과 그의 부인, 아들 그리고 마담 절뚝발이의 언니까지 가세하자, 옛날에 우리 나라가 침몰시킨 스페인 전함들을 죄 둥둥 띄울 만큼 주위가 온통 눈물바다가 됐다. 심지어 빌리 페리 양과 헨리 G. 블레이크 판사도 멋진 울음을 선보였다는데, 판사가 운 건 어쩌면 용기를 내려고 마신 위스키 때문일 수도 있다.

그래도 판사는 아주 그럴싸하게 맡은 역할을 다했다. 마담 절뚝발이의 딸내미한테는 키스를 퍼붓고, 콧대 높은 스페인 귀족과 그의 부인과 아들과는 악수를 주고받고, 마담 절뚝발이의 언니는 혀가 튀어나올 만큼 꽉 끌어안았다.

알고 보니 콧대 높은 스페인 귀족은 귀밑털이 하얗게 셌으며 콘데*머시기라는 작위가 있었고, 따라서 사랑해 마지않는 그의 부인은 콘데

사**였고, 아들은 어떻게 보건 아주 훤칠하게 잘생기고 조용한 청년으로, 누가 자기한테 시선을 돌릴 때마다 얼굴을 붉혔다. 마담 절뚝발이의 딸내미는 이게 또 얼마나 예쁜지, 의붓아버지란 평계로 기회가 있을 때마다 딸내미한테 입 맞출 수 있는 헨리 G. 블레이크 판사를 부러워하는 사내들이 많을 지경이었다. 그런 미남 미녀 커플은 처음 봤다. 게다가 둘이 서로 아주 좋아하는 눈치가 역력했다.

마담 절뚝발이의 언니는 개인적으로 같이 있는 모습을 남들한테 보여주고 싶은 여자는 아닌 데다 나이도 많았지만, 그녀 또한 무척 조용했다. 손님들 중 영어를 할 줄 아는 사람이 아무도 없었던 터라 빌리 페리 양과 헨리 G. 블레이크 판사는 시내로 향하는 차 안에서 구경꾼이나 다름없었다. 어쨌든 남편 노릇에 다소 싫증이 난 판사는 마베리에 도착하자마자, 석탄 광산 너덧 개를 사러 피츠버그에 가야 하는데 다음 날엔 돌아올 거라면서 내뺐다.

거기까지는 모든 일이 순조롭게 진행되었다. 내 생각엔 그 상태 그대로 두는 게 현명한 판단일 것 같았지만, 멋쟁이 데이브는 하늘이 두 쪽 나도 그다음 날 밤 파티를 열어야겠다고 우겼다. 나는 그러다 뭔 일이 벌어져 연극을 망치면 어쩌느냐고 말렸으나 그는 내 말을 들으려 하지 않았다. 더군다나 시내에 머물고 있는 로드니 B. 에머슨이 강력한 후원자인데 내 말을 들을 리 없었다. 멋쟁이 데이브는 그 평계로 로드니 B. 에머슨의 아파트에 있는 좋은 샴페인을 마시고 싶은 것이었다.

게다가 빌리 페리 양과 미주리 마틴 양도 내가 말리더란 말을 듣고 몹시 분개했다. 보아하니 그들은 마담 절뚝발이의 옷을 살 때 멋쟁이 데이

* 백작.
** 백작 부인.

브의 돈으로 자기들 옷도 샀던 터라 새 옷을 자랑할 기회가 필요했다. 결국 파티가 열렸다.

9시쯤 마베리로 가자, 마담 절뚝발이의 아파트 문을 글쎄, 미주리 마틴 양의 식스틴 헌드레드 클럽 도어맨인 무시가 열어주는 게 아닌가. 게다가 말끔히 면도를 하긴 했어도 식스틴 헌드레드 클럽의 제복을 입고 있었다. 무시한테 인사를 건네자 그는 아무 소리 않고 절만 하고는 모자를 받아 들었다.

그다음 마주친 사람은 야회복을 입은 로드니 B. 에머슨이었다. 그는 나를 보자마자 "O. O. 매킨타이어 씨!" 하고 소리 질렀다. 난 물론 O. O. 매킨타이어 씨가 아니고 O. O. 매킨타이어 씨인 척한 적도 없으며 O. O. 매킨타이어 씨하고 비슷한 구석도 없다. 이래 봬도 난 제법 잘생겼단 말이다. 내가 로드니 B. 에머슨한테 따지려는데 그가 소곤거렸다.

"이거 봐, 저 사람들 감동 받게 여기선 다들 유명인인 척해야 해. 어쩌면 스페인에서도 신문을 읽을지 모르는 일이잖아. 신문에서 보던 사람들을 만나면 그런 유명한 사람들이 파티에 오다니 마담 절뚝발이가 진짜 거물인가 보다고 생각할 거야."

그는 내 팔을 잡고는, 크기가 거의 그랜드센트럴 역 대합실하고 맞먹는 방 한구석에 있는 사람들에게 데려갔다.

"유명 작가 O. O. 매킨타이어 씨입니다!"

로드니 B. 에머슨이 소리쳤다. 정신이 들어 보니 나는 콘데 씨 부부와 그 아들 그리고 마담 절뚝발이, 그 딸, 그 언니 그리고 마지막으로 헨리 G. 블레이크 판사와 악수하고 있었다. 연미복을 입은 헨리 G. 블레이크 판사는 나한테 별 관심을 보이지 않았다. 일자리를 소개해 준 친구한테 관심을 보이지 않다니 헨리 G. 블레이크 판사가 벌써 허파에 바람이 들었나 싶었지만, 그렇긴 해도 연미복을 입고 기름기 좔좔 흐르는 미소를 지으며 절하는 판사는 아주 근사해 보였다.

마담 절뚝발이는 가슴이 깊게 팬 검은 드레스를 입고 미주리 마틴 양의 다이아몬드 반지며 팔찌를 잔뜩 끼고 있었다. 미주리 마틴 양이 끼라고 우겼다는데, 나중에 듣기로 사복 경찰인 조니 브래니건한테 감시를 맡겼다는 것이다. 안 그래도 당시 조니가 왜 와 있는 건가 이상했는데 멋쟁이 데이브와 친해서 그러려니 했다. 미주리 마틴 양은 마음씨가 착하긴 해도 얼간이가 아니다.

마담 절뚝발이를 보면 누구나 그녀는 10번가 지하에 살면서 진을 퍼마실 리 없다는 데 자바의 커피를 모조리 걸겠다고 했을 것이다. 머리를 높다랗게 틀어 올려 큼직한 스페인 풍 장식 빗을 꽂은 모습이 전에 어디서 본 그림 같았는데, 어디서 봤는지 모르겠다. 그리고 흰 드레스를 입은 그녀의 딸내미 유랄리는 더할 나위 없이 예쁜 아가씨였다. 헨리 G. 블레이크 판사가 그녀에게 뻔질나게 입을 맞추는 것도 나무랄 수 없었다.

얼마 뒤 로드니 B. 에머슨이 "윌리 K. 밴더빌트 씨!" 하고 외치는데 글쎄, 빅 니그가 들어오는 게 아닌가. 로드니 B. 에머슨은 그를 손님들에게 데려가 소개했다.

헨리 G. 블레이크 판사 옆에 리틀 마누엘이 서서 콘데 씨 부부와 다른 사람들한테 스페인 말로 '윌리 K. 밴더빌트'가 부유한 백만장자라고 가르쳐 주었다. 콘데 씨 부부는 그나마 무척 관심을 보이는 것 같았지만, 마담 절뚝발이랑 헨리 G. 블레이크 판사는 당연히 그의 정체를 아는 데다, 마담 절뚝발이의 딸내미와 청년은 상대방 말고는 아무도 관심이 없었다.

이번에는 "앨 존슨 씨!"란 말이 들리더니 치킨 클럽의 토니 베르타졸라가 들어왔다. 그가 앨을 닮았으면 난 O. O. 매킨타이어를 닮았다. 즉, 둘 다 비슷하지도 않았다. 그다음 들어온 "존 로치 스트래턴 목사"는 내 눈엔 스키츠 볼리바처럼 보였으며, "제임스 J. 워커 시장님"은 실은 굿타임 찰리 번스타인이었다.

"오토 H. 칸 씨"는 알고 보니 로체스터 레드였고, "헤이우드 브룬 씨"는 그리스 인 닉이었다. 그리스 인 닉이 몰래 헤이우드 브룬이 누구냐고 묻길래 설명해 줬더니 로드니 B. 에머슨한테 매우 뿔을 냈다.

마지막으로 문간에서 무척 떠들썩한 소리가 들리더니, 로드니 B. 에머슨이 누구나 돌아볼 만큼 한층 큰 목소리로 "허버트 베이어드 스워프 씨!" 하고 외쳤다. 그러고 들어온 사람은 페일 페이스 키드였다. 그도 날 한쪽으로 끌고 가 허버트 베이어드 스워프가 누구냐고 묻길래 설명해 줬더니, 아주 우쭐해선 한낱 "윌리엄 멀둔 씨"에 불과한 데스하우스 도니곤과는 말도 하려 들지 않았다.

"미합중국 부통령 찰스 커티스 각하"의 도착을 알리는 말에 이어 기니 마이크가 나타났을 땐 해도 너무한다 싶었다. 여기저기 뛰어다니며 이것저것 살피고 있던 멋쟁이 데이브한테 그렇게 말했지만, 그는 "저게 기니 마이크란 걸 모르면 커티스 부통령이란 것도 모를 거 아냐?"라고만 했다.

그렇지만 내 생각에 이건 우리 나라의 저명인사들한테 매우 실례되는 일이었다. 특히 로드니 B. 에머슨이 "그로버 A. 웨일런 경찰 국장님"이라고 외친 뒤 들어온 게 와일드 윌리엄 월킨스라니 터무니없다. 와일드 윌리엄은 그때 각기 다른 문제로 몇 곳에서 찾고 있던 인기 최고의 사내였는데 말이다. 멋쟁이 데이브는 와일드 윌리엄의 바지 주머니에 들어 있던 총을 몰수했다. 이건 어디까지나 사교 행사니까 손님들이 총으로 무장해선 안 된다.

내가 지켜본 바로 콘데 씨 부부는 이런 이름들에 아무런 감동을 못 받은 것 같았다. 나중에 알았는데, 스페인의 그들이 사는 도시에 신문이라곤 국내 소식만 싣는 작은 지방지밖에 없다고 했다. 콘데 씨 부부는 오히려 아주 지루해 보였지만, 콘데 씨는 여자들이 우르르 몰려 들어오자 당장 표정이 확 밝아지며 관심을 보이기 시작했다. 주로 미주리 마틴 양의 식스틴 헌드레드 클럽과 핫 박스에서 온 여자들이었지만, 로드니 B. 에머슨은 그들을 "소피 터커", "테다 바라", "진 이글스", "헬렌 모건", "제마이머 아주머니" 등으로 소개했다.

얼마 뒤 미주리 마틴의 재즈 밴드인 하이하이 보이스가 들어오고 데이브가 로드니 B. 에머슨에게 포도 주스를 풀게 하면서 파티가 좀 흥겨워지기 시작했다. 이내 사람들이 나와 춤을 추면서 콘데 씨 부부를 포함해 모든 이들이 즐거운 시간을 가졌다. 콘데 씨는 포도 주스 두어 잔이 들어가고 나더니 꽤 괜찮은 영감이라는 게 밝혀졌다. 비록 뭔 소리를 하는지 아무도 알 수 없긴 했지만.

헨리 G. 블레이크 판사로 말하자면 그는 아주 펄펄 날고 있었다. 그 무렵에는 판사가 이 모든 일이 진짜고 정말 자기 집에서 유명인들을 대접하고 있다고 믿기 시작했다는 걸 누구나 알 수 있었다. 원래 포도 주스를 한 1리터만 먹이면 뭐든 믿는 사람이었으니 말이다. 그는 이내 숨이 차도록 신나게 춤을 추더니 이번엔 마담 절뚝발이 주위를 얼쩐거리기 시작했다.

자정 무렵 멋쟁이 데이브가 부엌으로 나가 크랩스 게임을 두고 벌어진 싸움을 해결한 것만 빼면 모든 게 평온했다. 보아하니 '허버트 베이어드 스워프'와 '커티스 부통령'과 '그로버 웨일렌'이 판을 벌였는데 '존 로치 스트래턴 목사'가 와서 패스 네 번 만에 싹 쓸어 간 모양이었다. 그러나 '존 로치 스트래턴 목사'가 아주 부정한 주사위를 썼다는 게 곧 드러나는 바람에 그들은 '존 로치 스트래턴 목사'한테 한 방 먹였다. 그래서 멋쟁이 데이브가 그들을 떼어 놔야 했다.

슬슬 가는 게 좋겠다 싶어서 작별 인사를 하려고 콘데 씨 부부를 찾아보니, 콘데 씨는 여전히 미주리 마틴 양과 춤을 추는 중이었다. 미주리 마틴 양은 콘데 씨가 한마디도 못 알아듣는데 그의 귓가에 대화를 양동이로 쏟아 붓고 있었다. 미주리 마틴 양은 다른 사람이 자기 말을 이해하건 말건 상관하지 않고 얼마든지 혼자 떠들 수 있는 사람이었다.

콘데 부인은 구석에 '허버트 베이어드 스워프' 또는 페일 페이스 키드와 같이 있었다. 그는 엉터리 라틴 풍 은어에 몸짓을 섞어 스페인에 괜찮은 블랙잭 딜러가 있는지 알아내려 하는 중이었지만, 물론 콘데 부인은 그가 뭔 말을 하는 건지 하나도 이해하지 못했다. 나는 마담 절뚝발이를 찾으러 갔다.

그녀는 어둑어둑한 구석에 홀로 앉아 있었던 터라, 나는 정말이지 바로 곁까지 가서야 비로소 헨리 G. 블레이크 판사가 그녀 위로 몸을 숙이고 있는 걸 알아차렸다. 그 때문에 뜻하지 않게 판사의 말을 엿듣게 됐다.

"이틀 전부터 당신이 날 기억할지 그 생각만 하고 있었어. 내가 누군지 알겠어?"

그가 말했다.

"그럼, 기억해. 아아, 헨리, 기억하고말고. 내가 어떻게 당신을 잊겠어? 그렇지만 이렇게 세월이 흘렀는데 당신이 날 기억할 줄은 몰랐어."

마담 절뚝발이가 말했다.

"20년 전이야. 그때 당신은 아름다웠지. 지금도 여전히 아름답군."

이런 말을 하다니 포도 주스가 헨리 G. 블레이크 판사한테 강력한 효과를 발휘하고 있는 게 틀림없었다. 사실 어슴푸레한 빛 속에 미소를 띤 마담 절뚝발이는 그리 나쁘지 않았지만, 그래도 난 나이가 좀 덜 먹은 쪽이 좋다.

"다 당신 탓이야. 당신이 그 칠리 콘 카르네 녀석이랑 결혼하는 바람에 어떻게 됐는지 보라고!"

헨리 G. 블레이크 판사가 말했다.

마담 절뚝발이와 헨리 G. 블레이크가 지난 이야기를 하는데 내가 끼어들어 봤자 좋을 게 없다. 젊은 사람들한테만 작별 인사를 해야겠다고 생각한 나는, 마담 절뚝발이의 딸내미랑 그 애인을 찾다가 멋쟁이 데이브와 마주쳤다. 내 말을 듣고 데이브가 말했다.

"여기 없어. 지금쯤 성 말라키 교회에서 내 사랑해 마지않는 아내랑 빅 니그가 보는 앞에서 결혼식을 올리고 있을 거야. 어제 오후에 결혼 허가증을 얻었지. 젊은 친구들이 결혼하기까지 세계를 꼬박 한 바퀴 돌도록 기다려야 하다니 그게 말이 돼?"

물론 이 사랑의 도피로 몇 분간 큰 소동이 벌어졌지만, 월요일이 되자 콘데 씨 부부와 젊은 사람들과 마담 절뚝발이의 언니는 세계 일주를 계속하러 캘리포니아 행 기차를 탔다. 우리한테 남은 이야깃거리라곤, 헨리 G. 블레이크 판사와 마담 절뚝발이도 결혼해서 디트로이트로 갔다는 것뿐이었다. 헨리 G. 블레이크 판사는 디트로이트에서 배관 일을 하는 형제가 일자리를 줄 것이라고 했지만, 개인적으로는 헨리 G. 블레이크가 캐나다 쪽으로 작게 밀수 사업을 벌이지 않을까 싶었다. 아무리 생각해도 헨리 G. 블레이크 판사가 배관 일에 관계할 것 같진 않다.

그래서 이야기는 그걸로 끝인데, 다만 며칠 뒤 멋쟁이 데이브가 큰 종이를 들고 아주아주 화가 나서 나타났다.

"다음 화요일 밤까지 여기 적힌 물건들을 전부 마베리 주민들한테 돌려주지 않으면 이 거리에서 코 뭉개지는 놈들이 여럿 있을 줄 알아. 내 사교 행사에서 그런 일이 생기다니 이건 나에 대한 모욕이야. 당장 전부 돌려놔. 9-D호의 소형 그랜드피아노는 특히."

데이브가 말했다.

릴리언
Lillian

윌버 윌라드가 아주 재수 좋은 사내라는 게 내 주장이다. 그게 그렇지 않나. 어느 춥고 눈 오는 날 아침 49번로를 비틀비틀 걷다가 인도에서 엄마를 찾아 양양거리는 릴리언을 발견한 게 재수 아니면 뭐겠는가.

그리고 윌버 윌라드가 59번로의 한 아파트에서 해거티란 이름의 친구하고 스카치를 조끼로 몇 잔 마셔 머리 꼭대기까지 취해 있었던 것도 재수였다. 윌버 윌라드가 취하지 않았다면 그는 릴리언을 그저 조그만 검정고양이로 보고 피했을 것이다. 아무리 새끼라도 검정고양이가 무지 불길하다는 건 누구나 아는 사실이기 때문이다.

그렇지만 윌버 윌라드는 아까도 말한 것처럼 잔뜩 취해 있었던 터라 모든 게 평소와 달라 보였다. 그의 눈에 릴리언은 눈 속을 쑤시고 돌아다니는 조그만 검정고양이가 아니라 아름다운 표범으로 보였다. 그때 윌버 윌라드를 아는 오하라란 이름의 순경이 빠른 걸음으로 그 옆을 지나고 있었는데, 윌버가 이렇게 말하는 걸 들었다고 한다.

"아, 정말 아름다운 표범이구나!"

표범이 자기 순찰 구역을 뛰어다니면 곤란하다 싶어 오하라는 슬쩍 눈길을 던졌다. 그런 일은 불법이기 때문이다. 그런데 보니까 이 얼간이 주정뱅이 윌버 윌라드가 말라빠진 새끼 검정고양이를 들어 코트 주머니에 넣더라는 것이다. 윌버가 이렇게 말하는 것도 들었다고 한다.

"이제부터 네 이름은 릴리언이다."

윌버는 호텔 드 브뤼셀이란 이름의 8번가에 있는 싸구려 숙소 꼭대기 층 자기 방으로 비틀비틀 올라갔다. 배우도 받아 주는 호텔이라 윌버는 그곳에 산 지 꽤 오래됐다. 호텔 드 브뤼셀은 정말이지 너그럽기도 하다.

윌버의 이웃 중에 미니 매디건이라고, 에이브러햄 링컨이 암살된 이래로 쉬고 있는 보드빌 배우가 있었다. 그녀는 윌버가 방 안에서 아름다운 표범이 어쩌고 하는 소리를 듣고 프런트에 전화해서 야생동물을 들여놓다니 점잖은 호텔이 할 짓이 아니라고 항의했다. 그러나 직원이 올라가 보니 윌버는 천진난만해 보이는 새끼 검정고양이랑 놀고 있을 뿐이었으므로 그녀의 불평은 무시되었다. 어쨌든 호텔 드 브뤼셀이 점잖은 호텔이라고 주장하는 사람은 아무도 없었다. 적어도 너무너무 점잖은 호텔은 아니었다.

물론 다음 날 오후 술이 깬 윌버는 릴리언이 표범이 아니란 걸 깨달았다. 그는 이불 속에 웬 조그만 검정고양이가 있는 걸 보고 아연했다. 릴리언은 온기를 얻으려고 윌버의 가슴 위에서 자고 있었던 모양이다. 처음엔 눈앞의 광경을 믿으려 들지 않고 해거티의 스카치 탓으로 돌리던 윌버도, 결국엔 납득해 주머니에 릴리언을 넣고 핫 박스 나이트클럽으로 가서 우유를 주었다. 릴리언은 그 우유가 아주 마음에 든 듯했다.

릴리언이 어디서 왔는지는 물론 아무도 알지 못했다. 십중팔구 누가 창너머로 버렸을 것이다. 뉴욕에선 사람들이 노상 창밖으로 새끼 고양이니 뭐니 이것저것 버리기 때문이다. 실제로 이 거리엔 새끼 고양이가 발에 차일 만큼 많았다. 새끼 고양이는 이윽고 고양이가 돼서 쓰레기통을 뒤지고 다니고 지붕 위에서 양양거리면서 사람들의 잠을 훼방 놓는다.

개인적으로 난 고양이고 새끼 고양이고 관심 없었다. 쓸모 있는 고양이란 걸 한 번도 본 적이 없기 때문이다. 물론 고양이를 훔치고 가끔은 개도 훔쳐서 그런 걸 원하는 아줌마들한테 팔아 떵떵거리고 잘사는 퍼시 맥과이어란 친구도 있긴 하다. 그렇지만 퍼시가 훔치는 건 매우 고급인 페르시아나 앙고라 고양이뿐이었는데, 릴리언은 물론 그런 고양이가 아니었다. 릴리언은 그냥 검정고양이였고 이 거리에선 검정고양이는 한 다스에 10센트도 못 받는다. 대개 매우 불길한 징조 취급을 받기 때문이다.

뿐만 아니라 몇 주 뒤 허먼이나 시드니라고 이름을 지어도 될 뻔했다는 게 밝혀졌지만, 윌버 윌라드는 그래도 릴리언을 고수했다. 예전에 보드빌 무대에 서던 시절 파트너의 이름이 릴리언이었다. 그는 술만 들어가면 릴리언 위딩턴 이야기를 늘어놓곤 했는데, 문제는 그게 무지 자주 있는 일이라는 것이다. 그가 스카치위스키건, 호밀 위스키건, 버번이건, 진이건, 좌우지간 물만 빼고 눈앞에 있는 건 안 가리고 다 마시기 때문이다. 윌버 윌라드 같은 일급 술꾼한테 이 나라에서 술 마시는 게 불법이라고 말해 봤자 길길이 날뛰며 법률 따위 엿이나 먹으라고 할 것이다. 실제로는 '엿'보다 훨씬 센 표현을 쓸 테지만.

릴리언 위딩턴에 대해 윌버는 이렇게 말했다.

"진짜 아름다운 표범 같았어. 검은 머리에, 검은 눈, 물 흐르듯 유연한 몸매까지. 전에 팰리스에서 공연할 때 동물 흉내에서 본 표범이랑 똑같아. 그땐 우리가 헤드라인을 장식하는 스타였지. 윌라드와 위딩턴, 국내 최고의 노래하고 춤추는 2인조.

릴리언을 만난 건 텍사스의 샌앤토니아란 곳이었어. 릴리언은 수녀원에서 나온 지 얼마 안 됐을 때였고, 난 예전 파트너였던 메리 맥기를 잃은 지 얼마 안 됐을 때였지. 거기서 폐렴으로 죽어서 말이야. 그러면서 무대에 서고 싶었던 릴리언이 나랑 팀을 짠 거야. 릴리언은 타고난 배우에, 목소리도 근사했어. 그러면서도 표범 같았고. 그래, 표범 같았어. 릴리언한텐 확실히 고양이 같은 면이 있었어. 고양이랑 여자는 둘 다 고마운 걸 모르는 동물이야. 난 릴리언 위딩턴을 사랑했고, 결혼하고 싶었는데, 그 여자는 나한테 쌀쌀맞았어. 자기는 평생 무대에 설 생각은 없다고, 돈이랑 호화로운 생활이랑 좋은 집을 원한다고 했어. 그렇지만 나 같은 인간이 여자한테 그런 걸 줄 수 있을 리 없잖아.

난 릴리언의 손발이 되고 노예가 됐어. 그 여자를 위해 뭐든 다 했어. 그런데 보스턴에서 어느 날 나랑은 이제 끝장이라면서 아무렇지도 않게 날 차더군. 그곳 웬 부자랑 결혼할 거라고. 당연히 공연도 그걸로 끝장났어. 그 뒤론 딴 파트너를 찾을 맘도 안 나더라고. 그러다 술을 입에 달고 살게 됐고. 지금 내 모습을 봐. 난 이제 한낱 카바레 딴따라야."

그러고는 가끔 울음을 터뜨릴 때도 있었다. 나도 가끔 같이 울긴 했지만, 솔직히 내 보기에 줄 수 없는 걸 바라는 여자는 잘 떼어 버렸다 싶었다. 이 거리엔 줄 수 없는 걸 바라는 여자들이랑 엮여선, 그런 여자를 얼른 떼어 버릴 생각을 않고 입 다물게 하려다가 신세 망치는 사내들이 아주 많다.

윌버는 번 돈의 대부분을 스카치에 써버려서 그렇지, 핫 박스에서 꽤 잘 버는 편인 데다 실력도 나쁘지 않다. 나는 우울할 때면 종종 핫 박스에 가서 그가 노래하는 〈멜랑콜리 베이비〉며 〈문샤인 밸리〉 같은 슬픈 노래를 듣곤 한다. 그럼 가슴이 찢어질 것 같다. 개인적으로 윌버가 기분 좋게 취해선 〈멜랑콜리 베이비〉 같은 노래를 부를 때면 왜 여자들이 그를 안 사랑하는 건지 알 수 없다. 그는 키 크고 잘생긴 데다, 눈썹은 길고, 갈색 눈은 잠에 취한 것 같고, 여자들이 보통 좋아해 마지않는 나지막이 끙끙거리는 목소리다. 실제로 윌버가 핫 박스에서 노래할 때 그한테 접근하는 여자들도 많았는데, 왜 그런지 윌버가 반응을 안 보였다. 아마 아직도 릴리언 위딩턴을 못 잊어서 그러는 듯하다.

아무튼 새끼 검정고양이 릴리언이 온 뒤로 윌버는 삶에 새로이 관심을 갖게 된 듯했고, 릴리언도 윌버가 잘 먹이고 나니 의외로 귀엽게 생겼다는 게 밝혀졌다. 굴뚝 속 1미터 부근보다도 더 새카만 털엔 흰 점하나 없었고, 어찌나 빠른 속도로 자라는지 이내 주머니에 넣고 다닐 수 없게 돼서 줄로 묶고 다녀야 했다. 윌버가 하도 여기저기 많이 데리고 다녀 릴리언은 곧 온 브로드웨이에 널리 알려졌다. 나중엔 줄에 묶지 않아도 릴리언이 윌버 뒤를 똥개처럼 졸졸 따라다녔다. 그리고 광란의 40번대 구역에 사는 모든 똥개들은 릴리언을 슬슬 피해 다녔다. '쉿!' 하고 쫓을 겨를도 없이 릴리언이 펄쩍 덤벼들어 할퀴고 물어뜯었기 때문이다.

물론 광란의 40번대 구역에 사는 똥개들은 주로 차우차우라든지 페키니즈, 포메라니안, 흰 털 덩어리 푸들처럼 금발 아가씨들이 데리고 다니는 개들이라 영리한 고양이의 상대가 못 됐다. 윌버 윌라드는 결국 타임 스퀘어와 콜럼버스 서클 사이의 똥개를 가진 모든 여자들과 관계가 틀어지고 말았다. 여자들 모두 월버와 릴리언이 어디 가서 확 죽어 주기를 바라는 상황이었다. 월버는 여자들한테 딸린 남자들과 두어 번 난투도 벌였는데, 너무 많이 취해 다리 힘이 없을 때만 아니면 제법 잘 싸웠다.

핫 박스에서 무대가 끝나면 월버는 대개 아직 문을 닫지 않은 무허가 술집 아무 데나 들어가 핫 박스에서 이미 잔뜩 마셔 놓고도 좀 더 마시곤 했다. 이 거리에서 핫 박스 술하고 다른 곳 술을 섞는 건 아주 위험한 일이라고 간주되건만 월버는 아무렇지도 않은 듯했다. 날 밝을 무렵이면 그는 스카치 두어 병을 들고 호텔 드 브뤼셀에 있는 자기 방으로 돌아와 자기 전에 마셨다. 그래서 월버 월라드는 배 속에 온갖 종류의 술이 잔뜩 든 상태로 푹 자곤 했다.

물론 월버 월라드가 릴리언 위딩턴을 사랑했던 것도, 그녀를 잃은 것도 다들 아는 터라 그가 주정뱅이라고 심하게 나무라는 사람은 브로드웨이에 아무도 없다. 이 거리에선 여자를 잃은 게 충분히 술 마시는 이유가 된다. 그렇긴 해도 묘지에 가면 월버보다 훨씬 덜 마신 작자들이 수두룩한데, 월버는 어떻게 그렇게 술을 퍼마시고도 안 죽고 멀쩡한지 우리 모두에게 수수께끼였다. 심지어 그리 힘들어 보이지도 않았다. 혹은 힘들어도 요새 술은 엉터리라고 투덜대고 다니지 않아 티가 안 났는지도 모른다.

어느 해 겨울, 민디네에 모이는 녀석들 중 몇 명이 월버 월라드 때문에 꽤 많은 돈을 잃었다. 그들은 월버가 영업시간 이후에는 술을 주로 굿타임 찰리의 무허가 술집에서 마시기 시작하자 봄까지 못 버틸 거라는 데 4 대 1로 내기를 걸었다. 굿타임 찰리의 술을 그렇게 많이 마시고 살아 있을 사람이 있으리라고는 아무도 예상하지 못했다. 그런데 월버 월라드는 바로 그걸 해낸 것이다. 그래서 다들 그는 인간이 아닌 게 틀림없다고 결론을 내렸다.

월버는 이따금 똥개를 찾는 릴리언을 꽁무니에 달고 민디네에 들르곤 했다. 날씨가 궂은 날엔 어깨에 태웠다. 그러고는 몇 시간씩 앉아 우리랑 수다를 떨었다. 그런 때 월버는 대개 뒷주머니에 술병을 넣어 와 가끔 한 모금씩 마셨지만, 물론 그에게 이건 술 마시는 축에 끼지도 못했다. 릴리언은 월버와 함께 있을 때면 늘 곁에 바짝 붙어 있는 걸로 봐서 그를 아주 좋아한다는 게 누가 봐도 분명했고, 월버도 비록 가끔 깜박하고 아름다운 표범으로 이야기할 때가 있긴 해도 릴리언을 아주 좋아하는 게 분명했다. 물론 이건 실수로 잘못 말한 것뿐이고, 어쨌거나 릴리언을 표범으로 생각해서 월버가 즐겁다면야 남이 이러쿵저러쿵 말할 일이 아니다.

월버는 릴리언의 등을 쓸어 털에 촘촘한 줄무늬를 만들며 말했다.

"아마 이 애도 언젠간 날 두고 도망갈 테지. 그래, 내가 이렇게 간이니 개박하니 이것저것 잔뜩 주고 애정을 쏟아 줘도 십중팔구 날 버릴 거야. 고양이는 여자 같고, 여자는 고양이 같아. 둘 다 아주 고마운 걸 몰라."

"둘 다 재수가 나빠. 특히 고양이, 그것도 검정고양이는."

크랩스 노름꾼인 빅 니그가 말했다.

월버한테 검정고양이는 재수가 나쁘다며 어느 날 밤 돌멩이를 묶어 노스 강에 빠뜨려 버리라고 충고하는 사람들은 빅 니그 말고도 많았지만, 월버는 릴리언 위딩턴을 잃었을 때 이미 세상의 불운을 몽땅 얻었으니 고양이 릴리언이 더 보탤 것도 없다면서 계속 잘 보살펴 주었다. 그 덕분에 릴리언은 점점 몸집이 커져, 어쩌면 세인트버나드 개의 피가 섞였을지 모른다는 생각마저 들기 시작했다.

급기야는 릴리언에게 좀 이상한 점이 발견되기 시작했다. 어떤 때는 윌버에게 아주 애정 어린 태도를 보이다가도 또 어떤 때는 매우 쌀쌀맞게 굴며 그에게 침을 뱉고 발톱으로 사납게 할퀴는 것이다. 내가 보기에 윌버가 곤드레만드레 취해 있을 때는 괜찮은데 약간만 취해 있을 때면 윌버 본인 못지않게 서글프고 안절부절못하는 것 같았다. 서글프고 안절부절못할 때의 릴리언은 브뤼셀 주변의 똥개들을 정말이지 아주 심하게 괴롭혔다.

괴롭히다 못해 똥개 사냥에 맛을 들인 릴리언은 윌버가 자는 동안 몰래 빠져나가 똥개들을 쫓아다니곤 했다. 특히 줄에 묶이지 않은 개들은 더욱 심했다. 줄에 안 묶인 똥개는 릴리언의 밥이나 다름없었다.

물론 똥개 주인 여자들은 여기에 크게 분노했다. 어느 날 릴리언이 거의 자기만 한 페키니즈의 목덜미를 물고 돌아왔을 때는 특히 더 그랬다. 흥분한 금발 여자가 그 뒤를 쫓아와선, 윌버가 문에 내어 놓은 구멍으로 릴리언이 페키니즈를 물고 들어가 버리자 문밖에서 살인자라고 악을 썼다. 그러나 윌버는 그런 짓을 했다고 릴리언을 야단치고 때리기는커녕 오히려 기뻐하는 것처럼 보였다. 릴리언이 페키니즈를 물고 돌아왔을 때 마침 안개 속을 헤매던 중이라, 릴리언을 아름다운 표범이라 생각했던 것이다.

"이런 대단한 헌신이 다 있나. 우리 아름다운 표범이 정글에 가서 내 저녁 식사로 영양을 잡아 왔군."

물론 페키니즈는 영양 비슷하지도 않으니 터무니없는 소리였지만, 문밖에 있던 금발 여자는 윌버가 중얼거리는 소리를 듣고 그가 저녁으로 페키니즈를 잡아먹을 거라고 생각해 무시무시한 소리를 질렀다. 그 뒤 브뤼셀에선 릴리언이 페키니즈를 잡아갔다고 항의하는 금발 여자를 달래느라 무척 애를 먹어야 했다. 게다가 금발 여자의 사랑해 마지않는 남자가 알고 보니 그레고리오란 이름의 진 밀수꾼이었다. 그는 다음 날 밤 핫 박스에 나타나 윌버 윌라드한테 총알을 박으려 했다.

그러나 윌버는 술 몇 잔과 〈멜랑콜리 보이〉로 그를 구슬렸다. 그레고리오는 결국 윌버 그리고 릴리언에 대해서도 노글노글해져선, 릴리언이 페키니즈를 한 번 더 잡아 가주면 5달러를 주겠다고 했다. 보아하니 그레고리오는 실은 페키니즈를 안 좋아하는데, 금발 여자의 기분을 맞춰주고 자기가 그녀를 아주 많이 사랑한다고 생각하게 하려고 시비를 건 모양이었다.

어쨌든 릴리언의 기분이 그때그때 달라진다는 게 분명했으므로 결국엔 윌버에게 그도 아느냐고 물었다. 그러자 윌버가 슬픈 목소리로 대답했다.

"그래. 아무래도 그 애 마음이 날 떠난 것 같아. 점점 변덕스러워지는군. 브뤼셀의 같은 층에 얼마 전 웬 남자가 어린 아들을 데리고 이사 왔는데, 릴리언이 보자마자 애를 좋아하더라고. 지금은 둘이 아주 단짝이야. 아아, 어쩔 수 없지, 고양이는 여자 같으니까. 그들의 애정은 오래가질 않아."

그로부터 며칠 뒤 우연히 브뤼셀에 갈 일이 있었다. 윌버 윌라드와 같은 층에 사는 크러치란 이름의 사내한테, 몇몇 시민이 그의 상판이 마음에 안 든다는데 그들의 영역에 계속해서 맥주를 들여올 작정이라면 이 거리를 떠나는 것도 좋은 생각일지 모른다고 설명하러 간 것이었다. 그런데 복도에 릴리언이 웬 애와 같이 있는 게 보였다. 아마도 윌버가 말했던 애일 듯했는데, 한 세 살쯤 됐을까, 까만 머리에 까만 눈이 아주 귀여운 사내애였다. 복도에서 털실 뭉치를 굴리며 릴리언이랑 놀고 있었는데, 릴리언은 심지어 월버 월라드한테도 털실 장난을 오래 참아 주는 고양이가 아니었던 터라 매우 뜻밖이었다.

대체 어쩌다 저런 어린애를 브뤼셀 같은 곳에 데려온 건가 싶었지만, 십중팔구 아빠가 배우고 엄마는 없을 것이란 생각이 들었다. 나중에 월버에게 이 이야기를 하자 그는 이렇게 말했다.

"글쎄, 만약 애 아빠가 배우라면 일은 안 하는 게 틀림없어. 자긴 맨날 방에 들어박혀 있으면서 애는 홀 말고 다른 데는 못 가게 하거든. 애가 하도 불쌍해서 릴리언이랑 놀게 해주는 거야."

한파가 닥친 어느 날, 새벽 5시쯤 다 같이 민디네에 앉아 있는데 소방차 여러 대가 지나가는 소리가 들리더니 이윽고 캔자스란 이름의 사내가 들어왔다. 캔자스 출신이라 캔자스인데, 직업이 크랩스 노름꾼이다.

"브뤼셀에 불났어."

캔자스가 말했다.

"그거야 맨날 그렇지."

빅 니그가 말했다. 브뤼셀에선 늘 온갖 짜릿한 일들이 벌어진다는 뜻으로 한 말이었다.

그런데 그때 월버 월라드가 들어왔다. 누가 봐도 둥둥 떠다니는 상태였다. 아마 굿타임 찰리네에 있다가 왔을 것이다. 얼마나 많이 마셨는지, 이제껏 본 적이 없을 정도로 취했다. 릴리언은 없었는데, 원래 굿타임 찰리네에 갈 때는 릴리언을 안 데리고 갔다. 찰리가 고양이라면 질색을 하기 때문이다.

"여, 월버, 자네 사는 브뤼셀에 불났다는데."

빅 니그가 말했다.

"그래, 난 작은 개똥벌레고 불빛이 필요해. 불이 있는 데로 가자고."

윌버가 말했다.

브뤼셀은 민디네에서 겨우 몇 블록 떨어져 있는 데다 그때 마침 할 일도 없었으므로, 몇몇이 비틀거리는 윌버를 앞세우고 8번가로 향했다. 브뤼셀이 보이는 데까지 이르자, 아닌 게 아니라 호텔은 활활 잘 타고 있었고 소방관들이 물을 끼얹고 있었으며 경찰은 구경꾼들을 막으려고 비상선을 쳐놓았다. 다만 아침 이른 시간이다 보니 구경꾼이 그리 많지는 않았다.

"참 아름답기도 하지. 이렇게 불을 밝혀 놓으니까 꼭 요정들이 사는 궁전 같은걸."

윌버가 불길을 올려다보며 말했다.

반 벌거숭이거나 아예 벌거숭이인 사람들이 여기저기서 뛰쳐나오고 소방관들이 누가 창문으로 뛰어내리고 싶어 할 때를 대비해 그물을 치는데도, 윌버는 호텔에 불이 났다는 걸 못 깨닫는 것이었다.

"진짜 아름답군. 릴리언을 데려와서 보여 줘야겠어."

윌버가 말했다. 그러더니 그 말이 뭔 뜻인지 생각할 겨를도 없이 아무 일도 없다는 듯 브뤼셀의 현관으로 쑥 들어갔다. 소방관도 경찰도 너무 놀라 그저 소리밖에 못 질렀지만 윌버는 들은 척도 하지 않았다. 당연히 다들 윌버는 죽은 목숨이려니 생각했는데, 한 10분 뒤 바로 그 문으로 불과 연기를 뚫고 아주 태연하게 걸어 나오는 게 아닌가. 품에는 릴리언을 안고 있었다.

윌버는 우리가 눈이 튀어나올 것처럼 휘둥그렇게 뜨고 쳐다보고 있는 곳으로 다가와 말했다.

"엘리베이터가 고장 났는지 계단으로 걸어서 올라가야 했지 뭐야. 하여간 요새 호텔이 서비스가 엉망이라니까. 강력하게 항의해야겠어. 밀린 숙박비를 좀 낸 다음."

그런데 그때 릴리언이 큰 소리로 야옹 울더니 월버의 품에서 뛰어내려, 등을 둥글게 구부린 채 경찰과 소방관을 지나 달려갔다. 다음 순간, 릴리언은 호텔 현관 안으로 쑥 들어가 버렸다.

"아니, 저런, 릴리언이 어딜 가지?"

월버가 놀란 표정으로 말했다.

이 미치광이가 그러더니 또다시 성큼성큼 브뤼셀로 들어가 버리는 게 아닌가. 현관으로 쏟아져 나오는 짙은 연기가 순식간에 그의 모습을 뒤덮고 말았다. 경찰도 소방관들도 불 속을 들락날락하는 인간을 처음 본 터라 너무 놀라 멍하니 보기만 했다.

이번엔 주위에 있던 모든 사람이 월버가 두 번 다시 못 돌아올 거라는 데 2.5나 3 대 1쯤으로 걸게 생긴 상황이었다. 그도 그럴 게 아래층 창문들로 불길과 연기가 마구 쏟아져 나오고 있었다. 다만 위층엔 불이 그렇게 심하게 번진 것 같지 않았다. 안에 있던 사람들이 모두 도망쳐 나오고 이젠 아무도 없는 것 같았다. 심지어 소방관들조차 밖에서 불길을 잡고 있었는데, 건물이 워낙 낡고 다 쓰러져 가는 터라 굳이 위험을 감수할 이유가 없어 보였기 때문이다.

안에 있던 사람들이 다 나왔다고 한 건 월버 월라드와 릴리언을 제외하고 그렇다는 뜻이었다. 우리 모두 그 둘이 지금쯤 어디서 잘 튀겨지고 있을 거라고 생각했다. 다만 피트는 릴리언만은 무사히 빠져나올 거라는 데 13 대 5로 작게 걸 사람 없느냐며 찾아다녔다. 고양이는 목숨이 아홉 개니 그 정도면 괜찮은 내기라는 게 피트의 주장이었다.

그때 근사하게 생긴 여자가 뭣 때문인지 몹시 흥분해선 구경꾼들을 마구 헤치고 비상선으로 다가갔다. 어찌나 큰 소리로 악을 쓰는지 자기가 생각하는 소리도 안 들릴 지경이었다. 그와 동시에 브뤼셀 옥상 쪽에서 무슨 스위스 요들송처럼 아이-리-하이-히-후 하는 목소리가 들려왔다. 그쪽을 올려다보자 글쎄, 불길과 연기 저 위로 옥상 끄트머리에 윌버 윌라드가 서서 요들송을 부르고 있는 게 아닌가.

그는 한쪽 옆구리에 뭔지는 몰라도 커다란 꾸러미를, 또 한쪽 옆구리에는 복도에서 릴리언하고 같이 놀던 어린애를 끼고 있었다. 그가 거기서서 아이-리-하이-히-후 하자, 우리 근처에 있던 근사한 옷을 입은 여자가 윌버의 요들송보다 더 큰 목소리로 깽깽거리기 시작했다. 소방관들이 구조용 그물을 들고 밑으로 달려갔다.

윌버는 또 한 번 아이-리-하이-히-후 한 다음 꾸러미와 애를 낀 채팔다리를 활짝 펴고 뛰어내렸다. 그런데 그물에는 앉은 자세로 떨어져그대로 몇 분간 공처럼 통통 튀었다. 사실 윌버는 통통 튀는 게 마음에든 것 같았다. 소방관들이 그물을 잡고 있던 손을 놔서 그가 바닥에 쿵엉덩방아를 찧게 하지 않았으면 아직까지도 통통 튀고 있었을 것이다.

윌버가 그물에서 걸어 나오자, 그가 옆구리에 낀 꾸러미가 릴리언을싼 담요라는 걸 알 수 있었다. 한쪽 끝으로 릴리언의 눈이 보였다. 다른쪽 옆구리에는 여전히 어린애를 끼고 있었는데, 앞쪽으로 머리가, 뒤쪽으로 다리가 삐져나와 있었다. 내가 보기에 아무래도 윌버는 어린애를릴리언만큼 조심스럽게 다루는 것 같지 않았다. 그는 빈정거리는 표정으로 얼마 동안 소방관들을 쳐다보더니 이렇게 말했다.

"내가 잡혀 줘서 네놈들 그물로 날 잡을 수 있었던 거니까 착각 말라고. 난 한 마리 나비, 날 잡긴 어려울걸."

그때 계속해서 악써 대던 근사한 옷을 입은 여자가 윌버한테 달려들더니 어린애를 빼앗아 왈칵 끌어안고 키스를 퍼붓기 시작했다.

"맙소사, 당신이 우리 아기를 구해 줬구나! 아아, 월버, 고마워, 월버! 망할 남편이 애를 납치해서 달아났지 뭐야. 탐정들이 바로 몇 시간 전에 야 애가 어디 있는지 찾아낸 거야."

여자를 묘한 표정으로 한 30초 쳐다보던 월버가 다른 데로 가려는데, 릴리언이 그을음 냄새를 풀풀 풍기며 몸을 비틀어 담요에서 빠져나왔다. 릴리언을 보고 어린애가 마구 소리를 지르는 바람에 월버는 하는 수 없이 릴리언을 애한테 건네주었다. 그러고는 릴리언만 두고 가기 싫은 마음에 어안이 벙벙해서 우두커니 서 있는데, 여자가 그에게 뭐라 말했다. 이내 그들은 어디론가 가버렸다. 화상을 입은 릴리언을 애가 들고, 월버가 애를 들고 있었다.

게다가 월버는 아침 이 시간에 이 정도로 정신이 멀쩡한 걸 몇 년 만에 처음 본다 싶을 정도로 술이 깬 듯했다. 그래도 그들이 떠나기 전에 월버가 아직 횡설수설하고 있을 때 잠깐 이야기할 기회가 있었는데, 그때 그가 한 말로 보건대 이렇게 된 일인 모양이었다. 처음 그가 릴리언을 데리러 갔을 때, 릴리언은 그들 방에 있었으며 애는 머리카락 한 올 보이지 않았다. 심지어 애 생각은 나지도 않았다. 어쨌거나 애가 어느 방에 사는지 알지도 못했고 애초에 관심도 없었다.

그런데 두 번째로 올라가 보니, 릴리언이 복도 저쪽 어느 방 앞에서 문 밑 틈새에 코를 대고 쿵쿵거리고 있더라는 것이다. 월버 말로는 잘은 기억나지 않지만 틈새로 물 같은 게 쫄쫄 흘러나오는 걸 본 것도 같다고 했다.

"안 그래도 릴리언을 쌀 담요를 찾던 중이었는데, 내 방까지 돌아가긴 귀찮으니까 이 방 걸 써야겠다 싶어서 문을 열어 봤거든. 그런데 잠겨 있길래 발로 차서 열고 들어갔더니, 방 안에 연기가 가득하고 창문으로 불길이 아주 근사하게 쏟아지고 있더군. 그런데 침대에 있던 담요를 홱 낚아챘더니 그 밑에 글쎄 애가 있었던 거야.

애는 꿱꿱거리지, 릴리언은 앙앙거리지, 사방에 난리가 났으니, 일단 몸에 밴 냄새도 뺄 겸 옥상으로 올라가 거기서 불구경을 해야겠다 싶었어. 그런데 문득 보니까 문이랑 침대 사이에 테이블이 엎어져 있고 그 옆에 웬 작자가 쓰러져 있더군. 한 손에 술병을 들었는데, 죽었더라고. 죽은 인간을 끌고 가봤자 당연히 소용없으니까 릴리언이랑 애만 데리고 옥상으로 올라가서 벌새처럼 가뿐히 날아 내린 거야. 자, 이제 난 한잔 해야겠어. 바지 뒷주머니에 뭐 가진 사람 없어?"

윌버가 말했다.

아닌 게 아니라 다음 날 신문에 윌버와 릴리언이, 특히 릴리언이, 대문짝만 하게 실렸다. 둘 다 대단한 영웅 취급을 받았다.

그러나 윌버는 유명세를 그리 오래 견디지 못했다. 기자들과 사진기자들이 몇 분 간격으로 나타나 인터뷰를 하자고 하고 그와 릴리언의 사진을 찍으려 드니 도무지 술 마실 시간이 없었던 탓이다. 결국 어느 날 밤 그는 모습을 감추어 버렸고, 릴리언도 같이 모습을 감추었다.

그로부터 1년쯤 뒤, 그가 옛 여자 릴리언 위딩턴 하먼하고 결혼해 돈벼락을 맞았다는 게 밝혀졌다. 게다가 그새 술까지 끊고 여러모로 제법 쓸모 있는 시민이 된 듯했다. 덕분에 다들 검정고양이가 꼭 재수 없는 건 아니라는 걸 인정해야 했지만, 내 생각에 윌버의 경우는 다소 예외가 아닐까 싶다. 그는 처음에 릴리언을 표범이라고 생각했으니 말이다.

어느 날, 좋은 옷에 보석으로 치장하고 상당히 근사해 보이는 윌버와 마주쳤다.

나는 말했다.

"월버, 난 그때 릴리언이 난데없이 그 어린애한테 애정을 보였던 것도, 그 애가 호텔에 있다는 걸 기억하고 자네를 그 방으로 인도했던 것도 정말 놀라운 일이란 생각이 자꾸만 드는군. 내 눈으로 직접 안 봤으면 고양이한테 그런 머리가 있다는 걸 안 믿었을 거야. 난 고양이가 특히 더 멍청한 짐승이라고 생각하거든."

그러자 월버가 말했다.

"머리는 무슨. 릴리언의 머리를 짜서는 송곳에 기름칠하기도 모자랄 걸. 게다가 애한테 산토끼만큼도 애정이 없다고. 릴리언의 실체를 폭로할 때가 온 것 같군. 자기한테 걸맞지 않은 칭찬을 너무 많이 받아 왔어. 릴리언에 대해 나만이 아는 진실을 이야기해 주지.

실은 릴리언이 새끼였을 때 우유에 스카치를 조금씩 섞어 주곤 했었어. 튼튼하게 잘 자라라고 그런 것도 있고, 나밖에 없을 때면 또 몰라도 혼자 마시는 건 싫거든. 처음엔 우유에 스카치를 타주는 걸 별로 안 좋아하더니 결국엔 맛을 들이더군. 스카치 양을 점점 늘려 줬더니, 나중엔 입가심으로 우유도 안 탄 맨 술을 한 잔 가득 들이켜곤 더 달라고 악쓰곤 했어. 그러다 어느 날 문득 보니까 릴리언이 그때 내가 그랬던 것처럼 주정뱅이가 다 돼선 술 없인 살 수 없는 몸이 됐더라고. 페키니즈를 잡아 오고 사납게 굴고 한 건 취했을 때였어.

실은 불났을 때가 대충 내가 매일 새벽 집에 가서 릴리언한테 술 주는 시간이었거든. 그런데 처음 호텔에 들어가서 릴리언을 데리고 나왔을 때 스카치를 먹이는 걸 깜박했던 거야. 릴리언이 호텔로 도로 뛰어들어간 건 술 때문이었던 거지. 그 애 방문을 쿵쿵거렸던 건 애가 안에 있기 때문이 아니라, 문틈으로 흘러나온 게 죽은 친구가 들고 있던 술병에서 쏟아진 스카치 때문이었던 거고. 이 말을 안 했던 건 죽은 친구의 명예를 위해서였어. 술 마시는 건, 특히 숨어서 몰래 마시는 건 역겨운 일이니 말이야."

"릴리언은 요새 어떻게 지내?"

나는 윌버에게 물었다.

"릴리언한테 아주 실망했어. 난 개심하고 새 사람이 됐건만 릴리언은 말을 안 듣더라고. 마지막으로 들은 소식으론 진 밀수꾼 그레고리오하고 친해졌다더군. 그레고리오가 스카치를 넉넉하게 먹여서 금발 여자네 페키니즈의 생활을 개같이 만들고 있는 모양이야."

혈압
Blood Pressure

어느 수요일 밤 한 11시 반쯤이었을까, 나는 48번로와 7번가가 만나는 모퉁이에 서서 내 혈압에 대해 생각하고 있었다. 전에는 별로 생각해본 적이 없던 문제였다.

그날 오후 배가 아파서 브레넌 선생한테 진찰 받으러 갔을 때 처음 혈압 이야기를 들었다. 선생은 내 팔에 재갈을 채우더니 혈압이 고양이 등보다 높다고 했다. 먹는 걸 조심하고 흥분을 피하지 않으면 생각지도 않았을 때 갑자기 꼴까닥 죽을지도 모른다는 이야기인 듯했다.

"당신처럼 혈압이 저 꼭대기고 예민한 사람은 조용히 살아야 합니다. 10달러입니다."

브레넌 선생이 말했다.

요새 이 거리가 돌아가는 꼴을 보면 흥분을 피하기도 별로 어렵지 않을 것 같다고 생각하면서, 10달러로 차라리 다음 날 핌리코 4번 경주에서 선 보한테 걸 걸 그랬다고 후회했다. 그러다 문득 고개를 들어 보니 글쎄, 눈앞에 러스티 찰리가 서 있는 게 아닌가.

자바의 커피를 모조리 걸어도 된다. 러스티 찰리가 이쪽으로 오는 걸 알았다면 난 그 즉시 다른 데로 갔을 것이다. 나한테 러스티 찰리는 얽히고 싶은 상대가 아니기 때문이다. 아니, 꼴도 보기 싫다. 나만 그런 게 아니라 그 친구 꼴을 보고 싶은 사람은 이 거리에 아무도 없을 것이다. 워낙 험악한 녀석이라 그렇다. 세상 어딜 가도 그보다 더 험악한 녀석은 없을 것이다. 크고 널찍한 덩치에 손은 우악스럽고 성격이 무지무지 나쁜 데다 아무렇지도 않게 남들을 패고 얼굴을 짓밟곤 했다.

이 러스티 찰리란 친구는 소위 고릴라였다. 바지 주머니에 총을 넣고 다니면서 모자를 자기 맘에 안 들게 쓴 사람을 보면 이따금 송장으로 만들어 놓곤 했는데, 문제는 러스티 찰리가 모자에 아주 까다로운 인간이었다는 점이다. 여기 사내들의 거리에 러스티 찰리가 쏴 죽인 인간이 수두룩했다. 쏴 죽이지 않은 인간은 찔러 죽였다. 그가 감방에 있지 않은 이유는 사법 당국이 도로 들여보낼 이유를 생각해 낼 겨를이 있기도 전에 그가 나오기 때문이다.

어쨌든 "아니, 이런, 여기 있었군!"이라고 한 러스티 찰리의 목소리를 듣고 그제야 그가 내 근처에 있다는 걸 알았다.

그러더니 멱살을 잡는 바람에 줄행랑치고 싶은 마음이 굴뚝같아도 그럴 수 없었다.

"여, 러스티. 잘 지내고?"

나는 유쾌하게 말했다.

"뭐, 그럭저럭. 누구 없나 했는데 마침 잘 만났군. 일 때문에 필라델피아에 사흘 있다가 왔는데 말이지."

러스티가 말했다.

"필리에서 볼일은 물론 잘 봤겠지, 러스티?"

나는 말했지만, 그의 말을 듣고 속으로 몹시 불안했다. 신문 읽기의 달인으로서 러스티가 필리에 왜 갔는지 짐작이 갔기 때문이다. 필리에서 주류 사업을 아주 크게 벌이던 글루미 구스 스몰우드가 자기 집 현관 앞에서 목 졸려 죽었다는 기사를 읽은 게 바로 그 전날이었다.

물론 글루미 구스 스몰우드를 목 졸라 죽인 게 러스티 찰리인지 아닌지는 모르지만, 구스가 목 졸려 죽었을 당시 러스티 찰리는 필리에 있었고 나도 1 더하기 1이 2라는 것쯤은 안다. 오하이오 주 클리블랜드에서 은행 강도 사건이 벌어졌는데 러스티 찰리가 오하이오 주 클리블랜드나 그 근처에 있었다는 것과 같은 이야기다. 그 때문에 나는 매우 긴장했다. 매초마다 혈압이 치솟고 있을 게 틀림없었다.

"돈 좀 있어? 난 빈털터리인데."

러스티가 말했다.

"한 2달러밖에 없어. 오늘 의사한테 혈압이 아주 안 좋다는 말을 듣느라 10달러 줬거든. 그렇지만 물론 가진 건 얼마든지 써도 돼."

"자네나 나처럼 수준 높은 사람들이 2달러로 뭘 하겠어? 네이선 디트로이트네에 가서 크랩스 게임으로 돈 좀 벌자고."

러스티가 말했다.

나는 물론 네이선 디트로이트의 크랩스 게임에 가고 싶지 않았다. 설사 간다 해도 러스티 찰리하고 가고 싶진 않았다. 누구랑 같이 있느냐로 사람을 판단할 때가 특히 주사위 게임 쪽에선 가끔 있는데, 러스티 찰리는 나쁜 친구로 간주되기 십상이다. 어쨌든 주사위를 던질 돈도 없을뿐더러, 혹시 있다 해도 그걸로 주사위를 던지고 싶은 마음은 없었다. 그 돈이 있으면, 선 보한테 걸든지 집으로 가져가서 방세를 비롯해 밀린 돈 일부를 갚겠다.

게다가 브레넌 선생이 흥분을 피하라고 주의를 줬던 게 기억에 있었다. 러스티 찰스가 네이선 디트로이트의 크랩스 게임에 끼는데 흥분을 피할 수 있을 리가 없다. 자칫하면 혈압이 치솟아 생각지도 못하게 꼴까닥 죽을지 모르는 일이다. 실제로 이미 혈압이 무지 솟구치는 게 느껴졌다. 그렇지만 러스티 찰리하고 왈가왈부할 생각은 당연히 없었던 터라 같이 네이선 디트로이트의 크랩스 게임에 갔다.

네이선 디트로이트의 크랩스 게임은 그날 밤 52번로의 차고 위층에서 벌어지고 있었다. 그건 그날 그랬다는 것이고, 47번로의 레스토랑 위층이나 44번로의 여송연 상점 뒤에서 할 때도 있다. 네이선 디트로이트의 크랩스 게임은 매일 밤 장소를 옮겨 다녔다. 경찰한테 들통 나도록 한 자리에 계속 머물러 있는 건 어리석은 일이기 때문이다.

그래서 네이선 디트로이트는 주사위 게임 장소를 여기저기 옮겨 다녔고, 그와 거래를 하고 싶은 시민은 매일 그가 어디 있는지 물어야 했다. 물론 브로드웨이에 장소를 모르는 사람은 거의 아무도 없다. 네이선 디트로이트가 사내들을 풀어 사방을 돌아다니며 주소와 그날 밤 쓸 암호를 알리게 했기 때문이다.

러스티 찰리와 내가 52번로의 차고를 지나는데, 그 앞에 차를 세워 놓고 앉아 있던 뚱보 잭이 낮은 목소리로 "캔자스시티"라고 했다. 그게 그날 밤의 암호였다. 그렇지만 결국 몰라도 될 뻔했다. 차고 위층으로 올라가 노크하자, 도어맨인 솔리드 존이 구멍으로 우리를 보고 재빨리 문을 열어 주며 기름기 좔좔 흐르는 미소를 지어 보였기 때문이다. 러스티 찰리를 문밖에 오래 세워 놓고 싶은 사람은 이 거리에 아무도 없다.

아주 지저분하고 연기가 꽉 들어찬 방으로 들어서자, 크랩스 게임 판을 벌인 낡은 당구대를 이 거리의 모든 큰손들이 빽빽하게 둘러싸고 있었다. 어쩌나 빽빽한지 뜨개바늘을 망치로 두들겨 넣을 공간도 없을 지경이었다. 이맘때면 돈이 아주 많이 도는 데다 잘사는 시민이 아주 많기 때문이다. 게다가 테이블 주위엔 눈 하나 깜짝 않고 남의 머리나 배를 쏴 죽일 수 있는 친구들을 비롯해 아주 거친 인간들도 있었다는 말을 꼭 하고 싶다.

실제로 브루클린의 말[馬] 해리며 할렘의 슬립아웃 샘 르빈스키, 론 루이 같은 인간들을 보니 여기가 내 혈압에 아주 나쁜 곳이라는 걸 알 수 있었다. 그들이 아주 거친 인간들이라는 건 이 거리에 모르는 사람이 없다.

그들은 그리스 인 닉, 빅 니그, 그레이 존, 오케이 오컨을 비롯한 여러 큰손들과 테이블 주위에 빽빽하게 박혀 있었다. 다들 큼직하고 거칠거칠한 천짜리 지폐를 들고 마치 휴지조각인 양 던졌다 집었다 했다.

테이블을 둘러싼 사람들 바깥쪽에는 작게 노는 인간들이 돈을 걸겠다고 큰손들 틈으로 주먹을 쑤셔 넣으려 하고 있었다. 그런가 하면 샤일록이라 불리는 작자들도 와 있었다. 테이블에서 빈털터리가 되면 시계나 반지, 또는 커프스단추를 받고 괜찮은 이자로 돈을 빌려 주는 자들이다.

아무튼 우리가 들어갔을 때 앞에서도 말한 것처럼 테이블 주위엔 꼬챙이 같은 인간 하나 들어갈 틈이 없었는데, 러스티 찰리가 큰 소리로 인사하자 다들 돌아보더니 순식간에 러스티 찰리뿐 아니라 내 자리까지 생겼다. 들어왔을 땐 빈틈이 전혀 없던 곳에 마치 마술처럼 갑자기 우리 자리가 생긴 것이다.

"쏘는 건 누구야?"

러스티 찰리가 주위를 둘러보며 말했다.

"그야 물론 자네지, 찰리."

진행 보조를 맡은 빅 니그가 재빨리 말하며 찰리에게 주사위 한 벌을 건넸다. 나중에 듣기로 우리가 테이블로 다가갔을 때 실은 그의 친구가 9를 던지려 하던 중이었다고 한다. 다들 조용히 입 다물고 찰리를 쳐다보고 있었다. 나한테 신경 쓰는 사람은 아무도 없었다. 내가 그냥 구경꾼이라는 건 다들 아는 사실인 데다, 찰리하고 한패라고 생각하는 사람은 아무도 없었기 때문이다. 다만 말 해리만은 내 혈압에 안 좋을 게 틀림없는 눈초리로 나를 흘끗 쳐다보았다. 따지고 보면 나뿐 아니라 어느 누구의 혈압에도 안 좋을 눈초리였다.

어쨌든 찰리는 주사위를 집더니, 그 옆에서 그의 눈에 띌까 봐 움츠리고 서 있던 중산모를 쓴 조그만 사내에게 몸을 돌렸다. 그러고는 조그만 사내의 중산모를 벗겨 손에 든 주사위를 달그락거리다가 모자 안에 던지며, 크랩스 노름꾼들이 주사위를 던질 때 그러하듯 "압!" 하고 소리쳤다. 찰리는 모자 안을 들여다보더니 "10"이라고 했다. 하지만 아무도, 심지어 나조차 모자 안을 들여다보지 못하게 했으니, 찰리가 진짜로 10을 던졌는지 아닌지는 알 길이 없었다.

그렇지만 그 자리에 있던 인간들 중 러스티 찰리가 10을 던졌다는 걸 의심하고 나설 사람은 아무도 없었다. 그랬다간 찰리가 자기를 거짓말쟁이 취급한 거나 다름없다고 생각할 텐데, 그는 거짓말쟁이 취급 받는 게 아주 싫은 인간이었기 때문이다.

네이선 디트로이트의 크랩스 게임에서 참가자들은 뱅크, 즉 도박장이 아니라 다른 참가자들을 상대로 돈을 걸었다. 두 명이 돌아가며 주사위를 던지는 게임과 똑같은 방식인데, 이렇게 하면 도박장에 있는 주사위 테이블 같은 설비가 필요 없다. 네이션 디트로이트는 그저 장소를 찾아 주사위를 건네고 결코 적지 않은 몫을 챙기기만 하면 된다.

이런 게임은 나와야 할 숫자가 생겨야 비로소 활기를 띠게 마련이다. 그때부터 주위에 있던 사람들이 그 숫자를 던질 거라는 데, 또는 못 던질 거라는 데 돈을 걸기 시작한다. 7이 나오기 전에* 10이 나온다는 데 거는 경우, 배당률은 세계 어느 나라에서나 2 대 1이다.

찰리가 중산모 속에서 10을 던졌다고 했을 때 지갑을 연 사람은 아무도 없었다. 그러자 찰리는 테이블을 죽 둘러보더니 별안간 유대인 루이한테 시선을 고정시켰다. 유대인 루이는 찰리의 시선이 자기를 향하자 몸을 움츠렸지만 소용없었다.

"500을 걸지. 루이, 자네가 상대야."

찰리가 말했다. 즉, 찰리가 10을 못 던질 거라는 데 루이가 천을 걸어야 한다는 뜻이었다.

유대인 루이는 언제 어느 때나 작게 노는 사람인 데다 참가자라기보다는 샤일록에 가까웠다. 그 순간 그가 테이블 앞까지 나와 있었던 건 그리스 인 닉한테 돈을 빌려 주기 위해서였다. 여느 때 같으면 유대인 루이가 뭔가에 2 대 1로 천 달러를 걸 확률은 그가 구세군에 돈을 줄 확률과 똑같다. 즉, 그럴 일은 절대 없다. 주사위로 10을 던지지 못할 거라는 데 2 대 1로 천 달러를 건다는 건 생각도 안 해봤을 것이다. 러스티 찰리의 말을 듣고 루이는 와들와들 떨기 시작했다.

*7이 나오면 진 것이다.

테이블을 둘러싼 다른 사람들은 아무 말도 하지 않았으므로, 찰리는 또다시 손 안에서 주사위를 달각달각 흔들었다가 그 위에 숨을 후 불고는 모자 속에 던지며 "얍!" 했다. 물론 찰리만 빼고 아무도 모자 속을 보지 못했다. 찰리는 속을 들여다보더니 "5"라고 했다. 그는 또다시 주사위를 흔들어 모자 속에 던지고 "얍!" 한 다음, 속을 들여다보더니 이번엔 "8"이라고 했다. 7이 나와 그가 내기에 지면 어쩌나 식은땀이 나기 시작했다. 찰리한테 500이 없다는 걸 알기 때문이었다. 물론 무슨 숫자가 나오든 찰리가 돈을 지불할 생각이 없다는 것도 알고 있었다.

그다음 번, 찰리는 "돈!" 하고 고함쳤다. 드디어 10이 나왔다는 뜻이다. 그걸 본 사람은 물론 본인뿐이었다. 찰리가 손을 내밀자, 유대인 루이는 그에게 천 달러 지폐를 아주아주 천천히 건넸다. 그렇게 슬퍼 보이는 사람은 내 평생 처음 봤다. 루이는 정말 10이 나왔는지 모자 속을 보고 싶었을 수도 있지만 아무 말도 하지 않았고, 찰리도 사람들한테 10을 보여 줄 마음이 없는 듯했으므로 다른 사람들도 가만있었다. 십중팔구 러스티 찰리는 남이 자기 말을 의심하는 걸 봐줄 사람이 아니라는 생각에서 그랬을 것이다. 10처럼 사소한 문제라면 더욱 그렇다.

찰리는 루이의 천 달러 지폐를 주머니에 챙기며 말했다.

"오늘 밤은 이걸로 된 것 같군."

그러고는 중산모를 임자한테 돌려주고 나한테 따라오라고 신호했다. 주위에 흐르는 침묵 속에서 위가 오르락내리락하던 차라 기꺼이 따라갔다. 혈압에 얼마나 안 좋을지 뻔했다. 우리가 들어왔다가 나갈 때까지 아무도 입을 벙긋하지 않았다. 그렇게 많은 사람들이 있는데 다들 꼼짝 않고 있으면 얼마나 긴장되는지 모를 것이다. 하물며 사람들이 쉽게 달아오르는 곳이라면 더 그렇다. 우리가 문간에 이르렀을 때야 비로소 입을 연 사람이 나왔다. 다름 아닌 루이였다. 그는 목청을 높여 이렇게 물었다.

"찰리, 어려운 쪽이었어?"

다들 와르르 웃고 우리는 밖으로 나갔다. 찰리가 6과 4를 던졌는지, 아니면 5 둘을 던졌는지(이게 주사위로 10을 던지는 어려운 쪽 방법이다) 끝내 듣지 못했지만, 그 뒤 두고두고 생각이 나곤 했다.

이만 러스티 찰리를 벗어나 집에 가면 좋겠다는 생각이 들었다. 러스티 찰리는 혈압 높은 인간이 절대 가까이 해선 안 되는 사람이고, 그와 계속 붙어 다녔다간 사람들이 날 오해할 게 분명했다. 그러나 그만 집에 가면 어떻겠느냐고 말했더니 찰리는 상처를 입은 듯했다.

"세상에, 이제 막 시작했는데 친구를 버리고 갈 생각을 하다니 사람이 왜 그래? 난 누가 같이 있는 게 좋으니까 갈 생각 마. 같이 돼지 아이키네에 가서 스투스 하자고. 아이키는 오래된 친구인데 내가 가서 게임 한판 해줘야지."

나는 물론 돼지 아이키네에 가고 싶지 않았다. 시내 남쪽으로 멀리 떨어져 있는 데다, 규칙이 도무지 이해가 안 돼서 스투스를 하지도 않았다. 게다가 브레넌 선생이 가끔은 잠 좀 자야 한다고 주의를 주었던 것도 기억에 있었다. 그렇지만 내가 안 가면 나한테 뭘 과격한 짓을 할지 모르는 일이니 찰리의 감정에 상처를 줘서 좋을 게 없었다.

그래서 우리는 러스티 찰리가 잡은 택시를 타고 돼지 아이키네를 향해 출발했다. 택시가 얼마나 빨리 달리는지 혈압이 한 30~40센티미터 솟구친 기분이었다. 그렇지만 러스티 찰리는 속도에 별로 신경 쓰지 않는 듯했다. 나는 참다못해 창밖으로 머리를 내밀고 운전사한테 멀쩡한 상태로 목적지에 다다르고 싶으니까 조금만 천천히 가라고 부탁했다.

그러나 운전사는 들은 척도 하지 않고 계속 내달렸다.

19번가와 브로드웨이가 만나는 모퉁이에 이르렀을 때, 별안간 러스티 찰리가 잠깐 차 좀 세워 보라고 고함쳤다. 운전사가 차를 세우자, 찰리는 택시에서 내려 운전사한테 말했다.

"손님이 천천히 가라는데 왜 말 안 들어? 그것 때문에 네놈이 어떻게 되는지 어디 보라고."

그러더니 러스티 찰리는 팔을 뒤로 뺐다가 운전사의 턱에 한 방 먹였다. 불쌍한 운전사가 붕 날아가 길바닥에 나가떨어지자, 찰리는 운전석에 올라타고는 판자처럼 뻣뻣하게 뻗은 운전사를 내버려 두고 택시를 몰고 떠났다. 러스티 찰리는 전에 택시를 몰아 먹고산 적이 있었는데, 그가 손님을, 특히 술 취한 손님을, 늘 올바른 목적지로 데려다 주는 게 아니라는 걸 경찰이 감 잡으면서 그만두었다. 운전도 괜찮게 하긴 하는데, 문제는 오로지 한 방향, 즉, 앞만 보고 달린다는 것이었다.

개인적으로 나는 어떤 경우에든 찰리와 같은 택시를 타고 싶지 않다. 하물며 찰리가 모는 택시라면 더 말할 것도 없다. 얼마나 밟아 대는지 모른다. 어쨌든 그는 돼지 아이키네에서 한 블록 떨어진 곳에 차를 세우더니, 거기 두면 누가 발견하고 신고할 거라고 했다. 그러나 몇 발짝 떼기도 전에 제복을 입은 순경이 다가오더니, 여기엔 운전사 없이 택시를 세워 놓을 수 없다고 했다.

러스티 찰리는 당연히 순경한테 충고 듣는 걸 아주 싫어했다. 다음 순간 그는 누구 보는 사람이 없나 이쪽 보고 저쪽 본 뒤, 팔을 뒤로 뺐다가 경찰의 턱에 한 방 먹였다. 순경이 흐물흐물 쓰러졌다. 러스티 찰리만큼 정확하게 주먹을 날리는 사람을 본 적이 없다는 말을 나는 꼭 하고 싶다. 그는 언제나 딱 그 지점에 맞힌다. 러스티 찰리는 내 팔을 붙들고 곁길로 뛰어들어 한 블록을 달려서 돼지 아이키네로 피했다.

돼지 아이키의 스투스 도박장에서는 그 부근의 여러 유지들이 스투스를 하고 있었다. 다들 러스티 찰리를 보고 별로 기뻐하는 눈치가 아니었지만, 돼지 아이키만은 신나 죽겠다고 했다. 돼지 아이키는 키가 작고 목에 살이 뒤룩뒤룩 쪄, 발가벗고 입에 사과를 물고 있으면 정월 초하루에 아주 자연스럽게 어울릴 듯한 사내다. 그래도 그와 러스티 찰리는 정말로 오래된 친구였고 나름대로 정말 서로 좋게 생각하는 듯했다.

그렇지만 돼지 아이키는 찰리가 도박을 하러 온 것이라는 걸 알자 별로 신나 하는 눈치가 아니었다. 찰리가 즉각 천 달러 지폐를 보여 주며 옛 정을 생각해 아이키한테 돈 좀 잃어 주는 것도 나쁘지 않겠다고 말해도 마찬가지였다. 아마 찰리의 천 달러 지폐가 자기 손에 들어올 일은 절대 없으리라는 걸 아는 게 아닐까. 찰리는 지폐를 도로 자기 주머니에 넣더니, 게임을 시작하자마자 지는 카드가 걸렸는데도 두 번 다시 꺼내지 않았다.

새벽 5시, 찰리가 잃은 돈이 13만 달러에 달했다. 주먹 쥐고 게임을 하는 사람이라 해도 13만 달러는 큰돈이다. 물론 돼지 아이키는 러스티 찰리한테서 그런 큰돈은 고사하고 130센트를 받아 낼 가능성도 없다는 걸 잘 알고 있었다. 어차피 다른 사람들은 이미 모두 떠나고 없었던 터라, 아이키는 그만 정리하고 싶은 마음이 굴뚝같았다. 찰리를 내쫓을 수만 있다면 100만 달러짜리 차용증도 마다 않고 받아 주겠는데, 문제는 스투스에서 돈을 잃은 사람은 자기가 잃은 돈의 일부를 되돌려받을 권리가 있다는 것이었다. 찰리가 차용증을 써도 그 돈의 일부를 돌려받기를 원할 게 틀림없는데, 그 돈을 줬다간 아이키는 망하고 말 것이다.

게다가 러스티 찰리는 아이키는 자기 친구인데 진 채로 그만둘 순 없다고 우겼다. 결국 아이키는 도피 골드버그란 사기꾼을 불러와야 했다. 그는 딜러가 돼서 러스티 찰리한테 유리하게 속임수를 써 순식간에 찰리와 동점으로 만들었다.

그동안 나는 게임에 별로 신경 쓰지 않고 구석에 있는 의자에서 잠깐씩 눈을 붙였는데, 그게 혈압에 아주 큰 도움이 되는 것 같았다. 실제로 러스티 찰리와 돼지 아이키네서 나왔을 때는 아예 혈압 생각이 나지도 않았다. 이젠 찰리도 집에 가게 놔줄 테니 드디어 잘 수 있겠다 싶었기 때문이다. 그러나 아이키네에서 나왔을 때 시간이 새벽 6시에 이미 날이 훤히 밝는 중이었는데도, 찰리는 여전히 기운이 팔팔해선 세상이 두 쪽 나는 한이 있어도 보헤미안 클럽에 가야겠다고 우겼다.

그 말을 들으니 혈압이 다시 올라가기 시작했다. 보헤미안 클럽은 시내에 문을 연 데가 정말 한 곳도 없을 때 하는 수없이 가는 싸구려 술집인데, 그곳 주인인 나이프 오할로란은 그리니치빌리지 출신이고 아주 악랄한 녀석으로 알려져 있다. 나이프 오할로란의 술집에 갔다간 언제 목숨을 잃어도 이상할 것 없다는 건 누구나 아는 사실이다. 그저 나이프 오할로란의 술을 마신 것만으로도 말이다.

그러나 러스티 찰리가 꼭 가야겠다고 우기는 바람에 당연히 나도 따라갔다. 밤새도록 나이트클럽에 있다가 온 야회복 차림의 많은 남녀들이 구석에서 소리를 지르고 있긴 했어도, 처음엔 모든 게 조용하고 평화로웠다. 러스티 찰리와 나이프 오할로란은, 손님들한테 파는 술과 섞이지 않게 나이프가 주머니에 넣고 다니는 술병의 술을 마시며, 둘이 함께 허드슨 더스터스와 함께 달렸던 옛 시절 이야기를 하고 있었다. 그런데 갑자기 사복 경찰 네 명이 들어섰다.

이들은 비번이었고 그저 집에 가기 전에 한두 잔 걸치고 싶은 것뿐 누구에게도 해를 끼칠 생각은 없었다. 그러니 러스티 찰리가 누군지 물론 잘 알긴 했고 죄목만 몇 개 있으면 아주 즐거운 마음으로 그의 손목에 수갑을 채웠겠지만, 어차피 죄목도 없겠다, 러스티 찰리만 잠자코 있으면 그냥 내버려 두었을 것이다. 그러나 러스티 찰리는 경찰이 좌우지간 싫은 사람이었던지라, 그들이 테이블에 자리 잡고 앉은 순간부터 노려보더니 이내 나이프 오할로란에게 이렇게 말하는 게 들렸다.

"나이프, 세상에서 제일 아름다운 광경이 뭔지 알아?"

"모르겠는걸, 찰리. 세상에서 제일 아름다운 광경이 뭔데?"

"한 줄로 늘어선 죽은 경찰 넷이야."

나는 경찰하고, 그것도 네 명하고 말썽을 일으키고 싶은 마음이 눈곱만큼도 없었으므로, 그 말을 듣고 슬며시 문 쪽으로 다가갔다. 그 때문에 그 뒤 벌어진 일을 다 보지는 못했다. 내가 본 것이라곤, 자기를 걷어차려는 한 경찰의 커다란 발을 러스티 찰리가 움켜잡더니 다음 순간 다들 한 덩어리가 됐고 야회복 입은 남녀가 비명을 지르기 시작한 것뿐이었다. 혈압이 대략 백만쯤으로 치솟았다.

나는 밖으로 나갔지만 바로 그곳을 떠나진 않았다. 조금이라도 머리가 있는 사람이면 다들 그럴 것이다. 귀를 기울여 봐도 안에서는 쿵 털썩, 쿵 털썩, 쿵 털썩 하는 요란한 소리가 들려올 뿐이었다. 총을 쏠지 모른다는 걱정은 하지 않았다. 이 거리에선 경찰한테 총 쓰는 게 최악의 상황인데 러스티 찰리는 그런 짓을 할 만큼 바보는 아니었고, 또 경찰로 말하자면 비번 때 보헤미안 클럽 같은 데 있었다는 게 밝혀지길 바라지 않을 테니 먼저 총을 쏘진 않을 것이다. 그러니 다들 치고받기만 할 것이다 싶었다.

드디어 소음이 그치더니 문이 열리고 러스티 찰리가 여기저기 툭툭 털며 나왔다. 아주 흐뭇한 표정이었다. 문이 닫히기 직전에 여러 사내가 바닥에 뻗어 있는 게 얼핏 보였다. 게다가 야회복 남녀가 악쓰는 소리가 아직까지 들렸다.

"아니, 이런, 자네가 날 버리고 간 건가 해서 화가 나던 참이었는데 여기 있었군. 우리 다른 데로 가지. 이 안은 하도 시끄러워서 자기 생각하는 소리도 안 들려. 우리 집으로 가서 마누라한테 아침 차리라고 하자고. 지금쯤 햄에그를 먹는 것도 나쁘지 않을 것 같아."

이 시간에 햄에그를 먹는다는 건 나한테도 아주 매력적인 일이었지만 러스티 찰리의 집에 간다는 건 별로 내키지 않았다. 개인적으로 나는 러스티 찰리라면 이제 아주아주 한동안 안 봐도 될 것 같았고, 그의 가정생활에 끼고 싶지도 않았다. 솔직히 그한테 가정생활이 있다는 게 놀랍긴 했다. 그러고 보니 언젠가 러스티 찰리가 이웃집 딸하고 결혼했으며 40번대 구역의 10번가 어딘가에 산다는 말을 들은 적이 있었다. 그렇지만 그 이상 자세히 아는 사람은 아무도 없었고, 그 말이 사실이라면 아내 인생이 참 거지 같겠다는 게 모두의 의견이었다.

그렇지만 내가 아무리 찰리네 집에 가고 싶지 않아도, 햄에그를 먹으러 오라는 정중한 초대를 거절할 방법이 없었다. 내가 별로 기뻐하는 표정이 아닌 걸 보고 찰리가 아주 뜻밖이라는 얼굴로 보고 있으면 특히 더 그렇다. 아무나 자기 집으로 초대하는 게 아닌 모양이었다. 나는 고맙다고 하고 그의 마누라가 요리해 주는 햄에그만큼 멋진 게 없을 거라고 대답했다. 이내 우리는 45번로에서 꺾어져 10번가를 올라가고 있었다.

아직은 아침 이른 시간으로, 상인들이 가게 문을 열고 어린애들이 히히 웃으며 인도를 따라 학교로 뛰어가고 있었다. 아줌마들은 싸구려 아파트 창밖으로 침구를 털고 있었다. 그들 모두가 러스티 찰리와 나를 보더니 단번에 조용해졌다. 찰리가 자기 동네에서 얼마나 존경받는지 알 수 있었다. 상인들은 허둥지둥 가게 안으로 들어가고, 아이들은 히히 웃으며 뛰어가기를 그만두고 발끝으로 살금살금 걸어갔다. 아줌마들은 머리를 쑥 뺐다. 거리에 깊은 정적이 흘렀다. 들리는 소리라곤 인도에 울리는 러스티 찰리와 내 발소리뿐이었다.

어느 가게 앞에 말 두 마리가 끄는 얼음 수레가 서 있었다. 말을 본 러스티 찰리는 문득 좋은 생각이 났는지 멈춰 서서 말을 아주 주의 깊게 살펴보았다. 내가 보기엔 그냥 말, 그것도 크고 뚱뚱하고 졸려 보이는 말이었는데. 러스티 찰리는 내게 이렇게 말했다.

"젊었을 때 오른손 펀치가 제법 셌거든. 종종 말 대가리에 주먹을 날려서 말을 쓰러뜨리곤 했지. 그런데 이젠 펀치가 약해졌는지, 아까 거기서 마지막으로 때린 놈이 글쎄 두 번이나 일어서지 뭐야."

그러더니 얼음 수레에 묶인 말 중 한 마리에게 다가가 오른팔을 뒤로 뺐다가 눈과 눈 사이를 퍽 쳤다. 손이 겨우 한 10센티미터 움직였을 뿐인데도 말 선생은 몹시 놀란 표정으로 무릎을 꿇었다. 나도 한창 때는 정말 주먹이 셌을 당시의 뎀프시를 포함해 주먹 센 인간들을 많이 봤지만, 러스티 찰리가 이 말한테 먹인 펀치만큼 센 건 처음 봤다.

가게에서 흥분해서 뛰쳐나온 얼음 수레꾼이 러스티 찰리를 보더니 바로 얌전해져선, 아직 카운트가 계속되고 있는 말을 두고 안으로 도로 들어갔다. 러스티 찰리와 나는 다시 걸음을 뗐다. 러스티 찰리는 마침내 어느 싸구려 아파트 앞에 멈춰 서더니 거기가 자기 집이라고 했다. 그 앞에 과일이며 채소 등등을 실은 수레를 밀고 가던 이탈리아 놈이 있었는데, 러스티 찰리가 안으로 들어가면서 수레를 넘어뜨렸다. 이탈리아 놈이 요란하게 악을 쓰면서 이탈리아 말로 뭐라 떠들었다. 십중팔구 우리한테 욕설을 퍼부었을 것이다. 어쨌든 개인적으로는 드디어 어딘가에 다다라서 다행이었다. 러스티 찰리랑 같이 있으면 있을수록 매 순간 혈압이 더 안 좋아지는 게 느껴졌다.

두 층 올라가 찰리가 연 문으로 들어가자, 방 안에 어리고 예쁘장하고 쪼그마한 빨간 머리 여자가 있었다. 건초 더미에서 방금 빠져나왔는지, 빨간 머리가 사방으로 뻗쳤고 잠이 아직 덜 깬 눈꺼풀이 붙어 있었다. 처음에는 참 예쁜 여자구나 했는데, 문득 눈빛을 보니 이 여자가 누군지는 몰라도 좌우지간 기분이 아주 안 좋다는 걸 알 수 있었다.

"안녕, 아가씨. 나랑 여기 있는 내 친구한테 햄에그 좀 만들어 주면 안 될까? 하도 여기저기 다녔더니 피곤해 죽겠어."

러스티 찰리가 말했다.

빨간 머리 여자는 암말도 안 하고 그를 그냥 쳐다보기만 했다. 그녀는 한 손을 뒤로 돌리고 방 한복판에 서 있었는데, 별안간 그 손이 앞으로 나왔다. 글쎄, 애들이 갖고 노는 25센트쯤 할 것 같은 작은 야구방망이가 들려 있었다. 다음 순간, 픽 소리가 났다. 그녀가 방망이로 러스티 찰리의 옆머리를 후려친 것이었다.

나는 당연히 크게 충격을 받아 러스티 찰리가 그녀를 당장 죽이겠구나 생각했다. 그렇게 되면 나는 살인을 목격한 셈이니, 여기 사내들의 거리에서 종류를 막론하고 모든 목격자가 그러하듯 감옥에서 몇 년 썩게 될 것이다. 그러나 러스티 찰리는 그저 구석에 있는 커다란 흔들의자에 털썩 앉아 한 손을 머리에 대고 "아니, 잠깐, 아가씨", "좀 기다려 봐, 여보"라고만 했다. 그가 "손님이 왔다니까"라고 말했던 게 기억난다. 그러자 빨간 머리 여자가 나를 돌아보고는, 내가 기분 좋은 미소를 지으며 상쾌한 아침이라고 인사했는데도 평생 못 잊을 것 같은 눈빛으로 노려보았다.

그러더니 이렇게 말했다.

"네놈이 우리 남편을 밤새도록 끌고 다닌 망할 놈이란 말이지, 응?"

이 말이 떨어지자마자 그녀가 나를 향해 달려들고 나는 문을 향해 달려갔다. 러스티 부인이 무지 흥분한 게 틀림없었던 터라 내 혈압은 완전히 맛이 가고 말았다. 문손잡이를 잡은 바로 그 순간 뭐가 내 옆머리를 후려쳤다. 그때는 지붕이 내 머리를 덮친 줄 알았는데 나중에 생각해 보니 야구방망이가 틀림없었다.

머리는 어질어질하고 다리는 후들거렸던 터라 문을 어떻게 열었는지 기억에 없다. 그렇지만 그때 상황을 돌이켜 보면, 아주 많은 계단을 빠른 속도로 내려갔던 것, 신선한 공기가 느껴져 드디어 밖으로 나왔구나 라고 생각했던 것이 기억난다. 그런데 느닷없이 뒤통수에 또다시 묘한 느낌이 들더니 머리에 뭐가 퍽 부딪쳤다. 처음엔 내 혈압이 치솟다 못해 머리 꼭대기를 뚫고 나왔나 했는데, 어깨 너머로 흘깃 돌아보니 러스티 찰리 부인이 이탈리아 놈 행상인의 수레 옆에 서서 과일이며 채소를 닥치는 대로 나를 향해 던지는 중이었다.

그러나 내 뒤통수를 맞힌 건 사과도, 배도, 순무도, 양배추도, 심지어 머스크멜론도 아니고, 이탈리아 놈이 상품을 담아 주는 종이봉지를 눌러 놓았던 벽돌 조각이었다. 이 벽돌 조각 때문에 뒤통수에 어찌나 큰 혹이 생겼는지, 다음 날 배가 아파서 진찰 받으러 가자 브레넌 선생이 그걸 보고 종양인 줄 알았을 정도였다. 나는 아니라고 말하지 않았다.

브레넌 선생은 내 혈압을 다시 재더니 이렇게 말했다.

"그렇지만 혈압은 이제 정상 이하로 떨어졌군요. 혈압에 관해선 이제 아무런 위험도 없습니다. 조용한 생활이 얼마나 좋은지 아시겠죠. 10달러입니다."

부치, 아기를 보다
Butch Minds the Baby

어느 날 저녁 7시쯤 민디네 레스토랑에서 내가 아주 좋아하는 유대 교식 생선 요리를 먹는데, 브루클린 인간 셋이 캡을 쓰고 들어왔다. 말 해리와 리틀 이사도르 그리고 스패니시 존이었다.

이 사람들은 내가 별로 얽히고 싶은 인간들이 아니다. 비록 사실이 아니긴 해도 워낙 안 좋은 소문을 많이 들어 그렇다. 실제로 말 해리와 리틀 이사도르, 스패니시 존이 사람들의 돈을 뺏고, 또 쏘거나 찌르고, 파인애플도 던지는 등등 지역 사회에 해가 되는 일을 하도 많이 해서 그들이 딴 데로 가주면 기뻐할 브루클린 시민이 많다고 들었다.

그들을 브로드웨이에서 보게 되다니 무척 뜻밖이었는데, 그건 브로드웨이 경찰이 당연히 그런 인간들 괴롭히는 걸 아주 좋아한다고 들었기 때문이다. 그렇지만 어쨌든 그들이 민디네로 들어왔고 나는 민디네에 있었으니 물론 아주 반갑게 맞이했다. 나는 아무리 상대가 브루클린 인간들이라도 야박하게 보이긴 싫다. 그들은 곧바로 내가 앉은 테이블로 와 앉았다. 리틀 이사도르가 손을 뻗어 내 큼직한 생선 토막을 손가락으로 집어 먹었지만 뭐라 하지 않았다. 테이블에 있는 하나뿐인 나이프를 내가 쓰고 있었으니 말이다.

그러더니 그들은 아무 말도 안 하고 나를 바라봤다. 나를 보는 그 시선에 마음이 아주 불안해졌다. 그러다 어쩌면 민디네 같은 고급 음식점에서 거기 있을 만한 사람들에 둘러싸여 있으려니 거북한 건지 모르겠다는 데 생각이 미쳤다. 그래서 아주 공손하게 그들에게 말했다.

"멋진 밤이야."

"뭐가?"

말 해리가 물었다. 그는 깡마른 데다 얼굴이 뾰족하고 눈이 날카로웠다.

그러고 보니 내가 보기에도 멋진 구석이 전혀 없는 밤이길래 또 다른 유쾌한 말은 뭐 없나 열심히 생각했다. 그동안 리틀 이사도르는 손가락으로 내 생선을 집어 먹고 스패니시 존은 내 감자 하나를 슬쩍했다.

"빅 부치가 사는 데가 어디지?"

말 해리가 물었다.

"빅 부치?"

나는 평생 처음 들어보는 이름이라는 듯 되뇌었다. 여기 사내들의 거리에선 잘 생각해 보지도 않고 냉큼 대답하는 게 결코 좋은 생각이 못 되기 때문이다. 어쩌면 아닌 인간한테 맞는 대답을 할 수도 있고, 맞는 인간한테 아닌 대답을 할 위험이 있다.

"빅 부치가 어디 사느냐고?"

나는 다시 물었다.

"그래, 어디 사느냐고. 우릴 거기로 안내해."

말 해리가 짜증스럽게 말했다.

"아니, 좀 기다려 봐, 해리."

나는 말했다. 무지 불안한 기분이었다.

"난 빅 부치가 정확히 어디 사는지 기억한다는 자신도 없는 데다, 내가 누굴 데려가는 걸 빅 부치가 좋아할지 그것도 자신 없는데. 특히 한꺼번에 셋씩이나, 그것도 브루클린에서 온 사람들을 말이야. 빅 부치가 한 성격 한다는 건 자네도 알잖아. 내가 자네들을 데려온 게 그 친구 마음에 안 들면 나한테 뭐라고 할지 모르는 일이야."

"깨끗하고 합법적인 일이니까 걱정할 필요 전혀 없어. 빅 부치한테 사업 제안을 하려고 그래. 그 친구한테 아주 짭짤한 일이니까 당장 안내하라고. 안 그러면 여기 있는 사람 중 누굴 족쳐야 할지도 몰라."

그가 족칠 사람이 나밖에 없을 것 같았으므로 이 인간들을 빅 부치한테 데려다 주는 게 좋은 생각일 듯싶었다. 내 마지막 생선 토막이 리틀 이사도르의 목구멍으로 넘어가고 스패니시 존이 내 감자를 다 먹어치운 뒤 내 빵을 내 커피에 적시고 있었으니, 어차피 먹을 것도 안 남아 있었다.

그래서 나는 그들을 웨스트 49번로로 데려가 10번가 근처의, 빅 부치가 사는 오래된 적갈색 건물 1층으로 데려갔다. 그런데 현관 앞 계단에 글쎄 바로 빅 부치가 앉아 있는 게 아닌가. 실제로 여자들과 애들을 포함해 그 동네 사람 모두가 현관 앞 계단에 나와 앉아 있었다. 그쪽 지역에선 현관 앞 계단에 나와 앉아 있는 게 말하자면 풍습이었다.

빅 부치는 편안한 걸 좋아하는 사내라 위아래 모두 속옷 바람에 신발도 안 신었다. 게다가 여송연을 피우고 있었고, 그가 앉은 옆에는 옷을 별로 안 입은 아기가 담요 위에 뉘어 있었다. 아기는 자는 것 같았다. 이따금 빅 부치가 신문 접은 걸로 아기를 뜯어 먹고 싶어 하는 모기들을 쫓아 주었다. 더운 밤이면 뉴저지 쪽에서 강을 건너서 날아오는 모기들인데, 아기들을 아주 좋아하는 것 같다.

"여, 부치."

나는 계단 앞에 이르러 말했다.

"쉬이이잇!"

부치가 아기를 가리키며 말했다. 증기를 내뿜는 기관차보다도 더 요란한 쉿 소리였다. 그는 일어나 발꿈치를 들고 살금살금 우리가 서 있는 인도로 내려왔다. 부치의 기분이 안 나쁘면 좋겠다 싶었다. 부치는 기분이 나쁘면 아주 성미가 급해지기 때문이다. 키는 아마 185센티미터쯤 될 테고 너비는 한 60센티미터쯤, 큼직한 손은 털북숭이인 데다 비열하게 생겼다.

실제로 빅 부치는 여기 사내들의 거리에서 좌우지간 절대 얽혀서는 안 되는 인간으로 유명한 터라, 그가 브루클린 인간들하고 아는 사이인 듯 그중에서도 특히 말 해리한테 아주 우호적으로 고개를 끄덕이는 걸 보고 얼마나 마음이 놓였는지 모른다. 해리는 곧바로 빅 부치에게 매우 뜻밖의 제안을 했다.

보아하니 웨스트 18번로의 한 오래된 건물에 큰 석탄 회사 사무실이 있고, 이 사무실에 금고가 있고, 이 금고 안에 직원들 줄 봉급 2만 달러가 현금으로 들어 있는 모양이었다. 그 돈이 거기 있다는 걸 말 해리가 아는 건, 그 회사 경리 담당자가 해리의 친구인데 그가 바로 오늘 오후 늦게 거기에 돈을 넣었기 때문이다.

경리 담당자는 아까 오후에 은행에서 사무실로 현금을 운반할 때 말

해리와 리틀 이사도르, 스패니시 존과 짜고 자기를 때려눕히게 계획한 모양인데, 사정이 있어서 약속한 지점에서 접선하지 못했다. 경리 담당자는 하는 수 없이 무사히 돈을 사무실로 운반해야 했고, 그 결과 현재 두툼한 돈다발 두 개가 거기 있다는 이야기였다.

해리의 이야기를 들으면서 개인적으로는, 자기를 때려눕히고 회사 돈을 가져가는 동안 가만히 있겠다고 거래를 하다니 경리 담당자가 아주 정직하지 못한 사람인가 보다는 생각이 들었지만, 물론 나랑은 상관없는 일인지라 대화에 끼지 않았다.

말 해리와 리틀 이사도르와 스패니시 존은 금고에서 돈을 꺼내고 싶은데, 셋 다 금고 따는 법을 모르는 모양이었다. 그 때문에 브루클린에 모여 서서 이 긴급 사태를 어쩌면 좋을지 고민하던 중에, 해리가 퍼뜩 빅 부치가 일찍이 금고 따는 걸로 먹고살았다는 사실을 떠올렸다는 것이다.

나중에 듣기로 빅 부치는 과연 한창때 미시시피 강 동쪽에서 금고 따는 솜씨로는 따라올 사람이 없다고 여겨졌다고 한다. 그런데 급기야는 금고를 땄다고 법이 그를 싱싱에 보냈고 그걸로 싱싱을 세 번 들락날락하고 나니, 빅 부치는 싱싱이라면 아주 신물이 났다. 특히 뉴욕에서 보머스 법이란 게 통과되면서 싱싱에 네 번 연속으로 가면 무조건 평생 못 나오게 됐으니 더더욱 그랬다.

그래서 빅 부치는 금고를 따서 먹고사는 걸 포기하고는, 맥주도 밀수하고 가끔 스카치도 다루면서 작게 사업을 시작해 정직한 시민으로 살았다. 게다가 메리 머핀이란 이름의 웨스트사이드의 이웃집 딸과 결혼까지 했다. 현관 앞 계단에 누운 아기가 참 못생긴 걸 보면 빅 부치하고 메리 머핀 사이에 태어난 애인 듯했다. 하긴 외모에 있어 로즈 제라늄이다 싶은 아기는 좀처럼 본 적이 없긴 하다.

어쨌든 말 해리와 리틀 이사도르와 스패니시 존이 원하는 건, 빅 부치가 석탄 회사 금고를 따고 돈을 꺼내는 것인 모양이었다. 수고에 대한 대가로 50퍼센트를 줄 것이고, 나머지 50퍼센트는 일거리를 물어 온 자기들이 갖겠으며, 경리 담당자 등등의 기타 경비는 모두 자기들 몫에서 내겠다고 했다. 내가 보기엔 빅 부치한테 꽤나 유리한 거래 같았는데, 빅 부치는 고개를 흔들었다.

"그건 이제 한물갔어. 이젠 아무도 금고 갖고 장난쳐서 먹고살지 않아. 요샌 너무 잘 만들어서 경보 장치도 달려 있지, 좌우지간 전반적으로 골치 아파. 난 이제 합법적인 일을 하면서 그럭저럭 잘 살고 있다고. 벌써 세 번 갔다 왔기 때문에 이번에 또 잡히면 끝장이란 건 자네들도 알 거 아냐. 게다가 난 아기를 봐야 해. 아내는 오늘 밤 클랜시 부인의 경야經夜 때문에 브롱크스에 가야 하거든. 경야를 아주 좋아하니까 아마 아침에나 올 거야. 그러니 난 우리 존 이그네이셔스 2세를 봐야 해."

부치가 말했다.

"이거 봐, 부치. 이건 아주 쉬워 빠진 금고라고. 구식이라 이쑤시개로도 너끈히 딸 수 있을 거야. 게다가 경보 장치도 없고. 지금까지 몇 년 동안 10센트 동전 이상 넣어 본 적이 없거든. 오늘 밤 거기 2만이 들어 있는 건, 내 친구 경리 담당자가 오늘 일부러 은행에서 임금 지급 시간 지나서 돌아왔기 때문이야. 우리랑 못 만났으니 더 그랬지. 이렇게 간단한 금고는 아마 앞으로도 못 만날걸. 대체 어딜 가서 이렇게 쉽게 1만을 벌겠어?"

말 해리가 말했다.

빅 부치는 1만에 대해 아주 진지하게 고민하는 눈치가 빤했다. 요새 같은 때 1만 달러를 무시할 수 있는 사람은 아무도 없다. 특히 맥주 사업을 하는 사람은 더 말할 것도 없다. 그쪽은 요새 상황이 무지무지 빡빡하다. 그러나 그는 결국 또다시 고개를 내젓고 이렇게 말했다.

"아냐, 역시 애를 봐야 하니까 안 되겠어. 우리 아내는 애 보는 문제에 워낙 까다롭기 때문에 단 1분도 존 이그네이셔스 2세를 혼자 둘 수 없다고. 메리가 집에 와서 내가 애를 안 보는 걸 알면 큰일 날 거야. 가끔 돈 좀 만져 보고 싶은 마음은 나도 남들 못지않지만, 나한테 존 이그네이셔스 2세보다 더 중요한 건 없어."

그러고는 마치 더는 할 말이 없다는 양 몸을 돌려 계단으로 돌아가더니 존 이그네이셔스 2세 옆에 도로 앉았다. 덕분에 웬 모기한테 존의 다리 일부를 뺏길 뻔한 걸 막을 수 있었다. 빅 부치가 이 아기를 아주 좋아한다는 건 누가 봐도 분명했다. 나 개인적으로는 사내애건 계집애건 아기 따위 한 다스에 10센트라 해도 싫지만.

어쨌든 말 해리와 리틀 이사도르와 스패니시 존은 무척 실망해선 나는 거들떠보지도 않고 자기들끼리 의논하기 시작했다. 그런데 그때까지 별말이 없던 스패니시 존이 별안간 좋은 생각이 났는지 해리와 이사도르한테 뭐라 말하자, 둘 다 아주 기뻐했다. 그러더니 해리가 빅 부치에게 다가갔다.

해리가 입을 열자 빅 부치는 아기를 가리키며 "쉬이이잇!"이라고 했다.

"이거 봐, 부치. 애를 같이 데려가면 애도 보고 일도 할 수 있잖아."

해리가 소곤소곤 말했다.

"아니, 이런, 그거 좋은 생각인데. 같이 들어가서 얘기해 보자고."

빅 부치가 소곤소곤 대답했다.

그는 아기를 집어 들고 우리를 집 안으로 안내해선, 비록 알코올 주사를 좀 맞긴 했지만 제법 괜찮은 맥주를 내주었다. 우리는 부엌에 둘러앉아 소곤소곤 이야기를 주고받았다. 부엌에 아기 침대가 놓여 있어서 부치가 애를 거기 눕혀 놨는데, 우리가 이야기하는 동안 새근새근 잘도 잤다. 어찌나 푹 잘 자는지, 혹시 우리한테 준 주사 맞은 맥주를 아기한테도 좀 먹인 게 아닐까 싶었다. 실은 나도 좀 약 먹은 것처럼 졸렸다.

그러더니 부치는 드디어 존 이그네이셔스 2세를 데리고 갈 수만 있다면 같이 가서 금고를 못 따줄 이유가 없어 보인다고 말했다. 다만 아기한테 밤공기를 쐬게 했다고 자기가 사랑해 마지않는 아내가 투덜댈 경우 아내를 달래야 하니 아기 저금통에 넣게 5퍼센트를 더 받아야겠다고 했다. 말 해리는 5퍼센트 더 주는 건 좀 너무한 것 같다고 말했지만, 스패니시 존은 한탕 할 때 아기가 같이 있을 거면 아기 몫도 챙겨 주는 게 공평할 것이라고 했다. 스패니시 존은 꽤나 공정한 사람인 모양이었다. 리틀 이사도르도 찬성인 것 같았으므로 결국 말 해리가 양보해 5퍼센트 더 얹어 주기로 했다.

자정 지나서 출발하기로 한 터라 시간이 아직 많이 남아 있었다. 빅 부치는 주사 맞은 맥주를 더 꺼내 주더니 금고를 따는 도구를 찾으러 갔다. 존 이그네이셔스 2세가 태어나 그걸로 아기 침대를 만든 이래로 꺼내 본 적이 없다고 했다.

그때가 그들에게 두루두루 작별 인사를 할 좋은 기회였건만 왜 계속 거기 있었는지 지금도 모르겠다. 개인적으로 정직하지 못한 일이라고 생각하는 터라 금고 따기에, 그것도 갓난아기와 함께 참가한다는 생각은 해본 적도 없었다. 나중에 와서 돌이켜 봤을 때 생각할 수 있었던 이유는 오로지 주사 맞은 맥주뿐이었지만, 어쨌든 새벽 1시쯤 브루클린 인간들과 빅 부치와 아기와 같이 택시를 타고 있는 나 자신을 깨닫고 얼마나 놀랐는지 꼭 말하고 싶다.

존 이그네이셔스 2세는 담요에 싸여 여전히 자고 있었다. 부치는 도구가 든 가방과 크고 납작한 책처럼 보이는 걸 들고 있었다. 출발하기 직전 부치는 나한테 꾸러미를 하나 주면서 아주 조심해서 다루라고 했고, 리틀 이사도르한테는 그보다 작은 꾸러미를 줬다. 이사도르는 그걸 받아 총 꽂는 주머니에 넣었는데, 택시에 앉으니 무슨 양 울음소리처럼 "와와" 소리가 났다. 빅 부치가 그 소리를 듣고 성을 냈다. 누르면 "엄마" 소리가 나는 존 이그네이셔스 2세의 인형을 이사도르가 깔고 앉은 모양이었다.

빅 부치는 존 이그네이셔스 2세가 잠에서 깨면 갖고 놀 걸 찾을지도 모른다고 생각하는 것 같았으니, 리틀 이사도르가 엄마 인형을 짜부라뜨리지 않아서 다행이었다. 만약 그래서 "엄마" 소리를 더는 못했다간 리틀 이사도르의 코가 박살났을 것이다.

우리는 우리가 가는 7번가와 8번가 사이 웨스트 18번로에서 한 블록 떨어진 곳에서 택시를 내려 남은 거리를 둘씩 짝지어 걸어갔다. 나는 내 꾸러미를 들고 부치와 같이 걷고, 부치는 아기와 가방과 책처럼 보이는 납작한 물건을 들고 걸었다. 시간이 시간이다 보니 웨스트 18번로는 자기가 생각하는 소리가 들릴 만큼 조용했다. 실제로 이런 일에, 그것도 갓난아기까지 곁들여서 얽히다니 나 같은 등신이 또 없을 거라고 내가 생각하는 소리가 아주 똑똑히 들렸다. 그러면서도 그냥 계속 간 걸 보면 내가 얼마나 등신인지 잘 알 수 있을 것이다.

웨스트 18번로에는 사람이 몇 없었다. 그중 한 명은 블록 거의 중간에 위치한 건물 벽에 기대서 있던 뚱보였는데, 우리를 보자마자 산책을 나갔다. 이 뚱보는 석탄 회사 사무실의 경비원이자 말 해리의 친구인 모양이었다. 그래서 우리가 오는 걸 보고 산책을 간 것이다.

빅 부치의 집에서 출발하기 전에, 빅 부치가 안에서 금고를 따는 동안 말 해리와 스패니시 존은 밖에서 망을 보고 리틀 이사도르는 부치랑 같이 들어가는 걸로 이야기가 됐다. 아무도 내가 언제 어디에 있어야 하는지 말하지 않았다. 내가 어디 있든 간에 난 여전히 외부인이라는 걸 잘 알 수 있었다. 그렇지만 부치가 나한테 꾸러미를 들라고 했으니 자기를 따라오라는 뜻일 것이다.

석탄 회사 사무실에 들어가는 건 식은 죽 먹기였다. 사무실이 1층에 있는 데다 경비원이 참 성실하게도 현관을 열어 놔준 덕분이었다. 얼마나 성실한지 나중에 돌아와서 말 해리와 스패니시 존이 자기를 꽉 묶고 입에 손수건을 물려 사무실 옆 통로에 버려 놓게 했다. 그러면 만에 하나 누가 와서 질문을 해도 그가 금고를 딴 것하고 상관있다 생각하지 않을 것이다.

사무실은 거리를 면했고, 말 해리와 리틀 이사도르와 스패니시 존이 빅 부치한테 따달라는 금고는 거리 쪽 창문을 마주 보는 뒷벽 앞에 놓여 있었다. 그 위로 작고 어슴푸레한 전등이 달려 있어, 예를 들어 경비원이나 누가 밖을 지나가다가 창 너머로 언제든 금고를 확인할 수 있게 해놓았다. 물론 장님일 경우엔 별문제다. 금고는 키도, 덩치도 크지 않았다. 빅 부치가 씩 웃은 걸로 보건대, 말 해리의 말처럼 별 대단한 금고는 아닌 모양이었다.

빅 부치와 아기와 리틀 이사도르와 내가 사무실로 들어서자마자, 빅 부치는 금고로 다가가 크고 납작한 책이라고 생각했던 걸 펼쳤다. 펴고 보니 한 면에 금고 앞면처럼 그려 놓은 칸막이 같은 것이었다. 부치는 진짜 금고 앞에 사이를 멀찍이 띄워 이 칸막이를 세워 놓았다. 금고를 따는 동안 거리를 지나가는 사람이 부치를 못 보게 가리려는 것이었다. 금고를 따는 사람은 되도록 사생활을 보장받고 싶은 법이다.

빅 부치는 존 이그네이셔스 2세를 가짜 금고 그림 뒤 바닥에 담요를 깔아 눕힌 다음 금고 따는 작업을 시작했다. 칸막이 뒤에 다 같이 있을 자리는 없었으므로 리틀 이사도르와 나는 불빛이 안 드는 어두운 구석으로 갔다. 거기서도 빅 부치가 일하는 모습이 보였는데, 금고털이 전문가가 작업하는 모습은 그때 처음 보았고 앞으로도 안 봤으면 좋겠지만 어쨌든 부치는 정말이지 진짜 예술가 같았다.

그런데 그가 아주 신속하고 조용한 솜씨로 다이얼 주위에 구멍을 뚫기 시작한 바로 그때, 별안간 존 이그네이셔스 2세가 일어나 앉더니 울부짖는 게 아닌가. 내 생각에 이건 당연히 매우 걱정스러운 사태였다. 불안한 마음에 개인적으로는 존 이그네이셔스 2세의 머리를 때려 조용히 시키는 게 좋을 듯했는데, 빅 부치는 상관 안 하는 것 같았다. 그는 도구를 내려놓더니 존 이그네이셔스 2세를 안아 들고 "자, 우리 아가 착하지, 아빠 여기 있쪄요" 하고 소곤거리기 시작했다.

상황에 비춰 볼 때 아주 터무니없는 소리라는 생각이 들뿐더러, 그나마 효과도 전혀 없어 존 이그네이셔스 2세는 계속해서 울부짖었다. 말해리와 스패니시 존이 창밖으로 지나가며 근심스러운 표정으로 들여다본 걸 보면 꽤나 큰 소리로 울부짖는 듯했다. 빅 부치는 존 이그네이셔스 2세를 위아래로 흔들며 혀짤배기소리로 속닥속닥 애를 달랬다. 일류 금고털이가 그런 소리를 내다니 너무 처신없는 짓이었다. 그러더니 부치는 내가 갖고 있던 꾸러미를 달라고 소곤거렸다.

꾸러미를 열자, 그 안에서 우유가 가득 든 아기 젖병이 나왔다. 게다가 조그만 양철 냄비도 들어 있었다. 부치는 나한테 냄비를 주며 여기 어디 수도꼭지가 있을 테니 물을 받아 오라고 소곤소곤 말했다. 그래서 캄캄한 사무실 뒷방에서 여기저기 정강이를 부딪쳐 가며 뒤진 끝에 수도꼭지를 찾아 냄비에 물을 받았다. 빅 부치한테 가져다주자 그는 아기를 한 팔에 안고 쭈그려 앉더니 꾸러미에서 휴대용 연료를 꺼내 자기 여송연 라이터로 불을 붙였다. 그러고는 젖병을 냄비에 넣고 물을 데우기 시작했다.

물이 데워지는 동안 계속 손가락을 넣어 보던 빅 부치는, 이윽고 충분히 데워졌는지 본다고 젖병 고무꼭지를 입에 물고 빨아 보았다. 갓난아기가 있는 여자들이 똑같이 하는 걸 본 적 있었다. 온도가 적당한지, 부치가 존 이그네이셔스 2세한테 젖병을 주자 아기는 두 손으로 꽉 움켜쥐고 쪽쪽 빨기 시작했다. 당연히 울부짖기를 그만둘 수밖에 없었다. 빅 부치는 금고 따는 작업으로 돌아가고, 존 이그네이셔스 2세는 담요 위에 앉아 나무 한 그루 가득한 부엉이들보다 더 똑똑해 보이는 얼굴로 젖병을 빨았다.

보아하니 생각보다 금고가 만만치 않았거나, 아니면 빅 부치의 도구가 낡고 녹슬고 아기 침대 만드는 데 쓰였던 게 문제였거나 한 모양이었다. 구멍을 두어 개 뚫고 꽤 용을 썼는데도 아무 소용이 없었다. 나중에 부치가 설명하기로, 자기는 우리 나라에서 처음으로 폭약 없이 금고를 딴 사람들 중 하나라는데, 이걸 제대로 하려면 금고를 잘 알아서 잠금 장치에 정확히 구멍을 뚫어야 한다고 했다. 그런데 이 금고는 낡기는 했어도 자기가 처음 보는 타입인 데다 자기는 현장을 떠난 지 오래됐다는 것이다.

어쨌든 그사이 우유를 다 먹고 또다시 칭얼대기 시작한 존 이그네이셔스 2세에게 빅 부치는 도구를 갖고 놀라고 줬다. 그런데 그 도구가 필요한 순간이 다가와 뺏으려고 했더니 존 이그네이셔스 2세가 어찌나 요란하게 울부짖는지, 결국 부치는 한동안 그냥 두었다가 슬그머니 빼내야 했다. 그러느라 또 시간이 더 걸렸다.

결국 빅 부치는 금고에 구멍 뚫기를 포기하고는 뻥 터뜨려 잠금장치를 느슨하게 해야 할 것 같다고 소곤소곤 말했다. 우리는 존 이그네이셔스 2세가 꿀꺽거리는 소리를 들으며 기다리기 지쳤던 터라 이의가 없었다. 나 개인적으로는 집에 가서 자고 싶은 기분이었다.

그래서 부치는 자기 가방을 뒤지기 시작했다. 보아하니 금고의 잠금장치를 뒤흔들 폭약이 든 작은 병을 찾는 듯했다. 그런데 아무리 뒤져도 없다 했더니, 존 이그네이셔스 2세가 코르크 마개를 이로 갉작이고 있었다. 부치는 존 이그네이셔스 2세한테서 병을 뺏느라 한바탕 싸워야 했다.

어쨌든 부치는 다이얼 근처에 뚫은 구멍 중 하나에 폭약을 장치하고 도화선을 달았다. 도화선에 불을 붙이기 직전에 리틀 이사도르한테 존 이그네이셔스 2세를 맡기고는 우리더러 사무실 뒷방에 가 있으라고 했다. 존 이그네이셔스 2세는 리틀 이사도르가 맘에 안 드는지(솔직히 뭐라 할 수 없다) 이사도르의 품 안에서 발버둥 치면서 울부짖었는데, 그러다 갑자기 조용해졌다. 증명할 방법은 없지만 아무래도 리틀 이사도르가 존 이그네이셔스 2세의 입을 틀어막은 것 같았다.

빅 부치도 바로 뒷방으로 따라왔다. 부치가 리틀 이사도르한테서 존 이그네이셔스 2세를 받아 들었더니 애 입에서 또다시 소리가 나기 시작했다. 이사도르한테는 애가 뭔 짓을 당했는지 빅 부치한테 말 못하는 게 참 다행스러운 일이었다.

"폭약 양이 얼마 안 되니까 손가락 꺾는 소리 정도밖에 안 날 거야."

빅 부치가 말했다.

그러나 그 말이 떨어지자마자 사무실에서 쾅 소리가 나고 건물 전체가 진동했다. 존 이그네이셔스 2세가 소리 내서 웃었다. 독립 기념일이라고 생각했나 보다.

"너무 많이 썼나."

빅 부치는 그렇게 말하더니 사무실로 달려갔다. 리틀 이사도르와 나도 그 뒤를 따랐다. 존 이그네이셔스 2세는 여전히 갓난아기치곤 참 호탕하게 웃고 있었다. 금고 문은 덜렁덜렁 흔들리고 사무실 전체가 어쩌 폭탄 맞은 것처럼 보였지만, 빅 부치는 아랑곳하지 않고 바로 손을 금고에 넣어 현금 두 뭉치를 꺼내더니 셔츠 속에 쑤셔 넣었다.

우리가 밖으로 나오자, 말 해리와 스패니시 존이 흥분해서 달려왔다.

"대체 뭔 짓이야? 온 동네 사람을 다 깨울 생각이야?"

해리가 빅 부치한테 말했다.

"뭐, 폭약이 좀 많았던 모양이야. 그렇지만 아무도 안 오는 것 같으니까 자네랑 스패니시 존은 8번가로 가라고. 우린 7번가로 갈 테니까. 시치미 떼고 조용히 가면 별일 없을 거야."

그러나 리틀 이사도르는 존 이그네이셔스 2세랑 더는 같이 있기 싫어졌는지 말 해리, 스패니시 존하고 같이 가겠다고 했다. 그 결과, 빅 부치와 존 이그네이셔스 2세, 내가 다른 방향으로 가게 됐다. 우리가 막 걸음을 떼려는데, 별안간 해리와 이사도르, 스패니시 존이 향하는 쪽 모퉁이에서 경찰관 둘이 달려왔다. 아마 빅 부치가 일으킨 지진 소리를 듣고 뭔 일인가 해서 온 듯했다.

그렇지만 부치가 시킨 것처럼 말 해리와 나머지 둘이 시치미 떼고 그냥 조용히 갔다면, 경찰도 그들을 그냥 보냈을지 모른다. 이 동네에서 누가 폭약으로 금고를 열 것이란 생각을 경찰이 할 리 없기 때문이다. 그러나 말 해리는 경찰을 보자마자 당황해 개다리를 꺼내선 닥치는 대로 쏴댔다. 게다가 스패니시 존까지 자기 총을 꺼내 쏘는 게 아닌가.

정신이 들어 보니 두 경찰관은 총알을 맞고 쓰러져 있었다. 사방에서 다른 경찰들이 호루라기를 불고 고함을 치며 달려와 난장판이 벌어졌다. 특히 말 해리와 리틀 이사도르, 스패니시 존을 쫓아가지 않은 나머지 경찰관들이 부근을 쑤시고 다니다가 해리의 친구 경비원이 꽁꽁 묶여 있는 걸 발견했을 때는 더 그랬다. 경비원은 웬 나쁜 놈들이 자기가 지키고 있던 금고를 폭파해 열었다고 했다.

그동안 빅 부치와 나는 반대편 7번가를 향해 계속 걸어갔다. 빅 부치는 존 이그네이셔스를 품에 안았고, 존 이그네이셔스는 동네가 떠나가라 울부짖고 있었다. 어쩌면 좀 전에 들었던 그 웃기는 쾅 소리를 또 듣고 싶은 건지도 몰랐다. 아무튼 존 이그네이셔스는 본인의 울부짖기 기록을 갈아 치우고 있었다.

빅 부치가 걸으면서 말했다.

"뛸 순 없어. 경찰이 내가 뛰는 걸 보면 나한테 덤벼들 텐데, 그랬다가 존 이그네이셔스 2세가 다치기라도 하면 어쩌냐고. 게다가 뛰면 애 배 속에 든 우유가 흔들려서 토할 거야. 우리 아내가 우유를 잔뜩 먹었을 땐 절대 존 이그네이셔스 2세를 흔들지 말랬어."

"부치, 내 배 속엔 우유가 없으니 흔들려도 상관없을 것 같거든. 그러니까 자네만 괜찮으면 난 다음 모퉁이부터 좀 뛸까 하는데."

그런데 그 순간, 우리가 향하고 있는 7번가 모퉁이에서 순경 두세 명과 뚱뚱하고 덩치 큰 경사가 나타났다. 순경 중 하나가 달리기를 한참 하다 온 사람처럼 숨을 몰아쉬며, 저 아래서 누가 금고를 폭파하고 도망치다가 순경 둘한테 총을 쐈다고 경사한테 설명하고 있었다.

그리고 셔츠 속에 2만 달러가 들었고 화려한 전과까지 가진 빅 부치가 품에 존 이그네이셔스 2세를 안고 그들을 향해 걸어가고 있었다.

정말이지 빅 부치가 참 안됐다는 생각이 들었고, 나도 참 안됐다는 생각이 들었다. 나는 이 고비를 무사히 넘기면 죽을 때까지 복음을 전파하는 인간들만 상종하고 살겠노라고 다짐했다. 그래도 난 부치처럼 싱싱에 평생 갇혀 있어야 하는 건 아니니 그나마 낫다고 생각했던 기억이 있다. 존 이그네이셔스 2세는 어떻게 될까 생각했던 기억도 있다. 존 이그네이셔스 2세는 여전히 귀청이 떨어질 것처럼 요란하게 울부짖고, 빅 부치는 "아가야, 아이, 착하지, 아빠 여기 있다. 쭈쭈쭈" 하고 있었다. 그때 한 순경이 경사한테 이렇게 말하는 소리가 들렸다.

"이놈들을 잡는 게 좋겠습니다. 한패일지 모릅니다."

뚱보 경사가 빅 부치한테 다가왔다. 부치와 존 이그네이셔스 2세와 난 이제 끝장이구나 싶었는데, 뚱보 경사는 부치한테 수갑을 채우는 대신 존 이그네이셔스 2세를 가리키며 동정 어린 목소리로 물었다.

"이 때문에 그래?"

"아니, 이는 아니고 배탈이 나서. 어떻게 좀 해보라고 여기 있는 의사를 깨워서 같이 약 사러 약국에 가는 길이야."

이 말을 듣고 나는 무척 놀랐다. 나는 물론 의사가 아니기 때문이다. 만약 존 이그네이셔스 2세가 배탈이 났다면 그야 쌤통이지만, 어쨌든 면허증 좀 보자는 소리만 안 했으면 좋겠다고 생각하는데 뚱보 경사가 말했다.

"그것 참 안됐군. 나도 다 알지. 우리 집은 세 놈이거든. 내가 보기엔 배탈보다는 이 같은데."

빅 부치와 존 이그네이셔스 2세와 내가 가던 길을 계속 가는데, 뚱보 경사가 순경한테 빈정거리는 게 들렸다.

"그래, 그러시겠지, 애를 안고 금고 터뜨리러 나오시겠지! 참 대단한 형사가 되겠군!"

비록 순경들이 날린 총알 때문에 여기저기 흠이 살짝 나긴 했어도 말 해리와 리틀 이사도르와 스패니시 존은 무사히 브루클린으로 돌아갔다고 한다. 그들이 쏜 순경들도 별로 안 다친 모양이었다. 그리고 며칠 뒤 빅 부치를 만났다. 내 맘대로 할 수 있다면 몇 년은 안 만나겠는데, 어느 날 밤 그가 날 찾아온 것이다. 뭔지는 몰라도 흐뭇해 보였다.

"알다시피 난 경찰은 뭐 하나 제대로 아는 게 없다고 생각하는데, 저번에 우리가 만난 그 뚱보 경사는 정말이지 똑똑한 놈이란 말을 해야겠어. 존 이그네이셔스 2세를 힘들게 하던 게 진짜 이였지 뭐야. 어제 글쎄 첫 이가 났어."

세상에서 최고로 인기 많은 사내
The Hottest Guy in the World

어느 날 오후 빅 줄이 내 호텔 방에 나타났을 때 정말 불안했다는 말을 하고 싶다. 누구한테 물어봐도 빅 줄은 당시 세상에서 최고로 인기 많은 사내였다고 알려 줄 것이다.

실제로 얼마나 인기가 많은지 놀라울 지경이었다. 펜실베이니아 주 피츠버그에선 우편물 배달 트럭이 털린 일을 두고 그를 만나고 싶어 했고, 미네소타 주 미니애폴리스에선 그가 임금으로 줄 현금 5만 달러를 뺏고는 꼼짝했다고 돈을 운반하던 사람을 쏴 죽였다는 소문이 자자했다.

또 미주리 주 캔자스시티에선 은행 연합회에서 빅 줄하고 이야기를 나누게 해주면 큰돈을 주겠다고 약속했다. 어느 은행에 강도가 들어 혼란 통에 지불 담당자와 출납 담당자, 제2부행장이 반죽음이 되고, 주간 경비원이 다치고, 경찰 두 명은 심하게 멍이 들었다. 그리고 1만 5천 달러 이상이 카운터에서 사라져 두 번 다시 돌아오지 않았다.

그런가 하면 오하이오 주 캔턴의 백화점과 털리도의 제분소, 워싱턴 주 스포캔의 식품점, 샌프란시스코의 우체국 지국도 있었다. 시카고에서 벌어진 사격 대회도 있었지만, 이건 치명상을 입은 게 한 명뿐이니 물론 별로 중요한 일은 아니다. 어쨌든 전국의 경찰이 그의 꽁무니를 쫓아다니는 셈이니, 빅 줄이 얼마나 인기 만점인지 알 수 있을 것이다. 하도 인기가 많아 꽁무니에 불이 날 지경이었다.

물론 나는 빅 줄이 그 모든 일을 다 했다고 생각하진 않았다. 경찰은 좌우지간 제일 눈에 띄는 인간한테 이거고 저거고 다 뒤집어씌우는 법인데, 빅 줄은 전국적으로 눈에 띄는 인간이었기 때문이다. 아마 그가 한 짓은 그중 한 절반 정도밖에 안 될 것이고, 진짜 그가 한 짓에 대해선 십중팔구 훌륭한 알리바이가 있을 것이다. 어쨌거나 그의 인기가 대단하다는 건 분명했다. 그리고 난 인기 많은 인간이 내 주위에 있는 게 마음에 안 들었다. 인기가 아주 조금 있을 뿐인 인간도 싫었다.

그렇지만 나를 찾아온 빅 줄한테 그런 말을 하면 그는 날 불친절한 인간이라고 생각할지 몰랐다. 나에 대해 그런 나쁜 소문이 퍼지는 건 곤란했고, 게다가 빅 줄이 화가 나서 내 얼굴에 주먹을 날리기라도 했다간 큰일이었다. 빅 줄은 쉽게 기분이 상하는 사람이기 때문이다.

그래서 나는 빅 줄한테 아주 유쾌하게 인사하고 창가에 있는 의자를 권했다. 그곳에선 8번가를 걷는 시민들이 내다보이고, 서커스 마차가 49번로 쪽에서 매디슨 스퀘어 가든으로 들어가는 모습을 지켜볼 수도 있다. 해마다 봄이면 순회공연을 떠나기 전에 그곳에서 서커스를 하곤 한다. 날이 포근해 빅 줄이 코트를 벗었는데, 겨드랑이 밑에 자동 권총을 찼고 바지허리에도 한 자루 꽂은 게 보였다. 설마 그럴 리는 없겠지만,

빅 줄이 이 방에 있는 동안 경찰이 들어오는 일이 없기만을 바랐다. 뉴욕 시에선 이렇게 총을 차고 다니는 게 법을 크게 어기는 일이기 때문이다.

"줄, 자네가 이렇게 찾아와 주다니 참 뜻밖이고 반갑긴 하지만, 지금 뉴욕에 나타나는 건 어쩌면 너무 바보 같은 일이 아닌가 싶은데. 요새 워낙 분위기가 살벌한 데다, 경찰에서 아무것도 아닌 일로 사람들을 붙들어 가곤 하잖아."

나는 말했다.

"나도 그건 알지. 그렇지만 남들이 뭐라고 떠들든 이쪽엔 나한테 덮어씌울 거리가 별로 없기도 하고, 고향이 그립기도 해서 말이야. 특히 지난 몇 달 동안 내가 꼼짝없이 있었던 곳에 있다 보니 더 그렇더라고. 브로드웨이의 불빛이랑 사람들이랑 거리가 얼마나 그리웠는지 몰라. 게다가 어머니도 보고 싶었고. 어머니가 병이 나서 얼마 안 남았을지도 모른다지 뭐야. 가시기 전에 봐야지."

그런 상황에선 누구나 어머니를 보고 싶어 하는 게 당연하지만, 문제는 빅 줄의 어머니가 11번가 근처 웨스트 49번로에 사는데 같은 블록에 '폭력반' 경찰 조니 브래니건이 산다는 사실이었다. 빅 줄이 예전 동네를 돌아다니면 십중팔구 그 말이 조니의 귀에 들어갈 것이다. 조니 브래니건이 세상에서 싫어하는 인간이 딱 한 명 있다면 그건 바로 빅 줄이었다. 둘이 꼬맹이 때 같은 동네에서 자랐는데도 말이다.

그렇지만 심지어 꼬맹이 때도 둘은 죽이 안 맞았던 모양이다. 자라서 폭력반에 들어간 뒤로 조니 브래니건은 사사건건 빅 줄을 못 살게 굴었으며, 곤봉으로 빅 줄을 때리려 들기까지 했다. 지난번 빅 줄이 이 거리를 떠나기 전에 조니한테 한 방 먹여, 조니가 뭔 일이 있어도 빅 줄이 있을 곳에 있게 하겠다고 맹세했다는 사실을 모르는 사람이 없었다. 다만 조니는 빅 줄이 있을 곳이 어디인지는 밝히지 않았다.

그래서 빅 줄의 어머니와 조니가 같은 블록에 살지 않느냐는 이야기를 했더니 빅 줄은 벌컥 화를 냈다.

"조니 브래니건 같은 놈은 겁 안 나. 안 그래도 여기 있는 동안 조니 브래니건한테 확실하게 한 방 먹일까 생각 중이야. 그놈은 그래도 싸. 그렇지만 우선은 어머니부터 보고, 그런 다음 키티 클랜시 양을 만나러 갈 생각이야. 아마 날 보면 아주 놀라고 반가워할걸."

빅 줄을 보면 키티 클랜시 양이 놀랄 건 확실했지만 과연 반가워할지는 자신 없었다. 1년도 더 넘게 떨어져 있다 보면, 아무리 예전에 사랑하는 마음이 넘쳐 났어도 그새 딴 사람이 생겼을지 모르는 일이다. 11번가에 살건 파크 애비뉴에 살건 여자란 원래 그렇다. 그렇긴 해도 나는 키티 클랜시 양이 한때 빅 줄을 무척 좋아했다는 말을 들은 기억이 있다. 심지어 무허가 술집을 운영하는 그녀의 아빠 잭 클랜시가, 빅 줄 같은 인간이 얼쩡거리는 게 클랜시 가한테 아주 큰 타격이라고 주장했는데도 그랬다고 한다.

빅 줄은 창가에 앉아 서커스 마차와 사람들을 지켜보며 말했다.

"지난 1년 동안 키티 클랜시 양 생각을 아주 많이 했어. 특히 지난 몇 달은 더 심했지. 사실 내가 있던 곳에서 할 일이라곤 키티 클랜시 양 생각을 하는 것밖에 없긴 했어. 캐나다의 세인트존인지 뭔지 하는 도시 외곽의 펀디 만에 있는 낡은 창고에서 지냈는데 말이지. 맨날 키티 클랜시 양 생각만 하다 보니까 내가 그 여자를 정말 많이 사랑한다는 걸 알겠더라고."

빅 줄은 이어서 말했다.

"창고에 가게 된 건, 시내의 웬 보석점을 누가 털었는데 경찰들이 그걸 나한테 뒤집어씌웠기 때문이었어. 고르는 게 가능했다면 절대 내가 골랐을 곳은 못 돼. 오래된 모피 창고라 해괴한 냄새가 진동했거든. 그렇지만 보석점 때문에 난리가 났을 때 누가 내 엉덩이에 총알을 박아 넣는 바람에 레옹 피에르가 날 그리로 데려갔던 거야. 다 나을 때까지 거기 있었어.

얼마나 외로웠는지 몰라. 얼마나 외로웠는지 알면 아마 놀랄걸. 게다가 무지무지 춥기까지 했고. 친구라곤 쥐 떼뿐이었어. 개인적으로 좌우지간 쥐는 안 좋아하는데 말이야. 병균도 옮기지, 자기들이 배고프면 남이 자는 동안 깨무는 놈들 아냐? 나한테 진짜 그러려고 들더라니까.

외딴 곳에 있는 창고라 레옹 피에르가 가끔 먹을 거 갖다 주고 붕대 갈아 주러 올 때 빼놓곤 아무도 오는 사람이 없었어. 밤이 되면 들리는 소리라곤 밖에서 바람이 윙윙거리고 쥐가 여기저기 뛰어다니는 소리뿐이었지. 그중엔 무지무지 큰 쥐들도 있었어. 거의 토끼만 한 데다 이게 또 얼마나 뻔뻔한지. 처음엔 쥐들하고 친하게 지낼 마음도 있었는데 그놈들이 아주 못되게 굴더라고. 갉아 먹히고 나니까 그놈들한테 잘해 주려고 해봤자 소용없겠다는 걸 알겠더군. 그래서 레옹 피에르한테 매일 탄약을 갖고 오게 해서 녀석들 놓고 사격 연습을 했어.

창고가 워낙 외딴 곳에 있어서 누가 총소리를 들을 염려는 없었거든. 그 덕분에 시간을 때울 수도 있었고. 나중엔 앉은 쥐, 뛰는 쥐, 심지어 허공을 나는 쥐도 맞히겠더군. 창고에 사는 쥐들은 자기들이 무슨 산양이라도 되는 것처럼 여기서 저기로 펄쩍 뛰곤 해서 말이야. 지나는 길에 날 물고 가려는 거지.

어느 날 세어 봤더니 실수 한 번 안 하고 연속으로 쉰 마리를 맞혔지 뭐야. 그 정도면 45구경 자동으로 쥐 쏘기 세계 챔피언이잖아. 물론 도전하겠다는 인간이 있으면 얼마든지 받아 줄 마음이 있어. 내기도 곁들여서. 나중엔 예측도 하겠더군. 이놈은 오른쪽 눈을 맞힐 거다, 이놈은 왼쪽 눈을 맞힐 거다, 그럼 매번 진짜 그렇게 되더라고. 45구경으로 가까이서 쏘다 보니까 정확히 어딜 맞혔는지 알 수 없는 경우도 가끔 있긴 하지만. 전체를 다 쏴버린 것처럼 되거든.

나중엔 쥐들도 점점 날 피해 다니기 시작하면서 자도 물어뜯으려고 들지 않더군. 나한테 상판을 들이댔다간 목숨이 위험할 거란 걸 안 거야. 재밌는 게 뭐 또 없나 찾아봤지만 그런 곳에 할 만한 일이 많을 리 없잖아. 그러다가 의학 책을 한 무더기 발견했는데 이게 꽤 재미있었어. 보아하니 사랑해 마지않는 아내를 상대로 메스로 실험을 하고 나서 이 것저것 잘 좀 생각해 보려고 거기로 왔던 웬 의사 놈이 갖다 놓은 모양이더군. 사랑해 마지않는 아내의 목을 잘랐더니 아내가 살기를 그만둔 거지. 그래서 책을 챙겨 창고로 와서 경찰이 찾아낼 때까지 거기서 지냈나 봐. 아주 화끈하게 교수형 당했다지.

어쨌든 그 책들 덕분에 살았어. 수술에 대해 별별 놀라운 사실들도 알게 됐고. 그런데 다 읽고 나니까 이젠 생각하는 것밖에 할 일이 없더라고. 그래서 키티 클랜시 양 생각을 했지. 같이 영화를 보고 나서 괜히 여기저기 걸어 다녔을 때 얼마나 즐거웠는지. 그래, 그 집 아버지가 나한테 험하게 나올 때까지 정말 즐거웠어. 키티 클랜시 양이랑 나 살던 동네랑 어머니를 다시 보면 아주 기쁠 거야."

결국 빅 줄이 예전 살던 동네까지 걸어가 키티 클랜시 양을 찾아보고 어머니를 만나러 가는 걸 막지 못했다. 뿐만 아니라 그는 나더러 같이 가자고 했다. 빅 줄과 산책을 가는 것보다 더 즐거울 듯한 일을 백만 가지는 떠올릴 수 있었지만, 빅 줄이 내가 거만 떤다고 생각했다간 곤란했다. 아까도 말했듯이 그는 쉽게 기분이 상하는 사람이기 때문이다. 게다가 이런 시간이라면 조니 브래니건이나 그를 아는 다른 경찰하고 맞닥뜨릴 위험이 그나마 적을 것 같았다. 그래서 그러자고 했는데, 나가는 길에 빅 줄이 총을 찼다.

"줄, 산책 가는 건데 총은 차지 마. 경찰이나 누가 볼지 모르는 일이 잖아. 이 거리에선 총을 갖고 있으면 순식간에 잡혀갈 거라고. 그놈들이 자네를 알든 모르든 말이야. 이 거리에서 총을 갖고 다니는 게 설리번 법으로 엄하게 금지된다는 걸 자네도 알 텐데."

나는 말했다.

그러나 빅 줄은 총 없이 나가면 감기 걸릴지 모른다고 했다. 우리는 49번로로 내려가 매디슨 스퀘어 가든을 향해 서쪽으로 갔다. 8번가에 이르러 길을 건너려고 차들이 서기를 기다리는데, 가든의 49번로 쪽이 어쩐지 시끌시끌했다. 사람들이 사방으로 우왕좌왕 뛰어다니며 고함을 치고 허공을 가리켰다.

그래서 나도 위를 올려다보니, 가든의 지붕 끄트머리에 크고 못생긴 원숭이가 앉아 있는 게 아닌가. 처음엔 하도 커서 원숭이라는 걸 못 알아보고 오후 한나절 내내 가든 이쪽에 죽치고 서서 시합할 기회를 기다리곤 하는 프로 권투 매니저들 중 하나인 줄 알았다. 프로 권투 매니저가 그런 곳에 있는 걸 보고 놀라긴 했지만 내기를 걸었는지 모른다고 생각했다. 그런데 다시 자세히 보니 진짜로 커다란 원숭이, 그것도 유난스럽게 못생긴 원숭이였던 것이다. 다만 개인적으로 아주 잘생겼다고 생각되는 원숭이를 본 적도 없긴 하다.

어쨌든 이 커다란 원숭이가 팔에 뭘 안고 있었는데, 처음엔 그게 뭔지 알 수 없었다. 그렇지만 빅 줄과 함께 가든 맞은편으로 길을 건너자, 원숭이가 안은 게 갓난아기라는 것이 똑똑히 보였다. 당연히 서커스나 아니면 서커스 끝나고 할 샤키와 리스코의 시합을 선전하려고 가든 쪽에서 꾸민 짓이겠거니 생각했는데, 사내들은 여전히 고함을 치며 여기저기 뛰어다니고 여자들은 비명을 질러 대는 것이다. 결국 매우 놀라운 사태가 벌어졌다는 걸 깨닫게 됐다.

보아하니 지붕 위의 커다란 원숭이는 서커스의 고릴라 봉고인 모양이었다. 봉고는 우리 나라의 몇 안 되는 괜찮은 고릴라 중 한 마리인데, 사실 요새는 어딜 가나 좋은 고릴라가 워낙 드물다. 어쨌든 봉고의 우리를 가든에 들여놓다가 문이 열리자 봉고가 눈 깜짝할 새에 튀어 나가 거리를 달려간 모양이다. 그곳에선 동네 아이들이 인도에서 놀고 있고 엄마들이 유모차에 아기를 태우고 양지바른 곳에 앉아 있었다. 이건 화창한 날이면 웨스트 49번로 같은 옆길에서 흔히 볼 수 있는 광경이었고, 엄마들과 아기들을 좋아한다면 결코 보기 안 좋은 광경도 아니었다.

봉고는 도대체 뭘 할 생각이었는지, 가든 쪽 인도를 지나가던 한 엄마의 유모차에서 아기를 낚아챘다. 봉고처럼 거대한 고릴라한테 저항하기엔 너무 어린 갓난아기였던 터라 봉고는 아무 어려움 없이 아기를 다루었다. 성인 남자가 고릴라랑 싸우면 쪽도 못 쓴다는 말을 많이 듣는데, 고릴라랑 성인 남자가 싸우는 걸 본 적은 사실 한 번도 없다. 꽤나 근사한 싸움일 것 같다.

어쨌든 아기 엄마는 봉고가 아기를 낚아챘다고 요란하게 악을 썼는데, 자기 아기가 고릴라랑 친하게 지내길 바라는 엄마는 아무도 없으니 당연한 일이었다. 엄마가 비명을 지르며 아기를 빼앗으려 하자, 봉고는 49번지 쪽으로 달린 커다란 전광판을 타고 가든의 지붕 위로 올라갔다.

그러고는 지붕 끄트머리에 아기를 안고 앉은 것이다. 아기는 큰 소리로 울부짖고, 봉고는 묘한 소리를 내다가 거리에 사람들이 모여들기 시작하자 사납게 이빨을 드러냈다.

한 덩치 큰 사내가 셔츠 바람으로 사람들 사이를 뛰어다니며 손을 내젓고 "조용히 해주세요!" 했지만, 그의 말을 귀담아 듣는 사람은 아무도 없었다. 아마 서커스랑 상관있는 사람인 듯했다. 어쩌면 봉고하고도 상관있는지 모른다. 교통경찰이 보고는 47번로 경찰서에 지원을 요청했고, 또 어떤 사람은 길 아래 소방서에서 소방차를 불러왔다. 순식간에 경찰들이 사방에서 달려오고 소방차가 도착했다. 셔츠 바람의 덩치 큰 사내는 한층 흥분해서 말했다.

"자, 자, 다들 제발 조용히 해주세요. 시끄러운 소리를 듣고 불안해지면 봉고가 아기를 밑으로 던질지도 모릅니다. 닥치는 대로 아무거나 던진다고요. 고향에서 코코넛을 던지던 버릇이 남아 있는 거죠. 구조용 그물을 쳐놓고 조용히 있으면, 봉고가 아기를 코코넛 던지듯 던지기 전에 구할 수 있을지도 몰라요."

봉고는 지상 7층 높이쯤 되는 지붕 끄트머리에 아기를 안고 앉아 밑을 내려다보고 있었다. 엄마가 아기를 안듯 안고 있었지만, 밑에서 벌어지는 난리법석이 마음에 안 드는지 한 번은 아기로 누구 대갈통을 맞히려는 것처럼 머리 위로 번쩍 치켜들기까지 했다. 사람들 틈에 크랩스 노름꾼 빅 니그가 보였는데, 나중에 듣기로 아기가 못 산다는 데 7 대 5로 걸겠다고 하고 다녔지만 다들 흥분한 나머지 내기를 할 상황이 아니었다고 한다. 괜찮은 배당률 같은데 말이다.

가든 맞은편 인도에 모인 사람들 중에 꼼짝 않고 서서 아주 묘한 표정으로 원숭이와 아기를 쳐다보는 여자가 있었다. 표정이 하도 묘해서 다시 잘 보니 글쎄, 키티 클랜시 양이었다. 입술이 달싹이고 있었는데 아무래도 기도를 하는 것 같았다. 그녀는 이런 때 어떻게 기도해야 하는지 아는 여자였다.

빅 줄이 나와 거의 동시에 키티 클랜시 양을 발견하곤 그 옆으로 다가가 인사했다. 1년 만에 만나는 것이었는데도 그녀는 마치 방금 전까지 이야기하던 것처럼 그에게 고개를 돌리고 말했다.

"어떻게 좀 해봐, 줄리. 당신은 늘 어떻게 할 수 있는 사람이잖아. 제발 어떻게 좀 해봐, 줄리."

빅 줄은 대꾸도 안 하고 사람들을 피해 뒤로 물러서더니 바지허리에 손을 뻗었다. 나는 그의 팔을 붙들고 열심히 설득했다.

"줄, 경찰이 이렇게 많은데 여기서 총을 빼면 안 돼. 총을 가졌다는 것만으로도 당장 잡혀갈 텐데, 일단 잡혀가고 나면 상황이 아주 힘들어질 거야. 자넬 원하는 데가 워낙 많아야지. 줄, 자넨 온 나라에서 인기 만발이라고. 난 자네가 잡혀가는 걸 바라지 않아. 게다가 저렇게 높은 데 올라앉아 있으니 아기를 안 맞히고 원숭이를 쏘기가 쉽지 않을 거야. 원숭이를 맞힌다 해도 그놈이 떨어지면서 아기도 같이 떨어지면 어쩌려고 그래?"

"별 바보 같은 소리를 다 하는군. 난 절대 빗맞히는 법이 없어. 미간을 정확히 맞히면 저놈은 앞이 아니라 뒤로 쓰러질 테고, 아기도 무사할 거야. 저걸 봐, 뒤쪽 지붕하고 높낮이 차가 없잖아. 나도 다 생각이 있어.

게다가 높은 데 올라앉아 밑을 내려다볼 때는 반사적으로 뒤로 몸이 움직이게 마련이야. 그러니까 미간에 총알을 맞는 것처럼 생각지도 못한 일이 생기면 그쪽으로 쓰러질 거야. 의사가 남겨 놓고 간 책에서 봐서 알아."

줄이 말했다.

그러더니 느닷없이 그의 손이 나타났다. 손에는 총이 들려 있었다. 그러더니 퍽 소리가 났다. 나중에 돌이켜 생각해 봤는데, 앉아 있는 대상을 쏠 때 으레 조준을 하게 마련이건만 그랬다는 기억이 없다. 그런데도 봉고는 총소리가 들린 순간 약간 몸을 들어 올리는 듯하더니 뒤로 쓰러졌다. 아기는 품에 안긴 채 더욱 요란하게 울부짖고 있었다.

"미간을 정확히 맞혔을 거야. 내기를 걸어도 좋아. 솔직히 별 대단한 타깃은 아니었지만 말이야."

빅 줄이 말했다.

다들 처음엔 뭔 일이 일어난 건지 모르고 어안이 벙벙했으나 곧 잠잠해졌다. 침묵 속에 오로지 셔츠 바람의 사내만이 빅 줄한테 화를 내며, 만약 봉고가 다치기라도 했으면 서커스에서 그를 고소할 것이라고 했다. 봉고가 무려 10만 달러나 나간다는 것이다. 키티 클랜시 양이 두 손을 모으고 위를 올려다보며 인도에 무릎 꿇고 앉고, 빅 줄은 바지허리에 총을 도로 꽂았다.

그사이 봉고를 다른 방향으로 몰려고 건물 안을 통해 옥상으로 올라간 몇몇 사내들이 소리를 지르더니 곧바로 그중 한 명이 거리에 있던 모든 사람들이 볼 수 있게 아기를 높이 안아 들었다. 두 명은 옥상 끄트머리 쪽으로 내려와 봉고를 들어 사람들한테 보여 주었다. 고등어 못지않게 확실하게 죽었다는 걸 알 수 있었다. 한 명이 봉고의 눈과 눈 사이를 가리켜 총알이 맞힌 곳을 보여 주었다. 키티 클랜시 양은 빅 줄한테 다가가 뭐라 말하려다가 결국 큰 소리로 울음을 터뜨리고 말았다.

사람들의 관심이 지붕 위에서 벌어지는 일에 쏠린 틈을 타 빅 줄과 나는 이만 산책을 가는 게 좋을 듯했다. 서커스 사람들이 원숭이 값을 물어내라고 빅 줄을 고소하는 사태는 원하지 않았다. 게다가 경찰 둘이 아주 비판적인 눈으로 빅 줄을 훑어보고 있었는데, 지금 당장에라도 그에게 수갑을 채울 듯했다.

그런데 별안간 호리호리하고 젊은 사내가 빅 줄한테 다가와 이렇게 말했다.

"줄, 잠깐 보자고."

자세히 보니 글쎄, 조니 브래니건이 아닌가. 당연히 빅 줄은 총에 손을 뻗었지만, 조니가 곧바로 그를 데리고 걷기 시작하는 바람에 빅 줄은 행동할 때를 놓치고 말았다.

"꺼내 봤자 소용없어, 줄. 소용도 없고, 또 필요도 없어. 좌우지간 따라오라고. 꾸물대지 말고."

조니 브래니건이 말했다.

조니 브래니건의 행동이 어쩐지 수갑을 채우는 경찰 같지 않았던 터라 빅 줄은 어안이 벙벙해서 따라갔다. 나도 그 뒤를 쫓아갔다. 블록을 반쯤 내려갔을 때 조니는 노란 택시를 잡더니 우리를 차에 밀어 넣고는 운전사한테 8번가를 따라 내려가라고 했다.

조니 브래니건이 말했다.

"네가 시내로 들어온 이래로 널 계속 뒤쫓고 있었어. 이 근방에선 어림없다고. 네가 틀림없이 너희 어머니네에 갈 거라고 생각해서 거기로 가는 길에 아까 가든에서 그런 일이 생긴 거야. 난 다음 모퉁이에서 내릴 테니까 넌 가서 너희 어머니를 만나고 되도록 빨리 여길 떠나. 넌 이 근방에서 인기 만점이니까.

그나저나 줄, 너 그거 알아? 네가 구한 애가 우리 애야. 나랑 키티 클랜시 애. 1년 전 오늘 결혼했거든."

빅 줄은 한순간 무척 놀란 표정을 지었지만 이내 웃더니 이렇게 말했다.

"키티 클랜시 애라는 건 몰랐지만 네 애라는 건 보자마자 알았지. 너랑 똑같이 생겼더군."

"맞아, 딴 사람들도 다들 그렇게 말해."

조니 브래니건은 매우 자랑스럽게 말했다.

"심지어 멀리서도 알아보겠던데. 정말이지 깜짝 놀라게 닮았더라고. 그렇지만 조니, 실은 지붕 위의 두 얼굴 중에서 잘못 찍으면 어쩌나 잠깐 걱정됐었어. 원숭이랑 네 애가 도무지 구분이 돼야 말이지."

빅 줄이 말했다.

생피에르의 백합

The Lily of St. Pierre

어느 화요일 새벽 대략 4시쯤, 48번로에 있는 굿타임 찰리 번스타인의 가게에서 우리 넷이 앉아 사중창을 하고 있었다. 밖에서 순찰 중인 경찰한테 방해가 안 되게 목소리는 낮추었다. 캐리건이란 이름의 아주 좋은 사내인데, 그런 시간엔 쉬고 싶어 하기 때문이다.

굿타임 찰리의 가게는 크리스털 룸이란 이름이었다. 물론 크리스털은 전혀 없고 테이블 열두 개와 호스티스 열두 명만 있다. 굿타임 찰리는 손님들한테 사교 생활을 한껏 즐기게 해주고 싶은 사람이다.

그래서 테이블 하나당 호스티스가 한 명씩 있는 셈이다. 아주 흔치 않은 일이긴 해도 각각 따로 온 손님 열두 명이 있으면 각자 호스티스 한 명과 이야기할 수 있다. 손님이 한 명뿐이면 호스티스 열두 명을 독차지하고 수다를 떨고 술을 사줄 수 있다. 그러니 굿타임 찰리네에 왔다 가면서 외로웠다고 하는 사람은 아무도 없다.

개인적으로 나는 굿타임 찰리의 호스티스들이랑 이야기하고 싶은 마음은 눈곱만큼도 없다. 한 번에 한 명씩이든, 한꺼번에 전부 다든 마찬가지다. 그래도 좀 볼만하게 생긴 여자가 눈 씻고 찾아봐도 없는 데다, 굿타임 찰리의 가게에서 호스티스로 일하는 걸 보면 하나같이 꽤나 멍청한 게 틀림없다. 굿타임 찰리한테 이런 이야기를 했더니, 맞는 말이긴 하지만 일주일에 25달러 주고 페기 조이스를 데려오기는 쉽지 않다고 했다.

나는 물론 굿타임 찰리네서 호스티스한테 술을 사주는 일이 없다. 딴 사람들한테도 안 사주었고, 하물며 나한테도 안 사주었다. 나하고 굿타임 찰리는 친한 친구라, 혹시 내가 사고 싶어 해도 그가 팔지 않을 것이다. 애초에 내가 사고 싶어 할 리도 없다. 굿타임 찰리 생각에 자기 가게에서 누가 술을 사면 그 사람은 그걸 마실 가능성이 높은데, 찰리는 자기 친구들이 자기 가게에서 술을 마시는 걸 원하지 않는다. 친구가 술을 사고 싶어 하면 찰리는 늘 그를 길 아래쪽에 있는 잭 포가티의 무허가 술집으로 보냈다. 대개는 찰리도 같이 갔다.

그런 터라 내가 굿타임 찰리네에 가는 건 그와 이야기하고 같이 사중창을 하기 위해서다. 굿타임 찰리네는 새벽 5시쯤 다른 데가 모두 문을 닫고 나서야 비로소 손님들이 찾아온다. 그때부터는 아주 인기 만점이라 사중창을 할 데가 못 된다. 매번 주위 사람들이 끼어들고 싶어 하는데 그러면 화음이 깨졌다. 그렇지만 5시 직전엔 호스티스들만 있으니 괜찮았다. 호스티스들은 물론 굿타임 찰리한테 쫓겨날까 봐 끼어든다는 건 꿈도 안 꾸었다.

나는 사중창을 하는 걸 그 어떤 것보다 좋아한다. 바리톤이었는데, 내가 생각해도 썩 훌륭한 바리톤이다. 그날 아침 우리는 〈작고 선한 거짓말〉, 〈떡갈나무 양동이〉, 〈아버지의 도시락통〉, 〈클로이〉, 〈멜랑콜리 베이비〉 등등을 불렀다. 〈즐거운 나의 집〉도 부르긴 했는데, 가사를 완벽하게 기억하는 사람이 아무도 없어서 절반은 그냥 흠흠흠, 흠흠흠 해야 했다. 〈즐거운 나의 집〉을 부를 땐 다들 종종 그랬다.

〈그대에게 줄 수 있는 건 사랑뿐, 베이비〉도 불렀는데, 이건 사중창을 하기에 딱 좋은 노래다. 굿타임 찰리 같은 괜찮은 베이스가 있으면 특히 더 그렇다. 찰리가 있으면 매 소절에 우렁차게 워우워우 할 수 있다.

그대에게 줄 수 있는 건 사랑, 사랑뿐
베이에이비!
워우워우!

사랑이니 베이비 같은 부분은 내가 담당했다. 내 훌륭한 바리톤은 아주 먼 곳까지도 들린다. 베이에이아이아이베이비! 하면서 좀 더 굴리면 특히 그렇다. 이어서 굿타임 찰리가 워우워우 하면 먼 걸음을 해서라도 들을 가치가 있다.

사중창을, 그것도 새벽 4시에 하다 보면 으레 마지막엔 횃불 노래에 이르게 된다. 횃불 노래란 모름지기 남자가 여자랑 싸우고서 속이 다 타버린 것 같을 때 부르는 노래이기 때문이다.

남자가 여자랑, 가령 애인이라든지 심지어 사랑해 마지않는 아내랑 싸우면, 아닌 게 아니라 속이 다 타버린 것 같고 아무 생각이 안 난다. 실제로 횃불을 들고 십여 킬로미터 걷고도 자기가 움직인 것조차 모르는 남자들을 봤다. 여자가 혹시 딴 남자를 만나는 건 아닌지 생각하면서 남자들이 얼마나 걷고 또 걸을 수 있는지, 하여간 놀라울 지경이다. 그리고 누구나 알다시피, 하루 중 새벽 4시가 횃불이 제일 뜨겁게 타오를 시간이다.

빅 마지가 그를 걷어차고 돈 많은 쿠바 사내한테 간 이래로 거의 1년째 횃불을 들고 있는 굿타임 찰리가 토미 라이먼의 횃불 노래를 아주아주 천천히 부르기 시작했다. 브로드웨이의 어느 누구보다도 더 오래 횃불을 들고 있는 사내다웠다.

> 맙소사, 녀석들이 가고 나니
> 이렇게 괴로울 줄이야
> 길모퉁이에
> 너 홀로 서 있네

이 노래엔 물론 굿타임 찰리가 워우워우 할 부분이 없지만, 내 훌륭한 바리톤을 선보일 기회는 있다. 특히 '맙소사, 그녀를 되찾을 수만 있다면' 하는 부분이 멋지다.

내가 이 노래를 부르면 토미 라이먼이 나이트클럽에서 부를 때처럼 사람들이 울음을 터뜨리며 나한테 돈을 줬다는 말은 아니다. 애초에 토미는 직업 가수인 데다 이 노래를 지은 장본인이기도 하니, 나보다 나은 건 당연하다. 그렇지만 '맙소사, 그녀를 되찾을 수만 있다면'에 이르렀을 때 굿타임 찰리네 호스티스 대여섯 명이 눈물을 쏟게 만드는 것쯤은 어렵지 않다. 호스티스 열두 명 중 대여섯 명을 울게 만드는 건 어디가 됐든 썩 훌륭한 성적이고, 하물며 굿타임 찰리네 호스티스들이라면 더 말할 것도 없다.

그런데 그때 갑자기 굿타임 찰리네 앞문으로 잭 오하츠가 여기저기 두리번거리면서 들어왔다. 그가 가게 안에 코를 들이밀자마자, 우리랑 같이 아주 훌륭한 테너로 노래하던 얼뜨기 루이란 사내가 벌떡 일어나더니 뒷문으로 향했다.

그러나 그가 문간에 다다랐을 때, 잭 오하츠가 개다리를 꺼내 얼뜨기 루이를 향해 타탕, 탕, 탕 했다. 잭 오하츠는 평소 사격 솜씨가 괜찮은 편인데, 그때는 얼뜨기 루이의 오른쪽 귀를 날려 버렸을 뿐이다. 루이는 뒷문을 열더니 건물과 건물 사이의 좁은 골목으로 내뺐지만, 잭 오하츠한테 한 발 더 맞고 말았다. 이 마지막 한 발 탓에 루이는 30분 뒤 브로드웨이에서 쓰러졌다. 한 경찰이 그를 발견하고 종합 진료소로 보냈다.

나는 루이의 귀가 떨어져 나가는 걸 보진 못했다. 두 번째 총알이 발사됐을 때는 이미 앞문으로 나가 48번로를 내려가는 중이었기 때문인데, 나중에 이야기를 들었다.

잭 오하츠가 루이한테 화가 났다는 걸 전혀 몰랐던 터라 왜 총을 쏜 건지 궁금했지만 질문을 하진 않았다. 왜냐하면 이 거리에선 질문을 하고 다녔다간 이것저것 캐려 드는 인간이라는 인상을 줄지 모르기 때문이다.

그런데 다음 날 밤, 바비네 스테이크 집에서 스테이크를 썰고 있는 잭 오하츠랑 마주쳤다. 그가 같이 앉아 식사를 하자고 하길래, 앉아서 양파를 듬뿍 곁들인 햄버그스테이크를 주문했다. 앉아서 내 햄버그스테이크를 기다리는데 잭 오하츠가 말했다.

"얼뜨기 루이한테 총알을 날리는 바람에 자네들 사중창을 망쳐 놓은 걸 사과해야겠지?"

"글쎄. 비열한 짓이라고 생각하는 사람도 있겠지만 난 자네한테 그럴 만한 이유가 있었을 거라고 생각하는데. 그게 뭔지는 모르겠지만."

"얼뜨기 루이는 틀려먹었어."

잭이 말했다.

그건 나도 이미 아는 사실이었고 여기선 모두가 아는 사실이었지만, 그렇다고 왜 잭이 귀를 날려 버리고 다녀야 하는지는 이해가 되지 않았다. 그런 식으로 따지자면 귀가 달린 사람이 몇 안 남을 것이다.

"얼뜨기 루이 이야기를 할 테니까 들어 보라고. 그럼 그 즉시 오른쪽으로 2, 3센티 빗맞힌 게 내가 저지른 유일한 잘못이라는 걸 알게 될 테니까. 내가 요새 왜 그러는지 몰라."

"혹시 방아쇠에서 손가락을 너무 빨리 떼는 게 아닐까."

나는 매우 동정 어린 목소리로 말했다. 쉬운 표적을 놓치면 그가 얼마나 언짢아하는지 알기 때문이다.

"그럴지도 모르지. 아무튼 찰리네 조명은 문제가 있어. 마지막으로 쏜게 루이를 맞힌 건 순전히 우연이었다고. 하여간 처음부터 끝까지 너무너절한 솜씨였다니까. 어쨌든 지금은 얼뜨기 루이 이야기를 들어 봐."

잭이 말했다.

(잭 오하츠가 말했다.) 그게 1924년이었을 거야. 그해 난 존 형님을 대신해서 처음 사업차 생피에르에 갔어. 당시 형님은, 형님의 영혼에 안식이 있기를, 고급 제품을 다루는 업자로 미국에서 몇 손가락 안에 들었지. 특히 스카치로는 따라올 인간이 없었어. 어쩌면 자네도 존 형님이랑 형님이 디트로이트에서 살해됐을 때 벌어졌던 소동을 기억할지 모르겠군. 존 형님은 아주 괜찮은 분이었어. 형님의 죽음이 많은 시민들한테 얼마나 큰 충격을 줬는지.

혹시 생피에르에 한 번도 가본 적이 없더라도 별로 아쉬울 건 없다는 말은 꼭 해두고 싶어. 뉴펀들랜드의 웬 커다란 바위산 옆에 붙은 쪼그만 도시인데, 어느 경로로 가건 그렇게 번거로울 수 없어. 대개는 핼리팩스에서 보트로 건너가는데, 1924년에 내가 갔을 땐 '모드'란 이름을 가진 존 형님의 스쿠너를 탔어. 크리스마스 시즌을 앞두고 아주 괜찮은 상품 천 상자를 싣고 말이지.

생피에르를 처음 봤을 땐 통째로 받고 8센트만 내라도 싫겠더군. 이쪽 일 하는 인간들한테는 아주 유용한 곳이긴 해도 말이야. 별로 경치가 좋은 것도 아닌 데다 프랑스 땅이고 사람들이 거의 프랑스어로 말해. 대다수가 프랑스 사람인데, 어딜 가든 프랑스어로 말하는 게 프랑스 사람들 습관인가 보더라고. 그런 외딴 데서 물고기들한테 둘러싸여 살면서도 말이지.

어쨌든 1924년 생피에르에 갔을 때 아르망 도발이란 늙은 의사 선생을 만났어. 하필이면 거기서 폐렴에 걸리는 바람에 다 죽게 생겼었거든. 게다가 생피에르엔 마음 놓고 폐렴을 앓을 만한 곳도 없었고 말이지. 그런데 이 아르망 도발 선생이 존 형님의 친구라 날 자기 집으로 데려다 치료해 주면서 마음껏 앓게 해준 거야.

아르망 도발이란 이 의사 선생은 수염을 기른 프랑스 영감이었는데, 릴리란 어린 손녀가 있었어. 그때 나이가 아마 열두 살쯤이었을까, 머리를 두 갈래로 땋아 뒤로 늘어뜨렸지. 걔 아빠, 그러니까 아르망 선생의 아들은 릴리가 갓난아기였을 때 어느 날 그랜드뱅크스에 대구 잡으러 나갔다가 안 돌아왔다더군. 그러고 나서 엄마도 죽어서 아르망 선생이 릴리를 키운 건데, 손녀를 참 예뻐했어.

내가 폐렴으로 앓아누워 있던 집에 할아버지랑 손녀랑 단둘이 살았어. 조용하고 괜찮은 집이었지. 고색창연하고, 고깃배들도 아주 잘 보이고. 고깃배를 좋아한다면 말이지만. 사실 평생 살아 본 중에 가장 조용했던 곳이었고, 평안이란 게 뭔지 진짜로 안 유일한 곳이기도 했어. 영어를 못하는 덩치 큰 뚱보 여자가 매일 와서 아르망 선생이랑 릴리의 뒤치다꺼리를 해주곤 했지. 릴리는 살림을 꾸리기엔 아직 너무 어렸으니까. 내 간호는 아주 잘해 줬지만.

릴리는 영어를 아주 잘했어. 맨날 이것저것 갖다 주기도 하고, 머리맡에 앉아서 수다도 떨고, 가끔은 『이상한 나라의 앨리스』란 책을 읽어 줬어. 처음부터 끝까지 순 새빨간 거짓말이었지만 가끔 가다 아주 재미있는 부분도 있더군. 게다가 릴리한테 이본이라고, 크고 멍청해 보이는 금발 인형이 있었는데, 책을 읽어 줄 때면 그걸 나한테 들고 있게 했어. '모드'가 미국으로 돌아갔으니 망정이지, 만약 내가 인형 들고 있는 꼴을 녀석들이 봤으면 내가 돌았다고 생각했을 거야.

드디어 일어나 앉을 수 있을 만큼 나은 뒤로는 저녁이면 릴리랑 체커를 했어. 아르망 선생은 흔들의자에 앉아 파이프를 피우면서 우리를 지켜봤고, 난 가끔 그 애한테 노래를 불러 주곤 했지. 이래 봬도 내가 일급 테너거든. 프랑스에서 77사단이랑 전쟁 장사를 했을 당시 사중창을 할 때 내가 없으면 안 된다고들 했었어. 그래서 릴리한테 〈긴긴 길이 있다네〉랑 〈아르망티에르에서 온 마드무아젤〉을 불러 주곤 했는데, 물론 나중 노래는 가사를 정확히 몰라서 그냥 다다디다 해야 하는 부분이 있긴 했어.

그러다 릴리도 같이 노래를 부르게 됐어. 둘이 꽤 잘 맞았다고. 특히 〈긴긴 길〉이 훌륭했지. 릴리가 아주 좋아하는 노래였어. 심지어 아르망 선생도 가끔 끼곤 했어. 목소리는 무지 형편없지만. 아무튼 릴리랑 나랑 아르망 선생이랑 아주 좋은 친구가 된 거야. 게다가 난 다른 생피에르 시민들하고도 친해졌어. 알고 지내기에 절대 나쁜 사람들이 아니더군. 길거리를 다니면서 언제 총에 맞을지, 언제 경찰이 수갑을 채우면서 서에 가서 얘기 좀 하자고 할지 두려움에 떨지 않아도 된다는 게 얼마나 좋던지.

드디어 폐렴이 깨끗이 떨어져서 핼리팩스로 가는 배를 탔는데, 아르망 선생이랑 릴리가 얼마나 서운해하던지 뜻밖이더군. 평생 내가 떠나는 걸 서운해하는 사람을 본 적이 없었는데 말이야.

그런데도 아르망 선생은 아주 슬픈 표정으로 내 손을 잡고 흔들고 또 흔들고, 릴리는 울음을 터뜨리기까지 하는 거야. 그걸 보니까 갑자기 나도 슬퍼지면서 안 갈 수 있으면 좋겠다는 생각이 들더군. 그래서 아르망 선생한테 또 오겠다고 약속했거든. 그랬더니 릴리가 와락 달려들어서 내 입에 진하게 키스를 했어. 내가 얼마나 놀랐는지 입을 닦을 생각이 30분 뒤에야 났지 뭐야.

뉴욕으로 돌아와서 몇 달 동안은 이 일 저 일 때문에 워낙 바빠서 아르망 도발 선생이랑 릴리랑 생피에르 생각을 할 시간이 별로 없었어. 그러다 1925년 여름이 돼서 저지에서 잭 도노번네 놈들하고 싸우다가 가슴에 총을 맞은 거야. 그땐 다루는 품목이 맥주라서 배를 쓸 일이 없었거든.

어쨌든 생피에르랑 아르망 도발 선생의 집 생각이 나면서 거기서 얼마나 평화로웠나 생각하니까 당장 핼리팩스로 달려가야겠더라고. 그러고 얼마 안 돼서 생피에르로 돌아갔지. 릴리 줄 인형이랑 손수건이랑 향수랑 축음기 그리고 아르망 선생 줄 면도칼 세트를 가져갔는데, 생각해 보니까 실수했다 싶더군. 선생은 면도를 안 하는데 잘못하면 내가 자기 수염을 안 좋아한다는 뜻으로 받아들일지 모르잖아. 다행히 수술할 때 아주 유용하다는 게 밝혀진 덕분에 결국엔 괜찮은 선물이었어.

낮에는 산책하고 저녁엔 릴리랑 체커를 두고 노래를 부르면서 2주를 보냈어. 아주 평화로운 시간이었지. 떠날 때가 되니까 아르망 선생은 또 슬픈 표정을 짓지, 릴리는 전보다 더 크게 울지, 도저히 발이 떨어지질 않더라고. 그래서 그 뒤 결국 거의 매년 생피에르로 달려가 휴가를 보냈어. 아르망 도발 선생의 집은 내 집이나 다름없었어. 진짜 내 집보다 훨씬 평화로웠지만.

1928년 여름 생피에르로 가는 길에 핼리팩스에서 얼뜨기 루이를 만났어. 루이는 어떤 사건 때문에 디트로이트에서 도망쳐 온 거였는데, 수중에 돈 한 푼 없고 갈 데도 없는 신세였어. 개인적으로 난 늘 루이를 카나리아만큼도 배짱이 없어서 좀도둑질이나 할 녀석이라고 생각했지만, 옷을 잘 입고 말만은 그럴싸하게 하는 놈이라 그놈 편을 드는 인간들도 없지 않았어. 어쨌든 난 곤경에 처해 있던 그놈을 생피에르로 데려갔어. 조용해질 때까지 거기 얌전히 숨어 있으면 될 거라고 생각했던 거지.

릴리랑 아르망 도발 선생은 날 보고 무척 기뻐했어. 나도 못지않게 기뻤고. 특히 릴리는 그때 열여섯 살쯤이었을 텐데 얼마나 예쁘게 자랐던지. 길고 검은 머리에, 크고 까만 눈에, 백만 달러하고도 맞바꿀 수 없을 성격까지, 그 어떤 여자도 릴리를 따라올 수 없을 것 같았어. 게다가 그때는 프라이팬 휘두르는 솜씨도 여간 아니게 돼서 이것저것 맛있는 생선 요리를 해주곤 했어.

그렇지만 얼뜨기 루이가 있으니 생피에르가 어째 예전 같지 않은 거야. 녀석은 안절부절못하고 여기저기 배회하고 다니면서 그곳 사람들,

특히 여자들을 비웃거나 하더군. 거기가 맘에 안 든 거지. 결국 어느 날 밤 주둥이 닥치라고 할 수밖에 없었어. 사실 릴리만 빼면 생피에르 여자들은 지그펠드*가 보고 흥분할 외모가 아니긴 했어.

그렇지만 그곳에서 제품을 반출하는 일에 관여하는 여러 미국 시민들한테 생피에르가 본부 역할을 할 때도, 생피에르 여자들하고 절대 얽히지 않는다는 일종의 암묵적인 약속 같은 게 있었거든. 생피에르 여자들이 미국 시민을 거들떠도 안 본다는 이유도 있었지만, 그보다는 그 주변에서 말썽에 휘말리고 싶지 않기 때문이었어. 여자는 말썽을 일으킬 소지가 다분하니 말이야.

루이가 릴리한테 접근하는 걸 못 알아차리다니 내가 바보였어. 그렇지만 나한테 릴리는 늘 머리를 두 갈래로 땋은 꼬맹이였지, 사내가 꼬드길 여자가 아니었으니 말이야. 하물며 터프한 척하는 녀석이라면 특히 더.

루이가 기회가 있을 때마다 릴리한테 말을 걸고 가끔 같이 산책 나가는 걸 보긴 했지만 난 대수롭지 않게 생각했어. 어쨌든 생피에르에선 사내들이 외로움을 느낄 만도 하니 그야 꼬맹이 여자애하고라도 산책을 가겠지 싶었던 거야. 루이가 이건 아니다 싶은 짓을 하는 건 한 번도 못 봤어. 다만 가끔 릴리랑 내가 노래하는 데 끼어들려고 해서 그렇지. 나중엔 녀석한테 어떤 조합으로 노래를 부르든 테너는 한 번에 한 명이면 족하다고 말해 줘야 했어. 개인적으로 얼뜨기 루이의 테너는 너무 밋밋하다고 생각해.

그러다 떠날 때가 돼서 루이도 같이 데리고 떠났어. 루이 혼자 생피에르에 얼쩡거리게 두고 싶진 않았고, 아르망 도발 선생이 녀석을 별로 안

---

*미국의 20세기 초 쇼 제작자. 수많은 여성 스타들을 발굴했다.

좋아하는 것 같길래 말이지. 릴리는 나랑 헤어지는 걸 예전 못지않게 슬퍼하는 것 같았지만 이번엔 키스는 안 하더군. 그렇긴 해도 이젠 다 큰 숙녀가 됐으니 아무한테나 키스할 순 없는 모양이라고만 생각했어.

루이는 덴버로 가겠다고 해서 돈을 넉넉하게 쥐여 주고 핼리팩스에서 헤어졌어. 그 뒤로 저번에 굿타임 찰리네서 봤을 때까지 만난 적이 없고. 그런데 핼리팩스에서 헤어지고 한 1년쯤 지났을까, 몬트리올에 갔다가 녀석 소식을 들은 거야. 마운트 로열 호텔 로비에 멍하니 서 있는데, 맞대기 밥이라고 경마 쪽으로 도박하는 친구가 말을 걸어서 이야기하던 중에 루이의 이름이 나왔어. 그 이름을 들으니까 마지막으로 생피에르 갔을 때가 생각나면서, 몇 년 동안 이렇게 오래 안 가본 게 처음이란 생각이 들더군. 못 가는 여러 가지 이유들도 생각나고.

밥은 루이가 몇 년 전 사랑해 마지않는 마누라랑 자식 둘을 클리블랜드에 두고 도망쳤다면서 온갖 욕설을 퍼붓더군. 그때 처음 듣는 얘기였지만, 어쨌든 한 귀로 듣고 한 귀로 흘리는데 밥이 글쎄, 이러는 거야.

"어느 모로 보나 그놈은 하여간 빌어먹을 자식이야. 글쎄, 2주 전에 여기를 뜨면서 생피에르에서 데리고 나온 어린 계집애를 병원에서 혼자 죽어 가게 내버려 뒀지 뭐야. 그것도 무일푼으로. 정말이지 악독하고 수치스러운 일이라니까."

난 퍼뜩 정신이 들었어.

"잠깐, 방금 뭐라고 했지? 생피에르 여자라고? 어떻게 생겼어?"

"까만 머리에, 아주 어려. 루이가 릴리라고 부르는 것 같던데. 그 여자를 데리고 캐나다를 한참 싸돌아다닌 모양이야. 내가 보기엔 폐병 환자 같던데. 하긴 녀석이랑 얼마 동안 같이 지내고 나면 그 녀석 여자들은 죄 그렇게 보이긴 해. 아마 루이가 잘 안 먹여 주는 거겠지."

밥이 말하더군.

몬트리올의 한 병원 자선 병동에 누워 있는 건 정말 릴리 도발이었어. 그렇지만 사람이 어쩌면 그렇게 몰라보게 달라졌는지. 몸무게는 한 20킬로그램 나갈 것 같고 까만 눈은 검은 구멍처럼 퀭해선, 전체적으로 몰골이 말이 아니었어. 그렇지만 날 단번에 알아보고 미소를 지으려 했어.

그땐 주머니가 두둑했을 때라, 릴리를 일인실로 옮기고 법적으로 허락되는 간호사란 간호사 전부랑 몬트리올 최고의 의사들을 붙여 주고 꽃이니 뭐니 다 해줬어. 그렇지만 어떤 의사가 그러더군. 3주를 못 버틸 가능성이 반반, 한 달을 못 버티는 건 7 대 5라고. 그러다 릴리가 뭔 일이 있었던 건지 말해 줬어. 지금까지 수없이 많은 여자들이 겪었고 또 앞으로 수없이 많은 여자들이 겪을 일이었지. 루이는 그때 나하고 헤어지고 덴버로 간 게 아니었어. 핼리팩스에 머물면서 그 애를 꼬드겨 불러냈던 거야. 그리고 그 애는 핼리팩스로 왔어. 그놈을 사랑했기 때문에. 여자란 원래 그런 거고, 개인적으로 그렇지 않은 여자는 못 봤어.

릴리는 이렇게 속삭였어.

"그렇지만 진짜, 진짜 못된 짓은 잭 오하츠, 내가 불쌍한 할아버지한테 당신을 만나러 가는 거라고, 당신이랑 결혼할 거라고 거짓말했다는 거예요. 할아버지는 루이를 안 좋아하니까 그이한테 가는 거라고 했으면 절대 허락해 주지 않으셨을 거예요. 그렇지만 잭 오하츠, 당신은 친아들처럼 아끼기 때문에 당신이 가족이 된다는 걸 아주 기뻐하셨어요. 할아버지한테 당신 이름을 이용해서 거짓말하고 지금까지 내가 당신이랑 결혼해서 같이 있는 것처럼 편지를 쓴 건 아주 나쁜 일이지만, 난 루이를 사랑하는걸요. 그리고 할아버지는 연세도 많으시니 행복하셨으면 좋겠고요. 내 맘 이해해요, 잭 오하츠?"

난 물론 무척 놀랐어. 사실 기가 막혔지. 이해하는 걸로 말하자면, 내가 이해할 수 있었던 건 그 애가 얼뜨기 루이한테 놀아났다는 거하고 아르망 도발 선생이 사실을 알면 충격이 무지 클 거라는 것뿐이었어. 그 선량한 영감 생각을 하니까, 그리고 내가 유일하게 평안과 안식을 알았던 곳이 영원히 망가지고 말았다는 생각을 하니까 얼뜨기 루이한테 화가 치밀더군.

그렇지만 그쪽을 처리하기 전에 우선 해야 할 일이 있었어. 그래서 그놈은 일단 놔두고, 나가서 결혼 허가증이랑 신부를 구해 와서 릴리 도발이랑 결혼했어. 그리고 겨우 이틀 뒤 릴리는 마지막으로 날 올려다보며 미소를 짓고는 영영 눈을 감고 말았어. 그때까지 아내를 얻는다는 생각은 창밖으로 뛰어내리겠다는 생각만큼이나 해본 적이 없었는데 말이지. 다시 말하면 한 번도 해본 적이 없었다는 얘기야.

난 그 애를 데리고 직접 생피에르로 돌아가서 그곳에 있는 조그만 묘지에 묻어 줬어. 사방에 안개가 짙게 끼고 사이렌 소리가 아주 구슬프게 들렸지. 아르망 도발 선생이 나한테 이렇게 속삭이더군.

"잭 오하츠, 〈긴긴 길〉 노래를 들려주겠나."

그래서 난 안개 속에 십중팔구 상당히 멍청이처럼 보이게 서서 노래를 불렀어.

긴긴 길 굽이굽이 감돌아
내 꿈나라로 간다네
나이팅게일이 노래하고
흰 달이 환히 빛나는 곳

그렇지만 그 이상 부르지 못했어. 목구멍에서 뭐가 왈칵 치밀어 올랐거든. 난 잭 오하츠 부인, 릴리 도발의 무덤 곁에 주저앉았어. 울음을 터뜨린 건 아마 그때가 처음일 거야.

그래서 얼뜨기 루이가 틀려먹었다는 거야. (그가 말했다.)

내가 거기 앉아서 잭 오하츠 말이 맞는다고 생각하는데, 핑거스란 이름의 잭의 운전사가 들어오더니 잭한테 다가와 낮은 목소리로 말했다.

"루이가 30분 전 종합 진료소에서 죽었어."

"죽기 전에 뭐래?"

잭이 물었다.

"암말 안 하던데."

"하여간 너무 너절한 솜씨였어. 한 방에 보냈어야 하는데. 하긴 어쩌면 릴리 도발 생각을 할 기회를 준 건지도 모르지."

그러더니 그는 나를 돌아보고 이렇게 말했다.

"테너를 잃었다고 서운해할 거 없어. 내가 언제든 기꺼이 그놈을 대신할 테니까."

나는 개인적으로 잭의 테너가 루이만큼 훌륭하다고 생각하지 않았다. 〈스위트 애들린〉 같은 노래에서 고음을 낼 때가 특히 그런데, 잭은 굿타임 찰리가 워우워우로 끼어들 수 있을 만큼 길게 끌어 주지 않는다.

그렇지만 물론 잭 오하츠가 듣는 데서 그런 말은 할 수 없었다. 그가 순전히 우리 사중창에 끼고 싶어서 얼뜨기 루이를 해치운 게 아니라고 장담할 수 없기 때문이다.

브로드웨이의 블러드하운드

The Bloodhounds of Broadway

어느 날 새벽, 종이 네 번쯤 쳤을 무렵 나는 브로드웨이의 민디네 레스토랑 앞에 리그레트('후회')란 이름의 사내와 같이 서 있었다. 휘트니 소유의 암말 리그레트가 켄터키 더비에서 우승한 해에 크게 딴 걸 못 잊어서 그런 이름을 쓰는 모양이다. 아마도 평생 크게 따본 게 그때뿐이라 그럴 것이다.

진짜 이름이 뭔지는 듣지 못했고, 사실 뭐가 됐든 나한테는 상관없다. 특히 브로드웨이에선 더 그런 게, 여기선 누가 무슨 이름을 갖고 있든 그게 본명이 아닐 가능성이 크다. 그러니 나로선 지금 이야기하는 이 사내의 이름이 리그레트든 아니든 아무 상관이 없다. 그는 뚱뚱하고 말수가 많은 사내인데, 하는 이야기라곤 온통 말에 대한 것과 벨몬트인지 어딘지 좌우지간 말들이 뛰는 곳에서 전날 자기가 세 번이나 아주 아깝게

졌다는 그런 것들뿐이다.

리그레트를 안 지 벌써 몇 년 됐지만 그동안 아마 한 만 번은 아깝게 졌을 것이다. 그것도 그의 말을 들어 보면 매번 아주 아깝게 졌지, 지금까지 단 한 번도 화끈하게 진 적이 없다. 그렇지만 이건 물론 마꾼들이 이야기하는 투가 원래 그런 것이다. 리그레트가 경마 도박 말고 뭔 일을 하는지는 모르겠지만, 어딜 가나 늘 있는 데다 대개 옷도 잘 입고 조끼 주머니에 굵은 여송연이 잔뜩 꽂혀 있는 걸 보면 돈이 없지는 않은 모양이다.

새벽에 종이 네 번 칠 무렵이면 대부분 무허가 술집이며 나이트클럽에 있는 터라 브로드웨이는 대개 꽤 조용하다. 내가 이야기하는 그날 아침도 마빈 클레이란 사내가 고함치는 소리 말고는 아주 조용했다. 한 젊은 여자한테 자기 아파트에 가자고 택시를 타라고 하는데, 그녀가 안 타겠다고 버티는 것이었다. 그렇지만 리그레트와 나는 그런 일 따위엔 신경 쓰지 않았다. 새벽에 종이 네 번 칠 무렵 브로드웨이 길바닥에 있는 여자 치곤 분별이 있는 것 같다고 리그레트가 한마디 한 게 전부였다. 마빈 클레이의 아파트에 가는 여자는 골이 비었거나 아니면 거기에 가고 싶은 마음이 있다는 게 상식이다.

마빈 클레이는 허구한 날 나이트클럽에 죽치고 앉아 있는 걸로 유명한 사교계 인물이었는데, 철도 등등으로 한 재산을 이룬 아버지한테 물려받은 돈이 많았다. 그렇지만 돈이 워낙 많다 보니 시끄럽고 신사하곤 담 쌓은 혐오스러운 인물이었고, 나이트클럽에서 일하는 젊은 여자들을 함부로 대했다. 그래도 여자들은 그가 워낙 훌륭한 고객이다 보니 참을 수밖에 없었다.

그는 저녁이 돼야 활동을 시작하는 터라 대개 야회복 차림이었다. 나이는 아마 쉰 살쯤 됐을 것이고, 검버섯하고 여드름으로 뒤덮인 얼굴은 심하게 못생겼다. 그렇지만 마빈 클레이처럼 돈 많은 사내는 물론 아주 잘생겨야 할 필요가 없으므로, 브로드웨이에서 어디를 가나 환영 받았다. 개인적으로 난 마빈 클레이 같은 사내랑 엮이고 싶지 않았지만, 한창 때 브로드웨이에서 마빈 클레이 같은 사내를 한두 명 본 게 아니긴 했다. 철도로 돈을 잔뜩 버는 아버지들이 있는 한, 브로드웨이엔 앞으로도 늘 마빈 클레이 같은 사내들이 있을 것이다.

어쨌든 이윽고 마빈 클레이는 여자를 택시에 태우는 데 성공했다. 두 사람을 태운 택시가 출발하자 브로드웨이는 도로 조용해졌다. 그러고 리그레트와 내가 서서 이런저런 이야기를 하는데, 아주 괴상하게 생긴 남자가 아주 괴상하게 생긴 개 두 마리를 끌고 나타났다. 어찌나 말랐는지 밀 한 가리보다 1킬로그램은 가벼울 듯했다. 코는 길쭉하고, 얼굴은 우울하게 생겼으며, 헐렁한 검정 펠트 모자와 플란넬 셔츠, 후줄근한 코듀로이 바지 그리고 '더 보이는 코트' 차림이었다. '더 보이는 코트'란 코트보다 바지 뒷주머니가 더 많이 보이는 코트를 말한다.

나도 한창 때는 브로드웨이에서 괴상하게 생긴 사내들을 꽤 많이 본 사람인데, 이 정도로 괴상하게 생긴 사내는 처음 봤다. 그리고 개들은 사내보다도 더 괴상하게 생겼다. 대가리는 크지, 옛날식 파로 카드 게임의 딜링 박스처럼 아래턱이 늘어졌지, 기다란 귀는 침대 시트만 했다. 게다가 얼굴은 쭈글쭈글하고, 크고 둥그런 눈은 어찌나 구슬프게 보이는지 당장에라도 울음을 터뜨리는 게 아닐까 싶었다.

털 색깔은 거무스름하고 누런 데다, 꼬리는 길고, 하도 말라 가죽 밖으로 갈비뼈가 보였다. 햄버거 몇 개가 개들과 그놈들을 끌고 가는 사내한테 꽤 도움이 되겠다는 게 분명했지만, 그렇게 말하자면 이런 시간에 개를 끌고 브로드웨이를 돌아다니는 많은 다른 사내들도 그건 마찬가지일 것이다.

어쨌든 리그레트는 동물이라면 뭐든 안 가리고 좋아하는 사내라 그 즉시 개들한테 관심을 보였다. 그러고는 구태여 사내를 불러 세워 개 종류가 뭐냐고 물었다. 그건 사실 나도 궁금했다. 나도 한창때는 온갖 개를 봤지만 이렇게 생긴 건 처음 봤기 때문이다.

"블러드하운드야. 조지아에서 온 인간 사냥개 블러드하운드지."

서글퍼 보이는 사내는 아주 서글픈 목소리로 말했다. 영락없는 남부 말투였다.

리그레트나 나나 물론 블러드하운드가 뭔지 알고 있었다. 꼬맹이 때 『톰 아저씨의 오두막』에서 그런 짐승들이 빙판에서 일라이저를 뒤쫓는 걸 봤기 때문이다. 그렇지만 우리 둘 다 블러드하운드를 직접, 그것도 브로드웨이에서 본 건 처음이었다. 그래서 이 사내한테 말을 시켜 봤다가 얼굴 못지않게 서글픈 이야기를 듣게 되었다. 정말이지 너무나도 딱한 사연이었다.

정신을 차려 보니 어느새 우리는 그와 사냥개들을 민디네로 데려가 큼직한 스테이크를 사 주고 있었다. 개를 들여놓는다고 민디가 무지 투덜거리면서 자기 가게가 뭐라고 생각하는 거냐고 했다. 그래서 리그레트가 대답하려고 하니까, 민디는 됐다면서 앞으로 두 번 다시 셰틀랜드포니를 자기 가게에 들여놓을 생각은 말라고 했다.

어쨌든 서글퍼 보이는 사내의 이름은 존 왱글이었고, 조지아 주의 한 소도시 출신이며, 삼촌이 그곳 보안관이라고 했다. 블러드하운드 이름은 하나는 닙, 또 하나는 턱이었는데, 둘 다 새끼 때부터 군郡 감옥에서 도망친 놈들이랑 못된 검둥이들 등등을 추적하는 훈련을 받았다. 민디의 스테이크로 창자가 꼬이던 게 가라앉자, 존 웽글은 술술 이야기를 풀어 놓기 시작했다. 이야기를 들어 보면, 그가 일류 거짓말쟁이거나 개들이 세계 역사상 최고의 인간 사냥개거나 둘 중 하나가 틀림없었다.

개들이 각각 큼직한 설로인 스테이크 여섯 토막, 민디가 유대교 제일祭日에 쓰고 남은 무교병 잔뜩, 저녁 식사 메뉴에 올라 있는 굴라시 한 무더기, 그 밖에도 이것저것을 꿀꺽꿀꺽 삼키는 걸 보니, 어쨌거나 잘 먹는 놈들이라는 것 하나만은 알 수 있었다. 개들은 이제 귀로 얼굴을 덮고 바닥에 누워 자고 있었다. 어찌나 요란하게 코를 고는지 자기가 생각하는 소리도 안 들릴 지경이었다.

존 웽글과 블러드하운드가 뉴욕에 오게 된 경위가 참 특이했다. 존이 블러드하운드로 못된 검둥이를 뒤쫓는 일을 하던 조지아의 고향 마을에 한 뉴욕 사람이 흘러 들어왔다. 그는 존 웽글과 개들을 뉴욕으로 데려가 영화 속에서 악당들을 뒤쫓도록 영화사에 빌려 주면 좋겠다고 생각했다. 그러나 뉴욕에 온 그들은 영화사가 악당들을 뒤쫓는 데 대해 다른 계획이 있다는 걸 알았다. 남자는 돈이 다 떨어지자 존 웽글과 개들을 버리고 사라져 버렸다.

그래서 뉴욕에 발이 묶인 존 웽글과 닙과 턱은 웨스트 49번로에 있는 싸구려 아파트의 한 방에서 같이 살고 있었다. 조지아로 돌아갈 방법이라곤 걷는 것뿐인데 로어노크 이남부터는 걸어가기에 안 좋다고 해서 문제라고 했다. 조지아에 있는 보안관 삼촌한테 편지를 쓰지 그러느냐고 묻자, 존 웽글은 두 가지 이유가 있는데 하나는 자기가 글을 쓸 줄 모른다는 것이고 또 하나는 삼촌이 글을 못 읽는 것이라고 대답했다.

내가 또 그럼 블러드하운드를 팔지 그러느냐고 묻자, 그는 뉴욕의 블러드하운드 시장이 아주 잠잠한 데다 블러드하운드 없이 조지아로 돌아가면 삼촌이 자기 귀를 날려 버릴 것이라고 했다. 그리고 어쨌든 닙과 턱은 자신에게 아주 소중한 존재이며, 일주일 동안 그렇게 굶주렸는데도 둘 중 한 마리를, 어쩌면 두 마리 다 먹어 치우지 않은 건 그놈들을 사랑하는 마음 때문이라고 했다.

리그레트는 전에 본 적이 없을 만큼 존 왱글과 블러드하운드들한테 관심을 보였지만, 개인적으로 나는 그들이 몹시 지겨워졌다. 그도 그렇게, 닙이라 불리는 놈이 드디어 깨어나더니 스테이크가 또 있다고 생각하는지 내 다리를 잘근잘근 씹기 시작했기 때문이다. 내가 녀석의 코를 걷어차자, 존 왱글은 나를 노려보고 리그레트는 순진하고 말 못하는 짐승을 괴롭히는 건 아주 비열한 놈들이나 하는 짓이라고 말했다.

그러나 존 왱글과 그의 블러드하운드들이 그렇게 순진한 게 아니라는 건, 그들이 그 뒤 매일 아침 비슷한 시간대에 민디네 앞을 어슬렁거리기 시작한 걸 보면 알 수 있었다. 리그레트는 그때마다 그들에게 밥을 먹여 주었다. 다만 이제는 민디가 개들을 가게 안에 들여놓는 걸 허락해 주지 않아서 리그레트가 먹을 것을 인도로 들고 나가야 했다. 닙과 턱은 당연히 리그레트를 많이 따르게 됐지만 존 왱글만큼은 아니었다. 존은 살이 포동포동하게 붙기 시작했으니 그럴 만도 했다. 블러드하운드들도 몸무게가 늘었다.

그러다 리그레트가 며칠 연속으로 민디네 앞에 나타나지 않았다. 듣자 하니 경마에서 꽤 많은 돈을 따서 새 턱시도를 사고 나이트클럽을 드나들기 시작한 모양이었다. 특히 몸에 걸친 옷의 면적이 목발 패드를 만들 만큼도 못 되는 젊고 예쁜 아가씨들이 많은 미주리 마틴 양의 쓰리 헌드레드 클럽에 잘 간다고 했다. 리그레트가 그런 곳을 사랑해 마지 않는다는 건 모르는 사람이 없었다.

뿐만 아니라 리그레트가 미주리 마틴 양의 쓰리 헌드레드 클럽에서 일하는 러비 루란 아가씨한테 홀딱 반했다는 이야기가 들려왔다. 심지어 이 아가씨 때문에 마빈 클레이랑 말썽이 생겨 마빈 클레이의 얼굴에 한 방 먹였다는 걸로 봐서, 브로드웨이에 너무 오래 죽치고 있는 사내들이 종종 그러하듯 리그레트도 다소 멍청해진 모양이었다. 어쨌든 이제는 존 왱글과 닙과 턱은 밥을 얻어먹으러 왔다가 빈손으로 돌아가야 했다. 민디네엔 그 밖에 블러드하운드에 관심 있는 사람이, 특히 스테이크를 사줄 만큼 관심 있는 사람이 아무도 없었기 때문이다. 얼마 안 돼서 닙과 턱은 또다시 아주 서글퍼 보이기 시작했고, 존 왱글은 전보다 더 침울해 보였다.

어느 포근한 날 이른 새벽, 여느 때처럼 여러 시민들이 민디네 앞에서 신선한 공기를 쐬는데, 나와 친한 맥나마라란 이름의 경감이 사복 경찰 한 무리를 데리고 나타났다. 맥나마라 경감은 거기서 세 블록쯤 떨어진 웨스트 54번로의 한 아파트에서 한 사내가 총을 맞았다고 해서 가는 길이라고 했다. 평소엔 다른 시민들한테 비판을 사는 게 싫어서 경찰과 엮이는 걸 안 좋아하지만, 그때는 마침 따로 할 일이 없었던 터라 그들을 따라가기로 했다.

알고 보니 총 맞았다는 사내는 마빈 클레이였다. 그는 야회복 차림으로 셔츠 앞가슴이 피로 물든 채 자기 아파트 거실 바닥에 쓰러져 있었다. 맥나마라 경감이 그를 자세히 살펴본 결과, 마빈 클레이는 정면에서 가슴에 총을 맞아 깨끗이 죽은 듯했다. 그런데 총을 쏜 사람에 대한 단서는 아무것도 없었다. 맥나마라 경감은 이건 틀림없이 수수께끼의 사건이라며 신문들이 아주 좋아할 것이라고 했다. 지난 며칠 동안 괜찮은 총기 사건이 없었기 때문이다.

물론 나와는 전혀 상관없는 일이었지만, 불현듯 존 왱글과 블러드하운드 생각이 나면서 그들한테 좋은 기회가 될지도 모른다 싶었다. 그래서 경감한테 이렇게 말했다.

"맥, 내가 인간 사냥개 블러드하운드를 데리고 있는 조지아 친구를 하나 아는데 말이지, 사람을 추적하는 솜씨가 귀신같거든. 지금이라면 아직 흔적이 따끈따끈하게 남아 있을 테니, 어쩌면 그놈들이 마빈 클레이를 쏜 악당 놈을 찾아낼 수 있을지도 몰라."

나중에 듣기로 내 제안에 분개한 사람이 많았다고 한다. 마빈 클레이를 쏜 인간을 블러드하운드로 추적하다니 너무 심하다는 이유에서였다. 심지어 그에게 훈장을 줘야 한다는 사람들도 있었는데, 그에 대한 논의는 어쨌든 나중 일이다.

경감의 반응은 처음에 신통치 않았다. 다른 경찰들도 회의적인 반응을 보이며, 이런 경우 가장 좋은 방법은 그 자리에 있는 인간들을 모조리 체포하고 한 달 동안 중요 참고인으로 붙들어 놓는 것이라고 주장했다. 문제는 그 자리에 나 말고 아무도 없었다는 사실이다. 마음이 넓은 경감은 결국 알았다고, 블러드하운드를 데려오라고 했다.

그래서 서둘러 민디네로 갔더니 아니나 다를까, 존 왱글과 닙, 턱이 인도에서 혹시 리그레트가 오지 않을까, 지나가는 사람마다 얼굴을 빤히 쳐다보고 있었다. 참으로 딱한 광경이었다. 그렇지만 마빈 클레이에 대해 설명하자, 존 왱글은 당장 표정이 밝아져선 아파트로 따라왔다. 어찌나 서두르는지 닙은 목이 30센티미터쯤 빠지고 턱은 배를 깐 채 질질 끌려가야 했다.

아파트에 이르자 존 왱글은 닙과 턱을 마빈 클레이한테 데려갔다. 개들은 시체에 익숙한지 아무렇지도 않게 냄새를 킁킁 맡았다. 존 왱글이 줄을 풀어 주고 뭐라고 소리 지르자, 맥나마라 경감과 다른 경찰들이 흥미진진하게 지켜보는 가운데 개들이 킁킁거리며 여기저기 돌아다니기 시작했다. 그러더니 별안간 거리로 뛰쳐나가고, 존 왱글이 그 뒤를 쫓고, 나머지 사람들이 또 그 뒤를 쫓았다. 그들은 54번로를 건너 브로드웨이로 돌아가더니 민디네 앞에서 한참 킁킁거리고 돌아다녔다.

이윽고 개들이 코를 인도에 갖다 댄 채 브로드웨이를 올라가기 시작했다. 우리는 흥분해서 그 뒤를 따라갔다. 이제는 경찰들마저 개들이 마빈 클레이를 쏜 인간을 뒤쫓고 있는 게 틀림없다는 걸 인정했다. 닙과 턱은 처음엔 걷더니 곧 경중경중 달리기 시작했다. 존 왱글과 경감, 나 그리고 경찰들도 같이 경중경중 달려갔다.

그런 광경이 그 시간대에 깨어 있는 시민들의 관심을 끈 건 당연한 일이다. 이윽고 우유 배달부들이 마차에서 기어 내려오고, 청소부들은 트럭을 아무렇게나 세워 놓고, 신문팔이 소년들은 신문을 내팽개치고 추적에 끼었다. 브로드웨이와 56번로가 만나는 곳에 이르렀을 즈음엔 상당히 많은 사람들이 개를 따라가고 있었다. 존 왱글이 닙과 턱 바로 뒤를 바짝 쫓아가며 이따금 "가라, 가!" 하고 소리 질렀다.

56번로 모퉁이에서 개들은 동쪽으로 꺾어지더니 오래된 차고 같은 곳 앞에 멈춰 섰다. 굳게 닫힌 문 안으로 들어가고 싶어 하는 것 같아 경감과 경찰들이 문을 박찼다. 차고 안에서는 여러 브로드웨이 유지들이 크랩스 게임 판을 크게 벌이고 있었다. 당연히 블러드하운드와 우리, 특히 경찰들을 보고 기겁한 그들은 사방팔방으로 흩어져 도망치려 했다. 이곳에서 크랩스 게임은 불법이기 때문이다.

그렇지만 경감은 그저 "아하!"라고만 하고는 마치 나중에 참고하겠다는 양 수첩에 이름들을 적기 시작했다. 닙과 턱은 들어오기 무섭게 바로 뛰쳐나가 56번로를 따라 나아갔다. 56번로에서 개들은 네 번 더 멈춰 섰지만, 경찰이 문을 박차고 들어가니 매번 그냥 무허가 술집이었다 (아편굴도 한 곳 있긴 했다). 그곳에 있던 사람들은 느닷없이 벌어진 소동에 매우 당황했다. 맥나마라 경감이 수첩에 계속 이름들을 적고 있다는 게 특히 문제였다.

이윽고 경감은 우리와 더불어 경찰들을 사납게 노려봤다. 이 지역에서 그렇게 많은 불법 행위가 이루어지는 데 대해 심기가 불편하다는 게 누가 봐도 명백했다. 그러자 경찰들은 대놓고 닙과 턱을 미워하기 시작했다. 한 경찰이 나한테 이렇게 말했다.

"젠장, 이것들 완전히 경찰의 끄나풀이잖아."

존 왱글의 고함 소리와 개들을 따라온 사람들이 웅성거리는 소리가 주변 골목의 아파트와 호텔에 있는 많은 사람들의 잠을 깨웠다. 여름철이라 창문을 열고 자는 사람들이 많다 보니 특히 더 그랬다.

여기저기서 사람들이 창밖으로 헝클어진 머리를 내미는 게 보였다. 남자고 여자고 다들 이렇게 물었다.

"뭔 일이야?"

블러드하운드가 범인을 뒤쫓고 있다는 말이 퍼지자 50번대 로 전역에 불안이 번진 모양이다. 나중에 듣기로, 우리가 추적 중에 지나친 호텔들에서 창밖으로 뛰어내리거나 비상계단에서 떨어져 발목이 부러지고 멍이 든 사내 셋이 종합 진료소로 실려 갔다고 한다.

닙과 턱이 별안간 7번가로 뛰어들더니 작은 아파트 현관으로 들어가 2층으로 달려 올라갔다. 우리가 이르렀을 때 블러드하운드들은 B-2호의 문을 맹렬하게 긁어 대며 왕왕 짖어 대고 있었다. 우리 모두 매우 흥분했으나, 문이 열리고 나타난 건 모드 밀리건이란 이름의 아가씨였다.

그녀가 크랩스 노름꾼 빅 니그가 사랑해 마지않는 아가씨라는 건 누구나 아는 사실이다. 빅 니그는 이맘때면 핫스프링스에서 광천수를 마시건 뭐건 하고 있을 터였다.

빨간 머리에 성격이 아주 엄한 모드 밀리건은 내가 상관하고 싶은 아가씨가 전혀 아니었다. 닙과 턱이 그녀의 아파트에서 시간 낭비를 하지 않고 곧장 거실을 달려가 침대를 가로질러 얼마나 다행인지 모른다. 자기가 아는 사람들을 모드가 매섭게 노려보기 시작했기 때문이다. 마침 방 두 개짜리 작은 아파트라 닙과 턱은 눈 깜짝할 새 들어갔다 나왔고, 우리는 그 뒤를 따라 계단을 내려가 7번가로 돌아왔다. 그동안 맥나마라 경감은 수첩에 계속 뭔가를 끼적이고 있었다.

추적이 끝났을 때 개들 뒤에는 땀범벅이 된 시민 400여 명이 있었다. 개들이 멈춰 선 곳은 뜻밖에도 미주리 마틴 양의 쓰리 헌드레드 클럽 앞이었다. 도어맨인 솔저 스위니는 개들을 쫓으려 했으나, 닙이 솔저의 가랑이 사이로 빠져나가면서 솔저를 넘어뜨리고 턱은 그의 몸 위를 지나가면서 눈을 밟았다. 개들을 따라가는 사람들 대다수도 그의 몸을 밟고 지나가는 바람에 솔저는 꽤나 납작해졌다.

닙과 턱은 무지 흥분해선 요란하게 컹컹 짖어 대며 존 왱글과 법의 수호자들과 시민들을 꽁무니에 달고 쓰리 헌드레드 클럽으로 뛰어들었다. 안으로 들어가니 사람들이 꽤나 많았다. 마침 댄스 플로어 한복판에 놓인 의자 등받이 위에 올라앉아 쇼를 시작하려는 참이던 미주리 마틴 양은, 사람들이 쏟아져 들어오자 처음엔 새 손님들인 줄 알고 기뻐했다. 미주리 마틴 양한테는 새 손님만큼 반가운 게 없기 때문이다.

그러나 그녀가 '어서 와, 자기' 같은 말을 하기도 전에, 자기가 무슨 닥스훈트라고 생각하는지 닙이 그녀의 의자 밑으로 달려 들어갔다. 그 바람에 댄스 플로어에 내동댕이쳐진 미주리 마틴 양은 고래고래 악을 썼다. 다음 순간, 닙과 턱은 구석에 여자랑 같이 앉아 있는 웬 뚱뚱한 사내한테 달려들어 오르락내리락하고 있었다. 그런데 그 뚱보가 글쎄, 리그레트가 아닌가!

리그레트는 당연히 일어나 닙과 턱을 쫓으려 했으나, 두 마리가 동시에 덤벼드는 바람에 같이 있던 여자를 깔아뭉개고 말았다. 알고 보니 러비 루 양이었다. 그녀는 리그레트 밑에 납작하게 깔려 비명을 질러 댔다. 닙이 30센티미터는 될 듯한 혀로 그녀의 화장을 핥았을 때 특히 심했다. 러비 루 양은 깔려 죽는 것보다 개들이 더 무서운 것 같았다. 존 왱글과 내가 달려가 그녀를 리그레트 밑에서 끌어냈을 때, 그녀는 이렇게 애걸하고 있었다.

"쟤들이 날 못 잡아먹게 해줘요. 사실대로 고백할게요."

다른 사람들은 모두 리그레트와 블러드하운드들을 떼어 놓느라 바빠, 나와 존 왱글만이 그 말을 들은 듯했다. 존 왱글은 러비 루 양이 중얼거리는 말을 이해 못 한 것 같길래, 나는 그녀를 부엌으로 데려갔다. 일하는 사람들이 모두 소동을 구경하러 나가 부엌은 텅 비어 있었다.

"방금 그게 뭔 소리야? 마빈 클레이 얘기야?"

나는 물었다.

"그래요, 그놈 얘기예요. 그놈은 아주 비열한 작자예요. 그놈을 쏜 건 나예요. 그렇지만 후회하지 않아요. 2년 전 나한테 한 짓만 해도 모자라서 우리 어린 여동생한테까지 그 사악한 손길을 뻗쳤는걸요. 그놈이 그 애를 자기 아파트로 데리고 간 걸 내가 알고 동생을 되찾으러 갔더니 못 보내 주겠다고 하지 뭐예요. 그래서 내가 쐈어요. 우리 오빠 총으로요. 그리고 동생을 집으로 데려갔어요. 그놈이 죽어서 마땅히 있을 곳으로 갔길 바라요."

그녀가 말했다.

"마빈 클레이가 있을 곳이 어딘지 그것 때문에 싸울 생각은 없으니까, 당신은 당장 집으로 가서 우리가 어떻게든 할 때까지 얌전히 기다려. 난 리그레트가 곤경에 처한 것 같으니까 그 친구를 도와주러 가야겠어."

"그 끔찍한 개들이 못 잡아먹게 해요."

그녀는 그렇게 말하고 내뺐다. 홀로 돌아가자 난장판이 벌어지고 있었다. 셔츠 앞가슴에 거대하고 지저분한 발자국이 찍힌 걸 보고 닙과 턱한테 화가 난 리그레트는, 개들을 떨치고 일어나더니 두 주먹을 마구 휘둘러 대기 시작했다. 리그레트는 평소 주먹을 잘 안 쓰는 사람치고는 주먹 맛이 제법 맵다. 실제로 그는 오른손으로 닙의 턱에 주먹을 날려 쓰러뜨렸고, 레프트훅으로 턱을 방 저편으로 날려 보냈다.

불쌍한 턱은 댄스 플로어를 주르르 미끄러져 마침 일어서려던 미주리 마틴 양을 들이받아 또다시 넘어뜨렸다. 이젠 미주리 마틴 양도 화가 나 매우 숙녀답지 못한 태도로 턱한테 발길질을 했다. 턱은 물론 미주리 마틴 양을 잘 몰랐지만, 오랜 친구 리그레트가 자기를 반길 것만은 확실했으므로 혀를 길게 빼고 꼬리를 흔들며 리그레트에게 돌아갔다. 존 왱글이 끼어들어 개들을 붙들고 맥나마라 경감이 리그레트한테 수갑을 채우면서 마빈 클레이를 쏜 죄로 체포한다고 하지 않았으면, 언제까지 이 상황이 계속됐을지 모르는 일이다.

리그레트와 마빈 클레이 사이에 말썽이 있었다는 걸 기억하는 사람들은 당연히 그가 범인이 틀림없다는 걸 바로 알 수 있었다. 그들은 매우 불쾌한 표정으로 리그레트를 바라보며 얼굴만 봐도 타락한 인간이라는 걸 알겠다고 말했다.

맥나마라 경감은 미주리 마틴 양의 손님들 앞에서, 이 악랄한 범죄자를 찾아낸 존 왱글과 닙과 턱의 공을 치하하고 그러면서 슬쩍슬쩍 경찰 칭찬도 했다. 그동안 리그레트는 경감의 말에는 신경 쓰지 않고 슬금슬금 다가가 닙과 턱을 걷어차려 했다.

손님들은 맥나마라 경감의 연설에 박수를 보냈고, 미주리 마틴 양은 존 왱글과 개들을 위해 2천 달러가 넘는 돈을 거두었다. 그녀가 자기 몫으로 슬쩍한 액수를 빼고도 2천 달러가 넘었다. 또 주방장이 나와 존 왱글과 닙과 턱을 주방으로 데려가 배 터지게 먹였다. 나 같으면 쓰리 헌드레드 클럽에서 주는 음식은 손도 안 댈 것이다.

그들은 리그레트를 감옥으로 데려갔다. 그는 자기가 체포된 이유를 모르는 것 같았지만, 닙이랑 턱과 상관있다는 것만은 알 수 있었으므로 얼마 동안 개들을 자기랑 같은 감방에 가둬 달라고 경찰을 매수하려 했다. 물론 경찰은 들은 척도 하지 않았다. 리그레트가 감방에 있는 동안, 마빈 클레이가 죽지 않았을 뿐 아니라 회복될 것 같다는 소식이 전해졌다. 그리고 실제로 회복됐다.

뿐만 아니라 그는 리그레트를 보석으로 꺼내 주고 고소할 생각이 없다고 우기고는, 거동이 가능하게 되는 즉시 외국으로 튀었다. 한편 리그레트는 상황을 파악한 뒤로도 마빈 클레이한테 총을 쏜 사람이 자기가 아니란 말을 안 하고 감방에서 몇 주를 썩었다. 러비 루 양은 당연히 리그레트의 멋진 희생을 고마워했다. 아마 리그레트가 말만 꺼냈으면 그 자리에서 당장 그의 사랑해 마지않는 아내가 됐을 것이다. 그러나 정작 리그레트는 사랑해 마지않는 아내가 권총을 그렇게 잘 다뤄도 되는 걸까 고민하느라 결국 말을 안 꺼내고 말았다.

존 왱글과 닙과 턱은 미주리 마틴 양이 모아 준 성금으로 인간 사냥

꾼으로서 이름을 떨치며 조지아로 돌아갔다. 이야기는 이걸로 끝이다. 다만 어느 날 밤, 나는 슈트케이스를 든 리그레트와 마주쳤다. 별로 더운 날도 아니었는데 땀을 뻘뻘 흘리고 있었다. 어디 가는 거냐고 묻자 그는 그럴 생각이라고 대답했다. 뿐만 아니라 아주 멀리 갈 거라고 하길래 당연히 이유를 물었는데, 리그레트는 이렇게 말했다.

"핫스프링스에서 크랩스 노름꾼 빅 니그가 돌아와서 블러드하운드들이 마빈 클레이를 쏜 작자를 찾아낸 얘기를 들은 이래로 그 친구가 왔다 갔다 하면서 날 꼬나보고 있거든. 빅 니그가 속으로 뭔가를 맞춰 보고 있는 게 분명해. 그 친구는 남들만큼 머리가 빨리 돌아가진 않긴 해도 결국엔 안 좋은 결론에 이를 테지.

닙이랑 턱이 실은 범인이 아니라 날 뒤쫓은 거란 결론을 내리면 어쩌냐고. 안 그래도 벌써 악의로 가득 찬 인간들이 여기저기서 수군거리고 있는데. 그렇게 되면 걔들이 모드 밀리건네 집으로 간 이유를 오해할지도 모르는 일이야."

"국왕 폐하를 위해 건배!"
"Gentlemen, the King!"

화요일 저녁이면 나는 늘 비프스튜를 먹으러 바비네 스테이크 집에 간다. 바비네 비프스튜는 영양도 풍부하고 값도 적당하다. 브로드웨이에 선 화요일 저녁에 바비네에서 먹는 비프스튜가 아주 세련된 음식이다.

그래서 이제부터 이야기할 화요일 저녁에도 바비네에서 비프스튜를 먹으며 『저널』의 경마 결과를 읽는데, 필리에서 온 옛 친구 둘과 처음 보는 사내 하나가 들어왔다. 나이가 많고 아주 사납게 생긴 사내였다.

필리에서 온 옛 친구 중 하나는 이지 치즈케이크란 이름이었는데, 허 구한 날 델리카트슨에서 치즈케이크를 먹고 있다고 해서 이지 치즈케이 크였다. 물론 이건 흉보는 게 아니다. 치즈케이크는 일부에서 아주 인기 가 있는 데다 자바 커피하고도 잘 어울린다. 어쨌든 이지 치즈케이크에 게는 모리스 머시기란 이름이 따로 있었고, 다소 유대인에, 코가 큼직하고, 여러모로 솜씨 좋은 친구로 알려져 있었다.

필리에서 온 또 다른 옛 친구는 키티 퀵이란 이름이었는데, 아마 서른 둘이나 셋쯤 됐을 테고 모든 면에서 활기가 넘치는 사내였다. 좋은 옷을 잘 차려입고, 필리 시절엔 아주 괜찮은 사람들하고 어울렸으며, 한동안 돈도 아주 많았다. 그렇지만 내가 듣기로 요새는 상황이 별로 좋지 않다고 한다. 그렇게 말하자면 키티 퀵만 그런 게 아니라 필리 사람이 다 그렇지만.

물론 나는 필리에서 온 옛 친구들한테 바로 말을 걸지 않았다. 말을 걸기는커녕 『저널』을 들어 그 뒤에 숨었다. 이 거리에선 딴 데서 온 사람들, 특히 필리에서 온 사람들한테 그들이 왜 온 건지 모르는 채 말을 거는 건 안 좋은 생각이다. 그러나 내가 『저널』을 들어 올리는 게 너무 늦었는지, 키티 퀵이 날 보고는 이지 치즈케이크랑 다른 사내를 데리고 내 테이블로 즉각 다가왔다. 나는 당연히 그들을 아주 유쾌하게 반기며 앉아서 같이 비프스튜 몇 접시쯤 즐기자고 했다. 의자를 당겨 앉으며 키티 퀵이 이렇게 말했다.

"시카고에서 온 조조인데 알아?"

그러고는 세 번째 사내를 가리켰다.

조조에 대해서는 물론 소문을 들어 알고 있었다. 아주 겁나는 소문이었다. 그렇지만 실제로 만나 본 적은 없었고, 내 마음대로 할 수 있다면 영영 안 만나고 싶었다. 왜냐하면 조조는 심지어 시카고에서도 매우 거친 사람으로 알려져 있었기 때문이다.

그는 이탈리아 사람에, 땅딸막하고 체격이 딱 바라졌으며, 동작이 굼뜨고, 턱은 스테이크도 썰 수 있을 것 같고, 눈은 졸린 것처럼 보였다. 어쩐지 예전에 링글링 서커스에서 우리 안에 들어 있던 늙은 사자가 생각나는 사내였다. 검은 콧수염을 길렀다. 그는 또 시카고의 터줏대감 같은 존재로, 저렇게 오래 살다니 참 대단하고 시카고를 찾는 사람들한테 명물로 소개되곤 했다. 그게 그러니까 대략 40년쯤 살았을 것이다.

진짜 이름은 안토니오 머시기였는데, 왜 조조라고 불리는지는 모르겠지만 안토니오보다는 조조가 더 편해서 그런 게 아닐까 싶다. 그는 나와 악수를 나누며 만나서 반갑다고 하고는 앉아서 빠른 속도로 비프스튜를 먹어 치우기 시작했다. 옆에서 키티 퀵이 나한테 물었다.

"혹시 유럽에 아는 사람 있어?"

이건 전혀 생각지도 못한 질문이었다. 필리에서 온 사내들이 생각지도 못한 질문을 할 때는 당연히 아주 잘 생각해 보고 대답해야 하는지라, 나는 우선 생각할 시간을 벌기 위해 키티 퀵한테 물었다.

"어느 유럽?"

그러자 키티가 무척 놀란 표정으로 말했다.

"어느 유럽이라니? 유럽이 여러 개였어? 대서양에 있는 그 커다란 유럽 말이야. 우리가 갈 게 그 유럽인데, 거기 혹시 아는 사람이 있으면 우리가 들러서 안부를 전해 주려고. 이제껏 아무도 못 들어 봤을 만큼 큰 일을 하러 가거든. 우리 모두 큰 부자가 될 일이야. 오늘 밤에 배 타고 떠나."

그 자리에서 바로 생각하려니 유럽에 있는 아는 사람이 아무도 생각나지 않았고, 혹시 있다 해도 키티 퀵과 이지 치즈케이크와 조조 같은 사람들한테 안부를 전해 달라고 부탁할 마음은 없었다. 그렇지만 물론 그런 생각을 입 밖에 내지는 않았고, 그저 여행 잘하고 뱃멀미 때문에 너무 고생 안 하면 좋겠다고만 말했다. 당연히 무슨 일이냐고 묻지는 않았는데, 왜냐하면 그런 걸 물으면 내가 참견꾼처럼 캐고 들려 한다는 인상을 줄 것이기 때문이다. 어쨌든 스카치나 리큐어 같은 것 때문에 가는 게 아닐까 싶었다.

키티 퀵과 이지 치즈케이크와 조조는 비프스튜를 꽤 여러 그릇 먹고는 계산서를 나한테 남겨 놓고 갔다. 그 뒤로 그들을 보지도, 소식을 듣지도 못한 채 몇 달이 지난 어느 날, 권투 시합을 보러 필리에 갔다가 브로드 거리에서 키티 퀵과 마주쳤는데 여전해 보였다. 나는 유럽에 갔던 일은 잘됐느냐고 물었다.

"틀렸어. 구경도 잘했고 이런저런 경험도 많이 하긴 했지만 갔던 일 자체는 망치고 말았지 뭐야. 유럽에 왜 갔는지 말해 줄까? 아주 특이한 얘기인 데다 전부 사실이라고. 믿어 줄 사람한테 이 얘기를 해주고 싶군."

키티가 말했다.

우리는 월터네 레스토랑으로 들어가 구석에 앉아 자바 커피를 시켰다. 키티 퀵이 들려준 이야기는 다음과 같다.

(키티가 말했다.) 처음 시작은 어떤 거물 변호사가 필리로 날 만나러 온 거였어. 떼돈을 벌 수 있는 기회가 있는데 관심 있느냐고 하더군. 난 물론 그보다 더 기쁜 일이 없겠다고 했지. 당시 필리에선 여기저기서 수사가 계속되고 사방에 경찰이 깔려 있고 해서 상황이 아주 안 좋았거든. 호주머니엔 달랑 몇 달러뿐인데 돈을 벌 방법이 없었어.

변호사는 날 리츠칼튼 호텔로 데려가서 사로 백작이란 사내를 소개하고, 사로가 하는 말은 자기가 백 퍼센트 보증해 줄 수 있다고 한 다음 내뺐어. 꼭 사로가 하는 말을 듣고 싶지 않은 것처럼 말이야. 그렇지만 괜찮은 걸 아니까 보증하겠다고 한 거지, 아니면 그런 말은 안 했을 거야. 꽤 능력 있고 돈 많은 친구였거든.

사로 백작이란 작자는 몸집이 작고, 눈썹처럼 텁수룩한 콧수염에, 줄

무늬 바지, 흰 각반, 모닝코트, 외알 안경까지 그야말로 외국 귀족처럼 보였지만, 영어를 수준급으로 잘했어. 사로 백작의 생김새는 맘에 안 들었지만 아주 사무적인 것 하나만은 맘에 들더군. 괜히 말을 빙빙 돌리지 않고 본론으로 바로 들어가더라고.

그 사람 말로는, 자기가 유럽의 어느 나라 정당 대표인데 그 나라에 왕이 있어서 국민들이 왕을 없애고 싶어 한다더군. 왕은 유럽에서 이제 한물 간 데다 요샌 왕이 있으면 어떤 나라든 아무것도 못한다나. 그래서 나더러 도와줄 사람들을 몇 데리고 가서 이 왕을 없애라는 거야. 그럼 미국 돈으로 20만 달러를 줄 거고, 당장 선금으로 2만 5천을 준 다음 나머지는 변호사한테 맡겨 놨다가 일이 다 끝난 다음 지불하게 하겠다고 말이야.

이건 정말이지 생각지도 못한 제안이었어. 딴 인간들을 없애 달라는 제안은 많이 들어 봤지만 왕을 없애 달라는 제안은 처음 들어 봤거든. 게다가 왕을 없애면 관심을 끌 거고 비판도 받을 텐데 좀 아니지 않나 싶었고. 그렇지만 사로 백작이 자기네 나라는 작고 외진 곳인 데다, 내가 왕을 없애는 대로 자기네 정당에서 전신이니 뭐니 다 알아서 처리할 거라고 설명하는 거야. 그럼 나라 밖에선 별로 시끄러울 일 없을 거라고.

"모든 게 아주 조용히, 순조롭게 처리될 테고, 당신한테는 아무런 위험도 없을 거요."

사로 백작이 이렇게 말하더군.

난 당연히 사로 백작이 왜 자기네 나라에서 사람을 찾지 않는 건지 궁금했지. 특히 그렇게 돈을 잘 줄 수 있다면 말이야. 그랬더니 이렇게 말했어.

"우선 우리 나라엔 이런 일을 믿고 맡길 만큼 경험 많은 사람이 없기 때문이고, 둘째는 우리 나라 사람이 왕을 없애는 일에 엮이길 바라지 않기 때문이오. 내부 갈등을 야기할 테니까. 외부 사람이 훨씬 합리적이지. 왕궁에 귀중한 보석이 아주 많다는 건 널리 알려진 사실이니, 외부 사람이 보석을 차지하려고 왕궁으로 침입한다는 게 당연한 일처럼 보일 거요. 특히 미국 사람이라면 더 말할 것도 없지. 보석을 훔치는 도중에 어쩌다 왕을 없애는 일이 있어도 아무도 이상하게 생각하지 않을 거요. 그런 일은 당신네 나라에서 자주 있잖소?"

게다가 자기네가 준비를 다 해놓을 테니까 왕궁에 침입하기도 어렵지 않을 거라고 했어. 그렇지만 물론 귀중한 보석을 진짜로 가져가면 안 된다고, 보석은 자기네 정당에서 가질 거라고 하더군.

솔직히 별로 맘에 안 드는 얘기였는데, 사로 백작이 지폐 한 뭉치를 꺼내더니 큼직하고 거칠거칠한 천짜리 지폐로 스물다섯 장 세어서 내 앞에 딱 놓지 뭐야. 그걸 보니까, 그리고 이 은행 저 은행 다 망하는 중에 상황이 얼마나 빡빡하고 힘든가 생각하니까 구미가 확 당기더라고. 안 그래도 사로 백작이란 작자가 혹시 머리가 돈 게 아닌가, 왕을 없애 달라는 게 혹시 뻥 아닌가 싶던 차였거든.

"내가 돈만 챙기고 아무것도 안 하면 어쩌려고?"

난 날 지켜보고 있는 사로 백작한테 물었어. 그랬더니 백작이 아주 놀란 표정으로 이러더라고.

"당신을 추천해 준 사람이 당신은 정직한 사람이라고 했소만. 난 그 말을 믿소. 게다가 약속대로 안 하면 당신만 손해일 거요. 17만 5천 달러를 못 갖게 되는 셈인 데다 변호사가 당신 얼굴 보기 힘들게 할 테니까."

결국 난 사로 백작하고 악수한 다음 이지 치즈케이크를 찾으러 갔어.

사실 그때만 해도 사로 백작이 약간 미쳤다고 생각했지만 말이야. 그런데 이지 치즈케이크를 찾다가 조조를 만났는데, 조조가 시카고에서 잠깐 휴가차 놀러 왔다고 하더라고. 거기서 누가 조조를 공공의 적이라고 했다나. 조조 말로는 자기가 얼마나 공공을 사랑하는데 그러느냐고, 순 새빨간 거짓말이라고 하더군.

조조처럼 믿을 수 있는 친구랑 마주친 건 당연히 아주 기쁜 일이었어. 조조도 휴가 중에 돈 좀 만질 수 있는 계획을 듣고 당연히 기뻐했고. 그래서 조조랑 이지랑 나랑 만나 의논한 결과, 일거리를 물어 온 내가 10만을 갖고 이지랑 조조는 5만씩 갖기로 한 거야. 그리고 유럽으로 갔지.

유럽 모처에 상륙했더니 외알 안경을 낀 다른 작자가 마중 나와 있었어. 자기 이름이 폰 테르프 남작이라나 뭐라나 하면서, 사로 백작을 대신해서 왔다고 하더군. 사로 백작네 나라엔 죄 외눈박이밖에 없나 싶었어. 어쨌든 이 폰 테르프 남작이란 작자의 안내를 받아서 기차랑 차를 몇 번씩 갈아타고 며칠을 이동했지. 그러다가 차를 한참 타고 간 끝에 드디어 제법 괜찮아 보이는 작은 도시 변두리에 도착했어. 거기가 우리 목적지인 모양이더군.

폰 테르프 남작은 우리를 변두리 작은 호텔에 떨어뜨려 놓고는, 우리랑 같이 있는 모습을 누가 보면 안 되니까 자기는 가야 한다고 했어. 우리를 모욕하려고 하는 말은 아니라고, 오히려 같이 여행해서 참 즐거웠다고 하더군. 다만 조조가 도중에 자동 권총으로 사격 연습을 한답시고 떠돌이 개랑 닭을 표적으로 삼는 건 좀 그랬다나. 심지어 이지 치즈케이크가 노래하는 것도 싫지 않았다고 말이야. 개인적으론 그게 이번 여행의 가장 큰 아쉬운 점이었는데.

떠나기 전에 폰 테르프 남작은 나한테 왕궁 내부의 약도를 대충 그려 줬어. 방이며 문의 배치 같은 걸 말이지. 원래는 왕궁 곳곳에 경비병이 있지만, 자기네 사람들이 그날 밤 9시쯤 경비병이 없게 손을 써놨다고 하더군. 왕의 침실 문밖에 경비병 한 명이 있을 순 있는데, 맘에 안 드는 놈이니까 그놈은 해치워도 된다고 했어.

그렇지만 기본적으로는 신속하고 조용하게 처리해야 한다고, 들어가서 1시간 내에 흔적을 안 남기고 나와야 한다고 하더군. 그래서 난 그건 우리도 찬성이라고, 이동하는 데 지쳐서 어디 조용한 데 가서 푹 쉬고 싶다고 했지.

폰 테르프 남작은 그러고 나서 크고 빠른 차를 한 대 남겨 놓고 떠났어. 못생긴 친구를 운전수로 붙여서. 영어는 별로 못하지만 길을 알고 있을 거라고 했어. 그래서 지시대로 9시 직전에 호텔을 출발해서 왕궁으로 갔는데, 가보니까 그 왕궁이란 게 글쎄, 무슨 공원 같은 곳 한복판에 덩그러니 있는 크고 낡은 정사각형 건물이지 뭐야. 시가지는 거기서 좀 떨어져서 그 주위를 둘러싸고 있고.

못생긴 놈은 이 공원으로 들어가선 건물 정면인 것 같은 곳에 차를 댔어. 우리 셋을 내려놓고 나무 그늘로 차를 빼더군.

솔직히 왕궁으로 들어갈 때 총질 좀 하게 되겠거니 싶어서 개다리를 쉽게 꺼낼 수 있게 해놨거든. 조조랑 이지 치즈케이크도 그랬고. 그런데 폰 테르프 남작 말처럼 정말 경비병이 아무도 없더라고. 왕궁 문으로 들어서는데 주위에 개미 새끼 하나 안 보였어. 안으로 들어가니까 커다란 홀에 그림이랑 갑옷이랑 옛날 칼이랑 그런 것들이 주위에 수두룩했어. 진짜 완벽한 곳이었지.

난 약도를 꺼내서 왕의 침실이 3층에 있다는 걸 확인했어. 필요할 때 언제든 총을 쏠 준비를 해두고 주위를 잘 살피면서 거기까지 갔더니, 문 앞에 제복을 입은 키 크고 덩치 큰 녀석이 있더라고. 우리를 보곤 놀라서 뭐라고 소리를 지르려고 했는데, 뭐라고 할 생각이었는지는 아무도 몰라. 입을 벌리자마자 이지 치즈케이크가 45구경 개머리로 대가리를 후려쳐서 기절시켰거든.

조조가 문에 걸려 있던 묵직한 비단 커튼에서 끈을 잡아 빼서 그 작자를 꽉 묶고, 혹시 정신을 차릴 때를 대비해서 손수건으로 주둥이를 틀어막았어. 그러고 나서 내가 문손잡이를 조용히 돌렸어. 그런데 들어갔더니 안이 침실이라기보다 무슨 작은 회의장 같은 거야. 여기저기 비단 커튼이 걸려 있고 금박을 입힌 가구가 있어서 그렇지.

방 안엔 웬 예쁜 여자랑 여덟아홉 살쯤 될 것 같은 어린애가 있더라고. 애는 비단이라 그렇지, 나이트클럽 입구에 있는 것 같은 덮개를 씌운 침대에 누워 있고, 여자는 침대 옆에 앉아 애한테 책을 읽어 주고 있었어. 참 가정적인 광경인 거야. 우리는 그런 광경을 볼 거란 생각은 해 보지도 못했기 때문에 멈춰 서서 주위를 두리번거렸어.

우리가 어리둥절해서 방 한복판에 우두커니 서 있는데, 여자가 우리를 돌아봤어. 애는 일어나 앉고. 토실토실 살졌고, 얼굴은 포동포동한데다, 숱 많은 곱슬머리에, 눈은 팬케이크만 한 애더군. 아니, 더 컸는지도 몰라. 여자는 우리를 보더니 얼굴이 창백해져선 와들와들 떨기 시작해서 책이 바닥으로 떨어졌어. 그렇지만 애는 별로 겁먹은 눈치도 없이 훌륭한 영어로 이렇게 말했어.

"누구예요?"

그렇게 묻는 것도 무리는 아니지만, 우리는 당연히 우리가 누군지 밝히고 싶지 않잖아? 그래서 난 이렇게 말했어.

"그건 네가 알 거 없고, 왕은 어디 있냐?"

그랬더니 애가 똑바로 일어나 앉더라고.

"왕? 내가 왕인데요."

물론 이건 터무니없는 개소리 같았어. 우리도 왕이란 게 이런 쪼그만 애가 아니란 것 정도는 안다고. 어쨌든 애랑 노닥댈 기분이 아니라 여자한테 이렇게 말했지.

"이거 봐, 괜한 말장난은 말자고. 우리가 많이 급하거든. 왕은 어디 있어?"

"아뇨, 이 애가 정말 왕이에요. 난 가정교사고요. 당신들은 누구죠? 원하는 게 뭐예요? 어떻게 들어왔어요? 경비병들은 어디 있죠?"

여자가 무진장 떨리는 목소리로 말하더군.

"아가씨."

난 말했어. 내가 그 여자한테 그렇게 참을성을 발휘하고 있다는 게 내가 생각해도 참 뜻밖이었어.

"이 애가 왕인 건 좋은데 우리가 원하는 건 큰 왕이야. 우두머리 왕을 내놔."

"왕은 이 애 하나뿐이에요."

여자가 말했어. 애가 옆에서 끼어들어서 이러더군.

"아버지가 2년 전에 돌아가셔서 이젠 내가 왕이에요. 아저씨들도 여기 피보디 선생님처럼 영국 사람인가요? 거기 뒤에 서 있는 웃기게 생긴 아저씨는 누구예요?"

물론 조조는 웃기게 생기긴 했지만, 그걸 그 친구 앞에서 대놓고 말할 만큼 무례한 인간은 지금까지 아무도 없었단 말이지. 조조가 으르렁거리기 시작하는데, 옆에서 이지 치즈케이크가 이렇게 말했어.

"맙소사, 뭔 이런 터무니없는 일이 다 있어? 왕을 없애란 말을 듣고 왔는데, 와보니까 왕이 이런 꼬맹이라니 말이야. 개인적으로 난 꼬맹이를 없애는 건 반대야. 사내애건 계집애건."

"나도 대개는 반대지만 이놈은 꽤나 시건방진 꼬맹이인데."

조조가 말했어. 그래서 내가 그랬지.

"아무래도 무슨 착오가 있는 것 같은데, 앉아서 조용히 얘기해 보자고. 상황을 정리해 볼 필요가 있겠어. 사로 백작이란 이 작자, 사기꾼 아냐?"

그 말을 듣더니 여자가 엄청 놀란 표정으로 일어나 우리한테 다가왔어.

"사로 백작이라고요? 방금 사로 백작이라고 했나요? 아아, 사로 백작은 아주 악한 사람이랍니다. 그자는 이 애의 작은아버지 지노 대공의 앞잡이예요. 이 애가 없으면 대공이 왕이 되기 때문에, 대공은 지금까지 이 애의 안전을 위협하는 온갖 음모를 꾸며 왔어요. 설마 여러분 같은 신사가 이 가엾은 어린 고아한테 해를 가할 생각은 아니겠죠?"

조조나 이지 치즈케이크가 누구한테 신사란 말을 들어 본 건 평생 처음이니 말이야. 둘 다 꽤 노글노글해지더군. 옆에선 애가 방글방글 웃으면서 쳐다보고 있고 말이지. 물론 눈앞에 있는 게 누군지 알았으면 그렇게 방글거리진 못했을 거야.

"이런 쪼그만 녀석한테 나쁜 뜻을 품다니 대공이란 놈이 악랄한 놈이군. 물론 얘가 어른 왕이었으면 얘기가 달랐겠지만."

조조가 말했어.

"아저씨들은 누구예요?"

애가 또 묻길래 난 자랑스럽게 대답했어.

"우린 미국 사람이란다. 필리랑 시카고에서 왔지. 둘 다 아주 좋은 도시야."

그랬더니 애가 글쎄 눈이 더 커져선 침대에서 기어 나와 우리한테 다가오지 뭐야. 파란 실크 잠옷에 맨발인 게 아주 귀여워 보였어.

"시카고라고요? 카포네 씨를 알아요?"

애가 말했어.

"알? 내가 알을 아느냐고? 맙소사, 알이랑 나는 떼려야 뗄 수 없는 사이야."

조조가 그러더군. 솔직히 훤한 대낮에 봐도 알 카포네가 조조를 알아볼 것 같진 않았지만. 조조는 이어서 "넌 알을 어떻게 알지?" 하고 물었어.

"직접 알진 못해요. 그렇지만 잡지에서 봤거든요. 기관총이랑 파인애플에 대해서도요. 아저씨도 파인애플 알아요?"

애가 말했어. 그랬더니 조조는 꼭 상처받았다는 투로 이렇게 대답하는 거야.

"내가 파인애플을 아느냐고? 너 지금 나더러 파인애플을 아느냐고 묻는 거냐? 자, 이걸 봐."

그러더니 조조가 작고 동그란 도구를 꺼내더라고. 이탈리아 놈들이, 특히 시카고의 이탈리아 놈들이 맘에 안 드는 인간들한테 던지는 폭탄이란 걸 바로 알겠더군. 조조가 이런 걸 갖고 온 걸 난 전혀 몰랐거든. 조조는 내가 질겁해선 언짢아하는 걸 눈치챘는지 이렇게 말했어.

"엉켜서 싸울 때를 대비해서 들고 온 거야. 그럴 땐 이게 아주 편리하거든."

정신이 들어 보니 다같이 아주 유쾌한 분위기로 이 얘기 저 얘기 주고받고 있지 뭐야. 특히 애랑 조조가 말이야. 조조는 시카고랑 카포네 씨에 대해 입에 침도 안 바르고 거짓말을 주워섬기더군. 조조가 늘어놓은 거짓말이 알의 귀에 들어가는 일이 없기만을 바라야지. 잘못하면 그 자리에 있었다고 나더러 뭐라 할지 모르니까.

난 여자랑 얘길 했어. 이름이 피보디 선생인가 보던데, 괜찮은 여자더라고. 그러면서 동시에 방 안을 돌아다니면서 이것저것 살펴보고 있는 이지 치즈케이크한테도 눈을 떼지 않았지. 왕을 없앤다는 계획을 설명할 때 얘기가 나왔던 귀중한 보석을 찾는 걸 수도 있으니까. 사실 나도 슬쩍슬쩍 봤는데 값이 나갈 듯한 건 아무것도 안 보였어.

피보디 선생이 그 나라의 정치적 상황을 설명해 줬어. 대공이 꼬맹이 왕을 없애고 자기가 왕이 되고 싶어 하는 건, 근처에 있는 어느 큰 나라랑 거래를 맺었기 때문이라더군. 그 나라는 꼬맹이 왕네 나라를 맘대로 하고 싶은 거지. 피보디 선생 말로 보건대 꼬맹이 왕네 나라는 펜실베이니아 주 델라웨어 군만 한 것 같던데, 그런 코딱지만 한 나라 갖고 뭘 그렇게 난리를 치나 싶잖아. 그렇지만 피보디 선생 말로는 꽤 괜찮은 나라라나.

지노 대공만 없으면 모든 게 아주 좋을 거라고 하더군. 꼬맹이 왕한테 국민들 감정도 나쁘지 않은데, 대공이 워낙 이것저것 다 꽉 틀어쥐고 있으니 말이지. 피보디 선생은 이러다 대공이 꼬맹이 왕을 없애려고 무슨 극단적인 짓을 하지 않을까, 오랫동안 걱정해 왔다고 했어. 애는 아픈 데 하나 없이 멀쩡해 보이니 말이야. 난 극단적인 짓 하면 우리란 말은 당연히 안 했어. 피보디 선생이 우리를 나쁘게 생각하는 건 싫잖아.

조조는 자기 자동소총을 기어코 애한테 보여 줘야 직성이 풀리겠나 보더군. 길이가 팔만 한 거야. 아니, 더 길지도 모르지. 애는 무지 좋아하면서 총을 들고 여기저기 겨누면서 입으로 빵빵 했어. 애들이 원래 그러잖아. 그러다 애가 방아쇠를 당겼는데, 조조가 글쎄, 걸쇠를 풀어 놨나 보더라고. 그래서 애가 방아쇠에서 손가락을 떼기도 전에 총이 정말로 빵빵 쐈지고 말았어.

첫 발은 방구석에 있던 커다란 항아리를 와장창 깨뜨렸어. 나중에 피보디 선생한테 듣자 하니 값이 1만 5천 달러는 나갈 거라나. 두 번째 발은 이지 치즈케이크의 중산모를 날려 버렸지. 숙녀 앞에서 모자를 안 벗은 벌을 받은 거야. 그때는 당연히 총이 발사된 것 때문에 아주 심란했는데, 나중에 알고 보니까 오히려 잘된 거더라고. 폰 테르프 남작이랑 몇몇 높으신 정치가 나리들이 그 주위를 얼쩡거리면서 상황을 지켜보다가, 우리가 계약대로 왕을 없앤 줄 알고 급히 집으로 돌아갔다는 거야. 나중에 누가 물어보면 집에서 자고 있었다고 둘러대야 하니까.

그러다 드디어 조조도 시카고랑 카포네 씨에 대해 늘어놓을 거짓말이 바닥났을 때, 애가 무슨 좋은 생각이 났는지 방을 막 뒤지기 시작하더군. 우리한테 귀중한 보석을 기증하는 거면 좋겠다, 그런 생각을 하는데, 애가 상자를 들고 돌아왔어. 상자 안에 든 게 뭐겠어? 야구방망이랑 글러브, 야구공인 거야. 고향에서 그렇게 멀리 떨어진 데서 고향의 그런 물건들을 보니 기분이 얼마나 묘하던지. 게다가 방망이에 베이브 루스의 이름까지 새겨져 있고 말이야.

"이게 뭔지 알아요? 아저씨네 나라 사람이 여기 왔을 때 보내 준 건데, 뭐에 쓰는 물건인지 아무도 아는 사람이 없어서요."

애가 조조한테 물었어. 그랬더니 조조는 물건들을 아주 부드럽게 어루만지면서 이러는 거야.

"이게 뭔지 아느냐고? 맙소사, 너 지금 나더러 이게 뭔지 아느냐고 묻는 거냐? 내가 이래 봬도 한창 때는 시카고에서 웨스트사이드 블루스 최고의 타자였다고."

애가 그 말을 듣더니 그걸 어떻게 쓰는 건지 보여 달라고 빡빡 우기잖아. 그래서 필리에서 한때 바인 스트리트의 스타 포수였다고 주장하는 이지 치즈케이크가 프로텍터랑 마스크를 썼어. 조조는 방망이를 들더니, 작은 소파 쿠션을 홈베이스로 놓고는 나더러 공을 던지라고 우겼고. 내가 비록 한창 때는 필리에서 그레이 페리 최고의 아마추어 투수였고 다른 할 일이 없었다면 지금쯤 에이스*에 있었을지 모르지만, 어쨌든 야구공을 만져 본 지 몇 년인데 말이지.

그래서 난 재킷을 벗고 방 반대편으로 갔어. 조조는 베이스에 버티고 서고, 이지 치즈케이크는 그 뒤에 쭈그리고 앉았지. 조조가 서 있는 폼을 보니 커브엔 꼼짝 못하겠다는 게 뻔하더군. 그래서 멋지게 와인드업을 한 다음 스크루볼을 던졌는데, 내 팔이 물론 예전 같지 않으니 공이 내 생각처럼 떨어지질 않는 거야. 결국 조조가 공을 딱 때려서, 샤이브 구장이었으면 외야 우익에 해당될 부분의 높다란 창문 밖으로 날려 버렸어.

조조는 1루로 갈 것처럼 뛰기 시작했지만 물론 딱히 뛰어가야 할 데가 없으니 말이야. 하마터면 벽에 대가리를 박을 뻔했어. 공도 없어졌으니 시합은 그걸로 끝이었는데, 애가 무지무지 좋아하는 거야. 심지어 피보디 선생도 웃더군. 별로 인생에서 웃을 거리를 잘 찾는 여자 같지도 않았는데 말이야.

그러고 나니까 10시가 거의 다 됐는데, 피보디 선생이 주위에 누가 있으면 먹을 걸 가져오게 시키겠다고 했어. 그거 말 되는 소리 같길래 문밖으로 나갔더니 우리가 아까 묶어 놓은 작자가 있잖아. 그땐 이미 정신이 말짱하게 들어서 무지 놀라고 분개한 표정이었는데, 피보디 선생이 난 모르는 나라 말로 그 작자한테 뭐라고 했어. 나중에 생각해 보니 잘도 피보디 선생을 믿었다 싶어. 그 친구한테 경찰을 불러오라고 하지 않을 거란 보장도 없었는데 말이야. 그렇지만 정직한 사람 같았거든. 그래서 믿은 게 아닐까.

어쨌든 제복 입은 친구가 머리를 문지르면서 가더니, 금세 집사나 뭐 그런 것처럼 생긴 인간이 나타났어. 그 친구도 우리를 보고 무지 놀랐지만, 피보디 선생이 뭐라고 조잘거렸더니 눈 깜짝할 새에 테이블이랑 접시랑 샌드위치랑 커피 등등을 들여오더군.

그래서 우리 다섯이서 테이블을 둘러싸고 앉아서 먹고 마시기 시작했어. 집사가 전쟁 전에 나온 샴페인 두어 병을 갖다 줬거든. 맛이 참 근사했는데, 이지 치즈케이크 녀석이 피보디 선생한테 이걸 많이 구해 주면 자기가 우리 나라에 갖다 팔아서 큰돈을 만지게 해주겠다고 하는 바람에 얼마나 민망했는지. 왕도 끼워 주겠다면서 말이야.

집사가 처음 와인 잔에 샴페인을 따라 줬을 때, 피보디 선생이 잔을 들더니 우리를 바라봤어. 우리도 당연히 바보는 아니니까 우리 잔을 들었지. 그랬더니 선생이 일어나서 잔을 머리 위로 들고는 이러는 거야.

"국왕 폐하를 위해 건배!"

그래서 나도 일어났고, 조조랑 이지 치즈케이크도 따라서 일어났어. 그러곤 입을 모아 그랬지.

"건배!"

그러고 나서 샴페인을 꿀꺽꿀꺽 마시고 앉았어. 애는 재밌어 죽겠다는 것처럼 손뼉을 치면서 깔깔 웃더군. 피보디 선생이 애한테는 샴페인을 안 줬는데, 테이블 밑으로 조조가 몰래 한 모금 마시게 해주려다가 들켜서 야단을 맞았지.

애는 우리더러 가지 말라고 하면서 특히 조조랑 헤어지기 싫은 눈치였지만, 피보디 선생이 애한테 그만 자야 한다고 했어. 그래서 나중에 또 오겠다고 약속하고 모자를 집어 들곤 작별 인사를 했지. 애가 침실 문 앞에 피보디 선생이랑 나란히 서서 우리를 배웅하는데, 선생 허리에 팔을 두르고 있는 거야. 저게 내 팔이면 얼마나 좋을까 싶더군.

물론 다시 가진 않았어. 사실 바로 그날 밤으로 그 나라를 벗어나서 맨 처음 발견한 항구에서 첫 배를 타고 미국으로 돌아왔지. 우리가 떠나는 걸 제일 기뻐한 녀석이 못생긴 놈일 거야. 우리가 그 친구 갈비뼈에 총구를 들이대고 천 몇 백 킬로미터를 운전하게 했으니까.

이게 우리가 유럽에 갔던 이유야. (키티 퀵이 말했다.)

나는 당연히 그의 이야기에 매우 관심이 갔다. 전쟁 전에 나온 샴페인에 대한 대목이 특히 흥미로웠는데, 그런 곳에선 연줄만 제대로 잡으면 전망이 꽤 밝은 사업이 가능하겠다 싶었기 때문이다. 그러나 키티는 그 나라가 유럽에 있다고만 하고 위치를 말해 주려 들지 않았다.

"우리 필리 사람들은 다들 굳건한 공화당 지지자들이니까, 난 이 나라의 공화당 정부가 국제 분쟁에 얽히는 걸 원하지 않아. 배에서 내리니까 신문에 조그만 전신 기사가 실려 있지 뭐야. 몇 주 전 지노 대공이 집에서 일어난 사고로 다쳤는데 그 때문에 죽었다고.

그 작자가 다친 게, 우리가 떠난 날 조조가 못생긴 놈한테 우겨서 대공네 집으로 차를 몰고 가게 한 거랑 상관없다는 확신이 없어서 말이야. 그때 조조가 대공의 침실 창문으로 파인애플을 던져 넣었거든."

달려라, 예일!
Hold'em, Yale!

하버드와 예일이 큰 미식축구 시합을 벌이던 날 밤 내가 뉴헤이븐에서 뭘 하고 있었는지를 설명하려면 얘기가 좀 길어진다. 왜냐하면 난 보통 뉴헤이븐에 가는 사람이 아니기 때문이다. 하물며 큰 미식축구 시합이 있는 날엔 더 말할 것도 없다.

그렇지만 난 어쨌든 그날 뉴헤이븐에 있었고, 그 이유는 금요일 밤으로 거슬러 올라간다. 나는 브로드웨이의 민디네 레스토랑에 앉아 어떻게 하면 생활비에 쓸 돈을 구할 수 있을까 멍하니 생각하고 있었다. 그런데 그때 암표 장사를 하는 고노프 샘이 들어와 주위를 두리번거렸다.

고노프 샘은 나한테 다가와 말을 걸었다. 알고 보니 그는 지골로 조지란 이름의 사내를 찾는다고 했다. 조그만 콧수염을 기르고 흰 각반을 차고 늘 나이트클럽을 얼쩡거리면서 나이 많은 여자들하고 춤을 춘다고 해서 지골로 조지였다. 간단히 말해서 지골로 조지는 신사 놈팡이라, 고노프 샘이 그를 찾는다는 게 뜻밖이었다.

그러나 고노프 샘은 지골로 조지의 코에 한 방 먹이려고 그를 찾는 모양이었다. 지골로 조지가 하버드와 예일의 큰 미식축구 시합 표를 몇 장 가져가 팔고 수수료를 주겠다고 했는데, 그러고 아무 소식이 없다는 것이다. 자기한테 그런 짓을 한 지골로 조지를 샘이 악당이라고 생각하는 건 당연한 일이었다. 샘은 죽는 한이 있어도 지골로 조지를 찾아내 혼쭐을 내줄 것이라고 말했다.

그 뒤, 샘은 하버드와 예일의 큰 미식축구 시합 표를 여러 장 갖고 있으며 다음 날 자기 패거리 중 몇 명을 데리고 가서 표를 팔 건데 나도 같이 가서 표를 팔고 몇 푼 벌어 보지 않겠느냐고 말했다. 꽤 짭짤한 제안이었다.

물론 하버드와 예일의 큰 미식축구 시합 표를 구하는 건 그 대학 학생이 아니면 아주 쉽지 않은 일인데, 고노프 샘은 아무 대학 학생도 아니었다. 실제로 샘은 프린스턴 학생들한테 속한 교정을 통과한 게 대학에 제일 가까이 간 것이었다. 그때 샘은 경찰한테 쫓기던 중이라 대학 안을 별로 많이 보진 못했다.

그렇지만 모든 대학생은 자기 학교랑 상관있는 큰 미식축구 시합의 표를 구할 수 있는데, 표를 얻고도 큰 미식축구 시합을 볼 마음이 없는 대학생이 얼마나 많은지 참 놀라운 일이다. 고노프 샘 같은 암표상이 와서 표 값보다 몇 푼 더 얹어 주면 특히 더 그렇다. 아마 큰 미식축구 시합은 나중에 늙어서 얼마든지 볼 수 있고, 지금은 젊었을 때 즐겨 둘 필요가 있는 일이 주위에서 워낙 많이 벌어지고 있으니 그쪽을 봐두어야 한다고 생각하는 것 같다. 가령 폴리스*라든지.

아무튼 고노프 샘이 다가와 표를 팔라고 하면 사리에 맞게 행동할 줄 아는 대학생이 아주 많았다. 샘은 그 티켓을 가져가 고객들한테 대략 열 배쯤 되는 값을 받고 팔았다. 이 방법으로 샘은 아주 괜찮은 수입을 거두고 있었다.

샘을 알고 지낸 지 한 20년 됐는데, 그는 늘 이런저런 표를 거래했다. 월드 시리즈 표일 때도 있고, 큰 권투 시합 표일 때도 있는가 하면, 한낱 테니스 시합 표일 때도 있었다. 테니스 같은 걸 대체 왜 보고 싶어 하는 건지 고노프 샘도, 다른 사람들도 도무지 이해를 못했지만.

그렇지만 지금까지 샘이 그런 큰 이벤트에 모여든 사람들의 발치를 슬금슬금 기어 다니거나 특별 열차 안을 뛰어다니며 표를 팔고 사는 건 봤어도, 그가 이벤트에 직접 참가한다는 이야기는 처음 들었다. 야구나 권투 시합이면 그나마 또 모르지만, 샘은 오로지 표를 팔아 얻는 작은 수익에만 관심이 있기 때문이다.

그는 작고 땅딸막한 데다 전반적으로 거무스름하고 코가 크다. 추운 날에도 땀을 뻘뻘 흘리며, 로어 이스트사이드의 에식스 거리 출신이다. 뿐만 아니라 샘의 패거리도 대개 로어 이스트사이드 출신이다, 샘이 돈을 꽤 많이 벌면서 사업을 확장해 각종 이벤트에서 티켓 거래를 도와줄 사람들을 많이 모아들였기 때문이다.

지금보다 젊었을 때 샘은 경찰한테 골칫거리였다. 실제로 고노프란 별명은 로어 이스트사이드 시절에 얻은 것이다. 이디시 말로 도둑이란 뜻이라고 들었는데, 나이를 먹고 돈을 많이 벌면서 이젠 물론 도둑질 같은 건 생각도 안 했다. 적어도 그렇게 많이는 안 했고, 고정된 물건일 때는

---

*화려한 의상과 무대 세트를 자랑하는 극장 쇼. 20세기 초 브로드웨이에서 상연한 〈지그펠드 폴리스〉가 가장 유명했다.

특히 관심 없었다.

어쨌든 다음 날 아침 나는 그랜드센트럴 역 안내소 앞에서 고노프 샘과 그의 패거리를 만났다. 하버드와 예일의 큰 미식축구 시합이 있는 날, 내가 뉴헤이븐에 있었던 건 그래서다.

샘은 유대인 루이랑 넙시 테일러, 베니 사우스 스트리트, 리버립스 영감 등 정예를 모두 데리고 왔다. 그들을 보면 그들이 일류 암표 장사꾼이라고는 생각지도 못할 것이다. 기껏해야 어두운 뒷골목에서 마주치면 안 되는 사내들이라는 것쯤은 짐작할 수 있겠지만, 암표 장사는 아주 거친 직업이라 여자를 시키는 건 좋은 생각이 못 된다.

예일 볼 정문 주위에서 표를 팔던 중에 나는 열여섯 아니면 일곱쯤 된 아주 예쁜 아가씨를 발견했다. 사람들을 지켜보는 걸로 봐서 미식축구 시합에 온 많은 여자들이 그러하듯 누굴 기다린다는 걸 알 수 있었다. 그렇지만 시합이 시작될 시간이 다가오면서 이 아가씨가 점점 더 걱정스러워 하는 것도 알 수 있었다. 급기야는 눈물까지 글썽이기 시작했다. 나는 여자 눈에 눈물 맺힌 게 세상에서 제일 싫은 사람이다.

그래서 결국 아가씨한테 다가가 물었다.

"무슨 일인데 그래, 아가씨?"

"전 엘리엇을 기다리는 거예요. 뉴욕에서 와서 저랑 여기서 만나 같이 시합을 보기로 했는데 아직 안 오네요. 혹시 무슨 일이 생긴 건 아닌가 걱정이에요. 게다가 제 표도 엘리엇이 갖고 있으니 시합도 못 보게 됐어요."

그녀가 말했다.

"그런 건 금세 해결될 수 있어. 내가 아주 좋은 표를 10달러에 넘겨주지. 좀 있으면 시합이 시작될 거라 싸게 주는 거야."

"하지만 전 10달러가 없는 걸요. 사실은 지갑에 50센트밖에 없어서 그것도 큰 걱정이에요. 이러다 만약 엘리엇이 안 오면 어떻게 하죠? 전 우스터에 있는 피비 선생님네 학교에서 왔거든요. 제가 가진 돈으론 여기까지 오는 기차표를 사는 게 고작이었고, 물론 제가 떠나는 걸 알릴 순 없으니까 피비 선생님께 돈을 빌릴 수도 없었어요."

여자들한테 흔한 불행한 사연처럼 들리기 시작했으므로, 나는 하던 일이나 마저 하기로 했다. 잘못하면 다음엔 나한테 표 아니면 우스터로 돌아갈 기찻삯을 뜯어내려 할 것 같았기 때문이다. 불행한 사연을 가진 여자들은 대개 샌프란시스코에 살지만.

그녀는 계속 거기 서서 엉엉 울고 있었다. 너무 어리긴 해도 지금껏 본 적이 없을 만큼 예쁜 아가씨란 생각이 들었다. 게다가 아까 한 이야기가 정말일지 모른다는 생각도 들었다.

그 무렵에는 사람들이 경기장으로 거의 들어가고 경찰이랑 온갖 종류의 꾼들만 밖에 남아 있었다. 경기장 안에서 환호성이 들려오는데, 고노프 샘이 아주 넌더리난다는 표정으로 다가와서 말했다.

"이걸 어떻게 생각해? 표가 일곱 장이나 남았어. 여기 있는 놈들이 글쎄, 정가도 못 주겠다잖아. 난 그보다 3달러는 더 주고 샀다고. 내가 먹어 치우는 한이 있어도 절대 그 값으론 못 줘. 차라리 이 표로 우리가 들어가서 시합을 보는 게 어때? 개인적으로 이런 큰 미식축구 시합을 보고 싶단 생각을 자주 했거든. 얼간이들이 대체 왜 그렇게 비싼 돈을 쳐가면서까지 표를 사는지 궁금해서 말이야."

나를 포함해서 모두가 좋은 생각이라고 반기는 듯했다. 고노프 샘뿐 아니라 우리도 큰 미식축구 시합을 본 적이 없었다. 여태 울고 있는 어린 아가씨 앞을 지나다 말고 나는 고노프 샘한테 이렇게 말했다.

"샘, 자네한테 표가 일곱 장 있는데 우리는 여섯이잖아. 이 아가씨가 남자한테 바람맞아서 표가 없고 표를 살 돈도 없다는데, 이 아가씨도 같이 데려가면 어떨까?"

고노프 샘은 상관없다고 했고 다른 사람들도 아무도 반대하지 않았으므로, 나는 아가씨한테 다가가 같이 가자고 했다. 그러자 그녀는 곧바로 울음을 그치고 미소를 지으며 정말 친절하신 분들이라고 했다. 그녀가 고노프 샘한테 특히 환하게 미소를 지어 보이자, 샘은 곧바로 참 예쁜 아가씨라고 했다. 그녀는 이어서 리버립스 영감한테 한층 더 환하게 미소를 지어 보았을 뿐 아니라, 심지어 팔짱을 끼고 같이 걷기까지 했다. 리버립스는 기절초풍하면서도 무척 기뻐하면서 경쾌한 발걸음으로 걷기 시작했다. 리버립스는 평소 젊었든 늙었든 여자랑 얽히고 싶어 하는 사내가 아닌데도 말이다.

리버립스 영감과 걸으면서 어린 아가씨는 유대인 루이, 넙시 테일러, 베니 사우스 스트리트, 심지어 나한테까지 아주 상냥하게 말을 걸었다. 그때 우리를 봤으면 아마 우리가 그녀의 삼촌이라고 생각했을 것이다. 그렇지만 같이 있는 사람들이 누군지 이 아가씨가 알았다면 물론 골백 번은 기절했을 것이다.

그녀가 이 사악한 세상을 거의 모르며 실은 머리가 좀 비었다는 건 누가 봐도 명백했다. 자기 얘기를 아무 거리낌 없이 늘어놓는 게 아닌가. 경기장에 들어가기도 전에 그녀는 이 엘리엇이란 사내와 눈이 맞아 피비 선생님의 학교에서 도망쳐 나왔다는 걸 털어났다. 시합이 끝나고 하트퍼드에 가서 결혼한다는 계획이었던 모양이다. 그녀의 말에 따르면, 사실 엘리엇은 시합 전에 하트퍼드에 가서 결혼하기를 원했다고 한다.

"그렇지만 존 오빠가 오늘 예일 팀 후보 선수로 뛸 건데, 오빠가 경기하는 모습을 보기도 전에 결혼할 순 없지 않겠어요? 제가 아무리 엘리 엇을 사랑해도 말이죠. 그이는 춤을 참 근사하게 잘 추고 아주 낭만적이 랍니다. 지난여름 애틀랜틱시티에서 만났거든요. 우리가 도망치는 건 아 빠가 엘리엇을 안 좋아하셔서 그래요. 딱 한 번밖에 안 봤는데도 너무너 무 싫어하시는 거 있죠. 엘리엇이 싫어서 절 우스터에 있는 피비 선생님 네 학교로 보내신 거예요. 피비 선생님은 정말 끔찍해요. 저희 아버지가 너무 어처구니없지 않나요?"

그녀가 말했다.

물론 그런 문제를 아는 사람은 우리 중 아무도 없었지만, 리버립스 영 감은 아가씨한테 자기는 어쨌든 그녀 편이라고 말했다. 우리는 금세 경 기장으로 들어가 자리를 잡고 앉았다. 그런 대로 괜찮은 자리였는데, 보 아하니 우리가 앉은 곳은 하버드 쪽인 듯했다. 물론 어린 아가씨가 말 안 했으면 우리는 몰랐을 것이다.

그녀는 미식축구에 대해 모르는 게 없는 것 같았다. 우리가 앉자마자 예일 팀의 후보 선수로 뛸 자기 오빠를 가리키면서, 경기장 반대편 벤치 에 담요를 두르고 한 덩어리로 뭉쳐 앉은 선수들 중 끝에서 다섯 번째 선수라고 했다. 그렇지만 우리 자리에선 알아볼 수 없었고, 어쨌든 내가 보기에 별로 대단한 일을 하는 것 같지도 않았다.

우리는 하버드 인간들 한복판에 앉았는지, 주위 사람들이 온통 악쓰 고 노래하며 법석을 떨고 있었다. 그도 그럴 게, 우리가 들어갔을 때 이 미 경기가 시작된 뒤였는데 예일이 하버드한테 무지 밀리는 중이었기 때문이다. 그러자 우리 아가씨는 "달려라, 예일!" 하고 부르짖어 자기가 예일 팀을 응원한다는 걸 모두한테 알렸다.

나는 처음 어느 쪽이 하버드고 어느 쪽이 예일인지 분간이 안 됐고 고노프 샘이나 다른 사람들도 나 못지않게 멍청했지만, 그녀가 빨간 셔츠를 입은 게 하버드고 파란 셔츠를 입은 게 예일이라고 가르쳐 주었다. 이내 우리도 예일 달리라고 악을 쓰고 있었다. 물론 우리 아가씨가 예일이 달리길 바라니까 그러는 것뿐, 우리로선 사실 아무래도 상관없었다.

그런데 보아하니 사내 여러 명하고 어린 아가씨 하나가 자기들 한복판에 앉아서 예일 달리라고 악쓰는 게, 우리 주위의 하버드 인간들한테 아주 역겹게 느껴지는 모양이었다. 사실 그게 아주 적절한 충고라는 건 모두가 인정하지 않을 수 없을 텐데 말이다. 이내 몇 명이 야유하기 시작했다. 우리 아가씨한테 특히 심했는데, 어쩌면 시기심 때문에 그랬는지도 모른다. 그녀의 목소리가 그들보다 더 컸기 때문이다. 우리 아가씨를 위해 이 말 한마디만 하자면, 그녀는 남녀 할 것 없이 내가 아는 그 누구한테도 뒤지지 않는 목청으로 악을 썼다.

리버립스 영감 앞에 앉은 하버드 인간 둘이 우리 아가씨의 목소리를 흉내 내서 주위 사내들이 배꼽을 잡고 웃게 했다. 그런데 그들이 느닷없이 벌떡 일어나더니 창백한 얼굴로 서둘러 어디론가 가버렸다. 동시에 배탈이라도 났나 했는데, 나중에 들기로 리버립스가 주머니에서 큼직한 면도칼을 꺼내 귀를 잘라버릴까 한다고 은밀하게 가르쳐 준 모양이었다.

하버드 인간들이 급히 다른 데로 가버릴 만도 했다. 리버립스는 희희 낙락 귀를 잘라 버릴 사람처럼 보이기 때문이다. 넙시 테일러와 베니 사우스 스트리트, 유대인 루이, 심지어 고노프 샘조차 우리 아가씨한테 빈정거리던 주위 하버드 인간들을 꼬나보기 시작했다. 이내 우리 주위에 무덤 같은 정적이 흐르는 가운데, 우리 아가씨가 "달려라, 예일!" 하고 외치는 소리만 들리게 됐다. 그 무렵엔 우리 모두 이 예쁘장하고 생기 넘치는 아가씨를 좋아하게 된지라, 누가 그녀나 우리한테 빈정거리는 꼴은 두고 볼 수 없었다. 우리한테는 특히 더 그랬다.

얼마나 좋아하게 됐느냐면, 그녀가 지나가는 말로 좀 선득하다고 하자 유대인 루이랑 넙시 테일러가 슬며시 하버드 인간들 사이를 돌아다니며 무릎 담요 넉 장과 목도리 여섯 개, 장갑 두 켤레, 뜨거운 커피가 가득 든 보온병 하나를 거둬 왔을 정도였다. 유대인 루이는 밍크코트가 필요하면 말만 하라고 했지만 그녀는 이미 밍크코트를 입고 있었다. 유대인 루이는 또 하버드 인간과 같이 있던 어떤 여자한테서 빨간 꽃다발을 가져왔는데, 그녀가 꽃 색깔이 자기랑 안 맞는다고 하는 바람에 크게 실망했다.

어쨌든 드디어 경기가 끝났다. 기억나는 건 거의 없었지만, 나중에 듣기로 우리 아가씨네 오빠가 예일의 후보 선수로 아주 훌륭하게 뛰었다고 했다. 그렇지만 이기기는 하버드가 이겼는지, 우리 아가씨가 몹시 슬퍼하면서 경기장을 내려다보았다. 경기장은 이제 별안간 미쳐 버린 사람들처럼 춤을 추고 돌아다니는 사내들로 뒤덮여 있었는데, 전부 하버드 인간들인 모양이었다. 하긴 예일 인간이 춤을 출 이유가 없으니 당연한 일이다.

그런데 느닷없이 우리 아가씨가 경기장 한쪽을 보더니 이렇게 말했다.

"세상에, 저 사람들이 우리 골대를 가지려고 해요!"

아닌 게 아니라 하버드 인간들 여럿이 우리가 앉은 쪽 골대를 에워싸고 밀고 당기고 하고 있었다. 개인적으로 나 같으면 8센트에 가져가라고 해도 싫지만, 나중에 어느 예일 인간한테 듣자 하니, 미식축구에서 어느 팀이 경기에 이기면 그 팀을 응원하는 사람들이 상대편 골대를 차지하는 게 합당한 장난으로 간주된다고 했다. 그렇지만 그 골대로 뭘 하는지는 그도 말하지 못했다. 이건 늘 나한테 수수께끼로 남을 것이다.

어쨌든 골대 주위에서 벌어지는 상황을 지켜보는데, 우리 아가씨가 "가요!" 하더니 벌떡 일어나 통로를 달려 내려갔다. 그러고는 경기장으로 나가 골대를 둘러싼 사람들 틈을 파고들었다. 당연히 우리도 그 뒤를 쫓았다. 그녀는 이럭저럭 하버드 인간들 사이를 파헤치고 들어가더니 다음 순간 기둥을 기어오르기 시작했다. 그래서 눈 깜짝할 새에 다람쥐처럼 기둥과 기둥 사이의 가로대에 올라앉았다.

나중에 그녀는, 하버드 인간들도 숙녀가 올라앉은 골대를 쓰러뜨릴 만큼 비신사적이지는 않을 거라고 생각했다고 설명했다. 그러나 이 하버드 인간들은 신사가 아닌지 골대를 계속해서 잡아당겼기 때문에 이내 기둥이 흔들거리기 시작했다. 우리 아가씨도 같이 흔들렸지만, 만에 하나 떨어져도 하버드 인간들의 대가리 위에 떨어질 테니 위험은 없었다. 내 보기에, 골대를 쓰러뜨리는 데 시간을 들이는 작자의 대가리는 물렁할 테니 아주 높은 데서 떨어지더라도 충분히 받아 낼 수 있을 것이다.

고노프 샘과 리버럽스 영감, 넙시 테일러, 베니 사우스 스트리트, 유대인 루이 그리고 내가 거의 동시에 골대에 다다랐다. 횃대에서 우리 아가씨가 우리를 보더니 소리를 질렀다.

"이놈들이 우리 골대를 못 차지하게 해요!"

그때 키가 2.7미터쯤 될 듯한 하버드 인간이 머리 여섯 개 위로 팔을 뻗어 내 턱에 주먹을 날렸다. 나는 멀찍이 나가떨어졌다. 그 덕분에 다른 사람들과 떨어져서 상황을 지켜볼 수 있었다.

나중에 누가 말하길 십중팔구 나를 골대를 구하러 온 예일 인간으로 착각했을 거라고 했지만, 앞으로 두고두고 대학생들에 대한 의견이 아주 안 좋을 것이라는 말 한마디는 해두고 싶다. 허공을 날아가는 나를 두 명이나 더 때렸다는 걸 기억하기 때문이다. 방어도 못하는 날 말이다.

고노프 샘과 넙시 테일러, 유대인 루이, 베니 사우스 스트리트 그리고 리버립스 영감은 이럭저럭 사람들 틈을 파헤치고 골대에 이르렀다. 골대가 한층 심하게 흔들거리고 기둥이 당장에라도 빠질 듯 보이던 터라, 우리 아가씨는 그들을 보고 몹시 기뻐했다.

샘 고노프는 물론 그 사람들하고 말썽을 일으키고 싶지 않았으므로, 기둥을 잡아당기는 사내들한테 친절하게 말했다.

"이거 봐, 저 위에 있는 아가씨가 너희가 기둥을 가져가는 게 싫다는데."

어쩌면 워낙 정신없는 상황이라 샘의 말을 못 들었을 수도 있고, 들었는데 무시한 걸 수도 있다. 한 하버드 인간이 샘의 중산모를 찌그러뜨려 눈까지 덮어씌우고, 또 한 놈은 리버립스 영감의 왼쪽 귀에 주먹을 날렸으며, 유대인 루이와 넙시 테일러, 베니 사우스 스트리트는 이리저리 떠밀렸다.

샘은 모자를 끌어 올리기 무섭게 말했다.

"좋다, 좋아. 한번 해보자 이거지. 좋아, 친구들, 원하는 걸 주자고."

그래서 고노프 샘과 넙시 테일러, 유대인 루이, 베니 사우스 스트리트, 리버립스 영감은 그들에게 원하는 걸 주기 시작했다. 그들이 준 건 그냥 주먹이 아니라 무기를 든 주먹이었다. 싸움에 관해서 이들은 얼간이가 아닌 데다, 다들 주머니 안에 혹시 싸울 때를 대비해 뭔가를 들고 다니기 때문이다. 돈과 상관있을 때는 특히 더 그렇다.

게다가 그들은 발도 쓰면서 턱에 한 방 먹일 수 없을 때면 배를 걷어찼다. 리버립스 영감은 머리도 유용하게 활용해, 상대방의 코트 옷깃을 부여잡고 확 끌어당겨 자기 머리로 그들의 미간을 들이받았다. 리버립스 영감의 머리는 언제 어느 때나 아주 위험한 무기다.

그들 주위의 땅이 곧 하버드 인간들로 뒤덮였다. 그중엔 예일 인간들도 몇 섞여 있는 듯했다. 고노프 샘과 그의 친구들이 골대를 지키려는 예일 인간들이라 생각해서 도우려 한 예일 인간들이었다. 그러나 물론 고노프 샘과 그의 친구들은 예일 인간과 하버드 인간을 구분할 수 없는 데다 누가 어느 쪽인지 물어보고 있을 겨를도 없으니, 그냥 닥치는 대로 때렸다. 그리고 이 모든 일이 계속되는 동안, 우리 아가씨는 가로대에 올라앉아 샘과 그의 친구들을 큰 소리로 응원했다.

그런데 알고 보니 하버드 인간들도 그렇게 만만한 상대가 아닌 듯, 쓰러지자마자 도로 벌떡 일어나 주먹을 휘둘렀다. 고노프 샘과 유대인 루이, 넙시 테일러, 베니 사우스 스트리트, 리버립스 영감의 연륜은 초반에 바닥났으나, 이 하버드 인간들한테는 젊음이란 무기가 있었다.

이내 하버드 인간들이 고노프 샘을 때려눕히더니, 다음으로 넙시 테일러를 때려눕히기 시작하더니, 이어서 베니 사우스 스트리트와 유대인 루이와 리버립스를 때려눕혔다. 그게 하도 신나고 재미있어서 하버드 인간들은 골대 생각을 까맣게 잊고 말았다. 물론 고노프 샘과 그의 친구들도 쓰러지자마자 도로 일어났지만, 아무리 그래도 하버드 인간들의 수가 너무 많았다. 그들이 몰매를 맞고 있는데, 나를 때려눕혔고 고노프 샘을 여러 번 때려눕혀 그를 귀찮게 하던 키 2.7미터짜리가 큰 소리로 말했다.

"내 말 좀 들어 봐. 비록 예일 같은 데 다니긴 해도 근성 있는 녀석들이잖아. 이제 그만 때려눕히고 만세를 불러 주자고."

그래서 하버드 인간들은 고노프 샘과 넙시 테일러, 유대인 루이, 베니 사우스 스트리트, 리버립스 영감을 마지막으로 한 번 더 때려눕히고는,

모두 모여 머리를 맞대고 아주 큰 목소리로 라라라 한 다음 흩어졌다. 골대는 여전히 서 있고, 우리 아가씨는 가로대에 올라앉아 있었다. 다만 나중에 듣기로, 싸움에 끼지 않은 몇몇 하버드 인간들이 경기장 반대편의 골대 기둥을 빼돌렸다고 한다. 그렇지만 그 기둥은 중요하지 않다고 주장하련다.

샘 고노프는 떠지지 않는 오른쪽 눈을 한 손으로 감싼 자세로 땅바닥에 주저앉은 채 일어나지 못했다. 그 주위에 뻗어 있는 그의 패거리도 몰골이 말이 아니었다. 그러나 우리 아가씨는 어치처럼 폴짝폴짝 뛰고 재잘거리면서, 각각 이쪽 골대 기둥과 저쪽 골대 기둥에 기대 널브러져 있는 리버립스 영감과 넙시 테일러 사이를 왔다 갔다 했다. 그러면서 크기가 우표만 한 손수건으로 그들의 입가에 흐르는 피를 닦아 주려 했다.

베니 사우스 스트리트와 유대인 루이는 가위표로 포개져 누워 코를 골고 있었다. 경기장은 이제 기자석의 기자들을 빼고 텅 비어 있었다. 그들은 세기의 싸움이 방금 자기들 눈앞에서 벌어졌다는 것도 모르는 듯했다. 날이 저무는 가운데, 갑자기 어스름 속에서 흰 각반과 모피 칼라를 단 코트를 입은 사내가 나타나더니 우리 아가씨한테 달려왔다.

"클래리스! 내가 당신을 얼마나 찾아다녔는데. 브리지포트 못 미쳐서 사고가 나는 바람에 기차가 몇 시간씩 꿈쩍도 안 했지 뭐야. 시합이 끝난 다음에야 겨우 도착했어. 그렇지만 당신은 날 기다려 줄 줄 알았어. 얼른 하트퍼드로 가지."

그가 말했다.

그 목소리를 듣자, 고노프 샘이 멀쩡한 쪽 눈을 크게 뜨고 사내를 쳐다보았다. 그러더니 벌떡 일어나 휘청휘청 다가가 눈과 눈 사이에 주먹을 날렸다. 샘이 휘청거린 건, 하버드 인간들이랑 싸우느라 다리 힘이 풀린 탓이었다. 게다가 주먹도 빗나가는 바람에 사내는 무릎만 꿇었다가 바로 일어섰다. 우리 아가씨가 비명을 질렀다.

"어머나, 엘리엇을 때리지 말아요! 이이는 우리 골대를 노리는 게 아니에요!"

"엘리엇이라고? 엘리엇은 무슨. 이놈은 지골로 조지야. 흰 각반을 보면 알 수 있다고. 하버드 인간들한테 얻어먹은 주먹을 갚아 주겠어."

고노프 샘이 말했다.

그러더니 또다시 주먹을 날렸다. 이번 주먹은 아까보다 좀 더 셌는지 사내가 뻗자, 고노프 샘은 그를 걷어찼다. 우리 아가씨는 여전히 비명을 지르면서 엘리엇을 때리지 말라고 애걸했지만, 물론 그놈이 그녀한테 뭐라고 지껄였든 그놈은 엘리엇이 아니었다. 그놈이 지골로 조지라는 건 우리 모두 알고 있었다.

우리도 끼어 볼까 싶어 다가가려는데, 조지가 몸을 꿈틀거리더니 벌떡 일어나 재빨리 경기장을 가로질러 달아났다. 마지막으로 보인 건 문밖으로 사라지는 그의 흰 각반이었다.

그때 어스름 속에서 두 사내가 나타났다. 한 명은 흰 콧수염을 기른 키 크고 잘생긴 사내였는데, 누가 봐도 대단한 인물이라는 걸 알 수 있었다. 그런데 뜻밖에도 우리 아가씨가 그의 품에 달려들어 흰 콧수염에 입을 맞추고 그를 아빠라 부르면서 왕왕 울기 시작했다. 우리 아가씨랑은 그걸로 끝이라는 걸 알 수 있었다. 흰 콧수염을 기른 사내는 고노프 샘에게 다가가 손을 내밀더니 이렇게 말했다.

"선생, 방금 경기장에서 달아난 악당을 혼내 준 손과 악수를 나누게 해주겠소? 더불어 내 소개도 하리다. 난 밴클리브 재단 이사장 J. 힐드레드 밴클리브라고 하오. 아까 피비 선생에게 내 딸이 갑자기 학교를 떠

194

났다는 연락을 받았소. 뉴헤이븐 행 차표를 샀다 하기에 그 사내와 상관있으리라는 걸 바로 알았지. 철없는 딸아이가 그자에게 푹 빠져 있다는 건 알고 있었으니까. 다행히 얼마 전부터 여기 있는 내 탐정들을 시켜 그 사내를 감시하게 했던 터라 여기까지 아무 어려움 없이 그자를 미행할 수 있었소. 같은 기차를 타고 와서 방금 그 장면을 본 거요. 다시 한 번 감사를 드리오."

고노프 샘은 말했다.

"밴클리브 씨, 당신이 누군지 압니다. 4천만 달러를 가진 밴클리브 씨죠. 그렇지만 지골로 조지를 패줬다고 나한테 고마워할 건 없어요. 그놈은 철저한 놈팡이인데, 당신의 예쁜 딸이 그놈한테 한순간이라도 속았다는 게 그저 안타까울 뿐입니다. 그렇지만 지골로 조지 같은 놈한테 속다니 보기보다 멍청한가 보군요."

"난 이젠 그 사람이 미워요. 그런 겁쟁이는 싫어요. 그 사람은 당신이랑 리버립스랑 다른 사람들이 그랬던 것처럼 맞고도 일어나 싸우지 않았어요. 이젠 두 번 다시 그 사람을 안 볼 거예요."

아가씨가 말했다.

"그 점은 걱정 말라고. 상처가 낫는 대로 내가 이 근처에 얼씬도 못하게 해줄 테니까."

고노프 샘이 말했다.

그 뒤 고노프 샘도, 넙시 테일러도, 베니 사우스 스트리트도, 유대인 루이도, 리버립스도 1년 가까이 못 만났다. 다시 가을이 찾아온 어느 날, 문득 생각하니 오늘은 금요일이고 내일 보스턴에서 하버드가 예일하고 큰 미식축구 시합을 할 예정이었다.

이번에도 고노프 샘하고 같이 표를 팔면 좋겠다 싶었다. 고노프 샘과 그의 패거리가 자정쯤 출발한다는 건 알고 있었으므로, 그 시간에 그랜드센트럴 역으로 갔다. 아니나 다를까, 이윽고 샘이 넙시 테일러와 베니 사우스 스트리트, 유대인 루이, 리버립스 영감을 꽁무니에 달고 인파를 헤치고 나타났다. 다들 무지 들뜬 얼굴이었다.

나는 서둘러 그들과 나란히 걸으며 말했다.

"샘, 이번에도 같이 표를 팔아 보자고. 장사가 잘될 거야."

그러자 고노프 샘이 말했다.

"표? 자네가 같이 가겠다면 그건 환영하겠지만, 우린 표를 팔러 가는 게 아냐. 우린 예일 놈들한테 하버드 놈들을 혼꾸멍내 주라고 응원하러 보스턴에 가는 거야. 클래리스 밴클리브 양과 그 아가씨 아버지의 손님으로 말이지."

"달려라, 예일!"

리버립스 영감이 나를 밀어젖히며 말했다. 그들은 기차를 타려고 서둘러 개표구를 지났다. 그러고 보니 그들 모두, 미식축구 시합에 가는 대학생들처럼 모자에 흰 Y자가 찍힌 파란 깃털을 꽂고 있었다. 뿐만 아니라 고노프 샘은 예일의 삼각 깃발까지 들고 있었다.

친구를 위해서
For a Pal

한 15년간 리틀 이드랑 장님 베니는 친구였다. 사람들은 이게 베니한 테 아주 좋은 일이라고 생각했다. 그도 그럴 게 베니는 박쥐 못지않게, 아니, 박쥐보다도 더 눈이 멀었고, 이드는 남들 못지않게, 가끔은 그 이 상으로 잘 보기 때문이었다.

그래서 리틀 이드는 베니를 대신해서 봐주고 자기가 보는 걸 자기 식 으로 베니한테 설명해 주었다. 경마도, 야구 경기도, 권투 시합도, 연극도, 영화도, 뭐든 다 그렇게 했다. 리틀 이드와 장님 베니는 뭐든 보고 다니 는 걸 아주 좋아했기 때문이다. 메리 마블이란 여자가 그들의 인생에 등 장하기 전까지 그들은 바구니 안의 강아지 두 마리만큼이나 행복했다.

베니가 어쩌다 눈이 멀었는지는 모른다. 나뿐 아니라 브로드웨이의 다른 사람들도 모르는 것 같았고, 사실 아무도 상관하지 않았다. 다만 한번은 마꾼 리그레트가 경마장의 심판들한테 동조해서 그런 건지도 모른다고 하는 걸 들은 적이 있었다. 리그레트는 모든 심판이 장님이라고 주장하는 사내이기 때문이다. 그렇지만 이건 물론 결승점에서 접전이 벌어졌을 때 심판들이 늘 엉뚱한 말을 찍는 것 때문에 리그레트가 맺힌 게 있는 것뿐이다.

리틀 이드의 말에 따르면 장님 베니는 전에 덴버의 도박장에서 보조원으로 일했다고 한다. 게다가 아주 괜찮은 보조원이었다는데, 어느 날 밤 래리머 거리의 간이 숙박소에서 불이 났다. 이때는 장님이 아니었던 장님 베니는 불 속으로 뛰어들어 연기를 무지 마신 늙은이를 구해 냈다. 그러다가 눈에 화상을 입는 바람에 앞을 못 보게 됐다는 것이다.

베니가 정말로 이렇게 눈이 멀었을 수도 있지만, 나는 리틀 이드가 베니를 워낙 좋아하기 때문에 베니한테 나쁜 이야기는 안 하리라는 걸 알고 있었다. 베니가 진짜로 늙은이를 찾으러 불 속으로 들어갔을 가능성도 물론 없지는 않다. 어쨌든 개인적으로 난 브로드웨이에서 듣는 이야기를 너무 곧이곧대로 받아들이지 않는다.

그렇지만 어쨌든 장님 베니가 장님이라는 건 의심할 여지가 없었다. 눈꺼풀이 꽉 닫혀 있는 데다, 몇 년 동안 그를 지켜본 사내가 한두 명이 아닌데 아무도 그가 실눈을 뜬 모습도 본 적이 없으니 그가 가짜로 꾸미는 것일 가능성은 없었다.

게다가 몇 명이 베니를 안과 전문의한테 보내 봤지만, 의사들마다 베니는 자기가 진찰해 본 중 가장 눈이 먼 사람이라고 했다. 리그레트 말로는 오히려 잘된 일일지도 모른다고 했다. 눈이 멀었어도 이렇게 똑똑한데, 앞까지 볼 수 있다면 너무 똑똑해서 살기 힘들지도 모른다는 것이다.

베니는 특히 피노클 같은 게임을 할 때 똑똑했다. 실제로 그의 피노클 실력은 이 거리의 어느 누구한테도 뒤지지 않았다. 이 거리엔 피노클 실력이 뛰어난 사람이 많은데도 말이다.

베니는 카드에 작은 구멍을 뚫어 손으로 만져 보고 구분하곤 했다. 그한테 이기려면 사기를 치는 수밖에 없었는데, 눈먼 사내한테 사기를 치는 건 아주 무례한 일로 여겨졌다. 사기라도 칠라치면 베니가 매번 알아차리고 무지 항의하는 터라 특히 그랬다.

그는 키 크고 깡마른 데다 얼굴은 기름했으며 결코 못생겼다 할 수 없었다. 반면 리틀 이드는 키가 뱀의 반 토막만 했다. 리틀 이드가 장님 베니의 팔을 잡고 끌어 주며 거리를 걷는 모습을 보면 마치 아버지와 어린 아들 같았다.

물론 브로드웨이에서 눈먼 사람들이 길을 건널 때 시민들이 끌어 주는 건 드문 일이라 할 수 없었다. 이때 눈먼 사람이 조금이라도 분별이 있다면 돈 깡통을 잘 지킬 테지만, 어쨌든 리틀 이드처럼 눈먼 사람을 15년씩이나 끌어 주는 건 이 거리에서 매우 특이한 일이었다. 게다가 장님 베니는 끌어 줄 필요가 아주 많은 사내였다.

한번은 이드가 일 때문에 일주일 자리를 비워야 해서 사람을 여러 명 모아다 장님 베니를 맡겼다. 매일 이 중 한 명이 베니가 원하는 대로 데리고 다녀야 했는데, 베니는 뭔 일이 일어나는 곳이면 어디든 다 가고 싶어 했다. 덕분에 이드가 돌아오기도 전에 다들 녹초가 되고 말았다. 베니는 그만큼 많이 싸돌아다니는 사내였다. 게다가 이드가 없는 동안 얼마나 불평불만이 많은지 짜증 날 지경이었다. 그들 중엔 이드만큼 잘 봐주고 그가 이해할 수 있게 설명해 주는 사람이 아무도 없었던 모양이다.

개인적으로 나 같으면 눈이 안 보여도 리틀 이드가 내 눈을 대신해

주길 원하지 않을 것 같다. 그가 장님 베니한테 뭐가 보이는지 말해 주는 걸 여러 번 봤는데, 다소 엉뚱한 소리를 할 때가 많았기 때문이다.

게다가 장님 베니한테 뭘 설명해 주는 것도 싫을 것 같았다. 보지도 못하는 주제에 무슨 일이 벌어지고 있다고 말해 주면, 꼭 토를 달고 자기 의견을 내세우기 때문이다. 실제로 베니는 티끌 하나 못 보는데도, 여기서 유럽까지 볼 수 있는 사내들보다도 더욱 거리낌 없이 자기 의견을 말했다.

경마장에서 리틀 이드랑 장님 베니를 보면 아주 흥미진진했다. 둘 다 경마를 좋아하는 데다, 베니는 눈 두 개가 다 멀쩡하고 안경까지 쓴 사내들보다도 더 말을 잘 찍었다.

예상지가 나오면 둘은 밤늦게까지 앉아, 이드가 과거 성적과 타임 트라이얼 결과 등등을 읽어 주면 베니는 이드가 읽어 주는 말들을 살펴보고 다음 날 이길 말을 찍곤 했다. 그들은 매번 한 마리 한 마리를 놓고 싸우면서, 이드는 장님 베니한테 그런 말을 찍다니 미친 게 틀림없다고 하고 베니는 이드한테 딴 말이 이길 거라고 생각하다니 돌았다고 말했다. 그렇게 몇 시간씩 소리를 지르며 싸웠다.

그렇지만 그때마다 끝에 가선 화해하고 베니가 찍은 말에 걸곤 했다. 비록 베니가 찍은 말이 지면 고래고래 소리를 지르긴 해도, 이드는 그만큼 베니의 판단을 믿었다. 그들은 매번 특별관람석에 앉아 이드가 베니한테 실황 중계를 해주었다. 대개 자기들이 돈을 건 말이 잘 달리고 있다고 설명했는데, 그건 심지어 한 덩어리로 뭉쳐 달리는 다른 말들에 뒤처져 있을 때도 그랬다. 이드는 언제 어느 때나 장님 베니를 기분 좋게 해주고 싶어 했다.

그러나 그들이 돈을 건 말이 특히 마지막 직선 코스에서 정말로 잘 달리고 있으면, 이드는 요란하게 응원하기 시작했다. 그럼 베니도 마치 앞이 보이는 양 펄쩍펄쩍 뛰고 지팡이로 탕탕 내리치면서 "달려라, 달려!" 하고 소리 질렀다. 그런 건 두 눈이 멀쩡하게 보이는 사람하고 다를 바가 없었다.

리틀 이드랑 장님 베니에 대해 이 모든 이야기를 하는 건, 둘이 정말 친한 사이라는 걸 설명하기 위해서다. 둘은 같이 살고, 같이 밥 먹고, 같이 싸웠다. 비록 둘 중 어느 쪽한테 뭔 꿍꿍이가 있는 게 틀림없다는 말이 한동안 나돌긴 했어도, 브로드웨이에 이렇게 멋진 우정은 또 없었다. 브로드웨이에서 우정이 그렇게 오래 이어지는 일은 그 정도로 특이한 일이다.

장님 베니는 서부에 있는 가족들이 앞이 안 보이는 그를 불쌍하게 여겨 돈을 보내 주곤 했다. 리틀 이드는 형제들과 호보컨에서 작은 모자 공장을 하고 있었는데, 공장이 꽤 잘되는 모양이었다. 이드가 모자 공장에 아무 도움이 못 될 거라고 생각하는지, 형제들은 그가 별 일을 안 해도 군말 없이 그의 몫을 보내 주었다.

거기에 가끔 경마에서 따는 돈까지 보태면, 이드와 장님 베니는 생활하는 데 부족함이 없었다. 그들은 자기들끼리 있는 걸 좋아했고 서로에게 만족했다. 둘이 함께 보내 온 그 오랜 세월 동안, 이드는 여자한테 "안녕하세요" 이상의 말을 한 적이 없었고 베니는 물론 여자들을 보지 못했다. 베니한테 참 다행한 일이라고 주장하는 시민들이 많았는데, 어쨌든 그래서 이드와 베니는 이 방면으로 아무런 영향을 주지 못했다.

그런데 어느 날 밤, 암표상인 아이크 제이콥스한테 〈불같은 사랑〉이란 새 연극의 개막 공연에 중국 표 두 장이 생겼다. 중국 표란 중국 돈처럼 펀치로 구멍을 숭숭 뚫은 공짜 초대권을 말한다. 아이크는 이 표를 리틀 이드랑 장님 베니한테 주었다. 아이크가 참 통 큰 일을 했다.

그래서 〈불같은 사랑〉의 막이 올랐을 때, 이드와 베니는 야회복을 차려입은 많은 저명인사들 앞에 쭈그리고 앉아 있었다. 〈불같은 사랑〉은 굉장한 배우들이 잔뜩 등장하는 터라 많은 기대를 모으고 있었다.

연극이 시작되자, 이드는 당연히 장님 베니한테 뭔 일이 벌어지고 있는지 설명해 줘야 했다. 안 그러면 베니는 아무것도 알 수 없으니 말이다. 이드는 처음엔 목소리를 낮추고 소곤소곤 말했지만, 베니한테 뭔가를 설명해 줄 때마다 점점 흥분해선 결국 배터리 공원에서도 들릴 만큼 큰 소리로 말하곤 했다.

물론 대사가 많으면 장님 베니도 남들 못지않게 무대에서 뭔 일이 벌어지는지 잘 이해할 수 있었지만, 그는 그 대사를 어떤 배우가 하고 있으며 배우가 어떻게 생겼는지, 무대 세트가 어떤지 등등 자기가 못 보는 걸 속속들이 알고 싶어 했다. 그걸 일일이 설명해 주는 이드의 목소리가 얼마나 큰지, 주위에 있던 몇몇 사람이 그들에게 쉿 해야 했다. 그렇지만 리틀 이드와 장님 베니는 극장에서 쉿 당하는 데 워낙 익숙한 터라 별로 신경 쓰지 않았다.

〈불같은 사랑〉은 문제극이라, 리틀 이드도 장님 베니도 도무지 뭔 얘기인지 이해하지 못했다. 사실 주위의 다른 사람들도 그건 마찬가지이긴 했다. 그래도 리틀 이드가 애써 내용을 설명하자, 장님 베니가 큰 소리로 이렇게 말했다.

"시시한 연극 같은데."

"어쩌면 연극이 아니라 연기가 시시한 걸지도 몰라."

리틀 이드가 말했다.

주위에서 쉬쉬 소리가 쏟아지고, 무대에서 배우들이 그들을 노려보았다. 배우들한테도 그들의 말소리가 다 들렸기 때문이다. 특히 연기를 흠 잡힌 게 불만인 모양이었다.

다음 순간, 덩치 큰 사내 둘이 통로를 내려와 리틀 이드와 장님 베니를 붙들어 밖으로 끌고 나갔다. 극장에서 연기가 형편없다고 큰 소리로 말하는 건 금지되기 때문이다. 얼마나 형편없든 상관없다.

어쨌든 덩치 큰 사내들한테 끌려가면서 장님 베니는 이렇게 말했다.

"난 그래도 시시한 연극이라고 생각해."

"음, 연기는 확실히 시시하긴 해."

리틀 이드가 말했다.

이드와 베니가 쫓겨나자 박수갈채가 터져 나왔다. 많은 시민들이 그들이 쫓겨난 걸 관객들이 반겼기 때문이라고 주장했지만, 나중에 드러난 바에 따르면 관객들은 실은 리틀 이드랑 베니의 말에 박수를 보낸 것이었다.

어쨌든 이드와 베니는 이보다 더 좋은 극장에서도 이미 여러 번 쫓겨나 본 터라 별로 신경 쓰지 않았다. 그렇지만 매표소에서 표 값을 안 돌려주겠다고 했을 때는 몹시 분개했다. 애초에 땡전 한 푼 안 내고 얻은 표에 돈을 돌려받으려고 한 건 좀 아니긴 하다.

둘이 인도에 서서 별 몹쓸 일이 다 있다고 말하는데, 별안간 극장에서 메리 마블이란 이름의 여자가 뛰쳐나왔다. 얼굴이 빨갛게 달아올라선 몹시 분개하고 있었다. 2막에서 대사 중에 아주 저속한 농담이 나왔는데, 메리 마블은 이런 종류의 농담은 결혼한 사람들만 들어야 한다고 생각하는 여자인 모양이었다. 그런데 그녀는 결혼한 것과 거리가 멀었다.

물론 그때만 해도 리틀 이드와 장님 베니는 그녀가 메리 마블인 줄 몰랐고, 그들에게 그녀는 생판 모르는 여자였다. 그런데 그녀가 성큼성큼 다가와 이렇게 말했다.

"저 안에서 벌어지고 있는 일을 두 분이 참 올바르게 평가하셨다는 말씀을 드리고 싶군요. 아까 쫓겨나시면서 하신 말씀을 들었는데 두 분 말씀이 모두 옳아요. 연극도 형편없고, 연기도 형편없어요."

그 뒤로 메리 마블은 직장에서 시간이 날 때마다 리틀 이드랑 장님 베니와 함께 어울려 다니기 시작했다. 브로드웨이에 있는 작은 스타킹 가게를 관리하는 게 그녀의 일이다. 여자들이 여름철만 빼고 신는 그 스타킹 말인데, 사실 요새 여자들이 신는 스타킹은 얼마나 얇은지 꼬집어 봐야만 신었는지 안 신었는지 알 수 있다.

게다가 이젠 그녀가 같이 있을 때면 장님 베니한테 뭔 일이 있는지 설명하는 게 메리 마블의 역할이 됐다. 메리 마블은 자기가 있을 때 필요한 설명을 도맡아 해야 하는 여자이기 때문이다.

외모로 따지자면 메리 마블은 빵점이었다.

브로드웨이에서 제일 못생긴 여자는 아니라 해도 제일 못생긴 여자랑 도토리 키 재기이다. 코도 크고 발도 큰 데다 몸매는 아예 말할 가치도 없다. 마꾼 리그레트는 얼마든지 매각 경마*에 메리 마블을 내놔도 될 것이라고 말했다. 그렇지만 리그레트는 물론 여자 때문에 가짜 돈 한 푼 안 쓰는 사람이다. 생김새랑 상관없이 말이다.

메리 마블은 아마 스물다섯 살쯤이었을 것이다(그렇지만 리그레트는 스물여덟은 착실히 넘었을 거라는 데 6 대 5로 걸겠다고 했다). 어떻게 보나 그나마 장점이라곤 부드럽고 다정한 목소리뿐이다. 너무 즐겨 쓰는 게 탈이지만.

---

*경주마들의 금전적인 가치를 평가하기 위해 마련된 경주.

그녀는 펜실베이니아의 작은 도시 출신으로 교육을 꽤 잘 받았고, 어쨌거나 유별나게 점잖은 여자라는 건 틀림없는 사실이다. 메리 마블처럼 생긴 여자는 브로드웨이에서 점잖을 수밖에 없기 때문이다. 실제로 메리 마블은 너무나도 점잖아서 뭔가 꿍꿍이가 있는 게 틀림없다고 생각하는 사람들이 많았지만, 좌우지간 리틀 이드나 장님 베니에 한해선 절대 안전하다는 게 모든 사람들의 생각이었다.

이제 리틀 이드와 장님 베니는 밤늦게까지 경마 결과를 예상하는 대신 메리 마블 이야기를 하기 시작했다. 베니는 이드한테 질문을 하고 또 했다.

"이드, 메리가 어떻게 생겼지?"

"미인이야."

장님 베니가 물으면 이드는 매번 이렇게 대답했다.

물론 뻥도 이런 뻥이 없었다. 사람들은 이드가 이런 새빨간 거짓말을 한 건 베니가 메리 마블에 대해 좋은 말만 듣고 싶어 하기 때문이겠거니 했는데, 나중에 알고 보니 이드는 정말로 메리 마블이 미인이라고 생각한 것이었다.

"천사가 따로 없어."

이드가 말했다.

"그래, 그렇겠지. 그러고 또?"

장님 베니가 말했다.

그러면 리틀 이드는 또 이런저런 이야기를 했다. 메리 마블이 이드가 말하는 것의 8분의 1만 예뻤어도 지그펠드랑 조지 화이트랑 얼 캐럴이 서로 다리를 분질러 가며 앞 다퉈서 그녀한테 달려왔을 것이다.

리틀 이드가 메리 마블에 대한 이야기를 마치면, 장님 베니는 종종 이렇게 말하곤 했다.

"딱 내가 생각한 대로야, 이드. 지금까지 눈이 안 보여도 별로 상관없었는데. 지금도 내가 보고 싶은 건 메리뿐이긴 하지만."

보아하니 장님 베니는 메리 마블을 사랑하게 된 듯했다. 리틀 이드가 늘 그 정도로 그녀를 미는데 그럴 만도 했다. 이드가 장님 베니한테 메리 마블에 대해 이야기하는 걸 들으면, 얼굴 한 번 안 보고도 사랑에 빠질 사람이 그 밖에도 아주 많을지 모른다.

그렇지만 장님 베니는 메리 마블을 사랑한다는 말을 바로 하진 않았는데, 어쩌면 왜 그렇게 애가 타는 건지 스스로 몰랐을 수도 있다. 사랑에 빠진 사내들이 많이들 그런다. 장님 베니가 아는 것이라곤 메리 마블이랑 같이 있고 싶고 그녀가 자기한테 이것저것 설명해 주는 걸 듣고 싶다는 것뿐이었다. 게다가 메리 마블도 장님 베니랑 같이 있고 싶은 듯했고 그한테 이것저것 설명해 주고 싶은 듯했다. 물론 그렇게 말하자면 메리 마블은 기회만 있으면 아무한테나 이것저것 설명해 주고 싶은 여자이긴 하다.

그래도 리틀 이드와 장님 베니는 심지어 메리 마블이 있을 때도 여전히 늘 같이 붙어 다녔다. 하지만 많은 사람들이 리틀 이드가 슬퍼 보인다면서, 그렇게 오랜 세월을 함께 보냈는데도 장님 베니가 멀어져 가는 것처럼 느끼기 때문일 것이라고 말했다. 다들 리틀 이드를 딱하게 여겼다. 장님 베니가 그를 버리고 떠날 때를 대비해 다른 장님을 구해 주자는 말까지 나왔다.

그러던 중 어느 토요일 밤, 리틀 이드는 모자 공장 일 때문에 형제들을 만나러 호보컨에 가야 한다는 말을 꺼냈다. 그런데 토요일 밤엔 메리 마블이 스타킹 가게에서 일해야 하므로, 리틀 이드는 장님 베니한테 같이 가자고 했다.

장님 베니는 물론 모자 공장 일에 눈곱만큼도 관심이 없지만, 리틀 이드가 호보컨에 아주 근사한 진짜 맥주를 마시게 해주는 네덜란드 사람을 안다고 했다. 장님 베니는 근사한 진짜 맥주만큼 좋아하는 게 없다. 메리 마블을 만난 이래로 근사한 진짜 맥주를 마실 기회가 거의 없다보니 더더욱 그랬다. 메리 마블은 근사한 진짜 맥주 같은 걸 아주 싫어하는 여자다.

그래서 둘은 호보컨을 향해 출발했다. 리틀 이드는 형제들을 만나 모자 공장 일을 의논한 다음, 근사한 진짜 맥주를 마시러 장님 베니를 데리고 네덜란드 사람한테 갔다. 그런데 알고 보니 맥주가 진짜가 아닌 데다 전혀 근사하지도 않았다. 알코올을 주사 놓은 가짜라 머리만 무지무지 아팠다. 그렇지만 주사 맞은 맥주라도 없는 것보다는 낫기 때문에 리틀 이드도, 장님 베니도 불평할 생각은 없었다.

그들은 네덜란드 사람네(알고 보니 폴란드 사람이었다) 가게에 꽤 오래 있다가 밤늦게 출발하는 페리를 탔다. 리틀 이드가 바람을 쐴 겸 페리를 타고 싶다고 해서였다. 장님 베니로선 뉴욕으로 돌아와 일을 마치고 퇴근한 메리 마블을 만날 수만 있다면 어떻게 가든 상관없었다.

거의 자정이 다 된 시간이라 페리엔 그들 말고 사람이 별로 없었다. 뉴저지에 사는 사람들은 그 시간이면 집에서 자고 있다. 승객이라곤 리틀 이드와 장님 베니를 빼면 너덧 명뿐이었는데, 그들 모두 흡연실 긴 의자에서 다리를 뻗고 자고 있었다.

페리에 대해 뭘 좀 아는 사람이라면, 이동 중에 자동차니 트럭이니 사람 등등이 물에 못 빠지게 배 양쪽 끝에 커다란 문을 닫아걸어 놓는다는 걸 알 것이다. 페리에서 이것저것 떨어져서 흐름을 막으면 강을 오가는 다른 배들한테 아주 방해가 될 것이기 때문이다.

어쨌든 리틀 이드는 페리 끝의 문에 기대서서 바람을 쐬고, 장님 베니는 흡연실 앞 난간에 기대서 있었다. 배에 탄 뒤 리틀 이드가 그를 거기에 데려다 놓았다. 장님 베니가 네덜란드 사람네서 산 커다란 여송연을 피우며 아마도 메리 마블 생각을 하는데, 갑자기 리틀 이드가 소리쳤다.

"이런, 베니, 이리 좀 와봐."

당연히 베니는 몸을 돌려 목소리가 들린 쪽으로 향했다. 리틀 이드의 목소리는 고물 쪽에서 들려왔다. 장님 베니는 리틀 이드의 손이 자기를 잡아 줄 것이라고 기대하며 목소리가 들린 방향으로 나아갔다. 그런데 다음 순간, 그는 강물에 풍덩 빠졌다.

물론 물에 빠지면 장님 베니도 계속 걸을 순 없으니 그 즉시 꼴깍꼴깍 소리를 내며 가라앉았다. 계절은 가을이라 물은 전혀 따뜻하다 할 수 없었다. 그래서 수면으로 떠올랐을 때 베니는 당연히 크게 소리를 질렀으나, 그때 페리는 이미 멀찍이 떨어져 있었고 아무도 그를 보지도, 그의 비명을 듣지도 못한 듯했다.

장님 베니는 헤엄을 눈곱만큼도 못 치는 터라 또다시 꼴깍꼴깍 가라앉았다. 그랬다가 한 번 더 떠올랐는데, 이번에는 큰 소리로 비명을 지르지 않고 또렷한 목소리로 이렇게 말했다.

"잘 있어, 친구야."

그때 갑자기 페리 근처에서 풍덩 소리가 들리더니, 리틀 이드가 장님 베니를 향해 헤엄쳐 왔다. 어찌나 빨리 헤엄치는지, 조니 와이즈퓰러가 근처에 있었다면 조니가 엿 됐을 것이다. 리틀 이드는 이유가 없는 한 헤엄을 잘 안 치긴 해도, 물에만 들어가면 금붕어 같은 사내였다.

그때는 장님 베니가 이미 세 번째로 가라앉은 뒤라 이드는 그를 건지

러 잠수해야 했다. 물에 빠진 사람은 세 번까지만 가라앉을 수 있다는
건 누구나 아는 사실이다. 실제로 리틀 이드가 옷깃을 움켜잡았을 때,
장님 베니는 게들이 사는 곳까지 가라앉아 있었다. 원래 리틀 이드는 장
님 베니의 머리카락을 잡을 생각이었는데, 베니한테 머리카락이 별로
많지 않다는 게 생각나 옷깃으로 타협을 본 것이었다.

이드는 덩치가 작다 보니 베니를 잡고 있기가 쉽지 않았다. 페리는 이
미 뉴욕 쪽 부두로 거의 다 간 데다, 아무도 승객 둘이 부족하다는 걸
못 알아차린 듯했다. 물론 뱃삯은 선불이니 페리 회사야 아무래도 상관
없었겠지만.

그러나 다행히 그때 예인선이 다가와 리틀 이드랑 장님 베니를 건졌
다. 그게 아니었으면 이드는 지금도 꼴깍거리는 장님 베니의 목덜미를
움켜쥐고 노스 강을 헤엄쳐 다녔을지 모른다.

도이젠베르크란 이름의 예인선 선장은 수염을 기른 친절한 영감으로,
그런 상황에 처한 두 사람을 몹시 딱하게 여겼다. 그래서 예인선으로 끌
어 올려 몸을 말리도록 2층 침대에 널어놓은 뒤, 리틀 이드랑 장님 베니
한테 진을 두어 잔 먹였다. 차라리 그냥 물에 빠져 죽을 걸 그랬다는 생
각이 안 드는 것도 아닌 그런 진이었다.

선장은 그 뒤 뉴욕 쪽 42번로에 그들을 내려놓았다. 물 먹은 데다 진
까지 더해서 장님 베니는 상태가 아주 안 좋았으므로, 리틀 이드는 그
를 택시에 태워 병원으로 데려갔다.

물을 빼낸 다음에도 진이 남아 있었던 탓에 그 뒤 며칠 동안 장님 베
니가 회복될 가능성은 거의 반반이었다. 메리 마블은 울고불고 하면서
어떻게 베니가 페리 끝으로 걸어가게 놔두고 어떻게 예인선의 진 같은
걸 마시게 둔 건지 이해가 안 된다고 이드를 원망했다. 이해가 안 되는

사람들은 그 밖에도 많았다. 진이 특히 이해가 안 됐다.

리틀 이드는 슬픈 얼굴로 계속 병원에 붙어 있었다. 그러다 장님 베니가 드디어 기운을 되찾자, 리틀 이드는 침대 곁에 앉아 이렇게 말했다.

"베니, 너한테 고백할 게 하나 있어. 그러고 나면 어디 다른 데로 가서 죽어 버릴 거야. 베니, 난 일부러 네가 강물에 빠지게 했던 거야. 내가 문의 고리를 풀고 널 불렀어. 네가 내 목소리를 따라와 배에서 떨어질 걸 알면서.

정말 미안하게 생각해. 그렇지만 베니, 지금까지 아무한테도 말 안 했지만 난 메리 마블을 사랑해. 심지어 메리 마블한테도 말 안 했어. 왜냐하면 그 여자는 널 사랑하고 너도 그 여자를 사랑하는 걸 아니까. 난 우리가 처음 만난 그날 밤부터 그 여자를 사랑했어. 이 사랑 때문에 난 머리가 이상해지고 말았어. 너만 없으면 메리 마블이 날 돌아볼 거라고, 날 사랑할 거라고 생각했어."

리틀 이드는 눈물을 뚝뚝 흘리며 말했다.

"그렇지만 네가 '잘 있어, 친구야'라고 하는 걸 들으니까 마음이 너무 아팠어. 네 뒤를 따라 물에 뛰어들지 않을 수 없었어. 이젠 너한테 사실을 밝혔으니 난 가서 머리나 쏴야겠어. 나 같은 거한테 총을 빌려 줄 사람이 있으면 말이지만."

그러자 장님 베니가 이렇게 말했다.

"친구야, 네가 날 강물에 빠지게 했다는 얘긴 별로 새로울 게 못 돼. 사실 난 물에 빠진 그 순간부터 그걸 알고 있었어. 내가 비록 앞이 안 보이긴 해도 떨어지면서 많은 걸 이해했거든. 네가 일부러 그랬다는 건 너무나도 분명했어. 마음만 있으면 네가 날 붙들 수 있을 위치에 있었다는 걸 난 알고 있었어.

물론 배 끝에 문이 있어야 한다는 것도 알고 있었어. 호보컨을 떠날 때 내가 문을 걸었으니까. 그러니 네가 일부러 고리를 푼 게 틀림없다는 것도 알 수 있었지. 뭔 이유인지는 몰라도 네가 날 죽이고 싶어 한다는 것도. 그렇지만 그 이유가 뭔지는 알 수 없었고, 네가 지금 말해 주지 않았으면 앞으로도 몰랐을 거야. 그래서 배를 탄 다른 사람들이 눈치챌까 봐 별로 소리를 안 지른 거야. 그냥 될 대로 되게 놔둘 생각이었어."

"맙소사, 이럴 수가. 정말이지 뭐라고 해야 할지 모르겠군, 베니. 네가 왜 불평 한마디 없이 가려고 했는지 이해가 안 돼."

리틀 이드가 말했다. 그러자 베니는 팔을 뻗어 리틀 이드의 손을 잡으며 대답했다.

"친구야, 난 널 좋아하니까. 내가 죽어서 너한테 좋은 게 있다면, 이유를 몰라도 난 기꺼이 죽을 수 있어. 다만 날 죽이는 방법으로 물에 빠뜨리는 것 말고 더 좋은 건 없었나 싶긴 해. 내가 물이라면 얼마나 질색하는지 알잖아. 그리고 메리 마블에 관해선 네가……"

그러나 리틀 이드는 장님 베니가 말을 마치도록 두지 않았다. 그는 중간에 끼어들어 이렇게 말했다.

"베니, 네가 날 위해 죽을 수 있다면 나도 널 위해 여자쯤은 포기할 수 있어. 특히 바로 어제 가족들한테 나랑 종교가 다른 여자랑 결혼하면 돈을 한 푼도 못 받을 줄 알라는 말을 들었으니 말이지. 난 약간 유대교거든. 그러니 메리 마블은 네가 가져. 내 축복을 줄 테니까. 어쩌면 결혼 선물도."

그 결과, 메리 마블은 장님 베니 부인이 됐으며 장님 베니는 꽤나 행복해 보인다. 다만 요새는 뭔 일이 일어나고 있는지에 대해 그가 듣는 설명이 리틀 이드랑 있었을 때보다 훨씬 짧다고 주장하는 사람들도 있다. 한편, 리틀 이드는 호보컨에서 형제들하고 모자 사업을 하고 있다. 이젠 장님 베니하고 안 보고 산다. 메리 마블이 아직도 진에 대해 그를 원망하고 있기 때문이다.

개인적으로 나는 이 문제에 있어 리틀 이드가 굉장한 자기희생을 했으며 물에 빠진 장님 베니를 구한 그는 대단한 영웅이라고 생각했다. 그래서 얼마 전 마꾼 리그레트한테 그렇게 말했다.

"그래, 아닌 게 아니라 굉장한 자기희생처럼 들리긴 하지. 게다가 리틀 이드도 영웅일지 모르고. 그렇지만 메리 마블처럼 못생긴 여자를 앞 못 보는 불쌍한 사내한테 떠넘겼다고 이드를 비난하는 사람들이 얼마나 많은 줄 알아?"

리그레트가 말했다.

브로드웨이의 금융업자
Broadway Financier

지난 25년간 브로드웨이에서 여자들이 거둔 성과 중 최고는 단연 실크란 여자가 거두었다. 그녀는 이즈라엘 입이란 은행가한테 무려 300만 하고도 100달러, 거기에 몇 센트까지 보태서 받았다.

이런 문제를 잘 아는 사람들 말로는, 그때까지 최고 기록은 1911년에 웬 러시아 공작한테 돈을 받아 낸 이르마 티크란 여자 것이었다고 한다. 그때만 해도 러시아 공작은 여자들한테 아주 쓸모 있는 존재였지만, 요새는 물론 쓸모가 비듬 수준이다. 어쨌든 어마 티크는 이 러시아 공작한테 대략 백만 달러쯤 받았다고 한다. 그 뒤, 그녀는 공작과 함께 런던으로 가서 한동안 신나게 즐기며 살았는데, 그러다 눈이 멀고 말았다. 그녀는 무지 타격을 받았다. 다른 여자들이 얼마나 부러워하는지 볼 수 없는데 다이아몬드니 검은담비 모피가 다 무슨 소용이란 말인가?

나는 윈터 가든에서 쇼걸로 일하던 시절의 어마 티크를 알고 있었다. 또 〈플로로도라〉 리바이벌 공연에 출연했던 메이지 미츠도 알고 있었다. 그녀는 싸구려 잡화점 체인을 소유한 사내한테 약 30만 달러를 받았다. 30만 달러는 결코 푼돈이 아니다. 그러나 메이지 미츠는 나중에 색소폰 연주자랑 눈이 맞아 달아나 결국 일주일에 15달러 버는 신세로 돌아가고 말았다.

그런가 하면 릭슨의 모델 클라라 시먼스는 월가 인간한테 생일 선물로 시내의 5층짜리 집과 롱아일랜드의 별장을 받았다. 비록 한 번도 만나 본 적은 없지만 아주 멍청한 사내가 틀림없다. 클라라 시먼스를 아는 사람이면 그녀가 선물로 향수 한 병을 받아도 기뻐할 여자라는 걸 알기 때문이다. 내가 알기로 클라라 시먼스는 지금도 시내의 집과 별장을 갖고 있을 것이다. 그렇지만 이젠 나이가 마흔 다 됐을 테니, 브로드웨이에선 당연히 아무도 그녀한테 관심이 없다.

그 밖에도 이런저런 성과를 거둔 여자들을 백 명은 아는데, 그중엔 아닌 게 아니라 꽤 괜찮은 성과도 있긴 하지만 실크가 이즈라엘 입한테 거둔 걸 따라올 순 없다. 이게 더욱 놀라운 건, 실크가 처음엔 은행가들에 대해 아주 안 좋은 편견을 갖고 있었기 때문이다. 나도 은행가들을 별로 좋아하는 건 아니고 아주 몰인정한 인간들이라고 생각하지만, 그렇다고 안 좋은 편견을 갖고 있진 않다. 오히려 은행가는 우리한테 아주 필요한 존재라고 생각한다. 그들이 없으면 누가 수표 지급을 보증해 주겠느냐 이 말이다.

이즈라엘 입을 만나기 한참 전에, 실크는 나한테 자기가 왜 은행가들에 대해 안 좋은 편견을 갖고 있는지 설명한 적이 있다. 당시 그녀는 53번로에 있는 조니 오클리네 클럽에서 일하는 코러스 걸에 불과했는데,

일이 끝나면 민디네에 들르곤 했다. 그때가 대략 새벽 4시쯤이었다.

그 시간이면 민디네엔 크랩스 게임 등등을 끝내고 둘러앉아 쉬는 사람들이 많다. 또 주변 다른 업소들의 코러스 걸이며 호스티스 등도 집에 가기 전에 간단히 요기를 하러 들르곤 한다. 대개는 여전히 화장을 한 상태고 무척 지쳐 있다.

그러다 보면 당연히 여자들은 둘러앉은 사람들을 알게 되고 인사도 주고받게 된다. 그러다 사람들이 자바 커피라든지 데니시 페이스트리 또는 스크램블드에그를 사 주면 고맙게 먹기도 한다. 아주 기분 좋고 아무 해 없는 관계. 크랩스 게임에서 주사위를 던지느라 녹초가 된 사람이 피곤한 코러스 걸이나 호스티스 때문에, 특히 호스티스 때문에 혈압 올릴 일은 없기 때문이다.

어쨌든 어느 날 아침, 실크가 내 테이블에 앉아 자바 커피와 애플파이를 게걸스럽게 먹고 있는데, 그리스 인이 아주 피곤한 얼굴로 들어왔다. 그리스 인은 널리 이름이 통하는 큰손이다. 그는 내 옆 의자에 털썩 주저앉아 양파 슬라이스를 곁들인 비스마르크 풍 절인 청어를 시켰다. 기운을 내는 데는 그게 최고라고 한다. 그러더니 그리스 인은 스물네 시간 연속으로 뱅크를 하다 왔다고 말했다. 그러자 곧바로 실크가 이렇게 말하는 것이었다.

"난 은행이 싫어요. 은행가라면 더 질색이고요. 은행가만 아니었으면 일주일에 30달러 벌자고 코딱지만 하고 지저분한 조니 오클리네 클럽에서 노예처럼 일하고 있지 않았을 거라고요. 어쩌면 엄마도 안 돌아가시고, 나도 47번로의 싸구려 하숙집 대신 우리 집에서 엄마랑 살고 있었을지 모르죠.

우리 엄마는 날 학교에 보내려고 마룻바닥 닦는 일을 해서 300달러를 모았거든요. 엄마가 일하러 다니는 건물의 한 은행가가 자기네 은행에 돈을 넣으라고 했어요. 그런데 그 은행이 망한 거예요. 엄마는 너무너무 충격을 받아 그 때문에 돌아가시고 말았어요. 난 그때 꼬맹이였지만, 망한 은행 앞에 엄마랑 서 있던 게 생각나요. 엄마는 철철 울고 있었어요."

개인적으로 조니 오클리네 클럽을 깐 건 불필요하다는 생각이 들었다. 그곳은 결코 코딱지만 하지 않기 때문이다. 어쨌든 나는 실크한테 그리스 인이 말한 건 돈 저금하는 은행이 아니라 파로 뱅크며, 돈 저금하는 은행은 돈집이지 은행이 아니고 파로 뱅크는 돈 내기 게임이라고 설명했다. 실크한테 이런 설명을 해준 건, 모두들 늘 그녀한테 여러 가지를 설명해 주기 때문이다.

다들 실크가 똑똑해지기를 바라는 것이다. 특히 민디네에 죽치고 있는 우리는 누구나 그런 마음을 갖고 있었다. 그녀가 고아인 데다 한 번도 학교에 못 다녀 봤기 때문이다. 실크가 민디네에 처음 들어온 순간부터 우리는 그녀를 아꼈던 터라, 그녀가 보통 여자들처럼 멍청하게 크는 걸 원하지 않았다.

당시 실크는 나이는 아마 열일곱 살쯤, 몸무게는 쫄딱 젖었을 때 40킬로그램쯤 됐을 테고, 몸매는 사내애 같았다. 부드러운 갈색 머리에, 갈색 눈은 얼굴에 비해 너무 커 보였으며, 상대방을 똑바로 쳐다보며 사내 대 사내로 이야기하듯 말했다. 실크가 여자다운 부분보다 남자다운 부분이 더 많다는 게 내 주장이었는데, 나중엔 실크 자신도 자기가 남자 같다고 생각했다. 아마 같은 여자들보다는 남자들과 더 자주 어울린 데다, 사물을 바라보는 시각이 대체로 남자 같았기 때문일 것이다.

그녀는 이른 아침 민디네에 앉아 다른 사람들과 수다 떠는 걸 좋아했다. 자기가 말하는 것보다는 남들 이야기를 듣는 걸 좋아해서, 경마랑 야구랑 권투, 크랩스 게임이며 좋았던 옛 시절 등등 온갖 이야기를 즐겨 듣곤 했다. 이따금 질문을 할 때를 빼면 끼어드는 일은 거의 없다. 자기가 떠들지 않고 남의 말을 잘 들어 주는 여자는 당연히 사람들이 좋아하게 마련이다. 말 많은 여자처럼 사람들이 혐오하는 게 없다.

그 때문에 실크의 교육에 관심을 갖는 사람들이 많았다. 마꾼 리그레트도 그중 한 사람으로서, 실크한테 얼간이를 구슬려 인기 있는 말에 걸게 하는 법을 설명해 주었다. 그렇지만 개인적으로 나는 이제 막 세상에 나온 젊은 아가씨한테 그런 지식이 무슨 소용이 있다는 건지 모르겠다. 크랩스 노름꾼 빅 니그가 어느 날 밤 크랩스 게임에서 주사위를 바꿔치기하는 법을 가르쳐 줬는데, 실크한테 소용없는 걸로 따지자면 둘이 막상막하다.

그런가 하면 왕년에 배를 탔던 도박꾼 중에서도 최고로 여겨지는 독다로도 있었다. 그는 대서양을 오가며 브리지며 포커 등등에서 다른 승객들한테 돈을 따는 선수였는데, 류머티즘이 너무 심해져 카드를 섞을 수 없게 됐다. 카드를 섞을 수 없으면 물론 독 다로가 그 이상 게임을 할 필요가 없다.

독 다로는 실크한테 늘 사내들은 나쁜 놈들이라고 가르치면서 그들이 무슨 짓을 하려 들지를 설명하곤 했다. 독도 한창 때는 여자들한테 똑같은 짓을 했기 때문이다. 브로드웨이에서 분투하는 젊은 여자는 그쪽 교육이 필요하다는 게 독의 생각이었다. 그렇지만 실크는 나한테 몰래 말하길, 독이 이야기하는 그런 건 이미 다섯 살 때 깨우쳤다고 했다.

내 생각에 실크한테 가장 큰 도움이 되는 사내는 D 교수라는 이름의 영감이었다. 그는 경마 결과를 예상하느라 바쁘지 않을 때는 늘 책을 읽고 있었다. 그 때문에 약간 제정신이 아닌 걸로 여겨지긴 했지만, 마군이 되기 전 오하이오의 어느 대학에서 가르치던 시절에 책 읽는 버릇이 든 모양이다. 어쨌든 D 교수가 실크한테 읽을 책을 빌려 주면 실크는 그 책을 읽고 그에 대해 교수랑 이야기했다. 교수는 몹시 흐뭇해했다.

"똑똑한 아가씨야. 게다가 영혼도 있고."

어느 날 교수가 나한테 말했다.

"글쎄, 빅 니그 말로는 그 애가 자기가 본 누구 못지않게 주사위를 잘 다룬다던데."

나는 말했다.

그렇지만 교수는 그저 "그러시겠지"라고만 했다. 날 별로 상대할 가치가 없는 인간으로 생각한다는 걸 알 수 있었다. 나도 남들 못지않게 실크의 교육에 관심이 있는데 말이다.

어쨌거나 어느 날 밤, 조니 오클리네에서 고정으로 노래를 부르는 머틀 마리골드란 여자가 열두 살 먹은 아들한테서 홍역이 옮고 말았다. 손님을 불러들여 놓고 홍역까지 주지 않아도 이미 손님 모으기에 애먹고 있던 조니는 당장 머틀 마리골드를 내쫓았다.

그리고 나니 손님들한테 〈스태커 리〉를 부를 사람이 없었다. 머틀 마리골드가 손님들을 열광하게 하던 곡이 〈스태커 리〉였다. 그래서 조니는 코러스를 둘러보다가 결국 실크한테 〈스태커 리〉를 부를 수 있느냐고 물었다. 〈스태커 리〉를 감상적인 자장가라고 생각한 실크는 고전적인 명곡을 부르겠다고 했고, 노래가 절실하게 필요한 조니는 그러라고 했다. 실크가 부른 건 〈애니 로리〉란 아주 옛날 노래였다. 그녀가 자기 엄마한테 배운 이 노래를 어찌나 우렁차게 불렀는지, 가게 곳곳에서 사람들이 흐느껴 우는 소리가 들려왔다.

물론 누가 자세히 살펴보기만 했다면 흐느껴 우는 게 D 교수와 빅 니그와 그리스 인이란 걸 알 수 있었을 것이다. 때마침 그곳에 있던 그들은 실크가 노래를 한다는 데 감격해서 흐느껴 운 것이었지만, 조니 오클리는 그녀가 크게 히트를 쳤다고 생각해 그 뒤로도 계속 그녀가 〈애니 로리〉를 부르게 했다. 그러던 어느 날 밤, 연예 에이전트인 해리 피츠가 들렀다가 그녀의 노래를 듣고 지그펠드한테 참신한 스타일의 여자를 발견했다고 알렸다.

지기는 당장 실크와 폴리스 출연 계약을 맺었다. 그만큼 해리 피츠의 판단을 신뢰했던 것이나, 실크의 노래를 듣고는 다른 거 뭐 할 줄 아는 거 없느냐고 물었다. 춤을 출 수 있다는 걸 알고 그는 크게 안도했다.

그렇게 해서 실크는 〈지그펠드 폴리스〉의 댄서가 됐다. 첫 무대에서 그녀는 연극 비평가들한테 일대 센세이션을 불러일으켰다. 옷을 다 입고 춤춘 게 대단히 참신하다고 호평이었다. 민디네 손님들은 돈을 모아 실크한테 택시 한 대 가득히 양란과 꽃무늬 베개를 보냈고, D 교수는 『역사 개론』이란 책을 보냈다. 이 거리에 실크만큼 행복한 여자가 없었다.

1년이 지났다. 폴리스에 1년간 출연하면서 실크는 몰라보게 변했다. 내가 보기엔 살이 붙어서 여기저기, 여자라면 나올 법한 곳이 나오고 얼굴 크기가 눈 크기에 좀 더 걸맞게 된 걸 제외하면 외모는 별로 많이 달라진 것 같지 않았다. 그렇지만 사람들은 다들 그녀가 아름다워졌다고 주장했다. 그녀의 사진이 늘 신문을 장식했고, 그녀를 쫓아다니면서 꽃도 보내고 이것저것 보내는 사내들이 수십 명에 달했다.

그중 한 사내가 보석을 보내기 시작했다. 실크는 그때마다 주얼리 조한테 봐달라고 민디네로 들고 왔다. 브로드웨이에서 오랫동안 보석 행상을 다닌 주얼리 조는 척 보면 보석의 값어치를 알 수 있는 사내이다.

주얼리 조가 보기에 실크가 들고 오는 보석들은 싸구려였으므로, 그는 당연히 이딴 것밖에 못 주는 사내는 이제 상대하지 말라고 조언해 주었다. 그런데 어느 날 새벽, 그녀가 비누만 한 에메랄드 반지를 들고 나타났다. 주얼리 조는 에메랄드를 보자마자 누가 줬는지 몰라도 심각하게 고려해 볼 가치가 있는 사람이라고 했다.

알고 보니 에메랄드를 준 사람은 로어 이스트사이드의 브리지스 은행을 소유한 은행가 이즈라엘 입이었다. 실크가 그를 알게 된 경위가 또 유별나다. 둘 사이에 다리를 놓아 준 건 시메온 슬로츠키란 젊은 사내로, 이즈라엘 입의 돈집 금전 출납원인 그는 어느 날 밤 폴리스에서 춤추는 실크를 보고 뿅 가고 말았다.

처음에 실크한테 보석을 보낸 게 바로 시메온 슬로츠키였다. 그는 돈집에서 가끔 작은 돈을 슬쩍해서 보석을 산 것이었다. 자기 돈이 아니니 이건 물론 아주 부정한 일이었다. 이윽고 돈집에서 알아차리는 바람에 이즈라엘 입은 그를 감방에 처넣으려 했다.

감방에 처넣어지긴 싫은데 어쩌면 좋을지 알 수 없었던 시메온 슬로츠키는 글쎄, 실크를 찾아와 상황을 설명하고 자기가 부정한 짓을 저지른 건 그녀한테 푹 빠져 있었기 때문이라고 했다. 실크는 그를 거들떠보지도 않았고 사실 두 마디 이상 말한 적도 없었는데 말이다.

그는 자기가 로어 이스트사이드의 나이 많고 점잖은 부모의 아들인데 자기가 감방에 처넣어지면 그들이, 특히 엄마가 슬퍼하실 거라고 말했다. 그렇지만 이즈라엘 입은 누가 자기 돈집에서 돈을 슬쩍하는 걸 아주 싫어해서 시메온을 감방으로 보낸다는 뜻을 굽히려 들지 않았다. 시메온의 엄마는 눈물로 마음을 돌리려고 이즈라엘 입의 조끼에 대고 엉엉 울었지만, 이즈라엘 입은 아주 몰인정한 사내라 들은 척도 하지 않았을 뿐 아니라 시메온 엄마의 눈물에 조끼가 얼룩졌다고 몹시 화를 냈다. 그러니 실크가 어떻게든 해주지 않으면 자기는 감방에 가게 생겼다고 시메온이 말했다.

젊고 인정 많던 실크는 시메온 슬로츠키가 그저 완벽한 멍청이일 뿐이라는 걸 알 수 있었던 터라 그가 딱해졌다. 그녀는 앉아서 대단히 중요한 용건이 있으니 그날 밤 폴리스의 분장실로 와달라고 이즈라엘 입한테 편지를 썼다. 실크는 물론 은행가한테 그런 편지를 쓰는 게 부적절하다는 걸 알지 못했다. 그리스 인의 계산으로는 은행가가 그런 편지에 신경 쓸 확률은 1000분의 1이었다. 변호사한테 알린다면 또 몰라도.

그렇지만 이즈라엘 입은 편지에 무척 흥미를 느낀 모양이었다. 그는 여자들이 정말 그렇게 옷을 조금만 입고 있는지가 궁금해 내심 폴리스의 분장실을 구경하고 싶은 마음이 늘 있었다. 그래서 그날로 나타났고, 5분 만에 실크는 시메온 슬로츠키 문제를 해결했다. 이즈라엘 입은 자기가 다 알아서 처리하고 시메온을 서부에 있는 돈집으로 보내겠다고 했다.

다음 날 시메온 슬로츠키가 찾아와 실크한테 고마움을 표하고 한참 떠든 뒤, 그녀의 사인이 든 사진을 얻었다. 아들내미를 구해 준 아가씨를 늘 잊지 않도록 이스트엔드의 자기 엄마한테 사진을 줘서 벽에 붙여 놓게 할 것이라고 했다. 그러고 시메온 슬로츠키는 떠났고, 내가 알기로 그 뒤 아주 정직하고 쓸모가 많은 시민이 됐다고 한다. 그로부터 48시간 뒤 실크는 이즈라엘 입이 준 에메랄드 반지를 끼고 있었다.

이즈라엘 입이란 이 인물은 브로드웨이 사람이 전혀 아니었으며, 실크한테 에메랄드 반지를 보내면서 혜성처럼 등장하기 전까지는 그의 이름을 들어 본 사람이 거의 없었다. 실제로 이즈라엘 입은 실크를 만나러

가기 전까지는 돈집을 굴려 돈을 잔뜩 버는 것밖에 모르는 조용하고 근면한 사내였던 모양이다.

당시 나이는 마흔 남짓, 몸집은 작고 뚱뚱했으며, 뽈록 튀어나온 배에 흰 조끼를 입고 그 위로 검은 리본에 묶은 금테 안경을 걸고 다녔다. 코는 큼직하고 어떻게 봐도 진흙 담장만큼이나 못생겼지만, 그가 은행업계에서 유망한 인재라는 건 모두가 아는 사실이었다.

그렇게 생긴 사내를 심각하게 생각할 수 없는 것도 당연한 일이라 실크는 이즈라엘 입을 늘 농담처럼 말했지만, 그러면서도 매일 새벽 팔찌며 반지며 브로치 같은 전리품을 들고 민디네에 나타났다. 급기야 주얼리 조는 그런 물건을 보낼 수 있는 사내는 농담거리가 아니라고 실크한테 아주 엄격히 타이르기에 이르렀다.

이즈라엘 입이 그녀한테 미쳤다는 건 의심할 여지가 없었다. 그런 똑똑한 사내가 그런 상황에 말려들었다는 게 개인적으로는 아주 슬펐지만, 생각해 보면 이즈라엘 입보다 만 배는 더 똑똑한 사내들도 그런 식으로 말려들었으니 공평한 일이다.

어쨌든 결과적으로 실크는 이즈라엘 입을 조금 심각하게 고려하기 시작하더니, 눈 깜짝할 새에 폴리스를 그만두고 파크 애비뉴의 큰 아파트로 이사해 제복 차림의 운전기사가 모는 커다란 차를 타고 다녔다. 옷장에는 에스키모 한 부족을 입히고도 남을 만큼의 모피 코트가 들어 있었다. 그중엔 이즈라엘 입의 재산을 3만 달러 깎아 먹은 친칠라 코트도 있었다.

게다가 알고 보니 아파트가 그녀 명의라는 게 아닌가. 얼마 전까지 브로드웨이에 있던 여자가, 빨간딱지라면 또 모를까, 자기 명의로 된 뭔가를 가질 만큼 똑똑할 수 있다는 건 생각도 못했기 때문에 일부 사람들은 크게 놀랐다. 그렇지만 D 교수는 전에 실크한테 『자산의 중요성』이란 책을 읽게 했다면서 자기는 놀라지 않았다고 했다.

그 무렵엔 실크를 별로 만나지 못했지만, 이따금 그녀가 자기 명의로 된 아파트며 상가 건물을 받았다는 소문이 들려오곤 했다. 민디네에 모이는 사람들은 자신들의 교육이 결코 헛되지 않았다며 무척 흡족해했다. 급기야 실크는 유럽으로 건너가 2년 가까이 파리를 비롯해 여기저기서 살았다. 그녀가 유럽에서 안 돌아오는 건 이즈라엘 입이 유부남이라는 걸 알았기 때문이라고 하는 사람들도 있었지만, 개인적으로 난 실크가 처음부터 알고 있었다고 생각한다. 이즈라엘 입이 결혼했다는 건 전혀 비밀이 아니기 때문이다. 실제로 이즈라엘 입은 매우 유부남이었으며, 그의 사랑해 마지않는 아내는 돈 많은 집안의 늙고 크고 뚱뚱한 딸이었다.

어쩌면 실크는 이즈라엘 입이 보기 싫어서 외국에서 안 돌아오는 건지도 모른다 싶었다. 그러면 1년에 두세 번, 이즈라엘 입이 구실을 찾아내 그녀를 만나러 올 때만 보면 그만이다. 그러다 어느 해 겨울, 실크가 돌아온다는 소식이 들려왔다. 1939년 겨울, 상황이 아주 안 좋을 때였다.

크리스마스가 얼마 안 남은 어느 날 오전 11시쯤, 실크는 기선에서 내렸다. 이즈라엘 입이 부두에 마중 나와 있을 거라고 기대했던 모양인데, 이즈라엘 입도 없었고 이즈라엘 입이 왜 없는지를 설명해 주는 사람도 없었다.

실크의 짐이 백화점 하나를 채우고도 남을 만큼 많은 탓에 일부가 세관에 억류된 듯했다. 그녀는 이즈라엘 입이 이 문제를 처리하게 하려고 택시를 잡아 이즈라엘 입의 돈집으로 가자고 했다. 잠깐 들러 이즈라엘 입한테 지시를 내리고, 그 김에 마중을 안 나왔다고 들볶을 생각이었다.

실크는 그때까지 이즈라엘 입의 돈집에 가본 적이 없었다. 이즈라엘 입의 돈집이 있는 로어 이스트사이드 주위는 많은 시민들이 수염을 길게 길렀고 영어를 몇 마디 못하는 데다 늘 청어 냄새가 풍기는 곳이다. 이즈라엘 입의 돈집이 위치한 길모퉁이에 이르러 그녀는 무척 놀라고 또 불쾌해했다.

게다가 뜻밖에도 돈집 앞에 아주 많은 사람들이 모여 있었다. 수염들과 머리에 숄을 쓴 늙은 여자들, 다양한 크기와 모양새의 애들이었다. 모두들 무척 흥분해선 웅얼웅얼 신음하고 있었다. 그중에서도 돈집 옆 옆옆의 작은 가게 문간에 선 늙은 여자가 특히 요란했다.

실제로 이 여자는 딴 사람들을 다 합한 것보다도 더 요란하게 신음하면서 이따금 목청을 높여 매우 사납게 들리는 낯선 말로 소리를 지르곤 했다.

실크가 탄 택시가 사람들에 가로막혀 나아가지 못하고 있으려니, 순경이 다가와 다른 길로 돌아가는 게 나을 거라고 말했다. 실크는 순경한테 이 사람들은 왜 집에서 따뜻하게 있지 않고 길바닥에서 이렇게 난리를 치고 있느냐고 물었다. 그날 공기는 금발 여자의 가슴보다도 찼고 사방이 얼어붙어 있었다.

"저런, 못 들었습니까? 오늘 아침 이 돈집이 망해서 이 돈집을 굴리는 이즈라엘 입이 '무덤'에 갇혔거든요. 이 사람들은 여기 돈집에 자기 돈을 넣어 놨기 때문에 불안한 거죠. 실제로 저기 가게 앞에서 악쓰는 할머니를 포함해서 평생 모은 돈이 저기 들어 있던 사람들도 있는데, 가진 돈을 다 날리게 된 거 아닙니까. 참 슬픈 일이에요. 정말 찢어지게 가난한 사람들인데."

순경이 말했다.

그러더니 그는 눈물을 글썽이며 한 수염 난 영감의 머리를 곤봉으로 때렸다. 영감이 하도 시끄럽게 끙끙거려 자기 말소리가 안 들릴 것 같아서였다.

실크로서는 당연히 생각지도 못했던 이야기였다. 이즈라엘 입한테 짐을 세관에서 꺼내 오게 할 수 없게 된 건 아주 짜증났지만, 실크는 택시 운전사한테 당장 여기를 벗어나 파크 애비뉴의 자기 아파트로 가자고 했다. 그러고는 저녁 신문 초판을 사 오게 시켜, 불쌍한 사람들 코앞에서 돈집이 망하게 하다니 이즈라엘 입은 아주 망할 놈이라는 기사들을 빠짐없이 찾아 읽었다.

이즈라엘 입이 무덤에 들어간 건 돈집이 망하는 과정에서 누가 불법적인 부분을 발견했기 때문인 듯했다. 하지만 은행가인 이즈라엘 입이 무덤에 오래 있을 것이라고 생각하는 사람은 아무도 없었다. 실제로 그를 그곳으로 보낸 사람들은 나중에 고생 좀 할 거라는 말이 이미 나돌고 있었다. 시설이 결코 일류라 할 수 없는 무덤으로 은행가를 보내는 건 아주 무례한 일이라고 여겨지기 때문이다.

한 신문에, 돈집이 망했으며 이즈라엘 입이 무덤으로 보내졌다는 소식이 들리자마자 이즈라엘 입의 사랑해 마지않는 아내가 내뺐다는 기사가 있었다. 그녀는 이즈라엘 입이 알아서 곤경을 벗어나야 할 것이며 자기는 동전 한 푼 보태 줄 생각이 없다고 말했다고 한다. 그러면서 이즈라엘 입이 이런 상황에 처하게 된 건 돈집의 돈을 어떤 여자한테 죄 써버렸기 때문이란 뜻을 강력히 내비쳤다고 한다.

기사에 따르면 이즈라엘 입의 아내는 자기 가족한테 돌아갈 모양이었다. 기자는 최소한 이즈라엘 입한테는 잘된 일이라고 생각하는 듯했다.

이튿날 아침 신문에는 이즈라엘 입이 돈집의 돈을 여자한테 죄 써버렸다는 게 기정사실처럼 다뤄져 있었다. 아침 신문을 읽었다면 실크는 이즈라엘 입의 돈집에 가는 걸 다시 생각했을 것이다. 그녀가 실명으로 거론되고 폴리스 시절의 사진이 큼지막하게 실려 있었다.

그러나 이튿날 아침 9시, 실크는 택시를 타고 브리지스 은행 앞에 있었다. 뭔가 대단한 생각으로 머릿속이 꽉 찬 듯했다. 이 생각이 뭔지는 나중에야 밝혀졌다.

돈집 앞에는 이미 많은 사람들이 모여 있었다. 로어 이스트사이드에 살고 수염을 기르고 숄을 쓴 사람들한테 돈집이 망하는 것 같은 문제를 이해시키기란 언제 어느 때나 아주 어려운 일이다. 그들은 통장을 들고 나와 망한 돈집 앞을 며칠씩 얼쩡거리기 일쑤다. 그 돈은 영영 날아갔으니 그만 집에 가서 또 돈을 모으기 시작하라고 설득하는 데 일주일씩 걸리기도 한다.

전날만큼은 아니었지만 웅얼웅얼 신음 소리가 여전히 요란했다. 이따금 작은 가게에서 할머니가 뛰쳐나와 문간에 서서는 망한 돈집을 향해 주먹을 흔들며 낯선 말로 악을 쓰곤 했다. 키가 작고 기름독에 빠지기라도 한 듯 보이는 데다 뻣뻣한 수염을 기르고 낡은 검정 중산모를 폭 눌러쓴 사내가 아침 신문을 펴 들고 서서, 주위를 둘러싸고 선 사내들한테 이 사태에 대한 기사를 읽어 주고 있었다.

경찰이라곤 달랑 한 명이 길을 오르내리고 있었는데, 알고 보니 전날 실크와 이야기했던 순경이었다. 그는 실크를 기억하는 듯, 그녀가 택시에서 내리자 다가왔다. 많은 사람들이 웅얼거리기를 그치고 그녀를 쳐다보았다. 그 근처에서 그렇게 생긴 여자를 볼 일이 거의 없기 때문이다.

순경이 실크한테 인사를 하는데, 신문을 읽어 주던 사내가 그녀한테 눈길을 주더니 이번에는 눈앞에 있는 그녀의 사진을 쳐다보았다. 그러고는 사진과 실크를 가리키며 주위 사내들한테 빠른 말투로 지껄이기 시작했다. 비슷한 무렵, 이즈라엘 입의 돈집을 향해 주먹을 흔들러 또다시 뛰쳐나온 할머니가 그 말을 듣더니 신문을 든 사내한테 다가갔다.

할머니는 얼마 동안 사내의 말을 들으며 어깨 너머로 사진을 들여다 보고 실크를 자세히 살펴보더니, 느닷없이 몸을 놀려 가게로 도로 들어 갔다.

그곳에 있던 모든 숄과 수염이 실크와 순경을 에워싸기 시작했다. 그들의 표정만 봐도 그들이 매우 성이 났으며 실크한테 성난 것이라는 게 분명했다. 그녀가 아침 신문에 실린 사진의 여자고, 따라서 이즈라엘 입의 돈집이 망하게 한 장본인이라는 걸 짐작한 것이다.

그렇지만 물론 순경은 그들이 실크한테 성났다는 걸 몰랐던 터라, 경찰이 누구랑 이야기하는 걸 보고 호기심에서 몰려드는 것이라고만 생각했다. 젊은 순경은 당연히 실크처럼 생긴 여자랑 이야기하는데 주위에 청중이 있는 걸 원하지 않았다. 대다수가 영어를 모르는 사람들이었어도 그건 마찬가지였다. 그래서 사람들이 슬금슬금 다가서자 머리 몇 개를 후려치려고 곤봉을 들었다.

바로 그때 벽돌 반 토막이 날아와 그의 오른쪽 귀 밑을 때렸다. 그가 맥없이 휘청거리는 순간, 숄들과 수염들이 실크한테 덤벼들었다. 처음엔 한 백 명쯤 있는가 싶더니 사방에서 점점 더 많은 숄과 수염이 모여들었다. 다들 악을 쓰고 비명을 지르며 실크를 때리고 손톱으로 할퀴었다.

그녀는 두세 번 쓰러졌다. 여러 숄과 수염이 길바닥에 쓰러진 그녀를 짓밟아 여기저기서 피가 났다. 어쩌면 흥분한 그들의 손에 꼼짝 없이 죽었을지 모른다. 그런데 그때, 돈집 근처의 작은 가게 할머니가 느닷없이 대걸레 자루를 들고 뛰쳐나와 숄들과 수염들의 머리를 마구 후려치기 시작했다.

할머니는 제법 그럴싸하게 박자 맞춰 머리들을 때려 심지어 몇몇 숄과 수염을 때려눕히기까지 했다. 그렇게 해서 사람들을 헤치고 실크에게 다가간 할머니는 그녀를 붙들어 가게 안으로 끌고 들어갔다. 때마침 경찰과 구급차가 도착했다.

벽돌을 맞고 여전히 휘청거리고 있던 젊은 순경은 나무에서 새들이 노래한다고 말했지만, 물론 이 계절에 새들이 있을 리 없는 데다 나무는 한 그루도 없었다. 숄과 수염 대여섯 명이 인도에 주저앉아 머리를 문지르고 있고, 여기저기서 사람들이 문간으로 뛰어들었다. 좌우지간 아주 난장판이었다.

구급차는 실크와 몇몇 숄과 수염을 병원으로 데려갔다. 두어 시간 후, 병원으로 찾아온 D 교수와 독 다로는 여기저기 깁스를 하고 누운 실크를 발견했다. 그렇지만 다행히 생명이 위태로운 건 아니라고 했다. D 교수와 독 다로는 당연히 그녀가 뭐 하러 이즈라엘 입의 돈집에 갔는지 알고 싶어 했다. 실크는 이렇게 말했다.

"제가 이즈라엘 입의 돈을 다 갖는 바람에 그 불쌍한 사람들이 무슨 일을 당하게 됐는지 생각하니까 간밤에 잠이 안 오지 뭐예요. 물론 전 그게 나쁜 돈이라는 걸 모르고 받은 거지만요. 이즈라엘 입이 그 불쌍한 사람들 돈을 빼앗은 거라는 걸 전 몰랐어요. 그렇지만 어제 아침 돈집 앞에 모여 있는 그 사람들을 보니까, 돈집이 망했을 때 가엾은 우리 엄마가 어떻게 됐는지가 생각나는 거예요. 날 데리고 망한 돈집 앞에 서서 엉엉 울던 엄마가 보이는 것 같아서 마음이 아주 무거웠어요. 그러다 보니까 이즈라엘 입의 돈집에 돈을 넣어 놨던 불쌍한 사람들한테 돈을 되찾게 될 거라는 걸 내가 맨 먼저 알려 줄 수 있으면 참 좋겠다는 생각

228

이······."

"아니, 잠깐. 그게 무슨 소리지? 돈을 되찾을 거라고?"

독 다로가 말했다.

"그럼요. 어젯밤 골드스타인 판사랑 의논해 봤거든요. 제 변호사인데 아주 좋은 사람이고 꽤 정직하기도 해요. 골드스타인 판사 말로는, 양도성 증권이랑 부동산이랑 보석이랑 다 합치면 제가 가진 게 대략 300만 하고도 100달러, 거기에 몇 센트쯤 될 거예요.

골드스타인 판사는 그 돈이면 이즈라엘 입의 돈집에 예금했던 모든 사람들한테 돈을 돌려주고 남을 거라고 했어요. 사실 제가 가진 게 아마 돈집에 있던 예금의 대부분일 거래요. 그래서 전 골드스타인 판사한테 제가 가진 걸 전부 넘기는 서류에 서명했어요. 제가 원한다면 아무도 제 돈을 빼앗을 수 없을 거라고 골드스타인 판사가 가르쳐 주긴 했지만요.

그 불쌍한 사람들이 돈을 되찾게 됐다고 생각하니까, 골드스타인 판사가 그걸 발표할 때까지 못 기다리겠더라고요. 제가 직접 사람들한테 알리고 싶었어요. 그렇지만 입을 열기도 전에 그 사람들이 저한테 덤벼들어서 두들겨 팬 거예요. 대걸레 자루를 든 할머니가 아니었으면 아마 당신들이 돈을 모아서 절 묻어 줘야 했을 거예요. 전 이제 절 묻을 돈도 없거든요."

실크가 말했다.

이야기는 이걸로 끝이다. 브리지스 은행은 돈을 싹 다 갚았고, 뿐만 아니라 이즈라엘 입이 다시 그걸 굴리고 있다고 한다. 그냥 굴리는 정도가 아니라 실적도 좋고, 그의 사랑해 마지않는 아내도 돌아와 둘이 아주 잘 지내고 있는 모양이다.

실크는 브로드웨이로 돌아왔다. 저번에 봤을 때, 그녀는 호텔 쪽 일을 한다는 아주 행실 바른 청년이랑 사랑에 빠져 있었다. 별로 똑똑한 젊은이 같지는 않았지만 그에겐 젊음이 있다. 실크는 이즈라엘 입의 돈집이 망한 게 자기 인생에서 가장 큰 행운이라고 했다.

그렇지만 실크의 가장 큰 행운이 따로 있다는 건 모두가 안다. 그건 로어 이스트사이드의 할머니가 이즈라엘 입의 돈집 근처에 있는 작은 가게 벽에 붙여 놓은 사진 속 여자, 일찍이 자기 아들 시메온 슬로츠키가 감방에 들어갈 뻔한 걸 구해 준 여자가 그녀라는 걸 알아본 것이었다.

꼬마 숙녀 차용증
Little Miss Marker

어느 날 저녁 7시 좀 전, 많은 시민들이 브로드웨이의 민디네 레스토랑 앞에 서서 이 이야기 저 이야기, 특히 오후에 경마에서 얼마나 재수가 없었는지를 이야기하는데, 소로풀('서글픈')이란 이름의 사내가 다가왔다. 오른손 엄지에 조그만 여자애를 달고 있었다.

이 사내가 소로풀이라 불리는 건 그가 무슨 일에든 늘 청승맞은 표정을 짓기 때문이다. 특히 누가 자기한테 돈을 꾸려고 할 때 자기가 얼마나 힘든지 설명하는 표정만큼 청승맞은 게 없었다. 소로풀한테 돈을 꾸려다가 그가 얼마나 힘든지 이야기를 듣고도 2분 내로 울음을 터뜨리지 않는 인간은 아주 몰인정한 놈이 틀림없다.

마꾼 리그레트가 말하기로, 한번은 소로풀한테 10달러를 꾸려고 했는데 소로풀한테 그가 얼마나 힘든지 설명을 듣고 나니 어찌나 불쌍한

지 나가서 딴 사람한테 10달러를 빌려다가 소로풀한테 줬다고 한다. 소로풀이 어딘가에 한재산 숨겨 놨다는 건 모두가 아는 사실인데도 말이다.

그는 키 크고 빼빼 마른 몸집에, 길고 슬프고 비열해 보이는 상판, 구슬픈 목소리를 갖고 있다. 나이는 예순에서 한두 살 왔다 갔다 할 테고, 내가 그를 처음 알았을 때부터 49번로의 중국집 옆에서 마권 장사를 하고 있었다.

언제 봐도 그는 대체로 혼자 있었다. 혼자 있으면 돈이 안 들기 때문이다. 그러니 그가 어린 여자애를 데리고 브로드웨이를 걷는 광경을 보고 다들 무척 놀랐다.

다들 이게 대체 어떻게 된 일이냐고 웅성거렸다. 소로풀한테 가족이나 친척, 심지어 친구가 있다는 말도 들어 본 적이 없기 때문이다.

아주 어린 여자애였다. 머리 꼭대기가 소로풀의 무릎에 겨우 다다를 정도였다. 물론 소로풀의 무릎이 아주 높은 데 있긴 하다. 게다가 아주 예쁘기까지 했다. 커다란 눈은 파란색이고, 포동포동한 볼은 분홍색에, 곱슬곱슬한 노란 머리를 늘어뜨렸다. 다리는 통통하고 짤막하고, 해맑게 활짝 웃고 있었다. 사실 소로풀이 애를 데리고 어찌나 빨리 걷는지, 반쯤은 그냥 질질 끌려오는 셈이라 웃지 않고 악을 쓰고 있었어도 누가 뭐라 하지 않았을 것이다.

소로풀은 무지 슬픈 표정이었다. 거의 가슴이 찢어질 수준이었다. 그는 민디네 앞에 멈춰 서더니 우리한테 들어오라고 신호했다. 그가 아주 심각한 근심거리를 갖고 있다는 건 누가 봐도 분명했으므로, 많은 사람들은 그의 돈이 모조리 가짜라는 걸 알게 된 건가 생각했다. 소로풀이 돈 말고 걱정할 일이 있을 것 같지 않았기 때문이다.

어쨌든 소로풀이 어린 여자애를 데리고 앉은 테이블에 너덧 명이 모이자, 그는 우리한테 생각지도 못한 이야기를 들려주었다.

그날 오후 일찍, 며칠 동안 소로풀하고 경마 도박을 했던 젊은 사내가 중국집 옆에 있는 그의 가게로 어린 여자애를 데리고 들어왔다. 그는 엠파이어의 첫 경주 마감까지 시간이 얼마나 남았느냐고 물었다.

그때는 한 25분 남아 있었는데, 그는 그 말을 듣고 매우 낙담한 것처럼 보였다. 워크맨 기수의 하인의 친한 친구의 친구라는 사내한테 전날 밤 확실한 정보를 얻었다는 것이었다.

젊은 사내에 따르면, 그는 이 확실한 정보에 2달러를 걸기로 했는데, 자러 갈 당시는 2달러가 없었으므로 아침에 일찍 일어나 14번가로 가서 아는 사람한테 2달러를 빌려야겠다고 마음먹었다.

그런데 늦잠을 자는 바람에 이제 좀 있으면 마감이라 14번가까지 갔다 오기엔 너무 늦었다는 이야기였다. 아닌 게 아니라 참 슬픈 사연이었지만, 소로풀은 별 감명을 받지 못했다. 소로풀 자신이 이미 그날 누가 자기한테 돈을 따 갈지도 모른다는 생각에 무지 슬펐기 때문이다. 경주가 아직 시작되지도 않았는데 말이다.

어쨌든 젊은 사내는 소로풀한테 말하길, 그런 멋진 기회를 놓치는 건 범죄나 다름없는 일이니 14번가로 갔다가 시간 맞춰 돌아오려고 애써 볼 생각이라고 했다.

"그렇지만 혹시 놓칠 수도 있으니 2달러에 대한 차용증을 받아 줘요. 담보로 여기 이 애를 놓고 갈 테니까."

소로풀한테 차용증을 받아 달라고 하는 건 보통 아주 바보 같은 일로 간주된다. 소로풀이 앤드류 멜론의 차용증이라도 안 받는다는 건 모두가 아는 사실이기 때문이다. 실제로 소로풀한테 그가 왕년에 차용증을 받아 준 마권업자들로 구빈원이 한가득이란 이야기를 들으면 가슴이 찢어질 것이다.

그러나 마침 막 영업을 시작했을 때였고 소로풀은 꽤 바빴다. 게다가 젊은 사내는 며칠째 하루도 안 빠지고 드나든 데다 정직해 보이는 상판을 갖고 있었다. 소로풀은 겨우 2달러 때문에 어린 여자애를 안 찾아가는 일은 없을 것이라고 생각했다. 또 소로풀이 비록 애들에 대해 아는 게 별로 없긴 해도, 여자애가 적어도 2달러 이상의 값어치는 있다는 것쯤은 알 수 있었다.

그래서 그는 고개를 끄덕였다. 젊은 사내는 어린 여자애를 의자에 앉혀 놓은 다음 돈을 구하러 뛰쳐나갔고, 소로풀은 콜드 커츠 앞으로 2달러를 달아 놓았다. 그게 확실한 정보의 이름이었다. 그러고는 한동안 그일을 잊어버렸다. 그동안 어린 여자애는 생쥐처럼 조용히 앉아 소로풀의 손님들한테 미소를 지어 보였다. 그중엔 이따금 옆 중국집에서 마권을 사러 오는 중국 놈들도 있었다.

콜드 커츠는 경주를 망쳤으며 심지어 5등 안에도 못 들었다. 그러다 오후 늦게 소로풀은 문득 젊은 사내가 그 뒤로 안 나타났으며 어린 여자애가 아직도 의자에 앉아 있다는 걸 깨달았다. 여자애는 중국집에서 한 중국 놈이 심심하지 않게 갖다 준 식칼을 갖고 놀았다.

문 닫을 시간이 되도록 어린 여자애는 계속 거기 있었다. 그런 상황에서 소로풀은 애를 민디네로 데려와 여러 시민들한테 조언을 구하는 것 말고 달리 방법이 생각나지 않았다. 자기 가게에 그 애를 혼자 두고 싶지 않았기 때문이다. 소로풀은 아무도, 심지어 자기 자신조차 믿고 자기 가게에 혼자 있게 하지 않는 사람이다.

긴긴 이야기를 마친 뒤 소로풀이 말했다.

"그래서 이제 우린 어쩌지?"

물론 그 순간까지 우리 중 아무도 우리가 뭘 어째야 한다는 생각을 못했다. 나 개인적으로도 그에 얽히고 싶지 않았는데, 크랩스 노름꾼 빅 니그가 이렇게 말했다.

"이 어린 여자애가 오후 내내 자네 가게에 앉아 있었다면 지금 당장 할 일은 일단 애한테 뭘 좀 먹이는 거야. 어쩌면 지금쯤 애 배에서 목이라도 잘렸나 하고 있을걸."

일리 있는 소리다 싶었으므로 소로풀은 돼지족발하고 절인 양배추를 2인분 시켰다. 민디네에서 언제 먹어도 맛있는 게 돼지족발하고 절인 양배추다. 어린 여자애는 음식에 달려들어 두 손을 다 써가며 열심히 먹었다. 옆 테이블에서 웬 뚱뚱하고 늙은 여자가 그 모습을 보더니 이런 시간에 애한테 어떻게 그런 걸 먹이느냐면서 애 엄마는 어디 있느냐고 말했다.

"이 거리에서 쓸데없이 남의 일에 참견해서 코 깨졌단 사람 말 많이 들었지만, 어쨌든 참고할 말도 있군."

빅 니그는 여자한테 그렇게 말하고는 어린 여자애한테 "너희 엄마 어디 있지?" 하고 물었다.

그러나 어린 여자애는 모르거나 그에 대한 정보를 공개하고 싶지 않은 듯, 고개를 흔들고는 빅 니그한테 미소를 지어 보였다. 돼지족발하고 양배추 절임을 입 안 가득 물고 있어서 말은 할 수 없었다.

빅 니그가 "네 이름이 뭐야?" 하고 묻자 여자애가 뭐라 말했다. 빅 니그는 마키처럼 들렸다고 주장했지만, 개인적으로 난 그 애가 마사라고 하려 했다는 생각이 들었다. 어쨌든 그때부터 그 애는 마키라는 이름을 얻었다.

"딱 좋잖아. 차용증*을 줄인 이름인 데다, 소로풀이 우리한테 새빨간 거짓말을 한 게 아니라면 저 애는 차용증 맞잖아? 하여간 예쁜 데다 똑똑하기까지 한 애군. 몇 살이지, 마키?"

애가 또다시 고개만 흔들었으므로, 마꾼 리그레트가 몸을 뻗어 손가락을 애 입 안에 쑤셔 넣고 이를 보려고 했다. 이빨을 보면 말의 나이를 알 수 있다는 게 리그레트의 주장이다. 그러나 리그레트의 손가락이 돼지족발이라고 생각했는지 여자애가 꽉 깨무는 바람에 리그레트는 엄청 크게 소리를 질렀다. 그렇지만 애가 그를 영영 불구로 만들어 놓기 전에 리그레트는 애의 이를 확인하고 세 살에서 네 살쯤 됐을 것이라고 했다. 영 말 안 되는 소리는 아닌 듯했다. 어쨌거나 그보다 훨씬 나이가 많을 리는 없었다.

그때 어느 이탈리아 놈이 민디네 밖에 멈춰 서더니, 그의 사랑해 마지 않는 아내가 인도에 서 있던 시민들한테 탬버린을 돌리는 가운데 아코디언을 연주하기 시작했다. 그러자 마키가 여전히 입 안 가득 돼지족발과 양배추 절임을 문 채 의자에서 내려섰다. 그 애는 하마터면 질식할 뻔할 만큼 급하게 음식을 삼키더니 이렇게 말했다.

"마키 춤춰."

그러고는 짧은 치맛자락을 두 손으로 잡고 테이블 사이로 깡충깡충 뛰고 팔짝팔짝 뛰어다녔다. 치마 밑으로 흰 팬티가 드러났다. 이내 민디가 나타나 자기 가게를 댄스홀로 아느냐고 엄청 투덜댔지만, 마키를 흥미진진하게 지켜보던 슬립아웃이란 사내가 나서서 신경 끄고 입 다물지 않으면 머리에 설탕 단지가 날아갈 줄 알라고 말했다.

*마커 marker.

그래서 민다는 다른 데로 가버렸지만, 그러면서도 흰 팬티라니 불건전하기 짝이 없다고 연신 중얼거렸다. 이건 물론 터무니없는 소리였다. 지금까지 마키보다 나이 많은 여자들이 이른 새벽 나이트클럽이며 무허가 술집에서 집에 가다 요기를 하러 들러선 춤을 안 춘 게 아니기 때문이다. 심지어 그중 일부는 흰 팬티를 꼭 입는 게 아니라는 말도 들었다.

물론 안나 파블로바야 아니었지만, 개인적으로 난 마키의 춤이 아주 마음에 들었다. 그 애는 마지막에 가서 자기 발에 걸려 얼굴을 박고 엎어졌으나, 금세 웃는 얼굴로 일어나 의자에 기어올라 앉았다. 그러기 무섭게 소로풀한테 머리를 기대고 깊이 잠들었다.

소로풀이 그 애를 어떻게 해야 할 것인가를 두고 열띤 토론이 벌어졌다. 경찰서로 데려가야 한다고 주장하는 사람들이 있는가 하면, 아침 신문 분실물 코너에 광고를 내는 게 제일 좋은 방법이라고 주장하는 사람들도 있었다. 앙고라 고양이나 페키니즈, 그 밖에도 갖기 싫은 동물을 발견했을 때 쓰는 방법이다. 그렇지만 소로풀은 다 마음에 안 드는 듯했다.

소로풀은 결국 일단 자기 집으로 데려가 재우고, 그다음 애를 어떻게 할지 생각해 보겠다고 했다. 그는 마키를 안고 웨스트 49번로의 싸구려 여인숙으로 데려갔다. 그곳에서 벌써 몇 년째 방 하나를 빌려 살고 있었다. 나중에 사환한테 듣기로 소로풀은 마키를 재워 놓고 밤새 그 애 곁을 지켰다고 한다.

뜻밖에도 소로풀은 마키한테 아주 큰 애정을 갖게 됐다. 사람이고 물건이고 애정이란 걸 가져 본 적이 없는 그가 말이다. 하룻밤 데리고 있고 나니 그 애를 떠나보낼 수 없게 됐다.

개인적으로 나 같으면 그런 어린 여자애를 데리고 있느니 세 살배기 새끼 늑대를 데리고 있겠다. 그렇지만 소로풀한테 마키는 더할 나위 없는 행복이었다. 그는 그 애 가족을 찾을 수 있는지 조사를 부탁했다가 조사가 성과 없이 끝나자 아주 좋아했다. 애초에 그 말고 아무도 성과가 있을 것이라고 생각하지 않았다. 이 거리에선 어린애가 의자 위나 문간에 버려져 발견한 사람에 의해 고아원으로 보내지는 일이 결코 드물지 않기 때문이다.

어쨌든 소로풀은 마키를 자기가 키우겠다고 말했다. 마키를 키우면 돈이 들 텐데 소로풀이 돈을 쓴다는 게 말이 안 되는 것처럼 보였던지라 사람들은 그 말을 듣고 무척 놀랐다. 그런데 정말 그럴 생각인 것처럼 보이자, 많은 시민들은 당연히 뭔가 꿍꿍이가 있는 게 틀림없다고 생각했다. 이내 온갖 소문이 퍼졌다.

그중 하나는 물론 마키가 소로풀의 친자식이며 버림받은 애 엄마가 돌려보낸 것일지 모른다는 내용이었다. 그렇지만 이 소문을 처음 퍼뜨린 사람은 소로풀을 모르는 사내였다. 그는 소로풀을 한번 척 보더니, 세상에 아무리 멍청한 여자라도 애초에 소로풀한테 버림받는 상황을 만들지는 않을 거라면서 사과했다. 개인적으로 난 소로풀이 마키를 키우고 싶다면 그건 그가 알아서 할 일이라는 의견이었고, 민디네에 모이는 시민들 중 대다수도 나와 같은 생각인 듯했다.

문제는 소로풀이 마키 기르기에 다른 사람들까지 끌어들인다는 점이었다. 민디네에서 그가 마키 이야기를 하는 걸 들으면 꼭 우리 모두 그 애한테 책임이 있는 것 같았다. 민디네에 모이는 시민들 대부분이 총각이거나 혹은 총각이길 원하는 터라, 어느 날 갑자기 가족이 생겼다고 한들 그들한테는 아주 번거로운 일일 뿐이다.

결국 우리들 중 몇몇이 소로풀한테 마키를 키우길 원한다면 그 애에 관한 일은 모두 그의 소관이라고 설명하려 했다. 그랬더니 소로풀은 그 즉시 자기랑 마키가 가장 필요로 할 때 친구들이 모두 자기들을 버리려 한다는 이야기를 아주 슬프게 하기 시작했다. 그때까지 우리는 강도가 경찰하고 안 친한 것만큼이나 소로풀하고 안 친했지만, 그 이야기를 들으니 다들 마음이 누그러지지 않을 수 없었다. 결국 민디네서 매일 밤 마키에 관한 이것저것을 결정하는 위원회가 열리게 됐다.

우리가 맨 먼저 결정한 건, 소로풀이 사는 싸구려 여인숙은 마키가 살 곳이 못 된다는 것이었다. 소로풀은 웨스트 59번로에 센트럴 파크가 내려다보이는 근사하고 큰 아파트를 얻고는 거금을 들여 가재도구를 장만했다. 그때까지 사는 방에 일주일에 10달러 이상 써본 적이 없고 그마저도 사치라고 생각했던 소로풀이 말이다. 듣자 하니, 마키의 침실을 꾸미는 데만 5천 달러가 들었다고 한다. 그 애한테 사준 순금 화장도구 세트 값은 뺀 금액이다.

이어서 그는 차를 사고 마키 대신 운전해 줄 사람도 구했다. 그러고는 우리가 마키가 그와 운전기사와만 사는 건 적절치 않은 것 같다고 설명하자, 마드무아젤 피피란 이름의 곱슬머리에 볼이 발그레한 프랑스 아가씨를 마키의 보모로 고용했다. 마키가 같이 시간을 보낼 사람이 생겼다는 점에서 이건 아주 분별 있는 행동으로 여겨졌다.

사실 소로풀이 마드무아젤 피피를 고용하기 전에는 많은 시민들이 슬슬 마키를 성가셔 하며 마키와 소로풀을 무시하고 있었다. 그런데 마드무아젤 피피가 온 이래로 59번로에 있는 소로풀의 집에 발을 들여놓기도 힘들어졌다. 마키와 마드무아젤 피피를 데리고 민디네에 식사하러 올 때면 그들의 테이블 주변도 마찬가지로 붐볐다. 그러나 어느 날 밤, 딴 때보다 일찍 집에 온 소로풀은 슬립아웃이 마드무아젤 피피의 입을 틀어막고 있는 장면을 발견했다. 소로풀은 마키의 교육에 나쁘다면서 마드무아젤 피피를 내쫓았다.

그 뒤 그는 마키의 보모로 클랜시 부인이란 아줌마를 구했다. 클랜시 부인이 마드무아젤 피피보다 보모로서 더 낫다는 건 의심할 여지가 없었고 그녀가 마키의 교육에 나쁜 짓을 할 위험은 거의 없다시피 했지만, 59번로에 있는 그의 집은 예전만큼 그렇게 북적대지 않았다.

기를 쓰고 돈을 안 쓰던 소로풀이 이제 돈을 물처럼 쓰고 있었다. 마키한테 많은 돈을 쓰는 것뿐 아니라 민디네나 다른 곳에서 계산서를 자기가 집기 시작했다. 지금까지 그한테 계산서를 집어 드는 것만큼 싫은 일이 없었는데도 말이다.

이젠 너무 터무니없는 액수만 아니면 돈도 꿔주는 데다가, 뭣보다도 얼굴이 몰라보게 달라졌다. 예전의 서글프고 비열해 보이던 얼굴은 간데 없이, 가끔은 심지어 아주 기분 좋은 얼굴로 보이기까지 했다. 소로풀이 이젠 때때로 미소를 짓고 다른 사람들을 유쾌하게 반기니 특히 더 그랬다. 모두들 그런 놀라운 변화를 일으킨 마키한테 시장이 훈장을 줘야 한다고 말했다.

마키에 대한 애정이 얼마나 지극한지 소로풀은 한시도 그 애와 떨어져 있고 싶어 하지 않았다. 이내 그가 중국 놈들과 마꾼들이 드나드는 그의 가게에 마키를 두거나(특히 마꾼들이 문제였다), 시도 때도 없이 나이트클럽에 데려온다고 비난하는 목소리가 높아졌다. 어린 여자애 교육에 적절치 못하다고 생각하는 사람들이 있었다.

어느 날 밤 민디네서 이 문제에 대해 회의를 한 결과, 우리는 소로풀한테 마키를 가게에 못 드나들게 하겠다는 약속을 받아 냈다. 그렇지만 마키가 나이트클럽, 특히 음악이 있는 클럽을 얼마나 좋아하는지 알고 있었던 터라, 그런 즐거움을 애한테 완전히 빼앗는 건 수치고 죄일 것 같았다. 결국 우리는 일주일에 한 번 소로풀이 마키를 데리고 54번로의 핫 박스에 가는 건 허락해 주기로 타협을 봤다. 그곳이라면 마키가 사는 곳에서 몇 블록 안 떨어져 있으니 이른 시간에 집에 돌아올 수 있을 것이다. 그 뒤로 소로풀은 웬만하면 새벽 2시 전에 마키를 집으로 데려왔다.

마키가 음악이 있는 나이트클럽을 좋아하는 건 춤을 출 수 있어서였다. 마키는 춤추는 걸, 특히 혼자 춤추는 걸 좋아했다. 그렇지만 코를 박고 엎어지는 걸로 마무리하는 건 어떻게 안 되는 모양이었다. 하기야 아주 예술적인 마무리라고 생각하는 시민들이 많았으니 상관없긴 했다.

핫 박스의 밴드 칙칙폭폭 보이스는 평소 하는 춤곡 사이에 언제나 마키를 위한 특별한 곡을 연주해 주곤 했다. 마키가 춤을 추면 늘 박수갈채가 쏟아졌다. 특히 그 애를 아는 브로드웨이 시민들이 열심히 손뼉을 쳤다. 그렇지만 핫 박스의 지배인 앙리는 마키가 거기서 춤을 안 추면 좋겠다고 말한 적이 한 번 있었다. 어느 날, 백만장자 둘과 늙은 여자 둘을 포함해 파크 애비뉴에 사는 그의 최고 고객 몇 명이 마키의 춤을 이해하지 못하고 그 애가 코를 박고 엎어졌을 때 웃음을 터뜨렸다. 그러자 빅 니그가 사내들을 한 방 갈기고 여자들까지 한 방 갈기려다가 쫓겨났다는 것이다.

어느 춥고 눈 오는 날 여러 시민들이 핫 박스에 앉아 이 이야기 저 이야기를 하면서 술을 마시는데, 소로풀이 집에 가는 길에 들렀다. 소로풀은 이제 남들과 잘 어울리고 잘 돌아다니는 사내였다. 그날은 마키가 외출하는 날이 아니라서 마키는 집에 클랜시 부인과 같이 있었다.

소로풀이 들어오고 몇 분 뒤, 웨스트사이드의 중이염 윌리란 친구가 들어왔다. 전에 프로 권투 선수였던 중이염 윌리는, 중이염이 있어 중이염 윌리라고 불리며 바지 주머니에 권총을 넣고 다니는 걸로 유명하다. 게다가 한창때 몇 명 해치웠다는 것도 널리 알려져 있는 탓에 다소 수상쩍은 인물로 여겨진다.

그는 소로풀한테 바람구멍을 숭숭 내려고 핫 박스로 들어온 모양이었다. 그 전날 경마에서 딴 돈을 다시 거는 문제로 소로풀과 싸운 탓이었다. 중이염이 멀리 떨어진 테이블에서 개다리를 꺼내 소로풀을 겨눈 바로 그 순간 마키가 들어오지 않았다면, 소로풀은 지금쯤 완벽하게 죽었을지 모른다.

그 애는 다리에 휘감기는 긴 잠옷 자락을 끌고 댄스플로어를 가로질러 달려와 소로풀의 품에 뛰어들었다. 중이염 윌리가 이때 총을 쏘면 마키한테도 맞을 텐데, 그건 윌리가 뜻하는 바가 전혀 아니었다. 윌리는 하는 수 없이 총을 도로 바지 주머니에 넣었지만 기분이 매우 언짢아져, 나가는 길에 앙리한테 나이트클럽에 애들을 들여놓는다고 거세게 항의했다.

마키가 자기 목숨을 구해 줬다는 걸 소로풀은 나중에야 알았다. 당시는 그 애가 눈 속에 맨발로 너덧 블록이나 걸어왔다는 데 기겁한 나머지 다른 생각은 하지도 못했다. 그 자리에 있던 다른 사람들도 기겁하고 마키가 어떻게 혼자 길을 찾아왔는지 신기하게 여겼다. 그렇지만 마키가 할 수 있는 설명이라곤 그저, 자다가 깼더니 클랜시 부인은 잠들어 있었고 어쩐지 소로풀이 보고 싶어졌다는 것뿐이었다.

이때 칙칙폭폭 보이스가 마키의 곡을 연주하기 시작했다. 그러자 그 애는 소로풀의 품에서 빠져나와 댄스플로어로 달려갔다.

"마키 춤춰."

그 애는 잠옷 자락을 두 손으로 잡고 온 플로어를 깡충깡충 뛰고 팔짝팔짝 뛰어다녔다. 이윽고 소로풀이 그 애를 안고 코트에 싸서 집으로 데려갔다.

이튿날, 마키는 눈 오는데 잠옷만 입고 맨발로 나간 것 때문에 앓아누웠다. 밤이 됐을 즈음에는 심각하게 아팠다. 폐렴에 걸린 모양이었다. 소로풀은 그 애를 병원으로 데려가 간호사 둘, 의사 둘을 고용했다. 더 쓰고 싶었지만 지금은 그 정도면 된다고 병원에서 말렸다.

다음 날이 돼도 마키는 나아지지 않았고, 다음 날 밤엔 병이 더욱 악화됐다. 몇 분 간격으로 도착하는 과일과 사탕 바구니들, 말편자, 인형과 장난감 궤짝들을 다 놓을 자리가 없어서 병원 측에서 아주 곤혹스러워했다. 게다가 병원 측의 입장에선 마키의 병실이 있는 층 복도를 살금살금 걸어 다니는 사내들도 골치였다. 빅 니그에 슬립아웃, 이탈리아 놈 조이, 페일 페이스 키드, 기니 마이크, 그 밖에도 많은 저명인사들이었는데, 이들이 간호사를 꼬드기려고 하니 더 문제였다.

물론 병원 측 입장도 이해는 하지만, 병원을 찾는 사람들 중에 슬립아웃만큼 환자들한테 기쁨과 활기를 가져다준 사람은 없었다는 말을 꼭 하고 싶다. 그는 모든 일인실과 병실을 찾아다니며 환자들한테 다정한 말 한두 마디를 해주었다. 슬쩍할 만한 게 있나 보고 다닌 것이란 소문은 믿을 게 못 된다. 실제로 록빌 센터에서 온 황달 걸린 한 할머니는 슬립아웃이 그녀의 방에서 쫓겨났을 때 엄청나게 소란을 피웠다. 슬립아웃이 한창 어느 외판원에 대한 이야기를 해주던 중이었는데, 나중에 어떻게 되는지 알아야겠다는 것이었다.

하도 많은 걸출한 인물들이 병원을 들락날락하다 보니, 유명한 마피아라도 구멍이 숭숭 나서 입원한 게 틀림없다고 아침 신문들이 지레짐작하는 바람에 이내 기자들이 우르르 몰려들었다. 당연히 그들은 그 모든 관심이 어린 여자애 때문이라는 걸 알았다. 기자들은 마키 같은 어린 여자애한테 눈곱만큼도 관심이 없을 것 같건만, 사연을 듣더니 그 애가 잭 다이아몬드도 아닌데 무척 흥분했다.

다음 날, 신문마다 마키랑 소로풀에 대한 기사가 대문짝만 하게 실렸다. 브로드웨이의 이 모든 걸출한 인물들이 그 애 때문에 병원 주위를 얼쩡거린다는 것도 언급됐다. 심지어 슬럽아웃이 병원의 다른 환자들을 즐겁게 해준 것을 다룬 기사까지 있었다. 기사만 보면 슬럽아웃은 아주 마음이 넓고 인정 많은 사내 같았다.

마키가 입원하고 넷째 날 새벽 3시쯤 됐을까, 소로풀이 아주 슬픈 얼굴로 민디네로 들어왔다. 그는 흑빵에 얹은 철갑상어를 주문하고는 마키의 병세가 점점 더 나빠지는 것 같다고, 의사들이 아무 도움이 못 된다고 설명했다. 그 말을 들은 크랩스 노름꾼 빅 니그가 이렇게 말했다.

"저 유명한 폐렴 전문의 비어펠트 선생을 데려올 수만 있으면, 그 선생이 막대기 분지르듯 간단히 마키를 고쳐 줄지 모르는데. 그렇지만 존 D. 록펠러나 대통령쯤이나 돼야 비어펠트 선생을 만날 수 있으니 말이야."

빅 니그의 말이 맞았다. 비어펠트 선생은 이 도시에서 으뜸가는 의사였는데, 보통 사람은 진찰을 받는 건 고사하고 잘 익은 복숭아를 건네 줄 수 있을 만큼 가까이 다가가는 것조차 불가능했다. 나이가 많아서 이젠 돈 많고 영향력 있는 사람들 몇 명을 빼곤 진료도 잘 하지 않았다. 게다가 본인이 워낙 부자라 돈으로 낚을 수도 없다. 어쨌든 이런 시간에 비어펠트 선생을 데려온다는 생각 자체가 터무니없었다.

"우리 아는 사람 중에 누구 비어펠트 선생 아는 사람 없어? 그 선생을 데려올 만한 영향력이 있는 사람을 누가 알지? 그냥 마키를 봐주기만 하면 돼. 돈은 얼마든지 내겠어. 누가 없나 좀 생각해 봐."

소로풀이 말했다.

우리 모두 열심히 생각하는데 글쎄, 중이염 윌리가 들어왔다. 소로풀한테 총 몇 방 쏘려고 온 것이었는데, 그가 총을 쏘기도 전에 그를 발견한 슬립아웃이 벌떡 일어나 구석 테이블로 끌고 갔다. 그러고는 중이염 윌리의 멀쩡한 쪽 귀에 대고 소곤거리기 시작했다.

슬립아웃의 말을 듣던 중이염 윌리의 얼굴에 놀란 빛이 떠오르더니, 그는 천천히 고개를 끄덕이기 시작했다. 그는 이내 일어나 서둘러 밖으로 나갔고, 슬립아웃은 우리 테이블로 돌아와 이렇게 말했다.

"자, 우린 슬슬 병원으로 가보자고. 중이염 윌리가 파크 애비뉴에 있는 비어펠트 선생 집으로 갔으니 선생을 병원으로 데려올 거야. 그렇지만 소로풀, 윌리가 선생을 데려오면 자넨 그 친구한테 그때 싸웠다는 상금을 줘야 해. 어쩌면 윌리 말이 옳을 수도 있고 말이지. 나도 전에 자네랑 상금 갖고 싸웠다가 진 기억이 있거든. 분명히 내가 맞았는데."

나도 그렇고, 다른 사람들도 그렇고, 비어펠트 선생한테 중이염 윌리를 보냈다는 슬립아웃의 말은 헛소리라고 생각했다. 그렇지만 어쩌면 소로풀이 희망을 잃지 않게 하려는 것일 수도 있고, 어쨌든 중이염이 소로풀한테 총을 쏘는 걸 막은 건 틀림없는 사실이었다. 그에 대해선 우리 모두 슬립아웃이 참 사려 깊었다고 생각했다. 특히 그때는 소로풀이 총알을 피할 수 있는 상황이 아니었으니 말이다.

대여섯 명이 병원으로 걸어가, 우리는 1층 로비에 서 있고 소로풀은 마키의 병실이 있는 층으로 올라가 병실 문 앞에서 기다렸다. 소로풀은 그 애가 처음 병원에 입원했을 때부터 가끔 요기하러 민디네 갈 때를 빼고 줄곧 그곳을 지키고 있었다. 그러면 이따금 문을 살짝 열고 잠깐 들여다보게 해주었다.

새벽 6시쯤 됐을까, 병원 밖에 택시 서는 소리가 들리더니 곧 중이염 월리와 함께 패츠 핀스타인이란 또 다른 웨스트사이드 인물이 들어왔다. 그가 월리와 아주 친한 사이라는 건 모두가 알고 있었다. 그리고 반 다이크 풍 턱수염을 기르고 입은 옷이라곤 실크 드레싱가운뿐인 듯한 영감이 둘 사이에 끼여 있었다. 영감은 무척 동요한 표정이었다. 중이염 월리랑 패츠 핀스타인이 뒤에서 연신 쿡쿡 찌르니 그럴 만도 했다.

알고 보니 이 영감이 바로 그 유명한 폐렴 전문의 비어펠트 선생이었다. 개인적으로 난 그렇게 화가 난 사내를 처음 봤다. 그렇지만 사정을 듣고 보니 화를 내는 것도 아주 무리는 아니란 생각이 들었다. 중이염 월리랑 패츠 핀스타인은 초인종 소리를 듣고 나온 집사의 머리를 때려 기절시키고는, 비어펠트 선생의 침실로 곧장 걸어 들어가 총부리를 들이대고 잠자리에서 끌어냈다고 하니 말이다.

사실 난 저명한 의사를 그런 식으로 대하는 건 아주 무례한 행동이라고 생각한다. 내가 비어펠트 선생이었으면 병원에 도착하자마자 경찰을 부르라고 악을 썼을 것이다. 어쩌면 비어펠트 선생도 그럴 생각이었는지 모른다. 다만 중이염 월리랑 패츠 핀스타인이 그를 로비로 밀어 넣었을 때, 소로풀이 계단으로 내려왔다. 소로풀은 비어펠트 선생을 보더니 바로 달려와 이렇게 말했다.

"선생님, 우리 애 좀 어떻게 해주세요. 우리 애가 죽어 가고 있어요. 아직 코딱지만 한 애란 말입니다, 선생님. 개 이름이 마키예요. 난 한낱 도박꾼에 불과하고 선생님한테나 딴 사람한테도 아무 값어치도 없는 인간이지만, 그래도 선생님, 우리 애 좀 살려 주세요."

비어펠트 선생은 반다이크 턱수염을 쑥 내밀고 소로풀을 잠시 바라봤다. 소로풀의 눈엔 눈물이 글썽거리고 있었다. 어쩌면 의사는 이 눈에 눈물이 맺힌 게 수십 년 만이라는 걸 알아차렸는지도 모른다. 그 뒤, 의사는 중이염 윌리와 패츠 핀스타인과 우리들 그리고 사방에서 달려온 간호사들과 수련의들을 돌아보더니 드디어 이렇게 말했다.

"이게 무슨 일이지? 애? 어린애라고? 맙소사, 이 고릴라 놈들이 병이 났는지 다쳤는지 아무튼 또 다른 고릴라 놈을 보라고 날 납치한 줄 알았더니만 어린애라고? 그건 얘기가 다르지. 왜 처음부터 그렇게 말 안 한 건가? 애는 어디 있어? 그리고 누가 바지 좀 구해 와."

우리 모두 비어펠트 선생을 따라 올라가 병실 문 앞에서 기다렸다. 몇 시간을 기다렸는지 모른다. 이런 상황에선 비어펠트 선생조차 할 수 있는 일이 많지 않은 듯했다. 그러다 아침 10시 반쯤 됐을 때, 그는 조용히 문을 열고 소로풀에게 들어오라고 신호했다. 그러고는 우리한테도 들어오라고 하면서 아주 슬픈 표정으로 고개를 가로저었다.

우리는 좁고 높다란 침대를 둘러쌌다. 사람이 너무 많아 방에 꽉 들어찼다. 마키는 흰 벽을 배경으로 한 떨기 꽃처럼 누워 있었다. 노란 곱슬머리가 베개에 펼쳐져 있었다. 소로풀이 침대 옆에 무릎을 털썩 꿇었다. 그의 어깨가 크게 들먹였다. 슬립아웃이 감기에 걸린 것처럼 코를 훌쩍거렸다. 우리가 들어왔을 때 마키는 자는 것 같았으나, 침대를 에워싸고 내려다보고 있으려니 그 애가 눈을 뜨고 우리를 봤다. 심지어 우리를 알아보는 것도 같았다. 그 애는 우리한테 하나하나 미소를 지어 보이곤 소로풀한테 조그만 손을 내밀려고 했다.

그때 반쯤 열린 창문으로 아주 멀리서 들려오는 것처럼 아스라한 음악 소리가 흘러들었다. 길 위쪽의 댄스홀에서 재즈 밴드가 연습하는 소리였다. 마키는 음악을 듣듯 머리를 들더니 또다시 미소를 짓고는 또렷한 목소리로 이렇게 속삭였다.

"마키 춤춰."

그 애는 춤출 때 하던 대로 치맛자락을 잡으려는 것처럼 두 손을 내리려 했다. 그러나 그 애의 손은 눈송이처럼 보드랍고 희고 가볍게 가슴 위에 떨어졌다. 그리고 마키는 이 세상에서 두 번 다시 춤추지 못했다.

비어펠트 선생과 간호사들은 그 즉시 우리를 방에서 내보냈다. 우리가 말없이 복도에 서 있는데, 웬 젊은 사내 하나와 늙은 여자 하나, 덜 늙은 여자 하나가 흥분해서 달려왔다. 젊은 사내는 소로풀을 아는 모양이었다. 그는 병실 문밖의 지정석에 앉아 있는 소로풀한테 달려와 이렇게 말했다.

"그 애 어디 있죠? 우리 귀여운 애가 어디 있습니까? 나 기억하죠? 언젠가 내가 볼일 보러 가면서 우리 애를 두고 갔는데, 그러곤 그만 기억이 깨끗이 사라진 겁니다. 정신이 들어 보니 난 인디애나폴리스의 우리 집에 여기 있는 우리 어머니랑 누나랑 있었어요. 우리 애를 어디다 뒀는지도 모르겠고, 아무것도 모르겠더군요."

"가엾게도 이 앤 기억 상실증에 걸린 거예요. 이 애가 일부러 제 아내를 파리에 버렸고 딸애를 뉴욕에 버렸다는 소문은 사실이 아니에요."

늙은 여자가 말했다.

"맞아요. 애가 병원에 있다는 기사를 신문에서 못 봤으면 우린 그 애를 영영 못 찾았을지도 몰라요. 그렇지만 이젠 다 잘될 거예요. 물론 우린 해럴드가 무대에 서는 여자랑 결혼하는 걸 찬성하지 않았죠. 둘이 파리에서 헤어지고 얼마 안 돼서 그 여자가 거기서 죽었다는 것도 얼마 전에야 알았답니다. 참 딱한 일이에요. 그렇지만 이젠 다 잘될 거예요. 앞으론 우리가 그 애를 도맡아 돌보겠어요."

그들이 이 모든 말을 쏟아 내는 동안, 소로풀은 그들을 거들떠보지도 않고 그저 마키의 병실 문만 보고 있었다. 병실 문을 바라보는 소로풀의 얼굴에 기이한 변화가 일어났다. 느닷없이 마키를 만나기 이전의 서글프고 비열해 보이는 얼굴로 돌아간 것이었다. 뿐만 아니라 그대로 평생 굳고 말았다.

젊은 사내가 말했다.

"우린 부자가 될 겁니다. 방금 우리 귀여운 애가 자기 외할아버지의 재산을 물려받을 유일한 상속자란 걸 알았거든요. 영감은 당장에라도 장의사를 만나게 생겼고 말이죠. 아마 내가 당신한테 빚진 게 있는 거겠죠?"

그러자 소로풀은 의자에서 일어나 젊은 사내와 두 여자를 보며 이렇게 말했다.

"그래. 콜드 커츠한테 날린 2달러를 갚아야 해. 미안하지만 당장 보내주면 좋겠어. 장부에서 네놈 이름을 지워 버릴 수 있게."

그러고는 뒤도 돌아보지 않고 복도를 걸어가 병원 밖으로 나갔다. 뒤에는 정적만이 남았다. 오로지 슬립아웃이 코 훌쩍거리는 소리와 우리 중 몇 명이 흐느껴 우는 소리만이 정적을 깨뜨렸다. 그중에서도 가장 그럴싸하게 운 사람은 다름 아니라 중이염 윌리였다는 게 기억난다.

드림 스트리트 로즈
Dream Street Rose

딴 데서도 이렇다 하게 재미있는 일이 없는 초저녁이면 나는 웨스트 47번로에 있는 굿타임 찰리의 무허가 술집에 가서 찰리랑 클롭 게임을 한판 두곤 했다. 그 시간대면 찰리의 깅엄 숍은 손님이 별로 없고 조용해서 찰리가 심심해하기 때문이다.

예전엔 48번로에 크리스틸 룸이라고 훨씬 활기 넘치는 가게가 있었는데, 어느 날 밤 수사관들 한 떼거리가 몰려와 쑥대밭을 만들어 놓았을 뿐만 아니라 가게 재고를 모조리 압수했다. 이들은 워싱턴 쪽 사람들이라 뉴욕 사정을 잘 몰라 굿타임 찰리의 가게를 쑥대밭으로 만들면 안 된다는 걸 모른 모양이었다. 그래서 다른 가게들처럼 그냥 쑥대밭으로 만들어 놓고 말았다.

이 사건은 많은 사람들의 분노를 샀고, 찰리한테 여기에 대해 누굴 좀 만나 보라고 조언하는 사람도 많았다. 그러나 찰리는 거절했다. 프랑스에서 무지개 사단의 일원으로서 오다리가 되도록 죽어라 걸어 다니며 독일 놈들을 얼굴 보기 힘들게 했던 자기를 정부가 이 따위로 취급할 생각이라면 좋다, 그 때문에 경찰을 부르거나 하진 않을 것이다, 그렇긴 해도 후버 씨에 대해 생각하는 바는 따로 있다, 찰리는 그렇게 말했다.

개인적으로 난 찰리가 재난을 그렇게 침착하게 받아들이는 것을 보고 감탄했다. 특히 그 때문에 빈털터리가 됐는데 말이다. 찰리는 크리스털 룸에서 벌어들인 돈을 전부 말에 걸곤 했는데, 하필이면 그 시즌에 전국의 마꾼들이 마권업자들 손에 죽어나 아주 처참한 지경이었다.

그래서 나는 찰리가 비록 완전히 거덜 나진 않았어도 배를 크게 한 방 얻어맞은 셈이란 걸 알고 있었던 터라, 정부 친구들이 크리스털 룸을 털고 나서 두어 주 찰리의 모습이 안 보여도 놀라지 않았다. 소문을 듣기로, 그는 집에서 매일 신문을 아주 샅샅이 읽고 있다고 했다. 특히 부고 기사를 열심히 보는 모양이었다. 수사관 중에 자기들이 압수한 물품을 슬쩍 마셔 보는 놈이 있을지도 모른다고 생각해서였다. 그러기만 하면 그놈이 살 수 있는 가능성은 반반이라는 게 찰리의 말이었다.

그러더니 어느 날 마침내 찰리가 블루밍턴에서 깅엄 한 필을 사는 걸 봤다는 소문이 들려오길래, 찰리가 이제 곧 행동을 개시하리라는 걸 알 수 있었다. 찰리는 깅엄 한 필과 골든 웨딩 몇 병만 있으면 행동을 개시할 수 있는 사람이다. 사실은 깅엄 없이도 행동을 개시하는 걸 본 적이 있긴 하지만, 그는 대체로 자기 가게를 깅엄으로 장식하는 걸 좋아한다. 손님들한테 좀 더 가정적인 느낌을 주기 위해서였다. 깅엄 장식에 있어서 찰리는 조지프 어번이든 누구든 엿으로 만들어 놓을 수 있었다.

어쨌든 그날 저녁, 대략 10시쯤 깅엄 숍에 가보니 찰리가 아주 화가 나 있었다. 드림 스트리트 로즈란 늙은 아줌마가 들어와 그가 방금 걸레질을 한 바닥에 발자국을 찍었기 때문이었다. 아직 사람을 쓸 형편이 아니라 걸레질도 찰리가 직접 했다.

로즈는 구석 테이블에 앉아, 들어오기 전에 문간의 '어서 오세요' 매트에 발을 닦으라는 찰리의 말을 들은 척도 하지 않았다. 찰리의 문간에 '어서 오세요' 매트가 없다는 걸 알기 때문이었다. 그렇긴 해도 찰리가 불평할 만도 하겠다는 생각이 들었다. 진창을 걸어 다니다 온 것처럼 깨끗한 바닥을 가로질러 시커먼 발자국이 찍혀 있었기 때문이다. 내가 왔을 때 비가 온 것 같진 않았는데 말이다.

드림 스트리트 로즈는 나이가 한 쉰 살쯤 됐을 텐데, 이미 몇 해째 40번대 구역을 떠돌아다닌 터라 모르는 사람이 없다. 특히 6번가와 7번가 사이의 웨스트 47번로를 자주 다녔는데, 이 블록은 드림 스트리트라 불린다. 그곳이 드림 스트리트라 불리는 건 다양한 꿈을 가진 온갖 사람들이 있기 때문이다.

드림 스트리트에는 배우들이 사는 호텔과 하숙집, 레스토랑 그리고 굿타임 찰리의 깅엄 숍을 비롯한 무허가 술집들이 많다. 여름이면 그런 사람들이 드림 스트리트를 따라 현관 앞 계단에 나와 앉거나 난간에 기대서곤 한다. 그들이 늘어놓는 이야기는 아닌 게 아니라 가끔 정말 꿈같을 때가 있다. 사실 때로는 아주 망상 같다.

남자고 여자고 많은 배우들, 특히 보드빌 배우들이 호텔이며 하숙집에 살고 있다. 남자고 여자고 보드빌 배우들은, 기회만 찾아오면 팰리스 극장의 관객을 반죽음으로 만들어 놓을 것이란 꿈을 큰 소리로 꾸는 재주가 있는 족속이다.

드림 스트리트에는 또 많은 사설 마권업자들과 마꾼들이 있다. 그들은 여름철이면 드림 스트리트의 시원한 쪽에 있는 교회 계단에 앉아 일 확천금을 꿈꾸곤 한다. 권투 시합 매니저들도 늘 많고, 가끔은 권투 선수들도 있다. 그들은 레스토랑 앞에 얼쩡거리며 이를 쑤시고 세계 챔피언이 되는 걸 꿈꾼다. 지금까지 드림 스트리트에서 세계 챔피언이 나온 역사가 없는데 말이다.

이 거리엔 또 벌레스크 댄서들이랑 탭댄서들, 노래 만드는 작자들, 색소폰 연주자들, 신문팔이들, 신문기자들, 택시 운전사들, 장님들, 난쟁이들, 포메라니안 또는 프렌치 푸들을 기르는 금발 여자들, 수염을 기른 사내들, 나이트클럽 출연자들, 그 밖에도 온갖 사람들이 산다. 그들 모두 보고 있으면 재미있고, 일부는 이야기를 해봐도 아주 재미있다. 다만 내가 아는 몇 사람은 이야기를 오래 듣다 보면 좀 제정신이 아니란 생각이 들지 모른다. 특히 마꾼들이 그렇다.

그렇지만 난 개인적으로 모든 마꾼이 정도의 차이만 있을 뿐 제정신이 아니라고 생각한다. 제정신이면 경마 도박 같은 걸 할 리가 없다는 게 내 생각이다.

어쨌든 이 드림 스트리트 로즈는 짤막하고 다부지고 네모난 여자였다. 얼굴도 네모나고, 어깨도 네모났다. 짙은 철색 머리를 네모난 단발로 자르고, 두 발로 떡 버티고 아주 네모나게 선다. 로즈는 내가 본 중 가장 네모난 여자고, 레슬링 선수인 짐 론도스 뺨치게 힘세고 기운이 넘친다. 드림 스트리트 로즈가 상태만 나쁘지 않으면, 내가 보기에 짐 론도스가 그녀하고 맞붙어서 이길 확률은 6 대 5 이하다.

술을 몇 잔 걸친 로즈를 상대할 사람은 이 거리에 아무도 없다. 특히 그 술이 굿타임 찰리네 술이라면 더 말할 것도 없다. 술이 들어가면 미친 닭처럼 싸우기 때문이다. 실제로 로즈는 이 거리에 불만 있는 상대가 많은데, 그중에서도 경찰이 제일 싫었다. 그녀는 경찰만큼 싫어하고 깔보는 게 없었다. 그녀가 사내들을 이리저리 밀치고 소란을 피우면 유치장에 처넣는다는 게 이유다.

오랫동안 로즈는 드림 스트리트의 여러 호텔에서 객실 담당으로 일했다. 돈 몇 푼만 생기면 낭장 나가서 무허가 술집을 돌아다니며 즐기는 탓에 한 호텔에 오래 머물지는 못했다. 대부분의 술집에서 그녀는 영장을 가진 수사관 못지않게 달갑지 않은 존재인데도 말이다. 로즈가 언제 술집을 그리고 손님들을 결딴내 놓을지 아무도 알 수 없다.

그렇지만 그녀는 전에 일했던 호텔에서 다시 일자리를 얻는 데 어려움을 겪어 본 적이 없다. 그 정도로 침대 정돈을 잘한다. 다만 얼른 일을 끝내고 나가고 싶을 때 손님이 아직 들어 있는 침대를 정돈한 적도 몇 번 있다고 들었다. 손님들이 호텔에 항의했지만 로즈는 신경 쓰지 않았다. 이 이야기를 하는 건, 그녀가 아주 특이하고 활기 넘치는 인물이라는 걸 설명하기 위해서다.

어쨌든 굿타임 찰리랑 앉아 클롭을 하기 시작했는데, 이때 손님 몇 명이 들어오는 바람에 찰리는 손님들한테 가봐야 했다. 내가 혼자 앉아 있으려니 구석에서 드림 스트리트 로즈가 뭐라 중얼거리는 소리가 들렸지만 신경 쓰지 않았다. 그렇지만 난 평소 로즈랑 사이가 나쁜진 않다는 말을 하고 싶다.

오히려 늘 인사도 건네고 아주 정중하게 대한다. 내가 자기를 무시한다고 생각하면 그녀는 사람들 보는 앞에서 나한테 악을 쓰거나 나에 대한 소문을 퍼뜨릴 텐데, 그런 사태는 피하고 싶었다.

이내 로즈가 자기 테이블로 오라고 신호를 보냈다. 그녀가 잔뜩 취한 걸 알겠길래 당장 가서 앉았다. 침 뱉는 그릇을 나한테 냅다 던질 때까지 기다리고 싶지는 않았다. 그녀는 한잔하겠느냐고 했지만, 난 물론 굿타임 찰리네서 파는 술은 마시지 않는다. 다 찰리를 생각해서 그러는 것이다. 찰리는 나랑 계속 친구로 남고 싶다고 했다.

그래서 나는 그냥 별말 없이 앉아 있고 로즈는 계속해서 혼자 중얼거렸다. 무슨 말을 하는 건지 잘 알아들을 수 없었다. 그러더니 그녀가 마침내 나를 보며 이렇게 말했다.

"지금부터 내 친구 이야기를 해줄 거야."

"로즈, 난 당신 친구 이야기를 듣고 싶지 않은데. 물론 아주 흥미로운 이야기일 거라는 건 틀림없겠지. 그렇지만 난 굿타임 찰리랑 클럽 한판 하러 온 거라 당신 친구 이야기를 들을 시간이 없거든."

"찰리는 얼간이들한테 독약을 파느라 바쁘잖아. 내가 지금부터 내 친구 이야기를 해줄 테니까 잔말 말고 들어. 꽤 대단한 이야기니까."

로즈가 말했다.

그래서 들었다.

(드림 스트리트 로즈가 말했다.) 이야기는 지금으로부터 35년 전, 콜로라도의 푸에블로란 소도시에서 시작돼. 제련소 등등이 있는 곳이었지. 내 친구는 그때 열여섯이나 일곱쯤 됐었을 텐데, 어느 모로 보나 대단한 미인이었거든. 그 애 아빠는 돌아가시고 엄마는 제련소에서 일하는 사내들을 상대로 하숙을 쳤어. 밥을 참 많이들도 먹었지. 친구는 엄마가 사람 쓰는 돈을 절약하게 해주려고 하숙에서 식사 시중을 들었어.

맨날 말을 걸고 어디 데려가 주겠다고 데이트를 청하는 하숙인들이 많았지만, 친구는 거들떠보지도 않았어. 매일 식사 시중을 들다 보면 다리가 너무 아파서 잠자리 말고 어디 다른 데 간다는 건 생각도 할 수 없었거든.

그러다 어느 날, 동부에서 온 프랭크 머시기란 청년이 나타났어. 키크고 호리호리한 청년이었는데, 지금까지 어떤 사내한테 들어 본 것보다도 훨씬 흥미로운 이야기를 했어. 사랑이라든지, 결혼이라든지 말이야. 젊은 여자들한테 그런 건 늘 흥미로운 이야깃거리거든.

프랭크는 그때 아마 스물다섯쯤 됐을 거야. 한몫 잡겠다고 동부에서 서부로 건너온 거였지. 당시 서부에서 한몫 잡는 사람들이 있었던 건 사실이지만, 프랭크는 한몫은 고사하고 반몫을 잡을 가능성도 거의 없었어. 열심히 일하는 걸 별로 안 좋아했거든. 심지어 일은 전혀 안 하고 포커나 크랩스를 좀 한다든지, 산타페 거리의 마이크네 당구장에서 웬 멍청이를 상대로 사기 치는 걸 훨씬 좋아했어. 프랭크는 특히 멍청이가 상대일 때 당구를 아주 잘 쳤지.

그때만 해도 내 친구는 세상 물정 모르는 젊은 아가씨에, 어느 모로 보나 착한 아가씨였어. 그 애가 생각하는 사랑엔 예쁜 집이랑 뛰어노는 애들이 포함돼 있었고, 나쁜 생각이란 건 평생 해본 적도 없는 데다 남들도 다 자기 같을 거라고 믿었어. 프랭크만 안 나타났으면 친구는 푸에블로의 히긴보텀이란 젊은 사내랑 결혼했을 거야. 히긴보텀은 그 애를 아주 좋아한 데다 예의 바른 청년이었어. 나중에 식품점으로 돈도 많이 벌었고.

그렇지만 친구는 프랭크한테 푹 빠져서 그 사람 말곤 아무도 눈에 안 들어왔어. 결국 어느 날 그 애는 프랭크랑 덴버로 달아나고 말았지. 그 애를 사랑한다고, 결혼할 거라고 하는 그놈 말을 멍청하게 믿고 말이야. 애초에 프랭크가 왜 내 친구 같은 애한테 관심을 뒀는지는 아무도 몰라. 군이 설명하자면 그 애는 그때 젊고 순진했고, 그 작자는 천성이 비열했다고 할까.

"로즈, 이제 당신 친구 이야기도 끝이 보이는군. 게다가 그런 이야기는 이 거리에선 술집에 가면 언제든 들을 수 있다고. 당신 이야기가 좀 더 길긴 하지만. 어쨌든 잘 들었고, 난 이만 가서 굿타임 찰리랑 클롭을 할까 해."

나는 말했다.

"잔말 말고 들어."

드림 스트리트 로즈가 내 눈을 똑바로 보며 말했다.

그래서 들었다.

게다가 알고 보니 굿타임 찰리가 내 뒤에 서서 귀 기울여 듣고 있었다. 손님들은 굿타임 찰리의 상품을 두어 잔 마시고 내뺀 모양이었다. 단련된 손님도 한 번에 두 잔이 한계다.

(로즈는 이야기를 계속했다.) 물론 어쩌면 프랭크는 내 친구랑 결혼할 생각이 아예 없었는지도 몰라. 그 사람이 그 애를 목사한테 데리고 간 건, 푸에블로의 히긴보텀이란 젊은 사내가 그들이 머물고 있던 원저 호텔로 쫓아와서 프랭크의 갈비뼈에 몰래 6연발을 들이댔기 때문이었다. 내 친구한테 뭔 짓을 하면 다시 와서 수박도 통과할 만큼 커다란 바람구멍을 뚫어 주겠다면서 말이야. 그걸 친구는 훨씬 나중에야 알았어.

사랑의 단꿈은 그러고 나서 순식간에 깨지고 말았어. 사랑해 마지않는 남편일 줄 알았는데, 이 프랭크란 작자가 알고 보니 아주 불쾌한 인간이었던 거야. 쓸 만한 데라곤 하나도 없었어. 그 사람은 남자가 여자한테 막 할 수 있는 모든 짓을 다 했어. 이미 있는 방법들 말고도 그 사람이 새로 생각해 낸 방법들도 많았어. 그 방면에선 정말 꽤 창의력이 있는 사람이었거든.

그래, 프랭크는 백 퍼센트 비열한 놈이었어.

가끔 때린 게 문제가 아니었어. 때리는 건 어쨌든 낫잖아. 아픔은 가시고, 상처는 아물게 마련이야. 심지어 코뼈가 부러지고, 갈비뼈가 부러지고, 한번은 걷어차여서 발목에 금까지 갔어도 말이야. 문제는 그 사람이 그 애 가슴에, 그 애의 순진함에 한 짓이었어. 그 사람은 결코 좋은 남편이 못 됐어. 사랑해 마지않는 아내를 어떻게 존중하고 대해야 하는지도 알지 못했어. 그래선 결국 그 애를 샌프란시스코로 데려가선 블랙 에마누엘이란 아주 수상쩍은 인물한테 돈 받고 빌려 줬지 뭐야. 블랙 에마누엘은 바바리 코스트에 댄스홀을 갖고 있었는데, 당시 난로보다도 뜨거운 곳이었어. 내 친구는 거기서 손님들이랑 춤을 추고 자기한테 맥주니 뭐니 사주게 해야 했어. 내 친구한테 이건 아주 역겨운 직업이었어. 그 애는 맥주를 좋아해 본 적이 없었거든.

이곳에서 프랭크는 마지막 기념으로 한층 화끈하게 두들겨 패고는 내 친구를 버렸어. 친구는 처음에 블랙 에마누엘의 가게를 그만두고 사랑해 마지않는 남편을 찾으러 가려고 했는데, 블랙 에마누엘한테 그 애가 거기서 계속 일하는 대가로 프랭크한테 3천을 줬다는 말을 들었어. 게다가 이젠 프랭크 대신 블랙 에마누엘이 때렸어. 친구는 점점 뭐가 어떻게 된 건지 알 수 없게 됐고 기력을 잃어서 자기가 어떻게 되든 별로 상관 안 하게 됐어.

그다음 삼십 몇 년간 내 친구 인생에 이렇다 할 만한 일은 없었어. 드디어 맥주를 별로 안 싫어하게 됐다는 것, 사실은 꽤 좋아하게 됐고 도수가 별로 안 높은 와인이랑 버번위스키도 좋아하게 됐다는 것 그리고 프랭크가 자기를 사랑한 게 아니었다는 걸 알게 된 정도일까. 게다가 세월이 흘러 전국을 떠돌면서 이런저런 업소들을 드나들고 나서 그 애는 깨달은 거야. 어쩌면 자긴 영영 예쁜 집이랑 뛰어노는 애들을 못 가질지 모른다는 걸. 그 애는 프랭크가 자기 인생에 나쁜 영향을 끼쳤다는 생각을 종종 하곤 했어.

친구는 프랭크 생각을 아주 많이 했어. 밤낮으로 그 사람 생각을 하고 그 사람이 잘되길 기도했어. 그 애는 프랭크의 소식을 내내 체크했어. 어려운 일은 아니었어. 프랭크가 뉴욕에서 사업에 성공해 종종 신문에 실렸거든. 어쩌면 내 친구의 기도 덕분일 수도 있겠지만, 그보다는 아마 강철에 뭔가 아주 흥미로운 일을 하는 걸 발명해 낸 사내를 만난 덕일 거야. 이 발명에 한몫 껴서 프랭크는 큰돈을 벌었어. 게다가 결혼해서 가족도 있었어.

한 10~12년 전에 친구는 뉴욕으로 왔어. 그땐 그 애도 슬슬 너덜너덜해지기 시작했어. 아직 늙었다고 할 정도는 아니었지만, 서부랑 남부 공기는 피부에 안 좋은 데다 맥주는 몸매에 안 좋잖아. 사실 그냥 술 취한 뚱보 아줌마였어. 섹스어필 같은 건 이미 바닥난 데다 먹고살려고 막일도 해야 했으니 뉴욕에서 산다고 더 나아지지도 않았어. 그렇지만 그 애는 프랭크가 잘되길 늘 잊지 않고 기도했어. 실제로 그렇게 됐고. 나중엔 어딜 가나 백만장자에 상류계급 사람으로 사람들한테 존경을 받았어.

뉴욕으로 와서도 내 친구는 한 번도 프랭크랑 마주친 적이 없었어. 프랭크는 내 친구가 얼쩡거리는 곳에 드나드는 습관이 없었으니까. 그렇지만 그 애는 갖은 애를 써서 이스트 74번로에 있는 프랭크의 저택에서 하녀로 일한 지 좀 되는 여자랑 친해졌어. 이 여자를 통해 프랭크의 생활을 꽤나 자세하게 들을 수 있었지. 어느 날 프랭크랑 그 사람 가족들이 집을 비웠을 때 집이 어떻게 생겼는지 보려고 친구를 따라 간 적도 있었어. 한 시간 만에 그 애는 집 구조를 완벽하게 파악했어.

내 친구는 자기 친구를 통해서, 오늘처럼 무더운 밤이면 프랭크의 가족은 포트워싱턴에 있는 별장으로 갈 테지만 프랭크는 오늘 시내 저택에 있을 거라는 걸 알았어. 뭔지는 몰라도 처리해야 할 서류가 많았다나 봐. 내 친구는 또 자기 친구를 통해, 프랭크의 하인들은 모두 포트워싱턴으로 가고 없고 시내 저택을 맡고 있는 내 친구의 친구랑 슬로긴스란 이름의 프랭크의 시중꾼만 남아 있다는 것도 알았어.

게다가 내 친구는 자기 친구를 통해, 자기 친구랑 슬로긴스가 8시 30분에 영화 보러 갔다가 두 시간쯤 있다 돌아올 거라는 것도 알았어. 프랭크는 자기 혼자 집에 있을 땐 하인들이 그런 시간을 갖는 걸 아주 너그럽게 허락해 준다는 거야. 그렇긴 해도 어느 날 저녁, 내 친구의 친구가 열쇠를 잃어버리는 바람에 하인들 쓰는 출입문 초인종을 눌러서 자길 깨웠을 땐 엄청 뭐라고 했지만. 내 친구랑 같이 맥주를 마시러 나갔다가 열쇠를 잃어버린 거였어.

내 친구가 그 잃어버린 열쇠로 오늘 밤 9시쯤 프랭크의 집에 들어갔다는 걸 알면 내 친구의 친구는 당연히 기겁할 거야. 하인들 출입문에 전등이 있었는데, 내 친구는 문 바로 안쪽에 붙은 스위치를 찾아서 불을 껐어. 그런 모자를 쓴 늙은 여자가 그 시간에 자기들 집에 드나드는 모습을 혹시라도 상류사회 이웃들이라든지 딴 사람이 봤다간, 프랭크랑 그 사람 가족들이 안 좋아할지 모른다 싶어서 말이야.

4, 5층쯤 될 것 같은 고풍스러운 저택이었어. 서재는 4층 뒤쪽으로 있고, 프랑스 식 창문으로 근사한 정원이 내려다보였지. 예상대로 프랭크는 서재에 있었어. 친구도 서류 일을 할 사람이 지하실에 있을 거라고 생각할 만큼 바보는 아니었거든.

그렇지만 친구가 들어갔을 때 프랭크는 일하고 있지 않았어. 창가 의자에서 꾸벅꾸벅 졸고 있는 거야. 오랜만에 보는 그 사람은 아닌 게 아니라 달라져 있었어. 35년 전에 비해 살도 많이 쪘고 머리도 허옇게 셌어. 그래도 친구 눈엔 꽤 잘 지내는 것 같았어. 친구가 한 5분쯤 서서 지켜보고 있었을까, 프랭크는 방 안에 누가 있다는 걸 알아차린 것 같았어. 잠자는 사람들이 그러잖아. 고르던 숨소리가 갑자기 쿵 하고 멎더니 그 사람이 눈을 뜨고 꼼짝도 않은 채 친구의 눈을 빤히 쳐다봤어. 그러다 친구가 드디어 프랭크한테 이렇게 말한 거야.

"프랭크, 내가 누군지 알겠어?"

그 애가 말했어. 얼마 있다가 그 사람이 대답했어.

"그래, 알겠어. 처음엔 당신이 유령일지도 모른다고 생각했지. 당신이 죽었다고 들었거든. 그렇지만 이젠 뜬소문이었다는 걸 알겠군. 유령이기엔 당신 너무 뚱뚱해."

물론 이건 엄청난 모욕이었지만 친구는 그냥 들어 넘겼어. 아직 프랭크랑 말다툼을 벌이고 싶지 않았거든. 그 사람은 동요한 표정으로 쉴 새 없이 방을 두리번거렸어. 대화에 같이 끌어들일 사람이 없나 찾는 것처럼 말이야. 내 친구가 찾아온 게 별로 안 반가운 것 같은 태도였어.

친구는 밝은 목소리로 말했어.

"프랭크, 우리가 이렇게 만났네. 당신은 이제 큰 부자에 이 도시의 저명인사라면서? 정말 기쁜 일이야, 프랭크. 당신이 들으면 놀라겠지만, 난 지난 수십 년 동안 당신이 성공해서 멋진 가족이랑 모든 걸 다 가진 출세한 사람이 되길 기도했거든. 그런데 내 기도대로 된 거야. 신문에서 당신 두 아들은 예일에 다니고 딸은 바서에 다닌다는 거 봤어. 당신의 사랑해 마지않는 부인은 사교계의 거물이 돼가고 있다고 하고. 프랭크, 난 정말 기뻐. 당신이 그렇게 되길 기도했으니까."

프랭크는 그런 말을 듣고 당연히 내 친구가 별문제 없겠다고 생각했지. 어쩌면 아직도 자기를 좋아한다고 생각했을지도 몰라. 자기가 노름하고 술 마실 돈을 대주려고 내 친구가 웨이트리스 노릇을 하던 시절처럼. 프랭크는 얼굴이 밝아져선 친구한테 이렇게 말했어.

"내가 성공하길 기도했다고? 저런, 참 친절하기도 하지. 난 이제 세상 꼭대기에 올라앉아 있어. 살맛나게 해주는 모든 걸 갖고 있어."

"그래. 난 바로 당신이 그렇게 되길 바랐어. 세상 꼭대기에서, 살맛나게 해주는 모든 걸 다 갖게 되길. 당신이 내 인생을 빼앗았을 때 내가 딱 그랬거든. 당신이 두 손으로 내 목을 조른 것만큼이나 확실하게 날 죽였을 때 내가 그랬다고. 난 늘 당신이 부랑자가 안 되길 기도했어. 부랑자는 살맛나게 해주는 걸 아무것도 못 가졌으니 말이야. 당신이 살고 싶어 하길, 그래서 죽고 싶지 않길 바랐어."

이 말은 당연히 프랭크한테 별로 반갑게 들리지 않았어. 그 사람은 갑자기 와들와들 떨면서 말을 더듬기 시작했어.

"그게 무슨 소리지? 날 죽이겠다고?"

그래서 친구는 말했어.

"글쎄, 그건 두고 봐야지. 개인적으로 당신이 알아서 죽어 주면 고맙겠지만, 어느 쪽이든 괜찮아. 그렇긴 해도 내가 당신을 죽이면 뭐가 안 좋은지 설명해 줄게.

내가 당신을 죽였다간 잘못하면 붙들릴지도 몰라. 그럼 엄청난 스캔들이 터질 거야. 왜냐하면 내가 지금 우리 혼인 증명서를 갖고 있거든. 그런데 내가 보기에 당신은 이혼할 생각을 안 해본 것 같단 말이지. 그러니 당신은 중혼자야."

"돈을 줄 수 있어. 아주 많이."

프랭크가 말했어.

친구는 그 말에 귀도 기울이지 않았어.

"게다가 당신이 블랙 에마누엘이랑 맺은 거래에 대한 진술서도 있어. 블랙 에마누엘이 조니 미주한테 칼 맞고 죽기 전에 갑자기 종교를 찾으면서 자기가 지은 죄를 생각나는 대로 모조리 고백했거든. 그게 얼마나 많던지.

당신이 알아서 죽으면 당신은 더럽혀지지 않은, 존경받는 이름을 남길 수 있어. 내가 당신을 죽이면 당신이 지금까지 명성을 쌓는 데 들여 온 세월과 노력이 전부 날아갈 거야. 당신은 예순이 넘었으니 어차피 살날도 이제 얼마 안 남았잖아. 내가 당신을 죽이면 당신은 치욕 속에 죽고 당신 주변 사람들도 같이 치욕을 맛봐야 해. 당신이 얼마나 많은 돈을 남기든 말이지. 당신 자식들은 수치스러워서 고개를 못 들 테지. 당신의 사랑해 마지않는 부인도 안 좋아할걸.

난 아주 오래 기다렸어. 지난 20년간 당신을 찾아가서 이제 그만 끝낼까 생각한 게 아마 열두 번은 될 거야. 그렇지만 그때마다 난 좀 더 기다리자고, 당신이 더 많이 출세하고 인생이 당신한테 좀 더 달콤하게 느껴질 때까지 기다리자고 나 자신을 타일렀어. 자, 그래서 이제 우리가 이렇게 만난 거야."

내 친구는 말했어.

프랭크는 넋 나간 사람처럼 앉아서 암말도 안 했어. 그래서 친구는 결국 드레스 가슴 속에 넣어 들고 온 큼직한 권총을 꺼내서 그 사람 무릎 위로 던지고 말했어.

"프랭크, 행여라도 내가 돌아서면 뒤에서 날 쏠 생각은 하지 마. 그럼 상황이 더 나빠질 테니까. 나한테 혹시 무슨 일이 생길 때를 대비해서 여기저기 편지를 잔뜩 써놨거든. 그리고 이것도 잊지 마. 당신이 알아서

264

처리하지 않으면 난 또 올 거야. 조만간 다시 올 테니까 그렇게 알아."

(드림 스트리트 로즈가 말했다.) 그리고 나서 친구는 맥없이 늘어진 프랭크를 놔두고 서재에서 나와 계단을 내려왔어. 2층까지 왔을 때 위에서 총소리 같은 게 들려오더니, 이어서 문을 쾅 닫는 소리 같은 게 또 들렸어. 친구는 그게 무슨 소린지 확실히 알지 못했어. 왜냐하면 좀 있다 하인들 출입문까지 다 왔을 때 밖에서 요란한 소리가 들려왔거든. 웬 남자가 미친 듯이 욕설을 퍼붓고 여자가 낄낄 웃는 소리도. 그 직후에 내 친구의 친구인 하녀랑 시중꾼 슬로긴스가 들어온 거야.

내 친구가 아슬아슬하게 어두운 구석에 몸을 웅크려 숨고 나서 둘이 위층으로 올라갔어. 남자는 여전히 욕설을 퍼붓고, 여자는 여전히 낄낄 웃으면서. 어떻게 된 일인지 알 수 없었지만 좌우지간 둘이 생각보다 일찍 돌아왔다는 것만은 알 수 있었어. 그래서 친구는 살금살금 하인들 출입문으로 빠져나와 근처에서 택시를 잡아타고 그곳을 떠났어. 그러니 이제 곧 백만장자가 자살했다는 소식을 듣게 될 거야. 내 친구의 복수가 끝나는 거지.

"로즈, 그것 참 길고 근사한 이야기인걸. 로맨스랑 이것저것 다 있고. 물론 난 신사니까 숙녀를 거짓말쟁이라고 하진 않겠지만, 혹시 그게 거짓말이 아니라고 해도 거짓말이 나타날 때까진 충분히 거짓말 노릇을 할 수 있겠어."

나는 말했다.

"뭐, 좋아. 어쨌든 난 내 친구 이야기를 했으니까. 난 술이 더 나은 데로 이만 가겠어. 어딜 가든 여기보다야 낫겠지."

로즈가 말했다.

그러고는 굿타임 찰리의 바닥에 발자국을 더 찍으며 밖으로 나갔다.

그녀가 간 뒤 찰리는 그녀에 대해 아주 무례하게 말하고는 대걸레를 꺼내 왔다. 찰리는 새 핀 못지않게 깔끔한 사람이기 때문이다. 어쩌면 더 깔끔할지도 모른다.

1시쯤 됐을 때, 거리에서 신문팔이가 뭐라 소리 지르는 게 들렸다. 신문팔이들이 늘 그러는 것처럼 입에 옥수수 죽을 한가득 문 것처럼 소리를 질러서 무슨 말인지 알아들을 수 없었다. 그렇지만 벨몬트의 첫 경주에 대해 일급 정보를 얻었던 터라 결과가 궁금한 마음에 머리를 내밀고 신문을 샀다. 그런데 1면에 커다란 활자로 부유한 프랭크 빌링즈워스 매퀴건 씨가 머리를 쏴서 자살했다고 쓰여 있었다.

신문에 따르면, 매퀴건 씨는 서재에서 의자에 앉은 채 발견됐다고 했다. 이미 싸늘하게 식어 있었고, 무릎 위엔 그가 자기를 쏜 권총이 놓여 있었다. 신문은 또한, 매퀴건 씨는 병도 없었고 돈도 많은 데다 정점에서 있었는데 왜 그런 일을 했는지 아무도 원인을 모른다고 했다. 이어서 그의 경력을 자세히 소개했다.

주머니에 기찻삯을 제외하고 200달러쯤 든 채 태평양 연안에서 돌아오던 청년 매퀴건 씨는 기차에서 캘러웨이 강철 공정의 유명한 발명자 조너스 캘러웨이를 만났다. 당시에 역시 젊었던 캘러웨이는 자금이 절실하게 필요했던 터라, 100달러를 투자해 주면 수익의 3분의 1을 주겠다고 약속했다. 100달러라니 지금 와서 보면 하찮은 금액이다. 매퀴건 씨는 제안을 받아들여 이윽고 막대한 재산을 얻기에 이른 것이다.

나는 바닥을 걸레질하는 굿타임 찰리한테 이 모든 이야기를 들려주었다. 신문을 읽어 내려가다 보니 끝머리 근처에 이런 단락이 있었다.

"매퀴건 씨의 충실한 시중꾼 토머스 슬로긴스가 11시경 시신을 발견했다. 매퀴건 씨는 당시 사후 두 시간가량 경과한 듯 보였다. 슬로긴스는 원래 또 다른 하인과 영화를 보러 가려다가 마음을 바꾸고 10시 직전에 집으로 돌아왔다. 평소에는 외출하고 돌아오면 주인에게 곧바로 올라가 보는데, 그날은 자기 방으로 가 옷을 갈아입었다.

'제가 돌아왔을 때 하인들 출입문의 불이 꺼져 있었거든요. 어두워서 그만 근처에 있던 발판과 다른 재료들에 걸려 넘어지고 만 겁니다. 내일 지붕에 자갈을 다시 깔 예정이라 업자들이 도구를 갖다 놓은 거죠. 그러면서 큰 양동이에 든 타르를 출입구에 온통 쏟뜨리는 바람에 제 옷에도 잔뜩 묻었습니다. 그래서 매퀸건 씨께 가기 전에 옷을 갈아입을 필요가 있었던 겁니다.'"

굿타임 찰리는 더욱 빡빡 걸레질을 하더니 잠깐 멈추고 말했다.

"이거 봐, 그 작자가 못 당할 일을 당했단 뜻은 아니고 경찰을 부를 생각도 없어. 그렇지만 그놈이 알아서 죽었으면 어째서 총이 무릎에 그대로 있는 거지? 드림 스트리트 로즈의 친구가 던져 놨다는 대로 말이야. 뭐, 그건 됐고 마룻바닥에서 타르를 없앨 방법이 뭐 없을까? 걸레론 도저히 안 지워지는데."

공포의 토비어스
Tobias the Terrible

어느 날 브로드웨이의 민디네 레스토랑에 앉아 헝가리 풍 굴라시를 맛있게 먹고 있었다. 주방장 본인이 약간 헝가리 쪽이라 민디네 굴라시는 아주 근사했다. 그런데 웬 낯선 사내가 들어오더니 내 테이블에 앉았다.

처음엔 다음 날 로렐에 출전할 말들을 살펴보느라 바빠 신경 쓰지 않았는데, 그가 웨이터한테 자기도 굴라시를 달라고 하는 소리가 들렸다. 이내 괴상한 소리가 들려 신문 너머로 보니 그 사내가 울고 있는 게 아닌가. 커다란 눈물방울이 그의 얼굴을 타고 굴러 내려와 굴라시로 퐁당 퐁당 떨어지고 있었다.

울고 싶은 심정으로(특히 경마장에서 운 나쁜 하루를 보낸 뒤) 민디네에 오는 사내들은 수천 명이지만, 그곳에서 사내가 우는 건 흔치 않은 광경이다. 그래서 나는 흥미진진한 시선으로 그를 살펴보기 시작했다. 몸집이 아주 작아 키는 150센티미터가 겨우 넘겠고 몸무게는 간[肝] 10센트어치쯤 나갈 듯했다. 윗입술 위에 모기 수염 같은 콧수염이 붙어 있고, 옅은 금발에 눈빛이 무척 서글펐다.

나이는 젊었고, 묽은 겨자 같은 색에 주머니가 늘어진 양복을 입었다. 그가 들어왔을 때 갈색 모자가 머리에 비스듬히 얹혀 있는 걸 봤다. 그 서글픈 표정이랑 모자를 보면 그가 이쪽 사람이 아니라는 건 뻔했다.

나는 당연히 그가 무슨 꿍꿍이가 있어 우는 척한다고 생각했다. 어쩌면 눈물을 보여서 나한테 자기 헝가리 풍 굴라시 값을 내게 하려는 속셈인지도 몰랐다. 들어오기 전에 딴 사람들한테 물어보기만 했으면, 차라리 눈물을 보여서 앨 스미스한테 엠파이어스테이트 빌딩을 얻어 내는 게 더 쉬울 거라고 가르쳐 줬을 텐데 말이다.

그렇지만 그 사내는 나한테 암말도 하지 않고 그냥 계속해서 굴라시에 눈물만 빠뜨리고 있었다. 결국 나는 호기심에 져서 그에게 이렇게 말했다.

"이거 봐, 친구, 혹시 굴라시 때문에 우는 거면 주방장이 보기 전에 눈물을 거두는 게 좋을 거야. 자기 굴라시에 대해 워낙 예민한 사내라, 자네 눈물을 비판으로 받아들일 수도 있다고."

그러자 사내는 몸집에 걸맞은 목소리로 말했다.

"굴라시는 괜찮은 것 같은데. 어쨌든 난 굴라시 때문에 우는 게 아냐. 내 슬픈 인생 때문이지. 친구, 사랑에 빠져 본 적 있어?"

이 말을 듣고 물론 이 사내의 문제가 뭔지 알아차렸다. 사랑에 빠진 사내들이 브로드웨이에서 흘린 눈물을 다 합치면, 그 짠물로 대서양과 태평양에 맞설 바다를 하나 만들고 남은 걸로 그레이트솔트 호수를 실업자 신세로 만들 수 있을 것이다. 그렇지만 나 개인적으로는 사랑 때문에 울어 본 적 없다는 말을 꼭 하고 싶다. 왜냐하면 난 사랑에 빠져 본 적이 없고, 아주 재수가 나쁘지만 않으면 앞으로도 사랑에 빠질 일은 없을 것이기 때문이다. 내가 보기에 사랑 같은 건 딱 더도 말고 덜도 말고 허튼 짓이다. 나는 쪼그만 사내한테 그렇게 말했다.

"글쎄, 데버러 웝스 양을 안다면 사랑을 그렇게 함부로 말하진 못할 걸."

그가 말했다.

그러더니 엉엉 울기 시작했다. 하도 슬퍼하는 바람에 어쩐지 나까지 같이 울고 싶어졌다. 이젠 그의 눈물이 진짜라는 확신이 들었기 때문이다.

마침내 사내는 울기를 잠시 멈추고 굴라시를 먹기 시작하더니 이내 좀 밝아졌다. 민디네 굴라시를 어느 정도 먹으면 무지무지 슬퍼하던 사람도 밝아진다는 건 모두가 아는 사실이다. 얼마 안 돼서 그는 날 상대로 이야기를 시작했다. 그의 이름은 토비어스 트위니고, 펜실베이니아 주 벅스 군의 에라스무스인지 뭔지 하는 곳 출신이라고 했다.

듣자 하니 이 에라스무스라는 데는 큰 도시는 아니지만 아주 좋은 곳이고, 토비어스 트위니는 그곳에서 나고 자랐으며, 나이 스물다섯 되도록 지금껏 다른 데는 가본 적이 별로 없는 모양이었다.

어쨌든 토비어스 트위니는 구두 가게에서 구두를 팔며 잘 살아왔는데, 어쩌다 보니 데버러 웝스 양이란 여자와 사랑에 빠지고 말았다. 데버러 웝스 양의 아버지는 에라스무스에 주유소를 갖고 있는 그곳 유지였다. 토비어스의 이야기로 보건대, 데버러 웝스 양은 그를 상당히 휘둘러 댄 모양이다. 그걸 보면 소도시의 여자들도 브로드웨이 여자들이랑 다를 바 없다는 걸 알 수 있다.

토비어스 트위니가 말했다.

"정말 아름다운 여자라고. 난 그 여자 없이는 못 살 것 같아. 그렇지만 데버러 윔스 양은 날 거들떠보지도 않아. 에라스부스의 모델 극장에서 해주는 영화들을 보고 거기 나오는 지하세계의 무모한 인물들한테 푹 빠졌거든.

그 여자가 나더러 그러는 거야. 왜 총잡이가 돼서 여기저기 다니면서 사람들을 쏘고 다니고, 정치가며 경찰하고도 이야기하고 그럴 수 없느냐고. 그리고 에드워드 G. 로빈슨이라든지 제임스 캐그니, 심지어 조지 래프트처럼 개성 있고 낭만적으로 생길 순 없는 거냐고. 그렇지만 난 당연히 그런 타입이 아니잖아. 어쨌든 웬델 보안관이 내가 그런 인물이 되게 놔두지도 않을 거고.

그것 때문에 데버러 윔스 양은 내가 메기만큼도 배짱이 없다고 하면서 조 트리벳이란 놈이랑 어울려 다니는 거야. 담배 가게를 하는 녀석인데, 생강 추출물을 몰래 들여다가 뒷방에서 팔고 알 카포네가 전에 자기한테 '안녕' 한 적이 있다고 주장해. 난 개인적으로 녀석이 순 거짓말쟁이라고 생각하지만."

그러더니 토비어스 트위니는 또다시 울기 시작했다. 나는 그가 무척 안됐다는 생각이 들었다. 친절하고 순진한 사내고 여자한테 휘둘리는 데 익숙한 것과는 거리가 멀다는 게 뻔했기 때문이다. 여자한테 휘둘리는 데 익숙하지 않은 사내는 원래 맨 처음이 제일 힘든 법이다.

"이거야 원, 그 데버러 윔스 양이란 아가씨가 뭘 모르는군. 요새 총잡이는 늘 9 대 0으로 지고 끝난다고. 심지어 영화에서도 말이야. 사실 그런 식으로 안 끝나면 영화가 검열을 통과 못할 거야. 왜 트리벳이란 놈의 코에 한 방 먹여 주고 자기 갈 길이나 가라고 하지그래?"

나는 말했다.

"그 녀석 코에 한 방 먹여 주지 않은 건, 코에 한 방 먹여 준다는 생각을 녀석이 먼저 했고 그 코가 내 거였기 때문이야. 게다가 그 한 방으로 내 코에서 피가 줄줄 흐르게 했고. 내가 데버러 윔스 양 주위를 계속 얼씬거리면 또 그럴 거라고 했어. 사실 데버러 윔스 양이 날 영영 차버린 건, 내가 코피를 막느라 바빠서 같이 한 방 먹이지 않은 탓이 커.

나처럼 배짱 없는 사내는 참을 수 없다는데, 솔직히 내가 태어나기 몇 주 전에 우리 어머니가 토끼 보고 놀란 게 내 잘못이냐고. 그것 때문에 난 평생 망했어.

그래서 에라스무스 은행에서 저금한 돈 200달러를 찾아 여기로 온 거야. 여기 오면 총잡이랑 지하세계의 무모한 인물들을 만날 수 있을지 모른다 싶었거든. 그런 사람들이랑 알게 되면 에라스무스로 돌아가서 조 트리벳의 코를 납작하게 해줄 수 있겠지. 그나저나 혹시 지하세계의 무모한 인물들 중에 아는 사람 없어?"

물론 나는 그런 인물들을 모르고, 혹시 안다 해도 그에 대해 말할 생각은 없었다. 이 거리에서 그런 걸 나불거리고 돌아다녀 봤자 좋은 꼴 못 보기 때문이다. 그래서 나는 토비어스 트위니한테 나도 이곳에 온 지 아직 얼마 안 돼서 모른다고 대답했다. 그러자 토비어스는 영화에 나오는 것 같은 험악한 곳으로 데려가 줄 수 있느냐고 물었다.

나는 당연히 그런 곳을 모르지만, 그러다 문득 47번로에 있는 굿타임 찰리의 깅엄 숍이 생각났다. 저번에 갔을 때 장사가 별로 안 되는 것 같았는데, 어쩌면 찰리한테 손님을 물어다 줄 기회일지 모른다 싶었다. 주머니에 200이 든 사내는 요새 결코 흔하다 할 수 없기 때문이다.

그래서 토비어스 트위니를 데리고 굿타임 찰리네로 갔으나, 가자마자 후회했다. 시내 여러 지역에서 열 명 남짓 되는 다양한 인물들이 와 있었던 것이다. 다들 언제 어디서고 안 만나고 싶은 인간들뿐이었다. 말 해리랑 소 앤지는 브루클린에서, 리틀 미치랑 독일 슈워츠를 포함해 셋은 할렘에서, 또 몇 명은 브롱크스에서 온 듯했다. 조이 업타운이 보였는데, 조이는 친한 동네 친구 몇 명과 늘 붙어 다니기 때문이다.

나중에 알고 보니, 이들은 굿타임 찰리네 근처에서 사업차 만남의 자리를 가졌다가 일 이야기가 끝나고 찰리의 매상을 좀 올려 주려고 들른 것이었다. 이 거리 사람치고 찰리를 싫어하는 사람은 없다. 어쨌든 나랑 토비어스 트위니가 들어가자 그들이 테이블을 둘러싸고 앉아 있었다. 그래서 반갑게 인사하자 그들도 같이 인사하며 친구도 같이 와서 앉으라고 했다. 마음 상태가 아주 너그러운 모양이었다.

이런 인물들의 초대를 거절하는 건 현명한 일이 못 되는 터라, 나는 당연히 자리에 앉고 토비어스한테도 앉으라고 신호를 보냈다. 토비어스의 소개가 끝난 뒤, 다 같이 술을 두어 잔 마셨다. 나는 그 자리에 있던 사람들한테 토비어스가 누구며 그가 사랑해 마지않는 여자가 그를 휘두른다는 것, 조 트리벳이 코에 한 방 먹였다는 것 등을 이야기했다.

그러자 토비어스가 또 울기 시작했다. 단련도 안 된 사내가 굿타임 찰리의 술을 두 잔 먹고 울음을 터뜨리지 않는 일은 불가능하다. 굿타임 찰리가 친구들한테 내놓는 술이라도 그렇다. 다들 당장 토비어스를 동정하기 시작했다. 특히 본인이 방금 여자한테 무지 휘둘렸던 리틀 미치가 그를 무척 동정하며 심지어 같이 울기까지 했다.

"이거야 원, 내 평생 이렇게 터무니없는 얘기는 처음 듣는군. 트리벳이란 놈의 주먹을 되돌려주지 않은 걸 보면 좀 겁쟁이다 싶긴 하지만 말이지. 그렇긴 해도 내가 시간만 있으면 자네가 말하는 그 동네로 가서 그놈 얼굴 보기 힘들게 해줄 텐데. 데버러 웜스 양이란 여자한테도 내 생각을 똑똑히 들려주고."

조이 업타운이 말했다.

그 뒤 내가 토비어스 트위니가 지하세계의 무모한 인물을 만나러 뉴욕에 왔다는 이야기를 해주자, 그들은 무척 관심 있게 들었다. 소 앤지가 이렇게 말했다.

"그런 인물들을 아는 사람한테 연락해서 트위니 씨를 소개해 달라고 할 순 없을까? 개인적으로 난 그런 종류의 인물들은 딱 질색이지만 말이야."

앤지가 그 문제를 곰곰이 생각하는데, 누가 앞문을 쾅쾅 두들겼다. 경찰들한테나 가능한 노크 소리라 테이블에 앉아 있던 모든 사람이 벌떡 일어났다. 굿타임 찰리가 문으로 달려가 구멍으로 밖을 엿보는데 굵고 큰 목소리가 들려왔다.

"문 열어, 찰리. 네놈 손님들 좀 보자. 뒷문으로 내뺄 생각은 말라고 전해. 그쪽에도 있으니까."

찰리는 우리가 있는 곳으로 돌아와 말했다.

"해리건 경위네 수사대야. 누가 자네들이 여기 있다는 걸 찌른 게 틀림없어. 총 내놔야 할 사람 있으면 지금 내놓으라고."

그러자 조이 업타운이 토비어스 트위니한테 다가가 큼직한 총을 건네며 이렇게 말했다.

"이거 어디 안 보이게 넣고 조용히 앉아 있어. 괜히 참견 안 하고 가만히 앉아 있으면 경찰도 자넬 건드리진 않을 거야. 그렇지만 우리한테서 총이 발견되면 일이 아주 귀찮아지거든. 특히 국가에 약속한 게 있는 사람이면 말이지. 그러고 보니 나도 좀 있는 것 같아."

물론 조이의 말이 전부 옳았다. 그도 그렇고, 그 자리에 있던 몇몇 다른 사람도 가석방으로 풀려난 상태였는데, 가석방으로 풀려난 사람의 주머니에 총이 들었나는 게 들통 나면 문제가 아주 심각하다. 과연 아주 예민하고 난감한 상황이었다.

토비어스 트위니는 굿타임 찰리의 술을 두어 잔 마시고 약간 멍한 상태였던 터라, 어쩌면 뭐가 어떻게 돌아가는지 몰랐을 수도 있다. 그는 조이의 총을 받아 뒷주머니에 넣었다. 그러자 느닷없이 말 해리와 소 앤지, 리틀 미치를 비롯해 모두가 그에게 다가가 자기 총을 주는 것이었다. 토비어스 트위니는 굿타임 찰리가 문을 열고 경찰이 들어오기 전에 그럭저럭 그 총들을 전부 감추는 데 성공했다.

조이 업타운과 다른 사람들은 두세 명씩 각각 다른 테이블에 흩어져 앉아 있고, 원래 있던 테이블엔 토비어스 트위니랑 나만 남아 있었다. 게다가 다들 아주 순진무구해 보이는 얼굴로 경찰이 쳐들어온 걸 보고 놀라는 표정을 짓고 있었다. 해리건의 브로드웨이 수사대에 속한 젊은 친구들이었는데, 하나같이 아주 무례했다.

나는 해리건하고 안면이 있는 데다 그의 부하들과도 대부분 아는 사이였던 터라, 그들은 내가 두 살배기 아기만큼이나 해가 없는 인간이라는 걸 알고 있었다. 그 때문에 그들은 나나 토비어스 트위니는 거들떠보지도 않고 조이 업타운과 소 앤지 등을 일으켜 세워 총이 없는지 신체검사를 했다. 경찰은 늘 총이 있을 만한 인물들한테만 관심을 가진다.

모든 총은 토비어스 트위니한테 있었으니 경찰은 당연히 누구한테서도 총을 찾지 못했다. 토비어스의 신체검사를 할 생각은 누구도 하지 못했다. 게다가 토비어스는 굿타임 찰리의 술을 마시고 반쯤 잠들어 주위에서 벌어지는 일에 아무런 관심이 없었다. 실제로 의자에 앉은 채 꾸벅

꾸벅 졸고 있었다.

물론 경찰은 총을 못 발견해서 매우 분개했다. 소 앤지와 조이 업타운은 시의회 의원을 만나, 법을 준수하는 시민을 일으켜 세워 신체검사를 하는, 그런 시민의 위엄을 무시하는 처사가 있어도 되는 건지 알아보겠다고 위협했다. 그렇지만 경찰은 그런 말을 듣고도 별로 심란해하는 것 같지 않았다. 해리건 경위가 이렇게 말했다.

"뭐, 정보가 틀렸을지 모르지. 그렇지만 만에 하나의 경우를 위해서라도 난 언제든 네놈들을 철저하게 조사할 거야."

물론 이 인물들한테 이런 식으로 말해선 안 된다. 그들 모두 자기 구역에서 한가락하는 사람들인데 말이다. 그렇지만 해리건 경위는 상대가 누가 됐건 말투에 신경 쓰는 사람이 아니다. 해리건 경위는 아주 거친 경찰이다.

그런데 그가 부하들을 데리고 나가려는데, 토비어스 트위니의 몸이 앞으로 살짝 과하게 기울고 말았다. 다음 순간, 그가 바닥에 엎어지면서 큼직한 총 다섯 자루가 주머니에서 튀어나와 사방팔방으로 미끄러졌다. 토비어스 트위니는 눈 깜짝할 새에 체포됐다. 경찰마다 각각 그의 어느 부분인가를 붙들고 있었다.

다음 날 모든 신문이 '열두 자루 트위니'의 체포를 떠들썩하게 보도했다. 신문에 따르면, 경찰에선 그가 세계 최고의 거친 사내가 틀림없다고 발표했다. 두 자루 사내, 심지어 세 자루 사내도 들어 보긴 했지만 열두 자루씩이나 갖고 있는 사내는 지금껏 들어도 못 봤다는 것이다.

경찰은 또, 하는 행동을 보면 토비어스 트위니가 아주 잔인무도한 사내라는 걸 알 수 있다고 했다. 암말도 않고 눈빛을 번득이며 그들을 노려보기만 하기 때문이라는데, 토비어스가 그들을 쳐다보는 이유는 물론 너무 아연해서 무슨 말을 해야 할지 모르기 때문이었다.

나는 당연히 토비어스가 물 위로 떠오르면 죄다 털어놓을 것이라고 생각했고, 그가 체포됐을 때 굿타임 찰리네에 있던 사람들도 모두 그렇게 생각해서 당분간 숨어 지냈다. 그런데 정신이 든 토비는 자기한테 쏟아지는 관심에 우쭐해진 나머지, 들킬 때까지 열두 자루 트위니 노릇을 계속하기로 했다. 관련된 모든 사람들한테 더할 나위 없이 잘된 일이었다.

총기 소지를 금지하는 설리번 법을 어긴 죄로 토비어스가 재판을 받는 날, 나는 래스커버 판사의 법정으로 몰래 갔다. 총을 열두 자루나 들고 다닐 만큼 무모한 인물을 보려는 시민들로 법정이 발 디딜 틈 없었다. 자리를 잡으려고 밀치락달치락하는 사람들 중에 여자도 많았는데, 그중 몇 명은 결코 못생긴 것도 아니었다. 수갑을 차고 경찰에 둘러싸여 나오는 열두 자루 트위니의 모습을 찍으려는 사진기자들도 많았다.

그러나 다들 토비어스가 그냥 꼬맹이인 걸 보고 놀라고 다소 실망한 듯했다. 래스커버 판사는 그를 보더니 자기가 본 게 믿기지 않는지 안경을 끼고 다시 봤다. 그는 이해가 안 된다는 듯 고개를 내저으며 한동안 바라보더니 해리건 경위한테 이렇게 말했다.

"여기 있는 이 반쪽이가 무모한 열두 자루 트위니란 말인가?"

해리건 경위가 틀림없다고 답하자, 래스커버 판사는 토비어스가 그 많은 총을 다 어디에 넣고 다녔는지 알고 싶어 했다. 그래서 해리건 경위는 법정 곳곳에 있는 경찰들의 총을 거둬다 탄창을 뺀 뒤, 처음 발견했을 때의 기억을 되살려 토비어스의 몸 여기저기에 총을 넣기 시작했다. 토비어스도 가끔씩 친절하게 거들어 주었다.

해리건 경위는 토비어스의 재킷 좌우 주머니에 각각 두 자루씩 넣고,

바지 좌우 뒷주머니에 한 자루씩, 바지허리에 한 자루, 바지 좌우 옆 주머니에 한 자루씩, 좌우 소매에 한 자루씩 그리고 재킷 속주머니에 한 자루를 넣었다. 그러고는 이제 굿타임 찰리네서 체포했을 때와 조금도 다름없이 무장됐다고 말했다. 그러자 래스커버 판사는 토비어스한테 이렇게 말했다.

"이리로 좀 더 가까이 다가오도록. 내 눈으로 직접 피고가 어떤 악당인지 봐야겠군."

토비어스는 한 발짝 앞으로 내디뎠다가 코를 박고 엎어지고 말았다. 나는 그 즉시 그가 왜 굿타임 찰리네 가게에서 고꾸라졌는지 알 수 있었다. 찰리의 술도 술이지만, 워낙 몸집이 작다 보니 총 때문에 균형을 못 잡는 것이었다.

그가 넘어지자 소란이 벌어졌는데, 무지 뚱뚱한 젊은 아가씨가 울부짖으며 사람들을 헤치고 달려 나왔다. 그녀는 경찰들이 막는 것도 아랑곳없이 토비어스한테 달려가 옆에 무릎을 꿇더니 이렇게 말했다.

"내 사랑 토비, 나야, 데버러, 난 늘 당신이 누구보다도 훌륭한 총잡이가 될 줄 알았어. 날 봐, 토비, 그리고 당신도 날 사랑한다고 말해 줘. 에라스무스에 어젯밤 뉴욕 신문이 들어온 다음에야 우리 모두 당신이 얼마나 대단한 영웅인지 알았지 뭐야. 그래서 내가 당장 달려왔어. 키스해 줘, 토비."

뚱뚱한 젊은 아가씨가 말했다. 토비어스는 한쪽 팔꿈치로 버티고 몸을 일으켜 시키는 대로 했다. 참 보기 좋은 광경이었다. 그렇지만 그런 문제에 인내심을 발휘해 주지 않는 경찰은 그들을 떼어 놓으려 했다.

래스커버 판사는 이 모든 일을 안경을 쓰고 지켜보고 있었다. 래스커버 판사는 멍청이가 아니었다. 판사치고는 상당히 교활한 영감탱이인 그는, 토비어스가 경찰의 주장처럼 그렇게 무모한 인물이 아닐지도 모른다는 걸 감 잡았다. 특히 토비어스가 그 많은 총을 다 싸 짊어지지도 못했으니 말이다.

그 때문에 경찰이 토비어스한테서 뚱뚱한 젊은 아가씨를 떼어 내고 총 몇 킬로그램도 덜어 내서 그가 겨우 일어설 수 있게 되자, 래스커버 판사는 휴정을 선언하고 토비어스를 자기 방으로 데려가 이야기를 나누었다. 어쩌면 거기서 토비어스가 사실대로 말했는지도 모르겠다. 그는 곧바로 나무 위의 작은 새들 못지않게 자유로운 몸으로 풀려났다. 다만 뚱뚱한 젊은 아가씨가 일회용 반창고처럼 딱 붙어 있었으니 어쩌면 그렇게 자유로운 몸이 아니었는지도 모른다.

이야기는 이걸로 끝이다. 다만 그 뒤, 토비가 잡혔을 때 굿타임 찰리네 가게에 있던 인물들끼리 엄청 싸운 모양이다. 찰리네에 오기 전에 가진 모임이란 게 일종의 화평 모임이라, 서로에 대한 믿음을 입증하기 위해 모두가 총을 두고 오기로 했다는 것이다. 그런데 누구 한 사람, 상대방을 믿는 인간이 없었다는 걸 알고 다 같이 분개했다.

토비어스 트위니의 소식은 그 뒤로 듣지 못했다. 딱 한 번, 그로부터 몇 달 뒤 펜실베이니아에 양조장을 살펴보러 갔던 조이 업타운과 리틀 미치가 에라스무스란 곳이 근처에 있는 걸 알고 토비어스 트위니가 잘 있는지 들러 보기로 했다.

토비어스는 데버러 윔스 양과 결혼했을 뿐 아니라 보안관까지 된 모양이었다. 에라스무스 사람들은 토비어스 트위니처럼 무모함으로 명성을 떨친 사람이 법의 수호자가 되면 범죄자들이 에라스무스를 멀리할 것이라고 생각한 것이었다. 토비어스의 맨 처음 공무는 조 트리벳을 추방하는 것이었다.

그렇지만 브로드웨이에서 토비어스 트위니는 언제까지고, 불법 무기를 소지했다고 조이 업타운과 리틀 미치를 유치장에 집어넣고 각각 50달러 벌금형을 받게 한, 은혜를 모르는 인간으로 기억될 것이다.

춤추는 댄의 크리스마스
Dancing Dan's Christmas

크리스마스가 다 됐을 때였다. 정확히 말하자면 크리스마스 전날 저녁, 나는 웨스트 47번로에 있는 굿타임 찰리 번스타인의 작은 무허가 술집에서 찰리한테 메리 크리스마스를 빌어 주고 따뜻한 달걀술 몇 잔을 함께 마시고 있었다.

따뜻한 달걀술은 이 나라에서 옛날에 크리스마스를 축하해 모두가 마시던 술인데, 하도 인기가 좋아서 따뜻한 달걀술을 마시고 싶어서 크리스마스를 만들어 낸 게 아닐까 생각하는 사람들이 많았다. 물론 이건 사실이 아니다.

그렇지만 누굴 붙들고 물어봐도 따뜻한 달걀술만큼 진짜 명절 분위기가 나는 게 없다고 할 것이다. 따뜻한 달걀술이 미국에서 인기를 잃은 뒤로 명절 분위기도 예전 같지 않다고 들었다.

따뜻한 달걀술이 인기를 잃은 건 따뜻한 달걀술을 만들려면 럼주 등등이 필요하기 때문이다. 럼주가 이 나라에서 불법이 되면서 당연히 따뜻한 달걀술도 같이 불법이 됐다. 럼주는 요새 시내에서 구하기가 아주 힘들다.

얼마 동안 몇몇 사람들이 럼주 없이 따뜻한 달걀술을 만들어 봤지만 아무리 해도 예전 같은 명절 기분은 나지 않았다. 결국 거의 모든 사람이 진저리를 내면서 포기했는데, 이게 그럴 만도 하다. 따뜻한 달걀술을 만드는 건 애들 장난이 아니기 때문이다. 따뜻한 달걀술을 만들려면 전문가의 솜씨가 필요하다. 불법이 아니던 시절, 따뜻한 달걀술을 잘 만드는 사람은 월급도 세고 친구도 많았다.

물론 굿타임 찰리랑 나는 우리가 만드는 따뜻한 달걀술에 럼주를 쓰지 않는다. 우리는 법에 어긋나는 일은 하기 싫은 사람들이다. 우리가 사용한 건 굿타임 찰리가 처방전을 얻어 약국에서 산 호밀 위스키였다. 이 따뜻한 달걀술은 우리가 직접 마실 건데 굿타임 찰리 본인의 호밀 위스키를 쓸 만큼 바보는 아니다.

호밀 위스키의 처방전은 굿타임 찰리가 혹시 류머티즘에 걸릴 때를 대비해 모그스 선생이 써준 것이었다. 모그스 선생에 따르면, 류머티즘엔 호밀 위스키만 한 게 없으며 특히 따뜻한 달걀술로 만들어 마시면 더욱 좋다고 했다. 실제로 모그스 선생도 와서 본인의 류머티즘을 위해 따뜻한 달걀술을 조끼로 몇 잔 마셨다.

모그스 선생이 온 건 오후였다. 굿타임 찰리랑 나는 크리스마스 도중에 따뜻한 달걀술이 떨어지는 일이 없게 넉넉히 만들려고 아침 일찍부터 시작했기 때문이다. 6시가 다 돼서 우리 명절 분위기는 백 퍼센트에 달해 있었다.

굿타임 찰리와 나는 따뜻한 달걀술을 마시며 명절에 느끼는 감상을 주고받고 있었다. 찰리가 아주 흥미로워할 게 분명한 크리스마스 전날 밤과 온 집 안에 관한 시를 떠올리려고 애쓰는데, 갑자기 누가 앞문을 쿵쿵 두들겼다. 찰리가 문을 열어 주자, 글쎄, 춤추는 댄이란 이름의 사내가 옆구리에 커다란 꾸러미를 끼고 들어오는 게 아닌가.

춤추는 댄은 잘생긴 젊은 사내로, 늘 옷을 잘 입고 다녔다. 그가 춤추는 댄이란 이름으로 불리는 건, 나이트클럽이라든지 춤을 추는 곳에서 여자들과 춤추고 다니는 데 선수라서 그렇다. 실제로 춤추는 댄이 하는 일이라곤 그것뿐인 듯했다. 춤을 안 출 땐 법에 어긋나는 일을 이것저것 한다는 소문을 듣긴 했지만, 물론 이 거리에는 소문 하나 없는 사람이 없다. 개인적으로 난 춤추는 댄을 꽤 좋아하는 편이었다. 인생에서 늘 신나는 일을 찾아내는 친구라 그렇다.

이곳 사람이라면 누구나 춤추는 댄은 소심함과는 담 쌓은 친구라고 말해 줄 것이다. 정말이지 배짱이 남들 못지않았다. 그렇지만 나는 그가 하프문 나이트클럽에서 일하는 뮤리얼 오닐 양과 그렇게 춤을 많이 추는 게 과연 옳은 판단인지 늘 의심했다는 말을 하고 싶다. 내가 그 점에 있어 그의 판단을 의심한 이유는, 누구나 알다시피 뮤리얼 오닐 양은 하이네 슈미츠가 아주 좋게 생각하는 여자였고, 하이네 슈미츠는 자기가 좋게 생각하는 여자랑 누가 한 번 반 이상 춤추는 걸 너그럽게 받아 줄 사람이 아니기 때문이다.

하이네 슈미츠는 할렘의 유력 인사로, 맥주 및 다른 사업에 크게 관여하고 있다. 누굴 보자마자 쏴버릴 사람이라는 건 비밀도 아니다. 아니, 보기도 전에 쏴버린다는 말도 있다. 좌우지간 그는 함부로 장난칠 상대가 아니었던지라, 많은 시민들이 춤추는 댄한테 뮤리얼 오닐 양과 춤추는 건 아주 잘못된 일 정도가 아니라 자기 값어치를 바닥으로 떨어뜨리는 일이라고 충고했다.

그러나 춤추는 댄은 하하 웃기만 하고 그 뒤로도 기회가 있을 때마다 뮤리얼 오닐 양과 춤을 췄다. 굿타임 찰리는 뮤리얼 오닐 양 같은 미인이라면 그럴 만도 하다면서, 자기도 지금보다 5년만 젊었다면, 그래서 링크 패디 같은 빠른 친구들하고 달리던 시절만큼 총을 빨리 빼들 수만 있었다면 그녀와 춤을 출 것이라고 했다.

어쨌든 춤추는 댄은 들어오더니 가게 안을 재빨리 둘러보고는 꾸러미를 구석에 아무렇게나 던졌다. 무거운 게 든 것처럼 쿵 소리가 났다. 댄은 찰리와 내가 앉은 바로 다가와 뭘 마시느냐고 물었다.

우리는 당연히 춤추는 댄한테 따뜻한 달걀술의 매력을 선전하기 시작했다. 그 말을 듣고 춤추는 댄은 그럼 한번 마셔 보겠다고 하더니, 한번 마셔 보고는 한 잔 더 마셔 보겠다고, 메리 크리스마스라고 했다. 두 시간 뒤, 우리는 여전히 춤추는 댄과 따뜻한 달걀술을 마셔 보고 있었다. 댄은 이렇게 마음을 달래 주는 건 평생 처음 마셔 본다면서, 자기가 아는 모든 사람들한테 달걀술을 권하겠다고 말했다. 다만 자기는 달걀술의 가치에 걸맞은 사람을 아무도 모르는 데다, 그나마 뮤리얼 오닐 양 정도가 괜찮을 것 같지만 그녀는 약국에서 구한 호밀 위스키가 든 걸 입에도 안 댄다는 게 문제라고 했다.

우리가 달걀술을 마시는 동안 손님들이 여러 번 굿타임 찰리의 술집 문을 두드렸지만, 잘못하면 우리가 마실 것도 모자랄 판에 그들까지 달걀술을 원할까 봐 걱정된 굿타임 찰리는 '크리스마스 임시 휴업'이란 표지판을 내걸었다. 유일하게 들여놔 준 사내는 우키란 주정뱅이 하나뿐이었다. 그는 그 주 내내 산타클로스처럼 차리고 6번가에 있는 모 르윈스키의 옷가게 광고판을 들고 돌아다니는 중이었다.

찰리가 들여놔 줬을 때도 우키는 산타클로스 옷을 입고 있었다. 찰리가 우키 같은 인물을 가게 안에 들여놔 준 건, 그가 모 르윈스키의 산타클로스 노릇을 안 할 때는 찰리의 가게에서 비질이나 설거지 같은 잡일을 해주기 때문이다.

우키가 들어온 게 9시 반쯤이었는데, 종일 광고판을 들고 돌아다닌 탓에 발이 아프고 녹초가 돼 있었다. 모 르윈스키의 산타클로스 노릇을 할 때는 그야말로 돈값을 해야 하기 때문이다. 춤추는 댄과 굿타임 찰리와 나는 그렇게 지치고 발 아파하는 우키를 보니 마음이 안돼서 와서 따뜻한 달걀술 몇 잔 마시라고 하고 메리 크리스마스를 빌어 주었다.

그러나 우키는 달걀술에 익숙지 않은 탓에 다섯 잔쯤 마시고 나더니 의자에 앉은 채 뻗고 말았다. 흰 솜을 붙인 빨간 옷에 가발, 가짜 코, 길고 흰 수염으로 분장하고 톱밥을 채운 커다란 자루를 짊어진 모습이 꽤 그럴싸해 보였다. 유리창이 덜컹거릴 만큼 요란하게 코고는 이 사내가 산타클로스일 리 없다는 걸 몰랐다면, 아마 우키가 산타클로스임에 틀림없다고 생각했을 것이다.

우리는 우키를 그냥 자게 놔두고 우리끼리 계속해서 달걀술을 마셨다. 이윽고 크리스마스에 맞는 노래가 없을까 같이 생각한 끝에, 춤추는 댄이 〈아버지의 도시락통〉을 멋진 바리톤으로 목청 높여 뽑았다. 나는 〈오월에 사랑했듯 십이월에도 사랑해 줄래요?〉를 근사하게 불렀다. 그렇지만 내가 늘 생각하는 건데, 굿타임 찰리 번스타인이 그런 때 유대어로 찬송가를 부르려고 하는 건 좀 아니지 않나 싶다. 그 때문에 몇 마디 오가야 했다.

우리가 노래하는 동안 많은 손님이 문을 노크했다가 표지판을 읽었다. 그 때문에 분위기가 심상치 않아져, 몇몇 사람은 밖에 서서 무슨 이런 몹쓸 일이 다 있느냐고 말했다. 결국 찰리가 문틈으로 머리를 내밀고, 평화로운 시간을 보내는 시민들을 빙해하지 말고 가서 볼일들 보지 않으면 코를 박살내겠다고 으름장을 놓기에 이르렀다.

손님들은 당연히 코가 박살나는 사태를 원하지 않았던 터라 조용히 사라졌고, 춤추는 댄과 찰리와 나는 계속해서 따뜻한 달걀술을 마셨다. 따뜻한 달걀술 한 잔을 마실 때마다 우리는 서로에게 메리 크리스마스를 빌어 줬고, 심지어 가끔은 해피 뉴 이어도 빌었다. 물론 굿타임 찰리한테는 해당되지 않았다. 찰리의 새해는 춤추는 댄이랑 나와는 다르기 때문이다.

이윽고 우리는 산타클로스로 분장한 우키를 깨워 따뜻한 달걀술을 더 주고 메리 크리스마스를 빌어 주려 했지만, 우키는 언짢아하면서 우리한테 욕설만 퍼부었다. 명절 기분이 뭔지 모르는 인간이라는 걸 알 수 있길래 그냥 내버려 두었다. 그러다 자정쯤 됐을 때 춤추는 댄이 산타클로스로 분장해 보고 싶다는 말을 꺼냈다.

굿타임 찰리와 나는 춤추는 댄을 거들어 우키의 옷을 벗기고 댄한테 입혔다. 우키가 자기 옷 위에 산타클로스 옷을 입고 있었던 덕에 어렵지는 않았다. 그는 심지어 우리가 산타클로스 옷을 벗기는 동안에도 깨지 않았다.

내가 정말 이 말만은 꼭 하고 싶다. 나도 지금까지 살면서 산타클로스를 여럿 봤지만, 춤추는 댄만큼 잘생긴 산타클로스는 처음 봤다. 가발을 쓰고 흰 수염을 제대로 붙이고 나니 특히 더 근사했다. 우리는 고양이 잠자리로 굿타임 찰리가 가게에 놔두는 쿠션을 춤추는 댄의 바지 속에 집어넣어 그를 배불뚝이로 만들었다. 산타클로스라면 모름지기 그래야 한다.

찰리가 말했다.

"양말이 걸려 있을 만한 데를 모르는 게 참 아쉬워. 그럼 가서 이것저것 쑤셔 넣을 수 있을 텐데. 산타클로스가 원래 그러라고 있는 거라잖아. 그렇지만 이 구역에 사는 사람들이 양말을 걸어 놨을 것 같진 않지. 혹시 걸어 놨어도 십중팔구 구멍이 숭숭 뚫려서 뭘 넣어도 죄 빠져나올 거야. 어쨌든 양말이 걸려 있어도 갖다 넣을 게 없긴 해. 내가 기꺼이 스카치 몇 잔 내놓을 순 있지만."

나는 우리한테 순록이 없는데 산타클로스가 순록 없이 다니면 아주 알맹이 없어 보일 것이라고 지적했다. 그러나 춤추는 댄은 찰리의 말에 뭔가 떠오른 듯 이렇게 말했다.

"내가 양말이 걸려 있는 데를 알아. 웨스트 49번로에 있는 뮤리얼 오닐 양의 아파트에 걸려 있어. 오닐 할머니라고, 뮤리얼 오닐 양의 할머니가 걸어 놓은 거지. 오닐 할머니는 아흔 몇 살 됐는데, 뮤리얼 오닐 양말로는 여기저기 아파서 얼마 못 갈 거라는군. 가끔 좀 어린애처럼 굴기도 하고.

얼마 전에 뮤리얼 오닐 양한테 들으니까, 오닐 할머니가 한평생 크리스마스이브에 양말을 걸어 놨다는 거야. 뮤리얼 오닐 양의 말로 보건대, 할머니는 언젠가 산타클로스가 와서 양말 가득 아름다운 선물을 넣어줄 거라고 믿는 모양이야. 그렇지만 아직까지 한 번도 그래 본 적이 없다나. 그래서 뮤리얼 오닐 양이 할머니 기분 좋으라고 선물 몇 개를 들고 가서 양말에 넣어 주곤 한다는군.

그렇지만 별 대단한 선물은 아냐. 뮤리얼 오닐 양은 아주 가난한 데다 자존심도 세고 착해서 딴 사람한테 동전 한 닢 받을 여자가 아니거든.

아니라고 하는 놈은 내가 늘씬하게 패주겠어.

어쨌든 그래서 크리스마스 날 아침에 선물을 발견하면 오늘 할머니가 아주 좋아하긴 하시지만, 산타클로스가 왜 좀 더 인심을 안 쓰는 건지 이해를 못한다나 봐. 뮤리얼 오닐 양이 그러는데, 할머니가 숟가락 놓기 전에 한 번이라도 아주 근사한 크리스마스를 선물해 주고 싶다는군.

우리가 할 일이 그거야. 뮤리얼 마틴 양이랑 할머니는 웨스트 49번로의 아파트에서 단둘이 사는데, 이 시간이면 뮤리얼 마틴 양은 일하고 있을 거고 오늘 할머니는 십중팔구 새근새근 자고 있겠지. 그러니 우리가 양말에 아름다운 선물을 가득 넣어 주러 가자고."

"이런 밤중에 어디서 아름다운 선물을 구한다는 거지? 가게 문도 다 닫았는데. 24시간 영업하는 약국으로 달려가서 향수 몇 병이랑 아무 짝에도 쓸모없는 화장도구 세트라도 산다면 모를까. 크리스마스이브에 영업시간 지나서 사랑해 마지않는 아내 줄 선물을 깜박했다는 게 생각난 사내들처럼."

나는 말했다. 그러나 춤추는 댄은 그런 건 신경 끄고 일단 달걀술 몇 잔 더 마시고 보자고 했다.

그래서 우리는 달걀술 몇 잔을 더 마셨다. 그 뒤 춤추는 댄은 구석에 던져 놓았던 꾸러미를 집더니 우키의 산타클로스 자루에서 톱밥을 거의 빼내고 꾸러미를 그 안에 넣었다. 굿타임 찰리는 불을 하나만 남겨 놓고 모두 끈 다음, 우키 앞에 크리스마스 선물로 스카치 한 병을 놔두었다. 그러고 우리는 출발했다.

개인적으로 따뜻한 달걀술을 두고 가려니 마음이 아주 아쉬웠지만, 춤추는 댄이 산타클로스 노릇을 하도록 도와줄 생각을 하니 무척 신나기도 했다. 굿타임 찰리는 기뻐 날뛰는 지경이었다. 이 정도로 명절 기분을 만끽하는 게 평생 처음이었기 때문이다.

49번로를 향해 브로드웨이를 올라가는데, 찰리와 내가 아는 많은 시민들이 보이길래 반갑게 인사하고 메리 크리스마스를 빌어 주었다. 몇몇은 춤추는 댄인 줄 모르고 산타클로스와 악수를 나누었다. 다만 나중에 듣자 하니, 입에서 저런 냄새가 나는 산타클로스는 문제 있는 거 아니냐고 사람들이 수군거렸다고 한다.

또 한번은, 늦게까지 크리스마스 파티에 있다가 부모랑 집에 가던 애들 여럿이 어린애처럼 좋아하면서 산타클로스를 둘러싸는 바람에 아주 당황했다. 몇몇은 산타클로스의 다리를 타고 기어오르려 했다. 당연히 약간 짜증난 산타클로스가 욕설을 퍼붓자, 한 부모가 다가와 산타클로스가 그런 험한 말을 쓰다니 될 일이냐고 따졌다. 그 말에 산타클로스가 부모에게 주먹을 날렸다. 산타클로스를 아주 인자한 할아버지라고 알고 있던 어린애들한테는 꽤나 충격이 컸을 것이다.

우리는 드디어 뮤리얼 오닐 양과 그녀의 할머니가 산다는 건물 앞에 이르렀다. 매디슨 스퀘어 가든에서 조금 들어와 있는 싸구려 아파트였고, 뿐만 아니라 엘리베이터도 없었다. 시간이 이렇다 보니 불빛이라곤 건물을 통틀어 현관홀의 가스등 하나뿐이었다. 이 불빛으로 이런 아파트 홀에 늘 있게 마련인 우편함의 이름들을 살펴보니, 뮤리얼 오닐 양과 그녀의 할머니는 6층에 사는 모양이었다.

그게 꼭대기 층이었다. 개인적으로 다섯 층이나 걸어 올라간다는 게 영 마음에 안 들길래 춤추는 댄하고 굿타임 찰리만 가도 괜찮겠다 싶었지만, 춤추는 댄이 다 같이 가야 한다고 우겼다. 결국 나도 그의 말에 동의했다. 지붕으로 올라가 산타클로스를 굴뚝으로 내려 보내는 게 올바른 방법이라고 찰리가 하도 시끄럽게 우기는 바람에 누가 깰까 봐 걱정

돼서 어쩔 수 없었다.

그래서 우리는 꼭대기 층까지 계단을 올라갔다. 문에 꽂힌 오닐이라고 쓴 작은 카드가 우리 목적지를 알려 주었다. 춤추는 댄이 문손잡이를 돌려 보자 바로 문이 열리길래 들어갔다. 방이 두 개나 세 개쯤 되고 가구는 별로 없었다. 그나마 있는 가구도 상태가 아주 안 좋았다. 안으로 들어가 바로 나오는 방 곁방에 침대가 있고 가스등 하나가 밝혀져 있었다. 그 불빛으로 침대에 아주 나이 많은 할머니가 잠들어 있는 게 보였다. 이 할머니가 바로 오닐 할머니인 듯했다.

할머니는 아주 기분 좋은 꿈을 꾸는 것처럼 활짝 미소를 짓고 있었다. 침대 머리맡 옆 의자에 긴 검정 양말이 걸려 있었는데, 여기저기 깁고 꿰맨 자국이 있었다. 사실 아무리 그럴까 했는데, 뮤리얼 오닐 양의 할머니가 양말을 걸어 놓는다는 이야기가 사실인 모양이었다. 춤추는 댄은 등에 지고 있던 자루를 내려놓더니 자기 꾸러미를 꺼내 풀었다. 뜻밖에도 커다란 다이아몬드 팔찌와 다이아몬드 반지, 다이아몬드 브로치 그리고 다이아몬드로 만든 온갖 물건들이 우르르 쏟아져 나왔다. 춤추는 댄과 내가 이 다이아몬드들을 양말에 쑤셔 넣기 시작하자, 굿타임 찰리도 거들어 주었다. 양말 아가리까지 다이아몬드가 꽉 차고도 남았다. 작은 양말이 결코 아니었는데도 말이다. 오닐 할머니는 젊었을 때 한 발 한 모양이다. 어쨌든 다이아몬드가 얼마나 많은지, 양말 가득 담고도 남아 의자 위에 한 무더기 쌓아 놓았다. 오닐 할머니가 깨면 맨 먼저 눈에 띄라고 군데군데 다이아몬드가 박힌 멋진 화장품 케이스를 꼭대기에 올려놓았다. 그리고 밖으로 나오는데 갑자기, 그날 오후 메이든 거리에서 가장 큰 다이아몬드 상인 중 하나가 사무실에 있다가 강도를 당해 50만 달러어치에 상당하는 다이아몬드를 잃었다는 걸 신문에서 본 기억이 났다. 그러고 보니 춤추는 댄이 홀로 일하는 '손들어'로 몇 손가락 안에 든다는 소문을 들은 것도 같았다. 그런 상황에서, 춤추는 댄이 아무리 산타클로스라도 그와 같이 있는 게 과연 적절한가 하는 의심이 드는 것도 당연했다. 나는 다음 길모퉁이에서 어디서 선물을 더 구해 와 다른 양말들도 찾아보자고 굿타임 찰리와 말싸움을 벌이는 그를 두고 집으로 급히 돌아와 잠자리에 들었다. 다음 날, 머리가 얼마나 쑤시는지 나다닐 마음이 나지 않았다. 결국 두어 주 나다니지 않다가 어느 날 밤, 굿타임 찰리의 무허가 술집에 들러 뭔 일 없느냐고 물었다. 그러자 찰리가 이렇게 말했다.

"뭔 일이야 많지. 개인적으로 오닐 할머니의 경야에 자네가 안 올 줄 몰랐어. 오닐 할머니가 크리스마스 이틀 뒤에 이 몹쓸 세상을 떠난 건 자네도 알고 있겠지? 뮤리얼 오닐 양 말로는 모그스 선생이 원래 예정보다 최소한 하루는 더 살았다고 했다는군. 크리스마스 날 아침 양말에 아름다운 선물이 가득 든 걸 보고 하도 행복해서 그 덕분에 더 살았다고 말이지.

뮤리얼 오닐 양이 그러는데, 오닐 할머니는 산타클로스가 진짜 존재한다는 확신을 갖고 죽었다나 봐. 물론 뮤리얼 오닐 양은 할머니한테 선물의 진짜 임자가 따로 있다는 말은 하지 않았어. 샤피로란 이름의 선량한 시민인데, 뮤리얼 오닐 양한테 선물을 발견했다는 연락을 받고 그걸 그냥 두고 갔다는 거야.

이 샤피로란 사내가 마음이 여린지, 모그스 선생한테 선물을 두고 가면 오닐 할머니가 좀 더 살 수 있을 거란 말을 듣고 그러자고 했다는군.

그래서 모든 게 잘됐어. 경찰이 이게 대체 어떻게 된 일인가 어안이 벙벙해서 그렇지. 샤피로한테서 선물을 가져갔던 나쁜 놈이 양심에 찔려서 그냥 아무 데나 놓고 갔나 보다고 생각하는 모양이야. 뮤리얼 오닐 양은 선물을 발견해 돌려준 대가로 1만 달러를 받았고. 춤추는 댄은 샌프란시스코에서 회개하고 춤 선생이 될까 한다는군. 뮤리얼 오닐 양하고 결혼할 수 있게. 뮤리얼 오닐 양이 춤추는 댄의 직업을 자세히 모르기만을 바라고 또 그럴 거라 믿어야지."

그로부터 1년 뒤, 크리스마스이브에 엽총 샘이란 사내와 마주쳤다. 할렘의 하이네 슈미츠 일당인데, 정말이지 아주 기분 나쁜 인물이다.

"어이구, 이런, 저번에 자네를 봤을 때도 크리스마스였는데. 그때 자넨 굿타임 찰리네서 나오고 있었지. 술이 머리끝까지 오른 것 같았어."

엽총이 말했다.

"아니, 엽총, 이거 서운한데. 날 뭐로 보는 거지? 자네가 이야기하는 그때 난 어지럼증에 시달리고 있었어."

"나야 상관없어. 자네를 본 날 밤, 춤추는 댄이란 작자가 굿타임 찰리네에 있단 정보를 얻고 모키 모건이랑 총잡이 잭이랑 내가 거길 감시하고 있었거든. 하이네 슈미츠가 춤추는 댄한테 아주 화가 나서 말이야. 그렇지만 물론 이젠 괜찮아. 하이네 슈미츠한테 딴 여자가 생겼으니까.

어쨌든 우린 결국 춤추는 댄을 못 보고 말았어. 저녁 6시 반부터 크리스마스 날 해 뜰 때까지 있었는데, 들어간 인간이라곤 산타클로스 분장을 한 산타클로스 우키 영감뿐이었고 나온 건 자네랑 굿타임 찰리랑 우키뿐이더라고.

굿타임 찰리네에 들어가지도, 거기서 나오지도 않았으니 하여간 춤추는 댄도 더럽게 운 좋은 녀석이지. 우리가 길 건너 건물 3층에서 총신을 자른 엽총을 갖고 지키고 있었거든. 하이네가 절대 놓치지 말라고 했는데 말이야."

"그래, 엽총. 메리 크리스마스."

내가 말했다.

"뭐, 됐어. 메리 크리스마스."

엽총이 말했다.

세라 브라운 양 이야기
The Idyll of Miss Sarah Brown

이 나라에 살아 숨 쉬었던 큰손들 중 스카이만큼 손 큰 사람은 없었다. 그건 틀림없는 사실이다. 실제로 그가 스카이라고 불리는 건 노름이라면 종류를 막론하고 워낙 통 크게 걸기 때문이었다. 그는 가진 걸 몽땅 걸었다. 이보다 더 크게 걸 수 있는 사람은 아무도 없었다.

진짜 이름은 오바디아 마스터슨이고 콜로라도 남부의 소도시 출신이다. 그는 그곳에서 크랩스 게임에, 카드에, 온갖 걸 배웠다. 그곳 유지였던 아버지 또한 도박을 즐겼다. 스카이한테 듣기로, 그가 마침내 고향에서 판을 싹 쓸고 좀 더 넓은 곳으로 나가야겠다고 결심했을 때, 그의 아버지는 아들을 불러다 놓고 이렇게 말했다고 한다.

"아들아, 네가 이제 네 앞길을 찾으러 넓디넓은 세상으로 나가려고 하는구나. 여기엔 너한테 더는 기회가 없으니 그건 좋은 일이다. 그저 네가 통 크게 시작할 수 있게 돈을 못 대주는 게 아쉬울 따름이다. 그렇지만 내 비록 너한테 줄 돈은 없어도 아주 귀중한 조언 하나는 해줄 수 있단 다. 내가 지금껏 살면서 스스로 깨달은 거다만, 네가 이걸 늘 명심하고 살았으면 한다.

아들아, 네가 얼마나 경험을 쌓든, 얼마나 대가리가 커지든, 이것만은 늘 잊지 마라. 언젠가 웬 사내가 나타나서 포장도 안 뜯은 새 카드 덱을 보여 주곤, 스페이드의 잭이 튀어나와서 네 귀에 사과술을 찍 갈긴다는 데 걸겠다고 할 거다. 아들아, 절대로 그 내기에 응해선 안 된다. 네가 그 내기에 응하면, 그러자마자 네 귀가 사과술로 차고 넘칠 거다."

스카이는 자기 아버지가 한 말을 잊지 않고 스페이드의 잭이 안 뜯은 카드 덱에서 튀어나와 그의 귀에 사과술을 갈긴다는 것 같은 내기엔 함 부로 응하지 않았다. 덕분에 그는 실수를 별로 하지 않았다. 실제로 그 가 한 유일한 실수라곤, 고향을 떠나 세인트루이스에 이르자마자 세인 트루이스가 세상에서 제일 큰 도시라는 데 내기를 걸어 있는 돈을 몽땅 잃은 것뿐이었다.

물론 이건 스카이가 그보다 더 큰 도시를 보기 전의 일인 데다, 그는 원래 이런 종류의 책을 별로 읽은 게 없었다. 살면서 읽은 책이라곤 그 가 지내는 호텔 방에 놓인 기드온 성경뿐이었다. 스카이는 몇 년 동안 내내 호텔 방에서만 살았다.

스카이의 말로는, 기드온 성경에서 아주 흥미로운 것들을 많이 읽었 을뿐더러 기드온 성경이 자기가 바른 길을 벗어나지 않게 붙들어 준 것 도 여러 번이라고 했다. 예컨대 한번은 신시내티에서 이런저런 노름을 한 끝에 아마도 시장만 빼고 모든 사람한테 돈을 꿔서 옴짝달싹 못한 적이 있었다.

그렇지만 빚을 갚을 방법은 도무지 보이지 않고 자기한테 남은 길은 줄행랑뿐이다 싶었을 때, 기드온 성경에서 이런 구절을 발견했다.

"서원하고 갚지 아니하는 것보다 서원하지 않는 것이 더 나으니."

이건 분명히 사람이 도박 빚을 떼먹고 튀면 안 된다는 뜻이라고 생각한 스카이는 그럭저럭 해결이 될 때까지 신시내티를 떠나지 않았다. 그로부터 오늘까지 스카이는 도박 빚을 떼먹고 튄다는 생각은 해보지도 않았다고 한다.

그는 나이는 서른 살쯤 됐고, 키가 크고 얼굴은 둥그스름하며, 눈은 크고 파랗다. 언제 봐도 갓난아기처럼 순진무구해 보인다. 사실 그는 필라델피아의 변호사 셋을 합친 것보다도 똑똑한 친구다. 그건 무지무지 똑똑하다는 뜻이다. 뉴올리언스와 시카고, 로스앤젤레스, 그 밖에도 카드라든지 크랩스 게임, 경마, 야구 도박이 있는 데면 어디서나 그는 큰손으로 확고한 지위를 가지고 있었다. 스카이는 도박이 있는 곳이면 전국 어디든 갔다.

그렇지만 비록 도박이라면 종류를 안 가리긴 해도 스카이는 기본적으로 포커를 제외한 카드 게임과 크랩스 게임 도박꾼이었으며, 노름으로 먹고 사는 인간들이 늘 하는 내기의 명수이기도 했다. 그들은 좌우지간 무슨 일에나 내기를 건다. 그게 딴 사람한테 꾀로 이길 수 있는 기회라고 생각하기 때문이다. 내가 아는 인간들 중엔 다음 날 무슨 내기를 걸까 생각하느라 밤을 새우는 인간들도 있다.

연속으로 에이스가 안 나올 확률이라든지, 스터드 포커에서 2 두 개로 이길 확률 등 단순히 카드 게임에 대한 내기일 때가 있는가 하면, 아주 제정신이 아닌 내기들도 있다. 그렇지만 제정신이 아닌 내기일수록 더 좋아하는 듯한 시민들도 있다. 스카이는 언제 봐도 이런 내기거리가 늘 있는 사람이었다.

이 거리에 처음 나타났을 때, 그는 몇몇 유력 인사들하고 같이 폴로 구장에 야구를 보러 갔다. 그곳에서 그는 해리 스티븐스*의 땅콩 한 봉지를 사서 재킷 주머니에 넣었다. 시합 내내 땅콩을 먹던 그는 시합이 끝나고 경기장을 가로지르면서 딴 사람들한테 이렇게 말했다.

"내가 2루에서 홈 베이스까지 땅콩을 못 던진다는 데 얼마나 걸겠어?"

그렇게 먼 거리를 던지기엔 땅콩이 너무 가볍다는 건 누구나 아는 사실이므로, 늘 돈 좀 쥘 기회를 노리는 크랩스 노름꾼 빅 니그는 말했다.

"낯선 친구, 내가 3 대 1로 걸지."

"좋아, 200에 600이야."

스카이는 그렇게 말하고는 2루 베이스에 서서 주머니에서 땅콩 한 알을 꺼냈다. 그가 던진 땅콩은 홈 베이스를 지나, 여태 특별관람석에 앉아 그날 신나게 때려 댄 워커를 타석에서 못 끌어내렸다고 빌 테리를 욕하던 웬 뚱보의 무릎 위에 떨어졌다.

물론 이건 정말이지 놀라운 투구였으나, 나중에 알고 보니 스카이는 속에 납이 든 땅콩을 던진 것이었다. 물론 해리 스티븐스의 땅콩도 아니었다. 해리 스티븐스는 납을 넣은 땅콩을 한 봉지 10센트씩 팔지 않는다. 납 값이 얼만데.

그로부터 며칠 안 돼서 스카이는 이번에는 민디네 레스토랑에서 아주 유별난 내기를 제안했다. 민디네 지하실로 내려가 맨손으로 살아 있는 쥐를 잡아 올 수 있다는 데 100달러를 걸겠다는 것이었다. 그러자 뜻

---

*미국 최초로 야구장 매점 사업을 전개한 사업가.

밖에도 민디가 나섰다. 민디는 평소 자기가 살아 있다는 내기에도 동전 한 닢 거는 사람이 아니었던 터라 모두들 크게 놀랐다.

그렇지만 보아하니 민디는 스카이가 지하실에 길들인 쥐를 풀어 놨다는 걸 알고 있었던 모양이다. 스카이를 알고 또 끔찍이 사랑해서 그가 원하면 언제든 잡혀 줄 쥐였다. 민디는 또 이 쥐를 우연히 발견한 설거지 담당 종업원 한 명이 임자가 있는 쥐라는 걸 모르고 팬케이크보다도 더 납작하게 짜부라뜨렸다는 걸 알고 있었다. 그 때문에 지하실로 내려가 맨손으로 쥐를 잡으려 한 스카이는 쥐가 아주 말을 안 듣는 걸 보고 몹시 놀랐다. 그놈은 민디네 쥐 중 한 마리였던 것이다. 나중에 민디는, 스트랭글러 루이스라도 자기네 쥐를 맨손으로, 또는 권투 글러브를 끼고 잡진 못할 거라는 데 7 대 5로 거금을 걸겠다고 말하고 다녔다.

이런 이야기를 하는 건 스카이가 얼마나 똑똑한 친구인지를 말하기 위해서다. 그가 정규 업무하고 별도로 생각해 내는 온갖 놀라운 내기를 다 말해 줄 시간이 없는 게 그저 아쉬울 따름이다.

그가 어느 모로 보나 아주 정직한 사내고 카드든 주사위든 절대 속임수를 안 쓴다는 건 모두가 아는 사실이었다. 뿐만 아니라 스카이는 결코 판을 싹쓸이하려 들지 않았다. 다른 노름꾼들하고는 달리, 그는 도박장을 소유해 사용료를 내는 대신 받는 입장이 되려 하지 않았다. 스카이는 언제까지고 도박을 즐기는 쪽이었다. 그는 자기가 뭘 소유할 만큼한곳에 오래 머물 사람이 아니라는 걸 알고 있었다.

실제로 전국을 떠돌며 살아온 동안 스카이가 가져 본 것이라곤 돈다발 정도다. 저번에 브로드웨이에 왔을 때도 그는 현금 10만 달러랑 갈아입을 옷가지만 갖고 있었다. 그게 세상에 그가 가지고 있는 전부였다. 그는 집이나 차, 보석 같은 걸 가져 본 적이 없다. 시계도 없다. 스카이에 따르면 시간은 자기한테 의미가 없다고 한다.

물론 10만 달러 있으면 뭔가를 소유하는 것이라고 생각하는 사람들도 있겠지만, 스카이한테 돈은 그냥 도박을 즐기기 위한 수단에 불과했다. 가치로 따지자면 달러든 도넛이든 그한테는 아무 차이 없을 것이다. 스카이가 돈을 돈으로 생각할 때는 오로지 그가 빈털터리일 뿐이었으며, 주머니에 손을 넣어 봤더니 손가락밖에 없으면 그는 빈털터리였다.

그러면 스카이는 나가서 새로 돈을 벌어 와야 했다. 돈 벌어 오는 데 관해 스카이는 거의 초능력자나 다름없었다. 그는 달랑 전보 한 장으로, 존 D. 록펠러가 담보를 잡히고 구할 수 있는 것보다 더 많은 돈을 구할 수 있었다. 스카이의 신용이 통에 든 밀만큼이나 틀림없다는 건 모두가 알고 있기 때문이다.

어쨌든 어느 일요일 저녁 브로드웨이를 걷던 스카이는 49번로 모퉁이에서 일요일 저녁이면 곧잘 열리는 전도 집회와 마주쳤다. 여기저기서 죄인을 건지러 다니는 듯한데, 브로드웨이 이 언저리에서 죄인을 건지려면 더 늦은 시간에 와야 한다는 게 내 생각이다. 그 시간이면 죄인들은 전날 밤 죄를 짓고 나서 아직 자는 중이기 때문이다. 푹 쉬어야 좀 있다 멀쩡한 상태로 또다시 죄를 지을 수 있다.

전도 나온 사람들은 달랑 네 명으로, 그중 둘은 영감에, 하나는 할머니였지만, 나머지 하나는 젊은 아가씨였다. 코넷을 삑삑거리는 그녀를 두어 번 보더니 스카이는 뿅 가고 말았다. 그 정도로 브로드웨이에서, 그것도 전도 집회에서 찾아보기 힘든 예쁜 아가씨였다. 그녀의 이름은 세라 브라운 양이었다.

그녀는 키가 크고 날씬한 데다 몸매가 일류였다. 머리는 금발에 가까운 옅은 갈색이었고, 눈은 어느 모로 보나 100점 만점짜리란 말밖에 나오지 않았다. 게다가 코넷 소리를 싫어하지만 않는다면 코넷 실력도 나쁘지 않았다. 근처 중국집의 스캣 밴드하고 경쟁해야 하는 상황이었는데도 말이다. 치열한 경쟁이긴 했어도, 많은 시민들은 큰북 치는 할아버지가 좀만 더 도와줬다면 세라 브라운 양이 큰 점수 차로 이겼을 것이라고 믿었다. 할아버지가 큰북을 너무 무심하게 치는 게 문제였다.

스카이는 세라 브라운 양이 코넷을 삑삑거리는 걸 한참 듣더니, 이윽고 그녀가 죄악을 무참하게 짓밟고 종교를 마구 밀어붙이는 걸 들었다. 그녀는 여기 구원이 필요한 영혼을 가진 사람이 있으면 당장 앞으로 나오라고 했다. 그런데 나가는 사람이 아무도 없자, 스카이는 민디네 레스토랑으로 와서 거기 모인 사람들한테 세라 브라운 양 이야기를 했다. 그렇지만 우리는 물론 세라 브라운 양을 이미 알고 있었다. 그녀는 그만큼 예쁘고 또 참한 아가씨였다.

게다가 다들 늘 세라 브라운 양을 안됐다고 여겼다. 늘 코넷을 삑삑거리고 연설도 하면서 구원이 필요한 영혼을 찾는데도, 그녀는 아직 구원할 영혼을 못 만난 듯 보였기 때문이다. 적어도 그녀가 속한 전도 단체는 사람이 많아질 기미를 안 보였다. 많아지기는커녕 오히려 줄어든 게, 원래는 트롬본을 꽤 그럴싸하게 부는 사내도 있었는데 이 작자가 어느 날 밤 트롬본을 들고 내빼 버렸다. 다들 아주 치사하고 더러운 놈이라고 생각했다.

이때부터 스카이의 관심은 온통 세라 브라운 양에게 집중되었다. 그녀가 다른 전도 봉사자들하고 길모퉁이에 설 때면 스카이도 근처에 서서 그녀를 바라보곤 했다. 이렇게 몇 주가 계속되면 아무리 세라 브라운 양이라도 스카이가 자기를 본다는 걸 모를 수 없다. 만약 모른다면 터무니없는 얼간이인데, 세라 브라운 양을 얼간이라고 생각하는 사람은 아무도 없었다. 그녀는 늘 빈틈이 없고 자기를 잘 보살필 수 있는 아가씨처럼 보였기 때문이다. 심지어 브로드웨이에서도 말이다.

거리 집회가 끝나면 스카이는 이따금 48번로 부근의 오래된 창고에 있는 그들의 본부로 따라가 실내 집회에도 참가했다. 듣자 하니 세라 브라운 양을 보면서 헌금함에 큼직하고 거칠거칠한 지폐를 넣은 게 한두 번이 아닌 모양이었다. 장사가 영 시원치 않았다고 들었던 터라, 이 지폐가 그들에게 아주 큰 도움이 됐을 건 틀림없었다.

영혼의 구원 전도회라는 이 단체를 운영하는 건 세라 브라운 양의 할아버지인 아르비드 애버내시란 수염 기른 영감이었지만, 코넷을 삑삑거리고 가난한 사람들을 찾아다니는 일은 대부분 세라 브라운 양이 하는 듯했다. 그런 아름다운 아가씨가 착한 일을 하느라 세월을 낭비한다는 건 수치스러운 일이라고 많은 시민들이 주장했다.

스카이가 어떻게 세라 브라운 양하고 안면을 텄는지 도무지 알 수 없는 일이지만, 어쨌든 어느새 그가 그녀한테 인사를 건네면 그녀는 그 100점 만점짜리 눈으로 미소를 짓게 됐다. 어느 날 저녁 우연히 스카이하고 같이 49번로를 걷다가 그녀와 마주쳤다. 스카이는 그녀를 불러 세우더니 참 멋진 저녁이라고 했다. 그러고는 이렇게 말했다.

"전도회는 요새 어떻습니까? 어디, 영혼 좀 구했나요?"

세라 브라운 양의 말에 비춰 보건대, 영혼의 구원이 요새 아주 뜸한 모양이었다.

"사실 영혼을 너무 못 구원해서 걱정이에요. 가끔은 혹시 저희한테 은총이 부족한 게 아닌가 싶어요."

세라 브라운 양이 말했다.

그 뒤, 걸어가는 그녀의 뒷모습을 바라보며 스카이가 나한테 이렇게 말했다.

"저 아가씨를 도울 방법이 뭐 없을까. 영혼 몇 개쯤 구원해서 전도회의 덩치를 좀 키울 수 있으면 좋겠는데. 다시 얘기 좀 해보고 방법이 없나 찾아봐야겠어."

그러나 스카이는 세라 브라운 양과 다시 얘기하지 못했다. 누가 그녀에게, 스카이가 직업 도박꾼이고 아주 바람직하지 못한 인물이며 그가 전도회 주위를 얼쩡거리는 건 그녀가 예쁜 아가씨라서 그러는 것뿐이라고 속닥거렸기 때문이다. 그 때문에 세라 브라운 양은 갑자기 스카이를 아주 쌀쌀맞게 대하기 시작했다. 뿐만 아니라 부정하게 얻은 그런 돈을 앞으로 헌금함에 넣지 말아 달라는 전갈까지 보냈다.

당연히 무척 마음이 상한 스카이는, 길바닥에 서서 세라 브라운 양을 쳐다보고 전도회로 찾아가는 걸 그만두었다. 그리고 다시 민디네서 사람들하고 어울리며 우리들 사이에서 벌어지는 일, 그중에서도 특히 크랩스 게임에 관심을 갖기 시작했다.

물론 당시 세상 거의 모든 사람이 빈털터리였던지라 크랩스 게임도 별거 없었지만, 52번로의 차고 위층에서 네이선 디트로이트가 벌이는 게임은 가끔 좀 그럴싸할 때가 있었다. 여기에 어느 날 이른 저녁 스카이가 나타났다. 그렇지만 그냥 구경하러 온 모양이었다.

그는 서서 구경만 하면서 역시 주위를 둘러싸고 서서 구경하는 다른 사내들과 말을 주고받았다. 이들 중엔 골드러시 때 대단했던 큰손들이 많았다. 물론 대부분은 이제 어치 못지않게, 어쩌면 어치보다도 더 빈털터리였다. 그런데 그중에 브랜디 술병 베이츠란 사내가 있었다. 놀 돈이 있던 시절엔 큰손으로 전국 방방곡곡에 이름을 날렸던 사내로, 그가 브랜디 술병 베이츠라고 불리는 건 예전에 브랜디 술병을 허리에 차고 다

넜기 때문인 듯했다.

이 브랜디 술병 베이츠는 덩치가 크고 거무스름한 데다, 코가 큼지막하고 머리는 서양배처럼 생겼다. 도덕히곤 담 쌓은 사악한 인물이었지만, 아주 교활한 노름꾼이며 수중에 돈이 있을 땐 펑펑 잘 썼다.

그러다 스카이는 브랜디 술병 베이츠한테 왜 판에 안 끼느냐고 물었다. 그러자 브랜디 술병은 웃으며 이렇게 말했다.

"그건 우선 내가 돈이 없기 때문이고, 둘째는 지난 1년 동안 내가 한 짓을 보면 돈이 있었어도 별 소용이 없을 것 같기 때문이야. 이거야 원, 이래선 내 영혼을 걸어도 못 이길걸."

이 말을 듣고 어떤 생각이 떠오른 스카이는 기묘한 표정으로 브랜디 술병을 쳐다봤다. 그사이 크랩스 노름꾼 빅 니그가 주사위를 집어 세 번 던진 뒤 6이 나오자, 브랜디 술병 베이츠가 이렇게 말했다.

"어때, 내가 얼마나 재수가 나쁜지 알겠지? 빅 니그가 저렇게 팡팡 터뜨리는데, 난 저 친구한테 걸 땡전 한 푼 없어. 특히 6만 나오면 되는 이런 때 말이야. 닉은 팡팡 터뜨릴 땐 6쯤은 거뜬히 던진다고. 만약 저 친구가 6을 못 던지면 내가 영영 손 털어도 좋아."

그 말에 스카이는 말했다.

"브랜디, 내가 제안을 하나 할까. 난 빅 니그가 6을 못 던진다는 데 1천을 걸겠어. 영감이 거는 건 영감 영혼이야. 빅 니그가 6을 못 던지면 영감은 손 털고 세라 브라운 양의 선교회에 6개월간 있어 줘야 해."

"좋아!"

브랜디 술병 베이츠는 즉각 말했다. 그러나 그가 과연 내기의 내용을 정말 이해했는지는 의문이었다. 브랜디가 이해한 것이라곤, 스카이는 빅 니그가 6을 못 던질 거라는 데 걸겠다고 했다는 것뿐이었다. 브랜디 술병 베이츠는 빅 니그가 6을 던진다는 데 영혼 따위 두 번도 걸 용의가 있었다. 브랜디 생각에 이 내기에서 유리한 건 자기였다. 그만큼 닉에 대한 신뢰가 대단했다.

과연 빅 니그가 6을 던져, 스카이는 브랜디 술병 베이츠한테 천 달러 지폐를 건넸다. 다들 브랜디 술병 베이츠의 영혼에 천 달러라니 값을 지나치게 후하게 매겼다고 수군거렸다. 게다가 주위에 있던 사람들은 스카이가 브랜디한테 판에 낄 돈을 주려고 그랬다고 생각했지, 그가 노리는 게 브랜디 술병 베이츠의 영혼이란 생각은 하지도 못했다. 특히 스카이가 그 이상 내기를 제안하지 않았던 터라 더욱 그랬다.

그는 그저 서서 브랜디 술병이 천 달러를 들고 현금으로 판에 끼는 걸 우울한 얼굴로 지켜보고만 있었다. 그러나 브랜디 술병 베이츠만은 스카이의 속마음을 짐작한 듯했다. 브랜디 술병은 교활한 영감이었다.

드디어 그가 주사위를 던질 차례가 돌아왔다. 그는 두 번 던진 끝에 세 번째에 4를 던졌다. 4는 심지어 연필을 굴려도 나오기 힘든 숫자라는 건 누구한테 물어도 알 것이다. 그러자 브랜디 술병은 스카이를 돌아보고 말했다.

"스카이, 우리 이걸로 내기할까. 자네가 내 돈을 원하는 게 아니라는 건 나도 알아. 자네가 원하는 건 내 영혼이지. 세라 브라운 양을 위해서. 주제넘은 소리를 하려는 게 아니라, 난 자네가 왜 그걸 원하는지도 알아. 나한테도 젊은 시절은 있었으니까. 내가 지면 한 시간 뒤 48번로에서 문을 쾅쾅 두들기고 있으리란 건 자네도 알 거야. 난 갚을 건 확실하게 갚는 사람이니까.

그렇지만 스카이, 이젠 나도 돈이 생겼거든. 그러니까 판돈도 올라가. 어때, 내가 이번에 4를 못 던진다는 데 1만 달러를 걸겠나?"

"좋아!"

스카이가 말했다. 말 떨어지기 무섭게 브랜디 술병은 4를 던졌다.

스카이가 네이선 디트로이트의 크랩스 게임에서 세라 브라운 양을 위해 브랜디 술병 베이츠의 영혼을 따려 한다는 소문이 퍼지자, 사람들이 난리가 났다. 그때 민디네선 많은 사람들이 둘러앉아 온갖 것을 두고 싸우면서 돈만 있으면 자기 말이 맞는다는 데 얼마를 걸겠다고 서로 이러쿵저러쿵하고 있었는데, 누가 그곳으로 전화를 걸었다. 전화 내용을 알고 사람들이 한꺼번에 문으로 몰려드는 바람에 하마터면 민디가 깔려 죽을 뻔했다.

민디네서 빠져나와 크랩스 게임 현장에 맨 먼저 도착한 사람들 중에 마꾼 리그레트가 있었다. 그가 들어왔을 때, 스카이는 브랜디 술병이 9를 못 던진다는 데 1만 2천 달러를 건 참이었다. 브랜디 술병의 영혼 값이 점점 비싸지는 모양이었다.

리그레트는 브랜디 술병이 9를 던질 거라는 데 자기 영혼을 걸겠다고 나섰다가, 스카이가 20달러 이상 못 준다고 하는 바람에 모욕감에 치를 떨어야 했다. 그렇지만 결국 이 값을 받아들였다. 브랜디 술병이 또 성공했다.

그 뒤 많은 사람들이 스카이한테 내기를 제안했다. 스카이는 남이 내기하자는 걸 거절 못하는 사람이었던지라, 브랜디 술병이 실패하면 세라 브라운 양의 전도회에 가입하겠다는 그들의 약속을 자기가 얼마만큼 믿느냐에 따라 액수를 정하겠다고 했다. 다만 이때는 이미 3만 5천 달러를 잃고 수중에 돈이 없었으므로 차용증을 써주겠다고 했다.

브랜디 술병은 평소 같으면 기꺼이 스카이의 편의를 봐주겠지만, 자기 영혼에 대해 차용증을 받고 싶진 않다고 대답했다. 스카이는 하는 수 없이 두세 블록 떨어진 호텔로 가서 야간 근무 직원한테 부탁해 금고에서 나머지 현금을 모두 꺼내 와야 했다. 그동안 네이선 디트로이트의 도박장에선 작게 노는 도박꾼들이 크랩스 게임을 계속했다. 많은 시민들이 주위에 서서 자기들도 왕년에 제정신 아닌 내기를 많이 들어 봤지만 이 정도로 제정신 아닌 건 처음이라고들 말했다. 다만 빅 니그는 자기는 이보다 더 제정신 아닌 걸 들어 봤는데 뭐였는지는 까먹었다고 했다.

빅 니그는 원래 모든 도박꾼이 제정신이 아니라면서 애초에 제정신이었으면 도박꾼이 안 됐을 거라고 주장했다. 그가 여기에 대해 이러쿵저러쿵하는데, 스카이가 돈을 들고 돌아왔다. 브랜디 술병 베이츠는 뜨겁게 달아올랐던 주사위가 식을 시간이 있었으니 자기가 손해 보는 셈이라고 하면서, 아까 중단했던 곳에서 다시 시작했다.

결과적으로 브랜디 술병은 열세 번 연속으로 이겼다. 마지막 주사위는 10으로, 2만 달러와 그의 영혼이 걸려 있었다. 그 밖에 영혼에 대한 판돈으로 백에서 오백까지 걸린 시민이 열 명 남짓 됐다. 모두들 판돈에 대한 불만이 하늘을 찔렀다.

브랜디 술병이 10을 던지는 순간 우연히 스카이를 봤는데, 그는 아주 괴상한 표정으로 브랜디 술병을 바라보고 있었다. 뿐만 아니라 그의 오른손이 재킷 안으로 슬그머니 들어갔다. 나는 그가 늘 어깨에 메는 총집에 총을 넣고 다닌다는 걸 알고 있었던지라, 어째 분위기가 심상치 않다는 걸 눈치챌 수 있었다.

그렇지만 뭐가 어떻게 된 건지 파악하기도 전에 문간이 시끌시끌해졌다. 누가 언성을 높이고 여자 목소리가 들리는가 싶더니 뜻밖에도 세라 브라운 양이 들어오는 게 아닌가. 그녀가 무척 열 받았다는 건 누가 봐도 알 수 있었다.

그녀는 브랜디 술병 베이츠와 스카이와 다른 사람들이 서 있는 테이블로 곧장 다가왔다. 그녀를 들여놨다고 네이션 디트로이트가 얼마나 화를 낼까 생각하니 모두들 도어맨인 도버가 불쌍해졌다. 테이블에는 브랜디 술병 베이츠가 마지막으로 던진 주사위가 여전히 그대로 놓여 있었다. 스카이를 빈털터리로 만들고 많은 시민들한테 몇 달 만에 처음 돈을 따게 해준 주사위였다.

세라 브라운 양은 스카이를 보고, 스카이는 세라 브라운 양을 보고, 세라 브라운 양은 주위의 시민들을 봤다. 다들 말문이 막혀 할 말을 잃은 듯 보였다. 결국 스카이가 입을 열었다.

"안녕하세요. 좋은 저녁이군요. 당신을 위해 여기 몇 명의 영혼을 따내려고 했는데 제가 오늘은 운이 좀 달리는 모양입니다."

세라 브라운 양은 100점 만점짜리 눈으로 아주 매섭게 스카이를 바라보며 말했다.

"그런 수고는 하실 필요 없어요. 필요한 영혼은 제가 알아서 얻을 수 있으니까요. 그러지 말고 자기 영혼이나 생각하시죠. 그건 그렇고 당신이 거는 게 당신 자신의 영혼인가요, 아니면 그냥 당신 돈인가요?"

물론 그때까지 스카이는 자기 돈 말고 건 게 없었으므로, 그는 세라 브라운 양의 질문에 그저 고개를 가로젓기만 했다. 어쩐지 혼란스러운 표정이었다.

"나도 도박을 모르지 않아요. 특히 크랩스 게임은 잘 알죠. 불쌍한 아버지랑 조 오빠를 망쳐 놓은 게 그건데 왜 모르겠어요? 스카이 씨, 영혼을 걸고 도박을 하고 싶으면 당신 자신의 영혼을 걸고 하세요."

그러더니 세라 브라운 양은 한 손에 들고 있던 작은 검정 가죽 지갑을 열고 2달러짜리 지폐를 꺼냈다. 왕년에 자주 사용됐던 걸로 보이는 2

달러 지폐였다. 세라 브라운 양은 그걸 들고 이렇게 말했다.

"당신과 내기를 하겠어요, 스카이 씨. 당신이 여기 있는 다른 사람들과 내기했을 때와 같은 조건으로요. 당신 영혼에 2달러예요. 이게 제가 가진 돈 전부지만, 당신 영혼은 이만도 못해요."

물론 세라 브라운 양이 화가 나서 스카이한테 망신을 주려고 이런다는 건 누가 봐도 분명했다. 그러나 스카이는 그 즉시 재킷 안에서 손을 빼더니 주사위를 집어 그녀에게 건네면서 말했다.

"굴리시죠."

세라 브라운 양은 주사위를 낚아채 테이블에 휙 던졌다. 그 모습을 보면 그녀가 프로 크랩스 노름꾼은 고사하고 아마추어 크랩스 노름꾼도 아니라는 걸 누구나 알 수 있었다. 아마추어 크랩스 노름꾼은 모두 우선 주사위에 숨을 후 불고 한참 달각달각 흔든 다음 "부탁한다, 베이비!" 같은 말을 한다.

실제로 나중에 세라 브라운 양에 대한 비판이 들끓었다. 그녀가 이긴다는 쪽에 걸고 싶은 시민들도, 진다는 쪽에 걸고 싶은 시민들도 많았는데, 그녀가 후딱 던져 버리는 바람에 내기를 할 겨를이 없었기 때문이다.

승자를 발표하는 건 스크랜턴 슬림이었는데, 그는 주사위가 테이블 옆면에 맞고 튀자마자 흘끗 보더니 "이겼습니다" 하고 소리쳤다. 테이블에 떨어진 주사위엔 6과 5가 큼지막하게 찍혀 있었다. 즉, 어떻게 봐도 11이었다. 이제 스카이의 영혼은 세라 브라운 양 것이었다.

그녀는 몸을 휙 돌리고 테이블 주위의 시민들을 헤치고 나아갔다. 심지어 주사위를 던지느라 내려놓았던 2달러 지폐를 가져가지도 않았다. 나중에 딸기코 리건이란 아주 불쾌한 작자가, 내기에 이긴 사람이 안 가져간 돈이라며 그 2달러를 자기가 갖겠다고 했다가 네이선 디트로이트한테 쫓겨났다. 네이선 디트로이트는 딸기코가 자기 가게에 안 좋은 평판을 심어 주려 한다고 몹시 분개했다.

스카이는 당연히 브라운 양을 따라갔다. 도어맨인 도버한테 나중에 듣기로, 그가 잠긴 문을 열고 그들을 내보내 주길 기다리던 중에 세라 브라운 양이 스카이를 돌아보더니 이렇게 말했다고 한다.

"당신 정말 바보군요."

도버는 이런 더할 나위 없는 모욕을 받고 스카이가 한 방 먹이겠구나 생각했으나, 스카이는 세라 브라운 양한테 미소를 지으며 이렇게 말했다.

"바울이 말하길 '너희 중에 누구든지 이 세상에서 지혜 있는 줄로 생각하거든 어리석은 자가 돼라. 그리하여야 지혜로운 자가 되리라'라고 했죠. 사랑합니다, 세라 브라운 양."

도버는 기억력이 꽤 좋은 친구다. 그의 말로는 세라 브라운 양이 스카이한테 성경을 그렇게 잘 아는 것 같으면 아가서 2장도 기억하겠다고 말했다는데, 어쩌면 도버가 숫자를 헛갈렸을 수도 있다. 기드온 성경에서 그 부분을 찾아보니 아무리 그래도 세라 브라운 양이 그런 말을 할 것 같지 않았다. 물론 그야 모르는 일이긴 하지만.

아무튼 이야기는 이걸로 끝이다. 혼란 중에 브랜디 술병 베이츠는 도버도 내보낸 걸 기억 못할 만큼 슬그머니 빠져나가면서 스카이의 돈 대부분을 챙겨 갔다. 그렇지만 얼마 안 돼서 시카고에서 파로를 하다가 다 털렸다. 우리가 마지막으로 들은 소식은, 그가 종교를 되찾아 새너제이에서 설교를 하고 있다는 내용이다. 그 때문에 스카이는 자기가 내기에 이겨 그의 영혼을 딴 거라고 주장했다.

얼마 전 밤에 49번로와 브로드웨이 모퉁이에서 스카이를 봤는데, 스카이 부인을 포함해 전도회 사람들이 꽤 많았다. 영혼의 구원 장사가 아주 잘되는 모양이었다. 스카이가 큰북을 쾅쾅 치는 소리에 파묻혀 중국집의 스캣 밴드 소리는 잘 들리지도 않았다. 뿐만 아니라 쾅쾅 치는 틈틈이 소리도 질렀다. 그보다 더 행복해 보이는 사내는 본 적이 없었다. 특히 스카이 부인이 100점 만점짜리 눈으로 그에게 미소를 지을 때는 더 말할 것도 없었다. 그렇지만 오래 머무르진 않았다. 스카이가 나를 보더니 당장 부르짖기 시작했기 때문이다.

"여기 죄악에 아주 깊이 물든 죄인이 있군요. 죄인이여, 늦기 전에 회개하십시오. 죄인이여, 우리한테 오십시오. 우리가 당신의 영혼을 구원해 주겠습니다."

죄인 운운하는 잡소리에 나는 몹시 난처해졌다. 절대 사실이 아니기 때문이다. 스카이는 내가 고자질하는 인간이 아니란 걸 다행으로 여겨야 한다. 안 그랬으면 스카이의 전문 영역에서 그를 이겨 그의 영혼을 구했노라고 맨날 자랑하는 스카이 부인한테 사실을 일러바쳤을 것이다.

그 사실이란, 그녀가 스카이의 영혼을 따냈고 브랜디 술병 베이츠가 스카이의 돈을 따낸 주사위는 철저하게 조작된 것이며, 또 그녀가 네이선 디트로이트네에 들어오기 직전 스카이가 브랜디 술병을 죽이려 했다는 것이다.

땅이 질면
It Comes Up Mud

개인적으로 난 뷸라 보러가드 양이 리틀 앨피랑 파혼한 걸 탓하지 않았다. 그녀의 말을 들어 보자면 그녀는 속아서 약혼한 셈이었는데, 나는 사내들이 여자들을 속이는 걸 찬성하지 않는다. 물론 딴 방법이 전혀 없을 때는 이야기가 별개지만.

보아하니 리틀 앨피는 뷸라 보러가드 양한테 900 클럽의 손님들에게 몸매를 보여 주는 훌륭한 직업을 그만두게 하면서 경마를 따라 돌아다니는 편안한 생활을 약속한 모양이었다. 물론 뷸라 보러가드 양도 리틀 앨피가 어떻게 편안한 생활이라는 말은 안 했다고 솔직하게 인정하긴 했다. 그런데 나중에 리틀 앨피는 글쎄, 자기가 약속한 건 안 편한 생활인데 말이 잘못 나온 모양이라고 우겼던 것이다.

어쨌든 뷸라 보러가드 양에 따르면, 리틀 앨피가 약혼하고 나서 그녀한테 보여 준 생활은 조금도 재미있지 않았다. 리틀 앨피는 늘 그가 경주마라고 부르는 악어 한두 마리를 데리고 돈 몇 푼 벌겠다고 경마장을 얼씬거리곤 했으나 대개 빈털터리로 생활에 쪼들렸다. 뷸라 보러가드 양은 보러가드 가 같은 긍지 높고 유서 깊은 남부 가문의 일원한테 어울리는 삶이 아니었다고 했다.

실제로 뷸라 보러가드 양은 리틀 앨피랑 헤어지고 조지아의 조상 대대로 살아온 집으로 돌아갈 생각도 있다고 말했다. 다만 거기까지 걸어가는 수밖에 없을 것 같다는 게 문제였다. 많이 걸으면 발이 아프다는 것이다. 예일 인간들이 차를 세우고 골난 그녀를 펠럼 파크웨이에 버리고 갔을 때 말고는 아무도 그녀가 많이 걸었다는 이야기를 들어 본 적이 없는데 말이다.

처음 뷸라 보러가드 양한테 구혼했을 때, 리틀 앨피는 다이아몬드와 모피 코트와 리무진 등등을 기대하게 했던 모양이다. 그러나 그녀가 본 다이아몬드라곤, 리틀 앨피가 마침 잠시 수중에 있던 돈으로 사준 약혼반지뿐으로, 그나마 하도 작아서 머리 꼭대기에서 비추는 빛이 없으면 보이지도 않았다.

그래도 뷸라 보러가드 양은 이 다이아몬드를 아주 소중히 여겼다. 그녀가 리틀 앨피와 끝내 파혼한 건, 그가 마이애미의 하이얼리어 경마 때 그녀한테 말도 없이 반지를 빌려 간 탓도 있었다. 그는 반지를 5달러에 전당 잡히고 그 돈을 '힉스 지사'란 이름의 자기 애벌레에 걸었다.

어쩌면 뷸라 보러가드 양도 리틀 앨피가 다이아몬드 반지를 빌려 간 걸 그렇게까지 괘씸하게 생각 안 할 수도 있었다. 문제는 힉스 지사가 3위로 들어와 딴 25달러를 리틀 앨피가 세 살배기 '최후의 희망'을 켄터키 더비에 내보내겠다고 루이빌의 매트 윈 대령한테 보낸 것이었다. 당

316

시 리틀 앨피가 가진 말은 최후의 희망과 힉스 지사뿐이었다.

이 때문에 뷸라 보러가드 양은 몹시 화가 났다. 그녀에 따르면, 더비는 2킬로미터를 달려야 하는데, 최후의 희망이 2킬로미터를 달리기는 고사하고 걷지도 못한다는 건 젖먹이 아기도 아는 사실이며, 행여 달릴 수 있다 쳐도 하도 느려서 땀도 안 났다.

실제로 이 문제 때문에 뷸라 보러가드 양과 리틀 앨피 사이에 옥신각신 말이 오갔다. 리틀 앨피는 최후의 희망에 아주 푹 빠져 있었던 터라 약혼녀라 해도 그 말을 모욕하는 걸 참을 수 없었다. 힉스 지사에 대해선 누가 뭐라 하건 상관 안 하는 것 같았는데 말이다. 사실 본인이 종종 뭐라 했다.

개인적으로 나는 리틀 앨피가 최후의 희망한테서 대체 뭘 보는 건지 알 수 없었다. 태어나서 아직 한두 번밖에 경주에 나가 본 적이 없는 데다, 그때마다 가까스로 꼴찌로 들어오곤 했는데 말이다. 그런데도 리틀 앨피는 윈 대령이 켄터키 더비의 우승마한테 주는 5만 달러는 자기 차지나 다름없으며, 특히 더비 당일 땅이 질면 틀림없다고 했다. 최후의 희망은 진창을 먹고 자랐기 때문이라는 것이다.

뷸라 보러가드 양은 리틀 앨피가 미친 게 틀림없으며 미친 사람이랑 결혼할 생각은 눈곱만큼도 없다고 말했다. 여기엔 많은 시민들이 동조했다. 땅이 질든 안 질든 최후의 희망을 더비에 내보내는 건 아주 바보 같은 짓이라고 생각하는 사람들이었다. 이내 톰 쇼가 말이 못 이긴다는 데 1000 대 1로 걸겠다고 나섰다. 다들 톰이 배당률을 너무 낮게 잡았다고 했다.

뷸라 보러가드 양은 일이 이렇게 돼서 큰일이라고, 뭘 어떻게 해야 할지 모르겠다고 말했다. 리틀 앨피의 약혼녀로 살아온 4, 5년 사이에 몸매가 너무 많이 변해서 900 클럽의 손님들이 이젠 자기 몸매를 안 보고 싶어 할지 모른다는 이야기였다. 특히 그 특권을 위해 돈까지 내는데 과연 보고 싶어 하겠느냐는 건데, 뷸라 보리가드 양의 몸매기 내가 짐작하는 대로라면 개인적으로 나 같으면 언제든 적당한 서비스 요금을 내고 그걸 볼 것 같았다. 내 보기에 여전히 아주 괜찮은 몸매였다. 몸매에 관심 있다면 말이지만.

뷸라 보러가드 양은 당시 아마 스물다섯 아니면 여섯이었을 것이다. 키가 크고 길쭉한 게 꼭 1루수 같은 체격인 데다, 머리는 건초 같은 색에 눈은 푸르고, 아주 건강하고 식욕이 왕성했다. 세븐 시즈 레스토랑에서 닭튀김을 먹는 뷸라 보러가드 양을 본 적이 있는데 얼마나 기겁했는지 모른다. 긍지 높고 유서 깊은 남부 가문 사람들이 그렇게 잘 먹는 줄 몰랐다. 게다가 뷸라 보러가드 양은 억센 남부 억양이 참 귀여웠다. 다만 살짝 흥분해서 누구한테, 가령 리틀 앨피한테 막 해댈 때는 예외였다.

리틀 앨피는 뷸라 보러가드 양이 파혼을 결심해 자기가 더비 상금을 신나게 쓸 때 자기 곁에 없을 생각이라니 아주 유감이라고 말했다. 경주 후에 프렌치릭에서 근사한 결혼식을 올리려고 계획 중이었고 심지어 그녀한테 사줄 선물들도 목록으로 만들어 놨으며 그중엔 또 다른 다이아몬드도 있는데, 이젠 귀찮게 목록을 다 지우게 생겼다는 것이다.

그는 또 뷸라 보러가드 양이 약혼녀로 있어 주는 데 그새 익숙해진 탓에 그녀가 없이 어쩌면 좋을지 모르겠다고 했다. 그러면서 아주 처량한 표정으로 축 처져서 돌아다녔다. 리틀 앨피가 뷸라 보러가드 양을 무지 사랑한다는 건 틀림없는 사실이었기 때문이다.

그렇지만 사람들은, 뷸라 보러가드 양이 리틀 앨피랑 파혼한 진짜 이유는 폴 D. 비어 씨란 사내가 그녀를 열심히 쫓아다니고 있기 때문이라고 수군거렸다. 자기가 리틀 앨피 같은 인물이랑 얽혀 있다는 걸 알리기 싫어서라는 것이다. 물론 리틀 앨피는 생긴 게 별 볼일 없는 데다, 늘 말이랑 붙어 있다 보니 로즈 제라늄처럼 향기롭지는 않다.

이 폴 D. 비어 씨란 사내는 뉴욕 은행가로, 작은 콧수염을 길렀고 돈이 아주 많은 듯했다. 뷸라 보러가드 양은 어느 날 아침 로니 플라자 해변에서 공짜로 몸매를 보여 주다가 그를 만났다. 그의 관심을 적잖이 끌만큼은 예전 몸매가 남아 있었던 모양이다.

눈 깜짝할 새에 폴 D. 비어 씨는 뷸라 보러가드 양을 여기저기 데리고 다니기 시작했다. 그때는 아직 뷸라 보러가드 양이 리틀 앨피랑 약혼한 사이였는데도 말이다. 리틀 앨피가 폴 D. 비어 씨의 존재를 알아차리지 못했던 건, 켄터키 더비를 앞두고 최후의 희망을 훈련시키고 여기저기 경비를 꾸러 다니느라 바빴기 때문이다. 여기엔 뷸라 보러가드 양한테 들어가는 경비도 포함돼 있었다. 뷸라 보러가드 양한테 리틀 앨피가 사는 싸구려 호텔 같은 데서 산다는 건 당연히 있을 수 없는 일이었던 터라, 그녀는 로니 플라자에 멋진 방을 빌려 살고 있었다.

개인적으로 난 은행가 일반에 대한 불만은 없거니와, 사실 지금까지 살면서 만난 은행가도 몇 명 없다. 그렇지만 폴 D. 비어 씨의 생김새는 어째 맘에 안 들었다. 내가 보기엔 아주 몰인정한 사내 같았다. 하긴 물론 몰인정해 보이지 않는 은행가가 없긴 하다. 은행가가 되면 자연히 인상이 그렇게 변하는 모양이다.

그렇지만 폴 D. 비어 씨는 결코 나이가 많지 않은 데다, 십중팔구 뷸라 보러가드 양한테 말 말고 다른 이야기도 할 것 같았다. 게다가 늘 말냄새가 나지도 않을 테니, 아무도 뷸라 보러가드 양이 그와 돌아다닌다고 뭐라 할 순 없었다. 다만 리틀 앨피랑 약혼한 상태에서 폴 D. 비어 씨의 관심을 받아들이는 건 좀 그렇다고 주장하는 사람들은 많았다. 실제로 일부에선 뷸라 보러가드 양이 다른 약혼녀들한테 안 좋은 본을 보여 주고 있디고 무척 분개했다.

하지만 뷸라 보러가드 양이 공식적으로 파혼을 발표하고 나자, 이젠 그녀도 맘대로 할 권리가 있으며 리틀 앨피의 행동이 좀 그랬다는 게 모두의 의견이었다. 무슨 일이 있었느냐 하면, 며칠 뒤 하이얼리어에서 리틀 앨피는 처음으로 폴 D. 비어 씨와 함께 있는 뷸라 보러가드 양을 본 것이었다. 그것도 아주 친밀한 사이인 듯했다. 좀 더 정확히 말하자면, 잔디밭 근처의 히비스커스 덤불 뒤에서 폴 D. 비어 씨가 뷸라 보러가드 양한테 입을 맞추는 중이었다. 히비스커스라면 딱 질색인 리틀 앨피한테는 아주 역겨운 광경이었다.

그는 뷸라 보러가드 양이 이젠 자기 약혼녀가 아니라는 사실을 잊고 폴 D. 비어 씨한테 주먹을 날리려고 했다. 그러나 폴 D. 비어 씨만큼 돈 많은 사람한테 누가 주먹을 날리려고 하다니 있을 수 없는 일이라고 생각한 여러 청원경찰들이 그를 막았다. 그들이 리틀 앨피를 잘 타이르는 사이에 뷸라 보러가드 양은 사라져 마이애미를 떠나고 말았다. 뿐만 아니라 폴 D. 비어 씨도 같이 사라졌는데, 물론 그에 대해선 아무도 신경 쓰지 않았다. 사실 당시 마이애미에 약혼녀가 있던 모든 시민들은 그가 사라진 걸 아주 다행으로 여겼다.

그렇지만 폴 D. 비어 씨는 사라지기 전에 몇몇 마사회 임원을 찾아가 리틀 앨피처럼 위험한 인물을 경마장에 풀어 놓으면 안 된다고 한 모양이었다. 임원들이 폴 D. 비어 씨처럼 돈이 많은 사내의 말을 무시할 리 없다.

하루 이틀 뒤, 경마장의 경비를 책임지는 듀헤인 대위가 리틀 앨피를 불러, 은행가 같은 저명인사들한테 사내들이 주먹을 날리고 겁주고 다니면 그들이 어떻게 생각하겠느냐고 물었다. 리틀 앨피는 이 어려운 문제에 순간적으로 답할 말을 찾지 못했다. 특히 듀헤인 대위가 그 뒤 말 두 마리를 데리고 딴 데로 가는 건 어떻겠느냐고 했으니 더 그랬다.

듀헤인 대위가 넌지시 하이얼리어에서 이제 그를 환영하지 않는다고 힌트를 주는 것이라는 건 리틀 앨피도 알 수 있었다. 리틀 앨피는 남들 못지않게 힌트를 알아차릴 줄 아는 사내였다. 특히 듀헤인 대위가 은밀히, 힉스 지사가 3위로 들어온 날 어떤 망나니가 힉스 지사한테 몰래 폭죽을 쓴 것 같다는 생각을 마사회 임원들이 하는 것 같다고 가르쳐 준 탓이 컸다. 듀헤인 대위에 따르면, 임원들은 힉스 지사가 3위를 차지한 건 기록이나 장소와 상관없이 기적이나 다름없다고 생각하는 모양이었다.

그렇게 해서 리틀 앨피는 마이애미에서 어치만큼이나 무일푼으로 말 두 마리를 데리고 오도 가도 못하는 신세가 됐다. 말이 조금이라도 의미가 있을 곳으로 그들을 데리고 갈 방법도 없었다. 아닌 게 아니라 곤란한 상황이었으므로 리틀 앨피는 한참 고민했다. 그리고 고민한 결과, 리틀 앨피는 여기저기서 몇 달러 빌려 귀리를 좀 사고는 어느 날 힉스 지사 등에 올라타 옆구리를 걷어차고 가자고 했다. 그렇게 그는 힉스 지사를 타고 로프에 묶은 최후의 희망을 끌며 마이애미를 떠나 북쪽으로 향했다.

이 모습을 본 모든 사람들은 당연히 별 희한한 광경이 다 있다고 생각했다. 실제로 아무도 리틀 앨피 같은 말 소유주가 이런 식으로 자기 말을 타고 가는 걸 본 기억이 없었다. 글루미 거스는 힉스 지사가 리틀 앨피를 태우고 팜비치까지 못 갈 거라는 데 5 대 1로 걸겠다고 나섰다.

늙다리 지사는 다리가 신통치 않은 데다 기운도 빠져 언제 멈춰 설지 모르는 일이었다.

그러나 뜻밖에도 힉스 지사는 리틀 앨피를 데우고 멀쩡히 잘 달려 팜 비치에 도착했다. 이내 많은 시민들이 글루미한테 몰려와 그들이 잭슨 빌까지 간다는 데 걸겠다고 말했다. 뿐만 아니라 그런 경제적인 아이디어를 생각해 내다니 리틀 앨피는 참 똑똑한 사내라는 말까지 했다. 많은 말 소유주들이 자기도 북쪽으로 타고 갈 만한 말이 없나 자신의 말을 살펴보는 지경이었다.

사람들은 또한 뷸라 보러가드 양이랑 깨진 건 리틀 앨피한테 아주 잘된 일이었다고 했다. 덕분에 기찻삯을 비롯해 이런저런 비용을 아낄 수 있었다는 것이다. 그렇지만 리틀 앨피는 거기에 대해 생각이 전혀 다른 듯했다.

리틀 앨피는 북쪽으로 말을 천천히 몰며 뷸라 보러가드 양 생각을 많이 한 것 같았다. 때로는 힉스 지사랑 최후의 희망한테 그녀 이야기를 하곤 했다. 힉스 지사는 다소 멍청하다고 생각했던 터라 특히 최후의 희망한테 많이 했다. 리틀 앨피는 또 말을 타고 가면서 이따금 큰 소리로 사랑 노래를 불렀다. 처음 노래를 불렀을 땐 최후의 희망이 놀라 로프를 풀고 달아나는 바람에 쫓아가 잡는 데 한 시간이나 걸렸다. 그렇지만 그 뒤로는 최후의 희망도 익숙해져 리틀 앨피가 높은 '도'를 내려고 할 때만 아니면 별로 신경 쓰지 않았다.

어쨌든 리틀 앨피는 별 고생 없이 말을 타고 갔다. 날씨도 좋았고, 도중에 만나는 농부들이 그와 말들을 먹여 주었다. 걱정거리라곤 안장에 쓸려서 좀 아프다는 것하고 오월에 있을 더비 전에 켄터키까지 도착해야 한다는 것뿐이었다. 그렇지만 그때는 아직 이월 말이었고, 어쨌든 대충 메릴랜드까지만 가면 거기서 돈 좀 벌어 기차로 갈 수 있을 터였다.

어느 날, 리틀 앨피는 잭슨빌에서 북쪽으로 한 150킬로미터 올라간 소나무 숲 사이를 지나고 있었다. 즉, 조지아에 들어선 셈이다. 길 한옆으로 쓰러져 가는 집 근처에 반쯤 경작하다 만 들판이 펼쳐진 곳을 지나던 그는 매우 희한한 광경을 봤다.

크고 하얀 노새 한 마리가 쟁기에 매인 채 들판에 앉아 있고, 햇볕 가리는 보닛을 쓴 키 큰 여자가 노새 옆에 서서 엉엉 울고 있었다.

곤경에 처한 여자를 보고, 심지어 곤경에 안 처했어도 여자를 보고, 리틀 앨피가 관심을 안 가질 리가 없다. 그는 힉스 지사와 최후의 희망을 위해 서서 세우고 여자한테 무슨 일이냐고 물었다. 여자가 보닛 차양 밑에서 그를 올려다보았다. 뜻밖에도 뷸라 보러가드 양이었다.

리틀 앨피는 물론 노새 때문에, 그것도 보닛을 쓰고 우는 뷸라 보러가드 양을 보게 될 줄은 몰랐던 터라 다소 놀랐다. 그는 힉스 지사의 등에서 내려 어떻게 된 일이냐고 물었다. 그러자 뷸라 보러가드 양은 리틀 앨피한테 달려와 그의 품에 몸을 던지고 이렇게 말했다.

"아아, 앨피, 당신이 날 발견해 줘서 다행이야. 난 밤낮으로 당신 생각을 하면서 당신이 날 용서해 줄까 그 생각만 했어. 앨피, 당신을 사랑해. 폴 D. 비어 씨랑 같이 간 건 내가 잘못했어. 그 작자는 아주 나쁜 불한당이야. 날 자기가 사랑해 마지않는 아내로 삼겠다면서 같이 마이애미를 떠나 앨타마하 강가에 있는 사냥 별장으로 데려갔거든. 여기서 한 40킬로미터 떨어진 곳이었는데, 난 그 작자가 이쪽에 그런 별장을 갖고 있다는 것도 몰랐어.

그런데 첫날부터 그 작자의 접근을 피하려고 콜드크림 통을 던져야 했지 뭐야. 그 작자는 그걸 맞고 반 기절했어. 아아, 앨피, 폴 D. 비어 씨는 나한테 음흉한 맘을 먹고 있었던 거야. 게다가 뉴욕에 이미 사랑해 마지않는 아내랑 세 아이가 있었어."

물론 리틀 앨피는 다소 이인이 병병해서 무슨 말을 해야 될지 잘 생각나지 않았다. 그러다 결국 이렇게 물었다.

"그래, 이 노새는 뭐고?"

"얘 이름은 아비멜렉인데, 얘가 밭을 갈다 말고 주저앉더니 꼼짝도 안 하지 뭐야. 우리 집에 노새라곤 얘뿐인데, 늙고 고집만 세선 얘가 앉으려고 들면 아무도 어떻게 못해. 그렇지만 저녁때까지 밭을 다 못 갈면 아빠가 나한테 화를 낼 거란 말이야. 화가 나서 때릴지도 몰라. 아빠는 내가 집으로 돌아온 걸 절대 용서 안 해주시거든. 그래서 당신이 나타났을 때 내가 울고 있었던 거야."

그러더니 뷸라 보러가드 양은 또다시 가슴이 찢어져라 울기 시작했다. 리틀 앨피는 원래 여자가 우는 걸 눈 뜨고 못 보는 사람이다. 하물며 그 여자가 뷸라 보러가드 양이라면 더 말할 것도 없다. 뷸라 보러가드 양의 상태가 좋을 때면 그 울음소리를 듣고 죽은 사람도 깰 것이다. 그래서 리틀 앨피는 그녀를 꽉 끌어안아 조끼 주머니에 든 여송연 네 개비를 짜부라뜨리며 이렇게 말했다.

"쯧쯧. 쯧쯧쯧쯧. 눈물을 거두라고. 여기 있는 힉스 지사를 쟁기에 매서 눈 깜짝할 새 밭을 다 갈아 버릴 테니까. 내가 이래 봬도 꼬맹이 때 뉴욕 컬럼비아 군에서 밭 가는 걸로 따라올 인간이 없었거든."

그 말을 듣고 뷸라 보러가드 양은 몹시 기뻐했다. 리틀 앨피는 최후의 희망을 나무에 매놓고는, 뭔 일이 어떻게 되건 상관없다는 듯 주저앉아 있는 노새 아비멜렉의 멍에를 벗겨 힉스 지사한테 걸고 쟁기에 맸다. 자기더러 쟁기를 끌라고 한다는 걸 안 늙다리 지사는 정말이지 생각지도 못한 반응을 보였다. 리틀 앨피는 몽둥이와 설득을 동원해 힉스 지사가 쟁기를 끌게 해야 했다.

알고 보니 리틀 앨피는 정말 밭을 잘 갈았다. 그가 밭을 가는 동안, 뷸라 보러가드 양은 그 옆을 걸으며 쉴 새 없이 조잘댔다. 리틀 앨피는 몇 년 동안 어렴풋이 짐작만 했던 것보다 더 많은 사실을 30분 만에 알게 됐다. 특히 뷸라 보러가드 양 본인에 대해 아주 많은 걸 알았다.

알고 보니 저 다 쓰러져 가는 집이 뷸라 보러가드 양의 조상 대대로 살아온 집인 듯했다. 그녀의 집안은 몹시 가난해 몇 대째 여기 소나무 숲에서 살아왔으며, 보러가드가 아니라 벤슨이라는 성이었다. 보러가드 는 뷸라 보러가드 양이 몸매를 보여 주러 뉴욕으로 가면서 직접 생각해 낸 성에 불과했다.

그녀의 집으로 간 리틀 앨피는, 뷸라 보러가드 양의 아빠가 키 크고 삐삐 마른 데다 염소수염을 길렀으며 최후의 희망이 달리는 속도보다 더 빨리 거짓말을 하는 인간이라는 걸 알았다. 그러나 리틀 앨피한테 최후의 희망이 아주 대단한 말이고 특히 진창에선 더하며 켄터키 더비 에서 우승할 거라는 말을 듣더니, 이 늙은 악당은 최후의 희망한테 꽤 관심을 가진 모양이었다.

뷸라 보러가드 양의 아빠는 리틀 앨피의 말을 죄 곧이곧대로 믿는 듯 했다. 자기 말을 선뜻 믿어 주는 사람을 처음 만난 터라, 리틀 앨피는 기 쁜 마음으로 그와 이야기했다. 뷸라 보러가드 양한테는 엄청 뚱뚱한 엄 마도 있었다. 그녀는 남부 사람답게 손님을 융숭하게 대접했고, 음식 솜 씨도 제법 빼어났다.

제프란 이름의 다 큰 남동생도 있었다. 제프는 더껑이 술을 마시고도 속이 약간만 울렁거리게 하는 방법을 알고 있는 천재였다. 이 더껑이 술이란 사탕수수를 끓여 표면에 뜨는 더껑이로 만드는데, 대체로 가솔린 맛이 나며 실제로 아주 위험하다.

어쨌든 결과적으로 그곳이 매우 맘에 든 리틀 앨피는 몇 주 머물다 가기로 했다. 식비는 힉스 지사가 밭 가는 걸로 때웠다. 게다가 그는 이제 다시 뷸라 보러가드 양과 약혼한 사이나 다름없었는데, 뷸라 보러가드 양은 그가 자기를 두고 혼자 떠나는 건 절대 안 된다고 했다. 그렇다고 그녀의 기차표를 살 돈은 없었다. 뷸라 보러가드 양이 최후의 희망을 타고 같이 북쪽으로 가겠다고 하자, 리틀 앨피는 마구 화를 내며 더비 우승 후보를 짐말로 쓰겠다는 뜻이냐고 물었다.

이 말을 자기 몸무게에 대한 치사한 빈정거림으로 받아들인 뷸라 보러가드 양은 하마터면 또다시 파혼하겠다고 할 뻔했으나, 그녀의 아빠가 나서서 어쨌든 힉스 지사가 밭을 다 갈 때까지는 둘 다 못 간다고, 아니면 좋은 꼴 못 볼 줄 알라고 했다. 그래서 리틀 앨피는 그곳에 머물며, 남은 시간은 최후의 희망을 훈련시키고 누구한테 편지를 쓰면 때가 됐을 때 뷸라 보러가드 양을 북쪽으로 보낼 찻삯을 빌릴 수 있을까 고민하며 보냈다.

리틀 앨피는 최후의 희망을 마치 갓난아기처럼 다루면서 직접 시골길에서 걸리고 또 전속력으로 달리게 해 훈련시켰다. 이 운동과 마이애미에서 그곳까지 또각또각 걸어온 덕에 최후의 희망은 아주 건강해지고 체격도 다부져졌다. 일부 사람의 취향에는 다리가 다소 길긴 해도 제법 괜찮게 생긴 딱정벌레라는 건 모두가 인정하지 않을 수 없었다.

어느 일요일, 아침부터 종일 비가 쏟아지고 바람이 휘몰아쳐 나무들이 쓰러져 밖에 나갈 수조차 없었다. 저녁 느지막이 리틀 앨피와 뷸라 보러가드 양과 벤슨 가 식구들이 모두 부엌에서 난로를 둘러싸고 앉아 더껑이 술을 마셨다. 최후의 희망이 켄터키 더비에서 우승할 것이며 땅이 질면 우승은 그야말로 따놓은 당상이란 이야기를 리틀 앨피가 또다시 늘어놓는데, 누가 문을 쾅쾅 두들겼다.

문을 열어 주자, 뜻밖에도 폴 D. 비어 씨가 머리끝부터 발끝까지, 심지어 작은 콧수염까지 쫄딱 젖어 들어왔다. 게다가 발을 절뚝거리는 게 걷기도 힘들어 보였다. 당연히 뷸라 보러가드 양과 리틀 앨피는 어안이 벙벙했다. 리틀 앨피는 마이애미에서 말을 타고 오면서 쓸린 상처가 대체로 폴 D. 비어 씨의 책임이라는 사실을 잊을 수 없었다.

사실 뷸라 보러가드 양의 조상 대대로 살아온 집에서 머물게 된 이래로 리틀 앨피는 폴 D. 비어 씨 생각을 몇 번 했다. 그때마다 앨타마하 강가에 있는 폴 D. 비어 씨의 사냥 별장으로 가 그에게 단호하게 이야기해야겠다는 생각이 들었다.

그러나 번번이 뷸라 보러가드 양이 말렸다. 그녀의 말로는, 이 지역의 긍지 높고 유서 깊은 남부 가문들은 소나무 숲 주위에, 특히 앨타마하 강가에 사냥 별장을 갖고 있는 북부의 은행가 및 부자들을 좋아한다는 것이었다. 그들 덕분에 사냥 안내인이며 옥수수 위스키 등 지역 경제가 활기를 띠기 때문이다.

뷸라 보러가드 양은 벤슨 가의 손님이 폴 D. 비어 씨한테 단호하게 이야기하면 벤슨 가가 비난을 받을 수도 있다고 했다. 보아하니 벤슨 가는 현재 그 이상 비난을 받을 여유가 없는 듯했다. 그래서 결국 리틀 앨피는 한 번도 안 갔는데, 느닷없이 폴 D. 비어 씨 쪽에서 나타나 준 것이다.

당연히 리틀 앨피는 앞으로 나서서 폴 D. 비어 씨의 턱에 한 방 날릴 생각으로 오른손을 쳐들었다. 그러나 공격이 날아들 걸 알아차린 폴 D.

비어 씨는 뒤로 물러나 벽에 바짝 붙어선 한 손을 들고 이렇게 말했다.

"이보게들. 여기서 한 700~800미터 올라간 곳에서 내 차가 도랑에 빠졌어. 자는 결딴났고 오른쪽 다리를 심하게 다쳐서 여기까지 가까스로 왔네. 난 지금 당장 틸링하스트 역으로 가서 오렌지 블러섬 특급을 멈춰 세워야 해. 그게 오늘 밤 잭슨빌로 가는 마지막 열차 편이야. 난 무슨 일이 있어도 자정 전에 잭슨빌에 도착해서 비행기를 빌려서라도 내일 아침 10시에 내 은행이 문을 열기 전까지 뉴욕에 가야 하거든. 그러니 오렌지 블러섬을 탈 수만 있으면 아슬아슬하게 맞출 수 있어!"

그러더니 그가 낮은 목소리로 한 이야기에 따르면, 한 시간 전 뉴욕에서 사냥 별장으로 전화가 와 그에게 지금 당장 돌아와야 한다고 알렸다. 그는 곧바로 틸링하스트 역에 전화해서 자기가 갈 때까지 무슨 일이 있어도 오렌지 블러섬 특급을 잡아 놔달라고 하려 했으나, 비바람 때문에 주위의 전화선과 전선이 모두 먹통이 되고 말았다.

그래서 차를 몰고 바로 역을 향해 출발했는데, 이 정도면 가까스로 시간에 댈 수 있겠다는 생각이 든 순간 차가 도랑에 처박혔다. 다리까지 다쳐서 역까지 걸어가는 것도 불가능했다. 그래서 폴 D. 비어 씨가 여기로 온 것이었다.

"이건 아주 급박한 상황이야. 자네들 차를 쓰게 해주면 내가 아주 후하게 값을 치르겠네."

폴 D. 비어 씨가 말했다.

그러자 뷸라 보러가드 양의 아빠가 부엌 벽에 걸린 시계를 보고는 이렇게 말했다.

"이웃 친구, 우리 집엔 차가 없네. 어쨌든 여기서 틸링하스트까진 거리가 꽤 되는데 오렌지 블러섬은 10분 뒤에 들어올 테니 어차피 타긴 틀렸어. 모자를 벗고 편히 앉아서 더껑이 술을 좀 들라고. 내가 다친 데를 봐줄 테니까."

시간 이야기를 들은 폴 D. 비어 씨는 얼굴이 베갯잇처럼 새하얘지더니 말했다.

"그럼 말과 마차를 빌려 줘. 무슨 일이 있어도 아침이 되기 전에 뉴욕에 가야 해. 이건 나 아니면 안 되는 일이야."

그러면서 그는 뷸라 보러가드 양과 리틀 앨피한테 하는 말인 양 그들을 쳐다봤다. 그때까지 줄곧 그들에게 눈길도 주지 않았는데 말이다.

"이웃 친구, 우리 집엔 마차가 없어. 마차가 있었어도 마차에 뭘 묶고 있을 시간이 없다고. 지금 오렌지 블러섬을 잡을 수 있다고 생각한다면 그건 오산이야."

"그럼 난 감옥에 가게 되겠군."

폴 D. 비어 씨가 서글프게 말했다.

그러고는 의자에 털썩 주저앉아 두 손으로 얼굴을 가렸다. 그 모습을 보고 마음이 안 움직이는 인간은 웬만하면 없을 것이다. 누가 폴 D. 비어 씨만큼 슬퍼하는 모습을 그냥 못 보는 뷸라 보러가드 양은 울기 시작했다. 그리고 훌쩍훌쩍 울면서 리틀 앨피한테 어떻게 좀 해보라고 말했다.

"폴 D. 비어 씨가 역까지 갈 수 있게 힉스 지사를 빌려 줘. 내가 콜드 크림 통을 던졌을 때도 사냥 별장에서 여기까지 차로 절반은 데려다 줬는걸. 예일 인간들처럼 걸어가게 하진 않았단 말이야. 난 역시 그 호의를 못 잊겠어."

"여기 대문에서 역까지 2킬로미터야. 지난주에 차 탄 친구한테 미터기로 재달라고 했기 때문에 알아. 이제 곧 최후의 희망한테 본격적인 훈련을 시켜야겠다 싶어서 말이지. 지금쯤 길이 진창으로 뒤덮여서 발굽까지 푹푹 빠질 텐데, 힉스 지사는 진창 속에 가만히 서 있는 것도 못하는 놈이야. 이런 진창 속에 오렌지 블러섬을 잡아탈 만큼 빨리 달릴 수 있는 말은 세상에 최후의 희망뿐인데, 난 물론 최후의 희망처럼 귀중한 말을 기차 잡아타라고 빌려 줄 마음은 없어."

리틀 앨피가 말했다.

이 말을 듣더니 폴 D. 비어 씨가 고개를 들고 매우 관심 있게 리틀 앨피를 쳐다보며 물었다.

"그 귀중한 말이 얼마지?"

"그야 나한테 5만 달러는 된다고 봐야지. 켄터키 더비에서 우승하면 윈 대령이 줄 상금이 5만이니까. 최후의 희망이 우승을 차지할 건 확실하거든. 특히 땅이 질면."

"자네가 말하는 그런 큰돈을 갖고 다니진 않아. 그렇지만 날 믿어 주겠다면 내가 그 금액에 해당되는 차용증서를 써줄 테니 그 말을 빌려 줘. 역까지만 타고 가면 돼. 나도 한때는 수렵회 최고의 아마추어 장애물 경주 선수였거든. 자네 말이 달릴 수만 있으면 어쩌면 아직은 감옥 신세를 면할 기회가 있을지도 몰라."

폴 D. 비어 씨가 말했다.

평소 같았으면 리틀 앨피는 폴 D. 비어 씨한테든 다른 은행가한테든 신용 대출을 해줄 생각은 하지도 않았을 것이다. 특히 한때 아마추어 장애물 경주 선수였던 은행가는 더 말할 것도 없다. 리틀 앨피가 믿지 않는 게 있다면 아마추어 장애물 경주 선수였기 때문이다. 게다가 리틀 앨피는 자기가 무슨 말 대여소라도 운영한다고 생각하는 건가 싶어 기분이 상했다.

그러나 뷸라 보러가드 양이 어쩌나 큰 소리로 울어 대는지 자기가 생각하는 소리도 안 들릴 지경이었다. 만약 지금 최후의 희망을 폴 D. 비어 씨한테 안 빌려 주면 나중에 최후의 희망이 켄터키 더비에서 우승을 못할 경우 그녀한테 무슨 말을 들을지 모르는 일이었다. 결국 리틀 앨피는 그러자고 했다. 폴 D. 비어 씨는 조그만 금 연필과 수첩을 꺼내 리틀 앨피한테 5만 달러 차용증을 써주었다.

리틀 앨피는 곧바로 최후의 희망을 헛간에서 꺼내 대문으로 끌고 왔다. 안장을 얹느라 시간을 낭비하기 싫어서 고삐만 채웠다. 리틀 앨피는 폴 D. 비어 씨를 최후의 희망 등 위로 밀어 올려주면서 이렇게 말했다.

"이제 3분 남았어. 마지막 4분의 1 코스로 길게 코너를 도는 데만 빼면 거의 직선 코스니까, 이놈이 알아서 달리게 내버려 둬. 온통 진창길이 겠지만 이놈은 원래 진창에서 달리는 녀석이니까 괜찮아. 사실 땅이 질다니 당신 운이 아주 좋은 거야."

그러고는 최후의 희망의 궁둥이를 찰싹 때렸다. 최후의 희망은 진창 속을 전속력으로 달려 나갔다. 폴 D. 비어 씨가 말 타기를 좀 아는 사람이라는 건 그가 말 위에 앉은 모습을 보면 누구나 알 수 있었다. 실제로 리틀 앨피도 그렇게 안정된 자세를 태어나서 처음 본다고 말했다. 하물며 안장도 없이 타는 건데 말이다.

리틀 앨피는 진흙탕을 뚫고 그들이 멀어져 가는 걸 지켜봤다. 마이애미 전당포에 스톱워치를 맡기고 온 걸 그는 평생 두고두고 후회할 것이라고 했다. 최후의 희망이 그 진창 속에 첫 4분의 1을 세상 그 어떤 말이 달린 그 어떤 4분의 1 코스보다도 더 빨리 달렸다는 것이다. 그렇지만 물론 그때 리틀 앨피는 무지 흥분한 상태였으니 과장했을 가능성도 없지 않다.

그렇지만 최후의 희망이 아주 빠른 속도로 달린 건 틀림없었다. 몇 분 뒤, 다람쥐 사냥을 나온 한 유색 인종이 리틀 앨피한테 와서 방금 뭔가 지나갔는데 너무 빨리서 뭔지 알 수 없었지만 악마가 틀림없다고 말했다. 지나가는 순간 연기 냄새가 났고 이랴 하는 목소리를 들었다는 것이다. 그렇지만 그건 물론 십중팔구 폴 D. 비어 씨가 최후의 희망을 독려하는 목소리였을 것이다.

한 시간 뒤, 애시버리 포츠란 이름의 틸링하스트 역장이 뷸라 보러가 드 양의 조상 대대로 살아온 집으로 차를 몰고 왔다. 그는 최후의 희망이 역 앞에 멈춰 서고 폴 D. 비어 씨가 석고 모형하고 분간이 안 될 만큼 진창으로 뒤범벅돼서 내렸을 때 말이 폴 D. 비어 씨 못지않게 다리를 절더라고 이야기해 주었다. 애시버리 포츠는 최후의 희망이 힘줄이나 뭐 그런 걸 다친 게 틀림없다면서, 말이 다시 경주에 나갈 수 있다면 자기가 성을 갈겠다고 말했다.

이 슬픈 소식을 전하면서 애시버리 포츠는 이런 말을 했다.

"그렇지만 폴 D. 비어 씨가 왜 그렇게 말을 혹사시키면서까지 서둘렀는지 모르겠단 말이지. 오렌지 블러섬이 시간 딱 맞춰서 들어왔을 때 내 시계로 57초나 여유가 있었는데."

그 말을 듣고 리틀 앨피는 앉아서 계산을 시작했다. 결국 그의 계산에 따르면, 최후의 희망은 진창 속에서 2킬로미터를 대략 2.03분에 끊은 셈이었다. 더욱이 폴 D. 비어 씨는 깃털 총채가 아니니, 70킬로그램쯤 되는 짐까지 싣고서 말이다. 켄터키 더비에서든, 다른 어디에서든, 진창 속에서 2킬로미터를 그렇게 빨리 달린 말은 일찍이 없다. 리틀 앨피는 이건 거의 날아간 거나 다름없다고 주장했다.

그렇지만 물론 리틀 앨피가 주장하는 수치를 공인 기록으로 인정하는 사람들은 많지 않았다. 애시버리 포츠의 시계가 경주마의 기록을 재기에 적합한지 아닌지를 알 수 없기 때문이다. 그렇지만 최후의 희망이 다시는 경주에 못 나갈 거라는 애시버리 포츠의 말은 완벽하게 들어맞았다.

올해 어느 여름 밤에 브로드웨이의 민디네 레스토랑에서 리틀 앨피를 만났다. 그가 이 일대에 모습을 드러낸 건 오랜만이었는데, 아주 잘나가는 듯 보였다. 지난 이야기를 주고받은 뒤, 나는 어떻게 그렇게 잘나가는 거냐고 물었다.

보아하니 이렇게 된 일인 듯했다. 뉴욕으로 돌아와 은행에 돌려놓을 걸 돌려놓고 뺄 걸 빼서 정리를 깨끗이 한 덕분에 감옥에 갈 일이 없게 됐을 때, 폴 D. 비어 씨는 리틀 앨피한테 약간 빚진 게 있다는 게 생각났다. 그래서 폴 D. 비어 씨는 앉아서 차용증에 대해 5만 달러짜리 수표를 썼다. 그 덕분에 리틀 앨피는 켄터키 더비에서 지고도 땡전 한 푼 손해 보지 않았다. 손해는커녕 그는 알부자였다. 나는 최후의 희망을 잃고 슬퍼하던 그를 몹시 동정했던 터라 그 말을 들으니 기뻤다. 그 뒤, 리틀 앨피한테 뉴욕에서 뭘 하는 거냐고 묻자 그는 이렇게 대답했다.

"내가 말해 줄까. 얼마 전에 이것저것 생각하다 보니까, 최후의 희망이 켄터키 더비에 이기면 당연히 이어서 메릴랜드 프리크니스도 이겼을 거다 싶더라고. 프리크니스는 더비보다 100미터나 더 짧은데, 벽돌집을 등에 얹고 진창 속에서 2킬로미터를 2.03에 끊을 수 있는 말이라면 1.9킬로미터 같은 건 우습지 않겠어? 특히 땅이 질면 말이지.

그래서 폴 D. 비어 씨를 찾아가서 나한테 프리크니스 상금도 줄 생각이 없나 알아보려고 해. 내가 지금 최후의 희망에 조지아 남부 최고의 집을 짓는 중이거든. 최후의 희망이란 건 내 목장 이름이야. 최후의 희망이 공개 전시돼 있지. 게다가 돈이란 건 원래 쓸 데가 부족하진 않으니까."

"그래, 앨피. 내 생각엔 아주 온당한 제안 같은데. 그 점을 지적하면 폴 D. 비어 씨도 분명히 바로 처리해 줄 거야. 자네랑 최후의 희망이 폴 D. 비어 씨한테 큰 도움이 됐다는 건 틀림없으니까. 그나저나 앨피, 힉스 지사는 어떻게 됐어?"

나는 물었다.

"글쎄, 힉스 지사가 밭 가는 말로서 날 얼마나 실망시켰는지 알아? 노새 아비멜렉한테 앉는 걸 배워 가지곤 꿈쩍도 안 하려고 드는군. 심지어 하이얼리어에서 3위로 들어왔을 때 내가 격려해 준 수법도 안 통하지 뭐야.

내 사랑해 마지않는 아내는 뷸라랑 리틀 앨피 2세, 우리 쌍둥이 애들이 어느 정도 크면 걔들을 태울 생각이야. 내가 그놈은 그런 방면으로 한 푼의 값어치도 없다고 하는데도 말이지. 특히 땅이 질면."

제동수의 딸
The Brakeman's Daughter

뉴저지 주 뉴어크에 봄이 왔을 때였다. 어느 멋진 날 오후, 오하이오 주 클리블랜드에서 온 허밍버드란 이름의 사내와 브로드 거리에 서서 이런 이야기 저런 이야기를 하는데, 아주 근사하게 생긴 젊은 아가씨가 나타났다.

게다가 검은 머리 아가씨였다. 개인적으로 검은 머리 아가씨만큼 눈의 피로를 씻어 주는 게 없다는 게 내 주장이다. 그게 원래 머리색일 가능성이 반반, 적어도 19분의 10 정도는 될 것이기 때문이다. 머리색을 바꾸는 여자가 검은색으로 바꾸는 법은 없는 것 같은데, 그게 왜 그런지는 아무도 아는 사람이 없다. 그저 여자들이 원래 그렇다고 할밖에.

어쨌든 이 아가씨는 검은 머리 말고도 뭐라 이루 말할 수 없는 살결에 조그만 발과 발목 그리고 아주 기분 좋은 걸음걸이까지 갖추고 있었다.

개인적으로 나는 여자를 평가하기 전에 우선 발이랑 발목부터 본다. 내 생각에 발과 발목은 여자의 등급을 매기는 아주 큰 기준이기 때문이다. 다만 발이 크고 발목이 굵긴 해도 결코 나쁘지 않았던 여자들도 한창 때 몇 명 안 본 건 아니다.

그렇지만 내가 말하는 이 아가씨는 어느 모로 보나 100점 만점이었다. 그녀가 지나치는데 허밍버드가 그녀를 보고 그녀가 허밍버드를 봤다. 마치 전화로 두 시간 통화한 사람들처럼 보였다. 둘 다 젊은 데다, 계절은 봄이었다. 봄날에 젊은 사내와 젊은 아가씨가 말 한마디 없이 어떤 언어를 주고받을 수 있는지 참 놀랍고 기괴하기까지 했다.

어쨌든 허밍버드는 잠시 정신을 못 차리고 젊은 아가씨는 혼수상태에 빠진 게 분명했다. 신호등이 빨간불인데도 길을 건너기 시작한 것이다. 이건 뉴저지 주 뉴어크에서 아주 법에 어긋나는 일일 뿐 아니라 매우 경솔한 행동이기도 했다. 그녀가 빅 폴스 페이스의 맥주 트럭에 치여 순무처럼 짓이겨질 뻔한 순간, 허밍버드가 뛰어들어 그녀를 밀쳐 냈다. 운전사는 뒤를 돌아보며 뉴저지 주 뉴어크에 그런 말을 아는 사람이 있을 성싶지 않은 말을 퍼부었다.

허밍버드와 젊은 아가씨는 인도에 서서 한 일이 분 이야기를 나누었다. 젊은 아가씨가 허밍버드한테 매우 고마워하는 건 보면 바로 알 수 있었다. 허밍버드가 맥주 트럭의 운전사를 어디 조용한 데로 불러낼 수 있으면 4달러를 줄 것 같다는 것도 보면 바로 알 수 있었다.

마침내 아가씨가 길을 건넜다. 그렇지만 이번에는 고개를 똑바로 들고 앞을 잘 보고 있었다. 내가 있는 곳으로 돌아온 허밍버드한테 나는 아가씨가 누군지 알아냈느냐, 데이트 신청을 했느냐고 물었다. 그러나 허밍버드는 내 질문에 대해 이렇게 대답했다.

"사실대로 말하자면 그런 세부적인 사항은 생략했어. 왜냐하면 오늘 밤 빅 폴스 페이스랑 날 만나고 싶어 미치겠다는 아가씨를 찾아가기로 이미 약속을 해놨거든. 그게 아니었으면 분명 방금 못 쓰게 될 뻔한 위기에서 구해 낸 아가씨를 다시 만나기로 약속했을 거야.

그렇지만 빅 폴시 말로는, 내가 세상에서 가장 멋지고 만나기 쉽지 않은 여자를 만나게 될 거라니 지금 당장은 여분까지 챙길 여유가 없어. 빅 폴시가 그러는데, 문제의 여자를 만날 수만 있다면 이 거리 모든 사내들이 기꺼이 오른쪽 다리를 내놓을 거라는군. 여자가 거들떠도 안 봐서 그렇지. 그런데 이 여자가 어제 내가 빅 폴시랑 이야기하는 걸 보고 날 꼭 만나야겠다고 한다나. 여자들이 나한테 미치는 걸 보면 참 굉장하지 않아?"

나는 맞는 말이라고 대답했다. 허밍버드가 자기가 여자들한테 대단히 매력 있다고 생각하는 사내라는 걸 알 수 있었기 때문이다. 어쩌면 실제로 매력이 있을지도 모른다. 그는 젊고, 잘생긴 데다, 좋은 옷을 입고 말솜씨도 있었다. 이런 것들은 여자들, 특히 젊은 아가씨들이 아주 중요하게 생각하는 사항들이다.

그렇지만 아무리 생각해도 빅 폴스 페이스가 안다는 여자가, 허밍버드가 방금 맥주 트럭 앞에서 밀쳐 낸 여자만 할 것 같진 않았다. 무엇보다도 어떤 여자가 대체 빅 폴스 페이스처럼 못생긴 사내랑 알고 지낼 수 있다는 건지 이해되지 않았다. 물론 빅 폴스 페이스는 이제 사업계에서 중요한 인물에, 돈도 많았다. 돈 역시 여자들이 중요하게 생각하는 사항이다.

양조 사업을 하는 빅 폴스 페이스는 대서양 연안의 몇 곳, 특히 뉴저지에 양조장 여러 개를 가지고 있다. 허밍버드가 현재 뉴저지 주 뉴어크에 있는 건 빅 폴스 페이스가 이 양조장들에 관해 엄청 좋은 생각을 해냈기 때문이었다.

빅 폴스 페이스는 지난 10년 동안 미국이 맥주 없이 살아 보려고 하던 시절에 이들 양조장을 사들였다. 그동안 놀고 있던 양조장을 빅 폴스 페이스가 다시 열어 많은 사내들을 고용해서 맥주를 잔뜩 만들어 냈다. 그렇게 해서 그 나름대로 좋은 일을 한 셈이다. 맥주를 좋아하는 시민들한테는 특히 고마운 일이었다. 그렇지만 양조장으로 성공하기 전까지만 해도 빅 폴스 페이스는 아주 별 볼일 없는 인물로 여겨졌다.

그는 뉴욕 로어 이스트사이드 출신으로, 아주 어렸을 때부터 빅 폴스 페이스라고 불렸다. 워낙 상판이 크고 못생긴 데다, 거기에 마치 그림으로 그린 것처럼 기름기 좔좔 흐르는 미소를 늘 띠고 있기 때문이다. 그렇지만 이 미소는 어디까지나 가짜였다. 빅 폴스 페이스는 종종 전혀 안 웃길 때도 미소를 짓는 사내였다.* 그렇긴 해도 대개는 아주 쾌활한 사내란 말을 덧붙여야겠다.

어렸을 때 빅 폴스 페이스는 기차역과 페리 선착장 부근에서 아주 싹싹하게 미소를 지으며 뉴욕을 찾는 타지 사람들과 대화를 나누곤 했다. 그렇게 해서 빅 폴스 페이스는 자기가 안 가본 다른 곳들에 대해 많은 걸 배웠다. 그런데 그가 이 타지 사람들과 대화를 나누는 사이, 빅 폴스 페이스의 친구들이 타지 사람의 주머니를 뒤지고 때로는 주머니에서 시계라든지 행운의 부적, 온갖 기념품 등을 빼낸 모양이었다. 돈도 빼냈다.

물론 전부 장난으로 한 일이었지만, 몇몇 타지 사람은 주머니가 텅 빈 걸 보고 매우 성이 나서 경찰한테 구태여 그 이야기를 한 듯했다. 타지

* '폴스 페이스'는 '가짜 얼굴'이라는 뜻.

사람한테 큼지막한 상판에 미소를 띤 녀석과 대화를 나누는 사이에 주머니가 털렸다는 말을 들으면, 경찰은 그런 인간을 찾아다니게 마련이다.

그들은 당연히 빅 폴스 페이스를 찾아냈다. 당시엔 상판에 미소를 띠고 있는, 그것도 그렇게 활짝 웃는 녀석은 로어 이스트사이드에 결코 흔치 않았다. 경찰은 아직 어린 빅 폴스 페이스를 '대학'으로 보냈다. 뉴욕주 오번에 있는 이 대학에서 그는 주머니를 털리고 있는 타지 사람한테 미소를 짓는 건 아주아주 안 좋은 일이라는 걸 배웠다.

대학에 온 지 몇 년이 지난 어느 날, 학장이 빅 폴스 페이스를 부르더니 새 옷 한 벌과 기차표, 돈 몇 달러 그리고 좋은 충고를 잔뜩 준 뒤 이만 집으로 가라고 했다. 나중에 빅 폴스 페이스는 무슨 충고였는지 잊어버린 게 정말 아쉽다고 말했다. 그 뒤의 경력에 큰 도움이 됐을 게 틀림없는데 말이다.

어쨌든 그 뒤, 빅 폴스 페이스는 오시닝과 대니모라에서 대학원을 다녔다. 모든 과정을 마쳤을 무렵, 그는 미국 전역의 상황이 바뀌어 예전에 하던 일이 이젠 시대에 뒤떨어졌으며 결코 점잖은 게 못 된다는 걸 알았다. 다른 할 일을 찾아야 했다. 할 일을 고민하는 동안, 그는 브로드웨이의 페킹 레스토랑 앞을 거점으로 택시를 몰았다. 당시 그곳은 아주 화끈한 곳이었다.

그러던 어느 날 밤, 전함에서 내린 한 미국 해병이 빅 폴스 페이스의 택시를 타고 센트럴파크까지 가달라고 했다. 그런데 택시를 타고 가던 중 한 달치 월급이 든 지갑을 잃는 바람에 해병은 택시에서 뛰어내려 경찰한테 불평했다. 정말이지 별것도 아닌 일로 뭘 그렇게 수선을 피우는지 모르겠다고 생각했다. 어차피 택시 안에서 안 잃어버렸어도 춤 한 번에 10센트인 플라워랜드에서 여자들이랑 춤추는 데 죄 써버렸을 텐데 말이다. 어쩌면 공원 호수에서 보트도 탔을지 모르고.

말썽이 생기겠다는 걸 알아챈 빅 폴스 페이스는 맞서 싸우려 들지 않고 그 즉시 공원에 택시를 버리고 택시 운전 일을 그만두 다음 뉴저지로 건너갔다. 빅 폴스 페이스는 해병한테 택시 요금을 못 받은 게 평생의 한이라고 말했다.

뉴저지에서 빅 폴스 페이스는 죽은 쇠지레 코널리와 같이 캐나다에서 물건을 실어 오는 일을 하다가, 그 뒤 죽은 핸즈 맥거번, 죽은 다크 토니드 모어, 또 죽은 랭키랭크 왓슨과 일했다. 그러면서 차근차근 업계에서 입지를 굳혔다. 빅 폴스 페이스는 인간적인 매력이 있어 모두가 좋아했기 때문이다.

당연히 빅 폴스 페이스를 질투하는 시민들도 많았다. 그를 말하면서 그가 소매치기 쪽 일을 하던 어린 시절을 마치 흉보듯이 이야기하는 사람도 가끔 있었다. 그렇지만 그렇게 보잘것없이 시작해서 업계에서 이정도 위치까지 올랐다는 건 높이 평가할 일이라는 게 내 의견이다.

개인적으로 나는 빅 폴스 페이스가 대단한 인물이라고 생각한다. 특히 다들 맥주만 마실 수 있으면 다 잘될 거라고 하고 다니던 때 놀고 있던 양조장을 사들인 사업 감각은 정말 탁월했다. 그렇게 해서 빅 폴스 페이스는 아주 맛있는 맥주를 만들어 내기 시작했다. 다 잘되지 않은 건 그의 잘못이 아니다.

맥주 만들기를 시작했을 당시, 그리고 그 뒤 몇 해 동안, 빅 폴스 페이스는 법에 아주 어긋나는 일을 하고 있었다는 사실을 잊으면 안 된다. 그렇게 오랜 세월 각각 면적이 반 블록쯤 되는 양조장 여러 개를 경찰한테 들키지 않은 그의 기술은 마술이나 다름없었다. 그것만 봐도 빅 폴스 페이스가 대단한 인물이라는 내 말이 사실이라는 걸 알 수 있을 것이다.

그러다 의회에서 드디어 맥주를 인정해 줬을 때, 빅 폴스 페이스는 이미 자리를 확고하게 잡고 활발히 사업을 벌이고 있었던 터라 그제야 영업을 다시 시작한 구식 양조업자들보다 훨씬 유리한 입장에서 출발했다. 그러나 영리한 빅 폴스 페이스는 유리한 위치를 계속해서 지키려면 모험과 노력이 필요하다는 걸 알고 있었다. 맥주가 불법이던 시절 국민들한테 맥주를 공급해 준 빅 폴스 페이스 같은 양조업자들에 대해 일부에서 단단히 벼르고 있었기 때문이다. 이들이 그동안 미국 국민한테 맥주를 주기 위해 겪은 온갖 고초와 위험 그리고 경찰한테 양조장을 들키지 않으려고 들인 그 모든 수고도 잊고 말이다.

실제로 이 일부 세력이 어찌나 빡빡하게 나오는지, 빅 폴스 페이스는 양조장 허가를 받는 데 편지를 두 번이나 써야 했다. 편지 쓰기라면 딱 질색인 빅 폴스 페이스는 그 때문에 엄청 짜증을 냈다.

게다가 이런 상황이 전국 어디서나 벌어지고 있다는 소문에 빅 폴스 페이스는 이것저것 생각하기 시작했다. 그 결과, 자기 같은 개인 양조업자들을 모아 권익 보호를 위한 협회를 만드는 게 답이라는 결론을 내렸다.

그래서 그는 이런 양조업자들을 모두 모아다 뉴저지 주 뉴어크에서 회의를 열었다. 허밍버드는 그래서 온 것이었다. 오하이오 주 클리블랜드 인근의 일부 업자들을 대표하는 그는 양조업에 관해선 아주 유능한 청년이란 평가를 받고 있었다.

내가 이때 뉴저지 주 뉴어크에 있었던 건, 에이비 슈트젠하이머란 사내가 한 뉴욕 양조장의 대표로 와 있었고 에이비가 나랑 친구였기 때문이다. 회의가 사흘간 계속된 뒤, 그는 같이 피너클을 하자며 나를 불렀다. 도무지 뭔 소리들을 하는지 이해할 수 없었던 것이다.

어쨌거나 에이비는 별로 상관하지 않았다. 그가 대표하는 양조장은 거의 2년째 그럭저럭 굴러가면서 능력껏 잘하고 있었다. 능력껏 잘하지 못하게 되면 에이비가 여러 사람 만나서 이유를 따질 것이다.

그 때문에 에이비의 양조장은 협회에 속하든 안 속하든 상관없었지만, 물론 빅 폴스 페이스 같은 사내의 초청을 무시할 순 없는 노릇이었다. 그래서 에이비가 온 것이고, 그래서 내가 왔고, 이렇게 해서 내가 허밍버드를 만난 것이다. 그가 여기저기 휙휙 날아다니는 모습을 보면 그를 왜 허밍버드라고 부르는지 이해가 됐다. 주위에 여자라도 발생하면 특히 더 했다.

그렇지만 개인적으로 난 젊은 사내가 여자한테 관심을 보이는 게 눈에 거슬리지 않았다. 오히려 젊은 사내가 여자한테 관심을 안 보이면 그게 더 문제다. 어쨌거나 사내가 여자한테 관심을 안 보일 거면 젊은 게 무슨 소용인가?

어쨌든 서쪽으로는 멀리 시카고에서부터 대표들이 회의에 참석했는데, 대다수는 빅 폴스 페이스의 제안에 큰 관심을 보이는 듯했다. 특히 시카고 남부에서 온 한 대표는, 금주법이 시행된 동안 국민들에게 맥주를 공급했던 양조업자들을 부정한 밀주업자들이라고 표현한 정부를 명예훼손죄로 고소하자는 결의안을 걸핏하면 제출하려 했다.

회의를 이렇게 오래 끈 건, 부분적으로는 빅 폴스 페이스가 손님 접대를 위해 자꾸만 휴정을 발의했기 때문이다. 그 정도로 그는 손님 접대를 좋아하는 사내였다. 그렇지만 빅 폴스 페이스의 협회에 참가할 생각이 없는 대표들이 있다는 것도 이유가 됐다. 펜실베이니아 쪽에서 활동하는 일부 대표가 그 필두였다.

이들 대표는 그 모든 계획이 그들의 사업을 빼앗으려는 빅 폴스 페이스의 꿍꿍이수작이라고 했다. 실제로 이들은 빅 폴스 페이스한테 유감이 아주 많은 듯했다. 그중에서도 펜실베이니아 주 필라델피아에서 온 치크스 셰라키란 사내가 특히 유감이 많았다. 미국에서 제일 나한테 유감이 있으면 곤란할 사내가 바로 치크스 셰라키다. 치크스가 한창때 대체 몇 명이나 해치웠는지는 아무도, 심지어 그 자신조차 모른다.

그렇지만 빅 폴스 페이스는 누가 자기한테 유감이 많다는 걸 못 알아차린 듯, 이 대표 저 대표를 접대했다. 내가 이야기하는 날 저녁에 먹은 근사한 스테이크도 그중 하나였다. 이 저녁 식사 자리에서 나는 빅 폴스 페이스한테 허밍버드를 사교계에 데뷔시킨다는 말을 들었다고 이야기했다.

"그래, 허밍버드하고 같이 제동수制動手의 딸을 찾아갈 거야."

빅 폴스 페이스가 말했다.

나는 그 말을 듣고 다소 놀랐다. 제동수의 딸은 장난에 불과할뿐더러, 심지어 어쩔 수 없는 얼간이나 걸려드는 장난이기 때문이다. 허밍버드는 내 눈에 그런 얼간이 같지 않았다.

빅 폴스 페이스가 제동수의 딸이란 말을 했을 때, 허밍버드를 슬쩍 봤다. 자기도 제동수의 딸이 뭔지 안다는 표정일 줄 알았건만, 그는 아주 진지해 보였다. 그제야 오후에 그가 자기를 만나고 싶어 미치겠다는 아가씨한테 빅 폴스 페이스가 데려가 줄 거라고 이야기했던 게 생각났다. 빅 폴스 페이스가 허밍버드한테 제동수의 딸에 대해 작업을 시작한 지 좀 됐다는 걸 알 수 있었다.

나는 또 허밍버드가 아무리 용써도 절대 똑똑함으로 앞설 수 없는 사내들이 제동수의 딸 장난에 걸려들었다는 것도 생각났다. 그중엔 빅 폴스 페이스 자신도 끼어 있었다. 빅 폴스 페이스가 걸려든 건 1928년 아칸소 주 핫스프링스에서였는데, 그 장난이 몹시 마음에 들었는지 뉴저지 주 뉴어크를 찾는 모든 손님을 그걸로 즐겁게 해주었다. 물론 제동수의 딸이 뉴저지 주 뉴어크의 명물이라는 걸 아는 손님들은 예외였다. 제동수의 딸 장난은 이런 식이다.

우선 빅 폴스 페이스가 자기가 보기에 약간 여자라면 환장하는 듯한 사내를 찍는다. 빅 폴스 페이스가 여자라면 환장하는 사내를 끌어들이는 수완을 보면 정말 놀라울 지경이다.

그 뒤, 이 사내한테 제동수의 딸 이야기를 한다. 제동수의 딸은 그의 말만 들어 보자면 일찍이 땅에 발을 디딘 여자 중 가장 아름다운 아가씨다. 실제로 빅 폴스 페이스가 어떤 얼간이한테 제동수의 딸이 얼마나 아름다운지 이야기하는 걸 들은 적이 있는데, 제동수의 딸이란 게 없다는 걸 빤히 알면서도 나도 모르게 그녀를 만나 보고 싶어졌을 정도였다.

그와 동시에 주위 사람들도 제동수의 딸을 마구 칭찬하며 그냥 보기만 해도 사내들이 넋이 나갈 만큼 예쁜 아가씨라고 말한다. 그러나 제동수의 딸한테는 센트럴 철도에서 제동수로 일하는 아빠가 있다. 이게 자기 딸 문제가 되면 세상에서 가장 성질 더러운 사내라, 딸한테 과일 케이크 한 조각 건네줄 수 있을 만큼 가까이 접근하는 것도 허락하지 않는다.

빅 폴스 페이스랑 뉴저지 주 뉴어크의 다른 시민들 말을 들어 보면, 이 제동수는 성질이 더럽다 못해 누가 자기 딸 주위를 얼쩡거리는 걸 발견하면 당장 총을 쏴댈 것이다. 세상에 무서운 게 없을 것 같은 사내들조차 이 제동수를 무서워한다.

다만 빅 폴스 페이스는 제동수의 딸하고 아는 사이라, 언제 가면 제동수가 일하러 나가 밤에 집에 없을지를 안다. 이런 날 밤이면 제동수의 딸은 집에 혼자 있다. 그런 때 빅 폴스 페이스는 가끔 그녀를 찾아가는데, 때로는 친구를 데려가기도 한다. 그렇지만 빅 폴스 페이스와 모든 사람은 이건 아주 위험한 일이라고 입을 모아 말한다. 제동수가 생각지도 못하게 집에 와서 자기 딸을 찾아온 사람들을 봤다간 다치는 사람이 나올 게 틀림없기 때문이다.

그러면 얼간이는 십중팔구 제동수의 딸을 찾아가고 싶어 한다. 이건 빅 폴스 페이스가 대개 제동수의 딸이 얼간이를 어디서 보고 무척 만나 보고 싶어 한다는 말을 넌지시 흘리는 탓도 있다. 허밍버드한테 그랬던 것처럼 말이다. 그러다 어느 날 밤, 빅 폴스 페이스는 얼간이를 제동수의 딸이 사는 집으로 데려간다. 갈 때는 일부러 멀리 빙빙 돌아 알쏭달쏭하게, 은밀하게 간다.

빅 폴스 페이스가 문을 노크하기 무섭게, 한 사내가 큰 소리로 으르렁거리며 안에서 뛰쳐나온다. 빅 폴스 페이스는 제동수의 딸의 아빠라고 소리치고 도망치면서 얼간이한테 따라오라고 한다. 그렇지만 대개 굳이 따라오라고 할 필요도 없다. 얼간이가 뛰기 시작하면 총소리가 들리기 시작한다. 그는 당연히 제동수가 자기한테 총을 쏘는 것이라고 생각하지만, 실제로는 백열전구가 터지는 소리다. 전구를 던지는 작자의 제구력이 훌륭하면 가끔은 전구로 그를 맞히기도 한다.

빅 폴스 페이스는 이 장난에 대개 뉴저지 주 뉴어크 외곽의 오래된 빈집을 이용한다. 숲이 근처에 있고 커다란 마당에 둘러싸인 외딴 집이다. 빅 폴스 페이스는 늘 이 숲 속으로 도망치는데, 그럼 당연히 얼간이도 따라온다. 얼마 안 돼서 빅 폴스 페이스는 얼간이를 따돌려 얼간이가 숲 속을 몇 시간씩 헤매게 놔두고 자기는 시내로 돌아온다.

그러다 마침내 얼간이가 호텔로 돌아오면, 많은 시민들이 그를 기다리고 있다가 한껏 놀리고 자기들한테 술을 사게 한다. 얼간이는 자기도 아주 재미있는 척하지만, 실제로는 열 받아서 몸 어디에 달걀을 올려놔도 프라이가 될 지경이다.

제동수의 딸 장난으로 빅 폴스 페이스가 제일 신나게 웃은 건, 어느 추운 겨울밤 로코 스카르파티란 브루클린 사내를 숲 속에 두고 돌아왔을 때였다. 로코는 끝내 숲을 벗어나지 못하고 풀 먹인 셔츠처럼 빳빳하게 얼어붙고 말았다. 빅 폴스 페이스는 로코의 브루클린 친구들한테 진짜로 로코가 얼어 죽었다는 걸 납득시키느라 무척 애먹었다.

이렇게 이야기하면 대체 얼마나 얼간이면 그런 장난에 걸려드느냐고 하겠지만, 빅 폴스 페이스가 뉴저지 주 뉴어크에서 제동수의 딸 장난을 성공시킨 기록에는 의회 의원 하나, 판사 하나, 수사관 셋, 신문기자 열여덟, 프로 권투선수 다섯이 포함된다. 그 밖에 평범한 시민이라면 절대 함부로 장난을 못 칠 듯한 미국 전역에서 온 사내들도 있다.

실제로 듣자 하니 빅 폴스 페이스는 치크스 셰라키한테 제동수의 딸에 대해 은근히 떠본 모양이다. 그러다 치크스도 그 못지않게 제동수의 딸 장난을 잘 안다는 걸 발견했고, 그 뒤 허밍버드를 발견했다. 허밍버드한테 누구보다도 열렬하게 제동수의 딸을 칭찬한 사람이 치크스였다.

어쨌든 문제의 날 밤 9시쯤, 빅 폴스 페이스는 허밍버드한테 제동수가 센트럴 철도로 일하러 나가고 없다고 말하고 자기 차에 태워 출발했다. 차에 탈 때 빅 폴스 페이스가 잠시 허밍버드의 신체검사를 하는 게 보였다. 얼간이가 머시기를 갖고 있을 가능성을 무시할 수 없어서였다.

허밍버드는 모양을 한껏 낸 데다 무척 들떠 있었다. 다들 허밍버드한테 제동수의 딸을 만나러 가다니 재수도 좋다고 말했지만, 허밍버드는 진짜 재수가 좋은 건 제동수의 딸이라고 생각하는 눈치가 역력했다.

치크스 셰라키와 필라델피아에서 온 그의 부하 둘이 전구를 던지고 소리를 지르는 요원으로 미리 집에 가 있는 듯했다. 나는 에이비 슘트젠하이머랑 피노클을 하면서 결과를 기다렸다. 에이비는 아주 어리석은 장난이며 다 큰 사내들이 할 짓이 아니라고 하면서도, 제동수의 딸이 빅 폴스 페이스의 주장처럼 그렇게 미인이라면 자기도 한번 만나 보고 싶을 것 같다고 인정했다.

뉴저지 주 뉴어크 외곽의 빈집까지 두어 블록 남겨 놓고 빅 폴스 페이스는 자기 운전기사한테 차를 세우고 거기서 기다리라고 일렀다. 거기서 무슨 일이 있었는지 나중에 나한테 가르쳐 준 게 이어즈 아코스타란 이름의 이 운전기사다. 그러고 빅 폴스 페이스와 허밍버드는 차에서 내렸다. 빅 폴스 페이스가 앞장서서 길을 걸어가 마당으로 들어갔다.

마당에 큰 나무들과 덤불이 많았지만 달이 나와 있는 덕분에 주위를 분간하기는 그리 어렵지 않았다. 그렇지만 집 안엔 불빛이 없었고, 어찌나 조용한지 주머니 안에서 자기 시계가 똑딱거리는 소리가 들릴 지경이었다. 혹시 시계가 있었다면 말이지만.

빅 폴스 페이스는 허밍버드의 소매를 잡은 채 발꿈치를 들고 살금살금 대문을 지나 오솔길을 올라갔다. 허밍버드도 발꿈치를 들고 딱 붙어 걸었다. 빅 폴스 페이스는 이따금 멈춰 서서 귀를 기울였는데, 이 연기가 정말이지 일품이었다. 하도 여러 번 한 일이라 연기에 감정을 실을 수 있게 된 것이다.

내가 듣기로 허밍버드는 배짱이 두둑한 사내인 모양이지만, 그런 그도 빅 폴스 페이스가 이런 식으로 행동하는 걸 보고 당연히 조금 긴장했다. 그는 빅 폴스 페이스가 누구 못지않게 대담하다는 걸 아는 터라,

빅 폴스 페이스가 이 정도로 조심해서 행동하는 상황은 아주 위험한 상황이 틀림없다고 생각했다.

마침내 집 앞에 이르자 현관 포치가 보였다. 빅 폴스 페이스는 여전히 허밍버드의 소매를 붙든 채 포치에 살그머니 올라서서 조용히 문을 노크하고 나지막이 휘파람을 불었다. 허밍버드가 어째 아무도 없는 것 같다고 생각하려는 찰나, 별안간 집 모퉁이에서 한 사내가 뛰쳐나왔다.

이 사내는 고함을 치고 욕설을 퍼부으며 시끄럽게 소란을 피웠다. 그러더니 이렇게 소리를 질렀다.

"아하! 네 이놈, 내가 이제 확실히 잡았다!"

그와 동시에 빵 소리가 났다. 그러더니 또 빵빵 소리가 났다. 빅 폴스 페이스가 허밍버드한테 이렇게 말했다.

"맙소사, 제동수야! 도망쳐! 무작정 뛰어!"

그러더니 빅 폴스 페이스는 몸을 돌려 도망쳤다. 빅 폴스 페이스 같은 사내가 도망치는데 자기가 가만히 서 있을 이유가 없다고 생각한 허밍버드도 같이 몸을 돌려 도망치려 했다. 그러나 움직이기도 전에 현관문이 벌컥 열리더니 누가 허밍버드를 안으로 홱 잡아끌었다. 그는 제압될 때까지 최선을 다해 보겠다고 두 손을 치켜들었다. 그때 여자 목소리가 들렸다.

"쉬이잇! 쉬이잇!"

그래서 허밍버드는 쉬이잇 했다. 밖에서는 한 사내가 여전히 고함을 치고 멀리서 빵빵빵 하는 등 여전히 소란이 계속되고 있었다. 그러다 소리가 사라지고 주위가 조용해졌다. 커튼이 없는 창문 너머 비쳐 드는 달빛으로 방 안 여기저기에 가구가 널려 있는 게 보였다. 일부는 거꾸로 뒤집혔고, 아무런 질서도 없이 마구잡이로 놓여 있었다.

허밍버드는 또 이제 자기를 집 안으로 끌어들여 쉬이잇 한 여자가 오후에 맥주 트럭 앞에서 구해 낸 검은 머리 아가씨라는 것도 알 수 있었다. 허밍버드는 그녀를 보고 당연히 다소 놀랐다.

검은 머리 아가씨가 허밍버드를 보며 미소를 지었다. 그는 그제야 어느 정도 긴장을 풀고, 순순히 가지는 않겠다고 여태 들고 있던 두 손을 내렸다. 이내 검은 머리 아가씨가 이렇게 말했다.

"달빛 덕에 창밖에 있는 당신을 알아볼 수 있었어요. 당신이 포치로 다가오는데, 덤불 속에 누가 숨어 있는 게 보이지 뭐예요. 그 사람들이 당신한테 해를 입힐 생각인 것 같아서 당신을 집 안으로 끌어들인 거예요. 다시 만나서 기뻐요."

단골 가게에 나타나 허밍버드를 비웃어야 할 빅 폴스 페이스는 나타나지 않고, 대신 아코스타가 걱정스러운 소식을 갖고 돌아왔다. 그걸 듣고 빅 폴스 페이스를 찾으러 간 여러 시민들은 대문 바로 안 오솔길에 엎어져 있는 그를 발견하고 돌려 눕혔다. 그는 여전히 상판에 기름기 좔좔 흐르는 미소를 띠고 있었다. 갑자기 떠오른 어떤 생각이 사뭇 재미있어 죽겠다는 양 평소보다도 더 활짝 웃고 있었다.

빅 폴스 페이스는 그들이 발견했을 때 더할 나위 없이 죽은 상태였다. 주위에서 빵빵 터졌던 백열전구 중 일부가 사실은 총신을 자른 엽총이었던 모양이다. 치크스 셰라키랑 필라델피아에서 온 그의 부하 둘이 어찌나 아무렇게나 총을 쐈는지 대문이 가까스로 붙어 있는 지경이었다. 그러니 허밍버드가 그때 빅 폴스 페이스랑 대문을 향해 도망치지 않아 얼마나 다행이었는지 모른다. 그의 근처에만 있었어도 위험했을 것이다.

그들이 빅 폴스 페이스의 시체를 운반하던 그때, 집 안에선 허밍버드랑 검은 머리 아가씨가 응접실에서 뒤집힌 소파에 앉아 있었다. 커튼이 없는 창문으로 달빛이 흘러들어 그들을 흠뻑 적시는 가운데, 허밍버드는 검은 머리 아가씨한테 자기가 그녀를 사랑하며 그녀도 자기에 대해 비슷한 마음이길 바란다고 말했다. 그들은 젊었고, 뉴저지 주 뉴어크에선 계절이 봄이었기 때문이다.

"그러니까 당신이 제동수의 딸이군요? 세상에서 제일 아름다운 아가씨라고 한 게 과장이 전혀 아니었단 말을 해야겠군요. 당신을 찾아내서 기쁩니다."

허밍버드가 말했다.

"그렇지만 대체 어떻게 제 새 주소를 이렇게 빨리 알아낸 거죠? 바로 오늘 아침에 이사 왔는데요. 하지만 아직 블라인드를 달 겨를이 없었던 게 당신한테는 잘된 일이겠죠. 그나저나 왜 절 제동수의 딸이라고 부르는 거죠? 우리 아빠는 이리 철도에서 제일 오래 일했고 또 제일 유명한 차장 중 한 명이란 말이에요."

그녀가 말했다.

브로드웨이 콤플렉스
Broadway Complex

어느 날 새벽 4시 조금 전, 나는 브로드웨이의 민디네 레스토랑에서 신문기자인 앰브로즈 해머랑 앉아 철갑상어 샌드위치를 즐기고 있었다. 그건 머리를 좋게 해주는 아주 좋은 음식이다. 그런데 앰브로즈가 세상이 어떻게 잘못됐는지 말하는 걸 듣다 보니 어째 우울해졌다. 앰브로즈는 매사에 아주 비관적인 친구다.

앰브로즈는 특히 쇼 비즈니스에 대해 비관적이었는데, 그건 연극에 대한 평을 쓰는 게 그의 일이었기 때문이다. 그는 거의 매일 저녁 극장에 가서 사람들이 끊임없이 무대에 올리고 있는 새 연극을 봐야 했다. 앰브로즈의 말로 판단하건대, 이건 아주 대단한 고난이며 그는 인생에서 아무런 즐거움도 못 누리는 듯했다.

게다가 연극 평을 쓰는 건 아주 위험한 일인 모양이었다. 바로 얼마 전에 〈네버네버〉란 새 연극을 보러 갔는데 아주 형편없는 연극이어서 신문에 그렇게 쓴 모양이다. 앰브로즈는 신문에 연극이 아홉 개의 서로 다른 냄새가 났고 퍼거스 애플턴이란 이름의 주연 배우의 연기도 그랬다고 썼다.

다음 날, 애스터 호텔 앞에서 앰브로즈와 마주친 퍼거스 애플턴은 지팡이로 앰브로즈의 머리를 후려쳐 그의 근사한 새 중산모를 찌그러뜨렸다. 앰브로즈가 모자 값을 경비로 신청하자, 신문사에서 못 주겠다고 하는 바람에 4달러를 손해 봤다.

앰브로즈는 연극 비평 기자가 자기들을 위해 해주는 일을 관객이 몰라준다고 말했다. 그가 관객들한테 〈네버네버〉가 실패작이라고 경고해 줬건만 연극이 대성공을 거둔 것이다. 뿐만 아니라 퍼거스 애플턴은 이제 해니벌 페이엣의 딸 플로렌틴 페이엣 양과 사귀고 있었다.

해니벌 페이엣이 아주아주아주 돈이 많으며 다양한 사업에 관여하고 있다는 건 누구나 아는 사실이다. 이 중엔 앰브로즈 해머가 일하는 신문사도 있다. 물론 앰브로즈는 퍼거스 애플턴의 연기에 관해 썼을 때만 해도 퍼거스가 플로렌틴 페이엣 양과 사귀게 될 줄 몰랐다.

그래서 앰브로즈는 아마 퍼거스 애플턴이 기회를 얻는 대로 신문사에서 자기를 쫓아낼 것이라고 말했다. 그렇지만 관객들한테 진짜 연극이 뭔지 보여 줄 희곡을 지금 쓰는 중이니 상관없다고 했다.

앰브로즈는 내가 그를 처음 안 이래로, 즉 몇 년째 이 희곡을 쓰고 있었다. 어찌나 여러 번 그 이야기를 들었는지, 조금만 연습하면 거기 등장하는 어떤 역이든 연기할 수 있을 것 같았다. 앰브로즈가 또다시 1막을 설명해 주는데, 세실 얼이란 이름의 사내가 들어왔다. 그는 골든 슬리퍼 나이트클럽의 이른바 사회자였다.

나는 세실 얼을 한두 번 봤을 뿐인데, 그때마다 늘 사회자 치곤 참 조용하고 겸손한 젊은이란 인상을 받았다. 그랬던 터라 그때 민디네로 들어온 그를 보고 무척 놀랐다. 모든 사람을 뻔뻔하고 공격적인 태도로 대하면서 거칠고 불쾌한 어조로 목청 높여 말하는 게, 전반적으로 말썽을 찾아다니는 사내처럼 굴고 있었다. 결코 사회자다운 행동이라 할 수 없었다.

새벽 4시 가까이 브로드웨이에서 말썽을 찾아다니는 사내가 민디네로 온 건 물론 번지수를 제대로 찾은 것이었다. 그 시간대면 많은 시민들이 그곳에 모여 내일 쓸(예컨대 경마 도박에) 돈은 대체 어디서 벌까 생각하며 슬슬 짜증이 나기 시작할 때이기 때문이다.

새벽 4시 전에 돈을 번 시민은 당연히 집에서 쉬고 있다. 새날을 대비해 피로를 풀고 산뜻한 기분으로 일어나기 위해서, 또 민디네에 죽치고 있는 돈을 못 번 시민들이 돈 좀 빌려 달라고 손 벌리는 사태를 피하기 위해서다.

그러나 내가 지금 이야기하는 그날 새벽 그곳에 있던 시민들은 세실 얼한테 별로 관심을 보이지 않았다. 그는 키 크고 여윈 체격에 검은 머리가 반드르한 젊은이에 불과했기 때문이다. 그런 사내는 브로드웨이에선 언제 어디서나, 특히 극장 매표소 앞에서 흔히 볼 수 있다. 사실 세실을 모르는 사람이 그를 보면 색소폰 주자일 거라고 단언할 것이다. 색소폰 주자를 생각나게 하는 뭔가가 그한테 있다. 실제로 세실은 색소폰을 꽤 잘 분다.

어쨌든 세실은 몇몇 유력 인사가 앉은 테이블에 앉았다. 그중엔 크랩스 게임을 운영하는 네이선 디트로이트, 크랩스 노름꾼 빅 니그, 마꾼 리그레트 그리고 세계에서 손꼽히는 파로 뱅크의 명수인(단, 파로 뱅크를 찾을 수 있고 게임을 할 돈이 있을 때) 업스테이트 레드도 있었다. 이들이 아주 심각한 문제를 의논하는데, 아닌 밤중에 홍두깨처럼 세실이 일어서더니 이렇게 말했다.

"이거 봐. 니들 왜 이렇게 시끄러워. 지금 당장 닥치지 않으면 깡그리 해치워 버릴 수도 있어."

그런 유력 인사들한테 그런 혐오스러운 말을 쓴다는 건 당연히 있을 수 없는 일이다. 게다가 '니들'은 아주 무식한 말이다. 그래서 네이선 디트로이트는 웨이터 찰스가 방금 업스테이트 레드 앞에 놓은 남부풍 햄에그를 집어 그걸로 세실의 머리를 내리쳤다.

세실의 불행은 네이선 디트로이트가 그의 머리를 내리치기 전에 남부풍 햄에그를 접시랑 분리하지 않았다는 것이다. 아주 단단한 접시였던 탓에 세실은 판자 못지않게, 아니, 어쩌면 판자보다도 더 뻣뻣하게 뻗고 말았다. 그를 되살리는 데 모그스 선생을 불러와야 했다.

물론 우리는 그때 세실이 잭 레그스 다이아몬드인지, 미친 개 콜인지, 아니면 또 다른 아주 흉포한 고릴라인지, 아무튼 그랬다는 걸 아무도 몰랐다. 앰브로즈 해머가 나중에 세실 얼의 괴상한 행동을 조사하기 시작한 다음에야 비로소 그런 사실이 밝혀졌다. 네이선 디트로이트는 세실에게 사과했고, 민디네의 주방장한테도 남부풍 햄에그를 그렇게 존경심 없이 다룬 걸 사과했다.

알고 보니 세실은 잠깐씩 세실 얼이 아닌 다른 사람이 될 때가 있는 것이었다. 앰브로즈 해머가 상황을 아주 길고 자세하게 설명해 줬는데, 나중에 가선 너무 전문적인 설명이 되는 바람에 아무도 뭔 말인지 알아듣지 못했다. 그렇지만 세실 얼이 자기가 읽거나 들은 이야기에 암시를 매우 쉽게 받는다는 건 대충 이해했다.

앰브로즈의 말로는 자기가 평생 만나 본 중 세실이 가장 암시를 쉽게 받는다고 했다. 보아하니 앰브로즈는 하버드 대학에 다니던 시절, 그러니까 연극 비평 기자가 되기 전에 이런 문제를 꽤 많이 연구한 모양이다.

개인적으로 나는 늘 세실 얼이 좀 미쳤다고 생각했다. 그가 미친 게 아니라면, 미친 사내가 타석에 들어설 때까지 그가 대타 노릇을 아주 잘해 낼 것이다. 그렇지만 앰브로즈의 생각은 달랐다. 세실이 약간 오락가락하는 건 사실이지만 완전히 돌아 버린 건 아니라는 것이다. 앰브로즈는 세실이 그저 과대망상증이랑 콤플렉스, 그 밖에도 이런저런 것들이 있을 뿐이라면서, 세실은 천재거나 미치광이거나 둘 중 하나라고 했다. 가능성은 9 대 10, 마음대로 고르라면서.

앰브로즈에 따르면 세실은 가끔씩 다른 역을 연기하는 배우인 셈이었다. 다만 세실은 자기가 연기하는 역의 인생을 진짜로 살려고 한다는 것이다. 앰브로즈는 우리한테 세실만큼 연기 센스가 있는 배우들이 있다면 쇼 비즈니스가 훨씬 나아질 것이라고 말했다. 그렇지만 물론 앰브로즈는 퍼거스 애플턴이 그의 모자를 망가뜨린 이래로 배우들한테 애정이 별로 없었다.

그다음 세실을 봤을 때도 그는 민디네로 들어왔다. 이번엔 잭 뎀프시인 듯했다. 여느 때 같은 상황이라면 아무도 그가 잭 뎀프시라도, 심지어 진 터니라도(진 터니 타입은 아니긴 하지만) 상관하지 않았겠지만, 세실이 시민들의 턱에 레프트훅을 날리기 시작한 게 문제였다. 결국 가수 샘이 일어나 레프트훅이 날아오는 순간 오른 주먹을 먹었다. 세실은 또다시 낡아 빠진 아코디언처럼 접혔다.

내가 이 이야기를 해주자, 앰브로즈 해머는 세실의 잭 뎀프시는 가짜 콤플렉스며, 저녁에 골든 슬리퍼의 술을 몇 잔 마시는 바람에 그렇게 된 것뿐이라고 했다. 앰브로즈는 심지어 이 콤플렉스는 콤플렉스가 아니라는 말까지 했다. 그렇지만 내가 보니 세실은 그 뒤 두 번 다시 민디네에서 아주 거친 인물이 되지 않았다.

가끔은 일주일씩이나 세실 얼이 아닌 다른 사람으로 있을 때도 있었다. 실제로 한번은 2주간 꼬박 나폴레옹이었다. 그렇지만 앰브로즈는 그런 건 아무것도 아니라면서, 자기는 개인적으로 한평생 나폴레옹인 사내들도 안다고 말했다. 물론 자기 마음속에서만 나폴레옹이라는 뜻이다. 앰브로즈에 따르면, 세실과 그들의 차이는 오로지 세실의 콤플렉스가 남들 앞에서 출현하는 데 반해 다른 사내들은 자기 방에서만 나폴레옹이라는 점뿐이었다.

개인적으로 나는 그런 사내들은 높은 담장으로 둘러싸인 곳에 가둬놔야 마땅하다고 생각했지만, 앰브로즈의 생각은 다른 듯했다. 어쨌든 세실 얼은 누가 됐건 마시멜로 한 봉지만큼이나 해가 없었다.

세실 얼을 위해 한마디 하자면, 그는 거의 언제 어느 때나 이야기 상대로 재미있었다. 거의 언제 어느 때나 인격이 다르기 때문이다. 그가 세실 얼일 때가 유일하게 재미없었다. 그런 때 그는 처량한 표정을 짓고 있는 조용한 사내였다. 어쩌나 수줍음을 타고 내성적인지, 일주일 내내 무솔리니로 살던 사내랑 같은 인물이라는 게 믿기지 않을 지경이었다.

세실 얼이 자신의 이런 인격 변화를 남들 앞에 드러내고 다니는 게 자주 있는 일은 아니다. 조지 버나드 쇼였을 때처럼 인격이 남들 앞에 나서는 걸 원할 때면 모를까. 실제로 그를 모르는 사람이라면, 아무 생각 없이 구석에 멍하니 앉아 있는 사내라고만 생각하지, 눈앞에 우리 모두를 부자로 만들어 줄 방법을 연구 중인 J. 피어폰트 모건이 있다곤 생각도 못 할 것이다.

356

이내 아무도 세실 얼이 뭐가 되건 신경 쓰지 않게 됐다. 그가 휴이 롱 상원의원이었을 때와, 히틀러가 돼서 로어 이스트사이드로 어슬렁어슬 렁 가 자기가 히틀러라고 말하는 실수를 저질렀을 때만 예외였다. 오히 려 브로드웨이의 모든 사람이 그를 참아 주고 가급적 그가 누가 됐건 거들어 주게 됐다. 그렇지만 내 생각엔 그가 몇몇 시민들한테 나쁜 영향 을 주는 것 같았다. 그중엔 마꾼 리그레트도 있었다.

어느 날 리그레트는 갑자기 세실 얼의 콤플렉스가 옮았는지, 스물네 시간 동안 경마장의 무법자 피츠버그 필이 되어선 벨몬트 파크의 모든 마권업자에 대해 한도를 넘고 말았다. 그 탓에 상황이 정리될 때까지 얼 마 동안 숨어 지내야 했다.

그런데 세실 얼은 나이트클럽의 사회자로서, 사회자를 싫어하는 사람 만 아니면 괜찮은 사회자였다. 나이트클럽의 사회자는 재치 있는 멘트 를 하고, 혹시 배우라든지 저명한 사업가 같은 유명 인사가 와 있으면 소개해서 다른 손님들한테 박수를 받게 하는 게 일인데, 이게 결코 쉬 운 직업이 아니다. 이따금 사회자가 유명 인사를 못 보고 지나칠 수 있 는데 그럼 유명 인사가 몹시 모욕감을 느끼기 때문이다.

그렇지만 세실 얼은 매일 밤 골든 슬리퍼에 와 있는 유명 인사들을 빠짐없이 소개하고 큰 박수를 받게 하는 똑똑한 사회자인 듯했다. 덕분 에 모욕감을 느끼는 사람이 아무도 없었다. 다만 어느 날 그는 새로 온 수석 웨이터를 손님이라 생각하고 소개하고 말았다. 그러자 수석 웨이 터는 모욕감을 느껴 그만두겠다고 위협했다. 나이트클럽에서 소개되는 건 자기한테 칭찬이 아니라는 게 그의 주장이었다.

어쨌든 세실은 골든 슬리퍼의 사회자로 일해서 돈을 꽤 잘 벌었다. 그 곳에서 일할 때는 콤플렉스가 그를 별로 안 괴롭히는지, 기껏해야 해리리치맨이나 모트 다우니가 되는 정도로 그쳤다. 그가 퍼거스 애플턴과 플로렌틴 페이엣 양을 만난 데가 여기 골든 슬리퍼였다.

플로렌틴 페이엣 양은 키가 크고 날씬한 검은 머리에, 하도 아름다워 진짜 같지 않았다. 그렇지만 얼굴은 언제 봐도 늘 빳빳하게 굳어 있었고, 세상에 관심 있는 게 아무것도 없는 듯 보였다. 솔직히 플로렌틴 페이엣 양의 아빠가 돈이 그렇게 안 많았으면 그녀가 좀 멍청하다고 말하겠지만, 그렇게 돈 많은 아빠를 가진 아가씨를 멍청하다고 하는 건 어쩌면 법에 어긋나는 일일 수도 있다. 그러니 그냥 내가 보기에 특별히 똑똑한 것 같지 않았다고만 해두겠다.

그녀는 나이트클럽을 돌아다니며 몇 시간씩 넋 빠져 앉아 있는 재주가 있었다. 그때마다 퍼거스 애플턴이 그녀 곁에 있었다. 얼마 안 돼 퍼거스 애플턴이 플로렌틴 페이엣 양을 사랑해 마지않는 아내로 삼고 싶어 한다는 소문이 퍼졌다. 배우한테는 아주 괜찮은 얘기라는 게 모든 사람의 공통된 의견이었다.

개인적으로 난 여기에 대해 아무 불만 없었다. 솔직히 플로렌틴 페이엣 양의 아빠 돈이 같이 따라온다면 나 같아도 그녀가 내 사랑해 마지않는 아내가 돼주면 좋겠다. 그러나 물론 앰브로즈 해머는 그녀가 퍼거스 애플턴의 아내가 되는 걸 찬성하지 않았다. 그게 자기한테 어떤 불이익을 가져다줄지 뻔히 보이기 때문이다.

퍼거스 애플턴은 아마도 마흔 살쯤 됐을 테고, 잘생긴 외모에 짙은 회색 머리가 아주 낭만적으로 보였다. 늘 각반이니 뭐니 갖춰 잘 차려입고 다니면서 길이가 30센티미터는 될 듯한 담뱃대로 담배를 피우고, 한쪽 손목엔 시계를, 또 한쪽 손목엔 사슬 팔찌를 찼다. 또 양손에 큼직한 반지를 끼고, 가끔은 외알 안경을 낄 때도 있었다. 순전히 겉멋이라는 게 앰브로즈 해머의 주장이었다.

퍼거스 애플턴이 아주 거들먹거리는 인간이고 남들 앞에서 폼 재는 걸 좋아한다는 건 틀림없었지만, 나도 한창 때 브로드웨이에서 그런 작자들을 수도 없이 봤는데 그들이 다 배우인 것도 아니었다. 그렇기에 난 그가 폼 잰다고, 또는 사슬 팔찌를 차거나 외알 안경을 쓴다고 해서 그가 싫지는 않았다. 그렇지만 내 친구 앰브로즈 해머의 새 중산모를 찌그러뜨린 건 좀 그렇다고 생각했으므로, 퍼거스 애플턴이 새 중산모, 아니, 헌 중산모라도 쓰고 나타나기만 하면 내가 직접 나서는 한이 있어도 모자가 성치 못할 것이라고 앰브로즈한테 약속했다.

내가 퍼거스 애플턴한테 유일하게 문제 삼은 건 그가 잘난 척한다는 점이었다. 세실 얼의 콤플렉스에 관해 알게 된 그는, 자기와 플로렌틴 페이엣 양과 더불어 골든 슬리퍼에 죽치고 있는 사내들과 아가씨들을 즐겁게 해준답시고 그걸 이용하기 시작했다.

게다가 보아하니 세실 얼은 퍼거스 애플턴의 암시에 아주 쉽게 걸려드는 듯했다. 그 탓에 세실 얼은 한동안 퍼거스 애플턴의 손에 놀아났다.

그런데 어느 날 갑자기 퍼거스 애플턴이 세실을 갖고 놀기를 그만두었다. 뿐만 아니라 어느새 그렇게 됐는지 둘이 꽤 친해져선, 골든 슬리퍼가 문을 닫고 나서 민디네나 다른 늦게까지 영업하는 곳에서 둘이 같이 있는 모습이 자주 보이게 됐다. 가끔씩 플로렌틴 페이엣 양이 같이 있을 때도 있었다. 그렇지만 사실 세실 얼은 여자들과 한자리에 있는 걸 별로 안 좋아했으며 그들이 같이 있으면 쩔쩔매는 사내였다. 도무지 나이트클럽의 사회자 같지 않은 행동이었다. 일반적으로 그런 인물은 여자들 앞에서 꽤 뻔뻔한데 말이다.

그렇긴 해도 그렇게 돈 많은 아빠를 가진 플로렌틴 페이엣 양 앞에선 최고로 뻔뻔한 사회자도 조금은 부끄럼을 타게 마련이라, 그녀가 있을 때 세실 얼은 거의 입도 벙긋하지 않았다. 퍼거스 애플턴한테는 그래도 전혀 지장 없었다. 그는 자기가 떠드는 소리를 듣는 게 싫지 않은 사내였기 때문이다. 오히려 아주 좋아했다.

이따금 세실 얼하고 퍼거스 애플턴이 같이 있는 걸 보면, 무슨 중대한 사업상의 거래를 앞두고 있는 사내들처럼 둘이 머리를 맞대고 낮은 목소리로 뭔가 심각하게 이야기를 하고 있었다.

게다가 세실 얼은 어째 비밀스럽고 엄숙한 분위기를 풍기는 걸로 봐서, 어쩌면 둘이 같이 새 연극을 계획 중이고 세실이 그중 한 역을 맡는 건지도 모르겠다 싶었다. 그리고 둘이 뭘 할 건지는 몰라도, 좌우지간 세실한테 그렇게 우호적인 관심을 가져 주다니 퍼거스 애플턴은 참 마음도 넓다는 생각이 들었다.

그러나 앰브로즈 해머는 그 상황이 마음에 안 드는 듯했다. 그에 관해 나한테 아주 길게 이야기하면서 이렇게 말했다.

"자연스럽지 못해. 퍼거스 애플턴처럼 세상에 자기밖에 모르는 인간이 세실 얼 같은 사내한테 잘해 준다는 건 자연스럽지 못한 일이라고. 여기엔 뭔가 수상쩍은 게 있어. 내가 그걸 밝혀내고야 말겠어."

개인적으로 나는 설사 뭔가 수상쩍은 게 있다 해도 그게 왜 앰브로즈 해머가 상관할 일인지 알 수 없었지만, 앰브로즈는 원래 평소에도 남의 일에 자주 끼어드는 친구이다. 그는 세실과 퍼거스 애플턴이 같이 있는 걸 볼 때마다 매우 유심히 그들을 지켜보기 시작했다.

그러던 어느 일요일 이른 아침, 여느 때처럼 앰브로즈 해머와 내가 민디네에 있는데 세실이 옆구리에 책 한 권을 끼고 혼자 들어왔다. 그는 구석 자리에 혼자 앉아서 웨스턴 샌드위치를 시키더니 책을 읽기 시작했다. 앰브로즈 해머는 하늘이 두 쪽 나도 우리가 가서 세실하고 이야기를 해봐야 한다고 박박 우겼다.

세실은 우리가 다가오는 걸 보더니 책을 덮어 무릎에 올려놓고 아주 시큰둥하게 인사했다. 그가 혼자 있는 모습을 오랜만에 보는 것이었다. 앰브로즈 해머가 퍼거스 애플턴은 어디 있느냐고 물었다. 사실은 천연두에 걸려 격리 병원에 수용되기라도 한 게 아니면 그가 어디 있든 관심도 없으면서 말이다.

세실은 퍼거스 애플턴이 일이 있어 필라델피아에 갔다가 주말이 지나 돌아올 것이라고 대답했다. 그러자 앰브로즈는 이번엔 플로렌틴 페이엣 양은 어디 있느냐고 물었다. 세실은 모르지만 아마 집에 있을 것이라고 말했다.

"플로렌틴 페이엣 양은 내 취향엔 좀 쌀쌀맞아 보이긴 하지만 어쨌든 미인인 건 분명하잖아. 그런 아가씨가 퍼거스 애플턴 같은 별 볼일 없는 작자한테 도대체 뭘 보는 건지 도무지 모르겠다니까."

앰브로즈 해머가 말했다.

그러자 세실 얼이 울음을 터뜨렸다. 앰브로즈 해머와 나는 당연히 대체 울 일이 뭐가 있다는 건지 알 수 없어 무척 당황했다. 우리가 세실한테 뭔 큰 잘못을 저질렀다는 오해를 받기 전에 내빼야겠다고 생각하는데, 세실이 이렇게 말했다.

"난 그 여자를 사랑해. 내 온 마음을 담아 진심으로. 그렇지만 그 여자는 내 가장 친한 친구의 여자지. 역시 퍼거스가 준 이 단검으로 다 끝내 버려야겠어. 플로렌틴 페이엣 양 없이는 어차피 살아 있어 봤자 아무 의미가 없으니까."

그러더니 세실 얼은 길고 큼직한 칼을 꺼냈다. 여기 사내들의 거리에선 그런 물건이 법에 어긋나는지라 그걸 보니 마음이 불안해졌으므로 당장 도로 주머니에 넣게 했다. 그사이 앰브로즈 해머는 손을 뻗어 세실이 읽던 책을 낚아챘다. 세실이 여전히 흐느껴 우는 옆에서 앰브로즈는 책을 훑어봤다.

제목을 보니 『백 퍼센트 완전 범죄』란 책이었다. 그러나 뭣보다도 앰브로즈 해머의 흥미를 끈 건 책 앞부분의 빈 페이지에 연필로 그린 그림이었다. 나중에 앰브로즈가 기억을 최대한 되살려 민디네 메뉴에 그려 줬는데, 내가 보기엔 작은 집의 1층 그림 같았다. 그 옆에 선이 그어져 있고 메너헌이라고 쓰여 있었다. 앰브로즈는 거리 이름이라고 생각한 모양이었다.

그렇지만 일단 앰브로즈는 세실 얼을 달래 울음을 그치게 하려고 했다. 마침내 눈물을 그친 세실은 앰브로즈가 자기 책을 갖고 있는 걸 보더니 급히 빼앗으려 했다. 돌려받을 때까지 얼마나 시끄럽게 난리를 쳤는지 모른다.

개인적으로 나는 앰브로즈가 그려 준 그림이 뭔지도 알 수 없었고 거기에 무슨 뜻이 있는 것 같지도 않았지만, 앰브로즈는 그걸 중요하게 여기는 듯했다.

그 뒤 며칠 동안 앰브로즈를 보지 못했지만, 퍼거스 애플턴이 〈네버네버〉 낮 공연 중이거나 저녁 공연 중일 때 그가 세실과 같이 있더란 희한한 소문을 들었다. 앰브로즈가 세실 얼한테 열심히 뭔가 이야기하고 때로는 흥분해서 팔을 마구 휘젓더라고 했다.

그러다 어느 날 새벽, 앰브로즈 해머가 민디네로 날 찾아왔다. 뭔가 기쁜 일이 있는 것처럼 활짝 웃고 있었는데, 이건 아주 놀라운 일이었다. 앰브로즈 해머는 기뻐하는 법이 좀처럼 없는 사내이기 때문이다. 그가 이렇게 말했다.

"세실 얼의 책에 있던 그림의 의미를 알았어. 브루클린 쪽에 있는 메너헌 거리의 어느 집 도면이었던 거야. 게다가 내가 이걸 알아낸 방법이 얼마나 재치 있었는지 알아? 대지 아파트의 여종업원을 구워삶아서 퍼거슨 애플턴의 집에 들어갔거든. 그랬더니 역시 내가 생각했던 대로 이 거리 주소가 적힌 편지가 있지 뭐야."

"맙소사, 정말이지 기가 막히는군. 그게 빈집 털이랑 뭐가 달라? 퍼거스 애플턴이 그걸 알면 자넬 경찰한테 넘길 거야. 그럼 일자리고 뭐고 몽땅 잃게 될 거라고."

내가 말했다.

"아니, 일자리는 잃지 않아. 해니벌 페이엣이 어제 신문사로 와서 자기 딸이 배우랑 결혼하고 싶어 한다고 난리를 치고 갔거든. 누가 이 로맨스를 깨뜨려만 주면 뭐든 다 주겠다던데. 어쩌면 날 편집 주간으로 앉힐지도 몰라. 그럼 내 맘에 안 드는 인간들을 잔뜩 잘라 버려야지. 퍼거스 애플턴이 이따 여기서 세실 얼을 만나기로 했다니까 그때까지 어떻게 된 일인지 들어 보라고."

앰브로즈가 말했다.

그러나 앰브로즈가 이야기를 다 하기도 전에 퍼거스 애플턴과 플로렌틴 페이엣 양이 들어와 우리가 앉은 곳에서 멀지 않은 테이블에 앉았다. 퍼거스 애플턴은 주위를 둘러보다가 앰브로즈를 보더니 엄청 험악하게 인상을 썼다. 그가 플로렌틴 페이엣 양한테 뭐라고 하자 그녀도 앰브로즈를 봤지만 인상을 쓰거나 하진 않고 그저 무표정했다.

퍼거스 애플턴은 야회복을 입고 외알 안경을 쓰고 있었고, 플로렌틴 페이엣 양은 비록 표정은 없어도 그녀가 얼마나 아름다운지 알려 주는 드레스를 입고 있었다. 그들이 별 대화 없이 앉아 있는데, 갑자기 세실 얼이 흥분해서 뛰어들었다.

어찌나 급하게 뛰어들었는지, 마침 나가던 길이던 마꾼 리그레트를 납작하게 깔아뭉갤 뻔했다. 리그레트가 욕설을 퍼부으려던 찰나, 민디네에서 길이길이 기억될 장면이 벌어졌다. 세실 얼이 퍼거스 애플턴 옆에 앉은 플로렌틴 페이엣 양한테 곧장 걸어가더니 퍼거스 애플턴은 거들떠보지도 않고 플로렌틴 페이엣 양을 왈칵 끌어안은 것이다. 그러고는 열렬하게 입을 맞춘 다음 이렇게 말했다.

"플로렌틴, 당신을 사랑해."

그러더니 또다시 힘주어 끌어안았다. 어찌나 꽉 끌어안는지, 튜브에서 치약을 짜내듯 그녀를 드레스에서 짜내려는 것처럼 보였다. 세실은 다시 이렇게 말했다.

"사랑해. 아아, 당신을 사랑해."

퍼거스 애플턴은 처음엔 기절초풍한 나머지 꼼짝도 못했다. 어쩌면 자기 눈을 못 믿었을 수도 있다. 비스마르크 풍 절인 청어 등등을 먹고 있던 다른 시민들도 기절초풍해선 세실 얼이 이번엔 킹콩 콤플렉스 중인가 보다고 생각하려던 찰나, 퍼거스 애플턴이 마침내 일어나 큰 소리로 이렇게 말했다.

"이 비열한 자식, 지금 당장 내 약혼녀를 안 놔주면 네놈을 없애 버릴 수도 있어."

당연한 일이지만 퍼거스 애플턴은 다소 흥분해 있었다. 흥분한 나머지 외알 안경을 떨어뜨리는 바람에 안경이 산산조각 났다. 그는 원래 세실 얼의 몸 어딘가에 오른 주먹을 힘껏 먹일 작정이었던 것 같았으나, 세실은 플로렌틴 페이엣 양으로 꽤 넓은 면적이 덮여 있었다. 그러니 오른 주먹을 날렸다간 플로렌틴 페이엣 양을 때리게 될 게 분명했다.

그래서 그는 플로렌틴 페이엣 양을 잡고 그녀를 세실 얼한테서 떼어 놓으려 했다. 그러자 세실 얼만 플로렌틴 페이엣 양을 더 꽉 끌어안은 게 아니라, 플로렌틴 페이엣 양도 세실한테 똑같이 하는 듯했다. 그 탓에 퍼거슨 애플턴은 스타킹 한 짝과 어디서 나왔는지 고무줄 하나만 손에 넣었을 뿐 그녀를 떼어 낼 수 없었다.

"저리 가, 이 낡아 빠진 반창고야. 내가 사랑하는 건 세실뿐이야. 세실, 내 귀여운 큰 곰돌이, 날 더 꽉 끌어안아 줘."

플로렌틴 페이엣 양이 퍼거슨 애플턴한테 이렇게 말하는 걸 듣고 모두가 소스라치게 놀랐다. 세실이 곰이면 앰브로즈 해머는 호저다.

물론 그 뒤 민디네에선 엄청난 소동이 벌어졌다. 세실 얼이 러브신을 펼치는 바람에 많은 시민들이 집 생각이 난 탓이다. 퍼거슨 애플턴은 뭘 어쩌면 좋을지 모르는 것 같았으나, 앰브로즈 해머가 다가가 귓속말을 몇 마디 하자 별안간 몸을 홱 돌려 나가 버렸다. 뿐만 아니라 그 뒤로 이 일대에 모습을 드러내지 않았다.

이내 민디가 세실 얼과 플로렌틴 페이엣 양한테 와서 주방장이 그들 때문에 냉장고에서 얼음이 녹는다고 불평한다면서 그만 가달라고 했다. 그래서 세실 얼과 플로렌틴 페이엣 양은 떠나고, 앰브로즈 해머가 돌아와 이야기를 마쳤다.

"그래서 난 메너헌 거리의 그 주소 집으로 가봤거든. 그랬더니 글쎄, 거기 누가 있었겠어? 퍼거슨 애플턴의 사랑해 마지않는 부인이 있었던 거야. 다리를 못 쓰는 중년 여자가. 게다가 그렇게 된 지 20년이 넘었다더군. 부인이 말하길, 퍼거슨은 일찍이 살아 숨 쉰 인간 중에 가장 비열한 사내고 지금까지 오랫동안 온갖 방법으로 자길 괴롭혀 왔대. 이혼을 안 해준다고.

부인이 이혼을 안 해주는 건, 오래전에 그 작자한테 맞아서 아래층으로 떨어지는 바람에 평생 불구가 됐는데도 자기는 거들떠보지도 않고 부인 가족들한테 돌보게 버려뒀기 때문이라고 했어. 그렇지만 난 물론 부인한테 하마터면 살해될 뻔했다는 얘긴 안 했어. 세실의 책에 그려져 있던 집의 도면이랑 책 그리고 단도가 의미하는 게 그거였거든. 퍼거스 애플턴은 세실 얼한테 암시를 걸어서 이 시대 최고의 살인자가 될 수 있다고 믿게 하려고 했던 거야."

"이거야 원, 참 충격적인 사실이로군. 퍼거스 애플턴 그놈, 정말 쓰레기 같은 놈이잖아."

나는 말했다.

"게다가 교활하기까지 하지. 세실한테 백 퍼센트 완전 범죄가 가능한 사내가 되면 근사할 거라는 식으로 생각하게 한 거야. 뿐만 아니라 플로렌틴 페이엣 양하고 결혼하고 나면 부자로 만들어 주겠다고 약속했다는군."

"그렇지만 세실은 어째서 그렇게 갑자기 정열적인 연인이 된 거지? 그게 이해가 안 되는데."

"세실한테 플로렌틴 페이엣 양을 사랑한다는 말을 듣고 나니까 상황을 해결할 멋진 아이디어가 생각나더라고. 그래서 세실한테 코치 좀 하고 나도 책 한 권을 선물했지. 그랬더니 퍼거스 애플턴이 준 책보다 훨씬 재미있었던 모양이야. 자네한테도 추천해. 어쨌든 그래서 아까 여기 들어온 세실은 잠재적 완전범죄자 세실 얼이 아니라, 정열적 연인의 세계 챔피언 돈 후안이었던 거야."

앰브로즈는 자기 신문사의 편집 주간이 되지 못했다. 편집 주간이 되기는커녕 쫓겨나는 걸 가까스로 모면했다. 세실 얼과 플로렌틴 페이엣 양이 손에 손을 잡고 도망쳐 결혼하고 신혼여행으로 할리우드에 가서는 두 번 다시 돌아오지 않았기 때문이다. 해니벌 페이엣은 딸이 연극배우랑 결혼하는 거나 영화배우랑 결혼하는 거나 그게 그거라고 주장했다. 세실이 최고의 인기 배우가 됐는데도 말이다. 러브신이 아주 뜨거운 덕분이었다.

그렇지만 난 늘 세실 얼이 은혜를 모르는 인간이라고 말한다. 앰브로즈가 드디어 완성시킨 연극에 출연하기를 거절하고 영화화된 〈네버네버〉로 최고의 히트를 쳤기 때문이다.

세 명의 현자
The Three Wise Guys

어느 추운 겨울 오후, 나는 웨스트 49번로에 있는 굿타임 찰리네 카운터에 서서 얼음사탕과 호밀 위스키를 섞은 걸 마시고 있었다. 이건 나한테는 아주 놀라운 일이었다. 나는 결코 술꾼이 아니라 모양과 형태, 방식을 막론하고 그 어떤 알코올음료도 마시는 일이 거의 없기 때문이다.

그렇지만 문제의 오후에 굿타임 찰리네로 들어섰을 때 어째 독감 기운이 있는 것 같았다. 굿타임 찰리의 말로는 독감 기운엔 얼음사탕하고 호밀 위스키를 따라올 게 없다고 했다. 균을 즉시 암살해 준다고 한다.

굿타임 찰리는 독감 기운이 올 때를 위해 늘 얼음사탕하고 호밀 위스키를 가까이 두는 듯 그 즉시 몇 잔 주었다. 뿐만 아니라 자기도 나랑같이 몇 잔 마셨다. 내가 가게 곳곳에 독감 균을 흩뿌리고 있을지 모르는 일이니 자기 건강을 지켜야 한다는 이유에서였다. 우리 둘 다 훨씬 기분이 나아졌을 무렵, 문이 열리더니 글쎄 블론디 스완슨이란 사내가 들어왔다.

블론디 스완슨은 키가 185센티미터나 되는 덩치 큰 사내로, 머리는 지푸라기색이고 뺨은 분홍색이었다. 원래는 할렘 출신인데 왕년에 대서양 연안 최고의 밀수업자였다는 건 모르는 사람이 없다. 실제로 블론디는 10년 남짓 캐나다 등등에서 뉴욕으로 주류 제품을 들여왔는데 그 사이 한 번도 안 붙들렸다. 이건 블론디처럼 광범위하게 활동하는 사람한테는 경이로운 기록이라 여겨졌다.

어쨌든 블론디가 카운터로 다가와 내 옆에 서길래, 나랑 굿타임 찰리랑 같이 얼음사탕과 호밀 위스키 몇 잔 마시겠느냐고 물었다. 블론디는 즐거운 마음으로 그 명예를 받아들이겠다고 했다. 자기는 단것이라면 거부하지 않는다는 것이다. 나는 블론디한테 사업이 번창하고 있느냐고 물었다.

"사업은 없어. 은퇴했거든."

블론디 스완슨이 말했다.

J. 피어폰트 모건이나 존 D. 록펠러, 헨리 포드가 다가와서 자기들이 은퇴했다고 말한들 이보다 더 놀랍지는 않았을 것이다. 아니, 이만큼 놀랍지 않았을 것이다. 내 생각에 지난 몇 년간 내가 들은 상업 관련 발표 중 블론디가 방금 한 말만큼 중요한 발언이 없었던 것 같았다. 나는 당연히 왜 그런 결정을 했느냐고, 그가 공급해 주는 제품만 믿고 살아온 수천 명의 시민은 어떻게 되는 거냐고 물었다.

"난 백 퍼센트 미국 국민이라 은퇴하는 거야. 사실 난 애국자라고. 지난 전쟁에서 나라를 위해 싸웠고, 샤토티에리 전투에서 세운 공으로 공보에 이름도 언급됐어. 난 늘 민주당 후보를 찍었지. 공화당도 좀 뽑는 게 낫겠다고 생각할 때만 빼고. 난 밴드가 〈성조기여 영원하라〉를 연주하면 늘 일어서. 심지어 한 해는 세금까지 냈다고."

블론디가 말했다.

물론 그중 많은 게 사실이라는 건 나도 알고 있었지만, 징병 담당 장교가 30분만 늦게 왔으면 블론디는 이미 내빼고 없었을 것이고, 블론디가 샤토티에리 전투에서 이름이 언급된 건 시체를 털지 않은 것 때문이란 소문을 들은 적이 있었다.

그렇지만 물론 블론디 스완슨한테는 그런 이야기를 하지 않았다. 블론디는 소문 이야기를 좋아하는 사내가 아니라 성을 낼지 모르기 때문이다. 성이 난 블론디는 상대하기가 아주 껄끄럽다.

"다들 알다시피 난 오랫동안 밀수 일을 하면서 아주 좋은 상품을 공급해 왔지. 그건 남부끄럽지 않은 직업이야. 금주론자들만 빼고 이 나라 모든 사람들이 찬성했으니까. 그렇지만 난 미래를 내다보는 사람이거든. 미래를 내다보면 이제 머잖아 금주법을 폐기할 거라는 걸 알겠단 말이지. 그럼 국내 산업하고 경쟁 상대인 외국에서 상품을 들여오는 게 아주 안 애국적인 일일 거 아냐? 그러니까 은퇴하겠다는 거야."

블론디가 말했다.

"블론디, 자네가 그런 식으로 느끼는 건 참 훌륭한 일이긴 해. 자네처럼 고결한 정신을 가진 국민이 많아지면 이 나라도 더 좋아질 거야."

나는 말했다.

"게다가 이젠 밀수해서 돈도 못 벌고 말이지. 이 나라의 밀수업자들은 완전 망했어. 나도 망했고. 방금 세상에서 내가 가진 유일한 재산을 잃었어. 애틀랜틱시티에 지었던 2만 5천 달러짜리 집을. 그때만 해도 거기서 클라라벨 코브 양하고 여생을 보내게 될 줄 알았는데, 클라라벨 코브 양이 날 버리고 떠나기 전에 말이지. 클라라벨 코브 양의 말만 들었어도 지금쯤 신사용품 상점에서 정직한 점원으로 일하고 있었을 거야. 110번로 근처에 아담한 아파트 하나쯤 있고 애들이 뛰어다니고 말이야."

그러더니 블론디는 무거운 한숨을 쉬었다. 나도 같이 한숨을 쉬었다. 블론디 스완슨과 클라라벨 코브 양의 로맨스는 브로드웨이에서 모르는 사람이 없었다.

지금으로부터 6년 전, 블론디 스완슨이 돈을 셀 시간도 없을 만큼 신나게 벌던 무렵, 클라라벨 코브 양은 이 거리에서 가장 아름다운 아가씨였다. 당시 조지 화이트 씨의 〈스캔들스〉에 출연한 그녀를 그냥 보기만 해도 넋을 잃는 시민들이 많았는데, 블론디 스완슨도 그중 하나였다.

실제로 블론디 스완슨은 조지 화이트 씨의 〈스캔들스〉에 출연한 클라라벨 코브 양을 딱 한 번 보더니 사람이 변했다. 클라라벨 코브 양을 만나려고 갖은 애를 쓰고, 조지 화이트 씨의 극장 무대 출입구 주위를 얼쩡거리기 시작하고, 클라라벨 코브 양한테 5킬로그램들이 사탕 상자며 꽃으로 장식된 말편자, 화환 등을 보냈다. 또 다이아몬드 팔찌와 브로치, 화장품 케이스 같은 장신구도 선물했다. 아닌 게 아니라 블론디는 돈을 물 쓰듯 쓰는 사람이었다.

그러나 클라라벨 코브 양은 사탕과 꽃을 빼고 다른 선물은 받으려 하지 않았다. 어느 추운 날 블론디가 보낸 검은담비 코트는 돌려보내기까지 했다. 이 때문에 조지 화이트 씨의 〈스캔들스〉에 출연한 다른 몇몇 아가씨들한테 대놓고 비판을 받았다. 특이한 것도 분수가 있어야 한다는 게 그들의 주장이었다.

그렇지만 클라라벨 코브 양은 자기는 누구한테도 값비싼 선물을 받을 생각이 없으며 특히 악마의 럼주를 사고파는 사내는 더 말할 것도 없다고 말했다. 나라 법을 어겨 번 더러운 돈이라는 것이다. 물론 누명도 이런 누명이 없었다. 블론디 스완슨은 평생 럼주는 한 방울도 다뤄 본 적이 없는 데다, 법 문제를 늘 깨끗이 해결하기 때문이다.

보아하니 클라라벨 코브 양은 오하이오 주 애크런의 아주 신앙심 깊은 집안 출신으로, 어렸을 때부터 럼주는 끔찍한 물건이라고 배우며 자란 듯했다. 개인적으로 나도 칵테일에 넣을 때 빼곤 그렇다고 생각한다. 어쨌든 그녀가 뉴욕으로 떠날 때 어머니가 마지막으로 한 말이 다이아몬드 팔찌랑 모피 코트를 선물하는 사내를 조심하라는 것이었던 모양이다. 그런 사내들은 은밀히 그녀의 몸을 노리는 풀밭의 뱀이라고 말이다.

그렇지만 클라라벨 코브 양은 선물은 안 받아도 이따금 블론디 스완슨과 외출해 멕시코 풍 닭 요리라든지 뉴버그 풍 바닷가재 같은 걸 먹는 데는 이의가 없는 듯했다. 잘생긴 젊은 청년이랑 예쁜 아가씨가 같이 멕시코 풍 닭 요리나 뉴버그 풍 바닷가재를 자주 먹다 보면 사랑이 싹트게 마련이다.

아닌 게 아니라 블론디 스완슨과 클라라벨 코브 양은 무지 사랑하는 사이가 됐다. 블론디 스완슨은 클라라벨 코브 양과 결혼하길 원했지만, 그녀는 어느 날 밤 바닷가재를 먹으며 이렇게 말했다.

"블론디, 난 당신을 사랑해. 당신이 럼주 장사에서 손 떼면 그 즉시 당신이랑 결혼할 거야. 당신이 럼주 장사를 그만두면 땡전 한 푼 없어도 당신이랑 결혼하겠지만, 럼주를 계속 취급하는 한 당신한테 백만 달러가 있다 해도 절대 결혼하지 않겠어."

블론디는 당장 장사를 그만두겠다고 말했다. 그 뒤로 1년 남짓 계속해서 그렇게 말했다. 어쩌면 몇 번은 진심이었을지 모르지만, 요즘 같은 때 블론디처럼 이 사업에서 잘나가는 사람은 그만두고 싶어도 그만두기가 쉽지 않다. 결국 어느 날 클라라벨 코브 양은 블론디와 이야기했다.

"블론디, 난 아직도 당신을 사랑하지만, 당신은 나보다 당신 사업이 더 중요한 것 같으니까 난 오하이오로 돌아갈래. 어쨌든 이젠 브로드웨이가 지긋지긋해. 지금 하는 그 끔찍한 일에서 정말로 손을 뗄 날이 오면 그때 날 찾아와 줘."

그리고 클라라벨 코브 양은 블론디 스완슨을 쌩하니 버리고 떠나 이 부근에서 모습을 찾아볼 수 없게 됐다. 처음에 블론디는 그녀가 자기한테 압력을 주려고 그러는 것뿐 곧 돌아올 것이라고 생각했다. 그러나 몇 주가 몇 달이 되고 몇 달이 몇 년이 되자 그녀가 장난치는 게 아니라는 걸 알 수 있었다. 게다가 소식 하나 없었다. 아는 것이라곤 그저 그녀가 오하이오 주 애크런으로 돌아갔다는 것뿐이었다.

블론디는 계속 이제 곧 주류 사업을 접고 클라라벨 코브 양을 찾아가 결혼할 것이라고 스스로 다짐해 놓곤 미루고 또 미뤘다. 그러다가 어느 날 결국 클라라벨 코브 양이 애크런에서 웬 법 잘 지키는 사내랑 결혼했다는 소식을 듣고 말았다. 이에 큰 충격을 받은 블론디는 그날 이후로 다른 여자를 거들떠도 보지 않았다. 적어도 아주 많이 보진 않았다.

나는 당연히 블론디한테 사업이 망했다니 뭐라 위로의 말을 건네야 할지 모르겠으며, 또 그가 클라라벨 코브 양을 잃은 걸 생각하면 내 가슴이 찢어질 것 같다고 말했다. 우리는 그 두 가지에 대해 얼음사탕과 호밀 위스키 몇 잔을 마셨다. 그러고 나니 얼음사탕이 다 떨어졌는데, 어쨌거나 얼음사탕이랑 호밀 위스키를 섞는 게 아주 귀찮았던 터라 얼음사탕 없이 호밀 위스키만 마시기 시작했다. 개인적으로 별 차이를 알 수 없었다.

우리가 카운터에 서서 얼음사탕 없이 호밀 위스키를 마시는데, 더치맨이란 이름의 영감이 들어왔다. 모든 면에서 법을 무시하는 인물로 유명한 그는 이곳 사회에서 어디에도 속하지 못했다. 그가 굿타임 찰리네에 나타났다는 게 나는 무척 뜻밖이었다. 그는 대체로 어디선가 도망 중일 때가 많았고 그와 잠깐 대화를 나누길 원하는 경찰이 사방에 수두룩했기 때문이다. 마지막으로 듣기로 그는 서부 어디서 노상강도 짓을 해 학교에 갔다고 했다. 그렇지만 나중에 그한테 듣기로 그건 사람을 잘못 봤기 때문이라고 한다. 사복 경찰을 식품점 주인으로 착각했다는 것이다.

더치맨은 대략 쉰 살쯤 됐을 고풍스러워 보이는 사내로, 희끗희끗한 머리에 희끗희끗한 수염을 뭉툭하게 길렀다. 체격은 땅딸막하고 다부지며, 그럴 필요가 전혀 없을 때조차 사람이 좋아서 그를 보면 목사 뺨치게 해가 없다는 생각이 들 것이다. 어쩌면 그보다 더 해가 없을 수도 있고.

안으로 들어온 더치맨은 마치 누굴 찾는 양 주위를 두리번거리더니 블론디 스완슨을 보고 옆으로 다가왔다. 그러고는 블론디한테 소곤거리기 시작해, 블론디가 몸을 떼고 그냥 말하라고 했다.

더치맨이 해준 이야기는 무척 흥미로웠다. 여덟아홉 달쯤 전, 더치맨은 소도시의 은행이며 우체국, 상점 등의 금고를 털어 돈이며 그 안에 든 귀중품을 가져가는 일류 강력범 셋과 어울려 다녔다. 금고 털기는 한때 꽤 유행했으나 금고가 좋아져 열기가 쉽지 않아지면서 어느 정도 잠잠해졌다. 그러나 대공황 중 달리 돈 벌 방법이 없어지자 유행이 되살아나 꽤 번성했다. 이건 물론 더치맨 같은 고참 영감들한테 매우 반가운 일이었다. 노년에 할 일이 생겼으니 말이다.

어쨌든 더치맨이 속한 이 그룹이 어느 날 밤, 친구가 귀띔해 준 정보를 갖고 펜실베이니아로 가서 공장 사무실의 금고를 털고 직원들 월급 줄 돈으로 찾아 놓은 대략 5만 달러를 손에 넣었다. 그런데 차를 몰고 나오는 길에 경찰이 쫓아와 추격전이 벌어지고 총알도 꽤 많이 오갔다.

그 과정에서 더치맨과 함께 있던 세 사내가 죽고 더치맨도 많이 다쳤다. 차를 버리고 돈 가방을 챙겨 도망친 그는, 들판을 가로지르고 여기저기 숨으면서 가까스로 경찰의 추적을 따돌릴 수 있었다.

그렇지만 더치맨은 부상을 당한 데다 가방을 운반하느라 녹초가 되고 말았다. 어느 날 밤, 황폐한 헛간에 다다른 그는 더는 가방을 못 운반하겠길래 그곳에 숨겨 놓기로 했다. 그래서 바닥의 판자 몇 장을 뜯어내고 구멍을 파서 가방을 넣고 도로 덮었다. 언젠가 가지러 돌아올 생각이었다.

더치맨은 그 뒤 그럭저럭 뉴저지로 건너가 뉴브런즈윅이란 도시에서 상처가 낫길 기다렸다. 젊었을 때처럼 빨리 낫지 않아 시간이 꽤 걸렸다.

게다가 상처가 다 나아 가방을 가지러 가야겠다는 생각이 들고 나니 이번엔 자신이 없었다. 사람이 늙으면 원래 그렇게 된다. 도와줄 사람을 찾는 게 낫겠다고 생각한 그가 맨 먼저 떠올린 인간이 블론디 스완슨이었다. 블론디 스완슨이 모든 면에서 아주 유능하다는 걸 잘 알기 때문이었다.

"블론디, 내 제안을 받아들이면 50퍼센트를 떼어 줄 생각도 있어. 요즘 같은 때 5만의 50퍼센트면 절대 껌 값이 아니라고."

"더치맨, 기꺼이 당신이 말하는 조건으로 돕겠어. 정직한 일이라는 점이 마음에 드는군. 그 돈은 당신 게 틀림없으니 말이지. 앞으로 난 정직하게 살 거거든. 그렇지만 일단 얼음사탕 없는 얼음사탕과 호밀 위스키를 좀 더 마시면서 이야기해 보자고."

그러나 더치맨은 얼음사탕이 없는데도 얼음사탕과 호밀 위스키가 마음에 안 드는 듯했다. 그래서 블론디 스완슨과 나와 굿타임 찰리만 계속 마셨다. 블론디가 어쩌나 점점 더치맨의 제안에 신이 나 하는지, 나까지 덩달아 신이 나 이제껏 안 가본 곳에 갈 기회니까 같이 가겠다고 나섰다. 굿타임 찰리는 자기는 장사 때문에 못 가는 게 일생의 한이지만, 혹시 독감 기운이 있을 때를 대비해 얼음사탕 없는 얼음사탕과 호밀 위스키를 듬뿍 들려 보내 주겠다고 했다.

그렇게 돼서 나는 추운 크리스마스이브에 더치맨과 블론디 스완슨이랑 같이 더치맨의 낡은 차를 타고 달리고 있었다. 차를 달리는데 여기저기 창문에 호랑가시 장식이 붙은 걸 보기까지 아무도 오늘이 크리스마스이브라는 걸 몰랐다. 불이 환하게 켜진 작은 교회 앞을 지나는데 누가 문을 열자, 안에 커다란 크리스마스트리가 보였다. 그걸 보니 살짝 집 생각이 났지만, 설사 집에 있었다 해도 크리스마스트리를 봤을지는 의문이다.

우리는 오후 서너 시쯤 더치맨이 모는 차를 타고 굿타임 찰리네를 출발했다. 그 뒤로 기억나는 것이라곤 작은 도시들을 줄줄이 통과했다는 것뿐이다. 뒷자리에서 거의 내내 졸고 있었기 때문이다.

더치맨과 함께 앞자리에 앉은 블론디 스완슨도 가끔씩 눈을 붙였지만, 그러다 잠이 깨면 나를 쿡 찔러 얼음사탕 없는 얼음사탕과 호밀 위스키를 마셨다. 하여튼 여러모로 즐거운 여행이었다.

작은 교회가 기억나는 건 꽤 큰 도시를 빠른 속도로 통과한 직후에 그 앞을 지났기 때문이다. 더치맨이 헛간까지 이제 얼마 안 남았다고 말하는 게 들렸다. 그 무렵에는 날이 저물어 어둡고, 공기가 보안관보의 마음만큼이나 쌀쌀했다. 하늘은 맑은데 땅에는 눈이 깔려 있었다. 민디네 레스토랑에서 근사한 티본스테이크나 먹고 있을 걸 그랬다고 생각하는데, 블론디 스완슨이 더치맨한테 사람이 안 다니는 길 같은데 이 길이 확실한 거냐고 물었다. 그러자 더치맨이 이렇게 말했다.

"틀림없어. 저기 보이는 저 큰 별을 따라가고 있거든. 처음 이 길을 왔을 때도 저 별이 늘 내 앞쪽에 보였어."

그래서 우리는 계속해서 별을 따라갔는데, 알고 보니 별이 아니라 길에서 꽤 떨어진 높직한 곳에 서 있는 다 쓰러져가는 건물 창문으로 나오는 불빛이었다. 불빛을 본 더치맨은 당혹해선 이렇게 말했다.

"아니, 이런, 내가 찾는 헛간이 여기 맞는 것 같긴 하지만, 거기엔 불빛이 필요 없을 텐데. 일단 좀 살펴보자고."

더치맨은 차에서 내려 건물 옆쪽으로 몰래 가서는 창문으로 안을 엿보았다. 그러더니 돌아와 블론디와 나한테도 안을 엿보라고 신호를 보냈다. 창문이라곤 해도 건물 벽에 네모나게 구멍을 뚫고 나무 막대를 가로질렀을 뿐 유리는 끼우지 않았다. 기둥에 걸린 램프의 어슴푸레한 불빛으로 생각지도 못한 광경이 보였다.

말인지 소인지 가둬 놓는 칸이 여기저기 보이는 걸로 봐서, 우리가 들여다보는 게 아주 오래된 헛간 안이라는 건 틀림없었다. 그러나 누가 살고 있는지, 테이블과 의자 두 개, 불이 피워진 양철 난로가 보였다. 구석엔 침대 같은 것도 보였다.

뿐만 아니라 침대에 누가 누워 꽤나 요란하게 끙끙거리고 울부짖고 있었다. 목소리로 보건대 여자가 틀림없었다. 여자가 비탄에 빠졌다는 건 누가 봐도 알 수 있었다.

뜻밖의 상황에 우리는 헛간에서 멀찍이 떨어져 의논했다.

여자가 헛간에서 살고 있다면 그새 자기 가방을 발견했을지도 모른다는 생각에 매우 낙심한 더치맨은 지금은 그냥 가고 좀 더 기다려 보면 어떻겠느냐고 했다. 그러나 블론디 스완슨은 한참 생각하더니 이렇게 말했다.

"아냐, 아무래도 저 헛간에 있는 여자가 아픈 것 같은데, 아픈 여자를, 그것도 전혀 모르는 아픈 여자를 그냥 두고 가는 건 비열하고 천박한 놈이나 하는 짓이라고. 그런 짓을 하는 건 아주 치사한 놈이야. 들어가서 우리가 뭐 해줄 수 있는 게 없나 보는 게 좋겠어."

나는 블론디 스완슨한테, 여자의 사랑해 마지않는 남편이나 누가 도움을 청하러 시내로 갔거나 이웃을 찾아갔을지 모른다고 말했다. 지금 당장에라도 돌아올지 모르는데, 그때 우리가 여기서 발견되면 곤란하지 않겠나.

"아니, 그렇진 않을 거야. 주위에 쌓인 눈을 보면 적어도 하루는 지난 것 같은데, 문 근처에 오고 간 발자국이 없잖아. 여기 아픈 여자가 있다는 걸 누가 아는 사람이 있었다면 벌써 오래전에 도움을 청했을걸. 난 들어가서 살펴봐야겠어."

블론디가 말했다.

더치맨과 나도 밖에 둘만 남아 있고 싶진 않았으므로 따라갔다. 문이 잠겨 있지 않았던 덕에 안으로 들어가기는 어렵지 않았다. 그냥 문을 열고 들어가기만 하면 됐다. 블론디 스완슨이 앞장서서 들어가자, 여자가 몸을 반쯤 일으키고 우리를 쳐다봤다. 시원치 않은 불빛으로도 이 여자가 클라라벨 코브 양이라는 걸 모두가 알 수 있었다. 다만 개인적인 생각으로 조지 화이트 씨의 〈스캔들스〉에 출연하던 시절과는 조금 달라진 듯했다.

그녀는 몸을 반쯤 일으킨 채 아주 빨리 세면 대략 열까지 셀 만큼 블론디 스완슨을 올려다보더니, 도로 털썩 누워 울부짖기 시작했다. 이에 더치맨이 그녀 곁에 무릎을 꿇고 앉아 그녀가 왜 그러는지 살펴봤다.

그런데 더치맨이 벌떡 일어나더니 이렇게 말했다.

"어이쿠, 이런, 이건 아주 미묘한 상황이군. 자네들은 밖으로 나가 줘야겠어. 이런 때 진짜 필요한 건 의사지만, 의사를 부르기엔 너무 늦었으니 내가 어떻게든 최선을 다해 보지."

그러고는 코트를 벗기 시작했다. 블론디 스완슨이 우두커니 서서 묘한 표정으로 그를 바라보자, 더치맨은 웃음을 터뜨리며 이렇게 말했다.

"걱정 말라고, 블론디. 우리 마누라가 숟가락 놓은 이래로 내 비록 솜씨는 좀 떨어졌을지 몰라도, 마누라가 건강하게 낳은 애 여덟을 하나만 빼고 다 내가 받았다고. 의사를 부를 형편이 됐어야지."

그래서 블론디 스완슨과 나는 밖으로 나왔다. 얼마 뒤 더치맨이 우리를 부르길래 다시 안으로 들어가자, 난로에 불을 활활 피워 놔서 따뜻하고 기분 좋았다.

클라라벨 코브 양은 이제 안정을 되찾아 더치맨의 코트를 덮고 누워 있었다. 우리가 들어가자 더치맨이 발소리를 죽이고 다가가 코트를 걷어, 머리가 꽃사과만 하고 얼굴이 늙은이처럼 쭈글쭈글한 아기를 보여 주었다. 사내 아기고 아주 건강하다고 했다.

"아기 엄마도 건강하고. 내가 본 중 제일 튼튼한 여자야. 이젠 합병증 같은 게 없게 지나가는 길에 의사만 부르면 돼. 그렇지만 내 장담하는데, 의사도 할 일은 별로 없을걸."

더치맨이 말했다.

더치맨은 마치 자기가 애 아빠라도 되는 양 자랑스러워했다. 나는 그가 기분 상할까 봐, 애가 아주 잘생겼으며 어디에 내놔도 그나 클라라벨 코브 양이 부끄럽지 않겠다고 말했다. 그동안 블론디 스완슨은 갓난아기를 평생 처음 보는 사람처럼 멍하니 애를 쳐다보고 서 있었다.

더치맨 말대로 클라라벨 코브 양은 꽤 튼튼한지 한 시간쯤 지나자 깨어나려는 기색을 보였다. 침대 옆 바닥에 앉은 블론디 스완슨한테 그녀는 낮은 목소리로 한동안 뭐라 이야기했다. 그들이 이야기하는 동안, 더치맨은 다른 쪽 구석 바닥을 들어내고 몇 분쯤 땅을 파더니 흙 묻은 가방을 끌어냈다. 가방을 열자 큼직하고 거칠거칠한 지폐가 가득 든 게 보였다.

블론디 스완슨은 나중에 더치맨과 나한테 클라라벨 코브 양 이야기를 들려주었다. 아주 슬픈 부분도 있는 이야기였다. 오하이오 주 애크런으로 돌아간 클라라벨 코브 양은 이윽고 조지프 해처라는 젊은 사내와 결혼했다. 장부 기록원으로 일하는 조지프 해처는 애크런에 괜찮은 직장을 갖고 있었던 터라, 클라라벨 코브 양과 조지프 해처는 한동안 행복하게 살았다.

그런데 내가 이야기하는 그날 밤으로부터 약 1년 전, 회사에서 조지프 해처를 우리가 클라라벨 코브 양을 발견한 지역으로 보냈다. 그곳 공장의 장부를 기록하는 게 그의 일이었다. 그러다 몇 달 뒤, 밤늦게까지 공장 사무실에 남아 장부를 정리하는데, 불한당 몇 명이 침입해 그를 흉기로 위협하고 금고를 털었다. 그러고는 거액의 돈을 훔쳐 달아났다.

다음 날 아침, 경찰은 칠면조처럼 묶인 상태로 발견된 조지프 해처를 체포해 감옥에 가두었다. 그가 범인들한테 금고에 돈이 있다는 정보를 줬을지 모른다는 이유에서였다. 그럴 가능성을 특히 강력하게 주장한 게 앰버샵이란 이름의 공장장으로, 아주 몰인정한 사내였다.

그게 벌써 여덟아홉 달 전인데, 조지프 해처는 여전히 감옥에서 재판을 기다리고 있었다. 클라라벨 코브 양의 말에 따르면, 그곳 사람들은 재판이 열리면 판사가 그를 엄벌에 처할 가능성을 7 대 5로 보고 있었다. 거의 모든 사람이 주지프 해처를 유죄라고 생각하기 때문이다.

그렇지만 물론 클라라벨 코브 양은 자신의 사랑해 마지않는 조에 대해 다른 사람들과 의견이 달랐던 터라 그 뒤 몇 달 동안 그를 감옥에서 빼내려고 애썼다. 그렇지만 돈이 한 푼도 없는 데다 돈을 구할 방법도 없었으므로, 상황은 점점 나빠지기만 했다.

그러다 끝내 돈이 떨어져 시내에서 살 수 없게 됐을 때, 그녀는 우연히 이 낡은 헛간을 발견했다. 시내에 사는 켈턴이라는 이름의 의사 것이었는데, 친절한 사람인 듯 마음대로 쓰라고 허락해 줬다. 그래서 클라라벨 코브 양은 여기 헛간으로 옮겼다. 어쩌면 조지 화이트 씨의 〈스캔들스〉로 돌아가고 싶단 생각을 여러 번 하지 않았을까.

더치맨은 이 이야기를 매우 흥미롭게 들었다. 그는 특히 범인들이 조지프 해처를 묶어 공장 사무실에 버리고 갔다는 부분을 관심 있게 듣더니 마침내 이렇게 말했다.

"어이구야, 우리가 이 돈 가방을 채운 날 밤 묶어야 했던 젊은이가 틀림없군. 내 기억에 그 친구는 회사 돈을 지키겠다고 싸우려고 드는 걸 내가 곤봉으로 머리를 때려 기절시켰는데.

그렇지만 우리한테 돈이 거기 있다는 정보를 준 건 그 친구가 아니야. 클라라벨 코브 양의 이야기에 이름이 등장한 그 사내지. 거기 공장장인 앰버샴 말이야. 그러고 보니 그 작자한테도 한몫 떼어 주기로 돼 있었는데. 세상을 떠난 동료들의 유산 집행인으로서 내가 대신 약속을 이행하는 게 옳겠지만, 조지프 해처에 대한 그 작자 행동이 맘에 안 드는군. 어쨌든 우리가 지금 해야 할 일은 의사를 불러와 클라라벨 코브 양을 진찰하게 하는 거야. 내 생각에 클라라벨 코브 양이 얘기한 퀠턴 선생이 좋을 것 같아."

더치맨이 가방을 집어 들었다. 우리는 차에 올라타 온 길을 되돌아오기 시작했다. 출발하기 전에 블론디 스완슨이 클라라벨 코브 양을 향해 몸을 굽히는 게 보였다. 여기서만 하는 이야기지만, 그가 아기 머리에 살짝 입을 맞추는 걸 봤다고 신경마비가 되는 걸 걸고 맹세해도 좋다. 클라라벨 코브 양이 이렇게 말하는 것도 들었다.

"블론디, 애한테 당신 이름을 붙여 줄게. 그나저나 진짜 이름이 뭐야?"

"올라프."

블론디가 말했다.

블론디가 무릎에 돈 가방을 올려놓고 더치맨이 운전해 시내로 돌아갔을 때는 아직 이른 새벽이라 일어난 사람이 많지 않았다. 그렇지만 드디어 아침까지 영업하는 간이식당에서 퀠턴 선생이 사는 곳을 아는 사내를 만나, 그가 차 발판에 올라서서 골목에 위치한 집으로 안내해 주었다. 문을 한참 두들긴 끝에 간신히 의사를 깨우는 데 성공했다. 블론디가 안으로 들어가 이야기했다.

그는 한참 뒤에야 나오더니 얘기가 다 잘됐으며 퀠턴 선생이 즉시 가서 클라라벨 코브 양을 보살펴 주고 병원으로 데려가 줄 것이라고 말했다. 그러고는 클라라벨 코브 양이 최상의 보살핌을 받도록 의사한테 200달러를 남겨 놓고 왔다고 했다.

"뭐, 가방에 이만큼 들었는데 200쯤 못 줄 것도 없지. 그렇지만 난 역시 이 앰버샵이란 친구를 찾아가서 그 친구 몫을 줘야 하는 게 아닌가 싶은데."

더치맨이 말했다.

"더치맨, 미안하지만 자네한테 안 좋은 소식이 있어. 가방은 이제 없어. 보니까 켈턴 선생이 어느 모로 보나 괜찮은 사람 같더라고. 특히 자기는 늘 클라라벨 코브 양의 사랑해 마지않는 조가 억울하게 누명을 쓴 게 아닐까 의심했다고, 앰버샵이란 사내가 계속 바람만 잡지 않았으면 다른 시민들도 그렇게 생각했을 거라고 하는 소리를 들으니 말이야.

그래서 내가 켈턴 선생한테 앰버샵 등등에 대해 전부 사실대로 말하고 가방을 원래 임자한테 돌려주라고 맡겨 놨어. 켈턴 선생이, 자기가 스물네 시간 안에 클라라벨 코브 양의 조를 감옥에서 못 꺼내고 앰버샵이란 작자를 이곳에서 못 쫓아내면 자길 거짓말쟁이라고 부르라더군. 그렇지만 우린 이제 가야 해. 클라라벨 코브 양을 보살피는 것 말고는 열두 시간 동안 아무 행동도 안 취하겠다고 선생이 약속했거든. 자네가 도망치는 데 그 정도 시간은 필요할 것 같아서 말이야, 더치맨."

더치맨은 한동안 이에 대해 아무 말도 하지 않고 상황을 곰곰이 생각해 보는 듯했다. 생각에 잠겨 있는 동안 의도한 것보다 액셀을 더 꽉 밟는 바람에 차가 그곳 중심가를 획획 달리는데, 오토바이를 탄 경찰이 다가와 차를 길가에 대라고 신호를 보냈다.

그는 잘생기고 젊은 경찰이었으나, 어쩐지 적의 어린 태도로 오토바이에서 내리더니 천천히 다가와 어딜 그렇게 급하게 가느냐고 물었다.

우리는 당연히 아무런 대답도 하지 않았다. 그런 상황에서 경찰한테 할 수 있는 일은 그것뿐이다. 그러자 경찰이 이렇게 말했다.

"그나저나 이 냄비엔 뭐가 들었지? 내가 좀 살펴봐야겠으니 잠깐 일어나셔."

우리가 일어서자, 그는 차 앞뒤를 들여다보고 우리 발치를 확인했다. 찾아낸 것이라곤 한때 굿타임 찰리의 얼음사탕 없는 얼음사탕과 호밀 위스키가 들어 있었으나 지금은 깨끗이 빈 병 하나뿐이었다. 그는 이 병을 들더니 주둥이에 코를 들이대고 킁킁 냄새를 맡으며 뭐가 들어 있었느냐고 물었다. 나는 사실대로 약이 가득 들어 있었다고 말했다. 더치맨과 블론디 스완슨이 내 말이 맞는다고 고개를 끄덕였다. 그러나 경찰은 다시 한 번 냄새를 맡더니 이렇게 말했다.

"하하, 현자들이신가? 동방박사 세 사람이셔? 누굴 속이시려고? 약? 약이라고? 내가 오늘이 크리스마스만 아니었으면 수상쩍다는 이유만으로도 잡아들였을 테지만, 댁들한테 산타클로스가 돼 주지. 그냥 가셔, 현자들."

몇 블록 가서 더치맨이 말했다.

"그래, 그게 우리야. 우리는 현자 맞아. 현자가 아니었으면 여전히 가방을 갖고 있다가 경찰 녀석한테 들켰겠지. 경찰 녀석이 가방을 발견하면 우리더러 감옥에 가서 조사 좀 받아 보자고 했을 테고, 우리더러 감옥에 가자고 했으면 그 녀석은 지금쯤 살아 있지 못했을 거야. 그럼 여기저기 쫓겨 다녀야 할 텐데, 난 쫓겨 다니는 건 이제 지긋지긋하거든."

그러면서 더치맨은 왼쪽 겨드랑이 밑에 차고 있던 총집에 큼직한 총을 도로 넣고 시동을 걸었다. 도시의 불빛을 뒤로하면서 나는 블론디한테 도시의 이름을 봤느냐고 물었다.

"그래, 방금 지난 안내판에서 봤어. 펜실베이니아 주 베들레헴이지."

블론디가 말했다.

레몬 사탕 키드
The Lemon Drop Kid

이제 데려갈 곳은 지금으로부터 한 4, 5년 전의 어느 팔월 오후, 새러 토가 경마장이다. 뉴욕 주에 있는데 보고 있으면 아주 기분 좋은 곳이 다. 여기에 레몬 사탕 키드란 젊은 사내가 등장한다. 재킷 주머니에 늘 레몬 사탕 봉지를 넣고 다니면서 레몬 사탕을 우물우물 먹고 있다고 해 서 레몬 사탕 키드였다. 레몬 사탕을 즐기는 사람들이 많은데, 나는 개 인적으로 박하 맛을 좋아한다.

내가 이야기하는 이날, 레몬 사탕 키드는 일거리를 찾고 있었으나 계 속 허탕만 치고 있었다. 레몬 사탕 키드의 일이란 이야기를 하는 건데, 자기 이야기를 들어 줄 시민을 찾기가 쉽지 않았다.

물론 이야기하는 게 일인 사내가 이야기를 들어 줄 사람을 찾지 못하 면 그건 아주 곤란한 상황이다. 그런 사내가 하는 이야기는 어떤 경주가 어떻게 될 것이라는 내용이게 마련이다. 이야기를 들은 시민이 그 경주에 돈을 걸지 모르는 일이고, 만약 경주 결과가 이야기를 하는 사내의 이야기대로 된다면 시민이 사내한테 매우 고마워하면서 어쩌면 넉넉히 사례할 수도 있다.

게다가 그렇게 되면 시민은 다른 이야기도 들으려 할 게 뻔한데, 레몬 사탕 키드처럼 이야기를 하는 게 직업인 사내는 할 이야기가 무궁무진하게 많게 마련이다. 그게 또 대개 긴 이야기들이고, 누가 이야기를 하느냐에 따라 가끔은 아주 재미있을 때도 있다. 그런데 레몬 사탕 키드보다 이야기를 잘하는 사람이 없다는 건 모두가 아는 사실이다.

그렇지만 새러토가 경마장의 듀헤인 대위와 그의 부하들은 그런 사내들은 그저 예상꾼일 뿐이라며 그들이 이야기하고 다니는 걸 크게 반대했다. 그들은 특히 레몬 사탕 키드를 문제 삼았다. 이야기를 하도 잘해 경마에 대한 대중의 신뢰를 허문다는 게 이유였다. 그래서 그들은 레몬 사탕 키드를 주시하며 그가 시민한테 이야기를 들려주는 걸 막았다. 결국 신물이 난 레몬 사탕 키드는 직선 코스 시작 부분을 향해 잔디밭을 걸어갔다.

그는 주머니에서 레몬 사탕을 꺼내 먹으면서, 지난 10년간 이야기를 하며 전국 방방곡곡을 누비고 다니는 대신 뭔가 정직한 일을 하고 살았더라면 지금쯤 살기가 훨씬 더 편했을 것이라고 생각했다. 그렇긴 하지만 어린 시절을 보낸 저지시티의 고아원을 떠난 이래로 경마장 주변만큼 활기가 있는 정직한 직업이 뭐가 있었는지 떠올리려니 막상 잘 생각나지 않았다.

이 이야기가 시작될 당시, 레몬 사탕 키드는 아마 스물네 살쯤 됐을 것이며 조용하고 목소리가 낮았다. 이야기를 할 때 남들한테 안 들리게 하다 보니 자연히 그렇게 됐다. 그리고 그는 대개 혼자 있었다. 실제로 레몬 사탕 키드는 이야기하는 일을 시작한 이래로 친구가 있어 본 적이 없었다. 그렇다고 불친절하거나 한 건 아니었고, 늘 다른 사람들한테 말을 걸곤 했다. 심지어 수중에 돈이 있을 때도 말이다.

그렇지만 레몬 사탕 키드는 당시 수중에 돈이 있어 본 지, 심지어 수중에 돈이 생길 기회를 가져 본 지 오래였다. 그가 현재 지내고 있는 새러토가의 하숙집 여주인이 점점 골이 나서 그를 그리고 다른 하숙인 대부분을 경멸하는 말을 내뱉는 바람에 요새는 거기서 식사를 맘 편히 즐기기가 힘들었다. 식사가 워낙 형편없는 탓도 있었지만.

어쨌든 레몬 사탕 키드는 홀로 잔디밭을 걸어가 트랙을 바라보며 이따금 레몬 사탕을 우물거렸다. 그리고 세상 살기 참 힘들다고, 주위에 청원경찰만 없으면 얼마나 훨씬 살기 좋은 세상이 될까, 그런 생각을 하고 있었다.

그날은 경마장을 찾은 시민이 많지 않았다. 레몬 사탕 키드 근처에 보이는 시민이라곤, 무릎 담요를 덮고 휠체어에 탄 노인 한 명과 휠체어를 미는 듯한 덩치 크고 졸려 보이는 유색 인종 한 명뿐이었다.

노인은 희고 큼직한 콧수염과 희고 큼직하고 뻣뻣한 눈썹이 무척 사나워 보였다. 그가 인색한 노랑이며 관심을 기울일 가치가 없다는 건 누가 봐도 분명했다. 그러나 그는 거의 매일 영구차만 한 크기의 리무진을 타고 새러토가 경마장을 찾는 단골이었다. 유색 인종이 밀어 주는 휠체어를 타고 지금 있는 이 위치로 올라와 인파에 시달리지 않고 왕들의 스포츠를 관람하곤 했다.

그의 이름이 레이러스 P. 그릭스비고, 월가에서 돈을 잔뜩 벌었으며, 자기 돈을 뭣보다도 사랑해 마지않는다는 건 누구나 아는 사실이었다.

게다가 자기를 포함해 세상 모든 사람을 미워하는 터라 부득이한 일이 아니면 아무도 가까이 가지 않는다는 것도 유명했다.

레몬 사탕 키드는 엉삼이 유색 인종한테 뭐라고 으르렁거리는 걸 듣고 그제야 자기가 레이러스 P. 그릭스비와 그렇게 가까이 서 있다는 걸 깨달았다. 그는 레이러스 P. 그릭스비를 동정 어린 눈빛으로 바라보며 이렇게 말했다.

"통풍인가요?"

레몬 사탕 키드는 물론 레이러스 P. 그릭스비가 누군지 알고 있었다. 여느 때 같았으면 그런 인물한테 말을 건다는 건 생각도 안 했겠지만, 나중에 설명하기로 하도 풀 죽어서 뭔 일이 어떻게 되건 상관 안 한다는 걸 보여 주려고 레이러스 P. 그릭스비한테 말을 붙인 것이라고 했다. 여느 때 같았으면 레이러스 P. 그릭스비는 웬 낯선 사람이 뻔뻔하게도 자기한테 말을 걸면 당장 소리소리 질러 청원경찰을 불렀을 것이다. 그러나 레몬 사탕 키드의 목소리와 눈빛에 어찌나 동정이 듬뿍 담겨 있었는지, 허를 찔린 레이러스 P. 그릭스비는 이렇게 대답했다.

"관절염이네. 무릎에. 한 발짝도 못 떼본 지 3년이야."

"아니, 그것참 슬픈 일이군요. 어떤 심정인지 압니다. 저도 어렸을 때부터 같은 병을 앓았거든요."

물론 그 말은 뻥이었다. 레몬 사탕 키드는 관절염을 앓기는 고사하고 관절염의 철자도 몰랐지만, 그냥 맞장구를 쳐주려 한 말이었다. 그는 이어서 이렇게 말했다.

"너무 아파서 생각하기도 힘들 정도였는데, 어느 날 좋은 약을 만나서 싹 나았죠. 지금은 아무렇지도 않아요."

그러고는 주머니에서 레몬 사탕 하나를 꺼내 입에 넣고, 또 하나를 아주 친절하게 레이러스 P. 그릭스비한테 줬다. 영감은 마치 레몬 사탕이 폭발할 거라고 생각하는 양 엄지와 검지로 들고 살펴보고, 유색 인종은 으름장 놓는 표정으로 레몬 사탕 키드를 응시했다.

"난 개인적으로 모든 약이 가짜라고 생각하네. 누구든 내 이 통증을 고쳐 주면 5천 달러를 주겠다고 내걸었건만, 아직 그 비슷한 녀석도 없었어. 의사 놈들도 가짜야. 지금까지 일곱 명을 만나 봤는데, 내 편도선을 들어내고, 이를 모조리 뽑고, 충수를 들어내고, 내가 좋아하는 건 아무것도 못 먹게 했지. 그런데 더 나빠지기만 했다고. 여기 새러토가의 물이 어느 정도 도움이 되는 것 같긴 한데, 그래도 이놈의 휠체어를 버리게 해주진 못하는군. 이젠 아주 지긋지긋해."

레이러스 P. 그릭스비가 말했다.

그러더니 문득 결심한 것처럼 레몬 사탕을 입에 넣고 아주 천천히 우물거리기 시작하더니, 얼마 뒤 자기 생각엔 그냥 레몬 사탕 같은 맛이 난다고 말했다. 물론 그냥 레몬 사탕이었다. 그러나 레몬 사탕 키드는 속에 든 약 맛을 감추려고 그런 맛을 낸 것이라고 설명했다.

이윽고 레몬 사탕 키드는 레이러스 P. 그릭스비한테 이야기를 들려주기 시작했다. 나중에 말하기로, 레몬 사탕 키드는 레이러스 P. 그릭스비가 과연 이야기를 들어 줄지는 알 수 없었지만 어떤 반응을 보일지 보려고 그저 재미 삼아 이야기를 한 것이라고 했다. 그런데 뜻밖에도 레이러스 P. 그릭스비는 그의 이야기를 열심히 들었다.

개인적으로 나는 그 상황이 조금도 놀랍지 않았다. 경마장 주변에서 레이러스 P. 그릭스비만큼 저명한 인사들이 자기 발치에도 못 따라올 사내들의 이야기를 열심히 듣는 장면을 종종 목격한 바 있다. 특히 범죄가 등장하면 더 열심히 듣는데, 그건 범죄에 관심을 갖는 게 인간의 본

성이기 때문이다.

어쨌든 레몬 사탕 키드가 레이러스 P. 그릭스비힌데 들려준 이야기는 이런 것이었다. 사기 형이 서니 손더스 기수인데, 서니가 이날 꼭 경마장에 나와 5번 경주의 어떤 말에 걸라고 했다. 짜고 하는 경주라고, 그 특정한 말만 빼고 나머지는 죄 판자 못지않게 뻣뻣하다고 했다는 것이다.

물론 이건 새빨간 거짓말로, 레몬 사탕 키드가 서니 손더스의 이름을 맘대로 도용한 것이었다. 특히 서니 손더스는 형제가 없으니 말이다. 게다가 설사 서니 손더스가 어떤 경주가 짜고 하는 경주라는 걸 알았다손 쳐도 레몬 사탕 키드한테 말해 줄 리가 없었다. 그렇지만 이야기하는 게 일인 사내는 자기가 혹시 거짓말을 하는 게 아닐까 주저하거나 하지 않는다.

그래서 레몬 사탕 키드는 말하길, 그 특정한 말에 걸겠다고 50달러를 품에 넣고 왔는데 운 나쁘게도 첫 번째 경주에서 틀림없는 정보를 얻는 바람에 50달러를 거기에 걸었다. 거기서 왕창 딴 돈으로 5번 경주의 특정한 말에 걸면 될 것이라고 생각해서였다. 그런데 하필이면 말의 마 자도 모르는 기수한테 걸려 무참하게 깨지고 말았다. 그 덕분에 이제 좀 있으면 5번 경주가 시작될 테고 확실한 우승 후보까지 알건만, 걸 돈이 한 푼도 없는 신세였다.

개인적으로 레몬 사탕 키드 치고는 그렇게 예술적인 이야기는 아니다 싶었고, 레몬 사탕 키드도 이 이야기를 자신의 최고 걸작으로 꼽진 않았다. 그러나 레이러스 P. 그릭스비는 아무 말도 않고 아주 열심히 이야기를 들었다. 그사이 내내 레몬 사탕을 우물거리며 사뭇 맛있다는 양 큼직하고 흰 수염 밑에서 입술을 핥았다. 그러다 레몬 사탕 키드가 이야기를 마치고 아주 슬픈 표정으로 트랙을 바라보자, 레이러스 P. 그릭스비는 이렇게 말했다.

"난 경마에 돈을 걸어 본 적이 없네. 너무 불확실하니까. 그렇지만 자네가 방금 한 이야기는 순 거저먹기 같은데 난 거저먹기가 좋거든. 그러니 그 특정한 말이 틀림없다고 자네가 보증한다면 100달러를 걸겠네."

그러더니 어쩌나 낡았는지 바퀴벌레가 튀어나올 것 같은 가죽 지갑을 꺼내 100달러 지폐를 레몬 사탕 키드한테 건넸다. 그러면서 레이러스 P. 그릭스비는 물었다.

"말 이름이 뭐지?"

물론 이건 매우 합당한 질문이었다. 그러나 하필이면 레몬 사탕 키드는 오후 내내 청원경찰의 부당함을 생각하느라 바빠 그 경주에 관한 정보를 확인하지 못했다. 이 때문에 나중에 많은 사람들이 그의 태만함을 비판했다. 어떤 경주에 대한 이야기를 하고 다니려면 최소한 가능성 비스름한 것이라도 있는 말 한 마리쯤은 골라 놔야 한다는 것이었다.

그러나 물론 레몬 사탕 키드는 이야기를 할 기회가 생기리란 생각을 못했던 터라 질문을 받았을 때 아무런 준비도 안 돼 있었다. 예상지를 체크하지도 않았으니 즉석에서 경주에 출전할 말의 이름을 말하지도 못했다. 게다가 섣불리 웬 쓸모없는 말 이름을 말했다가 100달러를 손에 넣을 기회를 잃을 수도 있다. 그래서 그는 레이러스 P. 그릭스비의 손에서 지폐를 낚아채고 마권업자들이 있는 특별관람석 앞으로 달려가면서 이렇게만 말했다.

"2번을 지켜보세요."

그가 2번이라고 한 건, 7번이나 9번은 몰라도 어쨌든 경주에 2번은 있을 게 틀림없다고 생각했기 때문이다. 아시다시피 레몬 사탕 키드가 이 경주에 관한 정보가 있다고 한 말은 순 거짓말이었다.

더욱이 레몬 사탕 키드는 100달러를 무슨 말에건 걸 생각이 눈곱만큼도 없었다. 우선 뭐 아는 게 있어야 돈을 걸 텐데 정보가 전혀 없었고, 둘째로 그는 그 돈이 필요했다. 그렇지만 그는 처음 마주친 마권업자한테 2번이 '민주당원'이란 이름의 늙은 바다코끼리며 심지어 흙탕거북들하고 겨뤄도 이길 가능성이 없다는 말을 듣고 안심했다.

그래서 레몬 사탕 키드는 지폐를 바지 주머니에 넣고 말들이 출발점에 설 때까지 여기저기 싸돌아다녔다. 그가 마권업자한테 돈을 걸지 않은 걸 부정행위라고 생각하면 안 된다. 그런 일은 결코 드물지 않았고, 드물기는커녕 하도 흔해 듀헤인 대위랑 그의 부하들만 빼곤 아무도 별로 상관하지 않았다.

그러다 레몬 사탕 키드는 레이러스 P. 그릭스비가 있는 곳으로 돌아갔다. 이야기하는 게 일인 사내가 왜 이야기대로 안 됐는지 설명해야 할 순간에 그 자리에 없는 건 아주 점잖지 못한 행동이라고 여겨졌기 때문이다. 그 무렵 최종 코스로 접어든 말들은 몇 초 뒤, 휠체어에 앉은 레이러스 P. 그릭스비 앞을 번개처럼 달려 지나쳤다. 그런데 글쎄, 2위를 솔트레이크시티 기준으로 한 블록 거리만큼 제치고 선두로 들어온 게 덮개에 2번이라고 쓴 민주당원이었던 것이다.

레이러스 P. 그릭스비는 주먹을 마구 휘두르며 고함을 질렀다. 다들 쳐다볼 정도로 시끄럽게 소란을 피웠지만, 그가 우승마한테 100달러를 걸었다는 게 밝혀지자 아무도 뭐라 하지 않았다. 배당률이 20 대 1이었기 때문이다. 그러나 레몬 사탕 키드는 그동안 아주아주 슬픈 표정으로 내내 고개를 내저으며 서 있었다. 급기야 레이러스 P. 그릭스비도 그의 묘한 태도를 알아차렸다.

"이겼는데 왜 기뻐하지 않는 거지? 물론 자네한테도 어느 정도 쳐줄 거야. 아주 고맙게 생각하네."

레이러스 P. 그릭스비가 말했다.

"이기지 않았어요. 우리 말은 2위로 들어왔는데요."

레몬 사탕 키드가 대답했다.

"그게 무슨 소리지? 2위라니? 2번을 지켜보라고 하지 않았나? 2번이 이겼잖아."

"네, 맞는 말씀이죠. 그렇지만 제가 2번을 지켜보라고 한 건 걱정해야 할 상대가 2번 말뿐이란 뜻이었어요. 제 걱정이 들어맞고 말았군요."

이 말에 레이러스 P. 그릭스비는 아주 천천히 세면 열까지 셀 수 있을 만큼 레몬 사탕 키드를 쳐다보았다. 수염과 눈썹이 동시에 꿈틀거렸다. 누가 봐도 그가 몹시 동요했다는 게 분명했다. 그러더니 느닷없이 그가 벌떡 일어나 레몬 사탕 키드한테 달려들었다.

레이러스 P. 그릭스비의 가슴속에 살의가 있다는 건 틀림없었으므로, 레몬 사탕 키드가 몸을 돌려 잽싸게 달아나도 아무도 뭐라 하지 않았다. 어쩌나 빨리 뛰었던지 경마장의 자갈길에서 조그만 돌멩이가 튀어 두어 명이 그 돌에 맞았다. 하도 세게 맞아 총에 맞은 줄 알았을 정도였다.

레이러스 P. 그릭스비가 레몬 사탕 키드 뒤에 바짝 붙어 쫓아갔다. 게다가 그는 아주 불쾌하게 소리를 지르고 욕설을 퍼붓고 있었다. 이윽고 듀헤인 대위의 부하 몇 명이 달려와 같이 레몬 사탕 키드를 뒤쫓기 시작했다. 경마장 문까지 그들을 따돌리고 무사히 달아나려면 엄청 빨리 뛰어야 했다. 처음 몇 미터를 제외하면 레이러스 P. 그릭스비는 이 뜀박질에 별 큰 역할을 하지 못했지만, 레몬 사탕 키드는 그가 이렇게 소리치는 걸 들은 것도 같았다.

"거기 서! 제발 거기 서라니까! 나 좀 보자고!"

그러나 물론 레몬 사탕 키드는 바보가 아니었던지라, 거기 서기는 고사하고 문을 무사히 빠져나와 청원경찰들이 발길을 돌릴 때까지 속도를 늦추지도 않았다. 뿐만 아니라 새러토가 시내와는 반대 방향의 길을 택했다. 당분간 새러토가에 있어 봤자 좋을 것 없겠다는 생각에서였다.

심지어 레이러스 P. 그릭스비한테 그 이야기를 괜히 했다는 생각까지 슬그머니 들었다. 레몬 사탕 키드는 팔월의 새러토가를 좋아했기 때문이다. 그러나 물론 그런 식으로 우승마를 맞힌 건 평생 두 번 다시 없을 불행한 우연이었다.

어쨌든 레몬 사탕 키드는 한동안 새러토가의 반대 방향으로 걸었다. 이윽고 지치고 걷는 데 신물이 난 그는 킵스빌이란 작은 도시에 이르러 잡화점 겸 주유소인 듯한 곳 문간에 주저앉았다. 나무들이 기분 좋게 그늘을 드리우고 곳곳에 흰 집들이 서 있는 그곳을 바라보며 참 조용하고 평화로운 곳이란 생각에 젖어 있는데, 길 건너 조그만 흰 집 현관 앞에 세상에서 가장 아름다운 아가씨가 깅엄 원피스를 입고 서 있는 게 보였다. 내 말이 틀림없다. 나중에 레몬 사탕 키드한테 직접 들은 얘기다.

갈색 머리를 뒤로 늘어뜨린 아가씨는 미소가 너무나도 근사했다. 레몬 사탕 키드는 결국 싸구려 자동차를 탄 사내한테 기름을 팔러 안에서 나온 염소수염을 기른 영감한테 다가가 일할 사람 안 필요하냐고 물었다.

알고 보니 필요한 모양이었다. 전에 일하던 필로란 이름의 점원이 노쇠와 영양실조로 얼마 전 죽었다고 했다. 이렇게 해서 레몬 사탕 키드는 그 뒤 두 해 동안 킵스빌에서 지내며 일주일에 10달러 받고 마틴 포터의 상점에서 점원으로 일하게 됐다.

뿐만 아니라 이렇게 해서 얼리샤 디어링 양도 만났다. 길 건너 조그만 집 현관 앞에 서 있던 아름다운 아가씨가 그녀였다.

그녀는 그 집에서 아빠랑 단둘이 살았다. 엄마는 세상을 떠난 지 오래됐고, 아빠는 사과 브랜디를 너무나도 사랑해 대개 곤드레만드레 취해 있는 늙은 멍청이였다. 그의 이름은 조너스고 직업은 칠장이였으나 일 나가는 적이 거의 없었다. 미국 스페인 전쟁 당시 제1뉴욕 기병대로 참전했을 때 얻은 등의 통증이 아직 낫지 않았다는 게 그의 주장이었다. 그 때문에 얼리샤 디어링 양이 커머셜 호텔에서 웨이트리스로 일해 아버지를 먹여 살렸다.

이따금 가게 선반의 단지에서 레몬 사탕을 꺼내 주머니를 채운다고 고함을 쳐대는 지독한 구두쇠 영감 밑에서 일하면서도 레몬 사탕 키드는 몹시 행복했다. 얼리샤 디어링 양을 사랑하기 때문이었다. 그는 누군가를 또는 뭔가를 사랑해 보는 게 평생 처음이었다. 게다가 다른 사람을 속일 방법을 궁리하며 밤잠을 설치거나 하지 않고 조용하고 평화롭게 사는 것도 그때가 처음이었다.

뿐만 아니라 레몬 사탕 키드는 이제 이전의 생활에 염증을 느꼈다. 그런 건 제대로 된 삶이 아니라는 걸 이젠 알 수 있었다. 가끔은 아직도 어디선가 이야기를 하고 있을지 모르는 예전 친구들한테 편지를 써서 그렇게 살지 말라고 타이르고 싶은 생각까지 들었다. 그렇지만 레몬 사탕 키드는 예전 친구들한테 자기가 있는 곳을 알리고 싶지 않았다.

이제는 경마 예상지에 눈길도 주지 않았고 남은 시간은 전부 얼리샤 디어링 양과 같이 보냈다. 마틴 포터는 종업원이 오전 6시에서 오후 10시 사이에 게으름 부리는 걸 눈 뜨고 볼 수 없는 인간이었고 커머셜 호텔도 마찬가지였던 터라, 결코 많은 시간이라 할 순 없었다. 그러나 사과 꽃이 만발해 공기 중에 향기가 가득하고 풀밭이 푸르른 어느 봄날, 레몬 사탕 키드는 얼리샤 디어링 양에게 자신의 사랑을 털어놓고 사랑 때문에 밥도 목을 안 넘어갈 지경이라고 말했다.

얼리샤 디어링 양은 자신도 똑같은 심정이라고 대답했고, 그 말에 레몬 사탕 키드는 당장 결혼하자고 했다. 그러자 그녀는 자신도 찬성이지만 세상에 살붙이라곤 자기뿐인 아빠를 혼자 둘 순 없다고 말했다. 예상 밖의 짐이었지만, 레몬 사탕 키드는 그녀를 사랑하는 마음이 워낙 열렬해서 그녀의 아빠도 참을 수 있을 것이라고 말했다.

그래서 둘은 결혼해 마틴 포터의 상점 길 건너에 있는 작은 집에서 얼리샤 디어링 양의 아빠랑 같이 살았다.

얼리샤 디어링 양과 결혼했을 때, 레몬 사탕 키드의 수중엔 118달러가 있었다. 레이러스 P. 그릭스비한테서 손에 넣은 100달러와 1년간 마틴 포터한테 받은 월급을 아껴 모은 18달러였다. 결혼하고 사흘째 되는 날 밤, 레몬 사탕 키드가 숨겨 놓은 곳에서 얼리샤 디어링 양의 아빠가 돈을 슬쩍해서 사과 브랜디를 마시는 데 다 써버렸다.

그렇지만 디어링 영감을 포함해 온갖 어려움에도 불구하고, 레몬 사탕 키드와 얼리샤 디어링 양은 대략 1년간 그들의 조그만 집에서 아주 행복하게 지냈다. 특히 얼리샤 디어링 양한테 아이가 생겼을 때는 더더욱 행복했다. 다만 그러면서 얼리샤 디어링 양이 커머셜 호텔에서 웨이트리스로 일하는 걸 그만두어야 했던 터라 수입이 줄고 말았다.

그런데 어느 날 얼리샤 디어링 양이 큰 병에 걸렸다. 그곳 의사인 애버내시 선생은 고개를 내저으며 자기 힘으로는 어쩔 수 없다고, 유일한 희망은 뉴욕 시의 큰 병원으로 보내 전문의한테 치료를 받게 하는 것이라고 했다. 그러나 레몬 사탕 키드는 이제 어치 못지않게 빈털터리였으며 어디 가서 돈을 구할 데도 없었다. 게다가 애버내시 선생이 말하는 대로 하려면 최소한 200달러는 필요했다.

결국 레몬 사탕 키드는 마틴 포터 영감한테 봉급을 가불해 주면 안 되겠느냐고 물었다. 그때도 여전히 일주일에 10달러를 받고 있었다. 그러나 마틴 포터는 웃으면서 안 되는 건 물론, 상황이 나아지지 않으면 레몬 사탕 키드를 아예 내쫓을 생각이라고 말했다. 뿐만 아니라 비슷한 무렵, 조그만 집의 임자가 들러 집세가 두 달 밀렸다고 알리고 두 달치 집세 12달러를 곧 갚지 않으면 집을 비워 줘야 할 것이라고 말했다.

사방이 꽉 막힌 상황이었다. 얼리샤 디어링 양의 병세는 시시각각 악화되었다. 결국 레몬 사탕 키드는 도보와 히치하이크로 240킬로미터 떨어진 뉴욕 시까지 갔다. 말들이 이랴려라 달리고 있을 벨몬트 경마장에 가면 어떻게든 돈을 좀 벌 수 있으리라 생각해서였다. 그러나 브로드웨이에 발을 딛자마자 마주친 쇼트 보이란 이름의 사내가 그를 어느 문간으로 끌고 가 이렇게 말했다.

"이거 보라고, 레몬 사탕. 자네가 레이러스 P. 그릭스비한테 뭔 짓을 했는지는 모르고 또 알고 싶지도 않지만 뭔가 엄청난 짓을 한 모양이지. 지난 2년간 그 작자가 경마장마다 사람을 풀어서 자넬 찾게 했다고. 레이러스 P. 그릭스비가 경마장 쪽으로 얼마나 영향력이 큰지 자네도 알 거 아냐. 자네가 무슨 살인이라도 저질렀나 싶을 만큼 끈덕지게 찾아다니고 있어. 바로 지난주만 해도 메릴랜드에서 경마장 청원경찰인 화이티 조던이 자네 소식 못 들었느냐고 묻지 뭐야. 그래서 내가 알기로 오스트레일리아에 있다고 대답했어. 감방 가기 싫으면 경마장 근처엔 얼씬도 하지 마."

이런 때 말썽에 휘말리고 싶지 않던 레몬 사탕 키드는 다시 도보와 히치하이크로 킵스빌로 돌아왔다. 그가 집에 돌아온 날 밤, 큼직한 6연발 권총을 들고 가면을 쓴 사내가 커머셜 호텔 로비로 들어와 야간 근무 직원과 로비에 앉아 있던 손님 대여섯 명한테(그중엔 조너스 디어링 영감도 있었다) 손들라고 하고는 금고에서 60달러 이상 가져갔다. 같은 날 밤, 얼리샤 디어링 양의 아이가 죽은 채로 태어났다. 나중에 애버내시 선생은 열두 시간만 일찍 전문의한테 진찰만 받았어도 그런 일은 없었을 것이라고 주장했다.

밤이 지나고 새벽 4시쯤, 드디어 눈을 뜬 얼리샤 디어링 양은 침대 곁에 무릎을 꿇고 엉엉 우는 레몬 사탕 키드를 봤다. 오래전 저지시티의 고아원에서 한 직원한테 심한 매질을 당한 이래로 그렇게 울어 본 건 처음이었다.

얼리샤 디어링 양은 레몬 사탕 키드한테 몸을 굽히라고 손짓한 다음 나지막이 속삭였다.

"울지 마, 키드. 내가 가고 나서도 착하게 잘 살아야 해. 내가 사랑하는 거 잊지 말고, 가엾은 우리 아빠를 부탁해."

그러고는 영영 눈을 감았다. 레몬 사탕 키드는 하염없이 그녀의 얼굴을 보며 앉아 있었다. 얼마 뒤 현관 쪽에서 소리가 들리길래 문을 열자 히긴보텀 보안관이 서 있었다. 얼마 동안 서로 마주 바라본 뒤, 보안관이 이렇게 말했다.

"이런 말 하긴 미안하지만 나랑 같이 가줘야겠네. 뒷마당에서 알루미늄포일로 싼 식초 통 마개를 발견했어. 자네가 어젯밤 총 대신 쓰고 거기에 던져 놓은 거 말이네."

"알겠습니다, 보안관님. 그런데 애초에 왜 날 의심한 거죠?"

"아마 자넨 기억 못할 테고, 그때 호텔 로비에 있던 사람들 중 그걸 알아차린 건 자네 장인 조너스 디어링밖에 없지만, 자넨 어젯밤 수제 권총을 한 손에 든 채 다른 한 손으로 재킷 주머니에서 레몬 사탕을 꺼내서 입에 넣었어."

히긴보텀 보안관이 말했다.

지난겨울 하이얼리어의 잔디밭에서 레몬 사탕 키드와 마주쳤다. 오번에서 2년 살고 나왔더니 그는 얼굴에 주름이 자글자글하고 머리가 희끗희끗하게 셌다.

그렇지만 나는 물론 그런 말은 하지 않았다. 변호사를 구하라고 우리가 모아 준 300달러를 얼리샤 디어링 양의 아빠한테 줬다고 많은 시민들이 그를 비난했다는 말도 하지 않았다.

뿐만 아니라 오번에 있는 동안, 방문객들한테 이것저것 팔아서 긁어모은 몇 달러를 조너스 디어링한테 보낸 것 때문에 일부에서 그를 비난한다는 말도 하지 않았다. 그는 영감이 사과 브랜디를 너무 많이 마셔 죽을 때까지 그 일을 계속했다.

자기 일은 자기가 제일 잘 안다는 게 내 생각인지라, 나는 그저 레몬 사탕 키드랑 악수만 하고 만나서 반갑다고 말했다. 우리가 지난 이야기를 주고받는데, 갑자기 시끌시끌해지더니 잔디밭에 모인 인파 속에서 희고 큼직한 수염을 기르고 희고 뻣뻣한 눈썹을 지닌 영감이 나타나 레몬 사탕 키드의 팔을 붙들었다. 뜻밖에도 레이러스 P. 그릭스비였다. 그는 휠체어를 타고 있지 않았다.

"이런, 이런, 이런. 이제야 찾았군. 대체 지금까지 어디 숨어 있었던 건가? 내가 탐정들을 풀어 자네를 얼마나 찾았는지 아나? 관절염을 고쳐준 사람한테 주겠다고 약속한 5천 달러를 줘야지. 그래, 새러토가에서 자네가 준 레몬 사탕 맛 나는 약이 아주 잘 들었거든. 의사 놈들 일곱은 자기들의 노력이 드디어 결실을 거둔 거라고 주장하고, 새러토가 시까지 물 덕분이라고 한몫 끼어들려고 하네만 말이야.

그렇지만 난 알아. 그건 자네 약 덕분이야. 아니면 자네의 그 망할 짓 때문에 내가 열 받아서 관절염을 잊어버렸는지도 모르고. 어쨌든 그 뒤로 두 번 다시 생각나지 않았으니 그게 그거야. 어쨌거나 나한테 4,900달러를 받으라고. 나한테 등친 100달러는 물론 빼야지."

레이러스 P. 그릭스비를 빤히 쳐다보며 서 있던 레몬 사탕 키드는 이윽고 낮은 목소리로 하하하하 웃기 시작했다. 그렇지만 어쩐지 웃는 것 같지 않은 웃음이었다. 나는 견딜 수 없어 레이러스 P. 그릭스비와 레몬 사탕 키드를 두고 떠났다.

딱 한 번 뒤돌아봤을 때, 레몬 사탕 키드가 잠시 웃음을 그치고 재킷 주머니에서 레몬 사탕을 꺼내 입 안에 넣는 게 보였다. 그러고는 또다시 하하하하 웃었다.

유머 감각
Sense of Humor

어느 날 밤, 브로드웨이의 민디네 레스토랑 앞에 멍하니 서 있는데 갑자기 왼쪽 발에 엄청난 아픔이 찾아들었다.

어찌나 아픈지 나도 모르게 황소개구리처럼 펄쩍펄쩍 뛰며 소리를 지르고 매우 불경한 말을 내뱉었다. 난 원래 그런 사람이 아닌데 말이다. 물론 원인은 알고 있었다. '뜨거운 발'이다. 전에도 이런 아픔을 여러 번 겪어 봤기 때문에 안다.

장난꾼 조가 이 근처에 있으리라는 것도 알 수 있었다. 이 거리의 어느 누구보다도 멋진 유머 감각을 지닌 장난꾼 조는 늘 뜨거운 발 장난을 치고 다녔다. 나도 이루 기억나지 않을 만큼 당했다. 심지어 이 장난을 처음 생각해 낸 사람이 장난꾼 조고, 그게 전국에서 인기를 끈 것이라는 말까지 들었다.

뜨거운 발 장난을 치는 방법은 다음과 같다. 우선 멍하니 서 있는 인간 뒤로 몰래 다가가 새끼발가락 언저리의 밑창과 윗부분 사이에 종이 성냥을 꽂는다. 그러고 성냥에 불을 붙인다. 이윽고 그는 발에 엄청난 아픔을 느끼고 펄쩍펄쩍 뛰어다니며 악을 쓰고 난리를 칠 것이다. 그 모습이 얼마나 웃긴지 모른다. 그가 아파하는 꼴을 보며 모두가 신나게 웃는다.

뜨거운 발 장난으로 말하자면 세상에 장난꾼 조를 따라올 자가 없다. 장난 대상인 인간 뒤로 아주 살그머니 다가가야 하는데, 조는 어찌나 살그머니 다가가는지 쥐한테도 뜨거운 발 장난을 성공시킬 것이라는 데 돈을 걸 인간들이 브로드웨이에 한둘이 아니었다. 물론 신발 신은 쥐를 찾을 수 있을 때 말이지만. 게다가 장난꾼 조는 뜨거운 발 장난을 당한 인간이 어떤 조치를 취하려 들 경우, 충분히 대비도 가능했다. 한 켤레에 40달러 주고 맞춰 신은 구두에 구멍 뚫리는 걸 원치 않는 사람들이 특히 문제였다.

그렇지만 조는 자기가 뜨거운 발 장난을 치고 싶을 땐 누가 어떤 구두를 신고 있건 상관하지 않았다. 뿐만 아니라 상대방이 누군지도 신경 쓰지 않았다. 하지만 많은 시민들이 그가 프랭키 페로셔스('흉포한')한테 뜨거운 발 장난을 친 건 실수였다고 생각했다. 실제로 많은 시민들이 그의 행동에 경악해 이제 큰일 났다고 수군거리고 다녔다.

브루클린 출신인 프랭키 페로셔스는 그곳에서 여러모로 출세한 시민으로 간주되는 사람으로, 결코 뜨거운 발 장난을 칠 상대가 아니었다. 하물며 프랭키 페로셔스는 유머 감각이랑은 담 쌓은 인간이었으니 특히 더 그랬다. 그는 언제 봐도 늘 엄숙한 사람으로, 그가 웃는 모습을 본 사람이 아무도 없다. 아닌 게 아니라 어느 날 브로드웨이에서 장난꾼 조가 그에게 뜨거운 발 장난을 쳤을 때도 그는 웃지 않았다. 그는 그때 길에 서서 어느 브롱크스 인물하고 사업 이야기를 하고 있었다.

그는 그저 조를 향해 사나운 표정을 지으며 이탈리아어로 뭐라고 했다. 나는 이탈리아어를 모르는데도 어쩌나 무섭게 들리는지, 만약 그게 나한테 한 말이었으면 난 두 시간 내로 이 거리를 떠났을 것이다.

물론 프랭키 페로셔스의 진짜 이름은 페로셔스가 아니라 페로치오 같은 이탈리아 이름이다. 브루클린에 산 지 꽤 오래됐지만 원래는 시칠리아 출신이라고 들었다. 그는 소박하게 시작해서 조금씩 기반을 쌓아 온갖 상품, 특히 알코올을 대량으로 취급하는 거물 상인이 되기에 이르렀다. 나이는 서른 남짓, 덩치가 크며 굴뚝 속보다 더 시커먼 머리와 시커먼 눈, 시커먼 눈썹을 갖고 있었다. 그리고 사람들을 아주 찬찬히 바라보는 버릇이 있었다.

프랭키 페로셔스에 관해 아무도 많이 알지 못했다. 그가 말을 별로 안 하고 그나마 말할 때도 아주 천천히 하기 때문이다. 그렇지만 북적거리는 걸 싫어한다는 소문이 있었던 터라 그가 나타나면 모두가 자리를 내주었다. 나로 말하자면 나는 그와 눈곱만큼도 얽히고 싶지 않았다. 그가 사람들을 아주 찬찬히 바라보는 그 시선을 보면 늘 마음이 그렇게 불안할 수가 없었기 때문이다. 따라서 장난꾼 조가 그에게 뜨거운 발 장난을 친 게 무척 안타까웠다. 프랭키 페로셔스는 그걸 더할 나위 없이 무례한 행동이라 생각하고 맨해튼 섬에 사는 모든 사람들 탓으로 돌릴 게 틀림없었다.

그러나 프랭키한테 뜨거운 발 장난을 친 건 좀 그랬다고 누가 말할 때마다, 장난꾼 조는 그저 웃기만 하면서 프랭키가 유머 감각이 없는 건 자기 잘못이 아니라고 주장했다. 뿐만 아니라 기회가 생기면 또다시 프랭키한테 뜨거운 발 장난을 칠 것이며, 적당한 상황에서 마주치기만 한다면 영국 왕세자나 무솔리니한테도 칠 것이라고 말했다. 마꾼 리그레트는 무솔리니한테 뜨거운 발 장난을 치고도 무사하진 못하리라는 데 언제든 20 대 1로 내기를 걸겠다고 했다.

어쨌든 내가 뜨거운 발 장난을 당했을 때, 아닌 게 아니라 장난꾼 조가 나를 지켜보며 호탕하게 웃고 있었다. 뿐만 아니라 다른 시민들도 잔뜩 서서 호탕하게 웃고 있었다. 장난꾼 조는 장난을 같이 즐길 사람들이 있어야 장난이 즐겁다고 생각하는 인간이다.

누가 나한테 뜨거운 발 장난을 친 건지 안 나는 당연히 같이 웃으며 조한테 다가가 악수를 했다. 내가 악수를 하자 또다시 웃음이 터져 나왔다. 조는 손에 림버거 치즈 덩어리를 쥐고 있었던 것이다. 난 림버거 치즈하고 악수한 셈이었다. 게다가 민디네 림버거 치즈였다. 민디네 림버거 치즈가 잘 뭉개지고 냄새가 지독하다는 건 모두가 안다.

물론 난 이번에도 웃었다. 솔직히 조가 내 앞에서 꼴까닥 죽어 버렸으면 더 즐겁게 웃었을 것이다. 브로드웨이에서 놀림감이 되는 건 별로 안 기쁘기 때문이다. 그러나 조가 내 손에 묻지 않은 치즈를 긁어 민디네 앞에 세워 놓은 차들의 운전대에 발라 놨을 때는 아주 즐겁게 웃었다. 운전자들이 뭐라고 말할지 생각하니 그렇게 재미있을 수 없었다.

그 뒤 나는 장난꾼 조한테 할렘은 요새 어떠냐고 물었다. 조랑 그의 동생 프레디 그리고 몇몇 인간이 그곳에서 작은 맥주 사업을 벌이고 있었다. 조는 경기를 생각하면 그런 대로 괜찮은 편이라고 대답했다. 나는 이어서 로자는 어떻게 지내느냐고 물었다. 로자는 장난꾼 조의 사랑해 마지않는 아내이자 내 친구이기도 했다. 나는 조가 그녀를 채 가서 결혼하기 전, 로자 미드나이트로서 핫 박스에서 노래하던 시절의 그녀를 알고 있었다.

이 질문에 장난꾼 조는 또다시 웃기 시작했다. 뭔지 몰라도 그의 유머 감각을 건드렸다는 걸 알 수 있었다. 한참 웃은 끝에 그는 이렇게 말했다.

"아니, 로자 소식 못 들었어? 로자는 두 달 전에 날 버리고 우리 친구 프랭키 페로셔스한테 가버렸어. 지금은 브루클린에서 그 친구 집 근처 아파트에 살고 있지. 물론 자네가 물어서 이야기하는 거지, 로자를 비난하는 게 아니라는 건 알겠지?"

그러더니 또다시 큰 소리로 하하 웃었다. 웃고 또 웃어서 저러다 속이 고장 나지 않을까 걱정될 지경이었다. 개인적으로 나는 어떤 사내의 사랑해 마지않는 아내가 그를 버리고 프랭키 페로셔스 같은 사내한테 가버리는 게 별로 웃기는 일 같지 않았다. 그래서 장난꾼 조가 조금 진정한 다음 뭐가 그렇게 웃긴 거냐고 물었다.

"로자가 얼마나 돈 많이 드는 여자인지 알면 그 이탈리아 놈이 어떤 기분이 들지, 내 그 생각만 하면 웃지 않을 수가 없거든. 프랭키 페로셔스가 요새 브루클린에서 사업이 어떤지 잘 모르지만, 로자를 계속 데리고 있으려면 열심히 돈 버는 게 좋을걸."

그러더니 또 웃었다. 그런 상황에서도 조가 유머 감각을 잃지 않는 건 참 훌륭한 일이란 생각이 들었다. 그렇지만 그때까지만 해도 조가 로자한테 푹 빠져 있는 줄 알았는데 말이다. 로자는 모자를 써도 몸무게가 40킬로그램쯤 나갈 듯한 작고 귀여운 여자였다.

장난꾼 조의 이야기를 들어 보건대, 프랭키는 로자가 조랑 결혼하기 전부터 그녀를 알고 있었으며 핫 박스에서 그녀가 노래하던 시절 그녀한테 접근했던 모양이다. 심지어 조의 사랑해 마지않는 아내가 된 뒤로도 이따금 그녀한테 연락했다. 특히 브루클린의 새로운 저명인사로 떠오르기 시작하면서 자주 전화했으나, 조는 그 사실을 나중에야 알았다. 프랭키가 브루클린의 새로운 저명인사로 떠오르기 시작했을 무렵, 대공황이니 뭐니 해서 장난꾼 조의 상황은 조금씩 안 좋아지기 시작했다. 때문에 로자한테 어느 정도 절약해야 했는데, 로자는 절약이라면 몸서리치게 싫은 여자였다.

그즈음 장난꾼 조는 프랭키 페로셔스한테 뜨거운 발 장난을 쳤다. 당시 많은 시민들이 말했다시피 그건 실수였다. 프랭키는 전보다 더 열심히 로자한테 전화를 걸어 브루클린이 얼마나 살기 좋은 곳인지(그건 맞는 말이다) 열심히 이야기했다. 이런 브루클린 선전과 장난꾼 조의 절약에 힘입어, 로자는 장난꾼 조한테 이게 맘에 안 들면 어떻게 해야 할지 잘 알 것이라는 쪽지를 남겨 놓고 지하철을 타고 버러 홀 역으로 가버렸다.

"이거야 원, 조, 친구들이 이런 작은 가정 문제를 겪는 걸 보면 늘 마음이 안 좋긴 하지만, 어쩌면 잘된 일일지도 모르지. 그래도 어쨌든 그런 말을 들으니 마음이 언짢군. 그렇다고 뭔 도움이 될지는 모르겠지만."

나는 말했다.

"날 불쌍하게 생각할 거 없어. 굳이 그러고 싶으면 프랭키 페로셔스를 불쌍하게 생각하든지. 그러고도 불쌍한 마음이 좀 남으면 그건 로자한테 주라고."

장난꾼 조는 그렇게 말하더니 또다시 신나게 웃었다. 그러고는 할렘의 작은 은신처에 전깃줄을 장치해 앉는 사람을 기겁하게 만들 수 있는 의자가 있다는 이야기를 들려주었다. 참 재미있을 것 같았다. 특히 하루는 전기를 너무 세게 트는 바람에 하마터면 제이크 제독이 죽을 뻔했다는 이야기를 들으니 그렇게 웃길 수 없었다.

조는 이만 할렘으로 돌아가야겠다고 했으나, 그 전에 먼저 모퉁이 여송연 상점의 공중전화로 민디네에 전화했다. 그러고는 여자 목소리를 꾸며 자기 이름이 페기 존스라나 뭐라나 하면서, 지금 당장 웨스트 72번로의 아파트로 생일 파티에 쓸 샌드위치 600개를 보내 달라고 했다. 물론 그런 주소는 없었고, 설사 있다 해도 샌드위치 600개를 원하는 사람이 있을 것 같진 않다.

그 뒤 조는 차를 타고 출발했다. 50번로에서 그가 신호등이 바뀌기를 기다리는데, 인도의 시민들이 갑자기 펄쩍 뛰어오르면서 주위를 맹렬히 두리번거리는 게 보였다. 장난꾼 조가 알루미늄포일을 뭉쳐 만든 총알을 엄지와 검지에 고무줄을 걸어 쏴대고 있다는 걸 알 수 있었다.

장난꾼 조의 솜씨가 어찌나 굉장한지, 시민들이 펄쩍 뛰어오르는 걸 보니 그렇게 웃길 수 없었다. 전에 한두 번 실수로 눈을 맞힌 적이 있긴 하지만 정말 재미있는 장난이다. 조의 유머 감각이 얼마나 대단한지 이걸 보면 알 수 있다.

며칠 뒤, 신문에서 장난꾼 조랑 어울리던 할렘 친구들 둘이 브루클린에서 자루에 든 시체로 발견됐다는 기사를 봤다. 경찰에 따르면, 그들이 프랭키 페로서스의 사업 영역에 끼어들려 한 탓이라고 했다. 그러나 물론 경찰은 그들을 자루에 넣은 게 프랭키 페로서스라고 하지 않았다. 우선 경찰이 그런 소리를 하면 프랭키가 본청에 항의할 테고, 둘째로 누굴 자루에 넣는 건 세인트루이스 방식이기 때문이다. 누굴 자루에 제대로 넣고 싶으면 세인트루이스에서 그 방면의 전문가를 데려와야 한다.

누굴 자루에 넣는 건 말처럼 쉬운 일이 아니며 오히려 많은 경험과 연습이 필요하다. 누굴 자루에 제대로 넣으려면 우선 상대방을 재워야 한다. 어쩔 수 없는 얼간이면 또 모를까, 말짱하게 깬 상태에서 제 발로 자루로 들어갈 리 없기 때문이다. 잠재우는 방법으로 가장 좋은 건 마실 것에 수면제를 타는 것이라고 주장하는 사람들도 있지만, 진짜 전문가는 그냥 둔기로 머리를 내려친다. 마실 것 살 돈을 아낄 수 있다.

어쨌든 상대방이 잠들면 주머니칼처럼 반 접어서 목과 무릎을 끈이나 철사로 같이 묶는다. 그리고 삼베 자루에 넣어 어디 놔둔다. 이윽고 정신이 든 상대방이 자기가 자루에 들어 있다는 걸 깨달으면 당연히 자루에서 나오려 할 것이다. 그러면 맨 먼저 무릎을 펴려 할 텐데 그렇게 되면 목에 감긴 끈이 잡아당겨질 테니 좀 있으면 숨이 막힐 것이다.

그러다 누가 와서 자루를 열어 보면 그는 죽어 있다. 이 불운한 상황은 누구 잘못도 아니다. 그가 무릎을 펴려고만 안 했으면 꼬부랑 할아버지가 되도록 살았을 수도 있는 일이니 엄밀히 말하면 그는 자살한 셈이다. 물론 머리를 맞은 상처가 회복됐을 경우 그렇다는 얘기지만.

이틀 뒤, 신문에서 이번엔 브루클린 시민 세 명이 평화롭게 클린턴 거리를 걷다가 죽었다는 기사를 봤다. 기관총을 들고 차에 탄 사내 몇 명의 소행인 듯했다. 신문에 따르면, 죽은 시민들은 프랭키 페로셔스의 친구들이며 기관총을 가진 사내들은 할렘에서 왔다는 소문이 있다고 했다.

아무래도 브루클린에서 말썽이 벌어지고 있는 듯했다. 클린턴 거리에서 시민들이 죽고 일주일쯤 뒤, 프로스펙트 공원 근처에서 또 다른 할렘 인간이 버지니아 햄처럼 꽁꽁 묶여 자루에 든 채 발견됐는데, 다른 사람도 아니고 장난꾼 조의 동생 프레디였다. 조가 아주 불쾌해하리라는 걸 알 수 있었다.

이윽고 브루클린 사람들은 8호 사이즈의 신발 한 켤레가 튀어나올까 봐 자루를 열기 전에 경찰부터 부르기 시작했다.

그러던 어느 날 밤, 나는 장난꾼 조를 봤다. 그는 혼자 있었는데, 어쩐지 난로보다도 더 펄펄 끓고 있는 것 같길래 혼자 두려 했다. 그러나 그냥 지나치려는 나를 그가 확 붙드는 바람에 당연히 멈춰 서서 그에게 말을 걸었다. 나는 우선 동생 일은 참 안됐다는 말부터 했다.

"프레디는 늘 얼간이였으니 말이지. 로자가 전화해서 브루클린으로 자길 만나러 오라고 한 거야. 나랑 이혼하는 문제로 프레디랑 이야기하려고. 이혼하고 프랭키 페로셔스랑 결혼하려는 거겠지. 어쨌든 프레디는 가기 전에 제이크 제독한테 로자를 왜 만나러 가는지 말했어. 프레디는 늘 로자를 좋아했으니 우리 사이를 되돌릴 수 있을지도 모른다고 생각했겠지. 그러곤 자루에 갇혀 죽은 거야. 로자의 아파트에서 나온 다음 붙들렸더군. 프레디가 자루에 넣어질 걸 알면서 로자가 불렀을 거란 말은 안 하겠지만, 그래도 로자한테도 책임이 없지 않지. 불행을 가져오는 여자야."

조가 말했다.

그러더니 웃기 시작했다. 처음엔 프레디가 자루에 갇혀 죽은 게 그의 유머 감각을 자극한 건가 싶어 충격을 받았는데, 이내 그가 이렇게 말했다.

"난 프랭키 페로셔스한테 근사한 장난을 칠 생각이야."

"이거 봐, 조. 자네가 나한테 충고를 원하는 게 아니란 건 나도 알지만, 그래도 공짜로, 무료로, 거저로 충고 좀 해야겠어. 프랭키 페로셔스한테 장난치지 마. 듣자 하니 그 친구는 암염소만큼도 유머 감각이 없다더군. 앨 졸슨이랑 에디 캔터랑 에드 윈이랑 조 쿡이 한꺼번에 농담을 해도 프랭키 페로셔스는 안 웃을 거라고 들었어. 아주 까다로운 청중이라던데."

"그건 아니지, 유머 감각이 아예 없으면 로자 같은 여자를 어떻게 참고 견디겠어? 내가 듣기로 로자한테 푹 빠졌다던데. 세상에서 정말로 좋아하고 믿는 사람이 오로지 그 여자 하나뿐인 것 같더군. 어쨌든 난 그 친구한테 장난을 쳐야 해. 날 자루에 넣어서 그 친구한테 배달시킬 생각이야."

물론 난 그 말을 듣고 웃지 않을 수 없었다. 조도 따라 웃었다. 개인적으로 난 그저 누가 프랭키 페로셔스한테 자기를 자루에 넣어 배달시킨다는 게 웃겨서 웃은 것이지, 조가 진심으로 하는 말인지 아닌지는 알 수 없었다.

이윽고 조가 말했다.

"이런 거야. 프랭키 페로셔스가 대개 자루에 넣는 작업을 부탁하는 게 나도 잘 아는 세인트루이스 친구거든. 로프스 맥고니글이란 이름의 친구인데, 실은 나랑 아주 절친한 사이고 나처럼 유머 감각이 뛰어나단 말이지. 로프스 맥고니글은 프레디를 자루에 넣은 일엔 관여하지 않았고, 프레디가 내 동생이란 걸 안 이래로 화가 잔뜩 났어. 그래서 내가 프랭키한테 장난치는 걸 도와주겠다고 팔 걷어붙이고 나섰지 뭐야.

지난밤에 프랭키 페로셔스가 로프스 맥고니글을 불러다 날 자루에 넣어 갖다 주면 아주 고맙겠다고 말했어. 프레디가 이혼에 대해 내가 어떻게 생각하는지 로자한테 이야기했을 테니까 아마 로자를 통해 그걸 전해 들었겠지. 난 이혼에 대해 아주 확고한 생각을 갖고 있거든. 로자가 관련돼 있다면 특히 더. 이혼해 주기 전에 거시기에서 만날 생각이야.

어쨌든 로프스가 나한테 프랭키 페로셔스가 그런 제안을 했다는 걸 가르쳐 주길래, 프랭키 페로셔스한테 다시 가서 내가 내일 밤 브루클린에 갈 거라고 알리고 날 자루에 넣어서 금방 가져다주겠다고 말하라고 시켰어."

"글쎄, 개인적으로 난 자루에 넣어져서 프랭키 페로셔스한테 배달되는 게 왜 좋은지 잘 모르겠군. 신문에서 본 바로 자루에 넣어져서 프랭키 페로셔스한테 가는 사내는 그걸로 인생 끝인 것 같던데. 어쨌든 내가 이해가 안 되는 건 프랭키한테 친다는 장난이 그거랑 무슨 상관이 있느냐는 거야."

나는 말했다.

"장난은 이거야. 난 잠들어 있지도, 손이 묶여 있지도 않을 거고, 양손에 큼직한 총을 들고 있을 거야. 프랭키 페로셔스가 자루를 열어 봤을 때 내가 튀어나와서 빵빵 쏴대면 그 친구가 얼마나 기겁할지 모르겠어?"

장난꾼 조가 말했다.

물론 그건 알 수 있었다. 실제로 자루에서 장난꾼 조가 나오는 걸 보고 프랭키 페로셔스가 놀란 표정을 지을 걸 생각하니 웃지 않을 수 없었다. 장난꾼 조도 따라 웃었다.

"물론 로프스 맥고니글도 그 자리에 있다가 같이 총을 쏴댈 거야. 프랭키 페로셔스의 한패가 있을지도 모르니까."

조가 말했다.

장난꾼 조가 가버린 뒤로도, 나는 조가 자루에서 뛰쳐나와 총알을 날려 대기 시작하면 프랭키 페로셔스가 얼마나 놀랄지 생각하니 계속 웃음이 났다. 그 뒤로 지금까지 조한테선 소식이 없지만, 매우 신뢰할 만한 인물들을 통해 나머지 이야기를 들었다.

보아하니 로프스 맥고니글은 결국 직접 자루를 배달하지 않고 프랭키 페로셔스의 집으로 택배 편에 보낸 모양이다. 프랭키 페로셔스는 그런 자루를 하루에도 수십 개씩 받았다. 상품이 시내 곳곳으로 유통되기 전에 내용물을 직접 체크해야 직성이 풀리는 성격이었기 때문이다. 로프스 맥고니글은 프랭키를 위해 자루에 넣는 작업을 워낙 여러 번 했던 터라 물론 그의 이런 성격을 잘 알고 있었다.

택배 배달원이 프랭키의 집으로 자루를 배달하자, 프랭키는 직접 지하실로 운반했다. 그러고는 큼직한 총을 꺼내 자루에 여섯 발을 박았다. 자루에서 뛰쳐나와 총을 쏴대기 시작한다는 장난꾼 조의 계획을 로프스 맥고니글이 그한테 귀띔한 모양이었다.

내가 듣기로, 경찰이 덮쳐 살인죄로 그의 손목에 수갑을 채웠을 때, 프랭키 페로셔스는 아주 기묘한 표정을 띠고 웃고 있었다고 한다. 그의 웃음소리를 누가 들은 건 그때가 처음이자 마지막이었다. 보아하니 로프스 맥고니글한테 장난꾼 조의 계획을 들은 프랭키는 로프스한테 자루를 열기 전에 자기가 뭘 할지 말한 모양이다. 당연히 로프스는 장난꾼 조한테 자루를 총알로 가득 채우겠다는 프랭키의 계획을 알렸다. 그걸 듣고 조의 유머 감각이 또다시 발동됐다.

묶이고 재갈을 문 것 외엔 멀쩡한 상태로 자루에 넣어져 프랭키 페로셔스한테 배달된 건 장난꾼 조가 아니라 로자였다.

약속 불이행
Breach of Promise

　어느 날, 골드포버 판사란 이름의 변호사가 나한테 로어 브로드웨이에 있는 사무실로 찾아와 줬으면 한다는 전갈을 보냈다. 변호사 따위와 얽힐 생각은 없었지만, 마침 골드포버 판사는 친구였던 터라 만나러 갔다.

　물론 골드포버 판사는 판사가 아니고, 판사였던 적도 없으며, 내가 보기엔 앞으로도 판사가 될 확률이 100분의 1이었다. 그렇지만 판사라고 부르면 좋아해서 모두가 판사라고 불러 주었다. 그도 그럴 게, 그는 이 거리에서 가장 확실한 변호사 중 하나로, 지금까지 여러 시민들을 불가능해 보이는 상황에서 구해 주었기 때문이다. 시민들을 감옥에 안 들여보내는 명수인 데다, 감옥에 들어간 시민들을 꺼내는 솜씨는 후디니보다도 뛰어났다.

개인적으로 나는 언제 어느 때나 법을 잘 지키는 시민이며 법을 어기는 인간들을 아주 못마땅하게 생각하는 터라 골드포버 판사한테 신세를 진 적이 없다. 그렇지만 그를 알고 지낸 지는 몇 년 됐다. 그가 나이트클럽이며 도박장 등을 자주 찾기 때문인데, 골드포버 판사는 그런 곳에서 일반 대중하고 어울리는 걸 좋아한다. 그곳에서 일거리도 종종 얻고, 때로는 괜찮은 여자도 발견한다.

어쨌든 골드포버 판사를 찾아가자, 그는 자기 개인 사무실로 데리고 들어와 현재 실직 중이며 일을 원하는 괜찮은 사람 둘쯤 없느냐고 물었다. 만약 그런 사람이 있다면 아주 좋은 일자리를 소개해 줄 수 있다는 것이었다.

"물론 계속할 수 있는 일은 아니고 엄밀히 말하면 그냥 단발성 일이야. 그렇지만 위험한 상황에서 절대적으로 믿을 수 있는 사람들이어야 해. 일할 곳은 여기 아니고 딴 데고, 기지랑 배짱이 필요한 일이야."

골드포버 판사한테 난 직업 중개인이 아니라고 하고 나가서 내 볼일이나 보려 했다. 위험한 상황에서 믿을 수 있는 사람이어야 한다는 그의 말에서 위험한 상황이 언제라도 닥칠 일이라는 걸 짐작할 수 있었기 때문이다. 내 친구들을 위험한 상황으로 몰고 싶진 않았다.

그러나 자리에서 일어나는데 창밖으로 멀리 강 건너 브루클린이 보였다. 브루클린을 보자, 실업 때문에 고생 중일 몇몇 친구들, 말 해리와 스패니시 존, 리틀 이사도르가 생각났다. 실업 때문에 그들이 고생 중일 것이라고 생각한 건, 일해서 돈 버는 사람이 아무도 없으면 그들이 돈을 빼앗을 사람도 없기 때문이다. 돈 빼앗을 사람이 아무도 없는 이상, 말 해리와 스패니시 존, 리틀 이사도르는 대공황의 영향을 뼈저리게 느끼고 있을 터였다.

어쨌든 나는 결국 골드포버 판사한테 그들 이름을 알려 주고 위험한 상황에서 그들이 매우 믿을 만한 사람들이며 배짱도 두둑하다고 이야기했다. 양심상 차마 그들의 기지를 좋게 말할 순 없었다. 골드포버 판사는 내 말을 듣고 몹시 기뻐했다. 그도 말 해리와 스패니시 존, 리틀 이사도르의 이름을 익히 들어 온 바였다.

그는 나한테 그들의 주소를 물었지만, 물론 말 해리와 스패니시 존, 리틀 이사도르가 어디 사는지 아무도 정확히 몰랐다. 어디 특정하게 사는 곳이 없기 때문이다. 그렇지만 클린턴 거리의 모처에 가면 그들과 연락이 될지 모른다고 가르쳐 준 다음, 나더러 말을 전해 달라고 할까 봐 얼른 떠났다. 세상에서 내가 말을 전해 주거나 모양과 형태, 방식을 막론하고 좌우지간 연관되기 싫은 사람이 있다면, 그게 바로 말 해리와 스패니시 존, 리틀 이사도르였다.

그 뒤, 그 일에 대한 이야기를 더 이상 못 들은 채로 몇 주가 흘렀다. 그러던 어느 날, 브로드웨이의 민디네 레스토랑에서 차가운 러시아 식 수프를 즐기고 있는데(당시 계속되던 무더위에 아주 산뜻하고 좋았다), 말 해리와 스패니시 존과 리틀 이사도르가 나타났다. 그들을 보고 어찌나 놀랐는지 차가운 러시아 식 수프가 엉뚱한 곳으로 넘어가는 바람에 하마터면 숨 막혀 죽을 뻔했다.

그러나 그들은 꽤 기분이 좋아 보였다. 심지어 말 해리는 컥컥거리는 내 등을 두들겨 주기까지 했다. 하도 세게 두들겨서 등골이 부러질 뻔하긴 했지만 더할 나위 없이 친절한 행동이라는 생각이 들었다. 그래서 간신히 다시 말할 수 있게 됐을 때, 나는 이렇게 말했다.

"이런, 해리, 자네를 다시 만나게 되다니 이것 참 영광이고 기쁜 일이군. 자네들도 같이 차가운 러시아 식 수프를 들겠지? 맛이 제법 괜찮아."

"아니, 차가운 러시아 식 수프는 됐고, 골드포버 판사를 찾는데 최근에 어디서 못 봤어?"

해리가 말했다.

말 해리와 스패니시 존과 리틀 이사도르가 골드포버 판사를 찾는다는 게 어째 심상치 않게 들렸다. 골드포버 판사가 그들한테 준 일거리에 문제가 생겨서 그를 갈가리 찢어 놓으려 하는 게 아닌가 싶던 찰나, 해리가 이렇게 말했다.

"그나저나 우리한테 일거리를 던져 줘서 고맙단 말을 해야겠군. 언젠가 자네한테 신세를 갚을 날이 올지도 모르지. 아주 흥미로운 일이었어. 자네가 차가운 러시아 식 수프를 먹는 동안 자세한 이야기를 들려주지. 그럼 자네도 우리가 왜 골드포버 판사를 만나고 싶어 하는지 알게 될 거야."

(말 해리가 말했다.) 알고 보니 일을 의뢰한 사람은 골드포버 판사 본인이 아니라 그의 고객이었는데, 그 의뢰인이란 게 바로 백만장자 제이비스 튜스데이 씨더라고. 많은 시민들이 찾는 셀프서비스 식당 체인 튜스데이의 소유주 말이야. 골드포버 판사가 직접 브루클린으로 우리를 만나러 와선 소개장을 들려 날 제이비스 튜스데이 씨한테 보냈어. 골드포버 판사는 그런 문제를 나한테 직접 설명할 만큼 바보가 아니었던 거지.

그 정도가 아니라, 실은 내가 알기로 골드포버 판사는 제이비스 튜스데이 씨가 나한테 시키려는 일이 뭔지 아예 몰랐을 수도 있어. 그렇다고 제이비스 튜스데이 씨가 식당 계산원을 찾는다고 생각하지야 않았겠지만. 6 대 5로 걸어도 좋아.

어쨌든 난 5번가에 있는 호텔로 튜스데이 씨를 만나러 갔어. 거기서 아주 으리으리하게 살고 있더라고. 튜스데이 씨는 인상이 그저 그렇더군. 무슨 일을 시키려는 건지 말하기까지 얼마나 뜸을 들이고 빼는지 말이야. 머리는 대머리에, 윗입술 위에 콧수염을 조그맣게 길렀고, 안경을 쓴 작고 늙어 빠진 영감탱이였는데, 어째 안절부절못하는 것 같았어.

본론으로 들어가서 걱정거리가 뭐고 나한테 시키고 싶은 일이 뭔지 말하는 데 얼마나 한참 걸렸는지 몰라. 그런데 들어 보니 엄청 간단한 일이지 뭐야. 일을 해주면 1만 달러를 주겠단 말을 듣고 제이비스 튜스데이 씨가 좀 미친 게 아닐까 싶을 정도였어.

튜스데이 씨가 나한테 시키려는 일은, 태리타운 외곽에 사는 어밀리어 보드킨 양이란 여자한테 개인적으로 쓴 편지를 가져오는 거였어. 튜스데이 씨가 후회되는 말을 편지에 쓴 모양이더라고. 사랑이 어쩌고, 결혼이 어쩌고 말이야. 그 여자가 약속 불이행으로 자기를 고소하지 않을까 걱정되는 거지.

"그렇게 되면 내가 아주 곤란하거든. 이 나라에서 가장 격조 높은 가문의 딸이랑 결혼할 거라 말이지. 스카워터 가문이 전만큼 돈이 많지 않은 건 사실이지만 아주아주 격조 높은 건 틀림없지. 게다가 내 약혼녀 발레리 스카워터 양은 그중에서도 가장 격조 높은 아가씨야. 하도 격조가 높아서 누가 날 약속 불이행으로 고소하기라도 했다간 화가 나서 몽땅 없었던 일로 돌릴지도 몰라."

제이비스 튜스데이 씨가 말했어.

약속 불이행이 뭐냐고 물었더니, 튜스데이 씨는 누가 어떻게 하겠다고 약속해 놓고 그렇게 안 하는 거라고 설명하더군. 물론 브루클린엔 그걸 부르는 이름이 따로 있어. 다루는 방법도 따로 있고.

"자네 같은 사람한텐 아주 간단할 일이야. 어밀리어 보드킨 양은 태리타운 변두리에서 혼자 살거든. 하인 둘이 있긴 하지만, 둘 다 늙었고 해도 없어. 여기서 중요한 건 편지가 아니라 다른 걸 찾으러 들어온 것처럼 해야 한다는 거야. 가령 꽤 값나가는 골동품 은식기가 있으니 그걸 노리는 척한다든지.

편지는 어밀리어 보드킨 양의 방에 있는 큰 상감함에 들어 있네. 그러니 상자째로 은식기랑 같이 갖고 나오면, 노리는 게 편지였다는 걸 아무도 못 알아차릴 거야. 귀중품이 든 줄 알고 가져갔다고 생각하지. 편지를 갖고 오면 1만 달러를 줄 거고, 은식기도 자네가 가져도 좋아. 폴 리비어의 찻주전자도 은식기랑 같이 꼭 챙기고."

튜스데이 씨가 말했어. 그래서 내가 이랬지.

"뭐, 어차피 자기 일은 자기가 제일 잘 알 테고, 나도 그렇게 쉽고 짭짤한 일을 놓치고 싶진 않지만, 내 보기엔 여자한테 편지를 사서 없애 버리는 게 가장 간단할 것 같은데요. 우체국 하나 가득한 편지라도 1만 달러 준다는데 안 팔 여자가 세상에 과연 있으려고요? 심지어 셰익스피어 전집도 같이 끼워 줄걸요."

"아니, 그런 방법은 어밀리어 보드킨 양한텐 안 먹혀. 그게 그러니까, 보드킨 양하고 난 한 15~16년간 아주 친밀한 관계였거든. 실은 지금도 아주 친밀해서, 보드킨 양은 내가 이 친밀한 관계를 끝내길 원한다는 걸 아직 몰라. 그런데 내가 편지를 팔라고 하면 의심할지 모르잖나. 일단 편지를 손에 넣고 나서 친밀한 관계를 끝내는 이야기를 한 다음 적절하게 청산을 해야 해.

어밀리어 보드킨 양을 오해하면 안 돼. 보드킨 양은 대단히 훌륭한 사람이지만, '버림받은 여자처럼 무서운 건 지옥을 다 뒤져도 없다'란 속담은 자네도 알겠지. 내가 발레리 스카워터 양이랑 결혼한다는 걸 알면 자기가 버림받으리라는 걸 어밀리어 보드킨 양이 눈치챌지도 몰라. 그런

420

상황에 편지가 남아 있으면 보드킨 양이 양심하고 담 쌓은 변호사 수중에 떨어져 거액을 요구할 수도 있거든. 그렇지만 정말 큰 문제는 그보다 발레리 스카워터 양이 편지에 대해 알고 나랑 어밀리어 보드킨 양의 관계를 오해할지 모른다는 거야."

그다음 날 오후 난 스패니시 존이랑 리틀 이사도르를 만나러 갔어. 리틀 이사도르는 가방끈 에드먼드란 친구랑 클롭을 하고 있더군. 에라스무스 고등학교에 다닌 적이 있고 학식이 엄청 풍부하다고 해서 가방끈 에드먼드인데, 어쨌든 그래서 그 친구도 같이 하자고 했지. 가방끈 에드먼드가 리틀 이사도르랑 클롭을 해서 돈을 제법 잘 버는 걸 빤히 아는데, 당분간 돈을 못 벌게 되는 이상 그 친구 생각도 좀 해주는 게 도리 아니겠느냐 이거지. 게다가 편지랑 상관있는 일이라면, 혹시 편지를 읽는 게 필요해질 때를 대비해서 가방끈 에드먼드가 있는 게 좋을 것 같았거든. 스패니시 존이랑 리틀 이사도르는 아예 글을 못 읽고, 난 큰 글씨만 읽을 수 있으니 말이야.

우리는 클린턴 거리에 사는 내 친구한테 차를 빌려서 내 운전으로 태리타운을 향해 출발했어. 허드슨 강 위쪽에 있는 곳이라, 경치 덕분에 드라이브가 아주 즐거웠지. 가방끈 에드먼드랑 스패니시 존이랑 리틀 이사도르는 그 아름다운 강의 강변에서 다들 몇 년씩 살았는데도 경치는 처음 보는 거였거든. 오시닝에 살았는데 말이지. 개인적으로 난 오시닝엔 한 번도 안 가봤어. 오번이랑 컴스톡엔 한 번씩 있어 봤지만.

날이 저물 무렵 태리타운에 도착해서 튜스데이 씨가 알려 준 대로 시내 중심가를 따라가니까 우리가 찾는 집이 나왔어. 강가 비탈 위에 선 희고 작은 별장이었지. 도로에서 별로 많이 안 들어갔더군. 집 주변에 낮은 돌담으로 두른 꽤 넓은 정원이 있고, 도로에서 집까지 차도가 이어져 있었어. 차도로 들어가는 문을 보고 바로 운전대를 꺾었는데, 글쎄 돌로 된 문기둥을 정면으로 들이받았지 뭐야. 덕분에 차가 아코디언처럼 구깃구깃해졌어.

원래는 괜한 짓은 생략하고 간단히 손들어 해서 순식간에 끝낼 계획이었거든. 달아나기 전에 다들 꽁꽁 묶어 놓고. 난 빈집 털이나 그냥 도둑질은 위엄이 없어서 싫어. 시간도 너무 많이 걸리고 말이지. 그래서 현관에 차를 바로 댈 생각이었는데, 그만 문기둥이 훼방 놓은 거야.

눈을 떠보니까 낯선 침실, 낯선 침대에 있었어. 나도 한창 때는 낯선 침대에서 깨본 게 한두 번이 아니지만, 그렇게 희한한 침실은 처음이었어. 모든 게 죄 고상하고 보들보들한 거야. 눈에 거슬리는 거라곤 머리맡에 앉아 날 보는 스패니시 존뿐이었어.

난 당연히 뭐가 어떻게 된 건지 알고 싶어 했지. 스패니시 존 말로는, 문기둥을 들이받은 덕분에 내가 정신을 잃었다는군. 딴 사람들은 아무도 안 다쳤고. 머리에 상처가 심하게 난 내가 피를 줄줄 흘리며 차도에 뻗어 있는데, 집에서 웬 여자랑 집사나 뭐 그런 것 같은 영감이 뛰어나왔어. 여자는 날 집 안으로 운반해서 이 방에 눕히라고 박박 우겼어.

그러더니 피를 닦고 머리에 붕대를 감아 준 다음, 위독한 상태인지 의사한테 보여야 한다고 직접 태리타운으로 갔어. 그동안 가방끈 에드먼드랑 리틀 이사도르는 차를 어떻게 할 수 있을지 보는 중이고, 스패니시 존은 여자가 돌아올 때까지 내 곁을 지키는 중이었던 거야. 물론 진짜는 내가 눈을 못 뜰 경우 내 몸을 제일 먼저 뒤지려고 거기 앉아 있었던 거지. 나도 그쯤은 알아.

어쨌든 상황을 정리하면서 이제 어째야 하나 생각하는데 여자가 나타났어. 나이는 마흔 남짓 됐을 것 같고 몸매가 아주 듬직했지만, 얼굴은 활짝 미소를 짓고 있는 게 아주 다정해 보이고 좋더군. 여자 뒤에 서 있는 남자는 한눈에 의사란 걸 알아볼 수 있었어. 특히 작은 검정 가방을 들고 희끗희끗한 염소수염을 길렀으니 말이지. 중년을 좋아한다면 내가 본 중엔 제일 괜찮은 여자였어. 개인적으로 난 젊은 여자를 좋아하지만. 어쨌든 내가 정신을 차린 걸 보더니 여자가 이렇게 말했어.

"어머나, 죽지 않아서 다행이군요. 가엾은 사람 같으니. 디핑웰 선생님이 오셨으니 얼마나 심하게 다친 건지 봐주실 거예요. 내 이름은 어밀리어 보드킨이고, 여긴 내 집에, 내 방이랍니다. 이렇게 다치신 모습을 보니 정말 마음이 아프네요."

당연히 참 난감한 상황이었어. 난 어밀리어 보드킨 양한테서 편지랑 은식기, 폴 리비어 찻주전자를 빼앗으러 여기 온 건데, 그 여자는 날 더할 나위 없이 잘 돌봐 주면서 내가 다친 걸 보니 마음이 아프다고 하고 있었으니 말이야.

그렇지만 뭐라 할 말이 없으니 난 의사가 진찰하는 동안 그냥 입 다물고 있었어. 머리를 들여다보고 여기저기 자세히 살펴보더니 의사가 그러더군.

"상처가 심하군요. 꿰매야겠습니다. 그러고 나서 며칠 꼼짝 말고 안정을 취해야 합니다. 안 그러면 합병증이 생길 수 있어요. 당장 병원으로 옮기는 게 좋겠습니다."

그런데 어밀리어 보드킨 양은 날 병원으로 옮기는 건 절대 안 된다고 반대하지 뭐야. 그냥 여기서 안정을 취해야 한다고, 자기가 직접 간호하겠다고 말이야. 자기 집 부지 안에서 자기 집 문기둥 때문에 다쳤으니까 자기가 뭘 하는 게 당연하다더군. 실은 날 옮기는 걸 하도 맹렬하게 반대하길래 섹스어필 때문인가 했는데, 나중에 알고 보니 그냥 외로워서 그런 거였어. 날 간호하면 할 일이 생기니까.

나야 당연히 이의가 없었지. 그 집에 있으면 편지랑 은식기 문제를 훨씬 수월하게 처리할 수 있을 거 아냐? 그래서 실제보다 더 아픈 척했어. 그렇지만 물론, 내가 몸 안에 총알 여덟 발이 든 채 브로드웨이랑 50번가 모퉁이에서 브루클린까지 간 걸 아는 사람이, 머리에 상처 좀 났다고 자리에 누웠다는 말을 들으면 농담 말라고 웃었을 거야.

의사가 상처를 꿰매고 돌아간 다음, 난 스패니시 존한테 가방끈 에드먼드랑 리틀 이사도르를 데리고 뉴욕으로 돌아가되, 전화로 계속 연락을 취하라고 했어. 언제 다시 올지 알려야 하니까. 그러고 나선 어째 엄청 피곤하길래 잤는데, 밤이 돼서 깼더니 열이 펄펄 끓고 진짜 아프지 뭐야. 어밀리어 보드킨 양이 머리맡에 앉아서 찬물을 적신 천으로 머리를 닦아 주고 있었는데, 그게 참 기분 좋았어.

아침이 되니까 그래도 좀 나아져서 어밀리어 보드킨 양이 쟁반에 담아 가져다준 식사를 먹을 수 있었어. 환자 노릇도 그렇게 나쁜 일은 아닌 것 같더라고. 특히 눈 뜰 때마다 머리맡에 누구 짓이냐고 묻는 경찰이 없으니 더 좋던걸.

어밀리어 보드킨 양은 돌볼 사람이 있어서 아주 생기가 넘치는 것 같았어. 물론 누굴 돌보고 있는 건지 알았다면 경찰을 부르짖으면서 길을 뛰어갔을지 모르지. 아침 식사를 마친 다음에야 겨우 가서 좀 쉬라고 설득할 수 있었어. 어밀리어 보드킨 양이 자는 동안, 집사인 듯한 영감이 이따금 들어와서 내 상태를 확인하곤 했어.

이게 워낙 수다스러운 영감이라, 얼마 되지도 않아서 어밀리어 보드킨 양 이야기를 줄줄 늘어놓더군. 뉴욕에 있는 어느 돈 많은 큰 회사 사장의 오랜 애인이라고 말이야. 집사인 듯한 영감은 이름은 말 안 했지만,

난 물론 제이비스 튜스데이 씨 얘기라는 걸 알고 있었어.

"두 분은 만난 지 아주 오래됐답니다. 처음 만났을 당시, 그분은 무척 가난했는데 어밀리어 보드킨 양이 가진 돈이 좀 있어서 그걸로 사업을 시작했죠. 회사가 이만큼 큰 건 어밀리어 보드킨 양이 사업을 그리고 그분을 관리한 덕분입니다. 전 거의 처음부터 두 분 곁에 있었던 터라 잘 압니다. 누가 묻는다면 어밀리어 보드킨 양은 사업 수완도 뛰어나고 아주 친절하고 좋은 분이라고 대답하겠습니다.

두 분이 왜 결혼을 안 했는지는 지금도 모르겠군요. 어밀리어 보드킨 양은 그분을 사랑하고 그분도 어밀리어 보드킨 양을 사랑하는 건 분명했는데요. 한번은 어밀리어 보드킨 양이 이런 말씀을 하시더군요. 처음엔 돈이 없었고 나중엔 바빠서 결혼 생각을 할 수 없었다고 말이죠. 그래서 그냥 그렇게 지내 오다가 갑자기 그분이 부자가 된 겁니다. 어밀리어 보드킨 양은 그런 말씀을 안 하셨지만, 그분이 차츰 멀어지기 시작했다는 건 제가 봐도 알 수 있었습니다. 그러다 몇 년 전 그분이 사업에서 은퇴하고 이리로 옮기는 게 좋겠다고 어밀리어 보드킨 양을 설득했을 때 전 놀라지 않았습니다.

처음엔 꽤 자주 찾아오더니 서서히 방문 간격이 뜸해지더군요. 이젠 그분을 마지막으로 뵌 게 언제인지 생각나지도 않습니다. 하기야 살다 보면 그런 일은 흔하죠. 사실 저도 개인적으로 그런 경우를 몇 번 봤습니다. 그렇지만 어밀리어 보드킨 양은 지금도 그분이 자신을 사랑한다고, 사업 때문에 바빠서 못 오는 거라고 생각하시거든요. 그러니 보기보다 똑똑하지 않거나, 아니면 스스로를 속이고 있거나, 둘 중 하나인 겁니다. 뭐, 오렌지 주스를 갖다 드리죠. 솔직히 말씀드려서 평소 오렌지 주스를 즐기는 분 같진 않습니다만."

난 제이비스 튜스데이 씨가 말한 편지 상자가 혹시 있나 방 안을 여러 번 둘러봤지만, 그런 상자는 보이지 않았어. 그런데 저녁이 돼서 어밀리어 보드킨 양이 방에 있을 때 내가 깜박 존 모양인데, 어밀리어 보드킨 양이 책상 서랍을 열더니 큼직한 상감함을 꺼내더라고. 어밀리어 보드킨 양은 독서 램프가 있는 테이블 앞에 앉아서 상자를 열고 편지 몇 통을 꺼내 읽기 시작했어. 그래서 자는 척하고 눈썹 사이로 지켜보고 있으려니까, 이따금 미소를 지어 가면서 편지를 읽는데 한번은 눈물이 뺨을 타고 흘러내리는 거야.

그러다 느닷없이 어밀리어 보드킨 양이 나한테 시선을 돌려서 내가 깨어 있는 걸 보고 말았어. 얼굴이 빨개지더니 웃으면서 이렇게 말하더군.

"옛날 연애편지예요. 내 오랜 연인이 보내 준 편지죠. 매일 밤 몇 통씩 꺼내 읽는답니다. 바보 같고 감상적이죠?"

난 아닌 게 아니라 감상적이라고 말했지만, 편지가 있는 곳을 나한테 가르쳐 주다니 정말 바보 같단 말은 하지 않았어. 물론 나야 그걸 알고 아주 기뻤지. 난 개인적으로 연애편지를 한 번도 써본 적이 없고 받아 본 적도 없다고, 생각해 보니까 심지어 연애편지란 걸 본 적도 없다고 말했어. 진짜 그렇거든. 어밀리어 보드킨 양은 그 말을 듣고 잠깐 웃더니 이렇게 말했어.

"연애편지가 어떻게 생겼는지 모르다니 참 특이한 사람이군요. 좋아요, 내가 세상에서 가장 근사한 연애편지 몇 통을 읽어 주겠어요. 쓴 사람을 모르니까 상관없겠죠. 지금처럼 늙고 추해진 모습이 아니라, 젊고 어쩌면 조금은 예뻤을 시절의 날 생각하면서 들어 줘요."

그러고는 한 통을 꺼내서 부드럽고 나직한 목소리로 읽어 줬어. 그렇지만 편지를 거의 보지도 않고 읽는 걸 보면 완전히 외우다시피 한 것 같더군. 게다가 그게 대단한 걸작이라고 생각하는 것 같더라고. 그렇지만 내가 비록 연애편지를 그때 처음 들어 본 거니 뭐라 말할 수 없긴 해도, 솔직히 뭐 이런 시시껄렁한 헛소리가 다 있나 하는 생각밖에 안 들던데.

"내 사랑, 어제 집 앞에 서 있던 당신 모습을 아직도 잊을 수 없어. 당신의 짙은 갈색 머리가 햇빛을 받아 근사한 브론즈색으로 물들었지. 난 당신 머리색이 좋아. 당신이 금발이 아니라 얼마나 다행인지. 금발 여자들은 머리가 텅 빈 데다 인색하고 거짓말쟁이거든. 게다가 성격도 나쁘고. 꼬리를 잡고 황소를 던질 수 있게 되면 또 모를까, 금발 여자를 믿을 일은 내 평생 없을 테지. 지금까지 살면서 금발인데 무능하지 않은 여자를 본 적이 없어. 어쨌든 대부분 탈색한 거고. 영업 실적은 좋아졌어. 소시지가 잘 나가는군. 내 귀염둥이, 언제까지고 당신을 사랑해."

이보다 더 끔찍한 것도 많았어. 하나같이 어밀리어 보드킨 양을 내 사랑이니, 귀염둥이니, 예쁜이니, 최고로 사랑하는 당신이니, 보물이니, 천사니 그 밖에도 온갖 이름들로 부르던걸. 제이비스 튜스데이 씨가 보낸 편지가 맞는 것 같은데, 여자를 버릴 생각인 사내한테 과연 다이너마이트 덩어리나 다름없다는 걸 알겠더군. 실은 뭐라 할 말이 없어서 어밀리어 보드킨 양한테 대충 그 비슷하게 이야기는 했어.

"어머나, 그게 무슨 뜻이죠?"

어밀리어 보드킨 양이 물었어.

"아니, 그게, 이런 문서는 특정 상황하에 아주 비싼 값을 받기도 하거든요."

어밀리어 보드킨 양은 내가 무슨 생각을 하는 건지 모르겠다는 것처럼 한동안 날 바라보더니 포기한다는 듯 고개를 가로저었어. 그러고는 웃으면서 이렇게 말하는 거야.

"한 가지는 확실하군요. 내 편지는 설사 원하는 사람이 있다 해도, 그 어떤 상황이라 해도, 어떤 값도 받을 일이 없을 거예요. 이건 내 둘도 없는 보물인걸요. 내 가장 행복했던 나날의 추억이에요. 백만 달러를 준다 해도 절대 내놓지 않을 거예요."

이 말을 듣고 나니 제이비스 튜스데이 씨가 편지를 가져다주는 대가로 1만 달러를 약속한 건 아주 저렴한 거래였다는 걸 알겠더군. 그렇지만 물론 어밀리어 보드킨 양한테는 그런 말을 안 했지. 난 어밀리어 보드킨 양이 연애편지를 도로 상감함에 넣고 책상 서랍에 넣는 걸 지켜본 다음, 편지를 읽어 줘서 고맙다고 하고 잘 자라고 인사했어. 그러고 잤지. 그다음 날, 난 클린턴 거리의 어느 번호에 전화해서 가방끈 에드먼드랑 스패니시 존, 리틀 이사도르한테 와서 날 데려가란 말을 남겼어. 환자 노릇 하기도 지겨웠거든.

그다음 날은 토요일이었으니 그다음다음 날은 일요일일 수밖에 없었지. 그 친구들은 토요일에 날 만나러 와선 일요일에 다시 데리러 오겠다고 약속했어. 차도 고쳐져서 멀쩡하게 달리고 있었고 말이지. 다만 클린턴 거리의 내 친구가 펜더가 구부러졌다고 어찌나 투덜대던지. 그런데 일요일 아침, 그 친구들이 도착하기도 전에 꼭두새벽부터 글쎄 제이비스 튜스데이 씨가 커다란 고급차를 타고 나타난 거야.

게다가 모닝코트에 실크해트 차림으로 집 안으로 들어오더니 어밀리어 보드킨 양을 와락 끌어안고 진하게 입을 맞췄다나. 집사인 듯한 영감이 나중에 가르쳐 준 정보야. 난 위층에 있었는데, 어밀리어 보드킨 양이 엄청 우는 소리가 들리더니 제이비스 튜스데이 씨가 큰 목소리로 열렬하게 이렇게 말하지 뭐야.

"자자, 멜리, 내 새 흰 조끼에 대고 울지 말고 내일 있을 우리 결혼식이랑 몬트리올로 갈 신혼여행 이야기를 들어 봐. 그래, 멜리, 나한테는 역시 당신뿐이야. 당신은 날 속속들이 이해해 주니까. 멜리, 한 번 더 키스해 주겠어? 그러고 나서 앉아서 같이 이야기해 보자고."

소리를 듣건대 그래서 또 키스한 모양이더군. 그것도 차단기를 열고 열렬하게. 그러더니 아래층 거실에서 둘이 주절주절 떠들기 시작했는데, 이윽고 제이비스 튜스데이 씨가 이렇게 말하는 게 들렸어.

"멜리, 당신이랑 난 그냥 평범한 사람들이지. 그래서 우리가 이렇게 서로 잘 맞는 거야. 돈도 한 푼 없으면서 격조 높고 잘난 척하는 인간들은 이제 지긋지긋해. 예의범절도 모르는 놈들이야. 바로 어젯밤만 해도 뉴욕의 스카워터란 이름의 어느 격조 높은 가문 사람들을 찾아갔는데, 난데없이 그 집 딸이 나한테 터무니없는 모욕을 주더니 거리로 내쫓다시피 하지 뭐야. 내 평생 그런 취급을 받은 건 처음이야. 멜리, 한 번 더 키스해 주고 내 머리 여기에 혹이 났는지 만져 봐주겠어?"

물론 그 뒤, 제이비스 튜스데이 씨는 내가 있는 걸 보고 다소 놀란 것 같았지만 날 안다는 기색은 전혀 안 내비쳤어. 나도 당연히 제이비스 튜스데이 씨를 아는 척 안 했고. 이윽고 가방끈 에드먼드랑 스패니시 존, 리틀 이사도르가 차를 갖고 날 데리러 왔길래, 어밀리어 보드킨 양한테 고맙다고 하고 떠났어. 어밀리어 보드킨 양은 잔디밭에 제이비스 튜스데이 씨랑 나란히 서서 우리한테 손을 흔들어 줬어.

제이비스 튜스데이 씨한테 바싹 붙어 서 있는 어밀리어 보드킨 양이 어찌나 행복해 보이던지 도박을 해보길 잘했단 생각이 들더군. 발레리 스카워터 양이 금발일 가능성에 걸어 봤거든. 요샌 어떤 여자가 금발일 가능성이 절반 이상이니 말이지. 가방끈 에드먼드를 발레리 스카워터 양한테 보내서 금발 여자 이야기가 나오는 튜스데이 씨 편지를 읽어 주게 한 거야. 물론 그거랑 가방끈 에드먼드가 읽어 준 다른 편지들 때문에 발레리 스카워터 양이 열 받아서 자기가 숙녀란 것도 잊어버린 건 나도 안타깝게 생각해. 그 탓에 제이비스 튜스데이 씨의 머리를 향해 18K 화장품 케이스를 냅다 던지면서 당장 자기 인생에서 꺼지라고 했으니 말이지.

(말 해리가 말했다.) 이야기는 이걸로 끝이야. 다만 제이비스 튜스데이 씨하고 해결해야 할 법적인 문제가 있어서 골드포버 판사를 찾는 중인데 말이지. 튜스데이 씨는 아닌 게 아니라 약속한 1만 달러를 줬어. 그렇지만 그때 말했던 은식기도, 심지어 그렇게 값나간다던 폴 리비어 찻주전자도 못 갖고 가게 하지 뭐야. 얼마 전 밤에 그것들을 가지러 어밀리어 보드킨 양의 집에 들렀더니, 집사인 듯한 영감이 우리한테 2연발총을 쏘면서 전반적으로 아주 고약하게 구는 거야.

(해리가 말했다.) 그래서 약속 불이행으로 제이비스 튜스데이 씨를 고소할 수 없을까 골드포버 판사를 만나 보려는 거야.

웃음과 페이소스의 브로드웨이

아마도 우리나라 독자들에게 뮤지컬 〈아가씨와 건달들〉로 친숙할 이 책은, 데이먼 러니언이 1920년대에서 1930년대까지 뉴욕 브로드웨이를 배경으로 도박사와 쇼걸, 폭력배 등을 그린 단편집이다. 금주법 시대(금주법이 폐지된 이후의 작품도 있다), 밀주 제조 및 판매와 불법 도박이 판치고 갱들은 눈 하나 깜짝 않고 총을 쏴대는, 언뜻 보면 살벌할 것 같은 이야기지만, 그런 무법지대를 배경으로 펼쳐지는 것은 뜻밖에도 인정소설이자 순정 멜로드라마다. 산전수전 다 겪은 냉혹한 사내들이 여자 때문에 전혀 그답지 않은 행동을 한다. 사랑하는 여자의 결혼식을 준비해 주는가 하면, 사랑하는 것도 아닌 여자를 위해 대규모 연극을 벌인다. 돈밖에 모르던 사내가 우연히 맡게 된 어린 여자애 때문에 사람이 180도 달라지고 수십 년 만에 눈물을 흘리기도 한다. 여자들도 결코 예외가 아니다. 누구는 밤마다 빛바랜 연애편지를 꺼내 읽고, 누구는 사랑하는 남자를 위해 햄 덩어리를 던지고, 누구는 어머니의 추억에 전 재산을 아낌없이 던진다.

이렇게 쓰면 또 속없이 단순하고 말랑하기만 한 이야기라고 생각할지 모르지만, 러니언은 십대의 어린 나이에 이미 신문에 글을 쓰기 시작한 인물이다. 뉴욕으로 건너온 다음에도 신문기자 생활을 계속하며 수많은 인물들을 접한 그는 사람의, 삶의 여러 단면을 모르지 않았다. 그가 그리는 인물들은 잔인하면서 인정 많고, 이기적이면서 순정파고, 교활하면서 어수룩하다. 그런 상반되고 복합적인 면 때문에 어쩐지 더 정이 가고 미워할 수 없는지 모른다. 더욱이 러니언의 단편들은 '광란의 20년대 the Roaring Twenties'라 불리는 재즈 시대, 다양한 사람들이 모여들던 역동적이고 스릴 넘치는 브로드웨이가 무대다. 멋쟁이 데이브, 신문쟁이 월도 윈체스터, 마꾼 리그레트, 굿타임 찰리 같은 러니언의 다채로운 인물들은 유원지의 회전목마처럼 독자의 눈앞에 거듭 등장하며 점점 입체적인 실체를 지니게 된다. 그리고 급기야 온전한 하나의 세계를 이루어낸다. 실제로 러니언이 창조해 낸 세계와 그곳에 거주하는 인물들을 가리키는 'Runyonesque'라는 형용사가 존재할 정도다.

이 세계를 뒷받침하는 것이 러니언의 독특한 문체다. 그는 대중적인 은어를 비롯해 스포츠계며 연예계, 언론계, 지하세계의 특수 용어를 작품에 다수 사용했고, 기존의 단어에 새로운 뜻을 부여해서 쓰기도 했다. 뿐만 아니라 '꼬불꼬불한 늑대' 같은 고유한 표현을 창조했다. 도처에 등장하는 뻐딱하면서도 애교 있는 익살스러운 표현은 작품 전체에 유머러스한 양념을 더해 준다. 때로 집요하리만큼 반복되는 어구는 문장에 생동감을 부여한다. 이처럼 독특한 문체를 구사하는 작가이기에, 특수

한 언어나 현재시제로 줄곧 이어지는 문장 등 일부 특징은 우리말로 옮기는 과정에서 부득이 생략했지만 나머지는 최대한 그대로 살리려 애썼다. 같은 이유로, 작가가 쓴 표현을 평이하고 직접적인 말로 바꾸거나 역주로 의미를 해설하는 일은 되도록 피하고자 했다. 시카고에서 온 조조가 던진 '파인애플'이 무엇인지, 싱싱 교도소에서 웃으며 앉았다는 '뜨끈뜨끈한 의자'는 무엇인지, 빅 폴스 페이스가 다닌 '대학'과 '대학원'은 무엇인지 각각 미루어 짐작하는 것도 이 책을 읽는 재미가 아닐까 한다. 힌트는 물론 모두 책 안에 들어 있다.

뮤지컬은 1955년 프랭크 시내트라와 말런 브랜도 주연의 영화로도 제작되어 큰 인기를 끈 바 있는데, 이 책이 출간되는 2013년 현재 20세기 폭스 사에서 영화 판권을 사들였다는 소식이 있다. 뮤지컬은 어차피 원작의 내용을 상당히 많이 각색한 데다 또 어떻게 다시 만들어질지 아직 알 수 없지만, 부디 이 책과 더불어 많은 독자들에게 러니언의 매력적인 세계를 다시금 알려 줄 수 있는 그런 영화가 나오기를 바란다.

데이먼 러니언 연보

1880(또는 1884) 미국 캔자스 주 맨해튼에서 지방지 발행인 앨프리드 리 러니언과
엘리자베스 데이먼 러니언 사이에서 앨프리드 데이먼 러니언Alfred
Damon Runyan으로 태어남.

1887 콜로라도 주 푸에블로로 가족과 함께 이주.

1891 어머니 사망. 십대 시절 학교에서 퇴학당하고, 그 뒤 10년 이상 서부
지역의 여러 신문에 글을 기고. 한 신문에서 오타를 낸 이래로 이름
의 철자를 Runyon으로 쓰기 시작.

1898 미국-스페인 전쟁 때 입대해 필리핀에 종군. 《마닐라 프리덤》, 《솔저

스 레터》 등에 기사를 씀. 제대한 뒤 여러 신문사를 전전하다 〈덴버 포스트〉에서 스포츠라이터로 자리를 잡고 이후 정치와 범죄 분야로까지 취재 범위를 넓힘. 《하퍼스 위클리》, 《매클루어》 등에 단편소설들을 정기적으로 기고.

1910   뉴욕 시로 이주해 언론 거물 윌리엄 랜돌프 허스트가 이끄는 '허스트 뉴스페이퍼스'의 계열 잡지 《뉴욕 아메리칸》에서 야구 및 스포츠 기자로 활동 시작. 이때부터 이름에서 '앨프리드'가 빠지고 필명으로 '데이먼 러니언'을 사용. 뉴욕으로 이주하면서 술을 끊음. 하루 40~60잔의 커피를 마시고, 커피를 마실 때마다 담배를 한 대씩 피울 만큼 골초로 유명.

1911   첫 책으로 시집 『곤경의 천막 *The Tents of Trouble*』 출간.

1916   멕시코의 혁명가 판초 비야를 포획하기 위한 원정대에 해외 특파원으로 참가. 원정 중 훗날 그의 두 번째 아내가 될 파트리스 아마티 델 그란데를 만남. 금주법 시대, 사회의 어두운 이면과 세간을 떠들썩하게 만든 법정 공방을 독특한 관점과 날카로운 필치로 다룬 기사들을 작성. 미국 최고의 저널리스트로 평가받으며, 미국 전역에서 하루 수백만 명의 독자에게 칼럼이 소개됨.

1928   파트리스 아마티 델 그란데가 뉴욕으로 찾아오면서 첫 번째 아내 엘런과 이혼.

1932	『아가씨와 건달들』 출간.
1938	후두암이 진전되어 말을 할 수 없게 됨.
1939~1943	할리우드의 MGM, RKO, 유니버설 등의 메이저 영화사에서 작가 겸 제작자로 활약.
1946	뉴욕 시에서 암으로 사망. 제1차 세계대전의 영웅 조종사 에디 리켄 배커가 그의 유해를 브로드웨이 상공에서 뿌림. 월터 윈첼이 러니언을 기리기 위해 데이먼 러니언 암 연구소를 설립. 데이먼 러니언의 이름을 세상에 가장 널리 알린 뮤지컬 〈아가씨와 건달들〉이 1950년 브로드웨이에서 처음 상연, 1,200회의 공연을 가짐. 이후 1976년과 1992년에 성공적으로 재상연. 〈아가씨와 건달들〉은 전 세계 25개국에서 매년 평균 3,000회 이상 공연되어 뮤지컬 역사상 가장 많이 무대에 오른 작품 중 한 편이 됨.

세계문학 단편선을 펴내며

세상의 모든 이야기는 단편으로 시작되었다. 성서와 그리스 신화를 비롯해 인류의 많은 신화와 설화는 단편의 형식으로 사물의 기원, 제도와 금기의 탄생, 운명이라는 이름의 삶의 보편적 형식을 설명했다.

〈세계문학 단편선〉은 모든 산문의 형식 중 가장 응축적이고 예술성이 높은 단편소설에 포커스를 맞추어 세계문학을 바라보는 새로운 관점을 제시하고자 한다. 단편소설을 언급할 때 빼놓을 수 없는 작가들의 작품들은 물론이고, 한두 편의 장편소설로만 우리에게 알려진 세계적 작가들이 남긴 주옥같은 단편들을 통해 대가의 진면모를 총체적으로 바라볼 수 있게 할 것이다. 또한 우리에게 문학의 변방으로 여겨져 왔던 나라들의 대표적 단편 작가들도 활발히 소개할 것이며 이미 순문학과의 경계가 불분명해진 장르문학의 형성과 발전에 크게 기여한 작가들의 작품 역시 새롭게 조명해 나갈 것이다.

에드거 앨런 포는 문학작품은 독자가 앉은자리에서 다 읽을 수 있을 정도로 짧아야 한다고 했다. 바쁜 일상의 삶을 사는 현대인들에게 〈세계문학 단편선〉은 삶과 사회, 나아가 세계를 바라볼 수 있게 하는 더할 나위 없이 좋은 친구가 될 것이라 확신한다.

21세기인 현재에 이르기까지 단편소설은 그리스 신화가 그러했듯이 삶의 불변하는 조건들을 응축된 예술적 형식으로 꾸준히 생산해 왔다. 그리고 새로운 문학적 기법과 실험적 시도를 통해 단편소설은 현재도 계속 진화, 확장되고 있다. 작가의 치열한 예술적 열정이 가장 뜨겁게 반영된 다양한 개성으로 빛나는 정교한 단편들을 통해 문학의 진정한 존재 이유를 독자들이 느낄 수 있기를 소망하며 이번 〈세계문학 단편선〉을 펴낸다.

현대문학 편집부

데이먼 러니언

초판 1쇄 펴낸날 2013년 11월 8일
초판 3쇄 펴낸날 2020년 7월 1일

지은이 데이먼 러니언
옮긴이 권영주
펴낸이 김영정

펴낸곳 (주)현대문학
등록번호 제1-452호
주소 06532 서울시 서초구 신반포로 321(잠원동, 미래엔)
전화 02-2017-0280
팩스 02-516-5433
홈페이지 www.hdmh.co.kr

ISBN 978-89-7275-666-8 04840
세트 978-89-7275-672-9

* 책값은 뒤표지에 있습니다.